走向都市的女人

杨牧题

陈之秀 著

新华出版社

图书在版编目（CIP）数据

走向都市的女人/陈之秀著
北京：新华出版社，2016.10
ISBN 978－7－5166－2904－8
Ⅰ.①走…　Ⅱ.①陈…　Ⅲ.①长篇小说—中国—当代　Ⅳ.①I247.5
中国版本图书馆 CIP 数据核字（2016）第 261259 号

走向都市的女人

作　　者：陈之秀

责任编辑：程红根　　**责任校对**：刘保利
封面设计：肖　东　　**责任印制**：廖成华

出版发行：新华出版社
地　　址：北京石景山区京原路 8 号　　**邮　　编**：100040
网　　址：http：//www.xinhuapub.com
经　　销：新华书店
购书热线：010－63077122　　**中国新闻书店购书热线**：010－63072012

照　　排：新华出版社照排中心
印　　刷：北京明恒达印务有限公司
成品尺寸：170mm×240mm
印　　张：30.25　　**字　　数**：360 千字
版　　次：2016 年 11 月第一版　　**印　　次**：2016 年 11 月第一次印刷

书　　号：ISBN 978－7－5166－2904－8
定　　价：45.00 元

十年辛苦不寻常（序）

我第一次见到之秀是在2006年夏天。

我在没见到之秀前，就听家乡县作协的人谈到过她，说她也在成都，而且写了不少东西。因此，她第一次来我家拜访时，我便问了她在成都的情况。她说，在某杂志社当编辑。她的父母都是农民，她初中毕业后去兰州打工，帮亲戚卖保健品。后来，她妈妈让她回来念书，就回了老家。当她听她妈妈说读了书要她还学费，她就不读了。我当时还笑说："你先把书读了再说嘛，没钱还她，她能把你咋的?"之秀一脸认真地说："我才不想欠账呢，我可以走自学的路哇。"

在与之秀的交流中，我才知道她住的地方与我家很近，从那以后，之秀与我的联系就多了。那时，她也告诉我，她开过理发店，还当了一段时间的"枪手"，给别人写东西。我告诉她，当"枪手"也不是什么坏事，可以借此练练自己手中的笔。

没过多久，之秀就去了《华西都市报》，后又去了《四川农村》杂志。业余时间，她依然坚持写她的小说。

2007年底，为了寻求更大的发展，她只身一人去了北京，还是在某媒体工作，一去就近十年。其间，她回来过几次，每次回来都会给我带来她的新作品。到目前为止，她已出版了三部长篇小说。去年，应她之邀，我为她的第三部长篇《黑夜的眼睛》题写了书名，该书在北京的王府井新华书店开了新书发布会，又在成都开了作品座谈会，全国有几十家媒体对她的经历和作品做了专题报道，应该说产生了不小影响。没想到，今年上半年，她又打电话给我，要我为她即将出版的第四部长篇小说写序。想到她是我的家乡人，且我也算是她一路成长的见证人，便毫不犹豫地答应了。

这本书有着将近四十万字的篇幅，属"大长篇"，从1977年写起，时间跨度达30多年，反映了改革开放以来，发生在中国城乡之间的巨大变化。

以之秀这样的年龄和阅历，要驾驭这样的大题材，还是相当不容易的。但是，她采取了“以小见大”的手法，以一个农村女孩多多的成长经历为主线，串起了一连串的大事件，因此显得自然、流畅、驾轻就熟，同时有着浓墨重彩的分量感。据我所知，书中所写的多多的故事，基本上是以之秀自己的亲身经历为原型的，读来十分真切、生动，引人入胜，且充溢着满满的正能量。仅此一点，我就觉得是值得向读者推介的。

从我与之秀认识算起，已整整十年。这是她艰苦跋涉的十年，也是她不断进取的十年，更是她硕果累累的十年。之秀还很年轻，我们完全有理由相信，若假以时日，她还会有更大的进展。衷心希望她再接再厉，开拓创新，写出更多更好的作品，以回报这个养育她的时代和人民。

杨牧

2016 年 7 月 1 日

（杨牧系新边塞诗代表诗人、中国诗歌学会副会长、四川省作家协会副主席）

作者寄语

这是一部乡村连接都市的作品。

十八岁前，她属于乡村。

十八年后，她属于都市。

这是一个乡村女孩蜕变为都市丽人的成长故事。

她用成长的足迹，谱写了农村女孩的人生传奇。

在这里，乡村女孩以其真实的生活经历，展现了人生百态。

在这里，乡村女孩以敏锐的视角，洞察社会万象。

如果你生在都市，请看《走向都市的女人》，这样，你就可以真实地了解乡村，一幅幅乡村风俗画卷将带你走进淳朴自然的境地；如果你生在乡村，也请看《走向都市的女人》，这样，你可以真实地了解都市，在都市绚丽的光鲜中究竟充满着怎样不为人知的诱惑？

故事梗概

多多是在中国恢复高考的那年出生的。她的出生没有给家里带来快乐，渴望有个男孩的父母多次想将多多送人。多多快满五岁那年，家里来了个陌生的叔叔，准备将她抱走，但多多当日被烫伤，对方就不想要了。那一刻，多多明白了自己是个多余的人。

在多多十一岁那年，家里抱回了一个男孩，父母把所有的爱给了这个男孩。多多发誓，以后要超过村里所有的男孩，要证明“谁说女子不如男”。

中考落榜，多多外出打工，几次险些遇害。她遇到过坏人的纠缠、也出过车祸。她有过爱情的甜蜜，也有过爱情的迷茫。但一路走来，她一直坚持自学，最后从打工妹转变为一个老板。

在解决生存问题后，多多怀揣着儿时的文学梦，弃商从文。她去文化公司编撰过学生书稿、也当过“枪手”，最后终于圆了自己的记者梦、作家梦，并在北京王府井新华书店举行了新书发布会，同时收获了爱情，有了一个幸福的家庭。由此，多多的故事得到了不少媒体的报道。

这本书是从1977年写起，时间跨度达30多年，反映了改革开放以来，发生在中国城乡之间的巨大变化。以一个农村女孩多多的成长经历为主线，串起了一连串的大事件。同时穿插了各地城乡的风情民俗。场面宏大，人物众多，情节曲折，弘扬了实现中华民族伟大复兴中国梦的主旋律，传递了满满的正能量。讲述了农村女孩励志成才的故事，也营造了美好的文学意象，书写了一部新时代的史诗。

目　录

引　子

“妈妈，祝您今天新书签售成功!”多多和她的儿子丑丑一起出门时，丑丑对她说。

“谢谢儿子！你妈不是名人，还不知道今天的签售活动会不会冷场，你妈不想给你们父子丢人，干脆你和你爹都别去了。”多多说。

“哪能呢，我们是你坚实的后盾。儿子，你陪你妈先走，我一会来追你们。”多多的先生王谋对着梳妆镜子一边刮着胡子，一边说。

“好的。”丑丑说。

多多牵着丑丑的手，走在了雪地里，朝地铁方向走去，娘儿俩要乘坐地铁去北京王府井新华书店。

北京王府井新华书店始建于1949年2月10日，是与共和国同龄的大型文化企业，不少名作家在这里举办过签售活动，而多多的新著《走向都市的女人》发布会暨签售活动也即将在这里举行。因此，她将永远记住这地方。而这一天，11月22日，对别人来说，也许只是一个普通的日子，但对多多来说，却有着非同小可的意义。

这一天清晨，从昨天夜里就开始上下翻飞的雪花在飘飘洒洒地下着，把本应灰色如陶的白昼，竟化为一片银妆素裹的童话世界。但在北京王府井新华书店门前，已经有工作人员在把路面上的积雪集中到一棵棵大树周围。他们有的挥舞着大扫帚扫雪，有的用木板做成的推子推雪，还有的在用铁锹铲雪。

上午九点，书店还没开门，但在门口已经聚集了不少人，有男有女，有老有少，他们的表情或兴奋、或焦虑、或期待、或闲适，仿佛今天这里将发生什么事情似的。

今天的多多，特意把自己打扮了一番：齐耳的卷曲短发，配上得体的服饰，更显得干练、知性。她上身穿着一件由绿、灰、咖啡色三色组合的拼花圆领毛衣，下身是一条灰色的小脚裤子，在毛衣的外面套着一件能遮住膝盖的羽绒服，脖子上围着一条雪白的围巾。

多多和丑丑来到书店门口的右边，多多望着不远处的地铁方向，对丑丑说："你爹怎么还不来啊？"

"估计快到了，妈，您别着急。"

多多不再说话，但脸上仍是一副凝重的神情，两眼止不住左顾右盼。

不一会，丑丑指点着远方喊道："我爸来啦！"

多多顺着儿子的手指方向望去，只见王谋的手里捧着一束鲜花，出现在不远处的街口。

王谋显然也看到了她们，一边挥舞着手中的花束，一边朝她们快步走过来。

多多的脸上绽放出了一朵笑容。

王谋走到多多身边，递过鲜花，说："祝老婆新书发布会圆满成功！"

多多笑着接过花，说："谢谢！没想到你还会给我买花。"

"看你说的，我老婆这么大的喜事，我能不买花祝贺吗？"

"早上起床，你就磨磨蹭蹭的。出了门，你还没把自己收拾好，原来你是故意不跟我们走啊！"

"我要给你个惊喜嘛！"

多多感动得笑了，但笑容很快又从她脸上消失了。她若有所思地说："我原来跟出版社商量，取消今天的新书发布会，因为我又没什么名气，万一没人来参加，冷场怎么办？出版社不同意，说早就和书店定好了日子，签售活动信息也登报发出去了，不好取消。可是，你看这么大的雪，又有多少人愿意出门呢？有可能会冷场，所以，你们还是离我远点，丢人的事我一人担着就行了！"

"妈，要对自己有信心。"丑丑说。

"不会的，我相信我老婆的魅力。"王谋也笑着说。

多多看着他俩，说："就你们始终默默支持着我。"

王谋又说："刚才我给你发了一条短信，你看到了吗？"

多多掏出手机，看到了短信内容：蓝是你的情怀，白是你的心境，粉是你的诗意，红是我们的爱情。祝老婆新书发布会圆满成功！

多多的眼睛有些湿润了，是感动，是幸福，是甜蜜……

两人正说着话，一个胖乎乎的小伙子胳肢窝里夹着一卷什么东西，用另一只手扶着，走了过来，对多多说：“多多老师，您来啦。”

多多向丈夫介绍说：“这是出版社的刘老师。”

王谋要和刘老师握手，刘老师赶紧腾出那只扶着东西的手，伸过来与他握了手。

多多问：“刘老师，您拿的什么东西?”

刘老师打开那卷东西给多多看，原来是新书的易拉宝海报，多多的半身照片和新书的封面赫然出现在众人眼前，只见海报上写着“作家多多新书《走向都市的女人》发布会暨签售活动”几个大字。

这时，聚在书店门口等着开门的顾客也看到了这张海报。一位白发苍苍的长者凑过来，看了看海报，又看了看多多，问：“这是您的新书发布会啊?”

多多回答：“是的。”

长者赞叹道：“不简单！这么年轻就能写书，而且在这里举行发布会。”

多多热情地邀请说：“欢迎您光临指导。”

长者说：“我既然赶上了您的新书发布会，一定参加。”

这时，书店的张经理走了过来，和刘老师握手后，又与多多握手。他看了看表，说：“已经到 9 点 30 分了，我们进去吧。”

走进一楼大厅，在轻柔的音乐伴奏下，电子显示屏与广播里同步滚动播放着《走向都市的女人》新书发布会的消息。

多多等人随着张经理坐电梯来到六楼的多功能厅，新书发布会将在这里举行。

讲台的背景是古色古香的朱红色装饰，雪白的幕布上打出了“作家多多新书发布会”字样。讲台左右两侧有两根金黄色的大柱子，柱子的上端以红色为底，镌刻着“王府井新华书店”几个白色大字。在讲台的左侧放着一张讲桌，桌子前面正中镌刻着“王府井新华书店”红色字样，桌面上放着一支细溜溜的话筒。

刘老师把两个易拉宝海报一个立在了六楼的上下电梯口，一个立在了讲台的右侧。

会场上早已摆好了一排排桌椅，周围的墙壁上悬挂着几十幅中国书画作品，显示出浓郁的文化气息。

看着眼前的这一切，多多仿佛置身在梦境中。

她转过身，面向门口，目光落在了那一摞摞的书上，接着她看到了一位位读者掏出钱来买了《走向都市的女人》，陆陆续续地走了进来。转眼间，会场里座无虚席，甚至有读者拿着书等在一旁，有白发苍苍的老者，也有天真可爱的儿童，有年富力强的男子，也有风华正茂的女性，可谓“群贤毕至，少长咸集”，大有兰亭雅集之风。

多多的眼睛湿润了，继而有些模糊，她有些激动，她没想到自己也能站在这个地方，举办自己的新书发布会。她想到了写这本书的前前后后，想到了那不堪回首的心酸岁月，思绪一下被带到了30多年前，一幕幕往事如潮水般涌上心头……

第一章　与恢复高考同怀希望

1977年，是一个具有历史意义的一年。这一年，在中国历史上是一个划时代的年份。这一年7月，邓小平再次出山，第一件事就是为知识分子平反。10月12日，国务院正式宣布立即恢复中断十一年的高考。

12月，许多已经走上工作岗位，或者结婚生子或还在农村插队的知识青年，与在校生一起走进了考场，年龄相差达十几岁、几十岁，成为一大奇观；也是中国历史上最为壮观、空前绝后的一次高考。这个高考向人们发出了这样一个信号，那就是：知识能够改变命运！

就在这样一个历史转折的重要时期，在离邓小平的家乡不远的宕渠县下辖的一个山村，在这样的一个八月盛夏的一个中午，瓦蓝瓦蓝的天空上不见一丝云彩，火辣辣的太阳炙烤着大地，也炙烤着在田间地头忙活的农民。

二十五岁的农家女人杨召珍梳着两条长辫子，挺着个大肚子，脚上穿着一双土布鞋，手里拿着一把扫帚在打扫院坝里的卫生。她扫扫停停，不时将目光投到远处田里打谷子的陈建川身上。陈建川和村民一起在参加生产队的集体劳动，挣工分。

陈建川是杨召珍的家属（丈夫）。他们同年同月但不同日生。陈建川出生在月末，杨召珍出生在月初，彼此一米五的身高不相上下。陈建川方脸型，大眼睛，一年四季保持着不变的平头，他长得特别精神，随时脸上都挂着微笑。

他头上戴着顶破了边的草帽，上身穿着一件打满补丁的蓝布衣服，下身穿着一条灰色的烂裤子。说是烂裤子，是因为裤子的左右膝盖上有两个口子，活像一双大眼睛，屁股上补了一个脸盆大小的疤，而且还是补了一层又一层，腰间系着一根草绳当裤腰带。他赤着脚，扬起双手，一上一下地在拌桶里打谷子。他额头上的汗水顺着面颊流了下来，他用衣袖擦了一把脸。他有些累了，歇了片刻，又继续弯腰拿起谷子扬起来继续打。与陈建川分到一个组劳动的还有同村的陈建星、王丙全、贾柏燕、陈玉英、刘梅芳、张志行。

刘梅芳和张志行十七八岁，家在达州市，1974年高中毕业，他们响应伟大领袖的号召，来到了陈建川所在的村，接受贫下中农再教育，每天和村民一起下地干农活。一年后，刘梅芳嫁给了当地唯一的赤脚医生陈三虎，生下了一儿一女两个孩子。张志行除了劳动时间外，剩余的时间都用在看书上。他个子不高，有些瘦，他戴着一副眼镜。

贾柏燕的丈夫陈建江与陈建星是一奶同胞。他们的母亲张万青已是五十多岁的老人了，丈夫在五年前生病去世后，就跟着陈建江家一起生活。

张万青一生生育了五个孩子，三男两女，都分别成家有了自己的孩子。老大陈建军是村里的队长；老二陈建星是剃头匠，闲暇时候走村串户给乡里的人理发；老三陈建江是军人，也是张万青最为满足的地方；老四陈建英有点憨，缺根筋那种，二十出头的大姑娘，鼻涕还往衣服袖子上擦。为了将她打发远点，眼不见心不烦，家里托人把她嫁到了大山里。但陈建英有点福气，结婚没一年，丈夫久儿去当兵，成了军人，在部队上喂猪；老五陈建兰人聪明，嫁到邻乡。张万青一家，在村里也是条件最好的一户人家。因此，得到了村里人的尊重。张万青的孩子们年龄与陈建川相差不大。

田里干活的人，有的用镰刀割谷子，有的传把子，有的打谷子。陈玉英一直弯着腰割谷子，有些累了，直起身，伸了伸懒腰，又向四处张望着。她的目光停留在了远处的杨召珍身上，说："陈长辈，你家快生了吧？"

陈建川一边打着谷子，一边笑着回答："就这两天。"

"那就快了。"陈玉英感慨着，顺手摸了摸自己的肚子，她也怀孕四个月了。

陈玉英的丈夫杨友林是宕渠县煤炭厂的工人，虽说有工资，但也不高。在生产队大集体的年代，要按人头出工挣分的，因此，即便陈玉英怀孕后，本着多收入一点是一点的原则，她还是坚持出来挣工分。

贾柏燕也直起腰，用手捋了捋额前的刘海，说："陈玉英，你也快生了吧？"

"我还早呢，你家都两个娃儿了，我这一个还揣在肚子里呢。"陈玉英说。

陈玉英不知道，贾柏燕的肚子里又怀上了，已经一个多月了。是陈建江六月份从部队回来休探亲假时怀上的。她前面已经生了两个姑娘，大的陈玲玉三岁，小的陈秀兰一岁，为了生一个儿子，所以怀上了第三胎。

陈玉英比陈建川还大一岁，她是村里结婚最晚的姑娘。

在她当姑娘时，给自己找对象定了一个目标，非工人不嫁。她认为找个工人，意味着旱涝保收。因此，从她十五六岁起，每年都有媒人说亲，但都没成，直到二十四岁那年，遇到了煤炭工人杨友林。

杨友林个子矮小，陈玉英高他一个脑袋，尽管个头悬殊大，但陈玉英还是同意了这门婚事。杨友林的父亲就是煤炭厂的工人，因为下井出了事故去世，他顶替了父亲的工作，当上了工人。

“揣在肚子里比没揣着强。”贾柏燕说到这，停留了一秒钟，又说：“我看，陈建川家这次要生个田边转（田边转是指男孩）。”

“都一样，儿子和丫头都一样。”陈建川说。

陈建川想到婆娘要生娃儿了，心头热热的。第一胎生的是个丫头，快三岁了。这一胎，他不知道会是丫头还是小子。但有个答案是肯定的，无论生啥，他都喜欢，他明确地告诉过他的婆娘。

自打杨召珍怀上第二胎后，常常问他喜欢儿子还是丫头，他就一直说无所谓，生啥养啥。就在昨晚睡觉时，她还在问：“陈建川，你说，这次我会生儿子，还是丫头？”

“不管生啥子，都是我们的娃儿，都一样带。”陈建川说的内心话。

“可我想有个儿子。你想，都是姑娘，以后她们嫁出去了，谁管我们，谁给我们养老？养个姑娘是贴钱的货，给别人家养的。”

“也不能这样想，要是我们的姑娘以后个个出息了，也不会比有个儿子差。你现在也别想那么多，这事谁也说不准。我已经知足了。凭我的家庭条件，能娶上你，这辈子没打光棍，已经是感恩戴德了。你也知道，我爸妈过世得早，我爸生病去世时，我才十二岁，他去世后，没有给我们兄弟留下丁点财产。为他治病，我们还借了不少钱，到他去世时，欠了100多元的债。我一下成了家里的顶梁柱。因为我的妈妈是个莽子（傻子），家里啥事都不晓得。那时，我大弟陈建良才八岁，小弟陈建安才四岁。我是既当爹，又当妈，带着两个兄弟和妈妈艰苦度日。我妈妈去世时，我刚满十八岁。唯一的一个姐姐陈建芳也出嫁了，家境也困难，我与两个弟弟相依为命，等于是三个孤儿。因为你，我这个家才撑起来了。你跟着我，也受了委屈，结婚后，还一起帮我还完了欠债。再说了，以后的事谁也说不准，还不知道形势啥变化呢，解放前，我爷爷积攒了不少钱，结果形势变了，那些钱成废纸了。”

陈建川一股脑儿说着自己的家史，从心底对杨召珍充满了感激。童年家庭的变故，使陈建川更加明白一个家对他的重要。世事无常，国家政策也不是一成不变的，未来谁也说不清楚。再说了，中断了十一年的高考，现在不是听说又可以高考了吗？摸着石头过河，也是很多人的无奈选择。他非常清楚，在农村，想成个家很难，特别是穷人，自己能成家，已是万幸了。

“我和我哥哥嫂子都觉得你老实，人好，心好，所以当时就同意了这门婚事。想想，跟你结婚时，你还是借陈建星的衣服穿的，这还不说，我跟着你，连一个多余饭碗都没有，三兄弟就三个碗和三双筷子。”杨召珍摸着肚子说。

“还得感谢杨德碧给咱们说的这门亲事。”陈建川说。

杨德碧是陈建川同村陈建忠的家属（婆娘），她的娘家与杨召珍的娘家是房子挨着房子，邻里关系走得非常近。看着陈建川二十出头还没对象，就把杨召珍介绍给了他。

杨德碧嫁到山东村七年了，已经是两个孩子的母亲，老大陈硕六岁，老二陈梅四岁。

“是啊，要不是她介绍，我还不认识你，说实话，我们相信杨德碧，毕竟你知我熟。你还记得吧，跟你结婚后，我才知道你们家连挑水的水桶都没有，还是将挑粪的桶洗来挑水吃；还是我把当姑娘时存的点私房钱拿来买的碗筷和水桶。水桶买回来后，陈建安高兴得满屋子跳，说终于有水桶了，不用吃用粪桶洗来挑的水了。”

“跟着我，让你受委屈了。”陈建川从心底感到愧疚。

“现在比我刚嫁来那两年好多了，两个兄弟都逐渐长大成人，都在挣工分了，等他们以后结婚了就分家单独过。”杨召珍停了下，接着又说：“日子是过到哪算哪，一天天过下去的！”

陈建川想到这些，一丝温暖荡漾在心头。他感到浑身有使不完的劲，他的脸上流露出了幸福的笑容。他快速地打着谷子，还情不自禁地哼起了一首川东民歌《太阳出来喜洋洋》。

他唱道：太阳出来/啰喂/喜洋洋啰/郎啰/挑起扁担郎郎采/咣采/上山岗哟后/啰喽喂……

陈建川的歌声迅速在田野里飘荡开来。大家看着他放声地歌唱着，也跟着唱了起来，田间顿时响起了一阵阵快乐的歌声。这歌声也传到杨召珍的耳边。杨召珍远远地望着干活的丈夫，会心地拿着扫帚走进屋子里。

几缕阳光从屋梁上直射进来，将原本黯淡的屋子照得透亮。墙壁上的蜘蛛拉着网在缓缓地一圈圈地挪动。地下的老鼠时不时地在屋子里窜来窜去。

杨召珍看到老鼠进进出出，像过大街一样，狠狠地拿着扫帚打老鼠。她笨重的身体哪里对付得了聪明狡猾的老鼠。往往是刚拿起扫帚，老鼠就迅速钻进洞里去了。

她恨透了老鼠。本来家里就没几颗粮食，老鼠总来糟蹋，自家几口人的口粮只能常年喝稀饭勉强维持。老鼠幸运地逃掉了。杨召珍放下了手里的扫帚，嘴里咕哝着："打死你个死瘟伤。"

"妈妈，你打死啥子?"红琼从地坝里走进屋里问着。

"打死老鼠。"

"我帮你打它。"

"下次看到了，你再帮着打，现在时间不早了，妈妈去煮饭，你自己耍，不要乱跑哈。"杨召珍说着转身去灶屋里煮午饭了。

红琼又来到地坝里，她没有目的地走来走去，最后去了贾柏燕家。张万青用背篼背着陈秀兰，一边烧火煮饭，一边在给陈玲玉梳头发。陈玲玉梳的是丁丁头冲天炮，上面是用红绸布扎上的。

张万青看着红琼，说："来，婆婆也给你把头发梳了。"

杨召珍坐在灶屋里的灶台前烧柴煮饭。她一边往灶里添柴，一边挽柴火。灶台里红红的火焰，欢快地笑着。她在心里想，火在笑，家里是不是要来客人了。这年头，最好别来客，本来家里就穷，来个客人啥的，多少要加把米，现在粮食又紧张，一年到头就分那点粮食，能节约一点是一点。

很多时候，事情并不是像想象的那么发展。你越是不愿意，越是担心，它就越会来临。杨召珍不喜欢来客人，突然间却听见了喊声："幺妹、幺妹。"

她听出了声音，是她二姐杨召群。

杨召群虽然比杨召珍只大三岁，却已是三个孩子的母亲了。她的老大是一个女孩，已经七岁；老二也是女孩，已经四岁；老三还是女孩，一岁半了，现在肚子里又怀上了，已经两个月了，她还想生个儿子。孩子多，生活的艰辛可想而知，岁月已在她的脸上过早地留下了衰老的痕迹。

杨召珍赶紧从灶屋里走出来。她看见二姐用背篼背着三女儿，手里还提着一个布袋子，便帮忙把娃儿从二姐背上接了下来。

杨召珍上下打量了一下杨召群，说："二姐，你看你，衣服都穿成啥样了，也不洗洗，都看不见本来颜色了。"

"成天到晚忙不完，忙了地头忙家里，哪有时间，一天连脸都来不及洗一把。"

"撒泡尿的工夫就把脸洗了，有那么严重。"她瞧见二姐的脸上像花猫，好几处黑灰黏糊着，说："姐姐，你去把脸洗一把吧。"

杨召群把手里的布袋子放在地上就去洗脸，还一边说："女人啊，就是女人，家里家外操不完的心哟。"

说话间，杨召群已洗好脸了，她捡起地上的布袋子递给杨召珍，说："今天逢场，我顺便过来看看，我们也没啥子好带的东西给你。"

杨召珍打开袋子，说："来就来嘛，又带鸡蛋和挂面，你家的条件也不好，还要养三个孩子也不容易，以后别带了。再说，你现在肚子里也揣了一个，也需要营养的。"

"你就别担心我了，就这十个鸡蛋和一把挂面。姐姐家只有这个条件，多的还拿不出。"

"你给我们送吃的，二姐夫不说啥呀？"

"你姐夫让我拿来的，说幺妹家目前比较困难，加上又要生孩子了，总得让坐月的人吃好点，坐月不吃好，以后对身体不好。"

"姐夫真是个好人。"

"人是个善良人，就是不爱干农活，除了好那一口酒，还好到巴子沟水库钓团鱼。"

姊妹俩一边拉着家常，一边走向了灶屋。杨召群把娃儿抱在怀里，就坐在灶台前的小木板凳上烧火，还问："兄弟呢？"

"在田里打谷子。"杨召珍一边回答，一边往锅里放米和红薯，还不忘用勺子在锅里搅拌了几下，以防粘锅底。

娃儿在杨召群的怀里不安分地晃来晃去。杨召群把娃儿放到地上，说："王芳，去找红琼姐姐耍。"

"王芳长得真快，都能走路了，娃儿就像根小树苗儿，见风就长。"

"娃儿是越带越欢心，不像带个老人，越老越招人烦。"说到娃儿，杨召群的脸上荡漾着暖暖的幸福。女人的柔情好似只有在孩子身上体现。虽说她已生了三个孩子，但她从没感觉到累过、苦过。

也许女人是因为孩子而活着，也是因为孩子而逐渐成熟。孩子是她们的天，是她们的地，更是她们活着的动力。即便再苦再累，回家看到孩子的笑容，也是一种幸福，也算是苦中有乐。

杨召群接着又对在地上走动的王芳说："去找红琼姐姐耍。"

"红琼！红琼！"杨召珍接连喊了两声，见无人回应，从灶屋走了出来，一边咕噜着："这贱人跑哪去了？"

张万青给红琼梳好头发后，叫陈玲玉去外面喊她妈妈回家切（吃）饭。她俩走到半路上，遇到了一条小河，就停下来了。

小河沟里的水清澈见底，缓缓地流淌着，洁白光滑的鹅卵石躺在水里，河水里的浮漂被小鱼拉得上下飞舞，小鱼时不时地吐出小水泡泡，可爱极了。

红琼和陈玲玉看着河沟里的鱼儿，心里痒痒，双双光着脚丫站在小河边。她们望着河里那些欢快的鱼儿，高兴地嚷着："看，那哈（那里），那哈！"

陈玲玉是第一个下河的。她甚至没有卷起自己的裤脚，就下河了。红琼见她下河，也跟着下去。水淹到了她们的膝盖，她们走在河水里，把两只小手轻柔地埋进了水里。她们见哪里有鱼，就将手伸到哪里，有时看见小鱼在手掌里了，但一捧起来，小鱼又迅速溜掉了。

小鱼儿看着她们欢快地游啊游。她们的到来似乎给鱼儿带来了更多的欢乐。鱼儿一会游到她们的脚边，用嘴顶顶她们的小脚，一会又迅速地逃离了。

陈玲玉见红琼好几次鱼儿到手里了没抓住，说："我来我来！"

红琼站在陈玲玉身边，聚精会神地看着陈玲玉逮鱼。陈玲玉每次都小心翼翼的，生怕鱼儿被吓跑了。鱼儿好像读懂了她们的心思，每次都主动进入她们的手掌，但在关键时刻，都能顺利逃离。

好几个来回都没逮住一条鱼，她们放弃了，开始在水里跳起来，一跳就能溅起好多水花。

水是温柔的，站在水里也是舒服的。两个小娃儿在水的世界里畅快地闹着、嬉笑着。她们一会跳水，一会相互泼水。水在娃儿的世界里是最好玩的玩具。娃儿在水的世界里给水增添了不少生机。

太阳照在两个娃儿身上，水面的倒影是一幅生动的画卷，人与自然的融合是那般完美。清澈的水，波光粼粼，单纯可爱的娃儿，扬着单纯的笑脸，真是一幅天人合一的景象。

她们在水里无拘无束地闹着，彼此早已成了落汤鸡。她们你看看我，我看看你，都傻乎乎地哈哈大笑起来。陈玲玉把婆婆交代的事情忘了十万八千里……

杨召珍头顶烈日，拖着笨重的身子，沿着屋前屋后找了一圈没见着红琼，就往小河沟走去。因为那个地方是不少娃儿爱去的地方。

当她看见红琼时，红琼和陈玲玉都弯着腰在玩水，她接连喊了几声，红琼都没听见，还是陈玲玉最先听见的。

陈玲玉站直身子，用小手擦了下额头的汗水，说："你妈妈来了！"

红琼听见说妈妈来了，吓得赶紧从水里钻了出来。杨召珍见红琼整个衣服都是湿的，气不打一处来，走上前去，扬起手要给她一个耳光时，突然，感到腰胀痛得钻心地疼，扬起的手放了下来，豆大的汗水像泉水一般汹涌而出，"尿"顺着裤脚流了下来。她有过生孩子的经验，知道这不是尿，一定是羊水破了。她有些控制不住了，只感觉下身的水在不停地流出。

红琼看着妈妈，妈妈的脸变得扭曲了。她没见过妈妈这样，赶紧拉着妈妈的手，害怕地大声地喊着"妈妈……妈妈……妈妈……"

杨召珍强忍着痛，说："快去喊你爸爸，喊你爸爸。"

红琼一路像汽车抛锚似的发疯地跑着，一边大声地喊着："爸爸……爸爸……"

"我也去！"陈玲玉在后面追着。

陈建川在专心致志地打着谷子，红琼的喊声没能进入他的耳中，还是贾柏燕听见了，她说："陈建川，你家娃儿在喊你！"

陈建川放下手中打完谷子的稻草，顺着喊声望去，看见了远处两个幼小的身影在一前一后地跑着，一个喊着爸爸。

陈建川大声喊道："红琼，红琼，你跑啥子？"

红琼没有听见爸爸的声音，只是一个劲地跑啊，喊啊，突然，一个跟斗栽了下去，她甚至不知道疼，爬了起来，继续跑着。

陈建川还站在原地不动。贾柏燕又说：“你去瞄看，究竟是啥事，我家玲玉也跟着跑啥?”

接着陈玉英也说：“陈长辈，是不是你家快生了?”

陈建川说：“我先回去看看。”

“你赶紧回吧，这也马上收工了，得回家切午饭了。”王丙全说。

红琼上气不接下气地喊着爸爸。当她跑到陈建川干活的田边时，陈建川已从田里走了出来。

红琼焦急地哭着说：“妈妈……妈妈……”

杨召珍一只手搂着肚子，一只手插在腰间，艰难地迈着步子朝回家的路上走去。她每走一步都非常吃力，最难受的还是总感觉有尿要流出来。

她费了九牛二虎之力才走到家门口。她喊着：“二姐……二姐……二姐……”

杨召群立即从灶屋里出来。

杨召珍满头大汗，紧咬牙关，整个脸型因为难受而变得扭曲。

“二姐……二姐……我可能快生了……”杨召珍有气无力地说着。

“快，快，上床躺下!”杨召群扶着杨召珍进屋上床。

杨召珍说：“快去喊她爸，让他喊琬幺婆来。”

“我回来了，老杨!”陈建川对杨召珍说，“我马上就去喊接生婆来。”

陈建川憋着一股劲，一口气跑到了琬幺婆家。接待他的是琬幺婆的儿子贾富贵。他说：“我妈出诊去了，你得等等，估计快回来了!”

“大概啥时回来，兄弟，我屋头快生了!”陈建川急得如热锅上的蚂蚁，由于过分激动，说起话来语无伦次。

“你先坐下，我给你倒杯水喝一口。”

陈建川哪里坐得下去。此时，他忐忑不安地走来走去。接着又问：“你妈妈去哪儿了，我去找找她。”

“又是哪家找我?”一个爽朗的声音传来，语调里中气十足。她就是琬幺婆，她正提着一个木箱子回来了，木箱子上有个红色的十字。

琬幺婆年过六十，长得慈眉善目，是当地专门接生的婆婆，非常有口碑，乡里乡外都找她接生。无论是哪家生孩子，基本上都是她接生。陈建川兄弟三人当初也是她接生的。

琬幺婆看着陈建川，问："建川，啥事？是不是你婆娘又要生了？"

四川人说话有个习惯，即便知道是啥事了，也喜欢重复问。就如明明知道你吃饭了，还问，吃饭了吗？

还没等陈建川回答，贾富贵说："妈，他等你好一哈了。"

琬幺婆说："哦，那赶紧去！"

此时的杨召珍躺在床上，翻来覆去都感到身上难受。她一边紧紧咬住嘴唇，一边用手按住腰。杨召群给她把裤子已经脱掉了。

琬幺婆到陈建川家后，立即吩咐他赶紧烧开水，将剪子消毒。

一切准备就绪后，琬幺婆让陈建川出去，不要待在生孩子的屋里。在农村有个习俗，家里的男人不能看女人生孩子，看了，男人要倒霉的！因为生孩子要出血，男人不能见女人的血！

陈建川只能待在外面，但他听见屋子里杨召珍的喊叫声，一点也不安宁。

屋子里的琬幺婆给杨召珍摆正姿势待产。杨召珍尽管生过孩子，但在关键时刻，还是有些不知所措。琬幺婆一面给她摆姿势，一面给她讲怎样吸气。

一切准备工作做好后，琬幺婆看了看她的子宫，说："宫口已经张开了近十厘米，马上就要生了，现在能看见孩子头了。放松，放松，吸气吐气，好好配合我，一下就生了。"

杨召珍忍着疼痛，大滴大滴汗水不停地向外渗透出来。

没有生过孩子的女人是无法体会的，生过孩子的女人就知道是怎么回事了。生孩子的那种疼是不好形容的，腰胀痛胀痛，又感觉像气体一样，一圈绕着一圈。

杨召珍的双手又紧紧地抓住床架，她一使劲，将所有的力量释放了出来，在那一刻，一个婴儿呱呱落地，她才感到如释重负。

琬幺婆提着孩子，轻轻地拍了一下，孩子哭了两声，就睁着一双小眼睛东张西望，好像外面的世界比娘肚子里要精彩得多似的。她红润的小脸蛋，满头黑发盖过耳朵，头发湿湿的，两只小手紧紧地攥着。

琬幺婆将孩子清理干净后，放在秤上称了称，说："孩子体重六斤。"

孩子顺利生产出来了，杨召珍感到整个人轻松了不少。她迫不及待地问："是个啥子？"

琬幺婆说："一个聪明的姑娘!"随即放在了她身边。

杨召珍有些失望，说："又是一个菜角豆!"

琬幺婆说："菜角豆怎么了，你看这孩子多聪明，看那双眼睛就知道，你们以后还靠享她福呢!"

陈建川听见了屋里一声婴儿的清脆哭声，悬着的心才放了下来。他知道，生孩子就是他婆娘过鬼门关。在村里，有好几个女人因为生孩子，难产死了，大人小孩都没了。自己婆娘能顺利生产就是万幸。他赶紧走进了屋里，去看了看杨召珍以及躺在她身边的孩子。

琬幺婆接生完后，杨召群赶紧将煮好的醪糟鸡蛋端了上来，摆在了饭桌上，说："琬幺婆，你切点东西!"

接着，杨召群又给杨召珍端了一碗过去。

杨召群看着孩子，说："这孩子多机灵，长大了肯定有出息。"

陈建川看着孩子，说："老杨，赶紧切吧!"

"本来想生个儿子，嗨，这就是命。"杨召珍说。

陈建川说："儿女都一样!"

杨召珍说："谁说儿女都一样，女儿养大就嫁出去，没个儿子，以后养老都成问题!"

杨召群说："妹子，你赶紧切，生啥子哪个晓得，肚子里的东西，只能见天才晓得。"

琬幺婆说："放宽心，好好把孩子养好，千万别乱想。"

杨召珍点了点头，随即又叹了口气，然后埋着脑袋无声地吃着醪糟鸡蛋。

杨召珍对于这个小不点到来的态度被琬幺婆看在眼里，从她内心升起一种莫名其妙的痛。她不知道，这个让她亲手接生过的女孩会在这个家庭面临什么命运？从她以往经历过的事件中，往往不讨人喜欢的女孩，不是被父母遗弃，就是换了别人家的男孩。想到这，琬幺婆伸手摸了摸孩子的脑袋。

陈建川递给琬幺婆一个红包，是接生费用。琬幺婆装进了自己的衣服口袋里，然后整理了一下自己的药箱，挎在肩上，准备回家。

走时，她又看了看孩子，孩子睁着一双明亮的眼睛望着她，表情好似在笑。

第二章　又是女孩多烦恼

生完孩子的杨召珍，整整睡了一个下午。当她醒来时，已是晚上，外面黑漆漆的。屋里点着的煤油灯发出了暗淡的红光。她下意识地看了看身边的孩子，孩子已经醒了。孩子不哭不闹，乖巧地躺在她身边，一双小手在空中舞动着。

杨召珍挪动了一下身子，将孩子抱在了怀里，孩子探着头在母亲怀里拱来拱去，好像在寻找什么。她撩起衣服，露出乳房，把乳头递进孩子嘴里。

杨召珍一边给孩子喂奶，一边喊着陈建川。陈建川正在灶屋里一边抱着红琼，一边煮晚饭，听见杨召珍喊他，赶紧将抱着的红琼放在地上，说："我去看看你妈。"

"他妈，啥事？"陈建川一边朝斜房走去，一边问。

"二姐呢？"

"回去了，说她回去顺便带信给你妈妈他们，说你生了。"

"二姐走都不告诉我一声。"

"看你很疲倦，就没叫醒你，二姐说，过两天她再来。"

红琼站在床边，用那双小手摸着妹妹的脸，还用手去戳妹妹眼睛。杨召珍说："不许碰妹妹眼睛，那样妹妹就看不见了。"

红琼说："看不见了？"说着又去弄妹妹的眼睛。

杨召珍拉开了红琼的手。

外面的大门嘎地一声被推开了。陈建良回来了，一脸高兴地哼着唧个哩个的歌。

听见开门声，陈建川从里面的屋里走了出来，红琼跟在他身后，用小手紧紧抓住他的衣角。

陈建良个头不高，比陈建川还矮两三公分，长脸型，长得清瘦，给人的第一感觉是尖嘴猴腮。他不爱干净，浑身都沾满了泥土，而且喜欢抽叶子烟，人一到烟味就到。

陈建良染上抽烟的毛病好几年了，陈建川多次劝他戒烟，他每次都答应得好听，就是控制不住，说多了不管用，陈建川也不再说了。

陈建良手里夹着的叶子烟快烫着手了，他狠狠地吧了一口烟，然后将烟头扔在地上，用脚狠狠地踩了两下，接着又吧的吐了一口痰在地上。

陈建良在堂屋的八仙桌旁的长凳上坐了下来，他又唱着那句“啷个哩个，啷个哩个。”

“遇到啥好事，打牌赢钱了?”陈建川见陈建良那一脸高兴的样子问道。

“二哥，我还真是走运了。对了，听说我嫂子生了?”

“中午的时候生的。”

陈建良不但喜欢抽烟，还爱好打牌，早上出门走的。他本来是该去参加集体劳动挣工分的，但他会来事，会与领导他的村干部处理好关系，因此，人家对他干活不干活睁一只眼闭一只眼的。

“你去灶屋里烧把火，锅头还煮起饭的。”陈建川说。

“要得。”陈建良朝灶屋走去，走时还喊上红琼，“走，跟二爸去烧火。”

陈建川来到杨召珍床前，杨召珍斜躺在床上，若有所思地望着补了又补的蚊帐。陈建川顺着她的目光扫去，发现蚊帐上有蚊子叮在上面。

他赶紧用双手拍打蚊子，蚊子被打中了，尸体躺在他的手里。他拍了拍手，将蚊子的尸体扔掉。

杨召珍说：“今天上午贾瞎子找陈建良，说是给他介绍个婆娘，也不知道情况啥样，一会你问问他。本来我喊贾瞎子将那个女的先带来我们这里见面，贾瞎子说不用，让陈建良跟他一起去看看，如果陈建良没啥意见，就带那女的来。”

“陈建良也是二十岁的人了，是该成个家了，成家以后，也让他们自己过自己的日子，就是不知道这次能不能成。”陈建川说。

夫妻俩正在谈论着陈建良的事情，就听到陈建良在外面的一间屋里喊：“二哥，饭煮好了，切饭吗?”外面的屋子与杨召珍住的这间屋子只有一墙之隔，所以说话能听得清清楚楚的。

陈建川说：“听到了!”接着从里屋走进了外屋，与陈建良面对面地坐到了饭桌跟前。

杨召珍在屋里说："再等一会吧，陈建安还没回来。"

陈建良说："莫等他，他又跑到哪个旮旯耍去了。"

杨召珍说："还是再等会。"接着说："建良，贾瞎子给你介绍的婆娘怎样？是哪个地方的？"

"是岩峰乡的，人我看了，个子不高，反正跟我一样，没啥子文化。她有个姐姐嫁人了，还有两个弟弟，大弟没结婚，小弟结婚了。她的父亲也死了，剩个'独眼龙'的妈妈，我看了她的家庭，我们家穷，她家比我们家还穷。"陈建良一五一十地道了出来。

杨召珍听到陈建良提到的对方条件，心里也有底了。她知道，像自家兄弟这样的条件，想找个条件好的人家是不容易的。在农村，男人过了二十，就不太好找对象了。为兄弟收心结缘成家是她的头等大事。她说："人家姑娘看上你没有？"

陈建良一下来了情绪，笑着说："嫂子，我也是有模有样的，只有我看不上人家的份。"

"你就别吹牛了，这两年我都找人给你说了好几次媒，最后还不是黄了。这次，要是人家没有意见，你也能看上，就挑个日子订婚，让贾瞎子带她来我们家。"

贾瞎子五十出头，个子矮小，能说会道，长脸型、尖下巴，一只眼睛比两只眼睛的还会转。他的左眼瞎了，因为姓贾，故被人们称为贾瞎子。他一天到晚不干农活，专门走乡串户去给这家姑娘那家小伙子牵线搭桥说媒，但就是自己的个人问题没处理掉，还是个光棍。

陈建川在他们的谈话中打起了瞌睡。这时，陈建安从外头回来了。他喊了几声二哥，陈建川才醒。

陈建川站了起来，打了个呵欠，说："咱们切饭吧。"

陈建川先给杨召珍盛了一碗饭端给她，然后自己才开始。杨召珍坐在床上切着晚饭，堂屋的八仙桌旁坐着陈建川三兄弟以及红琼。

房间里的煤油灯忽明忽暗地闪着红光，夜显得更深了。

杨召珍在昏暗的房屋里一待就是一个月，她觉得这样的时间过得太过漫长，每天闭门不出。只是在家里干着力所能及的事情，比如做饭、带孩子，即使洗尿布，也得先把水烧热了，再洗。农村坐月子的讲究比较多。无论是冬天坐月，还是夏天坐月，只要是坐月了，头上就要戴帽子，衣服裤子都要穿好，不能见风，老人说见风了，眼睛会流泪，头会疼。不能摸冷水，不能吃凉东西，不能洗头洗澡，更不能过夫妻生活。老祖宗说了，坐月子没坐好，会落下一身病。而月子里落下的病根就是终身的病，一般的人都不敢贸然尝试，都无条件地接受了这个习俗。当然，也有个别人不相信，但教训随即应验，于是又不得不遵守，所以坐好月子是女人的头等大事。

八月的天气本来就热，加上杨召珍是产妇，每天都得将自己裹得严严实实。一个月下来，杨召珍的身上已有浓浓的汗臭味。这期间，她娘家的母亲、哥哥嫂嫂以及大姐、二姐都来看望过她。

那天是逢场天，离杨召珍满月还有一天。杨召珍的母亲来家里看她时，她背着刚出生的孩子正在烧水煮饭。

杨召珍的母亲罗素华已经六十五岁，当年生杨召珍时，刚好与她大女儿杨召芬生的头一个孩子同月。她个子高高的，为人和善，很爱干净，每天不光把自己收拾得干干净净，还把家里也收拾得井井有条。有人说婆媳关系不好处，但她与儿媳妇罗德英的关系处理得非常融洽。她对儿媳妇比对任何一个子女都好，她说，媳妇才是老女，永远会待在自己身边。

现在，她老了，满头白发稀疏地漂在头上，头上还包着一块黑色的布。从杨召珍记事起，就见她母亲头上一直包着这块布。她母亲告诉她，是因为以前生她时，月子没坐好，落了毛病的。

罗素华拱着背，弯着腰，一双被缠过的小脚走起路来摇摇摆摆。这样的一位母亲，是经过岁月风霜洗礼后的一个农村老人。她共生育了四个子女，三女一儿，人到中年时，丈夫因病去世。她一来就接下杨召珍背上的孩子，坐在灶台前帮着烧火煮饭。

杨召珍端来一个小木凳在母亲身边坐下。母亲说："坐月子，千万不能碰冷水，吹风，干重活，这些你记住没有？"

杨召珍说："这个我晓得。"

罗素华一边往灶里放柴，一边逗着怀里的小外孙女。她看着这个小不点说："给外婆笑一个，看看，是不是外婆抱着你了？"

小不点躺在外婆怀里，睁着一双亮晶晶的大眼睛，不停地伸着舌头，像是在认真听外婆说话。

罗素华逗着小不点，一边问："给孩子取名了吗？"

杨召珍说："眼看都满月了，昨晚他爸给取名了，大名叫陈秀之，小名叫多多，希望她以后多才多艺，我看，养了个赔钱的，是多余！"

罗素华一脸慈祥，笑着对小不点说："多多，你有名字了，多多。"

罗素华对杨召珍说："幺女啊，儿也好，女也好，都是自己身上掉下的肉，十月怀胎不容易，我生养你们兄妹四个，个个我都舍不得，手心手背都是肉，家里日子再困难，我也从没想过将你们任何一个送人的，所以，你要给我带好这两个丫头。"

"事到如今，这都是命！"

"我是你妈，也见得多，女儿带好了，不比男孩差。女儿都是父母的小棉袄，最贴父母心。儿子养大了，不少都成了婆娘的儿子，不是有讨了媳妇忘了娘嘛。我这把年纪的人了，也算是个老古董了，但我都能看开的。"

"你是生了我哥哥，有个儿子才这样说的。"

四川是1975年开始实行计划生育的。城镇是一对夫妻只能生育一个孩子，而在农村，实行的一孩半政策。意思说，第一胎是个女孩，可以接着生二胎，要是第一胎是个男孩，就不准生育，要是再生就是违反了生育政策。一旦违反计划生育，要缴纳高额的罚款，因此，很少有人敢贸然再生一个。除非自己家有钱不怕交罚款。因此，杨召珍把生个男孩的希望只能寄托在二胎上，哪知这次还是一个女孩，心底多少有些不大乐意。从孩子出生到现在，她脸上的表情还没有孩子没出生时好，也许那时她还有希望，还有期盼，但肚子里的东西见了天日才知道，她的希望破灭了。

母亲知道她的想法，也有些担心。在怀上多多时，她就告诉母亲，要是自己怀上儿子就好了，要是个女儿，就生下来与别人家的男孩换。现在计划生育抓得严，不能超生，所以换孩子是最实际也是最划算的。当时她母亲就说她这样的想法不好。孩子还是养自己的好，养人家的孩子养得好还行，养得不好难找话说，还不能保证自己的孩子在人家家里就能带好。

杨召珍知道母亲反对自己的想法，陈建川也反对她的想法，家里的亲戚也都反对她的想法，所以就说："妈，你就别担心了，我不会轻易将孩子送出去的。"

罗素华说："你看看这孩子，哪像一个莽子（傻子），看那眼神，就知道聪明，你一定要听我的话，将来你还得靠这个孩子，这孩子一定有出息。要是把这孩子换出去了，你的内心也不会安宁，那是欠孩子的。这种欠债会背负一辈子的！再说了，现在孩子还小，不懂事，你赶紧打消这个念头，等孩子记事了，她知道了，会记恨你的！”

五月上旬的乡村是栽秧季节，农民忙着在水田里栽秧，到处呈现出一片繁忙景象，但每个人的脸上都喜笑颜开，劳动是光荣的。

杨召珍和陈建川在一个生产组插秧，但每隔一段时间，杨召珍就回家一次给关在屋里的多多喂奶。红琼则托付给张万青帮忙带着。为了感谢张万青一直以来帮着带娃儿，到年底，集体分给她家的肉，她就一分为二，将另一半给张万青送去。

五月中旬，爱看报纸的陈建川在《人民日报》、《光明日报》上看到了《实践是检验真理的唯一标准》。开始他还不明白这篇文章的意义，直到12月底，看了党的十一届三中全会公报，他才隐约感觉到要有大事发生了，但究竟是什么大事，他还是不清楚。

5月24日是罗素华过生的日子。当天下午，罗素华嫁出去的三个女儿都回到了娘家，与儿子杨召文一起给她过生。杨召珍是背着快九个月的多多去的。

这个晚上是热闹的，一大家人围在一起为寿星祝寿。罗素华看着围在自己身边的儿女、孙子孙女，甚是高兴，脸上堆着幸福。这个晚上，除了多多不会说话，大家都在一起摆着龙门阵。

多多虽然不会说话，但她转动着那双亮晶晶的眼睛会盯着这个看，那个望，偶尔会对这个笑，或者那个笑。当她对着罗素华笑时，罗素华就从杨召珍的怀里将她抱过去，然后逗乐着。

这个晚上，杨召珍听到了一个不好的消息。杨召文说：“幺妹，杨二河给我说了，他们不愿意将自己的小儿子换多多。”

杨二河是杨召文一个村的人，生了两个儿子，小儿子比多多大一岁。杨二河曾给杨召文透露，想拿小儿子换个姑娘回来，加上杨召珍也想把多多换个男孩回来，经过权衡，杨召文觉得这样两家对换也行，多多要是换到杨二河家，他离得近，也可以照顾着。后来杨二河的婆娘不同意，说把自己的孩子换给别人，是在她身上割肉。

“不换就不换，我还不同意呢！”罗素华说。

杨召珍无奈地说：“人家不换，我们也没办法。”

杨召群说："幺妹，大不了自己悄悄生一个！养人家的，还不一定能养的家。"

"生一个？凭嘴巴说，敢生！我们那里抓的严。"杨召珍说到。

在一旁一直没说话的杨召芬说："依我的，生啥子养啥子，养人家的讨闲话。"

这个晚上，围绕着多多换不换出去成了一家人谈论的焦点。针对杨召珍一心想要儿子的想法，罗德英说："幺妹，干脆把我家老二给你算了，你把多多留给我们也行，你自己养也行。"

"我看这个主意不错！反正都是自己家人。"大家一致同意地说。

"嫂子，你舍得吗?"杨召珍说。

"有啥舍不得的。"罗德英说着就喊"德龙！德龙！"

德龙、德昌在外面的院子里与其他孩子玩打仗的游戏，杨召文的长女杨德丽抱着妹妹杨德梅安静地坐在罗德英身边。

德龙听见喊声，喊着德昌一起进屋。他们进屋后，杨召文说："德龙，给你说个事，你愿意跟你幺姑家吗?"

德龙看着杨召珍，其他人看着德龙，德龙说："要得嘛!"

"你同意了，你幺姑回去时，你就跟着她去。"罗德英说。

"那我是喊她幺姑，还是要改口喊妈妈?"德龙问着。

"当然喊我妈，你也得跟你姑父姓。"杨召珍说。

"啊，我还得改姓？不干!"德龙坚定地拒绝着。

"不改姓，你去吗?"杨召文再次问着。

"去!"

"幺妹，你看嘛，你要是不看重改姓，我把德龙就送给你养，我们也一起养。"罗德英说。

"不改姓不行！我要的是陈家的姓!"杨召珍强调着。

讨论来讨论去，最终也没有讨论出一个结果。原本寂静的夜晚像在睡梦中被惊醒一般。透过暗淡的煤油灯看着乡村的宁静，不但可以看到人生匆忙的过往，更能看到人性的贪婪、自私以及愚昧的世俗观念。在看似平静的外表下面，心底却有着莫名的躁动。

"时间不早了，都去睡觉吧。"罗素华打着呵欠说。

罗德英给大家安排床铺，谁和谁睡一张床。在她给杨召珍安排床铺时，罗素华发话说：“今晚杨召珍带着孩子跟我睡。”

罗素华说完后，提着煤油灯喊上杨召珍回自己房间了。

她们上床后，罗素华把多多搂在怀里睡一头，杨召珍睡在了另外一头，母女俩躺在床上摆了会龙门阵，还是围绕着多多在说事，临睡前，罗素华说，手心手背都是肉，千万不要把多多送给别人，这孩子一见就讨人喜欢的，你们以后还得靠她。

第二天早晨杨召珍醒来，发现罗素华浑身冰凉，身体僵硬，她喊着妈妈，但妈妈永远地闭上了眼睛，离开了这个世界。而旁边的多多还紧紧地抓着外婆的手……

1978 年 12 月结束的全国知青工作会议，仍决定继续执行知识青年上山下乡的方针政策。就在全国知青工作会议期间，云南西双版纳橄榄坝农场出了一件大事，一名上海女知青在农场卫生所难产，大出血死亡，数千知青抬尸游行。全国知青工作会议结束后，失望的西双版纳知青采取了更加激烈的举动，先步行到省城昆明，又要乘火车赴北京上访，不允许登车，就开始卧轨。

中央一方面发出 3 条指示：一、坚持全国知青工作会议形成的文件；二、派出调查组前往云南，就地听取国营农场青年职工的意见；三、知青必须停止阻拦火车、妨碍铁路运输的行为。一方面派出国家农林部副部长、农垦总局局长、国务院知青工作领导小组办公室副主任赵凡，赶赴云南处理这一事件。赵凡到了昆明，连夜向省农垦局了解情况。省里干部说，知青造反，要出动公安解决。赵凡说，中央没有这个精神。当时成立了解决知青问题的领导小组，由赵凡和云南有关领导组成。他们和知青代表见面，知青代表说，省里的调查结果是不对的。赵凡说，要把事实调查清楚，知青的事情是人民内部矛盾。不只要解决车站卧轨的问题，还要解决云南的知青问题。接着，赵凡率领调查组深入到事态最严重的西双版纳。

在农场，赵凡看到知青生活确实很苦，有的住房都要倒了。知青每天吃 3 两白水萝卜，一年才吃 6 两肉、3 两油。当时，西双版纳农垦分局已经有 3 万知青罢工，去勐腊的公路也被挖断了，好几十辆军车被堵在那儿。面对如此严峻的局势，赵凡仍然说，要学诸葛亮，不能学张飞。

1979 年 1 月 8 日，勐定农场知青绝食。赵凡又连夜出发，驱车一夜一天，赶到勐定。10日上午，他和知青代表谈话，下午和广大知青见面。在农场招待所前边，跪了好几百知青，哭成一片。赵凡也哭了。他说：我来晚了！我也有孩子插队，我也是知青家长，我一定向中央反映你们的情况。你们先回去，这里晚上冷，冻出病来，把身体搞坏了，将来回城也没法工作了。你们要给我们解决问题的时间。

在西双版纳，他对调查组和农场的负责人讲，对于知青问题，过去我是希望保持稳定的，但这次来调查，我的看法改变了。冰冻三尺，非一日之寒，这一次要好来好去，不要再搞个乱七八糟。知青的要求很简单，让他们返城就能解决问题。云南知青多来自上海、北京、四川三地，赵凡就打电话和三地市委、省委领导直接商量解决问题的办法。四川省委的态度是，只要云南同意，四川的知青可以分批回四川。回到昆明，赵凡又和省委书记安平生商量。安平生说，四川省委的方法，云南省委同意。他们又和上海、北京方面谈了几次，后来北京、上海也同意这个意见。于是，他们给中央拍电报：在自愿的情况下，愿意留在农场的欢迎，好好搞建设。不愿意留下来的都走，分4批两年走完。

1979年2月到5月，农场知青90%以上都返回到原来的城市。知青返城大潮遍及全国。1980年，中央书记处决定，应届毕业生不再上山下乡，上山下乡运动就此终结。

而在陈建川所在的生产队里的两名知青，张志行拿着村干部开出的回城证满心欢喜地回城，顶替了父亲的工作，在电机厂当了一名机械工人。而刘梅芳因为在当地结婚，自动失去知青身份、不能返城。

看着一同下乡来的张志行回城了，刘梅芳的内心里还是有些不安，她在心底挣扎，自己要不要放弃这个家，放弃丈夫孩子独自回城。

已经有为了返城的知青与当地结婚的对象离婚了，有的甚至跟她一样有了孩子，也毅然决然地选择了离婚独自回城。刘梅芳权衡着，一双可爱的孩子她放心不下，一个有一技之长的丈夫对她体贴入微她放不下。但这几年农村的艰苦生活她是深有体会的，而城市生活的条件比起农村生活简直无法比拟。回城了，自己就不是农民，待在这里，就得做一辈子农民。生活是一种两难的抉择。但她最终选择留在这里，留在爱人和孩子身边。她做出这样的选择是不容易的，但她也告诉自己，一定要培养自己的一双儿女，希望他们以后考大学，考出去！

“噼里啪啦”的鞭炮声在院子里响起，充满着喜庆的气氛，也预示着吉祥。陈建川家的大门上贴着贺新婚的对联，陈家院子里上上下下摆了七八桌子酒席。这一天是个良辰吉日，是陈建良与赵月华结婚的日子。乡亲们都来道喜，有的出礼三五元钱，有的出礼四五斤面条，还有的出两个小手帕，或者十斤谷子，礼物的轻重按照关系的亲疏决定。

陈家院子里人来人往，有帮忙打杂的乡邻，有道贺的亲戚，还有等着看热闹的小孩。陈建川一边抱着多多，一边记那些客人送礼过来的账。因为在陈建良婚期的前一天，杨召珍就叮嘱过他，一定要把来往的客人送礼的数目记清楚，以便以后还礼。

多多在陈建川的怀里有些不安分，她不喜欢被抱在怀里，她想挣脱父亲的怀抱到地下自己走。

这时，刘梅芳一手牵着两岁半左右的女儿陈朝霞，一手提着一个口袋走了过来，她将口袋递给陈建川，说：“祝贺了，兄弟结婚，陈长辈完成了一个任务。”陈建川家族是当地辈分比较高的，所以，大家喜欢称呼他陈长辈。

陈建川赶紧招待着，让她坐。刘梅芳没有落座，而是对身边的孩子说：“去，去给多多姑姑一起耍。”

陈建川抱着多多，对刘梅芳说：“这孩子刚学走，说话也不利索，不像你家娃儿，你看，她跟朝霞相差几个月，你家孩子满地跑了，也能说话利落。”

刘梅芳逗着多多，说：“这孩子不会是哑巴吧，都快两岁了还不会说话，路也不走，我看是关久了。”

陈建川一脸无奈，说：“没办法，家里没老人，只能让孩子坐窝窝。关了一年多，出来也快走路了。”

“不能老把孩子关在屋子里，要让孩子见见阳光。关在屋子里也不安全。你听说没有，陈建兰把两岁的儿子关在家里，被她家的母猪出来，将孩子的耳朵咬掉了。”

“没听到说，那么严重？”

刘梅芳和陈建川正说着，杨召珍从灶屋里走了过来。

刘梅芳看了看杨召珍，说：“兄弟结婚，把你这嫂子忙坏了哟。”

“哎呀，也没啥忙的，等他们都收心结缘了，我的责任也就没了。”

突然一阵骚动，不知谁大喊道："新娘子来了，新娘子来了……"

大家都把目光投向那里。新郎陈建良陪着两组抬盒走在最前面，每一组抬盒是前后两个人抬着，跟在他后面的是媒人贾瞎子、新娘赵月华、送婚人赵月华的弟弟以及后面的嫁妆：分别是一个木箱子，一个木柜子。赵月华梳着两个小辫子，扎着红头绳，穿着一身红布衣服，她低着头跟着前面的人走。

杨召珍说："我得进屋准备了，新人马上进屋。"

陈建川带着多多也跟着进屋了。

陈家院子里有了从来没有过的热闹场景，就是陈建川当初结婚时也没有这么热闹过。院子里有的人摆着龙门阵，有的人打着牌，三三两两的小孩在相互嬉闹。有的大人教小孩去"捉弄"新娘，比如给新娘端杯水，或者磕头，或者唱歌等，这样都能得到一个用红纸包着的红包。有的孩子得了一个还不满足，还要继续去给新娘唱歌、磕头、端水。

多多看着这热闹的场面，傻呵呵地转动着明亮的双眸。每一个热闹场面都使她感到新鲜，但她却一点也不明白是怎么回事。

赵月华的到来使陈建川家发生了根本性的变化。她进门不到一个月，陈建良主动找陈建川提出分家。

陈建川事先想到了分家的事情，只是没想到来得这么快。既然陈建良先提出来了，那就一家人开个家庭会，听听大家意见。

最后大家达成一致意见，兄弟三人，每人分到两间房屋，陈建安选择了独自生活。家里的粮食和不多的现金按照人口均分。这样的分家也是非常简单的，也是非常好分的。

分完家后，每家开始了自己小家庭的生活，但陈建良和陈建安每天还是习惯性地到陈建川家。陈建良遇到饭做好时，不用喊，自己拿上碗筷去锅里盛饭起来吃。刚开始，杨召珍还说，家都分了，你该回自己家吃饭。但得到的回应是陈建良一张笑脸的嘿嘿！久而久之，杨召珍也就随着他了。而陈建安每天也会习惯性地到陈建川家报到。只要他来了，遇上吃饭，杨召珍就喊上他一起吃，他也就自个拿上饭碗去锅里盛饭起来吃。久而久之，杨召珍家每顿做饭都会多做一点，以备他们兄弟啥时候要来吃。

这天傍晚，杨召珍和陈建川分别从集体劳动中收工回家。到家后，红琼在暗淡的灶屋里已经将面条煮好，盛在了一个脸盆里，看着爸爸妈妈回来，她喊着爸爸妈妈切饭。三岁的多多已经围在桌子前，等着开饭。

晚饭后，红琼带着多多先去睡觉了。过了一会儿，陈建川和杨召珍才上床去休息。

杨召珍躺在床上，看着黑黑的天花板，说："这家一分，我们又得从头来。两个孩子加我们两个大人，住这两间房，灶屋都算在内，真是切饭睡觉都在一块了。"

"咱们还年轻，慢慢来，一切都会好的，等将来咱们孩子有出息了，比啥子都强。"

"你呀，什么事情都想得乐观。孩子，两个姑娘能靠得住啥？"

"谁说姑娘靠不住！再说了，只会越过越好的。我昨天听陈建江说中国经济体制要改革，主要是要实行按劳分配的政策，同时要实行包产到户。"

"他前天从部队回来休假，他说这话我也听到了，不知是真是假，我也希望包产到户，大集体吃着大锅饭，吃不饱肚子。集体生产，偷懒的偷懒，干活的积极性也不高。啥时候能吃上白米饭，吃饱肚子，就是幸福了。"

"相信有那一天的，国家政策是变化的，只能越变越好，你看，当年知青下乡，现在知青不都陆续返城了吗？停止多年的高考，最后不也恢复了嘛！说不定我们的孩子以后读书读得，考上个大学，也就能过上城里人的生活。"

"你晓得啥是城里人生活吗？"

"每月按时国家发钱，住楼房，不被风吹雨淋，不在太阳底下暴晒。所以我们以后要好好培养娃儿读书，争取咱们家培养个大学生出来。只要咱们孩子读书读得，就是砸锅卖铁也要让她们读书。"

"还看她们是不是读书的料。对了，我还有一件事情要给你商量。"

"你说。"

"上前天，我在街上赶场，碰见了白林山上四姨婆的儿子贾林青。他家生了六个儿子，想要个女儿，想把最小的儿子跟我们换。"

这个消息对于陈建川来说，简直是当头一棒。因为在多多八个月时，杨召珍就曾想将她换给她娘家一个村上的人，那户人家有两个儿子，最初他们答应将小儿子与多多对换，后来对方改变了主意。从那以后，陈建川决定不再换自己的孩子了。换孩子的事情杨召珍也再没提过。此时，又突然提起，他愣愣地几分钟没说话。

说实话，在农村，谁不想有个儿子，有儿子，就有根，就不断香火，更有人养老。养儿防老啊！在农村，即使有孝顺的女儿，要是没有儿子，最终也是外姓，也会被别人瞧不起，也会受到有些村民语言羞辱。所以，有儿子没儿子的区别，陈建川比谁都清楚。

因此，在陈建川心里，也有过希望妻子生个儿子的愿望，但这些是说不清的。没有儿子，就是命！他相信命！

杨召珍瞥了眼他，见他没说话，又继续说："他家的小儿子咱们也见过，样子长得好看，只比多多大一岁。我觉得这办法不错，我跟贾林青哥也说了，只要你同意，我们就换。加上又是亲戚之间，他们带着我们也放心。"

"你怎么还没放弃换孩子的想法？"

"你以为我想？这也是没办法的事情。乡里乡外的，大家摆龙门阵也含沙射影地说我生了两个菜角豆，骂我生不出儿子。我就不信，你不想有个儿子？"

"想归想，毕竟孩子咱们也养这么大了，换给别人也舍不得。"

"现在不换，以后想换还没机会了，我也是没有办法的办法。"杨召珍从内心上也不愿意把自己的娃儿换给别人，但闲言碎语听多了，心里也憋得慌，没儿就低人一等，人家说是缺德事做多了，才生不出儿子……

"你得让我想想，突然换老二给人家，说啥子我还是感到心里被掏空的感觉。"

"你就想开点，有个儿子，咱们以后养老就不成问题了，也有依靠的人了。姑娘迟早都是别人家的，等她们嫁出去了，到时能回来看我们啥子。到时真是嫁出去的女，泼出去的水。"

陈建川觉得妻子说得在理，他的心里开始不平静。他看了看睡在另一头的两个孩子，目光久久停留在多多的脸上。多多甜蜜安睡的模样，揪动着他的内心。

乡村四月闲人少，才了蚕桑又插田。

四月，把乡村的春意荡起。花草树木郁郁葱葱。燕子飞回来，在农家院子的房檐下，或在茂盛的竹林里做窝。快满五岁的多多在院子里望着在空中飞来飞去的燕子，欢快地在地上跑来跑去追赶着，时而咯咯地笑着跳着。多多长得乖巧，一双晶莹剔透的眼睛嵌在一张圆圆的苹果脸上，更显出她的聪明伶俐。

突然一个声音喊住了多多。她是多多家院子前面的陈建强的女儿陈菊芬。陈菊芬下面还有一个妹妹陈菊花、弟弟陈菊松。陈菊芬已经十三岁了，个子高高的，梳着一双长长的辫子。

她站在她家后门的门口，大声说："多多，你还不跑，你爸妈要把你抱出去，你家来客人了，他要把你抱走的。"

多多瞪着一双大眼睛，半信半疑地望着她，不高兴地说："你才会被抱走。"

站在陈菊芬后面的陈菊花又说："你还不信？"

红琼不知从哪个角落里突然窜了出来，大声地嚷道："多多，多多，你要被抱走了，你要跟着表叔去他家了。"

多多不相信，飞快地冲进屋子里。她见堂屋里坐着一个陌生的男人，那男人比自己的爸爸年纪要大，满脸的胡子，穿着一套打满了补丁的黑色衣服。那个男人的目光总是停留在她的身上，爸爸在一旁陪他说着话。

杨召珍在灶屋里忙着准备午饭。多多来到她身边，问："妈妈，姐姐说家里来的客人要把我抱走，是真的吗？"

杨召珍说："不是的，表叔是带你去他们那里耍。"

多多有些不相信，又去问爸爸："爸爸，一会是不是表叔要把我带走？"

坐在一条长板凳上的表叔说："等会就跟表叔走。"说着他就伸手想抱多多，多多本能地躲开了他的双手。

陈建川将多多一把抱在怀里，说："你去表叔家耍，他们家有好几个哥哥，他们陪你耍！"

多多说："我不要哥哥，不要哥哥！"

多多好像相信是真的了，爸爸妈妈都不要她了。她大声地哭闹起来，"我不要跟表叔走，我不要哥哥！我不要哥哥！"

红琼在一旁高兴地跳着，还一边喊着："多多要抱走了……"

"你给我住嘴！"杨召珍大声地吼着红琼。

一股恐惧向多多袭来，她害怕了，她要跑！她挣脱爸爸的怀里，跑开了。

她跑呀跑呀，顺着屋前屋后跑了两圈，也没找到一个可以让她感到安全的地方，最后她跑到了自家竹林旁的猪圈屋里，蜷缩在一个角落，眼角的泪水顺着脸颊流了下来。

猪圈屋里有母猪、小猪和黄牛。小猪在母猪的怀里吃着奶。她盯着小猪，不停地哭泣着。

多多睁着一双婆娑的泪眼望了望小猪，见小猪不理她，又来到黄牛的身边，摸着黄牛的鼻子，自己的眼泪像洪水破堤一般，控制不住地流着。黄牛似乎懂得她的心思，乖乖地任由她抚摸。

吃饭的时候，杨召珍和陈建川喊红琼、多多吃饭，红琼听见喊声，从陈梅家里跑了回来。而多多也听见了叫喊声，她装作没听见。她不愿意见他们，也不想吃饭。她讨厌爸爸，讨厌妈妈，也讨厌那个要来抱走她的人。

杨召珍站在院子里扯开嗓门喊着："多多……多多……切饭了。"

陈建川对红琼说："去找你妹妹切饭。"

红琼沿着屋前屋后找了一圈，没找着多多，回来了。

陈建川接着出去找多多，找了几个来回，也没找着。这时杨召珍提醒道，你看看在猪圈屋里没有，就这么大个地方，她能跑去哪里?

陈建川在猪圈里看到了多多，多多的脸红扑扑的，因为哭得有些久了，眼睛显得红肿，泪水和着灰尘，更像一个小花猫。

陈建川抱她的时候，她挣扎着不让他抱。

陈建川说："来，多多，爸爸抱你去切饭，我们不会把你抱走的。"

多多盯着父亲，她的心里对父亲已经产生了不信任。她拒绝父亲的怀抱，一个劲倒退着坐在一个角落里。

陈建川突然意识到了，自己做了一件非常傻的事情，这件事有可能会伴随自己一生，这将会是自己欠孩子的债。

其实，想家里有个男孩的愿望杨召珍比陈建川强烈。提出将多多与别人的娃儿交换也是杨召珍的主意。

在杨召珍的百般劝说下，陈建川的心思开始动摇了，他终于同意将多多换给自己的表哥。虽说把多多换给了别人，但毕竟是自家的亲戚，一年到头也可以去看看。当确定换多多的日子后，他的心底里装的全是多多，每每目光会不由自主地盯在多多身上。是不舍，是难受，是无奈，是彷徨，种种复杂的情绪纠缠着他。有时，他甚至在睡梦中惊醒，发现多多被上面几个哥哥欺负，大家抢着一盆面，就是没多多的份，多多眼巴巴地望着他们。

处在矛盾之中的陈建川，找出无数个理由来说服自己，让自己一切往好处想。

陈建川给多多抹去脸上的泪珠，他的心里像针扎着，也像被什么东西撕裂着。看着孩子难过，他的心里也承受着痛苦。他不敢想，吃饭过后，孩子被强行带走的情景。虽然他也想过，想过不少那样的场景，但真正面对那一刻，往往比想象的要痛苦和残酷得多。

他违心地说："爸爸不会把你抱走，你妈妈还给你炒了你爱吃的豌豆。走，我们先切饭去。"

陈建川哄着多多。慢慢地，多多相信了爸爸，跟在爸爸的后面走进了家里，但她始终拒绝了爸爸的怀抱。

杨召珍见多多进屋了，说："多多，我给你炒了你喜欢吃的豌豆，来。"

多多没有回答妈妈，自个径直走进了灶屋，在灶台上用左手抓起了一个铁盅盅。盅盅里放着刚炒好的豌豆和开水。多多这一抓，盅盅瞬间倾斜，满满的一盅开水和豌豆倒在了她幼小的手臂上，顿时，整个手臂通红，不一会就起了一个很大的水泡。多多哇哇地大哭起来。

陈建川最先冲进灶屋，看着烫伤了的多多，他赶紧抱起她去找村里的陈三虎。

陈三虎三十来岁，长脸型，高高的个子，鼻子上架着一副近视眼镜。他看着烫伤的多多，问："咋回事哟，怎么把多多烫成这个样子？赶紧把衣服给她脱了，让手臂亮出来。"

陈建川一边给多多脱衣服，一边说："她自己抓东西，烫着了。"

陈三虎在一个纸盒子里拿出两支庆大霉素，说："赶紧把这药擦在手臂上，不要沾冷水，预防感染。"

擦药过后，手臂不再热辣辣地疼了。多多看着烫伤的手臂，像个莽子一样，脸上没有任何表情，嘴嘟囔着。她任由父亲抱着，回了家。

杨召珍看着多多烫伤的手臂，责怪道："怎么这么不小心？你看看你！"

多多不开腔，耷拉着脑袋，只瞥了母亲一眼，那目光里充满了仇恨。

贾林青看着多多，面无表情，多多手臂的烫伤好像与他无关。他在一旁静静地看着多多，自个抽起叶子烟来。

杨召珍看出了贾林青的心思，说："你看嘛，哥，事情都这样了，就看你意见。"

贾林青说："等娃儿伤好后再说。"

"要得，要得。"

贾林青在陈建川家吃过中午饭后就走了。多多躲过了这场不知道算不算是灾难的灾难。

而在经历了多多被换的整个过程后，陈建川看到了多多的巨大变化。他的心也在变化着。他下了决心，孩子，他要留下。他告诫自己，无论多苦多累，也要将孩子养大。

第三章　这是父母欠的孽债

多多手臂上的烫伤随着时间的推移完全愈合了，只是留在手臂上隐约可见的疤痕永久记录下了曾经发生的一幕。那疤痕红红的、鼓鼓的，像是一只还未蜕化的蝶蛹，只是不会动。然而，将多多送人这件事对多多内心造成的伤害，比起手臂上的外伤来要严重得多。

也许，多多还不懂得内心受的是什么伤，但有个事实毕竟存在，那就是她知道父母并不喜欢自己。她常常问自己，为什么不把姐姐换给别人，而要换自己呢？为什么爸爸妈妈不要自己？她心里有很多的疑问，但却不知道怎样去找到答案。她开始封闭起自己小小的内心世界，常常一个人坐在屋后的树下发呆。虽然有时，她还会去找同龄的小朋友去耍，或者到河里去捉小鱼，但她已不再依恋父母的怀抱，她甚至不想也不愿意投入父母的怀抱，她的心与父母之间有了明显的距离。

接连几天，多多都没喊过爸爸妈妈，她对任何人都不喊。切饭的时候喊她就切，不喊她，就呆呆在一个角落坐下，或站着。即使有和她说话的人，她也爱理不理。

陈建川看着原本活蹦乱跳的多多，突然间变得不爱说话了，他几次试着把她抱在怀里，都被挣扎着，逃出了怀抱。

这天晚上，陈建川躺在床上对坐在床沿上给红琼和多多补衣服的杨召珍说："咱们以后别想把多多换人了，我去过贾林青家，他们家孩子多，多多去了，可能饭都切不上。"

孩子都是母亲身上掉下的肉。要说杨召珍真狠心将多多送人，其实内心也是很难过的。

现在，只要睁开眼睛，看着多多，她的内心就充满了愧疚。她觉得自己对不起多多。很多次，也试着和多多说话，尽量将好吃的给多多，但多多都不领情，常常是不开腔不出气地走到一边。

本来就性情暴躁的杨召珍忍不住怒声呵斥多多，但呵斥的结果，往往是多多对母亲更加反感，弄得杨召珍也无可奈何。

杨召珍仔细地做着针线活，说："不要再提换多多的事情了，想到这事，我就不舒服。多多经过换她的事情后，整个人都变了，与我们也不亲了。想到贾林青看多多烫伤后，一点表情都没有，我的心就冷了，说啥子也不再换自己的娃儿了。"

陈建川责怪道："当初还不是你找的事情，你这叫脱裤子放屁，多此一举不说，还让自己的娃儿受伤。"

"哪个早晓得哇。事情都出现了，就只能这样。以后，我们加倍爱她还不行吗？赎罪吧，娃儿就是父母欠的债。"

按照规定，凡是年满七岁的孩子都应接受教育。由于农村学校条件有限，一个班上，同上一个年级的学生，年龄差距基本上会有两到三岁。山东村的孩子父母一方有城镇居民户口的去了福贵镇中心小学，农业户口的去了乡村小学。村里只有陈玲玉能上福贵镇中心小学，因为她的爸爸是军人。

杨召珍看着渐渐长大的红琼，内心里有种满足感，觉得孩子长大了，也应该上学了。自己就因为没读过书，只上了几天识字班，除了能认识自己的名字和一到九几个阿拉伯数字外，其他都不认识。为了孩子上学，她早早地给红琼准备了军绿色的书包，还有铅笔、橡皮。

9 月 1 日这天，杨召珍早早起床，做好早饭，喊上红琼起床吃饭。吃饭后给她换上了一套干净衣服，让陈建川带着她去学校报名。那时一个年级一个班，乡村小学共有五个年级，五个班。

到了学校，红琼发现陈梅、陈菊松、陈晓生跟她是一个班。

第一天背着书包上学的红琼，对读书的热情并没有她的母亲高。她甚至还不太想上学，还是被哄着去的，母亲告诉她，读书有多少好处，还有很多的细娃儿和她一起耍。

红琼到了学校才知道，上课不能讲话，要坐端正，要听老师讲课，还要写字，放学后，要做家庭作业。这突然的变化，让她有些适应不过来。往往是老师在讲台上讲课，她在下面不是打瞌睡就是用颜色笔涂书本上的图片，有一次还被老师罚站过，也挨打过手板。

多多看着红琼每天放学回家后就坐在凳子上，趴在桌子上做家庭作业，但她好像并没有认真做，而是东张西望，有时还给多多做个鬼脸。好奇的多多就凑过去，不是问她这歪（这个），就是问那歪（那个）。

一天，在红琼做作业的时候，多多又凑过去，被杨召珍发现了，大声吼道：“你姐姐在学习，你滚到一边去!”

多多看了看母亲，母亲的眼里都是凶光。她害怕了，胆怯地走到了一边。她看到红琼书上有五颜六色的图片，有些弯弯拐拐的东西，非常神秘。她有些羡慕。偶尔，红琼也会大声地读着：b、p、m、f……她就悄声地学读着b、p、m、f……

多多去找陈秀兰耍，陈秀兰不在家，陈玲玉在做作业。她又去晓生家、陈梅家、陈菊松家，见他们每个人都在做作业。她走了一圈，也没找到一个玩伴，于是自个在地上玩起了稀泥巴。

多多将泥土和上水，像揉面一样来回地揉着，和出的稀泥比她的手掌还大。她一会做成碗，一会做成杯子，一会做成汽车，一会做成小人，想到啥子做啥子。有时还将做好的碗里吐上口水，然后扔在地上，就能发出“砰”的声音。

她自个在地上玩着，正当她玩得高兴的时候，陈建忠担着水桶说：“多多，你还在这里耍稀泥巴，你妈来了，快回去。”

多多看见妈妈手里拿着一根竹条子，向自己跑来。她赶紧将稀泥巴甩掉。说时迟那时快，竹条子一下下落在了多多的手上和身上。

杨召珍看着多多那身泥土衣服，浑身都是气。她拽着多多一边打，一边骂着：“你个挨刀的，朗开这么不听话，衣服我不难得洗嗦。”

陈建忠放下水桶，上前拉了起来，说：“细娃儿就是在地上滚大的。”

杨召珍并没解气，说：“给老了回去在地上跪倒。”

多多回家跪在了院子的地坝里。陈建川看着她，上前把她拉起来，多多挣扎着不说话，也不起来，只是眼泪在眼角打转。也许，在她心里，即使跪下，不要面对妈妈才是最幸福的事情。

陈建川说：“孩子她妈，她又啥子了吗？你又打她。”

“你看看，今天才换的衣服，又弄脏了。”

“你给孩子说服教育嘛。”

陈建川说着又去拉多多，要把她抱起来。多多仍然不说话，挣扎着不起来。

杨召珍说："别管她，她要跪，就让她跪吧，你去煮夜饭，我去打扫猪圈里的卫生。"

陈建川转身进屋做饭去了，杨召珍进了旁边的猪圈屋，院子里只剩下多多一个弱小的身影，她双膝跪在地上，目光呆滞地望着灰暗的天空。

第二天早上，陈建川发现多多身上起了许多凸起的小红点。凭着以前的经验，他想，是不是在出水痘。

陈建川赶紧去猪圈屋喊正在喂猪的杨召珍。杨召珍赶紧跟着陈建川进屋看多多。可能是因为瘙痒，多多坐在床上在用手抓。杨召珍看了看多多的手上，又仔细地看了看她的脸，接着又捞起多多的衣服看了看，说："就是出水痘。"

陈建川说："那朗开弄?"

"你去问陈三虎，给她开点药，出水痘至少要一个多星期。"

星期六的下午，放学回家的红琼第一件事就是做作业。当她把作业做完后，在地里干完活的母亲也回来了。她说："红琼，赶紧去烧火煮饭吧。"

红琼说："要得。"

灶屋里黑漆漆的，没有一点光线。红琼在灶台上摸着火柴，她划了一根，然后将煤油灯点上。煤油灯是用一个小的墨水瓶做的，非常简单，就是在墨水瓶里放上些煤油，然后用草纸做一个细小的灯芯，浸湿就可以。

紧跟着杨召珍也来到灶屋，说："红琼，你先把这铁锅洗了，我去看看你妹妹醒了没有，都困了一个下午了。晚上我们炕（烘）面皮来切（吃）。"

杨召珍喊着："多多，多多。"

多多睡得很死。

她伸手摸了摸多多。多多翻了个身又睡过去了，发出甜甜的鼾声。陈建川到家的时候，杨召珍和红琼已经将夜饭弄好了。

陈建川问："多多呢?"

红琼说："妹妹还在困瞌睡。"

陈建川说："哦，得把她喊醒，困了一个下午了。"

说着陈建川也去喊多多。

"多多，多多，醒醒，该切饭了。"陈建川摇晃着多多。

多多睁开眼睛，陈建川把她抱了起来。多多身上的小红点变成了小水泡。因为出水痘，接连几天都被关在黑暗的屋子里。每天除了切饭就是困瞌睡。

唯独星期三那天，红琼上半天课，她在家照顾着多多，还给多多做了吃的，当然，在多多的要求下，偷偷地放她去外面玩了一会儿，赶在父母回家之前回家的。

陈建川问："肚子饿了没有？"

多多揉着眼睛，摇了摇头，然后用手要去抓脸上的水泡。

陈建川赶紧拉住她的手说："不能抓，抓了脸上就不好看，就是麻子。"

多多似懂非懂。

陈建川抱着多多到桌子上切饭时，陈建安从街上回来了，他没进自己的屋子，而是直接进了陈建川的家。他自个在桌子旁坐了下来。接着从兜里掏出了两个麻花，分别给了多多和红琼。

杨召珍知道他肯定没切饭，说："去拿碗筷来，我们一起切。"

陈建川说："你今天又在街上打牌吗？少打点，你也二十出头的人了，得成个家。"

"我晓得。"

"给你说，你就晓得，一年一年混起快哟，把年龄混大了，成家就困难。"杨召珍说。

陈建安还没成家，一直是杨召珍的心病。看着陈建良成家后，都有两个孩子了，陈建安还是一个人，让她放心不下。

"我朗开不想成家吗？没得女的跟我，也没人给我说媒。"

他们说得热火朝天的时候，隔壁传来了争吵声、哭声、骂声、打斗声。

杨召珍放下碗筷走出屋。陈建川也跟着出来了，只有陈建安和多多、红琼还在桌子边切饭。

赵月华抓住陈建良的衣领，又骂又抓，流着眼泪，嘴里不停地骂着："你个龟儿子，有本事就把老子打死，老子不活了。"

陈建良抓住她的头发，用脚踢着，嘴里也骂着："你个死婆娘，朗开不讲道理？老子输了钱，你就跟我闹，骂老子；赢了钱，给你就安逸。"

"你整天活不干，就知道在牌桌上坐起。当初瞎眼了，嫁给你这个挨刀的。"赵月华越骂越激动。

陈建良"唉呦"叫了一声，推开赵月华，说："你有本事再嫁呀？你也好不到哪里去，不是我，看你嫁得出去不？"

“哼，不要脸的，去你妈的！”

“死婆娘，你给我住嘴！”

陈建良又一把拧住赵月华的头发，把她按在地上撞，那架势吓得一旁的两个女孩子哇哇大哭。大孩子兰花已经两岁了，比小孩子桂花大一岁，她们看着父母打架，只是一个劲地哭。

陈建川和杨召珍一个拉着陈建良，一个拉着赵月华，劝了这个劝那个。

陈建川拉开陈建良进了自己的屋子，陈建安看着他说：“你球莫名堂，天天就知道吵！”

陈建良没好气地说：“你懂个球。”

陈建川喊着陈建安，“你就少说一句要得不！”

陈建良坐在陈建安对面的板凳上，见桌子上的盆子里还有吃的，拿起桌上的空碗舀起吃起来。

陈建川看着他说：“你也该懂事了，都两个娃儿了，整天就知道在茶馆打牌，能靠得住吗？赌博赌博，越赌越薄，我就没看见哪个靠赌博发家的。”

陈建良说：“我前段时间手气好，赢了不少钱，这两天手气臭，才输了钱。”

“你现在手里又有几个钱？赢了都还好，要是输光了，一家大小切啥子？”

“我就收活路后，打哈牌，又啥子？”

“你呀，赶紧切饭，切饭后，赶紧去弄娃儿。”

陈建良说：“老子才不管，让她妈管。”

此时，杨召珍抱着桂花，一边劝赵月华，一边给兰花说：“喊妈妈别哭了。”

兰花扑在妈妈怀里，说：“妈妈，不哭了。”

赵月华搂着兰花，一边抹眼泪一边说：“嫂子，你说他是不是个人，整天在外只晓得打牌。”

杨召珍说：“我知道知道，你先别哭了，都这么晚了，赶紧起来，别坐在地上，你看在娃娃的份儿上。”

杨召珍一手去拉赵月华起来，好说好歹，赵月华才起来拉着兰花进了屋。

安顿好红琼和多多睡觉后，杨召珍才洗脸洗脚上床休息，这一天也才算结束。

陈建川把煤油灯吹熄了，整个屋子里黑漆漆的一片，伸手不见五指。他比杨召珍先上床休息了一会儿。

杨召珍侧着身子躺在陈建川身边，她说："今晚这顿饭都没切昌盛，陈建良两口子总是吵吵闹闹的。"

"他们是那性格，有啥法?"

"三天一大吵，两天一小吵，我实在不想跟她们住在一起了。再说，我们的住房太窄了，是不是也去村上申请批几分宅基地修几间房子?"

"我们现在哪有钱修房子?"

"去借钱。"

"哪里借？修房子不是笔小数目，我看等以后再说。"

"你也不动脑筋，孩子一天天大了，陈建良也两个孩子了，陈建安遇到合适的也得成个家，就我们现在这房子，朗开住人？我们是老大，先修房搬出去，把这房子让给他们兄弟一人一半，也就解决了他们的住房问题。再说了，住在这里也憋屈。"

"怎么憋屈了?"

"你看我们院子前面，陈建强加修了一间猪圈把我们的房子都挡完了不说，还把我们过上过下的路都封了。"

陈建川在一旁默不吱声地听着。陈建强加修猪圈时，陈建川主动找过他协商，希望挪动一点，别挡住他家的房屋。但陈建强好像是有意要那样干，不光超面积加修了猪圈，还把陈建川他们过上过下的一条路给封了。

为了那条路，陈建强与陈建川两家有了一次激烈的争吵，甚至找来了村里的领导调解，但由于陈建川家势单力薄，领导的调解还是有偏向的，最后没有改变结局，陈建川他们只得另外绕道走其他的路。因为那条路，也导致了两家心理的隔阂。

杨召珍继续说："我都看好一块地，在那里修房子，屋基肯定好，而且那地我还找风水先生看了。"

"你哪个时候找人看的？我朗开不晓得?"

"你，家里啥事你操心过?"

"人家说啥了?"陈建川来了兴趣，赶紧问道。

“说那屋基很好，朝向也好，不但家业兴旺，后人也有发展。那块地就是我们的菜园地。”

提到菜园地，陈建川实在是清楚不过了。那是去年底才分得的。1982年1月1日，党中央批转《全国农村工作会议纪要》肯定了包产到户的社会主义性质。1983年又下发文件，明确指出家庭联产承包责任制是在党的领导下我国农民的伟大创造。之后，全国农村开始实行家庭联产承包责任制，分田到户。每一个家庭都得到了一定数量的土地使用权，农民在自己的土地上想种什么就种什么，想种多少就种多少，谁也管不着，农民再也不用看别人的脸色行事了。改革开放前，高度集中的计划经济体制时期，农民完全被束缚在土地上，失去了人身自由，农民在自己耕种的土地上没有自由选择耕种的权利，也没有离开土地的权利。假如谁要想干点小买卖，那就要割你的资本主义尾巴，被批斗。而陈建川所在的村是在1981年年底实行的这一新政策。

陈建川说：“农村的宅基地要经过村上批，按照人头批，这事好不好弄?”

“事是死的，人是活的。我不相信，村上不给我们批，过几天我就找村上。就是不批，我也要修房子，那地是我们家的地。”

陈建川问：“钱从哪来?”

杨召珍说：“信用社贷款。头场赶场，我在街上碰见你在信用社工作的同学贾辉了，他问起我们的情况，我说想贷点款修建两间土墙房子，就是没担保人。他问需要多少，我说三百块钱。”

贾辉是陈建川从小学一年级到三年级的同学。陈建川上三年级时，父亲生病去世，作为家里的长子，也算是家庭里的主要劳动力，他不得不辍学回家，帮着母亲干农活。贾辉却很幸运地一直念到高中毕业，毕业后，进了信用社工作。

陈建川说：“既然这样，我明天去信用社，先把钱准备起。”

夫妻俩越说越兴奋，完全没了睡意，好像他们所想的房子马上就要修建起来，似乎马上就能住进宽敞明亮的新房了。

杨召珍接着又说：“只要我们夫妻同心，黄土也能变金。等把这房子修好了，我们再想办法，弄点其他东西来做，争取多挣点钱。庄稼人，虽说守点庄稼饿不死人，但除去成本也剩不了啥子。”

“那是，一步一步地来，日子总会过得越来越好的。”

他们有一搭无一搭地摆着龙门阵，直到外面响起了雄鸡报晓的啼叫声，才觉得时间不早了，催促着彼此，赶紧睡觉。

雨，还在淅淅沥沥地下。乡村小路蜿蜒曲折，漫无尽头。陈建川头上戴着斗笠，肩上披着蓑衣，脚上穿着破了几个洞的水鞋行走在乡间的泥土路上，深一脚浅一脚。他的步伐迈得极大，他要赶紧去街上的农村信用社找贾辉贷款。

大街上，行人不少。有的站在街沿上卖起了鸡蛋、茶叶、食盐等生活用品，街上出现了少有的热闹。

这种场面是随着国家政策对市场经济的逐步开放出现的。1981 年 7 月 7 日，国务院文件里有句大实话：个体户也是劳动者。但是个体户也被限制在拾遗补缺的范围：“个体经济是社会主义经济的必要补充，应允许雇少量帮工和学徒。”少量指的是七人，超过这个数字，就成了资本家。那时，资本家就是剥削者的代名词，因此，并不好听，也是不允许的。而那时的个体户是专授予城里人的名称，农村人望“城”莫及。直到 1982 年，国务院明确提出“允许农民进城开店、设坊、兴办服务业、提供各种劳务”的经济政策，胆量大的村民，开始尝试着做点小买卖，更多还是将自己家产的农产品拿到市场上交换，卖点鸡蛋换点油盐肥皂之类的生活用品。

还没到上班时间，陈建川赶到那里时，信用社的大门紧闭着，他趴在门上，向门缝里张望，里面亮着灯光，隐隐约约能看见里面有人说话。

突然有人站到了陈建川的身边，问：“陈建川，你这么早就来了？”来人是他村的陈作然。

陈建川说：“早点来，今天当场人多。”

陈作然还不到五十岁，却已是满头白发了。由于过度抽烟，一嘴的牙子焦黄。他的个头不高，顶多一米五左右。他把披在自己肩上的蓑衣取了下来，拿在左手上，说：“这个雨昨晚下到现在，都还不停，气温越来越低了。”

陈建川说：“啥时候了，再不冷？现在是数九了，转眼就要过年了。”

陈作然说：“是啊，时间过得就是快，你家年货都准备了吧？”

“准备啥哟。”

信用社的门嘎的一声开了。陈建川往里面望了望，没见着贾辉的身影。

他对陈作然说："你先办理吧。"

陈作然站到柜台前，从自己裤腰里掏出一个小布袋子，再打开布袋子，把里面叠成一个卷的钱掏出来。这些钱里面，只有一张最大面值的十元人民币，其他都是五元、两元、一元的。他数了又数，整整数了三遍，才把钱递进去，交给柜台里的工作人员。

工作人员问他存多少钱？他说一百。

陈作然家的经济状况相比陈建川家要好得多。陈作然带着两个已经结婚生子的儿子陈武、陈海在村里干起了烧砖的买卖。父子三人合伙打窑洞，烧砖瓦。

陈建川站到了信用社的街沿边，他来回地走动着，不时将脑袋伸长，望着信用社的柜台里。他几次想问柜台里的工作人员，贾辉来了没有，但却没有那个勇气。他有些胆怯，也有些腼腆。他不喜欢求人，也不喜欢麻烦人。早上他本来是想让杨召珍来贷款的，杨召珍说她不识字。他想拒绝，也说不出个所以然来，最后杨召珍说他的脸是床单包的，怕见人。

陈建川怀着不安的心情来回在信用社门前徘徊，虽说只是向信用社贷款，但多少有些难以启齿，特别是在自己同学面前。这世道，没有担保人，款贷不了。

"陈建川！陈建川！"突然一个声音叫住了他。

陈建川向后望了望，是贾辉。贾辉穿戴整齐，左手撑着雨伞，右手拿着一个公文包出现在他身后。

贾辉说："来了有一会了吧？"

陈建川说："刚来一会。"

贾辉知道陈建川的来意，说："你爱人都把事情给我说了，我这就给你办。"

陈建川说："麻烦你了，老同学。"

"客气话就别说了。"贾辉走在前面，陈建川跟着他进了信用社。

不到十分钟的工夫，陈建川贷款的事情就搞定了，拿到贷款来的三百元钱，陈建川连连给贾辉说了好几声谢谢、麻烦了之类的话。

离开信用社，陈建川没有立即回家，而是直接去了农贸市场。农贸市场的西南角有个专卖牲畜的地方，卖猪、卖牛、卖羊就在那里。他要去那里看看行情。家里的母猪产了十头小猪，还有一天就满月了，他要去看看现在的小猪行情，估计着能卖多少钱。两天前，他碰见了兽医站的兽医，让过两天给他家的小猪骟了。

农贸市场的景象非常壮观，人们在人潮中涌动，说话声、叫卖声、猪叫声、羊叫声，人与畜的声音交替着，声声入耳。陈建川艰难地在人潮中挪步，一只手却紧紧抓住裤子口袋，生怕贼娃子将自己贷款的钱给偷走。

好不容易挤到了卖小猪的地方，陈建川东看看，西瞧瞧，一会问这猪朗开卖的，一会又问那猪朗开卖的。陈建川只是问价格，却不给人回价，人家觉得他没买猪的诚意，也就不搭理他。

整个猪市转了一圈下来，陈建川心里多少有些底了。他便准备回家，但他刚走出农贸市场门口，意外碰见蔡家村自己三爹的儿媳妇王丽芬。

陈建川的爷爷生了十二个孩子，八个男孩，四个女孩。成年后，八个男孩成家了，搬离了祖屋，分散在其他乡镇，有的则当了上门女婿，去了别人家。四个女孩也嫁入他乡，唯独就陈建川的父亲守着祖屋。离陈建川家最近的也就是蔡家村他三爹陈来贵了。

陈来贵已故多年，生前有四个孩子，两儿两女，大儿子不到十岁夭折了，二女儿陈建珍嫁到了黄泥，一年后，随在大庆当石油钻井工人的丈夫移居到那里。三女儿陈建红没有文化，有点憨，有点笨，家人到处托人想把她嫁出去，最后嫁到了永兴覃姓人家。覃家兄弟姊妹多，家庭条件差，覃家三个儿子娶个老婆都不容易，所以当媒人把陈建红介绍给覃海涛时，也就同意了。

覃海涛婚后一年去了部队当兵。在部队上，他踏实、努力、上进，获得了不少殊荣。1972 年，根据家属随军政策，全家到了部队。1973 年，陈建川与杨召珍结婚时，他们参加了婚礼。1980 年，覃海涛转业到了地方彭州市，任某局的局长。

陈来贵的幺儿子陈建行体弱多病，本以为这辈子讨不上老婆了，哪知经人介绍，遇上了成分不好的王丽芬，于是成就了这门婚事。

陈建行与王丽芬结婚后，很快就有了长子陈晓，次女陈落梅。应该说在农村有儿有女是最幸福的事情了，但随着孩子一天天长大，发现老大是先天性近视眼，而且近视的度数非常高。夫妻俩担心陈晓不能干农活，于是他们又生了一个儿子陈达，是个健康的男孩，也如他们所愿了。

然而好景不长，陈建行由于长期操劳，本就不好的身体更加雪上加霜，意外检查出得了肺结核，从此丧失了劳动力，一家的重担落到了王丽芬身上。好在王丽芬一家与陈建川一家走得近，遇上农活，就得靠陈建川兄弟三人去帮忙。

陈建川看着嫂子王丽芬在农贸市场大门口与一堆人围着，便问她："嫂子，你在这干啥子？"

王丽芬说："我上街来买斤盐巴，老弟，你也在赶场呀？"

"是啊，建行哥身体怎样？"

"药罐子，一年四季不断。"

"孩子们都好吧。"

王丽芬说好后，然后又给陈建川说了一堆有关她家孩子的具体事情。

说陈晓和陈达学习成绩都还可以，希望他们以后能考上大学，这样就可以出人头地，光宗耀祖。说陈落梅在一个星期前收到在彭州市的三姑父覃海涛的来信后，第三天就乘坐长途公共汽车去了他那里。

王丽芬还说，陈落梅到了她姑妈家，姑父说给她找点事情做，在那里待着，以后就在那里处理个人问题，哪怕找个菜蔬队的也比回老家种地强。

弟嫂拉了好一会儿家常话，陈建川也告诉了王丽芬他家要修房子的事情。王丽芬一个劲说是好事，只是有些愧疚地说，兄弟，你看嘛，我家陈建行这个病号，不能来给你帮两天忙，对不住！

"你个短嘴巴，你死到哪儿去了，大上午办屁那点事情都没办完，现在都啥时候了？"陈建川刚走到自家院子的地坝边，杨召珍站在街沿门口的骂声就迎了上来。

陈建川脾性很好，再怎么骂，都是笑脸相迎，这让杨召珍心头更气。

杨召珍能不生气吗？早上切过饭，冒着雨在地头干活，眼看中午时间快到了，就得收工回家，给在读书的红琼煮饭吃，免得上学迟到。饭煮好后，左等右等就是不见陈建川的影子，问了过路的一个又一个人，都说没看见他。难不成是贷款没办下来，没办下来早该回家了。如果办成了，这整个上午躲到哪个犄角旮旯了，是不是把贷款的钱搞丢了？想到这些，杨召珍非常不安。她甚至让红琼去街上找了一趟。

现在看见陈建川回家了，她的气就来了，骂声也随自己心头的火气膨胀起来。

陈建川笑着说："孩子他妈，火气小点要得不，你这声音像高音喇叭，生怕乡里乡亲听不到你的声音呀。"

"你安逸哟，出去就是一个上午。"杨召珍没好气地说。

"我也没耍，贷款办好了，我去农贸市场看了下猪价。"说着陈建川就将贷款的钱从口袋里掏出来，交给杨召珍。

杨召珍认真地点着钱。一旁的陈建川一边看她点钱，一边说："今天我碰到王丽芬嫂子了，她说她家陈落梅去了彭州市覃海涛哥哥那里了。"

"估计以后要在那里安家。"

"听嫂子说，覃大哥要给她安排个工作。"

"听说他当大官了，不晓得以后能不能帮我们两个娃儿一下。"

"到时找到他帮个忙，可能会帮的，你看，我们结婚，没请他们，他们晓得后，都来了。"

"那得看以后了，毕竟从那以后就没走动，人不走不亲，水不搅动不混。话说回来，他那么远，也走不去的。"

陈建川突然想到了孩子，说："红琼上学去了吗？"

"不上学，等你呀。"

陈建川又问："多多呢？"

"不晓得，她长了脚的，我也不能随时背在背上。"

杨召珍说完转身进屋，将钱藏在一个墙壁的旮旯里。杨召珍有个习惯，家里有点钱，不是放在箱子柜子里，而是塞在斜房屋里的泥巴墙壁缝里。而她放钱的时候，正好被在另一个角落里找蛔蛔的多多撞见，多多不声不响地躲在角落，她睁大一双明亮的眼睛，清楚地看着杨召珍放钱的地方。

等杨召珍放好钱走后，多多窜着跑了过去，她仔细地找了起来，一下子就找到了一个塑料袋子装的东西，她用小手将它掏了出来，里面有很多很多的钱。

多多看了看钱，摸了又摸，她想拿一点。她一次次拿了一张钱，又一次次地放进去，接连重复了好几次，最后还是完璧归赵地将钱放回了原处。

多多像发现了什么大秘密似的，脚步跳得轻盈而有活力，而这个秘密似乎天下就她一个人知道，但她也知道，不能告诉任何人。她朝屋里走了回来，眼睛还不时向那处望去。

多多突然从屋子里冒出来，让杨召珍有些吃惊。她问："多多，你刚才在哪里？看见什么东西没有？”杨召珍担心多多发现她藏钱的事情。

多多说：“没有。”

杨召珍说：“你刚才在哪里耍的？”

多多指了指灶屋，说：“那哈。”

杨召珍又问：“没扯谎吗？”

多多摇了摇头。

陈建川端着饭碗在桌边吃饭。他觉得杨召珍有些奇怪，问：“你把孩子审犯人似的干啥？”

“你切球你的饭，这儿没你的事。”说完，杨召珍就转身进里屋，看了看刚才放的钱，发现钱还在那里，她的心才安定下来。

第四章　人穷被人欺

经过一个多月的奔波，陈建川的宅基地也没有批下来。这天还是碰了一鼻子灰的陈建川回到家中唉声叹气地坐在堂屋的板凳上，一声不吭。

杨召珍手里拿着菜刀在宰猪草，她说："饿死胆小的，撑死胆大的，老子就不信，他不给批地，我们就不修房了。巴掌大的住房，我们整个大家子朗开住得下，这不明摆着是欺负咱们吗？"

陈建川心里也很清楚，是对方在故意刁难自己。知道自己家里穷，也没有背景，加上又生了两个姑娘，人前人后被人看不起。1976 年 12 月 3 日晚上的那一幕，至今还让他记忆犹新。人穷被人欺，马善被人骑，有理也没地方讲。

那天，天没亮，队长陈建军就带人找上门来，说保管室的粮食丢了 80 斤，有人反映是陈建川夫妻半夜去偷了。队长说得理直气壮，而陈建川气得说不出话来，倒是杨召珍没被吓住。她直接问，究竟是哪个说的，并说，自己家压根就没半夜起来偷保管室的粮食，谁不要脸要栽赃？

队长说："人家都反映给我们了，现在粮食也丢了，你们就得把粮食退回来。"

杨召珍说："退回来，拿啥子退你们，我们没偷，你到我家找找，找到粮食就是你们的。"

"到肚子里去的货，还能找回吗？"队长说。

"80 斤重的粮食，我家一顿能吃完，你家可能吃得完，我家不是猪，没那胃口！"

"反正你得交出来，不交出来，就把你家分的粮食拿出来补齐！"

杨召珍又气又急，真是祸从天降，无缘无故背上了一个手脚不干净、贼娃子的臭名，而且还要将自己家的粮食拿走，这是啥子事？

杨召珍委屈得眼泪掉了下来。她一边抹泪，一边说："既然你非要说我们偷了粮食，那你就把那告发我们偷粮食的人喊来我们对质，我行得端，做的正，敢对天发誓。”

队长说：“你再怎么狡辩也于事无补，如果你不退出粮食，到时集体分口粮时，就从你们家的粮中扣除。”

队长说完这话就走了。后来队长说到做到，在给陈建川家分口粮时，扣除了80斤。

两年以后，这件事情才传出来，是王丽芬村的杨正等人偷的，据说，12月3日晚不但偷了陈建川他们村保管室的粮食，还有另外三个保管室也被偷了。由此让陈建川家白背了个黑锅。

陈建川也说：“这帮狗日的，就知道欺负人，他们随处建房就可以，我们拿自家的菜园地建房都不行。”

杨召珍说：“我就把咱们靠路边的那块菜园地来修。我就不相信他们把我们吃了，把我们修的房子给推了。他们敢那样做，老子叫他过年都过不清静，不信就试试!”

陈建川担心修房出现意外，多一事不如少一事，自己拿鸡蛋碰人家石头是碰不赢的，再说，自己的拳头，哪有人家的权大，说：“咱们将就住吧，修房的事情以后再说。”

杨召珍说：“我就要修！再说，我们把修房子的石头买了，树也砍了。车到山前必有路，船到桥头自然直。我们就先修两间再说，盖个茅草房。”

“那准备啥时候动工？”陈建川问。

“前天我赶场，碰到了陈家塆的陈建洲哥哥，他说，应该找个风水先生看看屋基，再动工，石匠的活路他帮忙就是了。你说，我们找谁来看屋基?”

说话间，杨召珍的猪草宰好了，她站起身，继续又说：“我看呀，还是让陈建洲哥哥给咱们找，毕竟他是石匠，到处跑来跑去，见多识广。”

“要得，明天我就去找他，把这事给他说说，顺便问他，有啥规矩可讲。”

第二天中午，陈建川吃过午饭，就去找陈建洲了。当他到陈建洲家时，他家大门是敞开着的，陈建川喊着：“陈建洲哥、陈建洲哥。”里面没有回声。

他径直往屋里走去，几间屋子里都没有人。然后他又走出来，站到地坝里。从外面干活回来，肩上还扛着锄头的陈建家见是陈建川，赶紧喊着：

“老弟，来了哇，切饭没有，走，到我家去，你嫂子在屋头。”

陈建家与陈建洲是亲兄弟，他们的父亲与陈建川的父亲是亲兄弟，他是陈建川的堂兄。他中等身材，圆脸形，说话不温不火，头发比较稀少。与陈建川他们彼此隔得稍微有点远，所以走动就相对少些，但遇到哪家结婚生子修房啥的，还是会聚到一起，相互帮忙。每年的正月初二，他们都会派几个代表回老祖屋，给去世的先辈上坟。

陈建川说：“哥哥，我是来找陈建洲哥的，我准备修建两间房，找他帮我们找人看建房的地基和风水，选个动工日期。”

陈建家说话间把锄头从肩上放了下来，说：“建房子是大事，一定要看好期，选好地。那你先到我家坐坐，等我弟弟回来了再说。”

这时，陈建家听到了他婆娘的喊声：“陈建家，陈建家，切饭了哟，切饭了哟！”

陈建家回应着：“回来了！”

“哥哥，你先切饭，我在这里等他。”

“我喊他。”陈建家说。说完便扯开嗓门喊起来：“陈建洲，陈建洲，建川老弟来找你了！”

此时的陈建洲和他的婆娘张素芬都在地头忙活，他们都听见了喊声。

陈建洲回应着：“听见了，听见了，马上回来。”

陈建川对陈建家说：“哥哥，你先去切饭。”

“那我先切饭了，老弟，房子选好日期后，告诉我，我们来帮忙。”

“要得，要得。”

兄弟俩不停地说着话，一来二去，直到陈建洲夫妻从地里回来，陈建家也没有进自己家，而是站着和陈建川拉家常。

张素芬看见陈建川和陈建家站在地坝里，赶紧说：“你们进屋头坐，我这就烧火煮饭。”

陈建洲和张素芬把肩上的锄头放到了屋沿的一个角落，然后拍了拍身上的泥土，接着又说：“我们刚才去把坡上那点地挖完了回来的。”

陈建家说：“建川弟，我先回去了，你等哈到我们家来吧。”

陈建川说：“不用了，我在这坐会，就得回去。”

“那我就不留你了，有啥事，就带个信过来。”陈建家说完，就回家了。

张素芬进屋后，在灶屋里给陈建川做醪糟蛋，留下陈建洲和陈建川在堂屋里说事。

陈建川将自己家的事情告诉给了陈建洲，陈建洲爽快地答应了，说：“明天我就去找人，我认识一个叫贾麻子的风水先生，很会看风水，不过，他年龄有七十好几了，还不知道他能不能走一趟。”

“哦，那他能不能来？”

“这我说不准，他不光年龄大，还有就是住得远，在义和山上。”

“那还有别的风水先生吗？”

“当然有，只是贾麻子更有威望，我先去请请他，他如答应了就好了，不答应，我再找别的人。”

此时，素芬端着一碗热腾腾的醪糟蛋给陈建川，让他赶紧趁热切了。陈建川说自己切过饭了，让陈建洲哥哥切。

陈建洲说：“老弟，你赶紧切了，一碗开水也胀不死的，再说了，到哥哥这来，一碗水总该喝吧。”

一碗醪糟蛋在陈建洲和建川间相互推让了好几个来回。陈建洲再三强调不喜欢切鸡蛋，说要切就让你嫂子也给煮一碗之类的话。

其实，陈建川心里非常清楚，这年头，哪家的条件有多好呢，鸡下个蛋，不是卖钱称盐打油，就是留下来招待家里来的客人，自己是舍不得吃一个的。

陈建川一个人独自吃了起来，但他心里并不踏实，毕竟哥嫂就在自己身旁。看陈建川吃完了，素芬又赶紧将碗收走。

陈建川问：“给风水先生多少钱？”

“等人家看了再说。”

张素芬听见他们在谈请风水先生的事情，问：“要干啥子？”

陈建洲说：“兄弟要修房子，想找个先生看看。”

“哦，那是，那是，风水好了，人丁兴旺，后人才有好发展的。”张素芬说到这的时候，接着又问：“多多怎样了？长得怪机灵的，跟我们家小群同龄的，该上学了吧？没有再打算把她送人吧？”

多多送人的事情，陈建川家的亲戚老表多少都知道。特别是说给贾林青换孩子，尽管有亲戚关系，但大家还是觉得各养各的好。另一方面，贾林青住在山上，交通也不好，那才是靠山吃山。

陈建川说：“不送人了。”

张素芬说：“我就很喜欢多多，那丫头长着一双水灵灵的大眼睛，双眼皮，很逗人爱的，将来肯定有出息。”

陈建川说：“都这样说呢。”

随着时间的推移，多多长得越来越讨人喜欢，嘴巴甜，对人也很有礼貌，当然也很淘气。

陈建川见时间不早了，也不愿意再耽误他们的时间，便起身说家里还有事，就走了。

陈建洲夫妻将他送到了大路口，望着陈建川离去的背影渐渐远去，他们才往家走。路上，张素芬对陈建洲说：“陈建川弟呀，好在娶了杨召珍这个能干的女人，把这个家给撑起了。”

陈建洲附和着说：“那是啊，舍得吃苦又能干。”

十二月的天气开始有些冷了，尽管多多穿着单薄，但她却满头大汗，因为她在与保管室住家的陈玉英的儿子杨佳伟玩烟牌。说起陈玉英家的这个房子，还是分田到户后，保管室折成钱，卖给她的。而集体的东西均分给了个人，就连保管室坝子的石板，也分别分给了每户人家，最后每家分到了两块石板，因为这是以前大家共同晒粮食的地方。

烟牌是用大人抽过的香烟盒做成的。剪刀、石头、布来决定谁先打烟牌。规则就是把烟牌打翻。多多是打烟牌的高手，很快就将杨佳伟手里的十多个烟牌赢完了。杨佳伟还想继续玩，跟多多借烟牌，多多不同意，他蔫头耷脑进屋去了。多多手里拿着战利品，兴奋写在脸上，她手舞足蹈地又想去找别的孩子玩耍了。

她来到晓生家，晓生正在灶屋的灶台前烧火，给猪煮猪食。晓生说：“现在我没时间跟你耍，下午再说吧！”

“那我帮你烧火吧！”

“好啊！”

“你帮我烧火，我给你拿东西切！”

听说有东西切，多多忍不住抿了抿嘴。

晓生立马爬上灶台，在灶屋的屋梁上取下一个兜子，兜子里有红薯。他拿出一个给多多，说：“我们一人一个，多了被我妈发现了就不好了，这红薯是前几天才煮好的，放在这上面还没有熏好呢！”

多多接过红薯，咬了一口，说："晓生哥哥，这红薯真好切！"

"是吧，等熏好了，我再给你！"

多多一边嚼着红薯，一边帮着晓生烧火，晓生则在一旁踢着毽子。烧了一会儿，多多觉得无聊了，说："哥哥，我想回家了！"

晓生家的隔壁住着陈闵民一家。陈闵民比晓生大十来岁，已经结婚生子了。多多为了方便，从陈闵民家穿过去，从他家的后门出来，然后再回自己的家里。

当她经过陈闵民的灶屋时，看见陈闵民的婆娘吴碧珍在一个铁锅上画东西。她走进一看，原来是在锅底画了一个小人儿。

吴碧珍见是多多，问："你还没回家嗦？你家来客人了。"

"马上回去！"

"你为啥要在锅底上画个人儿？"

"我家小孩夜哭，听说是被鬼吓着了，头发都长立起了。人家说在锅底上画个人儿，烧了后，刮下锅底，给孩子烧水喝就能治好的！"

"真的啊！"多多有些吃惊，但她也不明白，转身就回家了。

刚进家门，多多看见了陈建洲，她喊道："幺爸。"

陈建洲看着多多，笑着说："多多，来，幺爸抱抱。"陈建洲说着就伸手去抱多多。

此时，陈建川正在与贾麻子摆着龙门阵。多多看着与爸爸在一起说话的人，长得奇奇怪怪的。这个人的面貌是她从来没有见过的，特别是他的胡子，又白又长，还戴着一副眼镜，显得非常不一样。多多不知道该喊什么，是喊白胡子爷爷吗？她一脸疑惑地盯住他。

这个老人看着多多，便问陈建川："这孩子是你的吧？"

"是的，我家老二。"陈建川说，接着又让多多下来，别让幺爸抱了。

老人和蔼地朝多多微笑，伸出手来摸了摸多多的头，说："这孩子一看面相，那双眼睛就是精，一定会飞出这里的。"

杨召珍在灶屋里听到这话，赶紧走了过来。她说："贾先生，你干脆给她看看，算算命。"

多多不知道什么是算命，她只知道面前的老爷爷很奇怪。老人仔细地端详了一番多多，然后问："这孩子是啥时候生的？"

陈建川一口气说出了哪年哪月哪日哪时。

老人闭着眼睛，掐着手指，认真地推算着。多多趁机悄悄地摸了摸他的胡须。老人依然闭着眼睛，只是嘴角露出了一丝笑容。

整个屋子里大约有两分钟没有声音，大家的目光都聚焦在了老人的脸上，老人显得那样安详，那样淡定，那样洒脱与超然。

多多悄悄地摸了老人的胡子后，见他没有反应，又去摸了摸。杨召珍的目光一下变得凶恶了，她狠狠地瞪了多多一眼。

老人睁开眼睛，大家等待着他的结论，老人和颜悦色地问："孩子，刚才爷爷的胡子好玩吗?"

杨召珍说："贾先生，对不起，孩子不懂事。"

老人笑着说："孩子没做错，即便孩子犯了错，上帝都会原谅的。顽皮是孩子的天性，很讨人欢喜的孩子。"

多多用那双会说话的眼睛盯着他。老人说："这孩子生来要防火，注意，别让她烫着、烧着，这孩子命很好的，以后是个拿笔杆子的。"

"希望那样哟。"杨召珍说。

老人接着又说："这孩子，以后不会让你们操心的，她会自闯一片天地，你们到时肯定会享她的福。"

一旁的陈建洲也说："贾老先生看过无数风水，都很好的。今天能主动算命，我还是第一次碰着。他不轻易给别人算命，今天能给多多算，说明他是非常看好多多的。"

多多不知道他们说的啥子，只是安静地、乖乖地听着他们说话。

杨召珍听贾先生这么说后，心情自然很好，比吃了蜜还甜。她说："那现在切饭吧。"

接着杨召珍就到灶屋里把做好的饭菜端上了桌子。

红琼这才从灶屋里走出来。由于烧的柴火，搞得红琼整个脸上都是黑花花的。

切饭的时候，红琼和母亲站在一边，没有上桌子切饭，她们得等客人切完了才切。桌上就多多和老先生、陈建洲、陈建川在切饭。本来杨召珍不准多多上桌的，但贾先生和陈建洲非要把多多放在他们中间。

腊月初六，对于陈建川家来说是个特别重要的日子。这一天，是请风水先生看了屋基订立的日子；这一天，他们家动土修房；这一天，象征着陈建川家就要有新房了。这次修房，对于陈建川家来说是有特殊意义的。

天刚亮，外面还是雾蒙蒙的，陈建川和杨召珍就起床生火煮饭了。最先来到他们家帮忙的是杨召文和他的两个儿子德龙和德昌。杨召珍见哥哥他们到来，说：“哥哥，你们这么早来了，赶紧坐下休息会儿。”

杨召文说：“我们这就去干活，不休息了。”

一旁的德昌也说：“幺姑，我们还是先做活路吧。”

陈建川把扁担、锄头、箩筐找了出来。德龙和德昌拿着用具走在前面，跟在他们后面的是杨召文，他们先去菜园地把屋基挖出来。

不一会儿，陈建洲带着三个石匠来了，同时与他一起来的还有陈建家父子俩。过了大约一刻钟，罗启明也带着一个人来了，他们是负责木工的活。

木匠、石匠、挖土都来了，大家开始各就各位开工了。

吃早饭时，多多起床了。她看见家里来了很多人，非常高兴，但她最高兴的就是又见着舅舅。

杨召文每次来，都会给多多买零食，不是买几颗水果糖，就是买块饼干。杨召文非常喜欢多多，还会抱着多多，用竹丝做眼镜。多多觉得舅舅很神奇，很多东西在他手里都变成了玩具。舅舅会用竹丝做青蛙、蝴蝶、飞虫。他做的这些玩具，都成了多多的最爱。

杨召文把多多放在自己怀里，一边吃饭，一边喂多多。杨召珍见状，说：“多多，赶紧下来，别让舅舅抱。”

杨召文说：“管她的，就在我这。”

杨召文依旧将多多抱在怀里，突然他想到了什么，赶紧摸了下裤子口袋。他在口袋里摸出了糖。他将糖拿出来，说：“多多，数数，看有多少个糖?”

多多认真地数了起来，一、二、三……

整整十个糖，多多数对了，开怀地笑了起来。饭桌上，大伙逗着多多，让给他们吃。多多看看舅舅，都给了大人们，手里的糖还不够给。多多给完糖了，又看了看舅舅，说没有了。事实上大人们都没舍得吃，又都还给了多多。

接下来的日子，多多像个跟屁虫，天天跟在舅舅身后，看着舅舅他们干活，多多在地上跑跑跳跳，像个泥娃娃。

经过一个星期的忙活，两间土墙房屋快修成了，只等明早时辰一到搁梁，房子也就成了。大家都在议论着，陈建川终于修了两间新房。然而，计划赶不上变化，有些事情往往让你措手不及。

这天晚上，天公不作美，突然下起了大雨，无论陈建川他们怎么忙乎，用上塑料布、稻草来挡雨护墙都无济于事。土墙经不住雨水的折腾，有的变了形，慢慢倒了，好不容易筑好的墙给淋垮了。

杨召珍看着一堆堆墙土，十分伤心，却强忍着不掉眼泪，但整个眼眶都是红红的。

大伙看到陈建川的遭遇，都纷纷劝他，这个说算了吧，别伤心，大不了重新筑墙。那个说，大不了耽误几天的时间。别人说得容易，杨召珍和陈建川心里头最清楚。这几天来，招待的吃喝都得要钱。手里的钱是计划开支的，这一折腾下来，再重修房子就要多花钱。

杨召文看着这一堆堆土说："幺妹，既然这样了，一不做，二不休，干脆修砖石房吧。"

接下来，陈建川家又一片忙碌了。又是买砖买瓦，又是把倒下的土墙腾出。原本快完工的活，比以前更费时间了。如果说活多是一方面，摆在面前最实际的问题还是钱。

无奈之下，陈建川再次找贾辉向信用社贷款，暂时解决了经济上的问题。

晚上，所有帮忙干活的人都去睡觉了，只有杨召珍和陈建川还在忙活着，他们得为第二天早晨的饭菜做准备。同时，还得算出第二天哪些东西需要购买，陈建川显然是采购员了。因为他们太忙了，对两个孩子也没顾上。

红琼和多多在地坝的一个角落里打起了瞌睡，并发出了甜甜的鼾声。虽说是寒冬腊月，在外面睡觉很冷，但她们还是睡得十分香甜。

最先想到孩子的是陈建川。他问："孩子都睡了吧？"

杨召珍说："不晓得，你去看看。"

陈建川说着就往外面走，来到外面铺的临时床上，床上没人。所谓的床不过是用一些稻草堆在一起的。他喊了两声红琼，无人回应。接着又喊了两声多多，依旧没回应。

陈建川没找着孩子，说："老杨，老杨，她们不在哟！"

杨召珍也走了出来，嘴里说着："这大半夜的，她们能去哪呢？"

正在这时，在外面待了一天的陈建良背着个背篼回来了，背篼里装的是他补鞋的家什。

陈建川看见他说："都啥时候了，你才回来，又在外面晃悠了一天。"

陈建良说："这寒冬腊月的，没啥事，耍一哈有啥吗？"

"没啥事，喊你来帮忙干活你说没时间！"杨召珍在一旁说道。

陈建良嘿嘿地笑着。陈建良比较狡猾，陈建川问他有没有时间帮忙干几天活，他就说自己有事。他其实哪里有多大的事，无非是摆他那个补鞋子的地摊。他是摆半天耍半天，耍的半天就溜进茶馆打牌了。不像陈建安，喊他干活就同意。

突然，一个什么东西绊了陈建良一下，差点绊倒在地，他看了看，比较模糊，说："这是啥哟？"

陈建良埋头仔细地看了看，这不是多多吗？嘿，这娃儿在地上睡着了。接着又看见了红琼。陈建良把多多拉了起来。

杨召珍说："这两个贱人，在这睡着了。"

杨召珍说话时，陈建川已经把红琼抱了起来。

经过近二十天的忙碌，陈建川家的新房终于修建好了。当然，修成的新房也是非常不容易的。除了最初被雨淋垮了，在第二次修房过程中，生产队队长带着乡上工作人员来阻止他们继续修房，说他们修建不合法，要强制拆除。

一时间，陈建川家的修房受阻。陈建川说，申请了你们故意刁难，我们是无办法才修的，再说我用的是自家的地。

好在给陈建川帮忙的人都是自家亲戚，也算人多势众，有的和对方讲理，有的干脆拿起锄头要给对方挖过去。双方僵持了好一会，最后对方看出了杨召珍也一点不虚的架势。杨召珍扬言，谁要阻止她家修房，谁家今年也别想过安静年，还说，不信就试试。

杨召文也放话了，我幺妹家修房子，你们再为难，看我们敢不敢弄翻几个！大不了打死人偿命罢了！

人啊，只要抱着不要命的态度，一切都简单了。对方看着陈建川家的阵势，最后说：大家不要激动，好说好商量。

最后的结果是，对方在其他村民的劝说下走了，陈建川家继续修房子，最后这事不了了之。

陈建川站在地坝里望着自己家的青砖瓦房，心里别提多高兴了。过他家地坝边的路人一看着他就说："住上新房了，住上新房了。"

陈建川听到这话，总是咧开嘴美美地呵呵地笑。

新修的房子虽说只有三间，但足够陈建川一家四口安身了，比起老房子的土墙茅草屋要好很多。新房有卧室有堂屋。新房的墙壁不再是用玉米秆扎的墙壁了，而是用青砖，墙壁上也有了铁条窗户，就连门上的锁也是暗锁，而不是简易的挂锁了。

杨召珍来到陈建川身边，说："终于可以搬出来了，住在这里敞亮多了，一想到老屋，前面被挡完，路也被人家封了，住着就不舒服。"

"那我们什么时候搬家？"

"明天，明天腊月二十八，明天搬家。"

"要得，那我先把这房子里里外外的卫生做了。"

"那你打扫卫生，我还得到街上去给娃儿她们买套新衣服过年，别让人家说，修了房子，娃儿过年一套新衣服也莫得。"

"要得，要得。"

杨召珍提着一个布口袋上街去了，家里就剩下陈建川和两个孩子。陈建川喊上红琼一起打扫卫生。多多见状，也学着姐姐的样子，一起打扫卫生。

一个上午的工夫，他们就将屋前屋后打扫得干干净净。

陈建川见屋前屋后以及每个房间都打扫干净了，长长地舒了一口气。

新年就在眼前了，陈建川给红琼说："你们就在屋头，我先去街上买对联，明天搬完家就贴上。"

第二天搬家的讲究就多了。杨召珍是个比较迷信的人，拆房子要找先生看，修房子也找先生看，搬家更是。看搬家的日子还要把全家人的生辰八字都写给风水先生，这样才能选出黄道吉日。据说，这个日子一定要符合全家人的生辰八字，对全家都大吉大利才行。

日子定好了，还要有顺序地搬家。为了搬家顺利，杨召珍也找了杨召文来帮忙。接着就是搬家的当天，在鸡不啼狗不叫的时候，陈建川把原来老灶中的火种移到新房的灶中，俗称"接火种"。接着由他背着大桌子即餐桌走在最前面，后面跟着的杨召文挑着担子，他一头按着煮饭的锅碗瓢盆，锅里放着做好的饭菜；另一头放着一些煮饭用的柴火，这个柴火用的是芝麻秆，意义是芝麻开花节节高。走在第三位的是红琼，她扛着梯子，意义是步步高升。走在第四位的是多多。最后面的就是杨召珍，她是家庭主妇。家庭主妇拖着扫帚走，意义是财要拖着一起走。

家在一套礼俗中搬完了。陈建川一家住进了新房。

陈建川将在街上买回的几副春联和一个福字贴在了门上。从堂屋的大门，到两个斜房门，以及猪圈门都贴上，整个新气象。

贴春联的习俗由来已久。春联，是民间庆祝春节的第一件事情。每当春节将近的时候，家家户户都在大门两边贴上崭新的春联，红底黑字，稳重而鲜艳，表达一家一户对新年的美好愿望，诸如“六畜兴旺，五谷丰登”之类。不同春联的内容反映不同行业、不同家庭不同的“幸福观”。

爱问的多多总会问，贴的啥子？父亲告诉她是春联。“春联是啥子？”多多不停地问。

其实，陈建川对春联也说不出个所以然，他说：“春联就是过年的时候贴在门框上，为新年增加喜庆。”

红琼看着父亲贴的福字是倒着的，说：“爸爸，你贴反了。”

陈建川说：“是福到了。”

红琼不以为然地说：“明明是贴倒了，还说谎。”

陈建川说：“不是的，这样贴是有来历的。”

至于什么来历，陈建川也说不清楚。其实春节贴“福”字既是寄托人们对幸福生活的向往，也是对美好未来的祝愿。民间为了更充分地体现这种向往和祝愿，干脆将“福”字倒过来贴，表示“幸福已到”“福气已到”。

“福”字倒贴在民间还有一个传说。明太祖朱元璋当年用“福”字作暗记准备杀人。好心的马皇后为消除这场灾祸，令全城大小人家必须在天明之前在自家门上贴上一个“福”字。马皇后的旨意自然没人敢违抗，于是家家门上都贴了“福”字。其中有户人家不识字，竟把“福”字贴倒了。第二天，皇帝派人上街查看，发现家家都贴了“福”字，还有一家把“福”贴倒了。皇帝听了禀报大怒，立即命令御林军把那家满门抄斩。马皇后一看事情不好，忙对朱元璋说：“那家人知道您今日来访，故意把福字贴倒了，这不是‘福到’的意思吗？”皇帝一听有道理，便下令放人，一场大祸就这样消除了。从此人们便将福字倒贴起来了。

第五章　人小鬼大

大年三十这天，陈建川家还是按照多年来的习惯，把陈建良一家以及陈建安喊到一起，在家里热热闹闹地吃了个团圆饭。

大年初一，多多和红琼被爸爸早早喊醒了。她们起床后第一件事就是喝凉水十二口。意思是，喝上十二口凉水，在这一年里吃冷吃热都不会拉肚子。

红琼站在水缸旁边用水瓢在水缸里舀了一些水，咕噜咕噜地喝了十二口。完后，又将瓢给多多，多多也在水缸里舀了一些水，咕噜咕噜地喝了十二口。

等红琼和多多喝完水后，杨召珍说："你们一会吃元宝，在灶台里给你们两姊妹烧了两个元宝。"

元宝，就是将包好的汤圆包上菜叶子放在灶膛里烧熟的。外脆里软，十分香甜。

嘴馋的多多站在灶膛旁边，双眼死死地盯住灶膛里的元宝，说："好了，好了。"

杨召珍在包汤圆，陈建川坐在灶膛跟前烧火。陈建川说："多多，去外面耍会，元宝好了就给你。"

多多听话地走开了。

红琼站在堂屋门口，大声喊着："柴门大大开，金银财宝滚进来，滚进不滚出，滚就滚一屋。"

多多也跟着喊起来。

姐妹俩一声接一声地喊着。突然，"噼里啪啦"的鞭炮声声声入耳地传来，姐妹俩捂紧耳朵，鞭炮声戛然而止。

原来是陈建安起床后，拿着鞭炮到陈建川家的地坝里自个儿放了起来。

"红琼、多多，去喊你幺爸下来切饭！"陈建川在屋里喊着。

“二哥，我在这。”陈建安回答着。

陈建安按照老规矩，分别给多多和红琼一人一元作为压岁钱。

红琼接过钱，赶紧装在了衣服口袋里。多多接过钱，紧紧地攥在手里。红琼说：“幺爸，你不要告诉我妈妈说给了我们压岁钱的，不然她要给没收了。”

陈建安嘿嘿地笑着说：“要得。”

红琼又对多多说：“你赶紧把钱藏好，不要让妈妈晓得。”

他们心照不宣地走进屋里。堂屋的桌子上摆了五碗汤圆，多多看了看，转向灶屋，去找元宝。

陈建川将早已从灶膛里夹出的元宝放在了灶沿上，多多拿过元宝，狼吞虎咽地吃起来。

切完元宝，她又看桌上碗里的汤圆，每个碗都看了一遍，发现每碗的汤圆个数一样，才端起一个碗切起来。

切饭时，杨召珍说：“赶紧切，切完把碗洗了，猪牛喂了就上街去耍。走晚了，等哈耍狮子的就来拜年了，还得给钱。”

陈建川说：“要得，要得。”

每逢过年，从正月初一到正月十五前，街上耍狮子的要挨家挨户“拜年”，挨门挨户一家一家地要钱，不给钱不走人，有的甚至拦路向司机拜年，不给钱不放行，名曰“拜年”，实为讨钱，这样一天下来，收入相当可观。

初二早晨，多多和红琼照例被父亲早早喊醒了。姊妹俩穿好衣服后，就去洗脸刷牙。当她们回到堂屋的饭桌上时，父母都已端着碗吃了起来。这顿早饭吃的是面条。

多多不喜欢切面条，切了几口就放下了。父亲看着她说：“多多，赶紧切，切完了，我们一会走人户（串门）。”

多多嘟囔着嘴，有些不情愿。

父亲说：“初二吃面条，是风俗。吃了面条能长高个子。”

“真的？”多多半信半疑。因为她比同龄的陈秀兰矮一截，人家喊她矮小人，她有些不乐意。听到过年切面条能长高个，她扒拉扒拉地认真切了起来，切完一碗后，还要了第二碗。

其实，切面条长个子是父亲骗她的。在川东地方有个习俗，正月初二切面条，寓意风调雨顺。

一旁的红琼说："本来就是矮个子，切了也长不高。"

"我就要长高，长得比你高。"

姊妹俩在饭桌上吵起嘴来，陈建川说："红琼，你是姐姐，让着妹妹点。"

一直在旁边切饭没开腔的杨召珍立即吼道："都给我好好切饭，红琼，让着妹妹点。"

红琼叽叽咕咕地说了句啥话，母亲狠狠地瞥了她一眼。

杨召珍对陈建川说："一会还是你带她们去走人户，我在家看屋。"

"要得，我们去了，切了午饭就回来。"

"我这就去给你们把肉装好。"

切过早饭，把一切收拾妥当后，陈建川提着口袋，口袋里装着一条大约两斤重的腊肉和两把挂面，带着红琼和多多出门了。

因为坐车要钱，他们选择了步行。一路上，他们走走停停。特别是多多，走几步，就不想走了，要赖要休息会，或者撒娇要父亲背或者抱。父亲总说："再往前面走几步，马上就到了，你看，前面就是啊！不是说好的，到了给你买糖!"

红琼也说："我们看谁走得快，先到的就能拿到压岁钱。"

多多经不住诱惑，急切地想得到糖果以及舅舅的压岁钱，她重新迈开步伐，跟随在姐姐身后，向前跑去。

多多其实是喜欢去舅舅家的，但她去那里是个"不受欢迎"的客人。因为每次到她舅舅家都会闯祸，不是人家找上门来说多多将她们家的甘蔗偷了，就说多多半夜将她们家树上的柑橘摘了，或者说多多将她们家公鸡的鸡毛给拔了，或者是与某家的孩子又打上架了……芸芸事件，都与多多挂上号。但多多干这些不光彩的事情背后还有一个主谋，那就是与她舅舅的小女儿杨德梅有关。

杨召文家住的是一个大杂院，院子里住有八户人家。大杂院里娃儿多，常常大伙结伴上学一起走，放学一起走，就是放牛、割草、跳绳、踢毽子也都在一起。当然，也结伙干坏事，比如偷别人家树上的水果，或者地里的甘蔗、红薯、花生。杨德梅比多多大三岁，所以，多多去舅舅家，跟她待在一起的时间最多。

杨召文家的房屋前有个很大的水库，叫坝子沟水库。常年人们在水库边上洗衣服、淘猪草、洗红苕等。夏天，人们会在水库里洗澡。一次，五岁的多多见几个小伙伴在水库里轻快地游着，很是羡慕，她看着就乐开花了，于是学着他们的样子，飞快地跳进水库，张开双臂想游起来。可不会水的她，怎么也游不起，水咕噜咕噜地直往嘴里灌。

说时迟，那时快，正好杨召文院子里的九儿扛着锄头经过，他见状，立马跳进水库，一把将多多捞了起来，多多才获救的，不然，也就一命呜呼了！

陈建川一手牵着红琼，一手提着口袋。他本想背着多多，让红琼提口袋的，多多不同意，飞快地跑在前面。突然一个喊声传来："调皮匠来了，调皮匠来了，赶紧把门关上！"

陈建川看了看，那是九儿的婆娘，人们称她为张大炮，因为声音大、个子高、姓张，由此获得此绰号。

陈建川赶紧给对方打着招呼，"新年好！"

对方拉开嗓门道："来拜年了！"

接着又喊道："罗大祖，罗大祖，你家来客人了！"

罗大祖是罗德英，因为姓罗，加上辈分特别高，所以以罗大祖得名。

多多不甘示弱地吼着："我就要来，就要来！"

罗德英穿着一套蓝色的土布衣服，身上围着围裙，扎着马尾辫，从屋里走出来，站在地坝里，她看见了多多她们。她喊着："多多，快点进屋坐！"

多多欢快地喊着舅妈，连蹦带跳地第一个到了舅妈家。

舅妈从屋子里拿出事先炒好的花生给多多，将她的衣服口袋、裤子口袋都装满了。她知道花生是多多最喜欢的食物之一。

早饭后就一直在街沿上扎扫帚的杨召文见多多来了，他摸了下上衣口袋，在口袋里掏出了一把糖递给了多多。

多多拿到了好切的零食，问舅舅："德梅姐姐呢？"

"她去地里割猪草去了，你赶紧把糖切完，不要让她晓得。"

傍晚，太阳渐渐西沉，夕阳的余晖不动声色地沐浴着大地。树冠被染上了一层薄薄的橘红色，树叶上散落着斑驳的阳光。低矮而又简陋的土屋就这样裸躺在山窝里。黄色的泥壁上依旧挂着陈年的斗笠和蓑衣。

整个下午，陈建川和杨召文他们在院子地坝里玩着扑克。谁输了，就把谁的下巴上粘上胡子。不过这胡子是用纸剪成的小条。

整个回合下来，陈建川下巴上粘满了胡子。他见时间不早了，对杨召文说："哥，这一牌完，我们回家了！"

杨召文说："就在这耍嘛，过年的，也没啥事做。"

陈建川说："不耍了，以后再来，明天也得走人户的。"

红琼不喜欢到舅舅家，更不喜欢走人户。她走人户跟没走基本一样，到了哪里都得帮着烧火煮饭，并且也不自由。

听到父亲喊她叫多多回家，她高兴得赶紧拉开嗓门大声喊起来："多多，多多，回家了，回家了，我们走了！"

多多和杨德梅在红苕坑里掏红苕。多多掏红苕很卖力，把一簸箕红苕掏满了，还不上来。

杨德梅说："赶紧上来，你姐姐在喊你了。"

"我在这里耍一会，我不回去。"

"你先上来，去给他们说一声！"

多多还是不理会，继续在苕坑里待着。杨德梅说："你赶紧钻出来，小心里面有老鼠出来咬你。"

"不会的，有老鼠，就把红苕吃光了。"

杨德梅从簸箕里拿出一个被老鼠咬过的红苕递给多多，"你看，这就是被切过的。"

多多噘噘嘴说："我才不信！"但她刚说完，突然一只老鼠窜进了红苕坑，多多吓得哇哇大叫起来，赶紧往外钻，一边钻，一边喊着："姐姐……姐姐，快打老鼠！"

杨德梅没好气地说："相信了吧！"

多多费了九牛二虎之力才从红苕坑里钻出来。她说："我讨厌你！"

杨德梅说："不讲道理，谁让你不出来！"

多多捡了个没趣，生气地一口气跑回了舅舅家。

陈建川看着多多满头大汗，虎头虎样的，加上多多一直留着小男孩头发，活像一个假小子。他说："多多，走，我们回家。"

多多突然想到了压岁钱。她不好意思问舅舅要，她看了看舅舅，又看了看红琼，然后对红琼，说："你骗人的，骗子！"

红琼觉得莫名其妙，说："我骗你啥子了？"

多多不甘示弱道："在路上的时候你说的。"

红琼不知道自己对多多究竟说了些啥，说："你说清楚嘛！"

多多不耐烦地仰着头吼道："你说到了舅舅家有——压——岁——钱！"

多多把压岁钱三字的音调拉得很高，像高音里的 HighC。吼完后，她又深深地将头埋到胸前。

"哦，多多因为这事啊，舅舅没忘记。"杨召文笑着说，接着从上衣的内衣口袋里掏出了钱，分别给多多和红琼一人一元，不过，每人的一元钱都是十张一角小钞。红琼说："谢谢舅舅！"

多多高兴地把钱装进了自己的裤子口袋。

夜色越来越浓，天空中的云朵飘了过来，转瞬间整个世界暗淡下来。杨召珍站在地坝边张望着陈建川他们的身影。她想，他们快回来了吧。

她望了好几分钟，还是没见着，转身回屋里去。她从堂屋穿过斜房屋，来到灶屋，屋子里很黑，伸手不见五指。她在灶台前，摸了摸灶台上的火柴，准备点上煤油灯。

她划了一根，"哧"地一声，火柴燃烧起来，变成了一朵小小的红色火焰。她还没来得及点上煤油灯，就被风吹熄了，接连划了三根，才把油灯点上。

她拿着油灯到了堂屋，选择一个避风的角落将油灯放好，便宰起了猪草。家里喂了两头猪，一天三顿是少不了的。喂了猪，家里一天都不能离开人。

这不，就连春节走个人户也不行。每次走人户，家里都得留个大人，不是她去，就是陈建川去。

陈建川带着多多和红琼一路小跑往家赶。因为走得太快，加上天色已晚，一路上总会遇见一些狗。

往往是走了没多远，就又会遇上一条狗。狗汪汪地叫着，朝他们追来。多多怕狗，见狗叫，吓得赶紧躲在父亲身后。

陈建川每次都会蹲下身子，捡上一块石头朝狗扔去，狗被打跑了。反反复复地几次，使得多多不敢走在前面，也不敢走在后面，她要走中间。

杨召珍将宰好的猪草喂猪后，来到堂屋，她准备去地坝边看看，陈建川和孩子回来没有。刚出门，就听见街沿上用绳子拴着的狗在汪汪地叫。

“老杨！老杨！”陈建川喊着！

“妈妈！妈妈！”红琼喊着！

杨召珍知道是陈建川他们回来了，她凶狠狠地对狗呵斥道：“叫啥子？打死你，自家的人还叫！”

杨召珍说：“怎么这么晚才回来？”

陈建川正想说是杨召文留他们多耍会的，嘴快的红琼却说：“多多调皮，到处跑，喊她不答应，所以就回来晚了。”

杨召珍说：“红琼，你去烧火把冷饭冷菜热了。”

红琼听话地拿着煤油灯朝灶屋走去。

陈建川来到堂屋，在饭桌前的长板凳上坐了下来，他顺手拿了一本不知道是从什么地方捡来的一本发黄的歌本，没有封面，也没有封底，但他却认真地翻看起来，偶尔还跟着曲谱唱起来。杨召珍本想问点在她哥哥家的事情，见陈建川唱得投入，便默默地离开，也朝灶屋走去。

只有多多挨在父亲身边的一条长板凳上坐下，她双手趴在饭桌上，自个玩着扑克牌，玩着玩着，觉得有些没意思，就拉着父亲说：“爸爸，陪我玩牌吧！”

陈建川一把将多多抱在怀里，说：“爸爸教你唱歌！”

多多把歌本翻来覆去地看了一遍，她看哪个页码好看就要父亲教她。在歌本的中间有个地方吸引了多多，那页面上有这样一幅画，一群孩子在妈妈身边坐着，妈妈好像在说什么，旁边还有高高的谷堆……

多多说：“要唱这个。”

陈建川说：“好。”

这是一首由管桦作词、瞿希贤作曲的《听妈妈讲那过去的事情》的歌曲。歌曲是分三个部分写的。第一个部分写农村的夜景，明月当空，孩子们围坐在丰收的谷堆旁，倾听妈妈讲过去的事情，曲调柔美、宁静，节奏舒缓。歌曲的第二部分叙述了旧社会的痛苦生活，曲调起伏较大，表现了一种悲愤控诉的情绪。最后一部分是第一部分的完全再现，音乐把孩子们又带回了现在，皎洁的月光照在了妈妈和孩子们的身上，夜晚还是那么宁静，但妈妈所讲的故事让孩子们体会旧时代艰辛的同时，感受新时代幸福生活的来之不易。

对于这首歌的认识，陈建川还没有那么深刻。他只是觉得好听，旋律优美，琅琅上口，他也是跟着大队里的广播学会的。

“月亮在白莲花般的云朵里穿行/晚风吹来一阵阵快乐的歌声/我们坐在高高的谷堆旁边/听妈妈讲那过去的事情……”

陈建川认真地一句句教着多多，多多一字一句地认真唱着，父女俩太投入了，以致红琼来喊他们切饭时，接连喊了好多声，他们才反应过来。

晚饭后，红琼就去洗脸洗脚，说瞌睡来了，要早点睡觉。其实，她是有意躲避的，她担心到手的压岁钱被母亲的老规矩给没收了。同时，还会招来母亲的责骂。

红琼小心翼翼地观察着母亲的脸色。她见母亲和父亲热火朝天地聊着天。随即，喊上多多，说：“多多，该睡觉了！”

多多应了一声，跟着红琼上床睡觉。在床上，红琼说：“多多，你没告诉妈妈压岁钱的事吧！”

多多摇了摇头说：“没有！”

“我们出门前，妈妈说过不准收压岁钱的！”红琼提醒着。

“我们没要，是舅舅自愿给的。”多多说。

多多的声音越说越高，红琼担心被母亲听见，压低声音说：“小声点！”

在红琼他们出门前，母亲就叮嘱她们不能收压岁钱。

“怎么办？要不，我们把钱藏起来。”多多悄声问，她将钱掏了出来，从里面抽出两张，即两角钱，放进了袜子里，另外的钱放在了贴身的棉袄口袋里。

在黑暗中，多多悄悄地进行着。

红琼说：“但愿别被发现。”

姊妹俩正商议着，母亲好似从天而降，居然左手拿着煤油灯站在了她们的床跟前。

母亲问：“舅舅给你们压岁钱了吧？”

姊妹俩面面相觑，都摇了摇头，口径一致地说：“没有！”

“小孩子家家的，不能撒谎，你爸爸都说了。”

姊妹俩担心母亲对她们有诈，说：“真的没有！”

母亲的脸一直是严肃的，在姊妹俩心目中，母亲是老虎，母亲脾气暴躁。母亲对她们常常恶语相向，或因一件小事就招来谩骂，母亲不但骂人，还打人。红琼和多多因为不小心打碎了碗，一顿暴打是必然的。挨打，在姊妹俩身上是家常便饭，哭成了她们宣泄的渠道。有很多次，多多被打，她哭，母亲不让她哭。多多说："你打我，我才哭的，我也不想哭，忍不住才哭的！"

多多这一反驳，挨打就更凶了。那次打，多多记不清是什么时候；那次的事件，让多多记忆深刻。那天傍晚，多多因为口渴，用碗在水缸里舀了碗水喝，但她不安分，居然将碗端到街沿上的磨盘上，并放在磨盘的一个小口里。由于口小，碗底大，碗没放平，砰地一声，瞬间落地，碎了几块。

当时，杨召珍正在堂屋里宰猪草，听见响声，出来了，见碗破了，一下急了起来，上前给了多多几个巴掌。

几个巴掌过后，还不解恨，又在堤坝的竹林里扯下一节竹枝当鞭子，抽打着多多，一边打一边喊："打死你个瘟神，碗不是钱来买的？你怎么就不听话？"

多多觉得很是委屈，自己也不是故意把碗打碎，哭着说："妈妈，别打了，以后我买个碗赔你！"

多多的哭声并未制止母亲的行为，母亲依然照打不误，还说："等你赔，得猴年马月！"

可能是打累了，母亲的鞭子停了下来。最后母亲说："晚上，你就端这碎碗切饭。"

挨了一顿暴打后的多多，看着母亲转身进屋去后，悄悄地躲到了屋后的一堆草垛里。她在里面，想着想着就哭了起来，但又不敢哭出声，她不想让任何人知道，她只想躲在这个角落为自己疗伤。直到切夜饭，姐姐喊她，她也没出声。但她听见母亲在说："她不答应就算了，饿死她。"

多多抵触得更加强烈，她在心里说："饿死就饿死，也不切你家的饭。"

那次挨打以后，多多对妈妈产生了强烈的恨，非常不想当她的孩子，但她是自己的母亲，自己无法选择。她觉得自己就是多余的人。她有时会想到曾经要被抱走的情节，更加深了她与母亲的隔阂。

让姊妹俩感到有些困惑的是，为什么母亲对舅舅家的孩子很好？每次舅舅家的孩子来，即便将碗打碎了，母亲不但不责怪，反而安慰他们，同时还给他们好吃的？她们有些想不通！

杨召珍看了看红琼，又瞥了一眼多多，说：“赶紧把钱交出来，你们收了人家的钱，人家来了，我们还得还回去。大过年的，还想挨打不成?”

多多摸了摸口袋，将钱攥在手里，她看了看姐姐，姐姐把钱摸出来交给了母亲。多多见姐姐交了，也跟着交了出来。

母亲数了数钱，说：“多多，你的钱怎么只有八角?”

“我不知道，我还没看，接过来就装在这口袋里了。”多多坚定地说。

母亲有些不相信，说：“是不是你把钱拿了两角?”

红琼也觉得奇怪，说：“怎么就少了两角，是不是舅舅也忘记了，随便给的。”

杨召珍说：“算了吧，你们赶紧困瞌睡。”

多多与红琼一人睡一头躺在床上。多多悄悄地从袜子里摸出了那两角钱，紧紧地攥在手里，心里暗自高兴着，心想，明天可以悄悄到街上买几个气球或者二十颗水果糖。想着想着，她的脸上露出了甜蜜的微笑，不知不觉地睡着了。

第六章　没了儿子生活没奔头

人勤春来早，地勤土生金，又是一年春耕季。三月的春风拂过，万物复苏，绿色的草地，树叶娇嫩。在巴蜀大地，农民开始了一年一度的春耕，为新一年农业增收播下希望。

村里家家户户都在翻耕水田准备做秧田。陈建川与王丙全、陈建星、陈之礼在负责全村的水稻集中育秧。

他们两人一组，两班倒的去温室烧火加温，然后给秧苗洒水，水稻种子在他们的培育下发芽，并逐渐长成了幼苗，再接着长成秧苗。然后每家根据自己送来的种子多少，按照标号端走秧苗。

杨召珍家的秧苗已经插了两天，即将插完了，这天正逢场，她交代陈建川去街上买几十斤红苕回来种。吃过早饭后，陈建川先跟着杨召珍插了一会秧，才带着钱上街去的。

陈建川这一去，到了晚上才空着手回来。这把杨召珍气坏了。杨召珍问他红苕呢，他说，没买。问他钱呢？借给陈建良了。你借给他，我们家怎么办？

“过几天再种。”

“这都啥时候了，过几天种？那钱呢？你得给我去要回来。”杨召珍没好气地说着。

“借都借了，我才不去要！”

“你真不是东西，一点家都不顾！”

“这家我都不想要了，还要钱干啥？”

陈建川这话一出，把杨召珍的愤怒点燃了，她觉得自己为了这个家辛苦付出，结果得到了陈建川不想要家的话，气不打一处来，说：“你不想要就给我滚，这个家是我兴起的，你滚得越远越好。”

“该滚的是你！你一个儿子都生不出，你看看，村里哪家没个儿子！”陈建川气愤地说着。

他这话一出，刚好被从外面回来的红琼和多多听见了，他们看到爸爸妈妈吵架，都不敢作声，她们看着妈妈在伤心地哭泣，也跟着哭了起来。

杨召珍一边哭，一边骂着："怪不得现在嫌弃我了，我是生不出儿子，你去找个能给你生儿子的过吧。你个不要良心的，老子跟着你一匹草都没有，现在你还嫌弃我。"

红琼拉着妈妈，不知说什么好。她又去拉爸爸，爸爸将她掀到了一边。

多多看着爸爸，又看看妈妈，然后拉着爸爸哭着说："爸爸，你是不是嫌弃我是女儿，是不是上次没有把我换走你心里不高兴，要不你找户有儿子人家换我走吧，我要走了！"

陈建川听到这话，也伤心地哭了起来。这是多多第一次看到爸爸哭。她一边给爸爸抹眼泪，一边哭着说："我以后要听话了，你们要送走我也可以，你们别吵了。"

杨召珍也感到满心委屈，一边数落着陈建川，一边哭着说："跟你至今，一件像样的衣服也没有，现在还背着一身债务，你个不要良心的，良心被狗切了。"

杨召珍一把鼻涕一把泪，多多又去安慰妈妈，哭着说："妈妈，你别哭了，你们的借款我以后帮你们还掉就是了，求你们别吵了。"

夫妻俩的吵架声惊动了左邻右舍，大家出来看了看，转身进屋去了。也许是因为夫妻吵架，床头吵架床尾和，大家不愿意掺和罢了。

多多的话在父母的吵架中起到了决定作用，彼此不再争吵了，杨召珍转身带着红琼做饭去了，留下多多与陈建川无声地各自坐在门槛上发呆。

陈建川一直以来都是以好脾气著称，这次的反常也是因为下午与陈坤龙说的一番话有很大关系。

陈建川本来是到街上买红苕的。路过陈建良补鞋的地摊，陈建良喊上了他。陈建良告诉陈建川，说他打牌把买红苕的钱输了，怕回家没有拿红苕回去被赵月华骂，让陈建川借给他十块钱买红苕。陈建川知道赵月华的脾气，就把自家买红苕的钱借给了陈建良。这时，陈坤龙担着箩筐走过来，对陈建良说："臭皮匠，给我把这个鞋补一下。"

陈坤龙是村里第一个收废品的，干完农活，每天挑着担子走乡串户收废品，当天收来当天卖，每天多少有点进钱。

陈建良一边补鞋一边说，这得等一哈，先把手里这双鞋补了。陈坤龙有点不想等，看着陈建川说："你这当哥的，也该跟着陈建良学个手艺，兄弟俩一起补鞋挣几个钱。"

"这也挣不了啥钱。"陈建川说。

"这活又脏，又挣不了啥钱。"陈建良说。

陈坤龙把鞋子脱了下来，说："总比天天守着那点庄稼强，你看你们兄弟俩，两家都是两个丫头，以后总得有人养老吧，趁自己年轻，挣一个是一个。"

"丫头好，以后都嫁出去，有个儿子还得修房子，我这样才好，要啥养老哟，扭得动就动，扭不动，吃包耗子药就解决了。"陈建良想得开，婆娘生了两个丫头，即便有村民嘲笑，他照样乐呵呵的。

"丫头有出息了，不比儿子差。"陈建川说。

"姑娘是要嫁出去的，老了身边连个人都没有，再说，一个家庭连个姓也没有人延续了。人活得啥劲，就是后继有人！陈建川，考虑再生一个！"陈坤龙劝说着。

说者无心，听者有意。陈建川觉得陈坤龙说得有道理。再生一个的问题，陈建川曾经给杨召珍商量过，哪怕罚款也再生一个。但是杨召珍担心生出来又是一个姑娘怎么办？既要交罚款不说，还得多养一个孩子，家庭本来就贫困，担心是赔了夫人又折兵。

但是不生了，自家的血脉在自己这一代有可能中断了。陈建良已经做了结扎手术，不可能生了。陈建安二十好几了，前前后后给他介绍了几个女人都没成功，这在农村已经算是大龄青年了。陈建川的心里开始了不平静。他觉得自己这样愧对祖宗。

想到这些，他就不想回家了。他突然发现生活没有了盼头，觉得生活充满了黑暗。其实，陈建川还不懂得，生活其实就是在黑暗中的长期拼搏，黑暗无论怎样悠长，白昼总会到来的。

第七章　“牛圈”里的生活

时光在飞速地流逝，转眼间到了盛夏。多多像往常一样，稀里糊涂地过着每一天，也许对于小孩子来说，就是这样。

这个晚上和往常一样，切过晚饭，为了节省电费，杨召珍把房间里的电灯都关了，全家到了地坝里乘凉。

农村通电已经有一个多月了，有了电多方便，电的用处说不完。刚安装好电的那天，家家户户看着那红红的亮光，有着对生活的满足。电灯代替了煤油灯，有着鸟枪换大炮的感觉。

陈建川光着上身，穿着短裤衩，手里拿着一把扇子，一下一下慢悠悠地扇着。

月光下，多多和红琼欢快地在地上跳房。尽管跳房是在地上画个方格，单腿把一块小瓦片从一个方格踢进另一个方格，谁首先把所有方格都顺利过一遍，谁就获胜。

别看多多个头小，跳起房来，红琼根本不是她的对手，只要多多获胜了，她就手舞足蹈地跳起来。

多多的聪明、活泼可爱，特别是那张嘴很甜会哄人，常常会感染着陈建川。陈建川有时也会为没有儿子的现实困扰而纠结，但看着多多那单纯的眼神、快乐的笑容，他就会将自己解救出来。

陈建川和杨召珍躺在地上的凉席上看着多多，陈建川不由得发出感慨：“好在没把多多换给贾林青。”

“换有换的难处，不换有不换的难处，也是贾林青不太愿意才算了的。这辈子没儿子，别人的闲言碎语也不少听。就连你还发疯说我生不出儿子呢。”

“嗨！”陈建川叹了口气，接着说：“事情都过去了，那次是我不对，现在就好好养自己的孩子吧。要是多多以后读书读得，也是好事。你看，她很聪明，兴许是块读书的料！”

杨召珍的目光一直停留在多多身上，她说：“红琼读不得书，我看也就那样了，以后也就跟我们一样过这种脸朝黄土背朝天的日子，就看多多了。”

“今天在街上我碰到了我同学王耀文，我们摆了会龙门阵，他还问起多多，说多多和她孩子是一年生的，说今年9月可以上学了。”

还没等陈建川说完，杨召珍就问：“学费多少？”

“六块钱，我问他了，他还说，九月一号直接报名上学。”

“那行，明天我把家里的一块布拿到缝纫铺去，给多多做个书包。”

多多和红琼大概是跳房跳累了，双双来到父母身边，躺在凉席上。由于蚊子多，杨召珍又爬起来，拿些锯木面点燃，熏起了蚊子。

陈建川说：“多多，想不想上学？”

多多说：“想，我好想上学！”

陈建川说：“想上学，以后就要好好读书！”

多多立马站了起来，举起手，欢快地说：“我保证！我保证！”

红琼看着多多说：“别高兴太早，等你上学了就知道，读书不是好耍的！”

多多噘着嘴，捂着耳朵，大声吼着：“我就喜欢，就喜欢！”

多多没有上过学，所以对上学格外期盼。每每看着姐姐和其他孩子背着书包上学，她的眼里就流露出羡慕的神情。特别是她看到有些上学的孩子脖子上围着一个三角形红领巾，感觉太神圣了。她觉得学校是一个神秘的地方，可以给人很多意想不到的东西！而到了学校，还有很多的人和自己玩。

红琼与多多相反，她不喜欢上学，自打上学起，念了三年书，没有一次考过及格。老师担心她的成绩拉了班上的平均分，最后发展到都不让她参加考试，到期末的时候，给她随便写个四五十分。

红琼是厌学的，她宁可每天放学回家割猪草、放牛、煮饭也不愿意上学。每天上学，父母都得给她做不少思想工作。说什么不好好念书，以后就跟我们一样种地，一年四季风吹雨淋的。说读了书，将来考上大学，有了文化，就能当居民了，脱掉农皮。

居民，象征着吃国家粮，生活有保障。农民，只能以种地为生，靠天吃饭，画地为牢，遇到天灾，收成减少，还食不饱腹。

农村人教育孩子没啥文化，只能用实实在在的生活铁律告诉他们，常挂在嘴边的就是“爸妈没本事，只有靠你自己了”、“做事先做人，千万不要做对不起良心的事……”

红琼对居民、农民的身份没有理解，也不会理解。她觉得，读书是痛苦的，上课被老师管着，成绩不好，还常被老师当典型训话。在她眼里，即便种地也好，至少是自由的。

第二天上午，杨召珍拿着那块布去了村上的一个裁缝家，让她给多多缝制了一个书包。那块布是两年前杨召珍买布给陈建川做过年的新衣服剩下的边角余料，她一直存放在箱子里，这下派上了用场。

多多接过母亲递给她的书包，高高兴兴地挎在了肩上。说多多有些傻，但也傻得可爱。她居然挎着个空书包，来来回回在村里这家去了，又去那家。每户人家见着多多就说："多多来了，多多要上学了？"每次多多都高兴地说是。

接下来的日子，多多天天盼望着上学，她越是这样，感觉时间过得越是漫长。她天天问父亲，还有多久就上学了？父亲每次都说："快了！"

盼星星盼月亮，多多盼来了开学的日子。这一天是1984年的9月1日。

多多和红琼起床后，去灶屋里打水洗脸，杨召珍已经把饭煮好了。陈建川已在盛饭，他说："多多，赶紧切饭，一会我带你去学校报名。"

红琼说："今天你就进牛圈了。"

饭后，陈建川带着多多朝山东村小学走去。山东村小学距离多多家还有三里路程。从家里到学校，一路都是土路，路的两旁是成片的水田和坡地。此时，还有几家未收割完的水稻沉甸甸地弯腰驼背，风一吹，它们就摇动着身姿，好像给过路的行人问好。蝴蝶和蜻蜓轻快地飞来飞去，一会停在水稻上，一会停在土埂边。

多多和爸爸穿过田野，走在蜿蜒曲折的乡间小路上，走过了一条又一条小路，才来到山东村小学。这所学校是非常普通的乡村小学，学生不多，一个年级一个班。而多多所在的班级与其他年级班级不在一个地方。这间教室是借用的一户人家的一间空置的房子，房子破旧，千疮百孔。

多多蹑手蹑脚地跟在父亲身后，走进了教室，教室里一片嘈杂，一张张陌生的面孔呈现出或兴奋或无聊的表情。她环顾了一下教室，不大的教室里居然还剩了很多空位，她在靠窗户的桌子边坐下来。

教室的课桌前几个家长围着一个戴眼镜的男人，那个男人在认真登记、收费。他就是一年级班主任高明，并兼教所有课程。

陈建川给多多报完名交完费，便指着多多对老师说："那就是我家多多。"

老师微笑着朝多多点了点头，然后说："多多，来领新书吧。"

多多轻轻地翻开书页，一股淡淡的油墨香便扑鼻而来，她深深地吸了一口，沁人心脾。书上色彩斑斓的画面，非常漂亮。她在心里偷偷乐着。

陈建川走了过去，对多多说："爸爸先回去了，你上课要好好听讲，听老师的话。"

多多的目光一直停留在书上，她点了点头说："晓得了。"

下午放学回家，多多做的第一件事是将所发新书用报纸包了皮，并在报纸上用铅笔写下书的科目。她包书包得很是认真，方方正正的，边角对等。红琼见状后，说："你把书包了，等于零，该烂还是得烂！"

多多一边包书一边说："这样，书不会弄脏！"

红琼噘了噘嘴说："看你能坚持好久！"

红琼把书当敌人，她反感读书，更恨读书。她觉得读书很累，也没意义。她的书一个学期下来，可以说是面目全非。她不喜欢读书，更不会爱书，上课的时候，不用心听讲，就在书上乱画，因为乱画书，还被母亲打过。打多了，也打皮了，再怎么打也无济于事。后来她干脆说不读书了。

从昨晚开始，雨就在整夜地下着，还没有消停的意思，反而愈下愈大，雨水滴滴答答敲打着地面。多多站在街沿上，看着灰蒙蒙的天，湿哒哒的一切，她将小手伸了出来，接着雨水，手心里溅起了一朵朵小小的水花。

陈建川从屋里提来两双水鞋，水鞋是他和杨召珍穿的，两双水鞋上都打了不少补丁。

他把水鞋一双递给红琼，一双递给多多，说："你们赶紧把鞋换上，就去上学。"

红琼本来比多多大，而且个头又高，穿着大人的水鞋还勉强可以凑合，但又矮又小的多多穿着大人的水鞋，脚放进鞋里，感觉在里面行船。

多多穿着大人的水鞋，艰难地行走在雨地里，每走一步都非常吃力，稍不注意，鞋与脚就分家了，脚落在了泥水里。往往这时，她只得用手简单地擦一下脚，又把鞋子穿上。刚开始，红琼还牵着她走，走了一会后，红琼有些不耐烦，说："你自己慢慢走吧！"

大约走了近半小时，多多觉得穿着不合脚的水鞋走路太过艰难，干脆将鞋脱掉，赤着脚走在了十二月的雨地里。

快到学校时，多多赶紧在一个地方把脚上的泥巴洗掉，重新穿上水鞋进了教室。

她刚进教室，就看到同学们在教室里忙碌着：有的在用扫帚扫水，有的在往外倒水，有的拿着塑料盆子接水……

原来是房屋老化，久未维修，下雨漏水了。黑板、课桌、板凳都被淋湿了。所有的同学都只能乖乖地站到没有漏雨的角落去躲雨。

老师站在一个角落，说：“同学们，雨还没停，咱们就读书吧，读课文。”同学们听话地从肩上挎的书包里掏出了语文书来。有的学生读得声音响亮；有的读书像和尚念经；有的压根就不读书，在一旁和其他学生窃窃私语，叽叽咕咕地说话。

多多站在一个角落里，认真地朗读着。朗读一会后，她又开始背诵课文。多多的认真被老师看在了眼里。多多在背诵《咏鹅》时，老师问：“多多，你这个课文也会背了？”

多多看了看老师，说：“以前姐姐读过这个课文，就记住了。”

老师从多多手里拿过书，他看了看多多的笔记，多多的书本漂亮，笔记工整，他的脸上露出了欣慰的笑容。

多多被老师夸奖了，脸红红的，有些腼腆，还有些羞涩。

突然，一股尿臊味扑鼻而来，接着有污水溅到了多多和老师的身上。老师发现，是班里的国兵与这间教室主人的孩子发生了争执。

那孩子说这教室的房子是她家的，不让国兵在教室里上课，国兵吐了她一下口水在脸上，那孩子便将家里尿桶里的尿水用粪瓢装上，淋了过来。

一时间，教室里炸开了锅，有同学帮着国兵想打那孩子，但那孩子在另一个屋子里，想打着也难。加上同学除了拳头，没有武器。而那孩子在家里，火钳、镰刀、木棍……齐上阵，搞得教室里没了安静。

老师威严地用擦黑板的刷子敲打着桌子，同学们也不顾及老师，继续与那孩子搏斗。老师见同学们越来越放肆，凶狠地点着这些同学的名字。

同学们这才灰溜溜回到座位上，当然，也不能幸免罚站打手板的惩罚了。多多看着被惩罚的同学，又看了看老师，然后事不关己地看自己的书。

第八章　饥寒起“盗心”

“打贼娃子哟！打贼娃子哟！”这一声声的叫喊声惊醒了沉睡的村子，也惊醒了沉睡的夜晚。

喊声越来越密，声音越来越响亮，不一会儿，男人女人老人小孩喊着打贼娃子的声音不绝入耳。

村民们听着喊声，大人娃儿赶紧从暖和的被窝里钻了出来，拿起铁锹、扁担，朝事发现场奔去。

陈建川夫妇听到喊声后，赶紧起床拿起了扁担就往后面的坡上跑去。多多跟在他们后面，深一脚浅一脚地跑着。

他们到了现场，地里已经围了不少村民。

有村民说：“陈建川，你看嘛，他们来偷了你家的树。”

杨召珍看着自家的树被砍了，生气地上前给了一个被村民用牛皮绳捆绑在了树干上的男人。嘴里骂着：“你个挨刀的！”

一个男人痛苦地躺在地上，说：“别打了，别打了，我的尾椎骨都断了，现在站不起来了！”

另一个男人搂着他，一声不吭。

还有一个男人被绑在了树上。

但沉重的扁担还是一下又一下地落在了他们的身上、头上，甚至他们的头都被打出血了。

村民们七嘴八舌议论纷纷，向这三个男人讨要说法。这个一言，那个一语。有的说应该打死，以此为戒，看还敢来偷东西不。有的说放人家一条生路，打也打了，让他以后别再来偷了。

还有人说，千万别打了，再打就出人命了，大家赶紧回家。

只有那两颗被砍倒的树斜躺在地上，仿佛在诉说刚刚发生的事情。

夜夜守夜，为抓着贼娃子，好不容易逮住了现行，不少村民还是觉得不解气，但看着他俩已经伤痕累累，也心软了。

这时，队长陈建军发话了，亲问这两个贼，问他们是哪里人，为啥要到这里来偷树，问他们以前还偷了啥子。

这三人交代，他们是金家坝的，与陈建川他们村山头背靠背，因为两山交界，非常容易混到这边山头来。

起初，看着这边山头的红苕叶子可以割了就偷偷割来喂猪，可以挖红苕了，就半夜来悄悄挖走，再后来发展成偷土豆、玉米，最后干脆拉上几个人偷砍树，然后将树拿去卖钱。

他们一致都说，家里实在太困难了，所以才出来偷的，也是没有办法。村民们听到这话，又七嘴八舌地议论起来。毕竟，在这个村，家家户户都被偷过，村民被偷怕了。为了维护自家利益，村民自发组织了人员守夜，每晚两人。

这次抓到贼的是毛子和陈坤龙。毛子长得魁梧，身强体壮。他和陈坤龙晚上守夜前，一起在喝酒。看时间不早了，双双拿着扁担到了地里，来回巡逻。快走到陈建川家的地头时，毛子撒了一泡尿后，隐约地听见了有人说话的声音。然后他喊上陈坤龙，悄无声息地靠近，只见三个男人拿着斧头在卖力地砍着树，其中一棵树已经砍掉了，另一棵也快倒了。其中一个男人说，这棵树砍了，再砍一棵后，我们一人一棵扛回家。

他们在尽情地计划着自己的好事，忘情地砍伐树，然而不知灾难在步步逼近。

毛子见状，操起扁担一下向对方身上打去。重重地扁担落在了一个男人的腰上。男人瞬间呻吟着倒地。陈坤龙不甘示弱，朝另外一个埋头砍树的男人头上打去。一边打，一边大声喊，抓贼啊！

两个男人受伤后，另一个男人拔腿想跑，结果被后来围攻上来的村民抓住了，最后绑在了树上审讯。

一时间，不少村民如打沙包一样，将拳头落在了这三个男人身上，他们疼得大喊大叫。一边承认错误，一边希望获得大家的谅解。

陈建军看着三个贼娃子受伤不轻，对陈建川说："树也被砍了，好在还没有被拿走，他们也受伤了，我看这事就算了。这次他们挨了一顿打，估计以后也不敢来了。"

陈建忠也说，这一顿打，等于半死。这下他们要长记性了，我们走吧。

大伙又在一阵议论纷纷中散去，留下被打的三个男人在地里，其中一个伤势较轻地搀扶着另一个伤势较重的。

村民们帮着陈建川把砍倒的树一起拿了回来。

这次的抓贼事件发生后，村里再没出现过被偷的事情了。但村民们的警惕性还是比较强，大家还会时不时地去巡逻。

事情过去很久后，据说那三个贼中，其中一个瘫痪了，另外一个成了拐子，只有那个被抓绑到树上的没有留下后遗症。

抓贼事件在一段时间里成了村民们茶余饭后闲谈的话题，很快这件事就被大家逐渐淡忘了。村民按部就班地生活，日出而作，日落而息。直到有一天，村民的业余生活有了一个新的变化，打麻将！

四月的一天，陈远第一次进城去了达州他哥哥陈水清家。陈水清是当兵出去的，后来转业到了粮食局工作。陈远回来后，说是在他哥那里学会了打麻将，并用木块按照麻将的大小在家自己做了一副麻将。陈远动手能力强，加上动作麻利，一个多月就把一副麻将做好了。当然，麻将上的字他是用笔写上去的。

最初，陈远的麻将仅限于自家自娱自乐。后来发展成为村里的人基本上都会打麻将了。最初，大家聚在一起打麻将本来是不赌钱的，纯娱乐，后来发展成为赌钱。于是，陈远家每天都会有村民前去，四个人围坐在一起玩牌。去得早的人有位置，去晚的就围在旁边看别人打牌，常常是看牌的比打牌的还多，观牌的比打牌的着急。

麻将生活成了不少人没事时的娱乐方式之后不久，村里陈建江家买回了一台电视机又在村里炸开了锅。

九月初，陈建江从部队回来探亲，购买了一台 14 吋的黑白电视机，于是他家成了村里第一个买电视机的。

那时，村民除了白天在田地里干活，晚上回家，只能是老婆孩子热炕头。那个年代，要看电影只能逢场去电影院看，但要花钱，农民是舍不得花几角钱去看一场电影的。于是大家“奔走相告”，晚上一起看电视。

接下来的时间里，陈建江家的院子里每天晚上人山人海，差不多全村的人都来了。有的自己带着板凳，有的站在后面，站着看不见，干脆站到凳子上。小孩们通常是在最前面席地而坐。

村里又有了另外一种景观。每天下午六点左右，家家户户的孩子做好晚饭，拉开嗓门喊着爸爸妈妈回来切饭，一会儿电视要开始了，于是，原本要想把地里的活再干一会儿的人们也经不住电视的诱惑，赶紧收工回家切饭，然后看电视。

《神探亨特》、《雪山飞狐》等电视连续剧也成为村民闲聊的谈资。大家津津乐道地讲着剧里的故事。

多多特别喜欢《神探亨特》中的女警探麦考尔，她精明干练，手段高强。她与警探亨特联手，配合默契，在错综复杂、鱼龙混杂的社会环境中，破获了一个又一个令人棘手的案件。他们不仅要面对犯罪团伙的凶险和狡诈，还要时时提防不理解他们的上司的无端训斥以及一些怀有妒忌心理的同事的捉弄，凭着自己的智慧和勇敢，在经过几番殊死搏斗之后，往往化险为夷。

多多看着漂亮机智的麦考尔，也时常学着她的样子，用木头做了一把枪别在裤腰上，周末休息时，喊上几个同龄的孩子一起打仗，一半人扮演好人，一半人扮演坏人，轮流扮演，最后的结果是好人把坏人打死了，或者坏人投降了。

同龄的孩子也喜欢与多多一起玩，他们喜欢听多多讲故事。多多把从电视上看到的故事经过加工，就成了另外一个新版本。多多讲得绘声绘色，常常逗得大伙四仰八叉地开怀大笑。

多多的快乐是简单的，也是容易满足的。她每天走在上学放学的路上，善于观察和思考的她发现了一个问题，那就是在上下学必过的一个三岔路口立着一块石头。石头上方总有根红带子，而石头的面前有时会有苹果、香蜡、纸钱，也有一些硬币：五分、两分、一分的。

多多听人说，这块石头是土地老爷。给土地老爷烧香，是为了祈求平安、家庭兴旺等等。

多多觉得奇怪，给一个石头烧香，跪着磕头，念几句话，扔下几分钱，就能如愿吗？她不理解，也理解不了。但每次路过，见着那里的钱，她的心里就痒痒的，觉得怪可惜的。这不是糟蹋钱吗？

很多次，她鼓着勇气想把钱拿走，但又担心别人说闲话，说拿走这里的钱要倒霉，并且肚子还会痛。是真还是假呢？

多多挣扎着。

这天是星期三，只上半天课。放学后，多多和同学陈梅花一起回家。又路过土地老爷面前时，多多说："陈梅花，你说这里的钱咱们能拿走吗？"

陈梅花看了看多多，说："你不要命了，你不怕肚子痛就拿吧！"

"我就想不明白，为什么这里的钱不能拿？为什么人们要把钱往这里扔？"

"不明白的事情多了，反正给土地老爷钱了，就能保佑平安！"

"是不是给土地老爷许愿都能实现？"

"这个不清楚，反正我妈妈说了，不能拿土地老爷面前的东西，也不能拿庙子里的东西。"

"你看，钱放在这里多可惜呀，不拿白不拿，我们不拿总有人拿的，我想把它拿来买糖，吃了看肚子疼不？"多多说着就捡起了地下的钱，共有2角8分钱。

她把钱拿到手里，端正地跪在土地老爷面前。她有些矛盾，担心因拿钱而肚子疼，医生治不好，所以拿到钱后，诚恳地说："土地老爷，我把你的钱拿走了，我去买糖，买来也给你吃一个，你不要让我肚子疼！好吗？土地老爷？"

土地老爷就是一尊石头，他端正地坐在那里，一动不动地看着多多，多多也目不转睛地看着土地老爷，好像在征求土地老爷的同意。

多多把钱紧紧攥在手里，对陈梅花说："一个糖一分钱，我可以买二十八个，买来我也给你切！"

"算了，我不要，我不愿意肚子疼！你还是把钱还回去。"

"既然拿了，就不还，我这就去买糖。"

多多说着，飞快地跑了，她要到街上买糖。多多像暴发户一样，觉得自己突然有钱了，而且还有两角八分钱。她在副食品商店买了二十八颗水果糖。糖纸的颜色非常漂亮，五颜六色的。她看了又看，闻了又闻，就是没有拆开糖纸，她要先给土地老爷一颗糖。

多多坐在土地老爷身边，将一颗糖放在了土地老爷面前，一边说："土地老爷，我把你的钱买糖了，给了一个给你，你不能让我肚子疼！你要保佑我，我给你磕头了。"多多说着就双膝跪下，然后磕了三个头。

这个晚上，多多失眠了，翻来覆去总是睡不着。她一会儿平躺在床上，眼睛盯着黑漆漆的天花板，双手枕在脑后；一会儿又侧着身子，卷曲着腿，两只手并着，放在枕头下。她的大脑处在了混乱之中。她似乎看到了在不远处就有一位和蔼可亲的老头，他高高的个子，光头，圆脸，大耳朵……这个身影最开始是清晰的，渐渐地变模糊了。多多想，他就是土地老爷吗？

多多不停地翻身，影响到了在另一头睡觉的红琼。红琼有些不耐烦地大声吼道："多多！你拱啥啊，是猪嗦！"

"我是在翻身！"

"哪有不停翻身的，赶紧困瞌睡！"红琼吼了一声，就继续睡去。

多多咳了两声，小心翼翼地躺在床上，她不敢像最初那样随意翻身了，即便翻身，也像做贼似的，轻手轻脚。

夜，很静很静，静得多多能听见自己的心跳。她摸了摸自己的肚子，发现自己的肚子没有异常，根本就没疼。尽管这样，多多还是多了一份担心，要是真肚子疼了，医生也治不好，自己是不是就得死了？

这个晚上，多多告诫自己，一定不能睡着，要是睡着了醒不来怎么办？自己一定不能睡着！多多在心里自言自语道。转念又想，不睡白不睡，死了就死了，这样悄无声息地离开也好。多多处在挣扎之中。她好像在等自己肚子疼，又好像在等待什么？

渐渐地，睡意爬了上来，多多打了个呵欠，不知不觉中睡着了，她睡得非常香，也非常甜，从嘴角流出的口水就是最好的证明。

"多多，多多！"刚走出院子，多多就听见有人喊她。她把头回了过去，原来是陈梅花。

陈梅花和多多一前一后地走着，一边走还一边聊着天。陈梅花说："多多，你肚子没疼吗？"

"呵呵，土地老爷保佑着我，不疼！"多多笑了笑，还拍了拍自己的肚子。

不知不觉，她俩又走到了土地老爷跟前，多多望着土地老爷，发现那块石头格外亲切，她摸了摸它，说："陈梅花，土地老爷保佑我，我得给他磕头！"随即跪在地上，虔诚地磕了头。

陈梅花看着多多，又看了看土地老爷，也跪了下来，嘴里还说："我也要磕头，让他保佑我！"

磕完头，多多和陈梅花双双用手拍了拍膝盖上的土，就朝学校走去。一路上，她们走走停停，又相互追逐，快到学校的时候，她们见路边的几颗桃树上结满了桃子，有的桃子红了脸，有的桃子还青涩着，但个个大大的，很是逗人喜爱。

多多站在桃树下，望着树上的果实，不住地吞着口水。她有些馋嘴了。多多望了望远处，看有没有人。

陈梅花说："这桃子能切了，咱们偷几个放在书包里，放学后拿来切。"

"这桃子上有水，打农药没有？"

因为多多有过偷吃桃子的经历。那还是去年五月初，桃子还没完全成熟，多多见陈太安家的桃子长得水灵灵的，见着眼馋，就悄悄地摘了几个，没用水洗，而是用衣角擦了擦桃子上的毛，就吃了。等多多美滋滋地坐在桃树下吃下几个桃子后，正被挑水的陈太安看见。陈太安问："多多，你切的是哪里的桃子？"

多多撒谎说："我家里的。"

"你家里桃子树都没有，哪来的桃子？是不是摘的这里的桃子，这桃子刚打了农药哟！"

听见农药，多多盯着陈太安。陈太安明白，拉开嗓门喊着："不好了，不好了，陈建川，多多吃了打药的桃子！"

一时间不小的村子炸开了锅。大家议论纷纷。有的说，这多多就是淘气，讨人嫌。有的说，细娃儿嘛，哪有不偷露天东西的，不偷长不大！有的人说赶紧给她喝肥皂水，解毒；也有人说给她喝咸菜水解毒……还有人说，人家大人不在，还是喊她家大人回来弄。

大伙一起拉起嗓门喊陈建川和杨召珍。

陈太安让多多用手指抠喉咙，把桃子往外吐。

陈建川和杨召珍还在坡上忙活路，听见有人喊他们，赶紧跑了回来。他们一时也脚忙手乱。

杨召珍见着多多，忍不住打了她几个巴掌，嘴里骂着："浪开这么调皮嘛，手咋个那么管不住！"

一旁的人说："现在打有啥用，赶紧给她解毒，看被中毒闹死了。"

杨召珍对陈建川说："你赶紧回去，把泡菜坛子的水舀一碗来给她喝。"

陈建川赶紧回家去弄水。有人说，给她喝点肥皂水也有效果，让她喝喝。

一时间，肥皂水、咸菜水灌进了多多的肚子里。咸菜水咸，肥皂水的味道也难闻。多多一把鼻涕一把泪地不停地呕吐，吐得肝肠寸断。

大伙又说，观察看，会不会有其他问题。多多恶心地吐了很久，以致把从早上到中午的两顿饭都吐出来了。吐完后，多多觉得啥事没有，说："没得事。"

多多真的没事，居然什么症状都没有，到后来还有人说，是不是买的农药是假的？

想到那次的偷桃经历，多多还心有余悸。

陈梅花说："肯定没打药，昨天放学后，我路过，还看见这里有人摘桃子。"

"你看，那房子里有人没有，要是被发现了，人家要收我们书包的。"

陈梅花伸长脖子望了望，说："没有！"

多多看了看这棵树上的桃子，又看了看那棵树上的桃子，她要挑选一个比较容易爬上去的树，而且要容易摘到又大又红的桃子。

陈梅花和多多正在专心地观察着，突然听见汪汪的狗叫声，她们定睛一看，一条黄色的大狗不知从什么地方窜了出来，朝她们汪汪地叫着。

她们俩最害怕狗，见着狗朝她俩奔来，吓得撒腿就跑。她们哪里跑得过狗，情急之下，多多向一个不太高的桃树爬去。但那狗好像也能爬树，它顺着树就往上爬，搞得爬上了一截树的多多吓得从树上掉了下来，狗也趁机狠狠地咬了她一口。

多多哭天喊地的叫嚷着。人与狗的声音交替响着，把沉睡和寂静的乡村早晨一下子吵醒了。

不远处，一下窜出了几个人。有人说，不好了，不好了，哪家狗把人咬到了。

这时，一位披头散发的中年女人从低矮的土屋里走了出来。她个头不高，穿得破旧，灰头土脸的，她就是狗的主人。她一边走还一边骂骂咧咧地骂着："死狗，又咬人了，打死你！"

狗是自家养的，还是很听主人使唤，在主人的骂声中，狗进屋了。女人将狗关在了一个黑漆漆的屋子里。

女人看见多多的屁股上有狗咬的一个牙印，已经出血了。她把多多带进屋子，用肥皂水给伤口清洗了一下，然后涂上牙膏。并说："没事的，饿狗三天，就不会得狂犬病!"

多多看不见屁股上的伤究竟有多严重，使劲撅着脑袋往屁股看，也没看出个所以然。

陈梅花吓得没了踪影，等多多捂着屁股走到学校时，才见着她。陈梅花淡定地坐在位子上，假装着看书。

第九章 偷看葬礼闯大祸

多多被狗咬的第四天，张万青去世了，享年六十四岁。据说头一天晚上的饭都是她煮的，睡觉前还好生生的一个人，第二天早晨就阴阳相隔了。

张万青的葬礼是村里最高规格的，道场做了三天三夜；她活的寿数也是村里最高的；为人向善，给村里人留下了很好的口碑，村里家家户户都去参加了这场葬礼。陈建星发电报通知了在外面的兄妹，于是在部队的陈建江以及外嫁出去的陈建英接到电报后都立即赶了回来。

这个葬礼是隆重的，也是有礼数讲究的，也就是说要有丧礼仪式。四川有红白喜事之说。结婚是红事，死人就是白事。无论红事白事都得办得风风光光、热热闹闹的。

这个丧礼仪式是从老人溘然长逝的那一刻起开始的。

人死后，第一时间，家里的人自然要号啕大哭，接着放鞭炮，在一个瓦盆里烧纸钱，然后敲着瓦盆走到门外，烧了纸，这叫送终。送终后，再将瓦盆拿回来，放置在死者脚前，名曰“孝盆”。在里面烧纸，给冥间的亲人“送钱”，然后将尸体安放妥当，差人向死者的娘家、舅家报丧。待亲戚子女到齐后，举行入殓仪式：先给死者剃头、洗身、然后再穿寿衣，往舌头下压一个小硬币，最后穿鞋戴帽，放进棺材。入殓后在家搭一灵棚，设一香案，摆上水果、礼馍之类的供品，点一盏长明灯，白天晚上由死者家属守灵。守灵多为死者的子女，名曰“孝子”。孝子身穿白孝衣，头戴白孝帽，腰里系一根粗麻绳，手握丧棒（用大拇指粗的柳木做成，上缠白纸）。凡见有前来吊丧的不论生熟都要磕头，以表感谢。

在出殡的前一天晚上，死者亲属要请殡葬队来敲锣打鼓，并将亲友送的挽幛悬挂于灵堂之上。孝子按辈分大小，分跪灵堂左、右两侧，女眷则围坐在灵堂的后面，吹鼓手吹起唢呐，声声悲伤凄楚，催人泪下。唢呐声中，孝子依次向死者献酒，行跪拜礼。

次日出殡，是由阴阳先生看的日子和时辰。阴阳先生看好时辰后，会告知，哪个时辰生人禁止去看。出殡仪式由阴阳先生主持。随着一声“起”，悲壮的唢呐声起。哭声连天。八人抬着棺木起身。前边是白纸做的“白鹤”、“引魂幡”引路，两边是八杆纸幡及花圈、花篮。后边吹鼓手跟随。孝子扯起一丈多长的白布，牵引棺木徐徐前进。棺木周围是女孝子，手把棺木放声唱哭，按照一定的“哭丧调”诉说对死者的思念。到了坟地，棺材绕坟三周，然后放在墓前，孝子施礼送入墓穴。之后填土起坟冢，丧礼结束。

乡里难得的热闹，在多多看来就是稀奇事。她远远地听着那锣鼓声音，心就有些动荡起来。她想去看个究竟，但母亲交代，一定不要去看死人，说死人的时间与她相冲，绝对不能去。为了防止多多偷偷去看热闹，杨召珍甚至交代红琼在家看住她。

多多毕竟是人，不是牲畜，哪里关得住，趁红琼不注意的时候，她打开房门跑了。红琼找不到多多，知道她一定是去看人家埋死人了，所以拉起嗓门喊着多多。多多听见了，也不作答。

红琼无可奈何，便在家里堂屋的墙上用木炭写着：多多跑到陈秀兰家中去了！

多多跑到人家快下葬的地方时，放慢了脚步。她担心被母亲看到，悄悄地躲在人群中。看到有人在放鞭炮，有人在哭，有人在烧纸……一个棺材在众人的合力下，被土遮盖了，然后堆成了一个小山包。小山包的正面是用一块块小石头砌成的。

下葬结束后，多多见人们一个接着一个地走了，她也赶快跑回了家。她担心被母亲发现，所以必须在母亲回来之前回到家。

多多一到家时，红琼说：“你咋那么喜欢看热闹，你知道不，妈妈说的你去看不得?”

“有啥看不得吗？那么多人都在看！”

“等你出了事就知道了！”

“看个死人就出事了，我才不信邪！”

姊妹俩在激烈地争辩着，杨召珍和陈建川一起回来了。红琼立即告状，说：“妈妈，多多去那里看了！”

杨召珍一听多多去了，一下火冒三丈，她顺手就给了多多一个巴掌。嘴里还不停地骂着：“你在找死啊！”

多多委屈的眼泪流了下来，她默不作声。

陈建川说："她看都看了，有啥法吗?"

"看都看了，让她莫看的，为啥那么倔强?"杨召珍无奈地说着。

多多觉得自己没有错，觉得那不过是封建迷信。人家说不能看就不能看，是不是有点瞎说之意。尽管挨打了，也挨骂了，但她心里就是不服气。

到了晚上，多多莫名其妙地发起了高烧，还烧到了40度。她浑身酸软、四肢无力，头还爆疼。一会又全身发冷，并且忽冷忽热。多多像个快死的人，有气无力地耷拉着脑袋。

陈建川将多多带到陈三虎那里去打针，杨召珍却一边埋怨着，一边还说，我看八成打针都不管用的。

陈建川说，管不管用先把烧降下来。但在陈三虎那里看了三天，多多的病情都没有好转，而且好像在加重。杨召珍觉得这不是办法，说，干脆找个跳大神的给看看，究竟她撞到啥子邪了。

多多病倒第四天，杨召珍去找了当地有名的跳大神，然后将事情的来龙去脉说了，同时也说了多多的生辰八字。在对方的指点下，杨召珍买好香蜡、纸钱在晚上八点钟的时候，带着多多到一个路口烧了纸钱。杨召珍一边烧纸钱，嘴里一边在默默地念着什么经。多多只管烧纸钱。

说来也怪，经过这么一整，多多的病竟奇迹般地好了。

所以，在这点上，说是迷信也好，说是封建也罢，民间的习俗和禁忌，有时也是需要遵守的。打那以后，多多再不敢贸然去看人死的热闹了。

第十章　转学的烦恼

流水年华，日月如梭。多多自上学以来，迎来了第四个九月一日。然而随着时间的变化，村里的情况也在逐渐变化着。

在这期间，整个村的村民看似基本上重复着以前的日子，除了下地干活，业余时间要么大家聚集在一起打麻将，要么就是看电视。

事实上，自从通电后，陈建国首次买了一台面条加工机器和他儿子陈之礼一起搞起了家庭作坊式的加工坊，村里村外的都来他家里做面条加工。一年半后，陈建国生病去世，他的婆娘贾碧玉与儿子陈之礼商量后，将这台机器卖给了陈建忠，于是陈建忠又开始了家庭作坊式面条加工。

而陈远家在陈建江家买电视后的第二年也买了一台黑白电视机，半年后，陈建军家也买了一台黑白电视机，只是尺寸比他们的都大，是十八吋的。由于这两台电视的增加，陈建江家没有了往日的热闹，村民看电视的地方多了选择。

在这期间，陈菊松和红琼已经小学毕业，陈菊松跟着乡镇上的一个做衣服的师傅学裁缝。红琼回家务农。陈梅上学到了三年级就辍学回家帮家里干活。晓生和陈玲玉考上了初中，继续念书。

“多多，书包准备好没有？开学了，就得好好学习。”杨召珍一边吃着饭，一边对吃饭的多多嘱咐着。

“都弄好了！”多多说着放下碗筷。

“三天不学习，赶不上刘少奇！”陈建川一边吃饭，附和着说。

杨召珍放下饭碗，走进卧室，在柜子的一个角落里拿出早已准备好的学费递给多多，一边说：“把学费放好，不要搞丢了！”

多多把书包斜挎在左肩上，然后把钱放进了衣服的左口袋。放进去后，还有些不放心，又摸了摸，然后上学去了。

一路上，多多哼着歌儿，欢快地向学校跑去。但路上，她发现没有背书包上学的学生，她有些纳闷，难道大家不知道今天到学校报名。

多多想，也可能是自己上学太早了吧。

多多来到学校，教室的门是开着的，除了老师高明在那里，其他同学都没来。

多多礼貌地给老师打着招呼，说："老师早！"

接着老师递给多多一个条子说："多多，你拿着这个条子去中心小学上学，这上面有班级，你按照上面的内容去那里报名就可以了。"

"为什么，老师，你不教我们了吗？"

"去吧，多多！"老师说。

多多看了看老师，想问点什么又欲言又止。不过，她的心里却是兴奋的。毕竟能上中心小学是件非常愉快的事情。眼前的教室又破又旧，但真要离开时，又突然有点恋恋不舍。多多站在教室里，望了望教室的四周，又看了看黑板，老师坐在讲台前的一条长板凳上，无聊地东张西望。

老师看着多多，眼神非常和蔼，他微笑着说："还舍不得走？这个破教室，本该不做教室的，只是条件有限。你到中心小学去上学了，要努力学习，争取考上初中，以后才能考大学的。"

多多点了点头，然后说："我走了，老师，再见！"

这个消息对于多多来说简直是从天而降的喜讯，能去中心小学上学，对多多来说有说不出的兴奋。自己怎么就能到中心小学读书呢，其他同学呢？他们又去哪里上学了？

要知道，中心小学是方圆数十里最好的小学了。那所学校的前身是四川省宕渠国立中心学校，建于 1926 年，1933 年中国工农红军曾驻扎于此。那所学校只收当地城镇居民的小孩，也就是只有居民户口的人才能上那所小学。出身农民的多多，对这样的小学是可望而不可即的。那所学校有宽敞的教室，还有各项娱乐活动，每门课程都有专门的老师，能上那样的学校，于多多来说是新奇的，也是幸福的。她没想到，自己居然能上那所学校，而且不用交赞助费，也不用花钱找人托关系。

多多走出教室，就一个劲地飞跑起来。她不管过路的行人，也不看路上是否平坦，只管飞跑着，她跑得很快，甚至把脚上的塑料凉鞋都跑掉了一只。

她实在太兴奋了，她要跑回家告诉父母，自己可以上中心小学了。以前，因为陈玲玉、陈秀兰、陈栋都在中心小学就读，他们常常炫耀自己的学校有多么多么好，而多多只有羡慕的份。

多多捡起鞋子，赶紧穿上，又继续跑起来，跑到家中，发现房门紧锁，她将手从窗户中伸进，摸到了房门钥匙。她打开了大门。

她在堂屋的长板凳上坐了一会，还一边拿出老师给的纸条看了又看，忍不住自己在心里笑了起来。她想等一会，父母回来告诉他们一声，这是一件不同寻常的事情。

多多坐在板凳上有些不安，左等右等就是不见父母回来。她又跑出去拉开嗓门喊着："爸爸，爸爸，妈妈，妈妈……"

"爸爸妈妈走人户去了！"红琼背着草背篼走进了地坝里，额头上渗着汗水，她说。

"走哪去了？"

"大姑家！"红琼放下背篼说着。

红琼个子不高，还是个小人儿，背着一个大背篼，感觉整个人都被背篼遮住了。她接着又问："你郎开没去上学？"

"我要到中心小学上学了！"

"你报名了吗？"

"我马上去！"多多说着就走了。

多多一口气跑到了中心小学。但到了校园门口，她停住了脚步，她有些胆怯，因为校园里全是陌生的面孔，每个人对她都是陌生的。

她站在操场上就能看见中心小学几个醒目大字。操场上一面五星红旗飘扬在半空中。

她望着来来往往报名的学生，不知道自己所在的班级在哪里。她想问其他同学，好几次都欲言又止，有些不好意思。

多多开始了一个教室一个教室地找，最终找到了自己的班级。教室里非常安静，同学们端正地坐在自己的座位上，认真地听老师讲事情，这番景象，是她在以前的班上没见着的。讲台上是班主任、教语文的王慧老师。

王老师个子不高，身材娇小，她的眼神很柔和，她看见多多，问："你是新转来的吧？"

多多点了点头。王老师说："快进来，快进来，孩子！"

说着，把多多带到一个空位子上去。

多多在自己的位子上坐了下来，她摸了摸课桌，课桌的下面还带有箱子。她悄悄地扫视了整个教室：洁白的墙壁，一面墙壁上还有学习园地。学习园地是用彩色粉笔写的，上面有很多有关学生道德方面的内容。这间教室里足足有四十多名学生。

多多又悄悄地偷看了一眼她的同桌，这个同桌与另外一个男生在挤眉眨眼。她重新坐直身子，两手趴在桌子上，突然，一个拳头落了下来，打在了她的手臂上。

这个同桌嬉皮笑脸地说："你看你，都超界了！"

多多揉了揉手臂，又盯了下桌上的画线，原来在桌子的中间有一条醒目的黑色线，那叫三八线！

究竟是什么原因导致多多能上这样的学校呢？几天后，多多知道了答案。因为她所在班级的人越来越少，由最初的20多人，变成了10人，每学期都有失学的。有的因为家庭贫困，尽管只有六七元的学费，还是有家庭出不起，被迫辍学；有的因为成绩太差，家里觉得读书是浪费钱，也不让读了；还有的家庭，觉得女孩读书也没有用，早晚要嫁人，所以不让读书……数量越来越少，最后不得不将他们这10个学生合并到镇中心小学。

也就在几天后，多多发现了她与班里的同学的差距。不但在学习上，而且在穿戴上也有距离。她穿着寒酸，背的书包被同学们戏称为"盐口袋"。因她的书包是用一块布简单缝制的。别的同学的书包是正规厂家生产的，非常漂亮，所以一些同学都拿她的书包挑事，她很是懊恼。

她希望自己也能背上漂亮的书包，那样就不会被同学嘲笑了。在被嘲笑的时候，她感到自尊心受到了极大的伤害，她感到很难过，有几次眼泪都出来了。

一天晚上，多多趁切饭的时间给爸爸说："爸爸，你给我买个书包吧，同学们都在笑我背的书包是盐口袋。"

父亲说："只要你书读的，背啥书包不重要！"

"读书的不是你！"多多有些不乐意地说。

父亲看着多多，接着说："你只要认真读书，学习好了，即使提个篼篼上学也没人嘲笑的。"

多多太想有个新书包了，她觉得有了书包，就是最幸福的事情。于是试探性地问："那在怎样的情况下，你才会给我买个书包？"

父亲想了想说："等你考上初中时，就奖励。"

那时上初中，不像现在是义务教育，能不能上初中是要以考试成绩来决定的。于是，书包成了多多前进的动力，她为此而认真努力地学习着。

无奈，即便多多怎样努力，每次的考试成绩都不是很理想，主要原因是基础知识不牢。有老师看她穿着寒酸，也对她冷眼相看。

一次数学考试，多多超长发挥，考出了不错的成绩，而数学老师却说："是你自己考的吗?"

言外之意，是多多没那个能力。那次，深深地伤害了多多的自尊，她在心底发誓，有一天自己一定要超越这个老师，更要比她的孩子有出息。

多多心里是这样想的，但无人的时候，委屈的泪水就从面颊上流了下来，她常常问，老师真是辛勤的园丁吗？老师真有师德吗？老师真爱自己的学生吗？为什么自己的老师总在伤害着自己。对这样的老师，她打心底恨着。

多多原以为到了中心小学会更加幸福、快乐，渐渐地，她发现，这里并不能给自己带来多大快乐，这里，她简直就是另类，是异族。

她知道自己无法改变这种状况，她每日小心翼翼地到学校，好像学校的一切离她都是那么遥远。

在班上，她感到自己是可有可无的人。课堂上，老师让举手发言，一次，她刚站起来要回答问题，同学们就发出笑声，搞得她也不知道自己哪里出了问题，往往这时候，老师就让她坐下。逐渐，多多就不再举手回答问题了。但多多把在学校的不快写成了日记，在日记中诉说自己的心事。

第十一章　一张明信片串起的友谊

临近国庆，同学之间关系不错的相互提前送着贺卡。多多是刚来的新生，对班里的每个人她都是陌生的。她打心里想走近他们，但他们对她似乎充满着排斥。特别是上体育课时，大家都霸着篮球、跳绳、乒乓球，就是不让她一起玩。往往在这时候，她就一个人悄悄地溜回教室，或者去厕所里打发时间。

星期五这天下午，第一节是体育课。多多和同学在体育老师的带领下来到操场，最初是集合，接着是做广播操，广播操做完，体育老师让大家自由活动，可以打篮球、乒乓球、跳绳等。等到快要下课时，体育老师再吹口哨，让大家集合，然后下课。多多重复着以前，她觉得跟大家不合群，于是就独自去了教室。

教室的门是虚掩着的，多多轻轻地推了推门，她推得异常小心，像做贼似的。她朝教室里望去，教室里没有一个人。她有些兴奋，没人了，自己才可以放松身心。

来到这个学校，多多不像以前了，她变得拘谨，她害怕同学的嘲笑，她有时感到自己的尊严受到了强烈的损伤。唯一能留给自己的尊严，便是远离其他同学。

多多径直朝自己的座位走去，然后安静地坐在位子上。她准备写日记，于是习惯性地掏出了那本记录她心事的日记本，却无意间发现语文书中间夹着一张明信片。她立即翻到后面，看到明信片的署名是李瑶！

明信片上写着：小小礼物轻又轻，送给朋友一片心！提前祝国庆快乐！

多多盯着上面的每一句话，幸福立刻荡漾在了心间，她本能的，应该是潜意识里带出了微笑。

这一句话，温暖了她，温暖了她的内心世界。原来，这个班上还有一个喜欢自己的人。于是，她在日记本上，记录下了收到祝福卡的内心感受。

尽管李瑶不在座位上，但多多还是下意识地朝她的座位望去。她的课桌非常整洁，粉红色的书包躺在课桌的旁边，非常显眼。多多感到自己与她的距离拉近了不少。

突然，一声口哨响起，要集合了。多多赶紧从教室里冲了出去，由于教室离操场还有些距离，等多多到了操场上，班上的其他同学都站好队了。有的同学见多多晚来，发出笑声；有的做着鬼脸；有的同学全然无视多多的存在。多多自个冲进了队列，但由于有些猛烈，撞上了旁边的一个男同学，那男同学骂着："没长眼睛啊！"

体育老师看着大家，又看了看多多，大声说道："下课！"

同学们一窝蜂似的散开了。

多多因为意外地收到李瑶的贺卡，所以特别留意了下她。她正和另外两个女同学手牵手地走着。

多多几次想上去给她说声谢谢，但总是犹豫不决，她想，还是给她送张贺卡吧。

两天后，多多给李瑶回赠了一张贺卡，也就是从那张贺卡开始，多多与她有了交往。在李瑶的带领下，多多和其他同学也变得亲密起来，性格也逐渐变得开朗起来。下课后，她们相互一起打闹着。

李瑶的家与学校一墙之隔。她常在下课的时候回家，很多时候也喊上多多。回家不是拿上一个水果就是喝上一口水，在多次出入李瑶家后，多多与她的家人熟悉起来。她知道她爸爸李云龙在工商所工作，妈妈是家庭主妇。

多多每次去李瑶家，她的父母都很热情，常常喊多多在她家吃饭，多多最初有些不好意思，渐渐地放开了，成了她家的常客，而她也成了多多无话不谈的朋友。

第一次去李瑶家吃饭，是星期三下午放学后。

那天的天气非常阴沉，整个天空都是灰蒙蒙的，好像要来一场暴风雨。大街上人们行色匆匆，放学的同学一路狂奔着往家赶，多多也不例外。她一出教室，就跑了起来。李瑶见状，喊道："多多，多多，你跑啥子？"

"要下雨了，我得赶紧回家！"多多回答道。

李瑶上前拽住了她，说："先到我家吧，就是下雨了也淋不着！"

"还是算了吧，我得回家，回家晚了，我要挨骂的！"多多看着她说。多多说的是实话，从上学第一天起，母亲就交代了，一定要按时回家，不回家的代价是挨打或者罚跪。

李瑶笑了笑，说："不用担心，就到我家吧，先跟我一起做作业，然后在我家吃饭，晚饭后，我送你回去。"

多多犹豫不决，她看了看乌云密布的天空，然后又看了看李瑶，还是说："真的不能这样，我得回去了！"

说话间，她们已经走到李瑶的家门口。李瑶的妈妈正站在门口，她喊着："狗儿，狗儿，快进来，快进来！快下雨了！"

李瑶的妈妈习惯称呼小娃儿为狗儿。她妈妈与多多妈妈的年龄相仿，个子也差不多，唯一不同的是在穿戴上比多多妈妈要好，而且洋气一些。如果按照归类的话，李瑶的妈妈属于城市那类，多多妈妈属于村妇。李瑶的妈妈虽然也是农村户口，但与李瑶爸爸结婚后，基本上就没再干农活，家里的田地给了亲戚去种，全家靠李瑶爸爸的工资生活。她妈妈留着卷曲的短发，穿着连衣裙，一双白色的凉鞋。她待人真诚，也很热情。但她们有个共同的特点，除了自己的名字和数字，都不识字。

李瑶的妈妈姓龙，所以多多喊着："龙姨！"

李瑶一把拉着多多，可以说是生拉硬拽地把多多拉进屋子的。

多多一进屋子，龙姨就立即把门关上了。她说："狗儿，就在这吃饭，饭我都做好了，赶紧洗手吃饭！"

多多给李瑶做了个鬼脸，然后跟在她的后面去了厨房洗手。

几分钟后，李瑶的爸爸下班回家了。李瑶介绍着："爸爸，这是我们同学，多多！"

多多赶紧喊着："李叔叔好！"

多多悄悄地打量了一下眼前的李叔叔，他长着一张国字脸，眼睛非常有神，但只要他的眼睛一愣，还是有些凶气，但他一笑起来，就非常和蔼可亲。

切饭的时候，多多切得有些小心，她不好意思挑桌上的菜，只是闷着脑袋吃米饭，这一切被李叔叔看在眼里。李叔叔说："你是李瑶同学，大小差不多，也就是姊妹，不要客气，随便些。"说着李叔叔就给多多的碗里夹菜。

一旁的龙姨附和着，"狗儿，就当自己家一样，不要客气！"

多多点着头。她有些自卑，毕竟李瑶家是居民，她家是农民，无论在住房上还是生活上都优越于她。所以在饭桌上，多多也显得有些拘束。

晚饭后，多多自觉地收起碗筷到厨房洗碗，龙姨说："你们去耍，我来洗。"

多多说："我洗！"

可能是第一次到李瑶家的原因，多多有些不自在，她感到手脚都没地方放。她觉得洗碗可以消磨一些时间。但在洗碗的过程中她不小心打碎了一个饭碗，她有了一阵慌乱。慌乱中，她赶紧将碎碗扔进了门口的一个小沟里。

她努力地平息自己不安的心。她矛盾着，要不要告诉龙姨自己打碎碗的事实？是不是就当什么也没发生过？可是，不告诉龙姨，龙姨是否会知道家里少了一个饭碗？

多多的心起伏不平地狂跳着。最终，她还是鼓起勇气，低着脑袋地说："龙姨，我不小心把碗打碎了一个！"

多多说话很轻，但还是被龙姨听清楚了，龙姨说："没事！"

多多看了看龙姨，龙姨的脸上带着柔和的笑意。但她还是感到有种心酸，因为自己以前在家里也曾打碎过碗，还招来了母亲严厉的处罚。

这时，李瑶从另外一个屋子钻了出来，说："打都打了，没事。"说着就拉起多多往房间去，还一边说："咱们去做作业！"

雨下了一阵，停了。夜，接着来了。多多还得赶紧回家。她说："我得回家了，再晚，天就黑了。"

"这样吧，我陪你回家，然后给你爸妈说一下，我们就回来，今晚住我家。"

"这个办法好，李瑶，你陪多多回去下，告诉她爸妈一声，免得大人担心。"龙姨也说。

多多在李瑶的陪伴下回家了。当她到家时，家里还黑漆漆的，她的父母都还在地头干农活。

她们两个人无聊地坐在院坝边，李瑶问："你爸妈什么时候回来？"

"我也不晓得！"多多说。

多多确实不清楚，因为庄稼人干农活，出去了就得把那点活干完才能收工。没有城里人按部就班的工作，只能是天黑了收工。

"多多，你妈妈姓啥？"

"姓杨。"

“哦，那我喊她杨姨。”

说话间，多多看见妈妈背着满满一背篼的草回来了。紧接着，多多的爸爸也回来了，他的肩上扛着一把锄头。再接着，多多的姐姐回来了，她手里牵着一头牛。

多多喊着：“妈妈，你们回来了。”

“杨姨！”李瑶喊着。

接着多多又说：“这是我们同学，李瑶！”

李瑶也说：“杨姨，多多刚才在我家切饭了，今晚就让多多去我家住吧！”

“要得，要得，去吧，去吧！”杨召珍爽快地答应了。

李瑶见多多妈妈同意了，赶紧拉上多多就跑了。杨召珍想叮嘱点什么，但她们已经跑远了。

第十二章　贪婪是人的本性

时间是最好的黏合剂。它可以把陌生人变成熟悉的人，还可以把熟悉人变成亲密无间的朋友。多多与李瑶就是这样。

多多与李瑶来往密切后，李瑶的家俨然成了多多的家。多多由最初偶尔在她家住一晚到后来发展成一周住上三五天。而李瑶父母对多多也很热情，碰上李瑶家到别人家做客，他们也带上多多，还对外宣称，这个也是我的女儿。这样一来，让多多感到在这个家里也很舒适。渐渐地，也习惯了回李瑶的家，而她的家却成了一个旅馆，偶尔回家住上一宿。

李瑶妈妈的厨艺非常好，多多喜欢吃她做的饭菜，她觉得龙姨比妈妈做的好吃。在李瑶家，洗碗成了多多的事情。因为多多觉得在人家吃免费饭，总该干点活才对，不然自己会不安的。

这天是周四，下午放学后，多多与李瑶一起直接回了李瑶家。她们刚进家门，龙姨就招呼她们赶紧洗手吃饭，而李瑶的爸爸已坐在饭桌前了。

吃完饭后，李叔叔按照习惯外出打麻将去了，李瑶去做作业，多多还是一样，喜欢争着洗碗。龙姨则在客厅里看电视。

多多把碗放在水槽里，放上水，再放上洗涤剂。她先用洗涤剂清洗一遍后，再一个碗一个碗地用清水冲洗，一会工夫就将锅、碗洗干净了。

洗完碗后，她用毛巾将手擦干，看见在厨房的橱柜里有一盆子的苞谷粒，好奇心强又贪玩的多多，居然拿苞谷粒玩起来了。她把苞谷粒像沙子一样，一会堆成一个小山，一会又推掉弄成一条小河，然后再将苞谷粒堆成房子，不一会又推掉弄成了一条平展的路。她自顾自地玩着，玩得不亦乐乎。

突然，在装苞谷粒的盆子最下面，她发现了一张五元钱的钞票，多多又惊又喜，赶紧把钱拿出来，心想，这里面怎么会有钱啊，上次也是在玩苞谷粒的时候发现了五元钱的。那次，多多毫不犹豫地拿给了龙姨。

多多觉得奇怪，这次是谁把钱放在盆子里了，难道是卖苞谷的人放在这里的？多多拿着五元钱在手里，仔细地想了好一会。她不明白，为何自己两次在苞谷粒里都发现了钱。要是自己把钱占为己有，龙姨她们会发现吗？要是这钱不是龙姨的，是自己捡的，难道也给龙姨吗？

这可是五块钱啊。五块钱对多多来说简直是个天文数字。上次的五块钱给龙姨时，她还说，这盆子里怎么有钱，言下之意，她也不清楚！

手里攥着的五块钱对多多是个考验，她本想把这钱占为己有，但理智告诉她，这钱不能要。

多多高兴地拿着钱走进了客厅，见龙姨正津津有味地坐在沙发上看着电视。多多喊着："龙姨，我又在盆子里发现了五块钱！"

龙姨转过身子，看着多多，问："真的吗？"

"当然啊，你看！"多多把钱递了过去。

龙姨说："你拿去吧，狗儿。"

"我不要。"多多说。

多多把钱塞到了龙姨怀里，然后转身去另外一个房间找李瑶了。

李瑶在做作业。她见多多进来，问："你是看书，还是做作业？"

"我做作业吧！"

"作业做完了，我们就出去买东西！"

"买啥东西？"

"等会就知道了。"

"我没钱，你有钱吗？"

"废话！买东西能没钱？"

多多坐在李瑶背后的一张桌子旁做作业。她一开始在认真地抄写课文，但走神了，她在想一个问题，为什么自己在盆里发现了钱，而且两次了。

多多托着腮帮就是想不出个所以然，越是想知道答案就越是困惑。多多几次想把这个事情告诉李瑶，但话到嘴边又收回去了。她觉得，要是告诉李瑶了，李瑶会是怎样的态度？不告诉她，自己是不是不够朋友呢？想到这点，她也犯难了。

难道是龙姨在试探自己？多多突然想到了这点，这不由得让她的心跳加速。她想到了应该是这个答案。她暗自庆幸，好在自己没有贪图便宜，把钱还给了龙姨。也因为这件事，在多多幼小的心灵里再度明白了一个词，那就是信任。

当别人不信任你的时候，别人会用一些方法试探你，试探的结果可以证明一些问题。所以，做好自己最重要！

问题困扰人的时候做什么都没有情绪。当问题想明白了，也就释然了。多多的疑惑解开了，她淡淡地笑了笑。她在心底暗下决心，以后一定要出人头地。只有那样，才不会被人怀疑。只有那样，自己才能有出息。自己一定要为自己加油，也要住上李瑶家这样的楼房，有自来水，有彩电，有冰箱，有洗衣机，还要有卫生间的这种，可以在有喷头的淋浴下洗澡。

多多看了看李瑶，然后认真地埋头做作业，她要努力，现在的努力就是在以后考上初中。自己不能连初中都考不上。读书，对于出身寒门的农村学子来讲，是唯一的出路。

李瑶伸了伸懒腰，问："作业做完了吗？"

"做完了。"

"我们走吧！"

她们来到大街上，大街上行人稀少。各家各户虽然开着灯，但也非常暗淡，暗淡的灯光仿佛在诉说这个地方的贫穷、凄凉。偶尔也会从一个角落里传来时下流行的歌曲，比如《昨夜星辰》、《大约在冬季》等。

听到熟悉的歌声，多多和李瑶也会忍不住跟着唱起来。她们追追打打，好不快意，这样的夜晚，这样的街道，也因她们才增添了一些活力。

多多和李瑶看看这间商店，又看看那家商店，最后来到学校旁边的一家小商店。她们走进商店，店里一个人都没有，多多喊着："有人莫得，要买东西。"

这时，一位八十多岁的老奶奶颤颤巍巍地从里面走了出来，她嘴里嘀咕着。

"买啥东西？"老奶奶可能耳朵不太好，拉开嗓门大声问道。

"先看看。"李瑶回答道。

突然，灯熄了。多多往外面看了看，外面也是黑压压的一片，原来是停电了。她对李瑶说："咱们走吧！"

"等哈！"

老太太也说："你们等哈，我把蜡烛点上！"

老太太提着蜡烛，李瑶一会挑起圆珠笔芯问价格，一会挑起本子问价格，问来问去就是不买。多多觉得很奇怪，说：“你究竟买啥子嘛？”

李瑶附在多多耳朵边悄声细语地说：“你也挑起东西问价钱，把老太太问蒙了，咱们就可以花很少的钱买很多东西。”

多多点了点头。

老太太看着她俩一会问这个价钱，一会问那个价钱，有些不耐烦了，最后说：“你们究竟买不买东西吗？”

李瑶拿起一把圆珠笔芯和一个橡皮擦说：“就买这么多，你算吧。”

老奶奶可能是年龄大了，容易糊涂，加上多多和李瑶买好东西又换上换下，最后是用两元钱买了一把圆珠笔芯和几个橡皮擦。

多多和李瑶拿着这些战利品高高兴兴地回家了。一进门，李瑶就点好蜡烛，然后和多多一起摆弄起这些物品来。圆珠笔芯有蓝色和红色两种，橡皮擦的颜色相对要丰富些，有红色、蓝色、白色、绿色。她们俩将这些物品三下五除二平分了。

正当她们高兴地谈论这次的丰收时，李瑶的父母不知啥时回来了，他们狠狠地盯住她俩，然后说：“在哪里拿的，就还到哪里去。”

多多吓得在一旁哆嗦，倒是李瑶比较淡定，她说：“这是我买的。”

“买的，你花多少钱买的？”李瑶的爸爸厉声说着，然后又转向李瑶的妈妈问道：“你给她钱了吗？”

李瑶的妈妈也说：“我没给她们。”

“赶紧退回去，这是坑人骗人的，小小年纪不学好，学会坑人了。”李瑶的爸爸批评着。

多多也知道不对了，赶紧将所有的笔芯和橡皮擦装在了一起。她小心翼翼地拉着李瑶，意思是想，两个人一起去还别人。

李瑶比较倔强，强词夺理地说着：“是她自己不会算账，我们才买的这么多东西。”

“她不会算账，你们会算账，去哪家买的，赶紧退回去。”

“我不，我不，要退你们去退。”李瑶大声地吼叫了几声，然后转身去了另外的房间。多多左右为难地站在一边，也不知如何是好。她紧张得不停地搓自己的双手。李瑶的爸爸看了看多多，然后说：“你也去房间学习吧，以后不能干这事，多丢人啊。”

第十三章　人逼急了不要命

秋去冬来，寒假逼近。寒假一到，新年逼近。家家户户开始筹办年货，欢欢喜喜迎接新春到来。然而在腊月二十五这天发生的事情，注定了陈建忠家的春节是暗淡的、痛苦的、悲伤的。

早晨起来，陈建忠一家就开始忙碌起来。陈梅在烧火煮饭，陈建忠和陈硕一个在和面，一个在绞面，他们希望在年前再做一次面，再赶一次场。杨德碧则在猪圈里打扫卫生。

当陈建忠父子俩把面条做出来后，喊着杨德碧拿面筷子挂面，杨德碧没有听见，结果遭来了陈建忠的谴责和训斥。

杨德碧长得娇小，长年有病，除了干点力所能及的家务活，坡上的重活陈建忠从来没有让她干过。但陈建忠性子急、脾气大，只要杨德碧稍微慢了一点，他就大发脾气。

杨德碧反驳着，说自己也在干活，没听见，晚点拿也不影响啥子，结果招来了陈建忠更为严重的训斥。陈建忠说："你除了切饭能听见，其他都听不见，你看你，像个废物一样，哪像生产队里其他女人能干，家里家外一把好手，你看你，一年到头给家里挣过一分钱没有？"

杨德碧听到这话，越想越想不开，以致陈梅喊她切饭都没上桌子，而是生气地向屋外走。而在桌子上切饭的陈建忠则说，莫喊她，她不切就算了。

陈硕端着饭碗，蹲在街沿边一边吃饭一边说："妈，你生啥气嘛，切，赶紧切饭！"

陈梅看着妈妈没切饭，害怕地看了爸爸一眼，又看了看妈妈，然后也不切饭。

陈建忠看陈梅也不切饭，更来气了，说："都给我滚，不切就滚远点。"

杨德碧从家里走了出来，她的脸上有着悲愤、绝望。从结婚至今快二十年了，她觉得陈建忠没有给她尊重。孩子都十多岁了，当着孩子的面训斥她，她觉得自己的脸面都没有了。

杨德碧感到生活没有了希望，她绝望了，于是她走向了一口荒废多年的井边，跳了下去。而她跳井的那一幕刚好被从屋里出来的杨召珍看见，杨召珍大声喊着："杨德碧！杨德碧！"

接着她又喊："陈建忠！陈建忠！杨德碧跳井了！"

"她跳就让她跳吧！别去拉她！"陈建忠生气地说。

陈硕、陈梅听到妈妈跳井了，赶紧跑过去，接着，院子里的邻居都去井里捞人。只是非常遗憾，人是捞起来了，但杨德碧最后还是撒手人寰而去。

陈梅看着妈妈水淋淋地冰冷地躺在地上，伤心地大哭起来，一声声撕心裂肺地喊着"妈妈！妈妈！"

陈硕虽然没有放声大哭，但也呜呜地哭出声来。

陈建忠看着两个孩子满含悲伤地痛哭着，依然端着他那高傲的自尊心说："哭啥子，死都死了，埋了就是！"

但陈建忠的脸上，明显有了变化，难过的表情已写在了脸上，只不过他在努力地隐藏着。毕竟面子使他觉得是一个男人的尊严！

刚才还好端端的一个人，说没就没了，人们在相互议论着，更多人还是在安慰年幼的陈梅，毕竟她还小，母亲的离开，对于一个家来说，已经开始风雨飘摇了。

按照农村风俗，不是正常死亡的人不能在家里的堂屋发丧，杨德碧被一床竹席裹着尸体，停放在了院子里。她的葬礼是一切从简的。

杨德碧去世后两个月，陈硕被他舅舅杨中午带去了西藏，跟着他舅舅干着捞鱼的营生。陈建忠没有心气做面条加工了，将面条加工机器卖给了陈建川家。于是陈建川家除了刨土地生活，将副业转移到了面条加工上。

有人说，在男人与女人组成的家庭中，"男人是家庭的脊梁，女人是家庭的灵魂"，这话是没错的。杨德碧不在了，家庭里没了灵魂，像一盘散沙。曾经有过争吵、有过叨唠都成为了昨天，而今天或明天的生活似乎被一层什么东西笼罩着，阴沉而绵长！

农村六月收麦忙。六月了，田地里翻起了金色的麦浪。多多已放农忙假了，她被母亲喊上，到地里割麦子。

在农村，收割的季节会放上一个星期的假，俗称农忙假，就是为了让老师和同学们回家干农活。

这天早晨，天刚蒙蒙亮，多多和红琼还在睡梦中，就被母亲喊醒，母亲说：“你们赶紧起来切饭，然后一起去地里割麦子。”

多多噘着嘴，有些不情愿地爬了起来。杨召珍看她懒洋洋的，漫不经心地穿着衣服，有些生气，说：“搞快点，切饭后好去割麦子，趁现在凉快点，等太阳大了，就热得很。”

多多嘴里咕噜着，说：“我还是未成年人，就让我干活。”

“未成年就不切饭了！”杨召珍说着，就走出去了。

杨召珍一边走一边喊着：“老陈，你赶紧把猪圈的猪给喂了，切完早饭一会好上坡。”

“哼！”多多在心底嘀咕了一声，她的声音很小。

穿戴完毕，多多来到外面，坐在门槛上，望着天空，天空中还有半轮明月。月亮的周围散落着星星，一闪一闪的。

红琼见多多坐在门槛上，说：“赶紧切饭哟，我们马上要走了。”

杨召珍端着饭碗从灶屋里走了出来，她对多多喊道：“饭还要给你端到手上嗦。”

多多有些怕母亲，赶紧起来，闷着头进了灶屋。她揭开锅盖一看，又是菜稀饭。她不喜欢切稀饭，天天、顿顿重复着，实在切得有些厌烦了。但人是铁，饭是钢，一天不吃饿得慌，多多不情愿地用勺子往碗里盛稀饭。

盛完稀饭，她悄悄地向外面看了看，发现母亲没在自己的视线里，赶紧打开油瓶子，用筷子沾了一筷子清油，然后放上食盐就着吃。

多多像做贼似的，赶紧把那碗饭切完，然后将碗用水使劲洗了洗，她怕母亲发现招来一片骂声。毕竟家穷，油也不多。

但还是被眼尖的红琼发现了，她将多多的碗闻了闻，然后喊着：“妈妈，妈妈，多多偷油切了，她把饭里加油了。”

“我没有！”多多反驳着。

杨召珍从外面走了进来，她看了看油瓶子，然后说：“你们都别吵了，赶紧上坡去。”

于是，一家大大小小背的背背篼，拿的拿镰刀，去了地里。

庄稼地在半山坡上，多多站在自家的麦地里，并没有直接割麦子，而是望着远处。只见满山遍野到处郁郁葱葱，一片苍翠，大大小小的山峦连绵起伏，遍布着五颜六色的野花，它们在争奇夺艳地开着。杜鹃花朵或粉或白，甚是好看。多多望着那杜鹃花，目光迷离。

多多看得有些走神了，她感觉到好似花儿在对她笑。

突然，杨召珍喊着：“多多，在干啥子，还不快点割麦子，不要当站神!”

多多弯腰准备割麦子。接着听见杨召珍又说：“红琼，多多，你们割完两行麦子就回去，赶快点，趁现在凉快。”

这时，红琼看到陈梅和她父亲陈建忠也在地里割麦子。陈梅头上戴着草帽，草帽将她整个脸遮住了一半。红琼与他们打了声招呼。

多多最不喜欢干农活了，她觉得干农活太累了，而且衣服不能穿干净的，还被麦芒刺得浑身不舒服。在农村有个俗话“大麦黄，跳蚤忙。”这时候，跳蚤很多，时不时一个跳蚤在身上，咬得人身上痒痒的。

多多感到腿上有个东西在爬，她想一定是跳蚤来了，就将右手的食指放在嘴里，沾了点口水，接着将食指伸到腿上，用大拇指配合，摸住了那个小不点，然后放进嘴里，用牙咬了咬，然后吐出来。

唉呀，真是跳蚤啊！虽然有些恶心，但还是需要靠这样的方式消灭它。多多忍不住吐了几口口水。

红琼见多多还没动静，便说：“多多，你在干啥子？还不快点!”

“早晚我会自己把这两行割完的，你放心。”

“别吹牛了，只怕一会太阳出来，装脑壳疼。”

“你有本事，你装个看看，我是被太阳晒了，中暑的。”

多多有个毛病，太阳一晒就中暑，有一次中午放学回家，因为太阳太大，在回家的途中中暑了，结果在路边睡着了。幸好有村民发现，把她带回家，然后在陈三虎那里打了一针才好的。

说实话，红琼宁可干农活，也不愿意读书、做作业。红琼念五年级时，陈建川特地找了他以前的同学即红琼的老师，就红琼留级的事情向他说了情，他说只要孩子愿意留级，没问题的。

但红琼知道让她留级多读一年书，打死也不愿意，还说，无论每天给她多少家务活都愿意干，放牛割草煮饭都行，只要不上学。

红琼还是没有争得过父亲，不得不接受留级的决定。无可奈何的红琼不得不把上学当成坐监狱一般，每天去混日子。最终没有考上初中。

人们说啥事讲缘分，看来，读书对红琼来说，是没缘分的。农村的庄稼对她可能缘分更深点。

红琼割麦子的速度真的很快，转眼间就将一行割了一半。红琼美滋滋地看着自己割掉的半行，臭美地对多多说：“你看，我比你快多了吧。”

多多虽然不喜欢干农活，但鬼精得很的。她对红琼说：“你到我这行来，这里有个东西?”

“啥子东西吗?”红琼有些不相信地问道。

“你过来就知道了。”

“没骗人吧?”

红琼朝多多这边来了。多多一脸得意地笑着。当红琼来到多多这一行时，多多趁机跑到了红琼的那一行，然后说：“你看，我这一行割得比你多吧。”

多多说着就笑开了。红琼知道上当了，赶紧又跑了过去，但多多死活不认账，还让红琼找证人证明。

红琼无可奈何地说着：“算了吧，我饶你了。”

多多捡了便宜，自然心头高兴，说：“这下我们打赌，谁先割完这一行，另外一行就归输了的人割。”

“哼！就算我让你，你也赢不过我的!”红琼不以为然地说。

“好，开始!”多多喊着。

多多努力地割着麦子，她的速度很快，一不小心，镰刀割掉了小手指很大一块肉，顿时鲜血直流。她见状，大声地号叫起来。

多多的号叫声非常大，四面八方的人都能听见，眼泪也顺着脸颊往下流。

红琼以为多多在装哭，说：“别耍赖了。”

多多只管号叫着：“我的手啊，我的手啊!”

红琼赶紧跑到多多身边，见多多的手鲜血直流，吓得大声地喊着：“妈妈，多多的手流血了。”

杨召珍丢下手里的镰刀走了过来，她看着多多的手说：“你看你，有个出息都看得见，割个麦子就把手割了，只晓得切饭，赶紧滚回去吧。真是癞蛤蟆躲端午，躲一天是一天。”

杨召珍没有看多多的手被割得多严重，也没让多多赶紧处理一下，多多只得用另外一只手死死地按住那个流血的手指。她越看越伤心，越看越难过。陈建忠逗乐着说：“多多，糟了啊，手指割破了，切饭要漏出来哟。”

陈梅也在一旁附和着：多多，这下完蛋了，切饭要漏饭了！

多多听人家一说，越发哭得伤心。

杨召珍见多多还不住嘴，生气地骂道：“要号就滚一边去，你个死瘟丧！屁大点事，就在那号，我们割麦子割猪草的，哪有不割到手的？”

陈建川继续在地里割着麦子，也许在他看来，受点皮外伤算不了什么。

红琼在一边看了看多多，埋头继续割麦子。多多有些伤感，她抹了抹眼角的泪水，走出了麦地。

多多本想直接回家的，但当她走到院里时，又转身离开了。她不喜欢这个地方，不喜欢这个家，她有时想逃，但她知道，自己是无处可逃的。

她希望自己快点长大，长大了就可以逃离这个地方，逃离父母；长大了，就可以自己挣钱，能自食其力，买个属于自己的一间房子。

她来到老屋后面的树下坐下，然后将身子斜靠在树身上。她双眼望着天空中挂着的一轮太阳，但大脑里却是空空的。这会，她不知道自己该干什么，该去找哪个跟自己一起耍。手指上的伤还有些隐隐作痛，多多小心翼翼地碰了碰受伤的手指，见手上有些血迹，她吐了点口水擦了擦。

这样待了大概有一刻钟，实在无聊，多多站起身，她要去找陈秀兰一起耍。多多来到陈秀兰的家门口，朝着她家的窗户喊着“陈秀兰，陈秀兰！”此时的陈秀兰正在和陈玲玉、陈栋一起写作业。

陈秀兰家也种着庄稼，只是他们家在收割的时候，请别人帮忙一起收割完的。所以，他们三兄妹很少去地里干活。

陈秀兰知道是多多来找她耍，赶紧放下手里的笔从房里跑了出来，正好被在堂屋里吹风扇看着电视、剥着玉米的贾柏燕撞见了，她喊着：“陈秀兰，你跑啥子，不许去。”

“我想跟多多一起耍哈。”

“你敢去，去我打断你的腿！”贾柏燕厉声说道。

陈秀兰止住脚步，不敢挪动了，她看了看多多，又看了看妈妈，耸了耸肩，表示无可奈何。

贾柏燕接着又说：“你给我要好好学习，你看她，以后只有像她父母那样，当一辈子农民了。”

贾柏燕因为有个军人丈夫，家庭条件比较宽裕，因此，在村里把谁家也看不上眼。总觉得自己家的地位都比其他人高。因此，常常说话带有讽刺的味道。

去年冬月，贾柏燕的妯娌李春燕对杨召珍说，她家很久没吃油了，一点猪油渣都没有，晓生身上上火，拉屎都困难。还说，现在日子紧巴巴的，没有钱买肉买油。

杨召珍听后，把家里存着的猪油给了李春燕两块，让她赶紧给孩子下火。哪知，李春燕煎油时，被隔壁的贾柏燕闻着了，问她猪油哪里来的，是不是悄悄到她家拿了她家油缸里的猪油。

李春燕说是杨召珍给的，但贾柏燕不相信，彼此还吵了一场架。事后，满心委屈的李春燕伤心地哭了一场。觉得还是自家屋里，竟然这样怀疑到她的头上。

贾柏燕说的话有些重了，简直是对多多的鄙视和侮辱，多多也不甘示弱地说："哼，我不学都比你女儿考得好，你不信，等着瞧，上学期我就比陈秀兰考得好。"

贾柏燕被多多说得哑口无言，接着多多又说："多了不起，不就是陈秀兰爸爸是军人吗，你跟我等着瞧！我就不会当一辈子农民的。总有一天，我要让这里所有人都对我刮目相看！"

"就你这样，还能有出息，滚远点！"

"我就不滚，怎么着，这个地方又不是你家的，你有本事把这个地方搬回你家去！"多多与贾柏燕杠上了。

住在贾柏燕对面的贾碧玉从她家走了出来，手里端着一个盆子，一脸凶巴巴地对多多说："细娃儿家的，还跟长辈顶嘴，没娘教！"

"你才没娘教，我也没惹你，你骂我啥子？"

"就骂你了，怎么着，我看不惯你！"

"你个死老太婆，总有天被汽车碾死，走路被摔死的！"越说多多越生气。她觉得自己也没惹着她，凭啥就招来她的骂？

贾碧玉说："这个院子里，就你最讨厌！"

"你才最讨厌，搬弄是非，你还是大人！哼！怪不得你这辈子生不出孩子，是作恶多端，上帝的惩罚！"

贾碧玉结婚后，多年没有生出孩子，在她 30 岁那年，从外乡抱回了一个儿子，也就是陈之礼，成了她唯一的儿子。

多多最不喜欢贾碧玉了，因为贾碧玉的原因，多多和红琼很多次挨过母亲的误打。也可能多多家在村里比较穷，别人看不起她家。也可能因为家里没有儿子，别人看不起。

几天前，多多和红琼、陈秀兰、陈梅一起在陈菊松的地坝里跳绳，不知是谁跑到陈菊松家的地坝边的地里摘了番茄。结果陈菊松的母亲贾淑珍回来发现番茄少了。贾淑珍没说啥子，倒是贾碧玉赶紧去告状，说是红琼偷的。

当天，贾淑珍告诉杨召珍，说细娃儿不懂事，这次就算了，以后注意点。杨召珍一听是自家娃儿偷人家的东西，觉得没有面子，气得抓起手上的东西就打红琼。那一顿打，让红琼身上留下了好几道印。多多实在看不下去了，跑去拉住母亲的手，杨召珍也把多多拉到一起打。多多一边哭，一边说："我们没偷番茄，干吗打我们，你再打，从今以后我不认你了，你根本就不是我们的妈妈！我恨你！"

最后的结果是多多和红琼挨了鞭子还得继续罚跪。那顿打，杨召珍是解气了，痛在娃儿的身上，其实也疼在了她的心上。因为她不能容忍别人说她的孩子手脚不干净！

通过这次的教训，让多多明白了，在大人那里是没理可讲的。也让她幼小的心灵知道了什么是偏见！她要反抗，要斗争！

多多无论怎样也想不明白，明明姐姐没偷人家的番茄，就因为贾碧玉一说，姐姐就挨打了。自己劝母亲，也跟着挨打。难道说假话还有理由吗？

那次让多多记忆犹新，今天又撞上贾碧玉了，多多心头有了仇恨。她对着贾碧玉说："我也不怕你去告状，有本事你让我妈妈打死我，即便打死我了，我做鬼也不会让你安宁的。死太婆，你怎么还不死啊！"贾碧玉引发了多多的愤怒和怨气，多多恨她！

"你这个死丫头，还没完没了了，是不是？"

"我就是，你怎么着！你以为我好欺负，老子告诉你，从今以后，没那么容易！哪个再张嘴栽赃于我，看老子怎么收拾他，老子打不过你，我把你房子的瓦片掀下来。实在不行，我把你家房子烧了！反正，我也活腻了，我不怕死！人总有一死的，拉上你还有一个垫背！要是拉不上你，老子也得拉上你的家人！"

多多与贾碧玉吵架，吵得非常激烈时，贾柏燕赶紧回屋子去了，她告诉陈秀兰，你暂时别出去了。

陈之礼不知从哪个地方冒出来了，他看着她母亲与多多吵架，劝着母亲说："妈！一个大人跟一个娃儿吵啥子，赶紧进屋！"

多多狠狠地盯着贾碧玉，满眼的仇恨。

陈之礼和贾碧玉从来没见过多多如此泼辣的，贾碧玉甚至害怕多多胡来了。这时，她说："算了，我不跟你一般见识！"

不知啥时候，杨召珍走到了多多的面前，她手里拿着一个竹鞭子，可能是要打多多的。但多多见了母亲，没有惊慌，也没有害怕，继而又把凶狠的目光盯在母亲身上。她像勇士一般，似乎已做好了挨打的准备。

这一次，杨召珍居然没动手打多多，而是说："回家给我罚跪！"

这一次，杨召珍也可能明白了，她再打多多，已经不管用了，多多对贾碧玉说的那番话多少也触动了她的心底。那就是多多对自己不亲，对一切好像都有敌意，在多多幼小的心里有着沉重的心思。

这次，多多虽然没有挨打，但也罚跪了三个小时。其实，杨召珍罚跪只是惩罚她，一个多小时后，杨召珍让红琼去喊她起来，多多却说三个小时没有到，所以足足跪了三个小时。

第十四章　达成共识抱儿养老

夜幕下的乡村非常宁静，没有都市的喧嚣和繁华，袅袅炊烟带着它特有的灵性从农户的房顶上冒了出来，时而笔直如柱，时而缥缥缈缈。这样的画面只属于乡村。而祖祖辈辈生活在这里的农民都盼望着老天爷发慈悲，让家里有人能出人头地。但对于大多数家庭来说，这不过就是个梦，即便是梦，也不敢做。村民们最大的梦想就是能够吃饱饭，穿暖衣。

陈建良是村里人的谈资。一年四季除了农忙那几天干农活，其他时间都是在街上上午摆地摊补鞋，下午两点过后打牌。家里的其他事情全由赵月华操持。赵月华人很勤劳，每天都在田地里干活，陈建良不干活她也没有意见，只要每天回家交钱给她即可。但是，只要一天回家不交钱，家里必然会发生战争，锅瓢碗筷摔得惊天动地。最初，他们吵架打架大家还劝架，后来习以为常了，大家装着没看见没听见。

但陈建良与赵月华无论怎么争吵打架，第二天又和好如初，该干吗干吗。他挣钱后或者打牌赢钱了，会高兴地唱着那句唧个哩个回家，把钱交给赵月华。赵月华是那种不会计划的人，拿到钱除了买好吃好穿的，不会添置家具，也不会计划着怎样更好地改善生活。

陈建良的西服、衬衣、领带就是她买的。他是村里第一个穿上西服的人，也是廉价的。深蓝色西服、白色衬衣、红领带、黑皮鞋是他一年四季的行头。刚开始穿还可以，后来那套西服和衬衣被穿得皱皱巴巴，加上他衣服又不穿整齐，常常一个裤脚卷起，一个裤脚直垂，在村民眼中像个小丑。人们常常把他拿来取乐。按照辈分，他本是长辈人，受人尊重的，因为有个陈建川那样一个老实、厚道的哥哥，说力气没人大，说能力没人强，说家庭背景，祖上没一个当官的，加上两家也没有传宗接代的香火，只能靠几分薄地养活一家人。一些村民也看不起他们，觉得他们家以后要断根了。因此，在语言上也少有尊重。

因为这事，陈建川还与村队长陈建军大骂了一架。去年夏天的一个晚上，也就是收完田里的谷子后，队长用广播通知大家去他的地坝里开社员大会。当时陈建川和杨召珍以及两个孩子都去了，孩子去是凑热闹的，他们去，是想知道开会说的啥事。

其实，那次开会，就是通知各家各户，田里的谷子要按照收成划分一类、二类、三类。一类最高，给国家交粮食就越多。这个打分也不知道是谁打的，但肯定与队长有关。

杨召珍仔细地听着陈建军念这家是三类、那家是三类。念到她家时，却是一类。杨召珍觉得奇怪，她家的粮食收成也不好，还给弄成了一类，这样，粮食都给国家交了公粮，自己一家四口靠啥吃饭呢？本来自己家里就穷，哪有钱买农药，庄稼自然就收成不好，不好的收成，怎么却成了一类？杨召珍让多多去问下队长，看是不是搞错了。

多多走上去，她说："大爸，我家怎么是一类？"

"你们家就是一类！能把我怎么着？"队长不以为然地说道，语气中含有轻蔑、鄙视。

杨召珍有些坐不住了，尽管是晚上，借着月光，也能看见她因气愤而变得有些扭曲的脸。她走上前去，说："凭啥子我家是一类，大家长的是眼睛，你家为啥就是三类？"

"我就给你评一类了，你朗开，你敢把老子锤子咬了嗦？"队长骂起了脏话，杨召珍也不示弱，骂道："日你仙人哟，妈卖逼，你个龟儿子！"

"哼，你看你那副德行，所以生不出儿子，都生的破口口！"

"破口口"三个字触及了杨召珍的底线，杨召珍上前狠狠地给了他两记耳光。两个耳光非常响亮，坝了里的人都听见了。

"破口口"三个字也深深地触痛了陈建川。一向不骂人的陈建川也立马站了起来，大声骂着："你骂哪个生的破口口，你女儿也不小了，马上要出嫁了，那你先给你女儿造个儿子再出嫁，你这个畜生。"

陈建军有三个孩子，老三陈闵语是女儿，老大陈闵民、老二陈闵伟分别是儿子。同时，陈闵民已经结婚并生了儿子。加上自己又是村长，所以有点自我膨胀。

陈建军按理说与陈建川还有点家族关系，他的祖父与陈建川的祖父是兄弟关系，因此，从陈家族谱上讲，还是一家人。但是，一辈亲，二辈表，三辈四辈认不到了。所以，他们之间并不讲那淡淡的血缘关系。

陈建军与陈建川夫妻吵起来，甚至动起手来。整个现场陷入了争吵打闹之中，但自始至终，陈建军的家人都没参与打架，而是在旁边劝架。村民们也是劝劝这个，又劝劝那个，最后在村民的调解下，事态才平息下来。杨召珍夫妻也放出了狠话，只要给她家按照一类算，她就不活了，当然要队长家的人垫背。还说，要死一起死，要活大家都活。

要说啊，还真是“人善被人欺，马善被人骑”，但杨召珍是“人不犯我，我不犯人，人若犯我，我必犯人。”

队长看陈建川家还真不好欺负，也就作罢，将他家收成又从一类改成了三类。

这事虽然过去了，但留在杨召珍心头还有心结。她想，没儿子就得低人一等，就得挨人家骂。

这个晚上，陈建川和杨召珍很晚才上床休息。尽管他们白天忙活了一整天，整个人也像散架似的，腰酸背痛，但真到了床上，还是没有睡意。

杨召珍对陈建川说：“你看，我们生产队，王丙全在换房子了，房子修了两层的楼房，我们是不是也把房子重新修建，也修成两层，我们不能输给人家，不能让人笑话。虽然我们没有儿子，也要把房子修得漂亮好看些，以后把红琼留在屋里住，有了房子招个上门女婿也容易些。”

“我们现在哪有那么多钱啊，再说，修房子一动就上万块钱。”

“我都算过了，我们把房子拆了修，补不了多少钱，现在房子的砖瓦，拆了还可以用，房屋的树木我们地边有十多棵可以用，就是买些石头下地基，我们不是也有好几千存款了吗，实在不够，就赊点账。”

陈建川在心底默默地算计了下，然后说：“这倒也是，咱们再等个一两年修。这次修了，以后就不修了，这次修，就一定要修得漂漂亮亮的。”

“我也是这样想的，这次修好了，以后红琼就不用修房子了，咱们没儿子，以后就让红琼住在家里，招个上门女婿，红琼脾气比多多好，加上红琼也读不得书，嫁出去，怕是被婆家欺负。毕竟多多脾气倔强，即便要留在家里，啥活都不会干，惹事又多，你看，今天割点麦子就把手割了，割了手不说，又去吵架惹事了。”杨召珍说到这，叹了口气，接着又说：“我们怎么生出这个多多嘛。一点不省心。被太阳晒了，又中暑，啥事都不能干，让她帮你干点活，又是讲条件，也只能忍了。你看，今天我都没打她了，也不敢打了，再打她，她就不要命了。”

“顺其自然吧，看她能不能考上初中，考上了就多上三年，考不上就回家务农。”

“不过，说实话，要是有合适的，我还是希望抱养一个儿子，毕竟还是儿子有用，可以帮家里干点活。你看人家有儿子的，干啥子不比我们快。再说，等我们老了，能指望上谁啊？对多多，咱们就别指望了，指望红琼，还不知道她以后能不能掌管一个家。”

“这个也是，这就是命！”

“你还记得去年夏天发生的事情吗？队长是怎么骂我们的，不就是说我们没儿子吗？”

“让他骂去吧，那次他也没捡着便宜，你看，现在哪个还敢再说了。”

“我觉得，咱们该考虑这个问题了。要是抱养的话，就现在抱养，再过几年，想抱养，我们都年龄大了，也没精力养了。”

“哪哈有那么合适的，有合适的咱们就抱养。要养就养个小点的孩子，最好在一岁左右，那样，娃儿小，没有意识，从小带着，就跟我们亲。”

“我们要抱养娃儿的事情给不给红琼和多多她们说说？”

“明天看情况，试探她们一下，不过，这个家还是咱们说了算，管她们同意不同意？”

看来，在农村，一个家庭，有个儿子才是最重要的。有个儿子，是一个家庭的脸面；有个儿子是一个家庭、乃至一个家族的香火延续。

陈建川夫妻俩达成共识要抱养儿子，难道是去年的那场争吵，让他们真切地意识到有个儿子的重要吗？也许是根深蒂固的养儿防老的观念在影响着他们呢。

但是，陈建川夫妻也仅仅是用简单的思维在考虑问题，他们其实还不明白一个道理，即便抱养的儿子，也不等于是自己亲生的；即便是抱养的儿子改姓了，也不等于是自己的姓氏；即便自己将抱养的孩子养大了，也不等于抱养的孩子将来有天不找寻他的亲生父母。因为世上没有不透风的墙！他们这样的做法，无非是自欺欺人罢了。

也许，在一个落后的穷乡僻壤，村民的认识觉悟还不太高，人们习惯简单思维。与其说是简单思维，也许换种说法就叫实惠。人家愿意改姓，跟自己姓了，自己就占便宜了；有人愿意跟着我，以后就可以帮我干活了；我把人家养大了，以后人家就该养我老了。

然而，“以后”这两个字，是非常遥远的，它会随着时代、环境的改变，而发生质的变化的。这一点，陈建川夫妻是看不到的。

夫妻俩躺在床上有一搭无一搭地摆着龙门阵，好像一天的疲倦也陡然不见踪影了。陈建川又说：“我看啊，等谷子收了，我给吴涛写封信去，问他那怎样，我也去外面打工，还可以挣点钱，挣点是点。”

“那还做面条加工吗?”

“你一个人就不做了，也挣不了几个钱，熬干守夜的。”

要不是外面的公鸡打鸣在提醒着人们快起床了，陈建川还不知道是啥时候了。这一夜聊得太久了，好像是把心底所有该说的都一股脑说了出来。

等陈建川夫妻醒来时，太阳已经挂得老高了。多多和红琼最早起床，但多多比红琼醒得早。多多醒后，两眼盯着黑漆漆的瓦房顶，看着蜘蛛在自己编织的网里爬来爬去。偶尔，她也能看见老鼠上窜下跳地跑来跑去。

多多见红琼醒后，才穿衣起床的。红琼起床后，就去猪圈屋里抱柴，然后走到灶屋里洗锅加水，烧火煮饭。等她把饭煮好后，就让多多去喊父母起来切饭。但多多走到父母的屋子门口，停住了脚步，她犹豫了一下，转身折了回来。

红琼说：“叫你喊妈他们切饭的嘛。”

“不喊，等他们困，他们一起来，又得让我们干活了。”

红琼想了想，也觉得是。但她又觉得不对，说：“不行，我得喊他们起来切饭，等会饭冷了，我还得重新烧火热饭呢。”

红琼说着拉开嗓门去喊“爸爸妈妈，你们起来切饭了。”

多多转身去灶屋里盛饭。她给每人盛了一碗，然后端到了八仙桌的饭桌上，唯独给自己盛的饭是用漏勺盛的，她不喜欢切稀饭。

饭桌上依旧是稀饭加咸菜。切饭时，多多一直有个习惯，不喜欢用手掌碗，始终是一个脑袋掉在碗里的。杨召珍看着多多说：“多多，你守点规矩么，切饭要掌碗，哪天切饭，人家把碗给你端走了，你还切啥，都给你说了无数回了。”

多多下意识地端了下碗，但不到一分钟，她的手就放开了。

杨召珍看在眼里，也没再说什么了。接着，她试探性地问：“红琼、多多，我们准备帮你幺爸抱个孩子，你幺爸老大不小了，没成家，一个孩子也没有，所以我们准备帮他抱养一个，放到我们家帮他带，也是你们的弟弟，你们觉得怎样？”

红琼一听，非常乐意，说：“好啊。”

其实，红琼心里明白，虽然父母说的帮幺爸抱养，其实是假的，是骗多多的。从心里讲，她喜欢家里抱养个弟弟是有个人目的的。因为杨召珍夫妻多次在谈话中表明，让红琼一辈子就待在他们身边，他们以后老了，还得靠红琼照顾，但红琼却不愿意守在父母身边。

父母是不希望多多留在身边的。但多多也不喜欢待在父母身边，毕竟在多多的记忆深处，有被父母抛弃的嫌疑。父母重男轻女，使得多多没感到父母的呵护与关爱。但红琼不同，她是家里老大，父母对她比对多多要好，红琼每每穿新衣服，而多多则是穿红琼剩下的旧衣服。唯一让红琼不喜欢与父母待在一起的理由，那可能就是她认为母亲太凶了，嘴太厉害了，稍有不对，就破口大骂。所以，打心底，红琼并不想跟着父母在一起。她也羡慕村里那些外出打工的人。那些人外出了，可以脱离父母，不再被父母管着，可以自己挣钱自己花，也不会受父母的气了。想到这些，红琼就盼望着，她希望日子过得快一些，这样她就能快点长大。然后，也能跟着其他村民外出打工了。

“我们想听听你们的意见。”杨召珍说。

多多不以为然地说：“我才不喜欢要弟弟，要了也是人家的，只是帮人家养。”

“跟着幺爸，只要我们带他，就是我们家的人了。”红琼说道。

“哼，抱养来了，我也不喜欢他的，也不会带他的。”多多噘着嘴说。

杨召珍见多多比较反对，又说：“多个弟弟好，以后你幺爸老了，就有个人照顾。”

“你爱带就带，反正别指望我对他好，也一定别指望我带他耍。这事，你还得问我幺爸。”

陈建川看着多多，又看了看杨召珍，说：“这事还没有谱，等以后再说。”陈建川说这话的目的，也是一个缓兵之计。

“好了好了，切完饭你们两姊妹就不用上坡割麦子了，我跟你爸爸去把地里的那点麦子收完。红琼，还是给牛割一背篼草，多多去把牛牵到河边喝点水，放会牛。”

说话间，饭已经切完了。红琼说：“我现在就去割草。”随即，在门后面的墙壁上取下镰刀，背着背篼出发了。

多多走进牛圈，黄牛发出了哞哞的叫声。她把拴牛的牛鼻绳解了，牵着牛走出了牛圈，然后径直牵着牛朝河边走去。

杨召珍站在地坝边，见多多一直牵着牛走，不让牛在路边啃草，大声地喊着：“多多，多多，你让牛啃点草嘛啊。”

“你不是让我牵到河边喝水吗？”

“是喝水，也得啃草。”

多多装作没听见，继续牵着牛朝前面走着。杨召珍看在眼里，无可奈何地叹了口气。

多多不准牛去啃路边的草，因为一旦啃了，就难免牛的嘴不去碰人家地里的东西。人都有犯馋的时候，更何况牛呢？

再说，多多在去牛圈之前，悄悄地带了一本《红领巾》杂志放进了裤腰里，那是她向李瑶借的。她想，赶紧把牛牵到河边喝上水，然后找个柱子将牛拴住，自己就可以躺在河边的草地上看书。

多多喜欢读书，更喜欢课外阅读，她觉得读书是一种享受，看着书上的那些铅字，她感觉到很亲，很温暖，书籍给了她另外一个神秘的世界，在读书中，她能找到一种快乐；在阅读中可以找寻另外一个世界！

多多使劲拽着牛往前走，但牛好像不乐意，总是犟着鼻子。趁多多不注意时，牛还偷偷地贪吃一口路边上人家的庄稼。好几次，多多还将牛鼻绳折上，打了几下牛，但牛就是不长记性，依然我行我素。

多多牵着牛经过了几个田埂，才来到了河边，碰见了洗衣裳的陈秀兰。

陈秀兰说：“多多，你帮我洗衣裳吧。”

“等会，我把牛先拴好。”

陈秀兰洗的衣服不少，整整一个背篼。她赤脚站在河里，两手在一个大石头上搓洗衣服。大概是洗得有点累，她弯着腰洗一会，又站起来。见多多过来了，她赶紧给多多腾地方，让多多帮她洗衣服。

多多站在河里，她感觉脚上有什么东西在用嘴啄她，她悄悄地观察着，不动声色，她看见有一条鱼。

她说：“陈秀兰，你看，这里有鱼！”

“真的吗?”陈秀兰说着就放下手里的衣服走了过来。

接着，一条又一条的鱼像赶集似的在水里自由自在地游来游去。它们一会游到多多身边，一会又游到陈秀兰身边，然后又迅速地钻进绿色的浮萍下面。多多和陈秀兰忍不住放下手里的衣服，开始捉起鱼来。鱼儿像是在逗她们似的，一会又没了踪影。

多多有些不服气，她见陈秀兰的背篼还在河边上躺着，赶紧将背篼拿过来，用背篼网鱼，还真网上了几条小鱼儿。

多多美滋滋地看着网来的鱼儿，忍不住摸了又摸，还对鱼儿说：“鱼儿，鱼儿，今天起，我就是你的主人了，我要把你养大。”

陈秀兰看着多多只顾笑着说：“它能听懂你说的话吗?”

“呵呵，我想能听懂的。”

“吹牛吧!”

陈秀兰和多多正说得欢，突然有人吼道：“是哪个的牛在地头切东西?是哪个砍脑壳的不把牛牵好哟?”

多多这才想到她的牛，她朝刚才拴牛的柱子望去，没了牛的影子。坏了，她想，牛惹事了。她赶紧放下背篼，也顾不上背篼里的鱼。

她三步并着两步跑，跑得上气不接下气，终于看到了自家的牛。牛在人家的菜地里淡定地吃着菜，菜地里还有好些牛脚印。

远处的骂声还在往多多的耳朵里灌，多多吓得哆哆嗦嗦，她有些害怕，担心人家找上门，或者直接将她家的牛牵走。多多赶紧牵起牛就跑，她让牛走前面，自己走后面，然后打着牛的屁股，撵着牛走。

她憋着一股劲地在与牛一起跑，直到跑得对方看不见为止才停下脚步。停下脚步后，她狠狠地打了牛屁股几下，一边骂道：“就你最贪吃，就你最贪吃。”

牛拱拱脑袋。大概是它知道错了，眼巴巴地看着多多。

多多看着牛看自己的眼神，又有些觉得对不起牛了，她又抚摸着牛说：“对不起，以后不打你了，你以后别贪吃了，行吗?要是被人家逮住了，我就完了，又得回家挨打。”

牛好像似懂非懂，埋着脑袋在地下啃草。

多多仔细地观察了下地理环境。她认为，要找个草多的地方，一来方便牛吃草，二来也方便自己看书。就这样，多多又牵起牛顺着河边走了一段路，在不远处的一个地方停了下来。这个地方的草长得非常好，到处绿油油的，而那密密麻麻的狗尾巴草仿佛是在给那片绿地一些装点，它们被风吹着，好像是在欢快地扭着毛茸茸的小尾巴。

多多把牛安顿好后，找了个比较舒适的地方坐了下来，从裤腰里拿出了那本杂志看。她看得津津有味，甚至有人从她身边经过也不知道。

可以说多多是一口气读完了这本杂志的，书里的每个故事都深深地感染着她。有时，她觉得书里的故事仿佛写的是自己，又仿佛是听别人讲的故事。每看一个故事，仿佛都是对自己心灵的一次洗礼，每看一段文字，也使自己对世界有更多的感知。

多多心满意足地合上书，然后又将书放进了裤腰里，接着她又躺了下来。她双手枕着脑袋，双眸望着蔚蓝色的天空，天空中朵朵云彩在自由地、散漫地飞舞。她想，传说中的七仙女就在天上吧。天上人间，人间天上。自然之美，美的自然。一切是那么喜人。多多沉浸在自己的思绪里，像是在给自己编织一个美丽的蝴蝶梦。要不是听见有人喊她，她才不愿意醒来。

喊她的是晓生。晓生虽说是个男孩，比多多大三岁，但在村里，多多最喜欢跟晓生一起耍，他们常常一起耍打仗、滚铁环、打烟牌等。晓生见多多也在放牛，喊住了她。

晓生光着膀子，穿着一条补过疤的短裤，光着脚丫子骑在水牛上，他像骑士一般，那样潇洒。

晓生对多多说："你现在回去不?"

多多想了想说："可以回去了。"

"那就跟我一起走吧，我的牛给你骑一会。"

"真的啊?"

"骗你不是人!"

"哼，上次你还骗过我呢?"

"这次真的不骗你了。"晓生说着就去拉多多过来骑牛。

也不知为啥，晓生家的牛就是不让多多上身，好几个来回下来，多多都没有成功。最后多多说："算了，我不骑了。"

"你骑你家的牛吧，它可能要让你骑。"

多多想，这办法不错，便准备骑自己家的牛了。可多多无论怎样，就是爬不上自己家的牛背，每次都是在关键时刻，掉下来了。晓生看在眼里，急在心头。他赶紧帮着多多骑牛，费了九牛二虎之力才将多多弄上黄牛背上。但不到一分钟，黄牛就把多多从背上甩了下来，多多被重重地摔在了河里。

这下可摔得不轻，多多的眼泪都流出来了。她死死地摸着后脑勺，感觉有些疼。晓生只管给她揉着，不停地问疼不疼？

多多只管点头，不说话。

打那以后，多多再也不敢骑牛了，不管是黄牛还是水牛。

第十五章　走向沿海的淘金梦

红琼读书时盼望放假，巴不得天天都放假；多多读书时总希望没有那些所谓的假期。她一点不喜欢有假期，假期不但得在家帮着干家务活，还要忍受母亲没有来由的责怪。特别是农忙的季节，母亲最容易生气，自己稍有不对之处，轻则遭骂，重则挨打。很多时候，多多觉得自己生活得非常小心，她甚至有些恐惧。所以，她喜欢上学读书。因为，读书可以逃离家，可以避开母亲。

尽管有人把等开学的日子比作等死，但也有人把等开学的日子叫作重生。对多多来说，是重生。没上学的日子，她会感到整个日子是空洞的，寂寞的，难熬的。

开学了，多多穿了一身干净的衣服去了学校，尽管衣服裤子是打过好几个补丁的，但她依然欢天喜地地去了。到校后，报名注册交学费，然后就去自己所在的班级交作业，领新书，然后大家一起打扫卫生，接着放学回家。不过，多多没有直接回家，而是被李瑶喊上，去了她家。第二天，学校正常开课了。

多多又开始走上了一个学生的生活正轨。只是她有时放学回自己家，有时去李瑶家，但她在李瑶家待的时候好像比自己家多。

多多长时间地在李瑶家住，也不是个办法。毕竟，李瑶家就她父亲一个人挣工资，还得养活一家人，陈建川觉得不太妥当，与杨召珍商量，每月给李瑶家三十斤大米，也算是给对方一点补偿。遇上有什么新鲜的蔬菜，也给李瑶家带去。

“人不走不亲，水不搅不混”，因为多多与李瑶成拜把子姐妹，加上常常走动，俨然就成了亲戚，多多家就这样与李瑶家结下了一份亲缘。

这天是周六，多多放学后直接回了自己家。回到家里，多多在街沿边的地下做作业。一会儿，红琼背着一背篼的草，还牵着牛回来了。红琼说：

“多多，帮我把牛拴进牛圈里。”

多多应了声，起身去帮红琼拴牛。

接着，陈建川和杨召珍一前一后回来了。

杨召珍回到家，直接去宰猪草了，红琼煮饭，陈建川则坐到一边看报纸。他看的报纸是《人民日报》，这份报纸是逢场时，在公社那里要时顺便拿来的。

杨召珍见陈建川在低头看报纸，说：“大字不识几个，一张报纸翻来覆去看了好多回了，有啥看的。”

陈建川笑而不答，一会说：“三天不学习，赶不上刘少奇。”这句话都变成了陈建川的口头禅。

多多觉得父亲说这话有点意思，便放下手里的笔问：“为啥三天不学习，就赶不上刘少奇？”

陈建川说：“这话是毛泽东说的。因为刘少奇不断学习，善于学习，进步很快。所以你也要努力学习，天天向上！每天上课要专心听讲，不要欠债，一天不学问题多，两天不学就要走下坡了。”

“哦，明白了！”

“不好好学习，以后就跟你姐姐一样，只能干农活了。你看，街道上那些居民，太阳晒不到，雨也淋不到，多安逸，每月按时拿钱。庄稼人，还得靠天收成，天气不好，费力半天，也收不到几颗粮食的。”

多多点了点头。她想，我以后就不要待在这里，不要靠土地为生。

杨召珍见陈建川在给多多讲道理，嘛了下嘴说：“你自己都没啥文化，还在给多多讲，也不怕人笑话！”

陈建川笑着说：“这道理不是我说的，是伟人毛泽东说的，他的话没有错，所以要学习，天天学习。”

陈建良不知从哪个地方钻出来了，他喊着：“二哥二哥，我给你说个事。”他手里夹着一根烟，嘴里还在咳嗽。上身还是习惯性地白衬衫、红领带，美中不足的是裤脚一个卷上，一个放下，脚上还拖了一双烂拖鞋。

杨召珍说：“陈建良啊，你看你这一套火，像个啥子哇，简直像个唱丑角的。”

陈建良也不生气，只是嘿嘿地笑着。

陈建川问：“啥事哇？”

“今天我看见陈忠久了，他在广东打工刚回来，说过半个月还要去广东，听说工资还可以，一百多块钱一个月，还说那里好找工作，他还问我去不去。你给我拿个主意吧。”

还没等陈建川说，杨召珍就说：“脑袋长到你身上，你二哥能帮你拿啥主意，还是自己决定吧。拿好了，你挣钱了，你婆娘没话说；拿不好，你挣不了钱，你婆娘晓得了又得骂你二哥了。”

“这不关她事。”

“你说得轻松，你婆娘不讲理，我没那闲工夫跟她吵架。”

赵月华是村里有名的糊涂虫，脾气暴躁、不讲道理、而且手脚不干净，见人家菜地里有啥，只要她家没有的，就顺手牵羊给拿走。而且还张嘴骂人，根本不讲理。有一次，赵月华把自己的猪放出来不管，猪出来吃了杨召珍家的东西，找她论理她还骂人。为了一些小事，杨召珍与赵月华也闹过不少次。所以杨召珍不想跟她住在一个屋檐下，也就坚持要修房子搬出来。

倒是陈建良，即便赵月华跟杨召珍吵架了，他也当不知道，一个耳朵进，一个耳朵出了。

杨召珍虽说偶尔也会说陈建良，也只是嘴上说说，并不真生陈建良的气，照样逢年过节地把陈建良一家和陈建安喊在一起团团圆圆地吃饭。

“二哥，你说我是去还是不去?”陈建良再次问道。

“去也可以，毕竟守在屋头挣不了啥钱。”

“我也是这样想的，天天守着这个破补鞋摊也不是个办法，补一双鞋子也就一两角钱，风里来雨里去的，除了成本也赚不了啥钱，就够称盐打油的。”

“那你跟他问好哟，啥时候走，把该准备的准备下，家里该怎样安排就安排下。”

“这个我晓得，二哥，等我在那边立足了，安下了，就给你写信，你也出来，我们不要守着那点地，你虽然有个面条加工机器，做挂面卖，也收入不高，而且还黑天半夜地忙着。”

杨召珍接茬道：“可不是吗?白天去大队磨面，又停电，晚上有电了，人家住得近的又占了位置，等轮到我们，也就半夜了。”

外出打工，陈建川已经有打算，他准备投奔亲戚吴涛去。陈建川属于藏得住话的那类人，不像陈建良，有啥事就出来说了。

上世纪八十年代末，村里有陆陆续续外出打工的，回来了又出去了，出去了又回来，每出去一次，回来总会有所改变，于是，打工外出，就成了农村人收入的一部分。一时间，能出去的劳动力都出去了，留在家里的都是老人、妇女和儿童。

陈建川和陈建良属于在村里较晚外出打工的。那是因为改革开放的春风吹遍了祖国的大江南北，也吹动了陈建川陈建良们不安的心。他们也希望改革的春风能为他们吹进繁荣与富裕。

没搞改革开放时，农民不能自由地外出，城里与农村之间隔着一堵厚厚的墙。农民在这头，城市在那头，遥望城市灯火亮，盼得云开见月明。城市和农村就像一条永不能交汇的平行线。因此，改革开放从根本上改变了中国城乡长期分隔的局面。改革开放后，农民获得了空前的解放，得到了中国历史上从来没有过的自由。

陈建川和陈建良出去的这一年是1988年的秋天。陈建良是跟着陈忠久去的广东东莞，而陈建川是去的广东汕头。

那时，沿海一带是经济特区，激起了很多人的淘金梦。那时有深、珠、汕、厦、海之称。深指的是深圳，珠指的是珠海，汕是指的汕头，厦指的是厦门，海指的是海南。而海南建省是1988年4月13日，海南省成为了中国第31个省。中国上层希图以海南岛与大陆隔海的地理特点，将海南岛建成中国最大的经济特区，对外商给予比其他经济特区更优惠的政策，从而开发海南，并为改革开放提供经验。

中国那时刚改革开放不久，而广东又是经济发展得比较好的城市，所以便成了不少人外出的首选之地。

陈建川去广东之前，给吴涛去了封信。吴涛是杨召文大女儿杨德丽的丈夫。他和杨德丽婚后第二年有了大儿子吴俊湖，第三年有了小儿子吴俊其。最初是吴涛一个人在外打工，杨德丽把吴俊其带到三岁时，将两个孩子给了娘家的父母带着，也跟着吴涛一起外出打工了。

吴涛收到信后，很快就回了信，信中谈到可以去那里工作，老板包吃包住。老板是广东本地人，对人好，每月按时发工资。不足之处，就是干得活比较累，比较脏。

陈建川在回信中说累点脏点不怕，只要能挣到钱就行。还说，种庄稼，累死累活也没挣上几个钱，所以还是决定到他那里去。

就这样，陈建川买上一张火车票，口袋里带了几十块钱去广东投奔了吴涛。他本来想买硬座，因为票便宜，但最后硬座票都没有，只能买站票。

没出过远门不知道咋回事，等出了远门就知道啥情况了。陈建川本来个子就矮，长得单薄，跟着浩浩荡荡的人潮挤火车是非常不容易的。上火车时，人们像疯了一样朝车厢门挤，有的甚至踩着别人的肩膀直接从窗户爬进去。

陈建川一手提着“蛇皮口袋”，那蛇皮口袋是农村装化肥用的。他紧紧地提着那口袋，因为口袋里有自己的换洗衣服，也是全部家当。他的另一只手死死地抓住裤子的口袋。裤子的口袋可以摸着里面内裤的荷包，荷包里还装有几十块钱。

他出门前，杨召珍特别交代过，一定要小心小心再小心。出门了，没钱寸步难行，喝口水要钱，上个厕所还要五毛钱，所以钱就是命，护住钱了，就护住命了。之前，陈建川也听其他人讲过，火车上扒手多，趁人不注意就把钱和物品偷走了。还说，出门在外，不是熟悉的人不要跟人家搭茬，即便人家给你套近乎也不要理，即便人家给你饮料也不要喝，有可能被下了蒙汗药。总之，讲在外头被坑的版本多个，归结一句话就是不要和陌生人说话。

陈建川虽说个子小，但也有好处，既然自己无法挤上车，那就让别人把自己挤上车吧。他是紧紧地跟着前面的人，被后面的人挤上车的。上车后，反正没有座位，他就在一个空点的地方一屁股坐下来。火车上的人实在太多了，过道上、厕所里都是人。人们背靠背，彼此挨着彼此，靠得太近了，都能听见彼此的呼吸，甚至也能闻到别人身上的味道。火车里的味道实在太难闻了，臭气熏天的。

一路上，陈建川都是小心翼翼的，他不敢合眼，担心睡着了，小偷摸自己的口袋。在火车上，他看见有小偷肆无忌惮地偷别人的钱包，但他也只能装作没看见。

经过了三十多个小时的车程，陈建川才到了广东汕头，然后按照吴涛提供的地址找到了他住的地方。那时，吴涛和杨德丽刚好下班，正好回到房间里。

吴涛个子高高的，丹凤眼，瓜子脸，比较瘦，看上去就像根晾衣杆。他虽然只有二十出头，但已经是两个孩子的父亲了。农村人一般都结婚早，十七八岁就结婚了。也可能是生活的艰辛，吴涛的头上已经有些白发，看上去比实际年龄要大。但吴涛这人老实本分，不奸猾，又勤快，不抽烟喝酒。还有一点，他很心疼自己的婆娘。每月发了工资就如数上交给杨德丽。杨德丽的个子与吴涛不相上下，白皮肤、大眼睛，马尾辫子垂在脑后。

陈建川见到他们那一刻，差点不认识了。他们满脸污垢，黑不溜秋的，身上脏兮兮的，手上也没有一处是干净地。吴涛笑了笑说："幺姑爷，你就别见笑，我还没来得及去冲凉，你看我这一套火，丢人的很。"

"没事，没事。"

"幺姑爷，你赶紧坐，我给你倒杯水。"杨德丽说着就拿起桌上的一个水壶，往一个玻璃杯子里倒水。

"不用，我现在不渴。"

"我们刚才还在说，幺姑爷可能快到了，也正准备冲凉后，换身干净的衣服再去路口接你，没想到你就到了，路上还顺利吧？"杨德丽说。

"顺利，顺利。"说着，陈建川就算计着这一路来的时间，还说："还好，没晚点。"

"我们上次出来，火车晚点，坐了四十多个小时，把人都坐散了。对了，幺姑爷，明天你就可以跟我们一起上班了，我跟老板都说好了。"吴涛说。

"听你安排吧。"陈建川说。

"干我们这活就是有点脏。你也晓得，像我们这些没文化的只能干点粗活累活的，出来了，就是为挣几个钱，以后回家修房子，只要老板按时发工资，不拖欠我们工资就好。"吴涛说。

"那是，那是。"陈建川还不知道究竟是做啥工作，问："究竟是干啥？"

"整理废品。这个工厂是老板自己开的，每天有大车小车的废品拉进来，我们按照废品的种类整理好归类。整理好的废品有专门负责的人拉走。至于拉到什么地方，就不晓得了。"杨德丽说。

"你们一直在这个地方干吗？"陈建川问。

"是啊，老板人好，老板娘也不错，也不亏待我们工人，每顿饭都有肉。你看，我们穿的这身衣服还是老板娘给的，也省了买衣服的钱了，只是每天要工作十二个小时左右，时间比较长，习惯了，就好了。"吴涛又说。

吴涛说到这里，从裤兜里摸出一块电子表，看了看时间，说："幺姑爷，你先休息会，我们去冲个凉。时间不早了，我们冲凉回来就带你晚上一起切饭。”

吴涛和杨德丽双双去了厂里的公共浴室，等他们换上干净的衣服时，与工作时的他们判若两人。

陈建川就这样开始了第一次的打工生涯，第一份工作是在废品收购站整理垃圾，整天与那些垃圾为伍。由于垃圾比较脏，还夹杂着难闻的臭味，但为了那一百多元钱的工资，不得不做妥协，与其说是为生存做一种妥协，不如说是为了改变家庭的生存条件而妥协。

第十六章　不说出来不是傻

陈建川这一走就是一年多，这期间有两个春节都没回家团圆。他知道，刚出去打工几个月，如果春节回家过年，一来春运车票不好买，二来路上拥挤，三来还花费钱，一个春节回去的话，至少一两个月的工资就没了，能省则省。不过，陈建川每月会给家里写封信报平安，同时讲讲他在外面的事情，车轱辘的话基本上是翻来覆去地说，无非就是自己在那里很好，不要挂念等等。

杨召珍收到陈建川的来信就是最高兴的事情。尽管她不识字，但收到信后，就让红琼或者多多给她念信。念完了，她也就听完了。至于回信，杨召珍是没那个能力的，也得让多多或者红琼帮忙。但更多的时候是多多回信。多多的回信更多的是按照杨召珍的口述，比如她说：家里的母猪下崽子了，一共有几个，等满月了就拿到市场上去卖，家里的母鸡又下了几个蛋了，凑上整数也可以卖了等等。多多写字速度比较快，能跟上她母亲的语速。渐渐地，写回信的事情杨召珍都要多多完成，多多俨然就是一个不要费用的代笔枪手。每次多多按照母亲的口述写完后，还得念给母亲听，有不满意的地方还得重新添上，然后再念给母亲听，母亲觉得没有补充了，才拿到邮局去寄信。

有了多多的代笔回信，杨召珍在家里感到一种莫大的满足。每次多多在母亲的口述中完成写信后，母亲都说，还是认识字好，能写，有你帮忙写个信，比那些家里一个人都不识字的强，写个信还得花钱找人写，收到信还得找人念。

陈建川外出打工半个月后，杨召珍就形成了一个习惯，三六九号的逢场天，都会去公社门口，问是否有她家里的信。那时，没有电话，只能靠写信联系。碰上有啥要紧的事情，就去邮局发封电报，发电报还是按字数收钱。陈建川很顾家，每月挣的工资只给自己留上十来块钱，剩余的都寄回家里。

他留的那点钱就是寄个信，偶尔买点牙膏肥皂什么的。

陈建川外出打工半月后，多多又开学了，家里只有杨召珍和红琼，一下安静了许多。多多从周一到周六是每天中午回家一趟，其余的时间不是在学校就是在李瑶家，偶尔，她连中午也不回，只有星期日那天她会在家里，家俨然成了旅店一样。而陈建良也外出打工了，就留下了婆娘娃儿三母子。陈建安比二哥三哥早半年外出，他本来就是一个人，一人吃饱全家安逸，所以将柜子里的粮食一卖，房门一关，也外出打工走了。

杨召珍是个能干人，陈建川一走，家里家外基本上都得靠她。为了能省下钱，陈建川寄回的钱她一分不动地存在银行，家里称盐买油的开支就靠卖点粮食或家里鸡下的蛋。红琼每次见着那母鸡下的鸡蛋也眼馋，但馋归馋，没有母亲的允许是不能偷偷拿来吃的。倒是多多胆子比较大，周末的时候，她想吃鸡蛋了，就悄悄地跟着鸡。多多偷鸡蛋吃的事情是被红琼发现的。

那是星期日的上午，杨召珍切饭后，扛着锄头去地里了。她走时交代红琼喂猪，然后去割一背篼牛草，叫多多在家好好写作业，不要乱跑，更不要出去惹事。要安分地待在家里，守住地坝里晒的花生，免得其他娃儿来偷了。同时还告诫红琼和多多，不要拿花生切，因为她数了数的。杨召珍大概是太了解多多了，所以她特别交代多多。最后还说："多多，只要你今天表现好，不惹事，回来我奖励你，给你好切的。"

多多问："啥子好切的吗？"

"你表现好了，自然有。"

"能不能预支点？"

"不行！记住我交代的话。"杨召珍断然拒绝，头也不回地走了。

红琼见母亲走后，自觉地宰猪草喂猪。而多多呢，先是在堂屋里端了个长板凳出来，放到屋檐边上，接着又从堂屋的柜子上取下书包，拿到屋檐边上的长板凳上。然后从书包里拿出书本和笔。于是，她坐在地下，趴在板凳上写作业。写着写着，她看见了一只黄色的母鸡进了鸡窝，好一会都没出来，她想，母鸡可能是在下蛋了。

她悄悄地站了起来，又蹑手蹑脚地走到鸡窝旁边，只见母鸡非常淡定地趴在那里。多多忍不住摸了摸母鸡的鸡冠，母鸡咯咯地叫着，并没有移动位置。她又摸了摸母鸡的怀里，没有摸着鸡蛋。

此时的红琼已经将猪喂好了，她见多多在鸡窝边摸鸡蛋，说："说你傻吧还真傻，鸡下蛋了要叫的，鸡都没叫，说明鸡还没下蛋呢。”

“那它啥时候下蛋?”

“可能快了。”

“不会到中午还没下出来吧。”

“它下蛋关你啥事，你赶紧做你的作业。”

“不关我的事，我问问。”多多说着就站了起来，然后离开鸡窝。她正准备去写作业时，转身却走到了地坝里晒的花生边。

她俯下身子，摸了摸花生，花生有些潮湿。她有些嘴馋，悄悄地剥了一颗花生放进嘴里。

这一幕被红琼看见了。她说：“你不怕挨打呀，刚才妈妈才说了，花生数了数的。”

“你也来切两颗，我才不信她能把这么多花生数完。”多多不以为然。

“我不，妈妈肯定会发现花生少了，所以等会我要告妈妈，你偷花生切了。”

“我才不怕呢，一会我把花生壳扔了，看你还有啥证据证明我切了花生，总不能将我开肠破肚吧。”

红琼无奈地摇了摇头道：“等会就知道了，哼！你个死瘟伤，啥事都不怕!”

多多瘪了瘪嘴，又拿起一颗花生剥开放进嘴里，然后抹了抹嘴，说：“反正我不怕，宁可被打死，也不愿意饿死，更不愿意辜负了我的肚子。你就别咸腌萝卜淡操心了，赶紧上坡割草吧。”

“放心吧，我的草昨天就割好了，我昨天下午割了两背篼的草，其中一背篼的草我藏在屋檐背后的枯草里面了，就是为了今天可以耍。”红琼美滋滋地说着，转身去把那背篼的草拿出来，还在多多面前炫耀。

也就在红琼去拿草时，多多听到了母鸡在咯咯地叫，那姿态非常高傲，那声音非常洪亮，也很动听，仿佛是在告诉主人，我下蛋了，我下蛋了；又仿佛是在向它的同类传递喜讯。多多以迅雷不及掩耳之势跑到鸡窝边，抓到那一枚鸡蛋，鸡蛋上还留有鸡的温度，暖暖的。她摸了又摸，看了又看，还把鸡蛋放在脸上滚了滚，那感觉非常妙。接着，她又在地上轻轻地敲了敲，蛋壳碎了一点。她以蛋壳碎了的地方，用指甲叩开一个小洞，然后将嘴伸了过去，吸吮着蛋清，蛋清吸完了，又将那个小洞撕开，咕噜一下，蛋黄钻进了嘴里，整个鸡蛋就解决完了。

而这一幕，又正好被红琼撞见，红琼说："你朗开那么好切，花生悄悄切了，生鸡蛋也被你切了，看你等会朗开交代？"

"交代不了就不交代，切了自己家的东西也不犯法呢！再说，我还不满十八岁，是未成年人。"

"不犯法，但你要挨打，你知道不？那鸡蛋是存下来卖了买油盐的。"

"我才不管那些，鸡蛋都不给我们切一个，一年到头就过生的时候煮个鸡蛋给我们切，不能告我状哈。"

"我不告你状，但妈妈肯定知道家里少了一个鸡蛋，我们朗开交差？我也没切，总不能让我背个名吧！"

"你不承认，我也不承认，就完了，实在不行，就说可能是其他小娃儿来偷了的。"

红琼和多多站在地坝里议论着，这时，杨召珍又扛着锄头回来了，不过，比出门时多了一样东西，她的腋下还夹着一抱树椏。她对着红琼喊："你的草都割好了吗？"

多多抢着说："姐姐割好了，我可以作证。"

红琼赶紧上前去帮母亲拿夹着的一抱树椏。

也可能是累了，杨召珍刚走进地坝里，就放下锄头一屁股坐在了地坝边沿的石头上。然后又说："你们给我倒杯水喝，渴死了。"

多多赶紧跑进屋去倒水，然后又给母亲端来。

杨召珍接过杯子，猛喝了几口水。红琼在一旁说："妈妈，你看花生少了没有？"

杨召珍瞟了眼地下的花生说："没有少。"

多多站在旁边，抿着嘴笑。然后又给红琼做了个鬼脸，意思是说怎么样？

红琼还想说什么，但犹豫了片刻，又咽下去了。

"多多……多多，去不去挖麻元？"陈秀兰和陈栋从多多家的后门走了过来。麻元是一种药材，学名半夏，生长在坟林里或者山坡上，越是险要地方长得越好。它的叶子是绿色的，而且只有一片，一直生长在土里，叶子弯曲着，像一把勺子。叶子越大，说明地下的麻元越大。麻元的颜色类似于土豆的颜色，麻元的个头非常小，通常情况下只有小指甲那么大，其形状基本上是椭圆形，最大的也不过大拇指那般大。

多多在灶屋里烧火煮饭，杨召珍在给猪兑猪食，她看了看妈妈的脸，然后说：“哪个时候去吗?”

“就现在，你看，我们都准备好了。”陈秀兰说着举起她的镰刀给多多看。

多多有点想去，但又担心母亲阻挡，她向陈秀兰打手势，意思是说：“我妈在这。”

陈秀兰说：“杨大妈，让多多跟我们去吧，我们一会就回来了。”

杨召珍说：“现在都中午了，不能去，要去就下午去。”

“为啥要下午，我们就现在去嘛!”陈秀兰央求着。

“你们去挖麻元，正是晌午，后头的坟林里有鬼，被鬼找上门，要得病的。那里啥死人都有，有跳河淹死的，吃耗子药毒死的，跳井淹死的，还有自杀死的。”

陈栋说：“杨大妈，我们才不怕鬼呢，我们三个人就能把鬼打跑。活人害怕死人啊？我们还没见着鬼呢，要不，我们就去看看。”

多多也说：“妈妈，我跟他们去嘛，保证一哈就回来。”

经不住几个孩子的软磨硬缠，杨召珍终于同意了，只是交代他们要注意安全。

三个人一路狂奔去了老屋后面的坟林里。他们像考古人员似的仔细地搜查着。一个坟一个坟地找麻元。有的坟显然被先到的人找过了，留下了大大小小的洞。

为了公平起见，他们还按照顺序，一人挖一个坟，整个坟林下来，多多算挖得最多的，也就十来颗麻元。陈栋运气要差点，只挖了六个，因为有几个坟上根本就没有挖着。陈秀兰又比她弟弟好点，多挖了两三颗。不过，他们在挖麻元的过程中，每个人的脸上都是兴奋的，因为挖来的麻元可以变成钱，变成了钱，就可以买糖、可以买喜欢的发夹，可以买五颜六色的橡皮筋、买乒乓球等等。多多有钱了，通常是买吃的，或糖或水果。

乡下的孩子是没有零花钱的，要零花钱，就得靠自己挣。怎么挣？当然挣钱的方式也是有的，比如捡废塑料、废铜烂铁等。人家丢弃的废物，自己捡回来，由少积多地存起，等有人到乡下来收废品时，便拿出来卖。这样的情况少之又少，乡下人，哪有那么多废品丢的，锅碗瓢盆用坏了也像衣服一样，补了又补，根本舍不得扔，即便要扔，也是实在无法再用了。

至于去田埂地边山坡河边挖有价值的草药挣钱，是乡下娃儿最普遍的一种方法。什么叫就地取材，什么叫一方水土养活一方人，可能就是这样。车前草、白刺苋、六角英、鬼针草等等，这些都是中草药，也因此成了娃儿们的最爱，这些东西可以换成钱。因为这些草药有较高的价值，所以多多也常常和红琼一起去挖，她不愿意喊上陈秀兰和陈栋，因为这等于抢了她们的资源。

陈栋见自己手上的塑料袋里就几颗麻元，对陈秀兰说："二姐，我把麻元给你，你洗来晒干卖了给我一点钱就可以了。"

陈秀兰也看着自己手上塑料袋里的麻元，她说："这么少，怎么卖哟，至少也该晒干有一两才好卖的。"

多多在一旁掺和着说："就是就是，这么少，好卖吗？现在麻元不好挖了，要不，你们把麻元给我，等我以后卖了，分你们一半的钱，怎样？记住，是卖了分成两份，我一份，你们两个人一份。"

"那好吧。"陈栋说着就将自己手里的麻元递给了多多。

陈秀兰想了想，觉得有道理，也递给了多多。

虽说这次麻元挖得不多，也算是一种收获。多多心里有自己的小算盘，有了他们的麻元，她就可以顺便掺假了。因为麻元相对多一点，掺一点假也发现不了。多多能在麻元里掺假，还是从红琼那里学来的。

有一次，红琼和多多分别挖了一些麻元，在晒干后，多多突然发现红琼的麻元比自己的多了好些，她觉得有些奇怪，问她啥时候又悄悄地挖了那么多麻元，看着那么多的麻元就让多多眼馋。

红琼摸着那些麻元，看着多多乞求的眼神说："这是秘密，不能告诉你！"

"你就告诉我嘛！"多多央求着。

"没啥子秘密，都是我挖的，趁你上学去的时候。"

"真的吗？你骗人哟！"

红琼也是急性之人、直性之人，经不住多多的纠缠，最后她说："但你保证要保守秘密，不然我不告诉你！"

"我不保守秘密，天打五雷轰，不得好死，喝水被噎死，吃饭被胀死，走路被摔死。"多多一股脑发了毒誓。

“我发现小指甲大的小土豆跟麻元长得很像，就做了下实验，把小土豆的皮给剥了，然后单独晒在一边，等晒好后，我注意观察，发现跟真的麻元没有什么区别。于是就将它们混合在一起，拿到中药铺卖了，人家还真没看出来。这次所以比你的麻元多，我也是加了小土豆的。”

多多有些不相信地问：“真的没发现？”

“那你看看，我这里哪些是土豆，哪些是麻元？”红琼说着就将她的麻元给多多看。

多多仔细地看了又看，拿起这个瞅瞅，又拿起那个瞧瞧，她也分辨不清楚，不但颜色基本一致，而且形状大小也相同，简直好比双胞胎。但她还是有些不放心地问：“要是发现了咋办？”

“放心吧，绝对发现不了，不信，你跟我一起去卖麻元，反正咱们的麻元不都干了吗？”

姊妹俩说着就拿着麻元去了镇街上，找到了常去的那家中药铺。药铺的老板只是简单地看看麻元，用手摸了摸，过秤了，红琼的麻元卖了五块八毛钱，而多多的麻元只卖了一块九毛钱。多多拿到钱后，一溜烟跑去了一家水果店，买了两个梨子，刚好将一块九毛钱花光，三下五除二就把两个梨子啃完了。而红琼不同，她将卖麻元的钱都好好保管起来，凑到一定数额的时候，就自己经营起了一个小摊。

毫无疑问，红琼是块经商的料，只要经过她手的，没有不赚钱的。她最初只进了两条非常便宜的香烟，逢场的时候就带到镇上去卖。一个背篼上面放个筛子放香烟，就算一个烟摊了。慢慢地，由最初的两条香烟扩展到火柴、瓜子、肥皂、洗衣粉等日常用品，当然，香烟也陆续增加了些品种。

事实上药铺的老板叫陈建华，是陈建川的堂哥。他比陈建川年长三十多岁，头发花白了。他的两个女儿两个儿子分别成家并在县城有了一份不错的工作。他们老两口靠药铺为生。红琼卖给他掺假的麻元自以为聪明，其实是陈建华不愿意揭穿，他把收红琼的药材当成是给孩子的零花钱。

第十七章　疯狂的孩子

正午的太阳有些刺眼、灼热，多多站在坟地里，虚着眼睛望了望陈秀兰说："看样子，没啥麻元可挖了，我们回去吧！"

"我也觉得该回去了，再等一会，我妈妈要喊我们切饭了。"陈秀兰说着。

"我们再到其他地方看看吗？"陈栋说。

"我们还是赶紧回去吧，你看这坟林里，阴森森的，感觉有点吓人！"陈秀兰又说。

也许是最初挖麻元的热情挡住了一切，什么也不怕了，当热情过后，一切归于平静时，多多又有些胆怯了。她突然有种说不出的感觉。整个坟林有一种静，使人感到可怕。当她的目光对准那一座座坟头时，感觉埋在地下的人似乎一下要蹿出来。

陈栋说："那就走吧。"

陈秀兰说："我们不会踩着迷魂草吧？"

"什么迷魂草？"多多有些好奇。

陈秀兰说："据说在坟地里长着一种奇怪的草，叫迷魂草。如果一个人在中午的时候踩到它，就会被迷惑。然后人就没有意识了，鬼使神差地在坟地里转圈圈，而自己并不知道，除非有人将他喊醒，他才能恢复意识！"

"有这么邪门的事情？"多多有些不相信地说道。

陈栋哈哈大笑道："别骗人了，哪有啥迷魂草哟，我也不相信有鬼，我们在这里待了这么久了，一个鬼都没看到，别自己吓唬自己了。"

"我也是听说的。"陈秀兰说。

多多说："那你告诉我们，迷魂草长成啥样子，这样我们就可以不踩着它了。"

陈秀兰耸耸肩，摇了摇头说："我也不认识迷魂草。"

陈栋也说："刚才不是说只要有人喊醒就没得事吗？多多踩着迷魂草了，我们喊她，我踩着了迷魂草，你们喊我，轮流喊就是了。"

"要是我们三个人都踩着了，咋办？"多多说。

"不会这么倒霉吧！"陈栋叫道。

他们越说越迷糊，越说越让人感到害怕、恐惧。仿佛有什么鬼魂就在他们身边似的。陈秀兰又说："你们感觉没有，尽管现在的太阳很大，这里还是有股凉飕飕的感觉，我们赶紧跑吧。"

不说不像，越说越像，他们三人感到了害怕，一一连声儿地喊着："快跑啊，快跑啊。"

他们使出了吃奶的劲在跑，跑得上气不接下气，甚至在跑的路上多多还撞上了朝他们迎面走来的晓生。

晓生看他们一个二个满头大汗的样子，问道："跑啥子？"

他们齐声说："我们怕鬼！"

晓生哈哈大笑道："你们也真够笨的，真有鬼，你们看得见吗？你们跑得掉吗？放心吧，没鬼，是你们心里住着一个鬼！"

他们几个面面相觑。

晓生走到多多身边，悄悄地在她耳边说："我带你去个地方，怎样？"

"哪哈吗？也带他们去吗？"

晓生摇了摇头，然后又说："陈秀兰，你姐姐在喊你们回家切饭。"

陈秀兰尖着耳朵听，她姐姐还真是拉着嗓门在喊他们。

多多目送着陈秀兰和陈栋走后，又问："究竟是干啥吗？一会我妈妈也要喊我了。"

"趁现在是中午，地里没人，我们去偷柑橘。"

多多有点不想去，说："我不想去了，大中午的，要是真遇上鬼了可不好。"

"鬼你个头哟，去还是不去，不去的话，以后我不跟你耍了。"

多多害怕晓生不跟她耍，于是拉着他说："好吧！"

"我点都踩好了，刚才还去你家找你，说你去了坟林里。这不，我正找来，你们就在半道了。"

"我们去偷哪家的？"

"陈长兴家的，我都看好了，他家的柑橘都红了。"

多多和晓生一前一后地向山坡上走去。多多是跟在晓生后面的，一路上彼此都没有说话。当他们来到那片果园时，抑制不住心中兴奋，一个个红橙橙的柑橘挂在枝丫上，甚是逗人喜爱。

晓生四处打量了一下，悄声对多多说："你先站着别动，我看这坡上还有没有人？"

"你刚才不是说都踩好点了吗？"

"刚才是刚才，现在是现在，站好哈！"

多多站在原地不动，只见晓生猴跳猴跳地绕着园子跑了一圈，然后过来说："没发现人，只是这四周都是一些带刺的植物，咱们怎么进去？"

"前面不是有个很大的口子吗？"

"那里就别想了，那里拴了很大的一条黄狗。所以，等会我们即便进去了，也不能靠近那块，以防惊动了狗，狗一叫，咱们就完蛋了。"

"那我们怎么办？"

晓生右手按着腮帮想了想说："有了，咱们就从这个坡溜下去，也就在这一块摘柑橘。你看，这坡有些斜，还有树，可以帮助我们等会爬上来。"

多多一看，觉得真好，说："那我们开始行动吧！"说着多多就蹲下来。

晓生一把拉住她，说："来，我帮你，你这衣服也没口袋，摘下柑橘装哪里啊？就凭两个裤兜，装两个就没地方装了。"

晓生把多多的上衣扎进了裤腰里，然后还将她的裤腰带紧了又紧，接着也将自己的上衣扎进了裤腰里，说："等会摘来柑橘就从衣领口放进去。"

他们准备就绪，就一起蹲下来，像滑梭梭板一样，滑到了果园里。多多看着又大又红的柑橘，嘴就馋了，忍不住先摘下一个吃了起来。晓生说："现在别吃，赶紧摘，摘完就好跑。"

多多狼吞虎咽地将一个柑橘塞进了嘴里，接着就开始摘来往怀里放。矮处的柑橘个头又小，还是青色的，估计没有熟，高处的柑橘大而红。多多个子比较矮，够不着，往往都是跳着去摘。她一跳，就会弄出些声音来，来来回回也没摘上几个。晓生说："算了。你别摘了，等会我摘好后，咱们对半分。"

晓生个子比较高，他站在果园里，眼睛直溜溜地盯着果树，专挑树上最大最红的摘。多多站在一旁，看着晓生的窘相，忍不住发出哧哧的笑声。晓生逐渐隆起的肚子，像个待产的孕妇。

“抓贼啊，抓贼啊!”的叫声，一下传进了晓生和多多的耳朵。晓生看了看，发现有人来了，随即拉起多多就跑。结果慌乱之中，也找不到一个更方便的出口。没有了出口，也只能是从什么地方来的就从什么地方出去。多多又怕又慌，生怕被人抓住。

晓生毕竟比多多大，加上又是男孩，他还比较淡定，说：“你别慌，先我爬，等我爬上去了，再想办法救你!”

“晓生哥哥，晓生哥哥，还是先让我上去!”

晓生抱着多多，让她先抓住一棵树，然后用手托着多多的屁股，让她往上爬，但多多就是爬不上去。后面的抓贼声不断传来，狗也在汪汪地叫着。晓生说：“多多，加把劲，赶快啊，不然我们被抓住了。”

“可我就是爬不上来，怎么办啊?”

晓生一下松了手，多多又跌了下去。他说：“这办法不行，还得我先上去。”说着晓生跳起来，他猛地抓住了一棵树的枝干，借着枝干的力量，快速地爬了上去。他上去后，又让多多抓住他的手，他在上面扯她。这办法还真管用，晓生顺利地将多多拉了上去。

他们逃出果园，拼命地跑着，一路上都是晓生牵着多多。后面不断传来抓贼的声音，他们不敢停歇。他们跑得满头大汗，跑得气喘吁吁，也不敢停下来。他们顺着别人的庄稼地跑过了好几个山坡，还是晓生熟悉地形，他知道哪里有方便的藏身之地，便带着多多钻进了山坡上的一个石岩洞里。钻进去后，晓生还不忘在石岩洞口用一些草堵住。

他们坐在洞里，大眼瞪着小眼，仔细地听着外面是否还有追来的声音。他们好像是心照不宣似的，彼此拿出了怀里的柑橘。

岩洞里非常凉快，只有洞口才有风，晓生扯上衣服角擦了擦脸。他们安安静静地待在了岩洞里，谁也不敢发出声响。由于洞口被堵上了，里面黑漆漆的，外面的阳光照射进来的也只是余光。过了好一会，晓生说：“估计没追来，我出去看看。”

晓生趴在洞头，探着脑袋向外看了看，没发现有啥动静，就用手掀开那洞口的草，然后钻了出来。

他朝四周看了看，没有发现有人追上来，悬着的心才放松了下来。他喊着：“多多，没事了，我们成功逃出来了。”

“哦，那你赶快进来，咱们这柑橘就放在这里吗?”

晓生又折回进了岩洞里，他说："咱们平均分配，你数一数，一共有多少个？"

多多数了数，一共十五个。说："这怎么能分得均匀呢？"

"我是哥哥，给你八个，我七个。"

"不行，我七个，你八个，刚才我在园子里已经切了一个。"

"那个不算，我是哥哥，你得听我的。"

"好吧，那我把柑橘装在怀里就回家了。"

"不能拿回家，回家后要是被你妈妈发现了，还了得呀？"

"那放在哪里呢？"

"就放在这里，挖个坑，用干草盖好，埋在地下，要切的时候跑来拿。"晓生说着就开始在地下用手挖坑。

"我才不干，我就带回家，藏在我家里的草垛里，埋在这里，要跑好多路哟。"

"随你便吧，不过，要是被你妈妈发现了，不能揭发我。"

"咱们拉拉钩吧，骗你是狗，是猪！"

多多搂着肚皮上的柑橘一路小跑地往家走。走到屋檐后面时，她停住了脚步。她观察了一下情况，觉得还是应该把柑橘藏在外面屋檐后面的草垛里。

她刨开一个缝隙，将所有的柑橘都放了进去，然后用草垛将它们遮住。为了便于吃的时候能轻易地拿到，多多还在草垛旁边的墙壁上用石头划了几个道。

处理完毕，多多轻快地跑跳着回家了。但她刚走进院子里的地坝里，杨召珍就虎着个脸，狠狠地说道："你给我跪下！"

"我又没犯错，凭啥让我跪？"

"你一个姑娘家的，朗开那么千烦啊，为你不晓得要说好多话，你说你去挖麻元，挖到哪去了，半道你朗开要去偷人家的果子吗？真是人牵起不转，鬼牵起呜呜地转。"

原来多多和晓生偷柑橘被发现了，发现他们的人正是陈长兴。陈长兴见他们没命地跑，尽管心里头有气，但也忍了。他担心去追他们，爬坡上坎的，万一摔倒，出事了，也不好说。偷自己柑橘的娃儿都是细娃儿，也是一个村的，挨邻隔户，抬头不见低头见，再说，晓生跟自己家还有亲戚关系，晓生的幺姨嫁给了陈长兴的弟弟，也就是他的弟媳。所以，陈长兴一想，就算了。

陈长兴为了他家那片果园也费心不少。一年到头来，很大一部分时间都用在了果园里。村里的人纷纷外出打工挣钱，他说要自己在家发展农产品，种植果园。与他想法相同的还有陈建忠，陈建忠也把自己家的那两块自留地种上了柑橘树。自从园子里的水果快成熟的时候，陈长兴夜以继日地守着，还拉上了家里的一条大黄狗，就是防范有人去偷水果，但也防不胜防，还是有人能钻进去，偷走水果。

为了让多多他们不要再去悄悄摘他家水果，陈长兴便去给他们每家的家长打招呼。陈长兴去晓生家，他家大门紧闭，屋头没人，就去了多多家。

他找到杨召珍说："长辈子，给你说个事，好好管教下多多，刚才她和晓生去我果园里摘了水果。"

杨召珍一听，多多惹事了，赶紧跟对方道歉，又赔不是，又是请人家到屋头坐，要给人家倒水喝，还说："等她回来，好好教育，这娃儿太不听话了。"

"我没有别的意思，也不要打她。细娃儿调皮点，聪明。说说她，吓吓她就是了。"陈长兴说完就走了。他走时，杨召珍还在后面一个劲地说对不起。

多多这才晓得这事被母亲知道了，她知道狡辩没用，就老老实实、规规矩矩地跪在地坝里，头也不敢抬。

杨召珍看着多多说："多多啊多多，我给你说过多少次了，别人地里的果子再好再多也是人家的，也不要摘，你没记性啊？"

多多闷着脑袋，点了点头。

杨召珍又说："我也给你说过，咱们人穷志不穷，脸不洗干净，也得把手洗干净，就是再穷，也不能动人家的一根线，知道吗？以后人家说出去，多多是个小偷，名字好听吗？"

"知道了，以后坚决不偷了，我晓得错了。"多多诚恳地承认错误。

由于多多家住在大路边上，来来往往总有过路的行人。人们见多多跪在地坝里，便说："多多犯错了，在罚跪？"

多多只得将头埋得更低。

陈建忠端着一个饭碗，一边走，一边切，看着多多跪在地上，朝她走来。他走上前去，说："多多，赶紧起来。"

没有杨召珍的同意，多多是不敢起来的，所以任由陈建忠怎么拉她，多多就是一动不动。

"就让她跪着，好好惩罚下，免得再惹事。你看，就一哈的工夫，就去摘人家地里的柑橘，人家都找上门了。"

"不就是点果子吗？农村的娃儿不偷，是长不大的，再说，带露水的东西，摘点算啥啊。"

"多多，你看你这样丢人不，以后一定要注意，记到没有？这次，就这样吧，一定要长记性!"杨召珍强调着。

陈建忠拉起了多多，多多半推半就地站了起来。

打那以后，多多再也没有偷过别人地里的水果了。她想切水果时，在没有钱买的情况下，想的是另外的策略，就是在逢场的时候，到水果的摊位上品尝，然后又找理由不买，这样，既解了馋，又不用花钱。

第十八章　孩子的心思大人不懂

这一天对于多多家来说是个非常高兴的日子。外出打工的陈建川回来了。他走时，只带了个蛇皮口袋，回来时，整整带了两大麻袋的东西。

知道陈建川要回来，早早地杨召珍就将屋里屋外收拾得干干净净，末了，还吩咐红琼和多多不要跑了，一会爸爸要回来，还说，我去车站看看你爸爸到了没有。

红琼和多多应声着。其实，她们也盼望着父亲回来，不用母亲交代她们都不会跑出去耍的，毕竟父亲外出快两年了，只能从父亲寄来的照片中看到他。

按照一个星期前信上说的时间，应该是下午两三点钟到，多多和红琼站在地坝里，无聊地跳着房。最先是红琼跳的房，接着是多多跳房。她们在画好的方块里跳来跳去。跳了一会儿，多多说："我不想跳了。"

"我也不想跳了，要不，我们也去车站接爸爸？"红琼说。

"要得，那我们走吧。"

红琼和多多是一路小跑到了公共汽车站的。汽车站就在镇派出所的旁边，说它是个汽车站，不如说是个过路口，那个过路口是个三岔路口，来往的人相对多点，村民赶车，招手就停。时间久了，约定俗成，人们就习惯喊它是汽车站。汽车站的人不多，显得稀稀落落。红琼见母亲站在路边上，有时甚至会走到路中央，偏着脑袋看着前方，可见，她的心情是急切的。每每这时，红琼总不忘拉母亲一下，说："妈妈，小心车！"这时，杨召珍才回过头来，接着又说："你爸爸咋还没到呀？"

突然，一辆客车"嘎"地在她们身边停了下来。车门缓缓地打开了，从车上走下来了一个熟悉的身影，他手里提着一个小包，多多眼尖，喊着："爸爸，爸爸。"

杨召珍喊着："老陈，老陈。"

陈建川看着杨召珍和孩子都在，笑着说："你们都在这啊！"

跟在陈建川后面的一个男人下车了，只见他从裤腰上取下钥匙，然后去打开行李厢，陈建川拱着身子从行李厢里取出了两个大麻袋。那男人又说："东西都拿完了吗？"

陈建川笑着说："拿完了，拿完了，谢谢师傅。"

行李厢门关上了，那男人迅速钻上车，司机一踏油门，车迅速开走了。

杨召珍和陈建川一人扛一个麻袋，往家里走。

红琼和多多跑得最快，她们最先到家。等他们到家时，院子里已经来了些小孩。他们来的目的，就是讨几颗糖而已。因为外出打工的人，一旦回来，免不了要买些糖，给邻居的孩子几颗的。这些孩子也是在几天前就知道的。

大家问："你爸爸回来没有？"

"回来了，在后头！"红琼说。

多多看着这些小孩，瘪瘪嘴说："守嘴狗，就是想守切的。"

陈栋说："守了，又朗开吗？我爸爸回来时，你不也来我家了吗？"

多多无言以对，说："我不理你了。"接着她又对红琼说："你说爸爸会给我们买什么回来？"

"这个我不晓得，肯定有切的穿的！"

"我想也是，不过，要是买切的，会是啥好切的，肯定是广东那边最好的吧。"

"你就想到切，我希望爸爸给我们一人买套新的衣服。"

多多白了红琼一眼，说："切比穿重要，我就喜欢切，要不，等会你把你切的那份给我，我的衣服给你。"

"你这矮个子，你的衣服我能穿吗？"

正说着，陈建川他们已经走进了院子的地坝里。众多孩子大声喊着他。

陈建川唉唉地答应着。蜷缩在屋檐边的一条大黄狗汪汪地叫了起来，杨召珍呵斥道："打死你个死狗，叫啥子，滚一边去！"

狗朝陈建川看了看，知趣地走到一边去了。陈建川离开家之前，这狗还很小，两年的时间，狗也长大了。狗通人性，一点不假。见杨召珍呵斥它，它一下老实多了，一会又摇头摆尾地过来，仿佛是在想与人和好。

杨召珍说："红琼，赶紧给你爸爸烧碗开水喝。"

“要得。”红琼赶紧去灶屋烧水了。所谓的开水，就是醪糟加鸡蛋，然后放上糖的那种。

杨召珍又对陈建川说：“你先洗把脸，然后休息下。”

陈建川去缸里舀水洗脸了。他拿回来的两个麻袋胀鼓鼓地放在了堂屋的八仙桌旁边。多多看着那口袋，一刻也不离开，她想知道里面究竟是什么东西。门口站着的小孩们个个面面相觑，眼巴巴地望着躺在地上的口袋。杨召珍看了看他们，然后打开了袋子。

袋子里除了有一床薄薄的棉絮、被套以及一些毛衣、裤子、衣服，还有一些吃的。衣服、裤子、毛衣看成色，好像都是旧的。薄薄的棉絮上面还有几个小小的洞，被套的颜色也很浅，也是补过疤的。带回的吃的多多他们没见过，是萨琪玛、米花糖、水果糖。

杨召珍将水果糖拿了出来，分别给每个小孩散发了几颗。多多见还有萨琪玛，就准备去拿，却被杨召珍制止了，扭了扭多多的手。多多忍了忍，没有哭出来。其他小孩们拿着糖就跑远了。

杨召珍小声咕噜道：“等一会要不得嗦，你看这么多娃儿，给你姐姐拿几个去。”

多多跑跑跳跳地给红琼送了糖去。红琼问多多：“爸爸买了啥东西回来?”

“好像有衣服。”

“好看不?”

“我没看。”

一会儿的工夫，开水就烧好了，红琼将开水端了出来，放到了八仙桌的饭桌上。陈建川自顾自地切了起来，一边切还·边摆着龙门阵，都是说的外地打工的见闻。

红琼看着这些褪了色的衣服问：“爸爸，你这衣服是哪来的哟?”

“是我打工的老板娘送的，有的是她家娃儿穿不得了给我的，有的是我整理废品时，看着好眉好眼的衣服就洗了收回来。你看嘛，这些你们都能穿，总比你们补了补丁的衣服好。”

杨召珍理了理那堆衣服也说：“这衣服多好，人家就不要了，穿都没穿烂。”

“是啊，买衣服得花多少钱，那些人太有钱了，衣服就穿个新。”

红琼已在那堆衣服里面挑选喜欢的衣服了，但所有的衣服里，适合多多的衣服基本上没有，大多是又肥又长，穿上都显得臃肿，毛衣还好点，可以卷着袖子，但裤子的裤脚太长了，需要重新卷边。

多多对这些衣服不感兴趣，她站在一边看着红琼拿着这件衣服试穿，又拿着那件衣服试穿，非常臭美。

陈建川喝完开水，就进了他和杨召珍住的斜房屋。他进去后，就喊着："老杨，你进来一下。"

杨召珍进去了，陈建川又说："把门关上。"

杨召珍看着陈建川在解裤腰带，开着玩笑说："你这是干啥啊，在外面没女人啊?"

"看你都说些啥话了，我是那样的人吗?"说着，陈建川在裤腰的里面掏出了一个装钱的袋子，然后递给了杨召珍。

"这是多少啊?"杨召珍握着钱袋子问。

"你数数就晓得了。"

杨召珍一张一张地数着钞票，满眼都是幸福。虽然她不认识字，但认识钱。袋子里有十元五元二元一元的面值，也有五角两角一角的面值，甚至还有五分两分一分的面值。

杨召珍认真地数了又数，生怕数错了。站在一旁的陈建川说："我都数过了，没有错。"

"这两年你在外面辛苦了，今年底，我们就可以翻盖房子了。"

"辛苦是辛苦，也值得，你看，在外挣两三个月，相当于在家全年的收入，只是我走了，地里的庄稼全靠你了。"

"你走了，犁地还是现学的，刚开始也犁不好，还把脚犁了个大口子，当时鲜血直流。我自己非常伤心在地里哭了一场。好在红琼还能帮点忙，多多不惹事就阿弥陀佛了。"

陈建川还是老样子，依然一脸笑容，他说："只要房子修了，我也不外出打工了，房子修了，就没啥负担，我们就种点切点，搞点副业，也还可以做面条加工。再过个一年吧，红琼大点了，可以出去打工，多多也快上初中了，考得起初中就上，考不上就回家帮我们干点农活，等到十五六岁，也可以出去打工了。"

"是啊，日子就是这样一天一天过出来的，现在的日子比以前好多了。"

“你找人看期没有？房子啥时候拆了重修？”

“还没得，等逢场天，我去找人，这冬月间的期比较多。”

“要得，我先出去了，你把钱放好。”

“这点钱我还放不住，放心吧，老地方，你晓得的。”

陈建川从屋子里走了出来。这时，地坝里已经站了几个人，他们都是跟陈建川一个村的。他们说：“陈长辈，挣钱了吧？”

“挣钱了，挣钱了。”陈建川笑着回答。

一人又问：“陈长辈，你啥时候又走？是不是过完年，就又走？”

“还要看哟。”陈建川顺口应着。

走与不走，陈建川也还不清楚。毕竟，后面的事情是无法预料的。有时决定不走了，兴许到了那时，又想走了。有时计划走的，兴许到那时就不想走了。他选择这个时间回来，主要原因还是为了修房子，年底修房子比较好，修完房子就过年，过年住新房就是好事。再说，去年就没在家过年，自己在外过年，冷冷清清的。

一人又说：“长辈子挣大钱了，舍得回来了？去年过年都没回来哟。”

陈建川说：“挣啥子大钱哟，打工干苦活是挣不了大钱的，就是没啥钱，所以不回来，节约点车费，还可以买点化肥农药。”

杨召珍也从屋里走了出来，她边走边说：“你长辈子挣得了啥钱嘛？凭气力，没人家大，个子也矮；凭文化，就念个小学二三年级的书，只能写个名字；论技术，他没有一点啥特长。一两年，就把自己的生活挣出来了，挣够路费才回家。”

“哎哟，杨长辈子，你就把陈长辈子说得这样哟。”一个人说道。

地坝里一下聚集了不少人，人们你一言我一语地问着陈建川在外面的事情，原本安静的陈家院子里，一下热闹起来。

多多见自己家地坝里来了不少人，快活地在地坝边跑来跑去，那是一种炫耀，那是一种心理的满足，那是一种农家姑娘特有的——简单的快乐！

陈建川回来了，家里比原来热闹多了，每天多多和红琼都能听到父亲的歌声。尽管父亲唱得不好，每每他唱歌时，母亲都不忘说：“像个活宝气，不知道唱的个啥。”

陈建川永远都是这样，无论杨召珍说啥，都是笑脸相迎，笑笑即过。

陈建川不知啥时候，有了这样一个嗜好，喜欢翻多多的作业了。特别是多多写的作文他很喜欢看。严格说来，他不光是看，他还会大声地念出声来，是读。

多多又在屋檐下的板凳上写作业，陈建川坐在石地下，他看着多多一笔一画地写着字，是做的语文作业，语文作业做好了，多多接着做数学作业。多多的心算不错的，她基本上不用草稿纸，就直接计算并写出答案。

旁边的陈建川说："多多，你都不用草稿纸算下，这样写对不对哟？"

"没问题，应该不会错。"

"要仔细点。"

"这又不是考试，错了就错了，到时改过来就是了。"

"你要努力点哟，开年就该考初中了，你有没有把握？"

"考上初中没问题的，对了，你们承诺我，考上初中给我买个新书包，要说话算数哟！"

多多对自己的学习比较有信心。自从转学到中心小学后，成绩由最初的中等偏下，提升到了中上水平，偶尔也会靠前。

"当然算数，哪有当家长的说话不算数？"

多多看着父亲说："家长是所有说话者中最不靠谱的。只会拿家长的权威压我们细娃儿的。"

"赶紧写作业，不要说话了。"

多多噘噘嘴，不再说话。但她却眼尖地看到了一个非常讨厌的人，那个人叫什么名字她不知道，只知道是搞计划生育的。那人正朝他们家的方向走来。

陈建川也看见了那个人，他认识，便招呼着："你这是去哪，文前进？"

文前进笑着说："长辈子，我就是来找你的。"

哦，原来这个人就是文前进。多多记住了他的名字。多多讨厌他，还得从三年前冬天的一件事说起。也因为文前进，她知道了什么是凶残、暴力、掠夺、打人不长眼等等。可以说，也就是在那一次，多多见到了她有生以来最为凶残的场面。

那天，人们像往常一样过着比较平静的日子。也可能是冬天，田里的活已没什么了。农村有"冬三月"一说，也就是入冬后，大家待在家里的时间比在地头多。在家里的人，一般喜欢串门，或喊上几个人打扑克打麻将，或者几个人坐在一起烤着烘笼、摆着龙门阵。

在大家龙门阵摆得热火朝天时，突然有人喊着："大肚子，快躲起来，计划生育的又下乡来抓人了，现在在挨家挨户地找。"所喊的大肚子指的是村里陈忠久的婆娘蔡玉芳。大概是快生了，她的肚子鼓得圆圆的。

当时多多就在她们跟前。多多还好奇地问："计划生育的来了，怕他啥吗？"

不知是谁说的："怕啥，他们逮着了，就没好果子切。"

又有人说："还不搞快点走，赶紧躲起来。"

蔡玉芳有些惊慌了，自从怀孕以来就东躲西藏的，在快生产的节骨眼上要逮着了，那可不划算的。为了躲避计划生育，她是今天躲在这家，明天躲在那家，实在躲不下去了，就躲在坡上的岩洞里。

蔡玉芳第一胎生了个儿子，因为农村的风俗，两个孩子比较保险，万一一个孩子出事死了，至少身边还有一个养老的，所以在农村，至少得有两个孩子才相对保险。所以就偷偷怀上了这个第二胎。

蔡玉芳在大伙的催促下赶紧往坡上走去。现在挨家挨户找，待在谁家都不保险。本来就挺着大肚子，走起路来也不方便，每走一步，就像企鹅一样移动。企鹅的步伐是高傲的，而她的步伐是沉重的。

蔡玉芳费了很大劲才走到了坡上。好在庄稼人户比较熟悉地形，很容易就找到了个栖身之地。她是待在岩洞里的，洞口比较大，待在里面有些阴冷，本来又是大冬天的，感觉特别寒冷，她不觉打了个寒战。

跟随她来的还有她的婆婆闫芝芝。闫芝芝见里面太冷了，又走出外面，抱了些草来让她垫在地上就座。

蔡玉芳走了没多久，计划生育的人就来了。多多看了看，有六个人，都是男的。他们个个面无表情，来了就问："你们见着有没有怀孕没上报的？"

没有人回答，大家对他们都装作没看见。这一行人见大家没理他们，就走了，又去了另外一家。他们每去一家，就逐个排查。也许是出于好奇，多多跟在他们后面。

他们来到陈忠久家，陈忠久家只有他、他爹以及他的孩子。文前进问："陈忠久，你婆娘呢？"

"走人户去了。"

"去的哪个亲戚家？"

“我亲戚家啊。”

“我都听人家说了，你婆娘就在家里，躲在哪了？赶紧出来配合我们的工作。”

“我很配合你的工作，真的是去亲戚家了。”

“哼！是不是要我们一个地方一个地方的搜索？”

几个人说着就行动了起来，他们像土匪一样，在陈忠久的屋子里搜来搜去。陈忠久爹上前阻止，被狠狠地掀在了一边，跌倒在了地上。而陈忠久的孩子年纪幼小，傻傻地站在一个角落里闷不出声。这伙人见没找着人，就愤愤地准备离开了。

人啊，倒霉的事情一来真是一桩接一桩的。外面有人喊着：“陈忠久，陈忠久，你婆娘生娃儿了。”

陈忠久一下子给愣住了。他本想问问，在那哈生的？又咽回去了。他说：“别乱说，生疮嗦，我家没有怀孕。”

“真的，不骗你，你去看嘛！”对方又说。

文前进说：“陈忠久，你老实交代吧，不是我们为难你，是你在为难我们，计划生育是国家的基本国策，就应该遵守的。”

“我遵守你个球哦，你把我婆娘找出来，看她生了没有？”

与文前进一起来的人吼道：“不跟他多说了，免得费口舌，既然他婆娘都生娃儿了，就是超生，超生就交罚款，赶紧交出来。”

文前进说：“陈忠久，你是主动配合呢，还是我们出手？”

“同志，你就行行好吧，毕竟都是挨邻实户的人，抬头不见低头见。”

“我给你行好，我们的工作没做好，我们找谁去？那你就交罚款吧。”

“我哪有钱交罚款，饭都切不起。”

“还哭穷，切不起饭你生啥子？”

文前进见陈忠久不行动，不主动交罚款，随即手一挥，向他的同伙说道：“去看看，他屋里有啥子，只要值钱的东西都给我拿走。”

几个人开干起来了。他们像劫匪一样，不但拿走了陈忠久家柜子里的口粮，还牵走了他家的耕牛。陈忠久本来想去阻止，结果狠狠地挨了一顿打，打得眼冒金花，鼻子出血。陈忠久爹去阻止，也挨了一顿打，打得嘴角出血。旁边的人只能眼巴巴地看着，没有人敢上去帮忙。

这一幕就这样活生生地印在了多多的脑海里。她不知道基本国策是什么，她也不懂计划生育。她只知道一个事实，那就是不准妇女随便生孩子，如果违反规定生了孩子就要交纳罚款。她还知道了一个事实，搞计划生育的人打人了，他们的行为像土匪。这样让她看到了计划生育工作人员的丑陋一面，他们在现实中对百姓的残忍，简直是残酷的，惨不忍睹的！

今天，又见着那个讨厌的人，多多装作没看见。陈建川说："多多，喊人啊，没礼貌嗦。"

文前进自顾自地坐在多多身边的地下，说着就想用手摸多多的脑袋。多多躲闪着，偏向了一边。

文前进又问陈建川："你家属没在家吗？"

"在屋头收拾东西。"说着，还大声喊着："老杨，老杨，文前进来了。"

"我找你们有点事，在这里说话方便不？"

"到屋头去说吧。"

陈建川和文前进进屋了。

杨召珍从另外一间屋子走了出来，她赶紧给文前进打着招呼。

多多也跟着走进了屋，但杨召珍却对多多说："细娃儿到一边去，不要听大人说话，赶紧去做作业。"

多多听话地走了出来，杨召珍随即将门关上了。但多多并没有走远，也没有去做作业，而是趴在门上，听着屋里的说话声。

文前进说："你们托我的事情我找到了，那家是我一个村的，先后生了四个娃儿，最大的一个儿子过继给别人都结婚了，后面两个稍大的都在外面打工了，最小的一个才几个月，现在想抱出来。"

陈建川在一旁静静地听着，倒是杨召珍比较精明，她不停地问一些问题，比如，那家的男人个子高不高，因为男人个子高，孩子的个头才长得高。又问那家要多少钱？孩子抱养给自己了，还要不要相互走动？又比如，抱养了这个孩子，自己需不需要交罚款等等。

文前进说："我今天来的目的就是跟你们确认下，你们是不是还想要个儿子，如果要的话，我就把这个好人做到底。那家也说了，钱给多给少不在乎，走不走动也不在乎，只要好好带他孩子。他们家里实在太困难了，养不起，才决定把娃儿送人，也是为了给娃儿找个出路。他们年龄也不小了，快五十了。"

杨召珍说："上户就得交罚款的。"

“我都给你想好了，你们就向外说，是帮你家老幺陈建安带的，陈建安不是没结婚吗，户口就上到陈建安的户口本上，等以后再迁到你们的户口本上。”

杨召珍想了想，说：“这倒是个办法。”

既然对方也不要钱，杨召珍觉得这是个机会，但她还是比较小心谨慎，问道：“那孩子没啥病吧，健康的吧？”

“这点你放心，都是你知我识的人了，不会说假的。”

“老陈，你的意见如何？”杨召珍问陈建川。

“你的意见就是我的意见。”

为了保险起见，杨召珍觉得没见着孩子之前，不能下肯定的结论，她说：“这样吧，文前进，你看安排个时间，我们跟他们见个面，也看看孩子，再相互间把问题说开，然后就写个抱养协议，你看怎样？”

“要得要得，那我回去就去跟人家说一声，再给你们回话。”

“这事就麻烦你了。”杨召珍客气地说着。

“哪里话啊，都是一个地方的，也是做善事嘛。”

多多听着屋里的对话，她知道了一个事实，那就是家里在不久的将来，会增加一个新成员。这个新成员的到来，便是了却父母的一个心愿，那就是有儿子了。

那一刻，多多明白了，其实在父母的心底一直想有一个儿子，这个想法并没有随着时间的推移而淡化，相反，是愈加强烈。

多多也想不明白，男孩与女孩的区别究竟在哪里？难道就只有儿子才能给父母养老吗？女孩就真的没有一点用处了吗？如果是那样，世界上为何有男人还有女人呢？难道女人的角色就是生育孩子吗？想到这里，幼小的多多似乎又明白了些什么。她发现，女人的地位是非常低的，特别是在农村，但有一个声音同时在她耳根响起，自己以后决不要做这里的女人，自己一定要做个让这里人羡慕的女人。

第十九章　有人欢喜有人愁

天色渐渐暗了下来，田野里静了下来。远远近近的农家屋顶冒出了袅袅炊烟，顿时将整个山村披上了一层淡灰色的薄纱。

文前进说："时间不早了，我得走了。"

杨召珍挽留他在家里切了夜饭再回去。文前进说还有事情要忙，就走了，走时，他还给多多招呼着。

等他走远，多多没好气地说："他有事忙，忙着去逮大肚子，忙着去抄别人的家呢！"

多多的说话声被杨召珍听见了，她狠狠地瞪了多多一眼，说："那是人家的工作，你别瞎说。"

"他们一伙就是强盗，根本没人性，都是坏人。"

"不许这样说，做你自己的作业。"杨召珍的话有些命令的口吻。

杨召珍又对陈建川说："你去把牛牵出去喝口水，我这要准备煮饭了，天快黑了，红琼那个贱人还没回来哟。"

"多多，喊喊你姐，看她到哪哈了。"陈建川又说。

"姐姐……姐姐……你在哪了……姐姐，你在哪了……"多多拉开嗓门，站在地坝里喊了起来。

"马上回来。"红琼回应着。她的背上背着满满的一背篼草。不过是不是真的有满满的一背篼，是很难说的，因为红琼喜欢作假，喜欢偷懒，为了看起来像一背篼草，她通常把背篼里面的草弄松散，然后在背篼的上面弄得高高的，再弯着腰，装出很吃力的样子。

红琼的这一伎俩是被多多无意间发现的。有一次，红琼刚割了一背篼草回来，多多就往上面一坐，结果一下掉进了背篼里，也就成了半背篼的草。不过，在这点上，多多始终是站在红琼这边，她从来没有出卖过她。

多多上前去帮她接了下来。不过，这次的背篼比较沉，多多说："今天你割得真多。”

“我告诉你吧，里面有好多桐子，我在坡上捡的，晒干后可以卖钱的。”

“真的吗?”

“我骗你是狗，你不能出卖我，等我卖钱了，到时给你买糖切。”

红琼悄悄地把一背篼草倒进了牛圈里，然后再悄悄拿出那堆桐子，她拿着桐子说：“妈妈，你看，多多放学后，抽时间捡的桐子呢。”

多多这才知道，红琼是在拿她做挡箭牌。她本想反驳，又想，捡了桐子就捡了。要是知道是红琼捡的桐子，兴许就会被没收了。在家里，多多总向父母挑战，说她捡的废品，或者挖的麻元等，只要不是拿家里东西变成钱，都是她自己的，父母都无权收缴。

当时杨召珍还说：“你吃的穿的都是我们的，我们没说是自己的吧?”

“因为我是未成年人，你们必须要养我到十八岁，再说，也不是我要你们养的，谁让你们当初要生我呢? 你们不生我，兴许我还不喜欢来到这个世界呢。你们生下我，又不喜欢。”

多多说话比较直，想到啥说啥，搞得杨召珍无可奈何，只能一忍再忍，谁让他们生了她呢。而红琼也正是用了这一策略，把多多放在了前面。

多多本想把她下午偷听到的事情告诉红琼，看看她是啥反应，但想了想，又没说。她觉得说了也没趣。红琼以前就表态，她喜欢家里抱养个弟弟，要是自己把这事告诉给她，她会像高音喇叭一样到处传开了，受罚的还是自己，与其没事找事，还不如少一事是一事。

家里要抱养个弟弟的事情开始困扰着多多。她不明白，为什么父母非要抱养别人家的孩子。再说，母亲常年都在说家里困难，开支大，但抱养个孩子就得增加开支，难道他们不会算账吗?

多多怎么想也想不通，抱养个孩子有啥好处。一个儿子到底有多么重要! 多多想，也许抱养了弟弟，自己在家里的地位就更低了，父母会将所有的爱给那个弟弟的。

多多知道抱养的事情后，一直暗中观察着父母的反应，但她发现抱养的事情好像没有进展。她想，是不是要抱养的孩子那家反悔了? 或者是父母又不想抱养别人的孩子了?

生活一如既往地继续着。两个月过去了，抱养的弟弟要进家门的事情还没有着落，渐渐地，多多也淡忘了这个事情。

直到年底，多多家的新房修建完后，陈建川和杨召珍在做最后的卫生，多多和红琼在打扫地坝里的泥土。

突然有人喊着：“陈长辈，陈长辈，住新房了，住新房了。”

陈建川见是文前进，他的身后还跟着一男一女，他们的年龄看样子五十出头，头发花白。女的背上还背着一个背篼，背篼里装着一个孩子。

陈建川赶紧放下手里的铁锹，笑着说：“住新房了，住新房了。”

杨召珍也放下手里的扫帚，说：“屋子还没收拾好，见笑了。”随即又喊着：“红琼，红琼，赶紧去烧开水。”

红琼听话地走进灶屋，去烧开水了。

杨召珍去将那女的背篼接了下来。文前进说：“黑狗，黑狗，到新家了。”

多多这才知道，背篼里的小孩子叫黑狗。

杨召珍招待他们进屋去坐。落座后，那女人将背篼里的孩子抱了出来。杨召珍看这孩子，皮肤白净，长得粉嘟嘟的，看样子，大概也就一岁多，还不会说话走路。

文前进说：“知道你们修房子忙，所以按照你们的要求修完房子才送来的，你看嘛，孩子是生得漂亮的。”

那女的说：“我要是能养活他就不送了，也是没办法的办法，娃儿送给你们我也放心，毕竟你们的条件比我们好。”

杨召珍说：“给我们就尽量放心，不对自己生的好也要对他好，不然，别人要说闲话的。”

跟在文前进身后的那个男人大概不善言语，像个闷葫芦一样，傻呆呆地坐在那里。

多多远远地看着他，她觉得那个男人的眼神一点不柔和，鼻涕都快流下来时，一把用手擦过去，擦在了衣服上。

杨召珍对那女人说：“你比我大，我就喊你姐姐，这个娃儿到我家是不会让他挨饿受冻的。只是姐姐，娃儿跟我们了，以后咱们就以姊妹相称，我们逢年过节走一回，也让你们看看，娃儿就叫你大姨，你看怎样？”

“要得，要得，你说了就是，我们没意见的。娃儿送给你们了，也算是一种缘分。”

文前进在一旁说："黑狗跟着他们家算是享福了，你看，这么大一套房子，以后房子都不用操心修了。"

一句话不说的男人只是淡淡地笑了笑。多多觉得奇怪，为什么一个人将自己的孩子送出去，不会感到难过呢？难道人就像商品一样可以被送来送去？多多想到自己当初要被送出去的时候，也没见到父母难过。

"妹子，不怕你笑话，我那三儿子知道我要把黑狗送给你，还跟我说，把他送给你家，让黑狗另外找一家送。我说你们不要大的，说大的养不家。这就是家穷，儿子都想跟着人家。"那女人一边说着话，一边捞起衣服给黑狗喂奶。黑狗嘴里含着母亲的乳头，他还不知道，自己将与父母分开了。

那女人给孩子喂完奶后，黑狗安静地睡着了。这时杨召珍说："姐姐，我把孩子放到床上去睡吧，不然，等一会你们走了，孩子会大哭大闹，你们也不好走。"

黑狗被杨召珍轻轻地放到了床上，看着他安静地躺在那里睡觉，杨召珍的心里简直乐开了花，但她没有表现出来。

说话间，红琼的开水已经烧好了。除了自己和多多，其他人均有一碗醪糟加鸡蛋的开水。

等大家把开水喝完后，杨召珍说："咱们还是按照事先说好的，写个收养协议。"

"要得，要得。"文前进说。

几个人中只有文前进文化多点，所以协议的起草人就是他。

收养协议写完后，甲乙双方按了手印。杨召珍给对方支付了三百元的奶水钱。一切手续完善后，文前进一行人才走的。

多多安静地坐在一边，看着大人们在忙乎着，她在心底嘀咕道："以后看你们能不能靠着这个儿子。哼！重男轻女的思想真重！"不过，有一个事实真实地摆在了眼前，家里真的来了个弟弟。而红琼与多多不同，她表现出来的兴奋写在了脸上。她高兴地说："妈妈，我去抱抱弟弟吧。"

"现在睡着了，等睡醒后再抱，以后照顾弟弟的事情，就要你来了。"

"那我带弟弟就不用再割草了吧。"

"不用了。"

红琼朝多多喊着："多多，有个弟弟了，以后你也要帮着带哟。"

多多哼了一声，不屑一顾地说："你美吧，我才不带呢。"

杨召珍看着多多又说："多多，多个弟弟多好，等弟弟长大了，能帮家里干不少活，再说，我们还指望他以后养我们老。"

"要是他长大了，不养你们怎么办？"

这时，陈建川说话了，他说："我们把他养大，他朗开不养我们老呢？"

"那就等着看吧。"多多心里还是有些不服气，所以这样说。

黑狗在没有任何能力的情况下，被父母送了出来，严格说来，他一出生就是多余的人。既然是多余的，那就得想办法解脱。既然那是一条人命，不能弄死他，那就送人吧，算是上上之策。天地良心，黑狗的父母也应该是爱他的。只是家庭条件太差，不送人吧，还得跟着吃苦受穷的，所以对于他的父母来讲，这是给黑狗最好的出路。毕竟，生在一个非常贫穷的家庭，吃了上顿没有下顿，加上房屋破烂，下雨漏雨，刮风进风，可以说是家徒四壁。即便黑狗长大了，将来也难以娶妻生子的。因为黑狗的大哥文峥嵘就是个先例。

文峥嵘二十好几岁的人了，因为家里穷，一直没娶上媳妇。黑狗的父母为了文峥嵘的前途着想，与文峥嵘商量，文峥嵘也同意了父母的想法。就这样，文峥嵘的父母忍痛将文峥嵘过继给村上的另外一户罗姓人家。罗家的家境殷实，但是膝下无子，在中间人的引荐下，将黑狗的大哥过继给了他。罗家的前提是要改姓，同时，以后要将他们养老送终。如果违约，对方的房产等是无权继承的。

黑狗的父母将他送出来，应该也是经过深思熟虑的。既然知道不能养活，为啥还要生呢？其实，黑狗是计划外生的。她的母亲是闭经后怀上的，怀上黑狗的时候都四十五六岁了。

起初，黑狗的母亲也不知道自己怀孕了，只知道肚子越来越大，还以为是自己长胖了。因为闭经也两三年了，要是怀孕了，简直是天方夜谭。

黑狗的母亲也没在意，照样该干啥干啥，直到快七个月时，一个邻居说她不对劲，应该上医院检查，是不是肚子里长了啥东西，不然不会这样疯长的，一定是身体出了啥问题。

当时，谁也没想到怀孕这事上。结果黑狗的母亲去乡镇的医院检查，确诊是怀上了孩子。因为已经快临产了，加上身体原因，不能做引产手术，就把黑狗生了下来。

生下黑狗后，原本拮据的生活更加拮据了。为了给孩子找户好点的人家，黑狗的母亲就委托同村在计划生育办公室工作的文前进。因为文前进到处跑，知道哪家没男孩。所以，基于这种情况，黑狗才顺利地来到了陈建川家。

黑狗到了陈建川家，还真是个宝。奶粉、鸡蛋每天都有。为了让黑狗不缺营养，冲奶粉的水都是用各种蔬菜煮了，拿那水来冲。

黑狗到陈建川家第二天就有陈旭这个名字。黑狗有了大名后，杨召珍说："以后不准叫黑狗了，要叫陈旭。"

多多对陈旭没有好感，甚至有些讨厌他，但她不会打他，也不会抱他。白天陈建川夫妇去地里干活，带陈旭的事就由红琼接管。红琼喜欢他，也乐意带他。这样一来，她就不用上坡割草了。

陈旭不会自己切饭，红琼俨然像个小大人一样给他喂饭。每天带陈旭是红琼的主要任务。除了陈旭睡觉的时候，醒来时，不是背在背上，就是抱在身上。只有晚上父母收工回来，红琼带陈旭的任务才算结束。

第二十章　流言蜚语撞上“不值钱”的命

旧年落到新年前，仿佛弹指一挥间。又是一年新年到，岁岁年年年复年。春节到来，外出务工的村民陆续返回家中过年，在把城市的气息带了一些回来的同时，也把流入城市的悲伤带了回来。

陈建忠左盼右盼陈硕回家过年，最终盼回来了一个噩梦。据说，陈硕在打鱼的过程中不慎掉下了水里，尸体也没有捞回来。这是陈硕的舅舅春节回家时告诉他的。具体事情的真相究竟是不是这么回事，没有人知晓。

陈建忠听到这个消息后，无疑是悲伤的。他很想去追查个究竟，追查儿子的死因，然而，举目无亲的他怎么能去千里之外的西藏找寻？西藏那片土地对他也是陌生的，他又能去哪里找呢？

想到儿子客死他乡，尸体都没有捞起来，一定也是死得凄凄惨惨戚戚，这是多么的不幸！

儿子的死因疑问重重，但是，对于陈建忠来讲，要面对这样的事情是无奈的，更是无能的。他选择了默默承受，选择了接受事实。一夜之间，陈建忠的头发全白了。

最初，村民不知道是怎么回事，慢慢地大家才知道了这不幸之事。从此，没有人在他面前提起陈硕，知道他会悲伤；从此，陈建忠沉默寡言了，笑容在他脸上减弱了；从此，陈建忠开始了与女儿相依为命的生活。

走时还是鲜活的生命，转眼间就不知道去向，难道这也是人生的告别吗？如果以这样的告别方式，是非常残酷的。陈建忠面临的是白发人送黑发人。人生最大的悲剧是中年丧妻、老年丧子，而这两样都被陈建忠遇上了。

在村民的眼中，或许会有同情、怜悯，然而没人会真正在意你的存在与否，每个人更关心自己的生活。你的悲伤、难过、不存在，甚至比不上一首歌曲使人记起。这不，陈菊花的录音机里正在放着费翔的《冬天里的一把火》，不少大人孩子跟着录音机唱了起来。虽然不着调的唱着，但非常投入。

这台录音机是陈菊花这个春节回家带回来的。她的回乡震惊了整个村。浓妆艳抹的打扮，配上一身时尚的衣服，俨然不是从前的村姑形象了，而是一个都市丽人。

杨召珍看着陈菊花的打扮，回家告诉红琼和多多，你们以后可不允许像陈菊花那样，每天把自己画得像个演员一样，村里面的人背着都在骂。

陈建川毕竟见过点世面，杨召珍这样说话时，他说，你去城里看看，化妆的多了。人家爱化妆，不要在背后说闲话。

杨召珍说，城里是城里，农村是农村，化的再好看，还得下地干活，我看，以后在农村结婚生子，能化多久。

与杨召珍一样思想观点的人不少。一时间，村民在陈菊花背后议论纷纷，猜测她在外面究竟是干啥工作的，觉得她的打扮不像干活的，一定是干了啥见不得人的事。尽管村民在背后议论着，但当着她的面，也违心地说着恭维的话，说，陈菊花外出打工变得洋气了，肯定挣大钱了。

陈菊花是挣钱了，她干的工作也不是见不得人的事，而是在一家制衣厂当了工人。为了使自己融入城市，她学着城里人的样子，开始描唇画眉，然后又学着城里人的样子穿衣打扮。

她回来时，买回的录音机像给这个村里注入了一针兴奋剂，每天从她家里都能传来流行的歌曲：《冬天里的一把火》《妈妈的吻》《粉红色的记忆》……每当放歌曲的时候，他们家把录音机声音拧到最大，这样路过的行人就都知道她家买了录音机。

陈菊花家成了大大小小孩子没事就聚集的地方。陈菊花在外面学了一种三十二步自由舞，于是又带着大家跳这个。一时间，她家的地坝里出现了非常壮观的一幕，一群群孩子跟着她，随着音乐的节拍，不管踩没踩到点上，都在满怀欢快地跳着舞。

只是这样的时间太短暂了，正月十五大年一过，随着其他村民的外出打工，陈菊花又外出打工走了，走时，是带着小学毕业就学裁缝的陈菊松走的。

只是她走时，父母有些放心不下，毕竟她快二十岁了，已经是谈婚论嫁的年龄，还没有一个合适的对象，担心再这样下去把年龄混大了，更不好找对象。在她回来过年的这段时间，父母托人说媒，前来说亲的人不少，都被陈菊花拒绝了。陈菊花说，她不想为了结婚而结婚，而是希望找一个情投意合的人幸福生活，并且表示，不愿意就这样待在农村一辈子，自己努力要嫁到城市里。

第二十一章　遭遇教育分级

春节一过，村里外出打工的人走了，原本带回的那点城市味道也连根带走了，村里又恢复了它本来的面目：留在家里的村民每天下地种田与泥土打着交道，然后养畜生为伍。

在农村生活的人们每天的生活与劳作是基本没有变化的，即便有点变化也是微妙的。

二月初，同为农民的贾柏燕因为陈建江从部队转业回到了地方乡镇上工作，她就随着他，一家人搬离了老宅，到乡镇上生活。老宅的几间木排扇房屋卖给了陈闵民。由于农村的土地不能买卖，陈建江家的田地无偿给了陈闵民耕种。

贾柏燕没有工作，又不愿意一家人指望陈建江的工资生活，毕竟搬到镇上，所有的东西都需要钱购买了，还得抚养三个孩子上学，她最初在镇上做油炸糕的买卖，后来又兼做水果买卖。

生活就这样一天天地重复着。每个人都有自己的生活方式，都在为活着而活着。活着是什么？在村民的心里，相信也有不同的答案。但在多多的心里，活着是为了长大，是为了能够逃离这个地方。活着还意味着一种证明，证明生命的一种价值！

多多盼望着时间过得快一些。她日盼夜盼，终于盼来了小升初。这一年是 1990 年。

多多凭着自己的能力考上了初中。学校张榜的那天，看着自己的名字出现在红榜上，她高兴地跑回家去报喜。

“考上了就好好念书，学费是多少？”杨召珍在地坝里逗着已会蹒跚走路的陈旭，一边问多多。

“十二块钱。”

“啥时候交学费？”

“开学的时候。”

“晓得了，要好好读书，有文化比啥都强，我听你爸爸说，在外头打工，有文化就不用干苦力，还挣钱多。”

陈建川坐在门槛上，拿着火柴棍掏耳朵。掏完耳朵后，他对多多说：“多多，上了初中更要努力哟。一定要多读点书，你不晓得，没有文化，在外面打工都是干体力活，有文化的，人家坐在办公室里就能轻松拿到钱，还不被太阳晒。”

“我晓得。爸爸，你答应我，考上初中就给我买个书包的哟，没忘记吧？”

“没有，等开学时，我们给你买。”

这个假期对多多而言，除了玩耍还是玩耍，父母交代她干活的事情，她是癞蛤蟆躲端午，躲一天是一年。常常吃饭时有人，碗筷一放就无人。有时也会跟父母耍嘴皮子，说自己是未成年人，不该干活之类的话。

说多了，陈建川夫妇也就懒得说她了，只要她不惹是生非就是万幸，所以很多时候就由着她去。这样一来，多多就玩得更欢了，田地里、山坡上、小河边、坟林中，到处都留下了她的笑声、闹声和不安分的足迹。

玩累了，她就坐在一片草地上，看蝴蝶在野花丛中飞舞。她看到有一种蝴蝶翅膀是枯黄色的，像是古旧的书页，当它一张一合时，很像有人用手翻动着一本旧书。她不知道这种蝴蝶的名字，但觉得很有意思，就蹑手蹑脚地走过去，想捉一只来玩，不料，当她屏气凝神正要下手去捉时，蝴蝶却机敏地飞走了。她望着蝴蝶远去的身影，内心不知为什么有些惆怅。

这样的疯玩也让多多付出了一点代价。可能因为觉得自己考上了初中，多多没再把学习放在心上。但她没想到开学来了个入学测试，考得好的分尖子班，考得不好的在普通班。她狂耍了整个暑期，开学测试自然不好，最后进了普通班。

进入初中后，多多渐渐发现了普通班与尖子班的差异。尖子班的教学资源比普通班的好，教尖子班的老师都是优秀教师，或者特级教师，尖子班对待学生的要求也比普通班严格。当然，尖子班的优势也比普通班多。

多多身在普通班，自尊心再次受到伤害，为何从教学上分等级差异？也许是在普通班，很多学生便不把学习当回事，打牌的打牌，说话的说话，打架的打架，逃课的逃课，反正，没几个真心学习的。

起初，多多问身边的同学，为何不好好上学，他们说：“学校都对我们另眼相看，我们再怎么学也超不过尖子班的，你看，尖子班的老师都是些好老师，有教学经验的。”

同在一个染缸里，不受影响也难。多多也随着潮流跟着同学在教室里玩起了扑克，偶尔也逃逃课。

学校对多多而言，没有了吸引力，在学校里，她感觉人是有等级之分的。没考上初中之前，她的梦想是能考上初中，但进初中后，梦好像醒了。有个意识再度告诉她，出身决定等级！

在进初中前，多多还想着，考上初中了，趁这个难得的暑假好好疯狂地玩耍，等上初中了就好好念书，争取以后能考上高中，然后念个大学，出人头地。

但到初中了，她才真切地体会到了自尊心的严重受损。普通班的教学不被重视，教英语的老师不是专业的英语老师，很多科目都是瞎糊弄的感觉。在这样的环境下，多多对读书的热情减少了。唯一让她感觉舒服的事，就是每天在学校打乒乓球以及放学后看看闲书。

多多打乒乓球在有段时间里是如痴如醉的。为了能打上乒乓球，她下课时第一个窜出教室，直奔操场的乒乓球台占位置，碰上其他班的不让她打，她就盘腿坐在乒乓球台中央。因此，同学们就不敢不让她打了，导致后来，只要她一去，别人就主动让她加入。

再喜欢玩的东西也有厌烦的时候，多多也不例外。打过一段时间的乒乓球后，多多就不喜欢了。她甚至感到了前所未有的无聊。班上的学习氛围实在太差，做的作业老师基本不批改，是对是错自己也不清楚。整天到校就是晃晃悠悠混日子。

特别是多多在李瑶家，有的人会问李瑶的妈妈，说：“你啥时候多出个娃儿?”

李瑶妈妈说，“她是李瑶的同学。”

“哦，成绩都好吧?”

“李瑶在尖子班，她们不在一个班。”

“尖子班”这几个字，像把尖刀一样，刺疼着多多，仿佛那是在告诉对方，多多是在普通班。也许对方压根就没这样想，只是多多多疑了，心思重了而已。但多多还是会想的。她觉得自己的自尊总是在受到伤害，于是，写日记成了她的一种习惯。她把自己的那份埋在内心的自卑和孤独藏在了日记中，也把不快乐的事情写进了日记里。

学校的事情，多多是不愿意回家跟父母说的。再说，说了，父母也是爱莫能助。

自从多多上初中后，十六岁的红琼拿到了身份证，跟着父亲一道去了广州打工。多多早晚在李瑶家切饭，也就中午回趟自己家。

所以，多多能给谁说呢？为了打发时间，多多常常放学后，跑到卖旧书的地方，去看免费书，但也遭到了多次呵斥。后来渐渐跟卖旧书的熟悉起来，她也看了些免费的书。最吸引多多的应该是第一次看到已经在全国闻名的诗人杨牧的诗《我是青年》。杨牧诗中有几句使多多印象很深，那就是“我爱，我想，但不嫉妒。我哭，我笑，但不抱怨。我羞，我愧，但不悲叹。我怒，我恨，但不自弃。”

此外，就是浩然的《艳阳天》，因为那里面写的是多多熟悉的农村生活。

课外书的吸引力超越了课本，多多对课外书的痴迷到了不可收拾的地步，她甚至走路都在看书，睡觉时就躲在被窝里看书，也因为看课外书，被老师没收过几次。

多多觉得课外书不但可以丰富自己的生活，还可以从中找到一种快乐，找到倾吐内心声音的地方。

看着那些书，多多希望有天自己也能写出文章，然后也署上自己的名字，她觉得只有那样，才是世界上最幸福的人，也才是活得最有价值。

多多到学校读书，已没有什么热情了，到学校去的好处是可以自由地读书。在普通班里，不知道是老师的水平有限还是老师不太愿意教，反正，多多班里的成绩都不好。

尽管这样，多多在班上的成绩还是可以的，但在全年级来说就不太好了。多多也有一次超常发挥，居然考了全年级第十五名。但是，当她看到上一年级的中考升学率时，就心灰意冷了，因为没有几个能考上高中或者中专中师的。

善于思考的多多有些不知所措。她开始怀疑靠读书出人头地是否能够走得通，她也怀疑读书这条道路了。

学校里，除了尖子班的学生比较认真学习，其他班上的同学基本上都是混。多多也混进了这个行列中，不同的是，多多喜欢拿着闲书看。

英语课的时候，多多悄悄地翻看着从李瑶家拿来的一本杂志。她将英语书立起来，然后埋着脑袋在课桌下看书。突然，英语老师方天明让她起来回答问题。

她惊慌失措地站了起来，但不知道怎么回答问题。老师看了看她说："看闲书能回答吗？"接着走近了她，并在她课桌下搜出了那本书，没收了。

多多满脸通红，老师又说："从今天起，每次的英语课文必须给我背下来，背不来不许回家，放学以后我来找你背诵。"

多多无言反驳，也不敢反驳。她呆呆地站在位子上，老师说："坐下吧。"

方天明没有食言，第二天果然来到教室要抽查多多的英语背诵情况，因为多多没当回事，结果根本无法将课文背诵下来，最后的结果是罚站一小时。

方天明让多多靠着墙壁罚站，脚跟抵拢墙壁，但臀部不能靠着墙壁，这样的罚站确实不舒服。一旦屁股靠着墙壁，还得延长时间。多多害怕方天明，因为他曾经打过学生，在他手下读书，就得认真，不然就得挨打。所以多多无可奈何，只能坚持、坚持、再坚持。打那以后，多多每篇课文都要去背诵了，也不敢混了。

为了发泄自己的愤怒，报复方天明，多多就在他每个周末回家的必经之路，垒上三堆坟，并在上面写着"方天明爸爸"，"方天明妈妈"，"方天明"。

在所有学科中，多多的语文、数学和英语三科成绩是比较好的。因为数学老师是班主任，所以对学生们要求相对严格，学习成绩就不会太差。而英语老师对英语基础相对好的同学也比较重视，所以多多的英语成绩也是不错的。特别是在语文方面，多多的作文一直是作为班上的范文。每次，语文老师都将多多的作文读给大家听。多多喜欢写作文，与语文老师何六的精心指教是分不开的。那时，语文老师每次都是分批改作文，也就是说，每次只改部分学生的作文，而多多的作文何老师是篇篇批改，而且加了批注语，这极大地激发了多多写作文的动力。

其实，多多努力学习还有个原因，那就是暗地里她在和好友李瑶较劲，她想知道，自己是不是能够超越她。

如果说学习环境有所区别，通过努力是否就可以改变？有些改变有时会显得异常艰辛，但多多希望不停地尝试。

多多把李瑶当成自己的对手，有了对手就有了战胜的欲望。多多的成绩慢慢靠前了。

成绩的提高，使多多更加自信。她认为，自己一定要努力，一定要给普通班的老师争光，将来自己有出息了，也是在为普通班争光。同时，她也讨厌学校人为地将班级分了等级，她想，总有一天自己要用能力告诉大家，普通班一样能出人才。

有了目标，就有了奋斗方向。多多不再受到班级的环境影响，她开始专心致志地学习了。

一天上午，有节自习课。教室里有人在斗地主，有人在窃窃私语地聊天，有人拿着钩针在钩围巾，有人在教室的讲台上打闹。这一切多多看在眼里，但没放在心上，她在认真地做着数学题。

突然，一个竹片飞了过来，打在了多多拿笔写字的右手上。多多的笔掉了下来。她有些生气，然后将那个竹片狠狠地扔在了地上。

“给我捡起来，快给我捡起来。”王小国从讲台上快步地走到了多多跟前，他说话的声音非常生硬，像是在命令。

多多坐在位子上，看了看他，狠狠地瞥了他一眼，又继续做作业。

“你耳朵聋了嗦，捡不捡？快捡起来还给我！”

教室里所有的目光都聚集到了多多和王小国身上。王小国又重复着说：“我数到三。”

“数到四又怎样？”多多坐在位子上说。

“你别惹老子！”

多多俯下身去，捡起那个竹片，然后将它掰成两半，接着朝窗户外扔去。

教室里有些人开始起哄，喊着：“王小国，王小国，没脾气，没脾气，连个女生都镇不了。”

王小国被激怒了，他指着多多大骂着：“你个瓜瓜，老子要让你好看，你给老子等着瞧。”

多多见不得别人指着她的脸，她迅速地站了起来，狠狠地接连给了王小国两个响亮的耳光。多多的出手，把大家都惊呆了。

王小国被打了，他是不会善罢甘休的。他也伸出手来和多多对打。两个人扭成了一团。

多多和王小国打架惊动了隔壁的班。隔壁的王老师在上历史课，听见他们的打闹声，走了过来。但隔壁班的同学比老师速度还快，一下站到了教室门口以及窗口。

这下就更加热闹了。站在教室外面的学生起着哄，“快看哟，快看哟，婆娘打男人哟。”“打啊，继续打！”接着又是一串口哨声。

王老师厉声呵斥着教室外的学生，让他们赶紧回教室，然后他走进了多多的教室，分开了他们的抓扯。

王老师说：“班上谁是班长？”

大家看了看肖建坤，肖建坤小声回答：“我是。”

“同学在教室里打架，你怎么不制止？”

肖建坤低着头，一言不发。

“赶紧去喊你们班主任，把这里的事情反映给老师。”王老师说完，看了看多多，又看了看王小国，就转身走了。

接着，肖建坤去喊班主任贾其佐。

贾老师走进教室，站在讲台上说：“多多、王小国，你们自己说说，今天究竟为啥事打架。”

多多和王小国分别从自己的位子上站了起来。多多如实地说了发生的事情，王小国自知理亏，始终没有说话。

贾老师对王小国说：“你咋就喜欢惹是生非，赶紧给多多道歉！”

“她把我东西都掰坏了，还打了我两个耳光。”

“你是自找的，不好好上自习课做作业，还惹事，赶紧去道歉。”

王小国心不甘情不愿地走到多多面前，说：“对不起！”

多多白了他一眼。

贾老师又对多多说，“多多，你也得有礼貌，同学给你道歉了，要说啥子。”

“没关系。”多多说话的声音很小，估计就她自己能听见。

贾老师又说：“你们握手言和。都一个班的，要彼此尊重、包容。”

多多大方地伸出了右手，与王小国握了握手。

这场架打下来，多多占了上风，因为多多对打架是有研究的。她常常打架，打架次数多了，也练就了打架的技巧。但最实用的技巧就是打气势，打胆量。别看多多个头不高，但打起架来可威猛了。多多打架有个原则，人不犯我，我不犯人，人若犯我，我必犯人。在多多成长的过程中，她也悟出了一个道理，拳头有时比讲道理更管用。

但多多与王小国之间的矛盾并没有因为握手就言和了。放学的时候，王小国堵着多多的路，警告她说："这个周六下午放学，有你好看的。"

周六下午放学后，多多本来先放学的，她没有喊上李瑶与她一起回李瑶家。而是等着王小国说的让她好看，她想看看，究竟是什么让她好看的东西。当然，王小国所说的好看不是好事，因为他要报复多多。

李瑶与多多有个约定，谁先放学，谁就等谁。李瑶见多多没等她，估计是多多没有放学，所以放学后就到多多的教室来找她。

李瑶到多多教室来，没见着多多，她想，多多是不是上厕所了，所以又去厕所里看了看，还是没有。

李瑶拿着书，走到操场上，她的目光还在四处张望着，突然她看见了多多，多多正在和其他班上的同学在操场上的乒乓球台前打乒乓球。

"多多，我们回家！"李瑶喊着。

多多见是李瑶在喊她，便放下乒乓球拍，然后说："你们玩，我先走了。"

李瑶说："我刚才去你们教室里，见你不在，又去厕所看你了，怎么搞的？放学也不来等我一起回家。"

多多说："放学后，王小国一直在跟踪我，我想看看他能把我怎么着？"

"别理他，咱们回家。"

王小国不知从哪个角落里出来了，他径直挡在多多的前面，多多本想绕开他，但他又绕了过来，多多骂道："好狗别挡路。"

"你骂哪个？"

"骂你了，怎么着！"

"哼，一会就有你好看的。"

"上周不就说今天有我好看的吗？哦，我看着了，我看到狗挡我路了。"

李瑶拽着多多一直往前走，走到校门口时，校门的大门关上了，只留了一道小门敞开着。门口站着两个人，多多认识其中的一个，他叫肖彬，是学校里出名的混混，爱打架，常常向同学们要钱。不过，他从来没有向多多和李瑶要过钱，也从来没有为难过她们。另一人站在一边，嘴里衔着烟。

肖彬对多多和李瑶还是不错的，碰上多多和李瑶在学校搞卫生，他也主动帮忙，这源于肖彬的父亲和李瑶的父亲是干亲家关系，彼此间常常走动，因此肖彬和李瑶也算是干兄妹。

王小国快步走到门口，他对肖彬说："就是她打了我！"

王小国说的她指的是多多。他以为找到肖彬就找到了靠山，哪知，肖彬见王小国指的是多多，上前就狠狠地给了王小国两个耳光，恶狠狠地说："你给老子听明白，以后离她们远点，你要惹她们，老子才让你好看！"

王小国丈二和尚摸不着头脑，他瞥了多多一眼，又看了看肖彬说道："肖哥，你不是答应帮我吗？"

"滚开！"肖彬将王小国掀到一边。

多多看着王小国说："怎么样，这就是你说的让我好看吧！"她说话的语气带着自傲，带着满足，也是对王小国莫大的讽刺。

王小国不敢说话了，他闷声地呆在原地，肖彬看了看他，又说："以后，除了她俩，谁欺负你，我都可以帮忙，听见没有？"

王小国有些不服气，也只能认倒霉了，他点了点头。

自那以后，王小国在班上对多多客气多了，碰上多多值日搞卫生时，也积极地帮忙，遇上班里有跟多多过不去的，也帮着多多骂人。

多多在班上成了没有人敢欺负的红人，因为同学们都知道，她有个混混朋友肖彬。其实大家并不知道，多多与肖彬是少有往来的，虽然同在一个学校，肖彬高她一个年级，在路上、学校里，他们碰见了也基本不打招呼的。只不过因为肖彬与李瑶他们两家的关系，所以多多也就或多或少得到了某些关照。

第二十二章　上演恶作剧

冬天的雨下得不大，却很绵长，接连下了好几天的雨，还不放晴。下课铃响了，同学们兴致勃勃地收拾好了书本，只等老师开口说下课。

老师见同学们上课不专心听讲，下课却积极，有些生气，说："你们要是上课像下课那样积极就好了。老师不过是船老板，把你们送上岸后，以后还得靠你们自己。"

有同学吹起了口哨，老师接着又说："看你们一个二个像啥样子，都十来岁的人了，初中好混，混完了，不能升高中就知道了，后悔的是你们自己。"

很多同学不以为然，根本不把老师的话放在心里，左耳进，右耳出。也可能是看着这些同学简直是病入膏肓了，老师叹了口气说："下课吧！"

老师刚一发话，喊起立的同学站了起来，喊道："起立，老师好！"

同学们喊老师好的声音十分怪异，一些人将嗓门拉得很高，生怕老师听不见，一些人又将嗓门压得很低，感觉很不情愿，还有的人保持着正常状态。

老师回应了声，说："同学们好！"说完后，就迈开步伐走了。但老师的脚步还没有学生快，老师还没走到门口，就有同学冲了出去，转眼间，门口挤成了一团。老师又退了一步，让这些学生先出去。

多多是最后离开教室的。她走到操场时，碰上了邻村的国军。国军比多多高一个年级，他招呼着："多多，没带雨伞啊。"

"没带，这雨又不大，毛毛细雨的，淋湿不了衣服的。"

"来，跟我一起走，我帮你一起遮着，被雨淋湿头发了，头上要长虱子的。"国军说着就把伞朝多多的脑袋上遮。

多多头一偏，说："我不怕，我不喜欢打雨伞。"

国军以为是多多不愿意跟他一起打伞，便把伞递给多多："你自己一个人打，我不用伞。”

多多看着国军，国军有些不好意思，脸刷地红了起来。多多扑哧地笑了笑说：“你还真喜欢当英雄啊，舍己为人？”

“我是男人，不怕雨淋，所以你拿去遮雨。”

“哈哈，你还男人呢，你满十八岁没有嘛？顶多就是男孩。”

“贫嘴不过你，走吧。”

多多接过雨伞，和国军走在雨地里。被雨滋润过的路有些湿滑，一不小心就可能栽倒。他们每走一步都十分小心谨慎，特别是路过一条河时，更怕掉进河里。

河里的水虽说不深，但在冬天，如果掉进去了，也冷得够呛的。

多多和国军顺利地过了河，他们见路上没有其他同学，多多说：“今天咋这么奇怪，还有的同学怎么没见着？”

“可能他们在学校切饭，不回家了。”

“那你为啥不在学校切饭，免得下雨天回家，再说你家很有钱呢。”

说到国军家，在乡里是挂得上号的。他家是最早建有三层楼房的，也是最早脱离烧柴煮饭的。他家的发家史是搞母猪配种，十里八村的村民都会将自己家的母猪牵到他家来配种，配种一次就得收不少钱。

多多第一次见母猪和公猪配种还是在上小学五年级时。那是一个周末，多多的妈妈让她上街去买盐，路过国军家的地坝边，见一头猪骑在另一头猪身上，她觉得奇怪，准备去看看，结果被国军的爸爸给撵走了。多多见两个猪如此亲密，觉得不可思议，而国军的爸爸和另外一个人在猪的身边正忙活着。

“我爸爸妈妈才不给我钱在学校切饭，说家里离学校比较近。”

两个人就这样你一句我一句地说着闲话，不知不觉国军就快到家了。国军说：“等会上学一起走吗？到时，我吃过饭后来你家等你。”

“要得。”多多回答着。

在他们分路走的时候，多多发现了一个秘密，脚下的土非常柔软，一滑一滑的，她决定要做点事情，给过路的行人设置个陷阱，那应该是非常高兴的事情。多多是想到啥就干啥的人。她喊着：“国军，国军，快过来，告诉你一个秘密。”

国军跑了几步，就栽了个脚朝天。多多哈哈大笑起来，接着去扶他，还说："你怎么也不会走路啊！"

"告诉我，是个啥秘密！"

"我们把这里挖个大洞，然后在上面铺些草，有人不是喜欢走干的地方吗，只要一踩在上面，他就会掉下去了，多好玩啊！"

"你这是在损人，干坏事！"

"干还是不干，我先干了。"多多说着就动起手来。这下，她也不怕冷了，两只手在地下刨土，一会儿就刨出了一个洞。

国军站在一边，看着多多认真而卖力地刨着土，他说，"你等着，我悄悄回家拿个铁锹来刨。"

"还是别回去，回去拿也拿不出来，别让你爸妈逮着了，我也会受到牵连的。"

"这样太慢了。"

"赶紧动手啊，咱们一起弄不就快了。"

国军卷起衣袖，就和多多一起刨土，遇上行人路过时，看着他们在地下挖洞，忍不住说道："这娃儿，放学不回家，在这地下耍泥巴。也有的说，赶紧回家，看你们这一套火，看挨打。"

多多他们都置之不理，继续挖着。在他俩的合作下，一个大坑很快挖出来了，深度足足有一米多，宽度也有半米左右。多多看着他们的杰作，尝试着跳了下去。但下去容易，上来难，要不是在国军的帮助下，她就费劲多了。

洞挖好了，多多捡来几根树丫或者竹棍，架在洞沿上，然后又在田边用手扯了些草铺在上面，一会工夫就弄好了，多多看着洞沿上的草说："你信不信，一会就有人掉进这个陷阱了。"

"我有点不信。"

"我问你，如果你走在路上，见地下都是稀泥，突然看见一块草地，你会从草上走过去吗？"

"不会！"

"哼，你就吹牛吧。反正我会，不信，咱们找个地方躲起来，看看，有没有人掉进去？"

多多和国军一起跑到了不远处的一个拐角路边，他们静静地待着，谁也没有说话，眼睛死死地盯着他们挖洞的那个地方。

突然，多多见远处有个人背着一个背篼走了过来，多多说："你看，那个人准能掉下去。"

"掉下去才知道是不是真的?"

"你怎么不相信人啊，走着瞧!"

"你怎么那么喜欢捉弄人?"

"什么叫喜欢，这叫好玩，懂不?"

那个人被多多言中了，果然掉了下去。当多多听见他"啊"的叫那一声时，忍不住开怀大笑起来。她美美地说："怎么样?"

"我们赶紧走，看等会找我们负责的。"

多多一听负责，说："咱们赶紧跑。"

多多是一口气跑回家的。当她到家时，杨召珍牵着陈旭正站在地坝边上等她。

"多多，今天咋这么晚回来，赶紧切饭，要不上学就晚了。"杨召珍喊着多多。

"放学后，我做了会作业才走的，所以才回来得比较晚。"

"哦，多多，你看你，满身都是稀泥巴，穿衣服要爱干净，我难得洗。"

"晓得了。"多多说着就准备进屋。

杨召珍又说："陈旭，去喊姐姐!"

"我才不当他姐姐呢，到一边去。"多多说。

陈旭跟在多多后面，姐姐、姐姐地喊着。

突然，多多听到妈妈在说："陈坤龙，你走路咋一拐一拐的哟?"

"不晓得是哪家的娃儿那么欠烦哟，在路上挖个大洞，我就掉下去了，你看嘛，腰都闪了。"

"你一个大人，走路要看路，这一路的细娃儿一个比一个调皮。"

"都怪今天早上起来早了。"

多多知道是本村的人受伤了，但她并没有为此感到难过，相反，更加开心，然后哼着歌儿进屋去拿勺子盛饭了，而跟在她身后的陈旭，她俨然当作不存在。

知子莫如母。杨召珍从多多的表情中就多少知道陈坤龙的受伤跟多多是有关的。她走进屋对多多说："今天回来得晚肯定不是做作业吧，是不是又去调皮了?"

“没有，你问我们老师去。”

“你们老师我都没见过，怎么问？”

“诶，这就不是我的问题了，谁让你不去见我们老师？”

“我又没有啥事，见你老师干啥？”

“不是要问我是做作业，还是干坏事吗？”

杨召珍知道自己说不过多多，所以也只能就此打住。即便她知道是多多调皮干的，也顶多是嘴上说说，罚下跪。因为她也不敢打多多了，因为一打，多多就跑，她跑也跑不过多多。多多是孩子，爱调皮捣蛋，但也天不怕地不怕，真打出问题了，自己还得养一辈子，所以只能将就她，忍受她，才是上策。最后杨召珍说：“一个女娃子家的，不要老像个儿娃子，调皮，遭人家笑的。”

“放心吧，谁也笑不了我，等有天，他们只会羡慕我呢！”

“赶紧切饭！”

“知道！”

杨召珍无奈地叹口气，她更多的是祈祷，希望能顺顺利利将多多带大，也希望多多不要惹是生非。只要将多多带大了，嫁人了，她对多多的责任也就完成了。

第二十三章　青春的骚动

一天的时间总是过得太快。睁开眼睛新的一天就开始了。过了上午就是下午，下午过了接着就迎来晚上。下午放学后，多多和李瑶一起，晚饭后，她们像往常一样去学校上晚自习。

“李瑶，你们把手电筒拿着，别忘了！”龙姨叮嘱着。

李瑶从衣服口袋里拿出那把小手电筒，说：“在这里。”

“放学后，路上小心点，不要在路上逗留，赶紧回家。”龙姨不放心地再次叮嘱着她们。

“知道啦，每天就这几句话。”李瑶和多多肩并肩地走着，她一边嘟囔着嘴，说道。她说话的声音不大，可能她的母亲并没有听见，但她母亲依然站在门口，目光一直盯在她们身后，看着她们渐渐走远。

躲开了母亲的唠叨，李瑶觉得轻松了很多。她喜欢和多多待在一起，她们是无话不谈的朋友。当然，多多也喜欢与李瑶待在一起，她把她当成最好的朋友。虽然上初中后，她们被迫分开不在一个班了，但她们依然每天形影不离。

多多和李瑶是两个性格迥异的人。多多率真、直接、简单、活泼，性格外向，想到什么说什么。李瑶性格柔弱、内向，许多事情宁可闷在心底也不愿说出来，除非与她交往比较深的人才会告诉的。如果说多多是面镜子，她能够将李瑶照得清清楚楚。

李瑶非常羡慕多多，因为多多的性格是那么阳光，能使身边的人感受她的快乐。她把一切都往积极的方面去想，多多让李瑶记忆最深的一句话是：人的终点都是死亡，为什么不让自己快乐地活好每一天？我宁可撑死也不愿意饿死！多多每每说这话时，脸上总是洋溢着笑容。

李瑶不知道在多多嘴里会这么早地谈到死亡，她也不知道多多为什么会想到死，但她可以肯定，多多的心里也装着一些东西，只是她不愿意让别人知道罢了。也许，每个人的内心都装有一个秘密吧。

李瑶对多多是信任的。她甚至将同学递给她的纸条告诉多多。那纸条上，是一个男孩对她的表白。但面对这样的情感问题，多多也束手无策，她也只能说，如果你喜欢他，不讨厌他，就给他回复吧。如果讨厌他，就当作什么也没发生一样。因为多多也不会处理感情的事情，有同学给她的书里夹纸条，说“我喜欢你”，但多多的处理方式是看完后，呵呵一笑，撕毁了，就当什么也没发生过。

多多觉得，初中生谈恋爱有点好笑，自己都不懂什么是情感，居然有人说爱自己，喜欢自己。虽然在学校里，大家私底下偷偷地看着言情小说，里面有很多爱情的故事，甚至看得让自己掉下眼泪，但看完后，依然是头脑空白，因为那里面的故事与自己无关。

一路上，多多连蹦带跳地走着。看着多多猴跳猴跳地，李瑶说：“多多，啥时候你走路才像个女孩子啊？俨然像个假小子！”

“哎哟，我背好痒哟！”多多叫了起来。接着就将手伸向后背去挠痒痒，可能是穿得比较多的原因，有些地方她都挠不着。

“过来，还是我帮你挠痒痒吧。”

“嘿嘿，你是我最好的朋友！”

“你背上究竟长的啥东西，挠出血了你也不感觉疼？怎么长这么多的红颗粒？”

“我也不知道，反正就是痒，你帮我挠了，感觉好多了。”

“你看，我指甲上都有血。”

“没事的，我不会死掉的。”

“你爸妈带你看医生了吗？”

“看了，就是弄不好。”

多多背上长红颗粒的时间有好几年了。最初，她父母也让医生看过，但医生开的药切了就是不好。为了能止痒，每次痒得难受时，还用白酒擦身子。多多为什么背上长那东西，这源于一次生病。

多多小时候，出了水痘，水痘刚过，又出了麻疹。在出麻疹时，有忌讳，不能切盐，也不能去麻地里，但多多都没记住。也可能因为这些原因，多多犯忌切了盐，是红琼在给多多做面条时，在碗里放了盐。结果多多切完后，等红琼出门后，就悄悄地从门槛的缝隙里钻了出来。

一个在家关了一个多星期的孩子，是多么想走出家门，呼吸外面的清新空气，享受那久违的阳光啊！每天待在家里，感觉暗无天日，那种感觉，会让人感到窒息的。虽然多多是个孩子，但她不喜欢待在家里。

那个季节，在农村，有桑葚。多多有些嘴馋了，她知道有个地方有，那就是麻地里。也因为去了麻地后，第二天，她整个身上长满了红痘，时而没感觉，时而又痒得难受。也用了不少偏方就是不顶用，一个卖草药的先生说，多多这情况是用药治不好的，等她长到十四五岁了，就自然消失了。

“多多，往这边走？”李瑶站在后面喊她。

“我们不上自习吗？”多多有些疑惑。

“不上，咱们去个地方。”

“哪里啊？”

“八台山。”

“我不去那里！”多多反对着。

八台山在学校的后面，因地貌成梯状，有八层之多，故名八台山。但这里是镇上唯一一个自然景点，谈恋爱的人喜欢成双成对地到这里来约会，后又被同学们称为恋爱山。

多多还没有恋爱，她不想因此被别人误解自己是到八台山谈恋爱，那样的话，传到家里，被父母知道了，或者被邻居知道了，名声不好。

“咱们还是去吧，你不去，我一个人怎么去呀？”李瑶拉着多多说。

“你是不是约好了人？你去吧。”

“不行，你也得一起去，我都跟人家说好了。”

“你说啥子哟，你给哪个说好了哟？快告诉我。”

李瑶知道说漏嘴了，赶紧说：“逗你的，咱们去吧，天天上晚自习，多无聊！我们也需要适当放松的。咱们爬上八台山，可以在上面跑步的。”

多多心想，这也不错，与其待在教室里，要是停电了，还得点着蜡烛上晚自习，还不如和李瑶在山上逛呢。再说，晚自习也没有老师讲题，就是学生傻呆呆地坐在教室里自己做作业，究竟有几个人在做作业呢？只有天知道！

心动不如行动，多多听从了李瑶的建议。她们沿着学校旁边的一条羊肠小道向八台山走去。一路上，她们走走停停，停停走走，夜色也愈加浓烈，转眼间就为大地笼罩了一层层深灰色。

快到八台山时，李瑶说：“多多，今晚没上自习的事情不能回家说。”

“晓得了，我才不傻呢！”

“那儿，你看，李瑶她们来了。”多多听见上面有人说话，那声音非常熟悉，像是自己小学的同班同学贾春明。

多多看见了，不光有贾春明，还有小学同班同学佳明。佳明在小升初后，也是因为入学成绩不太好，分到了三班。

贾春明和佳明一左一右地站在台阶最上面。李瑶看了看贾春明，说：“别理他们两个。”

“他们怎么知道我们要来，是不是你跟他们约好的哟？”

“我还以为你们不来了呢。”贾春明说。

“现在也不晚，我们回家切完饭就出门的。”

多多这才知道，原来是李瑶和贾春明约好的，只是把她拿来做挡箭牌而已。但她又感到奇怪，贾春明怎么又带佳明呢？

“佳明，我帮你给多多带来了，你有啥话对她说吧。”

佳明看着多多，有些不好意思，然后说：“不说了，不说了。”

“你个儿了，帮你带来了，又不说，莫出息。”贾春明道。

多多有些愚钝，她不知道他们说的啥意思。她对李瑶说：“原来是你要约会，把我带来干啥嘛？”

“有人想向你表白，不好意思直接找你，让我们当说客。”李瑶道。

“李瑶，我们走，让他们两个聊。”贾春明喊着李瑶。

多多这才明白了啥意思，她说：“真无聊！”说完独自跑开了。

“佳明，你去追啊！”李瑶又喊着。

佳明呆呆地站在原地，傻傻地看着多多跑远。李瑶跑了上去，她想追上多多，但多多跑得实在太快，她只好停了下来。多多一口气跑出了很远的距离，她估计后面追不上了，才停下了脚步。

也许是跑得有些累，多多一屁股坐在了泥地上。她无聊地张望着远处路上来往的行人。乡间的小路上，也是一幅生动的画面。她看见有人牵着牛，牛在路边啃草；有人背着背篼，弯着腰在行走；她还见到有人挑着担子，在快步地行走着；有人空着两只手慢悠悠地在走着。

路上的行人不多，总是零零散散的。看着别人行走在路上，远观也是一种风景。渐渐地，天黑了下来，时间不早了。多多在原地站了起来，她有些犹豫，自己要不要返回八台山去找李瑶呢，或者自己先回家？可是，要是自己先回家，被李瑶的父母问起，又怎样回答呢？要是回家了，李瑶的父母不在家，自己也进不了屋的，是不是还得在街沿边干等着？那与不回家，待在这路上，结果都是一样的。

多多有些矛盾，她不知道该怎么办？

打发一段无聊的时间，有时是特别难熬的。多多经过思想斗争后，决定自己先走。她给自己想出了一个两全其美的办法，那就是在回家的路上等李瑶。最好在回家的路上找个书店，看看书，时间也好过点。

想到这里，多多有些欣慰。她站起来，拍了拍屁股上的泥土，就迈开步子走了。一路上，她还自由自在地哼起了校园里比较流行的歌《十六岁的花季》："吹着自在的口哨，开着自编的玩笑，一千次的嘱咐潇洒，把寂寞当成调料……"唱着唱着，她看见在一个拐角处，一男一女相互拥抱着，她没好意思看，像个干了坏事的人一样，匆匆地从他们身边跑过去了。

多多是沿着原路往回走的。在经过学校的时候，她停下脚步，但也只是短暂的一两分钟的停留，最后还是没进学校去。

走到学校的这条路时，泥土路没有了，是用碎石铺成的马路。马路上，行人稀少，偶尔有一辆货运车飞驰而过。

多多走到派出所那个位置时，见派出所对面那家书店还亮着灯，就走了进去。书店里没有客人，只有店主一个人。店主是个女的，个子不高，但看眼神就知道是那种不好相处的人。她见多多翻翻这书，又看看那书。没好气地问："选好书没有？"

"我再看看。"多多回答着。

"你看你，都翻了好几本了，而且一翻开就看好几页，我这里不能免费看书的，你究竟租不租书，我要关门了？"

多多听出了对方是在下逐客令，便将书放回原地，走出了书店。但她心里还是有些生那个店主的气，她在心里咕噜道："多稀奇的书，等我以后有钱了，我买很多书气死你，我还写书，也气死你，哼！走着瞧！"

多多像是被赶出来了一样，她站在书店的门口。她想，自己又该去哪里呢？突然，一个地方吸引了她的注意。那个地方是父亲带她来过的，那个地方的主人是这里比较有名的人。他的有名是因为他有文化，能写一手很好的毛笔字。他因为写字好，春节写对联，碰上哪家有红白喜事也找他写，他这一生就是靠写字养家糊口。因为写字，他赚了不少钱，还在镇上修了一套三层楼的房子。他就是陈锡明。

陈锡明个子高挑，长得面善，鼻梁上架着一副黑色的宽边眼镜。多多常常看见他坐在一张桌子前，手里握着毛笔在认真写字。

多多走了过去，先是在门口站着，她担心对方会撵她，就礼貌地招呼着："陈叔叔，你还在写字哇？"

陈锡明抬起头来，看着多多，说："是啊，娃儿。"

多多见对方回答了她，而且语气温和，就赶紧走进屋，屋里的墙壁上拉着横幅，满满地挂着对联，还能闻到一股股墨汁味。

"你咋写这么多的对联啊，现在都晚上了，也没人买。"多多说。

"我得多写点，还有一个多月就过年了，等年快到了，我就写不过来了。"

多多心想，写字能赚钱？那我从周末开始练字，争取一个月把字练好，也写对联卖钱。想到这，多多有些高兴，她有赚钱的门道了。

"你写的字真好！"多多又说。

"哈哈哈，哈哈哈，你丫头也晓得好嗦。"

陈锡明指着墙壁上的一副对联，说："你读读看，能不能读通？"

对联上写着：大连山山大小连山山小无论大山小山皆为锦绣河山，南宋朝朝南北宋朝朝北无论朝南朝北悉为封建王朝。

多多读了几遍，陈锡明只管摇头。多多又问："那你读给我听听，好吗？"

"慢慢去悟，我告诉你就没有意思了，学问学问，就是在问题中探索，才能学到知识，那就叫学问。我告诉你了，你就不会去悟了。"

多多似懂非懂地点了点头。

"丫头，这都晚上了，咋还在街上？赶紧回家。"

"我在等我同学，她在学校对面的文具店买东西。"多多撒谎道。

"多多，多多，我还到处找你，你咋跑到这来了？"多多听见有人喊她，是李瑶。

"叔叔，我走了，我同学来了。"多多说着就跑了出来。

陈锡明看着多多往外跑，用手扶了下架在鼻子上的眼镜。

多多来到李瑶跟前，说："我还在这条路上等你呢。"

“我刚才还回家了，以为你先回去了。你个家伙，刚才我们还听见你唱歌了，就顺着歌声找你，就没人影了。”

“谁让你们骗我？”

“嗨呀，真没骗你，佳明不过是喜欢你，让我们帮忙牵线而已。”

多多有些不悦，说：“就此打住吧，我没有交朋友的想法，以后也别这样，不然，我跟你断交！”

“好了，好了，知道！”

“你回家去，你爸妈没在家啊？”

“估计打牌去了，还没回来。”

“哦，你看你的手表，现在几点了，要是下自习的时间到了，咱们就回，没到，就再瞎逛下。”

李瑶抬起手，看了看戴在手腕上的表，说：“时间差不多了，咱们走慢点没问题。”

第二天中午，多多放学后回了自己家。她到家时，家里没有人。她将手伸进窗子里面平时挂钥匙的地方，也没拿到钥匙。

多多一屁股坐在了门槛上，两手托着腮，看着络绎不绝的行人从她家门口经过。毕竟是冬天，坐了一会儿，她感到有些冷，便站了起来，百无聊赖地在院坝里走来走去。碰上熟人，多多也会跟他们打着招呼，对方往往都会说：“丫头，放学了？”

多多知道她妈肯定是赶场去了。乡下人，逢场都喜欢上街凑热闹。

多多见她妈还没有回家，等得有些着急。于是蹲在地下拿着树枝乱写乱画着，慢慢地，她好像找到了感觉。她觉得汉字是非常漂亮的，也是非常神秘的，一笔一画，可以组合成字，而字的意思还不相同，如果字与字组合成词语，意思又有些不同了，她感到中国汉字有着非常强大的魅力。

多多看着自己在地上写下的字，她又感觉字和自己是那么亲密，好像她的朋友。她觉得写字的意义远远大于字的本身。一个人能写一手好字，看着会让自己舒心。她想到陈锡明的字，那字写得真叫一个漂亮，多多还不会用更美的语言形容。她知道，自己一定要写好字，也让自己靠写字能赚钱。

多多想着，自己要练好字，就得买毛笔和墨汁，毛笔至少要两毛钱一支，墨汁也得要两毛钱，这钱从哪里来呢？

她想到了捡废品，这个最直接，也是最能见效的办法。说干就干，多多开始绕着屋檐、路边捡废塑料或废铜烂铁。一圈下来，多多或多或少还是捡了一点，至少可以卖上三五毛钱。

多多拿着那些废品，欢快地往家里跑。当她跑进院子时，才放慢了脚步。

“多多，你手里的东西是哪里拿的?”杨召珍怀里抱着陈旭站在堂屋门口问。

“我捡的。”

“不能撒谎，脸可以不要，手脚要给我洗干净，不能偷人家的东西。”

“我没有!”

“赶紧进屋切饭，不然上学就迟到了。”

“我回来好久了，见门背后的钥匙也不在，你今天赶场怎么这么晚才回来?”

“正要回来的时候，碰上你舅舅了，让他来家里切完饭再回去，他说有事。这是你舅舅给你买的饼干。”杨召珍说着就用一只手从裤子的口袋里摸出了一包饼干。

多多接过饼干，顺手放进了自己的衣服口袋里。杨召珍又说：“你爸爸来信了，说你姐姐跟他现在都进了一个厂子里，这个春节要回来过年。”

多多哦了一声，算是作答。

知道父亲和姐姐这个春节要回家的消息，多多没有产生浓烈兴趣。她觉得他们回来不回来都没有关系。在这点上，多多显得有些冷漠。也许，在她的心底，这个家与她的关系都不大。她一直有个念头，那就是等自己长大了，一定不要待在这个地方，待在这个家里。

第二十四章　怀揣梦想

切完饭后，多多用衣袖擦了下嘴巴，说："我上学走了！"

"去吧！上课要专心听讲哟！"

多多走时，没有忘记将捡的废品拿走。杨召珍说："你拿着那废品干啥？"

"我顺便拿到街上卖了。"

"我给你先称一下，心里有个数，免得人家吃你秤。"

"不用了。"多多说着就走了。

一路上，她都在盘算着，如果能卖个四五角钱就好了，就可以买回毛笔和墨汁了。有了毛笔，放学后，回家就可以练写字了，只要把字写好，就能赚钱，赚了钱就能想买啥买啥。多多的脑瓜子没有停歇，她在不停地想着问题，不知不觉走到了废品收购站。

但让多多感到欣喜的是，手里的废品居然卖了五角五分钱。拿着那钱，多多紧紧地攥在手里。

她想，从今天起，暂时不去李瑶家了，放学后回自己家练字，这样也比较方便。这是个秘密，不能告诉李瑶。要是成功了还好，要是失败了，自己就没面子。

多多走到学校时，学校的上课铃刚好响起。她担心把钱弄丢了，立即跑进校门口的文具店把毛笔和墨汁买了。买好这两件东西后，还剩了一角二分钱。看着手里剩余的钱，多多没忘在文具店隔壁的食品店将它花掉，她在食品店买了十二颗水果糖。

多多是一口气冲进教室的。因为即便打了上课铃，也有十五分钟的时间才正式开课。所以她会抢在老师之前进教室，没想到进教室时，贾其佐已经站在了讲台上。

严格说来，多多是冲进教室的，但她坐的位子在第三排又是在中间，所以她是从别的同学的桌子上踩过去的，所以在同学的桌子上，留下了她的脚印。

贾其佐并没有批评多多，而是装作没看见的样子，就开始上课了。

尽管多多比较调皮，但贾其佐老师还是很喜欢她。他喜欢多多的聪明，喜欢多多那种别具一格的性格，喜欢多多有一说一的率真。在他的眼里，孩子都会犯错误，但他认为，小孩犯错，上帝都会原谅的。

多多心怀梦想，整个下午的情绪都非常高涨。下午的几节课她都认真地听着，她突然觉得知识于她非常重要。她想，自己一定要有很多知识，要像电视上的人一样活出个人样，要像电视中那些主持人一样有学识，能侃侃而谈。

她也想到了老师说过的话，既要读万卷书，也要行万里路。读书习字让多多明白了这样一个道理。

想到写字时，多多幻想着自己写字能挣钱，甚至能挣很多很多的钱，那样也可以买自己喜欢的书了。这个下午，是多多上初中以来，唯一的一次没有下课后直奔操场的乒乓球台。她要把业余的时间用在学习上，她意识到自己已经荒废了一些时间。

放学后，多多站在校门口等着李瑶。等了不到一刻钟，就见李瑶和其他同学并肩地走了出来。

当李瑶走近多多时，多多说："李瑶，我晚上不上自习，也不去你家了哈，你给李叔龙姨说声。"

"怎么不去我家，我妈他们见不到你，要问我的。"

"你就说我家有事，我妈让我今天回家。"

"那明天晚上要回我家吧？"

"也不回了。"

"为啥？你不回的话，我妈他们以为我和你闹矛盾了呢。听话，明天要跟我一起回去。"

多多不方便将自己不去李瑶家的理由说出来，便说："我妈妈一个人在家又要干活，还得带我弟弟，所以让我放学后，回家帮忙。"

"既然这样，那就随你。"

多多飞快地跑了。她要赶紧跑回去，干自己要干的大事。当她一口气跑回家时，正碰上妈妈一手扛着锄头，一手牵着陈旭正往外走。

杨召珍说："多多，你怎么回来了？是不是跟李瑶闹矛盾了？"多多突然晚上回家，杨召珍觉得有些反常。

“没有。”

“那是啥原因?”

“我想回家来练习写字。”

“你在她家不能写吗?”

“我是练习毛笔字，我要在春节前把字练好，写对联卖，我告诉李瑶的话，要是不成功，就没脸面了。”

“哦，那你不上晚自习吗?”

“晚自习就是自愿的，就是做作业，可以不上的。”

“那好，你就练字吧，记得要把作业写完。”杨召珍接着又说：“那你也顺便看着你弟弟，我就不把他带到地头去了，我把老屋后头的一行菜园地给挖下。”

多多看了眼陈旭，本想说不行，但她还是违心地说：“要得。”

杨召珍扛着锄头走了，多多放下书包，从书包里拿出了毛笔和墨汁。为了防止陈旭不听话，她还将中午买的糖剥开，喂他切了起来。

起初，多多用毛笔在废本子上练习，练着练着，她觉得这不是个办法，还没写字挣到钱就投入成本了。她想，不能用墨汁写字，应该换种方式来写。那么用什么方式来写呢?

一旁的陈旭突然尿尿了，他尿在地下的地方形成了一个图形。多多看着那块图形，想到了一个办法，就是用水在地上练习写字。

想到就做，才会有收获。多多立即起身进屋，拿着一个碗在水缸里舀了些凉水端了出来。

陈旭也不闲着，看着多多进屋后，拿着她的毛笔蘸着墨汁在地上乱画着，也将自己的脸上涂上了黑黑的墨汁。

多多看着陈旭，又看看她那瓶中午才买来的墨汁，有些心疼，她本能地想伸手打他，但陈旭却喊着姐姐，姐姐。

多多压制住了自己的火焰，一把将陈旭手里的毛笔夺了过来，然后又拉着他进屋洗脸。陈旭大概意识到自己错了，乖乖地顺从地任由多多支配。

为了使陈旭不捣乱，多多又从兜里掏出了两个糖，她说：“你听话点，以后我还给你买糖，就在这里坐好，不许动。”

陈旭拿着糖，坐在了门槛上。

多多这才开始练字。练着练着，多多又想，自己这样盲目练字也不是办法，应该找本字帖照着练，这样才能有章法。

她又从书包里拿出一本字帖，照着上面的字临摹起来。她一个字一个字地练习着，整个地坝里都是她写的字，或明或暗。多多在地坝里一圈一圈地练习，练得一发不可收拾，直到天黑了，她母亲扛着锄头回来了才作罢。

而这时的陈旭，也出奇地听话，居然一动不动地坐在那里，慢慢地他竟然靠着门框睡着了。

兴趣是最好的老师，有了兴趣，多多的生活变得更加充实了。为了练好字，多多每天放学回家第一件事就是做作业，做完后就练习写字。地坝里的每个角落都印着她的脚印，甚至是重复地印着。

尽管是冬天，蹲在地上习字，多多的手常常被冻得通红，甚至还生了冻疮，但她还是努力坚持着。多多坚信，只要付出就有收获，坚持就是胜利。

她的字在一天接着一天的练习中有了长进，过路的行人看着多多写在地坝上的字，也会夸奖一番，说："这丫头的字写得真好！"

多多听到这些声音，心里总是美滋滋的。

这些声音，多少也给了多多一些动力。一天，陈建忠站在多多家的地坝里看着多多写字时，说："多多，你的字长进不小，可以写成对联拿到街上卖钱了。"

"真的吗？"多多有些不相信。

"真的，我看街上陈锡明的字也比你好不到哪里了。"

"我比他差远了，人家都写好多年了。"

"多多，你这字在地下看还可以，不知道在纸上写如何了？在一张纸上，大小是否一致？"

"我还不知道，要不这样，三爸，我找张报纸来写，你给看看。"多多说着就进屋找报纸去了。

当她在堂屋的一个角落里找了两张以前父亲从公社拿回的报纸时，兴致勃勃地走了出来，然后展开报纸在地上写了起来。在报纸上写字并不像在地下写字那般容易，字与字间的距离不是太密就是太疏，大小也不协调。

陈建忠说："多多，你看，纸上写字是不是跟地下写字不同？"

"是的，我觉得在地下还写得好，在纸上就不是那么回事了。"

陈建忠拿起另外一张报纸，先将报纸裁成写对联的红纸大小，然后认真地折叠着，多多专心地看着。当他折叠好，然后再展开时问道："看出什么苗头没有?"

"像个米字。"

"这就对了，你要把每个字框进里面，左右两边要留有余地。"

多多按照提示，一个字一个字地写，她写得十分小心。陈建忠站在一旁说："写毛笔字要横轻竖重，还要注意每个字的字形结构。"

"三爸，你是不是学过书法哟。"多多一边写一边问。

"哈哈，没有，只是看到的，纸上谈兵。"

陈建忠很久没有这样与人说话了，这次能与多多交流实属难得，看来他已经走出了丧子的悲痛。

多多写好一副对联后，陈建忠拿到手上，认真地看了看，嘴里还发出啧啧的声音，说："不错不错，继续这样练练，卖得出钱了。"

"要是我写的卖不出去咋办?"多多还是有些没有信心。

"不试试，朗开晓得，我先在你这里预订，我买三副对联，一副大门的，一副斜房屋的，一副猪圈屋的。"

"我不能要你钱哟!"

多多嘴上这样说，心底还是希望能收到钱的，她甚至希望三爸提前预付。毕竟，写对联是要本钱的，买张红纸也得三毛钱。

"人亲财不亲，你这是做生意，是要本钱的，说好了哈。"

多多心底盘算着，写对联至少需要两张红纸，一张红纸写对联，一张红纸写横批的。

陈建忠接着又说："算三爸支持你，我先把钱预付给你，现在街上的对联是大门五角，其他门的对联通常是三角钱，我给你一块钱，等于给我优惠了一角钱哈。"

说话间，陈建忠从口袋里掏出了一块钱递给了多多，多多推辞了一下，最后还是放进了自己的口袋。

这应该算是多多写字挣的第一笔钱了。拿着那钱，多多特别兴奋，她想，一定要写好字，不能让自己的字粘在门框上丢脸。

接连几天，多多除了练字，放学后还去陈锡明的店里，名义上是看看，其实是在偷偷默背人家写的对联，她一副一副地背，记下了一百来副对联。

她担心记住后又忘记了，回家后又写在一个本子上。

一切准备就绪，周末的时候，多多用陈建忠预付的那一块钱买了三张红纸，然后小心翼翼地写出了五副对联。刚写好时，墨汁还没有干，多多将它放在地上，用小石头压住四个角。

多多站在对联前，看着自己写的对联，她有些满足。

这时，一个乡下收废品的老头见着了，问："这对联要卖吗？"

"要卖，要卖。"多多激动地说。

"多少钱一副？"

"三角钱。"说到钱时，多多有点害怕，担心将人家吓跑了。

"能不能便宜点，丫头？"

"你说多少钱？"多多还不会做生意，只是机械地与对方讨价还价。

"这样吧，四副一块钱。"

多多犹豫了一下，还是同意了。她将地上的对联收了起来，折叠好递给了对方，然后接过对方的钱。

有钱进口袋，对多多的诱惑实在太大了。而卖出的对联也让多多信心倍增。她摸了摸口袋里的钱，转身跑到街上又去买红纸去了。

第二十五章　离婚风波

冬月初，陈玉英外出打工回来了，她是村里最早回来的，与走时判若两人。走时还是马尾辫，回来已旧貌换新颜，披着一肩卷曲的波浪头发。擦胭脂抹粉，涂口红。陈玉英的打扮引得村里的妇女们议论纷纷，说一个妇道人家这样的打扮也不知道丢人，都多大年纪了，两个娃儿的妈了；还有人说，出去打工没几天就忘本了；更有甚者说她在外面找了野男人……一时间，村里的妇女们把陈玉英当成了茶余饭后的谈资。然而，这样谈论几天后，有关陈玉英的事情又出了爆炸性新闻，陈玉英与杨友林离婚了。

要知道，在上世纪九十年代初，离婚是件丢人的事情。特别是在农村，打死牛打死马，为了孩子，夫妻间再怎么吵闹都没有离婚的。而在陈玉英与杨友林之间，村民们没听到争吵，相反，大家都认为杨友林人老实、憨厚，每月工资如数交给陈玉英，这样听话又有固定工资的男人还被女人给甩了，无论如何都说不过去。

然而婚姻幸福不幸福只有当事人能够体会得到。每个人对婚姻的需求不同，感受也是不同的。

陈玉英与杨友林结婚后，聚少离多。杨友林除了休假回家，每月按月交回工资，家里的大大小小事情都是陈玉英操持。她不光要种三个人的庄稼，还得带两个未成年的孩子。一个妇道人家，上房盖瓦、下地耕田都是她。

特别是前年夏天，陈玉英独自一人在房顶上盖瓦，杨佳伟给母亲扶梯子。当陈玉英盖瓦完从梯子上下来时，杨佳伟突然手一松，梯子偏斜，陈玉英重重地摔了下来，然后在地上十分伤心地哭了一场。年幼的杨佳伟没有安慰母亲，而是看着哭累了的母亲说，你说你，长得比我爸强多了，我爸那样子根本就不像个男人，个子矮，没有能力，你看咱们这家，他哪有时间照看过，我说妈妈，你当初要不选我爸，乱摸一个男人都比我爸强。

说者无意，听者有心。儿子的这番话让母亲的内心开始了动荡。陈玉英开始审视了她的婚姻。这是自己想要的婚姻吗？婚姻究竟是为什么？

陈玉英原本平静的内心像雷打着，雨淋着，石头压着，驴踢着，她蓦然发现，自己已经走在了人生的十字路口。每每看着电视里的人儿，有着幸福缠绵的婚姻生活，而她的苦涩只有自己知道。她想到了改变，她想外出打工。然而，这样的念头转眼间就被自己扼杀在了摇篮里。杨友林要上班，两个孩子交给谁带？

陈玉英处在了矛盾之中，她想走出去，但孩子成了她的牵绊。几个月后，杨友林耷拉着脑袋回家了，他下岗了，每月只能领取最低的基本工资。

陈玉英让杨友林照顾家，自己外出打工挣钱。杨友林答应了。陈玉英走后半年，杨佳伟就不愿上学了，于是退学去了陈玉英那里。留在家里的杨友林除了干农活和照顾女儿杨丽外，在家里干起了卖醋的行当，偶尔挑着担子走村串户地卖醋。

在村民眼中老实的杨友林也有自己的小九九。他卖醋，通常一斤的醋只有八两。杨召珍在他那里买醋后回家称过，当下次再买醋告诉他时，他只是嘿嘿地笑着。

陈玉英这次回家与杨友林离婚后一个星期，就带着女儿走了，房子留给了杨友林。她甚至春节都没有在这个家过就离开了。

那座原本还有一点笑声闹声的房子安静了，它孤零零地站立在那里，陪着同样孤单的杨友林。杨友林还是原来的样子，脸上读不出忧伤，他每天的生活还是一成不变的。

村民们看着孤独的杨友林，难免会在背后说陈玉英的狠心，说她在外面花花世界看多了，瞧不上杨友林了。

当然，世上没有不透风的墙，很快村民们就知道了陈玉英在打工的地方认识了一个当地男人，没有结过婚，比陈玉英大五岁，常年以赌为生，赢的时候比输的时候多。

杨佳伟跟着这个继父一起生活后，很快也染上了赌瘾，父子俩常常一起赌博。村里有些外出打工的村民，在下班后也找到杨佳伟他们，与他们一起聚赌。

由于杨佳伟父子常常赢钱，为此，回来的村民提起他们都个个称赞，说他们有赌运。有的为了能够像杨佳伟父子那样去赢钱，结果却输掉了不少钱；有的甚至把全年的工资都输掉了，又借钱赌；有的因为赌博，被派出所关了进去，但出来后照赌不误。赌博，成了有些外出打工村民的另外一种业余生活，于是上演了几家欢乐几家愁的戏文。

陈玉英的离婚风波很快就过去了，转眼之间被陆陆续续从外地赶回来过春节的人和事取代，村里又多了一些热闹。回来的人讲着在城市里看到的稀奇古怪的事情。然而外出打工回来的人，最大的变化是着装的变化，他们不再穿有补丁的衣服，而是穿有颜色有款式的衣服了。而有的人出去后，随着环境的变化，口音也发生了变化，回来时，乡音中夹杂着城市人说话的余味。

接纳的人觉得口音变化是正常现象，不愿意接纳的人觉得口音变化的人是故意卖弄。原本乡土味很浓的乡村，似乎因为外出归来的人而带来了新的元素。乡村也因为外出归来的游子而增加了一些活力。

腊月初八，多多像往常一样放学就回到家。当她走到半路上时，碰上了村里的一个熟人。这人说："多多，赶快回去，你爸爸他们回来了！"

多多哦了一声，潜意识地就往家的方向跑去。

到了家里，多多最先看到的是红琼。红琼比以前在家时穿得时尚多了。上身穿了一件红色的呢子大衣，下身是一条小脚裤子，脚上是一双朱红色的高跟皮鞋，而且戴着耳环，嘴唇上涂着口红，那样子，就像电视里的演员。

红琼见到多多时，她喊着："妈妈，妹妹回来了！"

接着多多才看到爸爸的。爸爸抱着陈旭坐在八仙桌跟前吃醪糟蛋。

杨召珍端着一碗醪糟蛋从灶屋里走了出来，她对红琼说："大女，你也喝点开水嘛，坐了很久的车也累了。"

"我不切，让给妹妹吧。"

"你赶快端起切，你妹妹在家经常切到的。"

"我可没哟。"多多在一旁说。

"你姐姐在外辛苦了，得给你姐姐切。"

多多瘪瘪嘴，表示不满。

"你爸爸回来了，也不喊一声。"杨召珍说。

"爸！"多多喊了一声。

红琼在母亲的劝说下，喝了那碗醪糟蛋，然后打开一个黑色皮箱，箱子里有着五颜六色的衣服，件件都很时尚。红琼拿出一件黑白相间的猪皮上衣说道："多多，试试看，我给你买的。"

上衣的领子是白色的毛，摸着软软的，衣服的皮子也是软软的，滑滑的。看样子，非常的好看。

"多多，穿上试试！"红琼再次说。

多多穿上那件新衣服，感觉特别舒服。杨召珍在一旁说："多多，赶紧脱下来，等到过年的时候穿，你看这领子是白色的，不经脏。"

还没等多多将衣服脱下来，红琼就帮她脱了下来，那动作不像是脱，简直是刮下来的。不同的是，红琼接着又从箱子里拿出一件衣服，要给多多试穿，说是她的衣服，可以给多多，但多多拒绝了。

"她不要就算了，为好不易好。"杨召珍又说。

一直没开腔说话的陈建川说话了，他说："多多，这快过年了，也快考试了，准备得怎样？"

"还行。"

"要好好读哟，开年后，就只有半学期了，考不上高中或者中师就只能跟我们一样了。"

"我晓得。"多多说。

"哼！晓得，天天放学回来就知道写那个大字，要卖钱，时间不花在正道上。"杨召珍说。

"老杨，她写啥子大字？"陈建川问道。

"也不知道是中啥邪了，近段时间天天回来就写大字，一个字有碗那么大，说要写春联来卖钱。"

"多多能写春联，她的字能卖钱？"陈建川有些不相信。

"我都卖了好几副春联了。"多多在一旁说道。

"就你写的字能卖几个钱，能把我养你的钱给我挣回来还我吗？"杨召珍说。

多多没好气地说："还就还，你等着，总有天我一定还你，我不会欠你的！"

"老陈，你看嘛，她就是这样，嘴还臭，老顶嘴！"

还没等陈建川回答，多多就咕噜着："又不是我想来到这个世界的，是你们把我带来的，我一出生就让我背债，动不动就让我还你们钱！"

"你在叽叽咕咕说啥子？反正也给你说了，能读书就读，读不得就算了，看你选择哪一头。”杨召珍又说。

多多不再言语了。

陈建川说：“多多，一定要努力哟，我们这个家只有这样，父母莫得能力，以后也只能靠自己了。”

杨召珍也是个话匣子，她也说：“反正我们也养不了你几年了，初中毕业，考不上高中，各人就回家务农，大点就给我出去打工挣钱，像你姐姐一样。”

“妈妈，我觉得打工很好，比在家里强，多多，等你毕业了，我带你出去打工，进厂，安逸得很。”坐在一边的红琼笑着说。

“多多，你去牛圈里把牛牵到河边喝口水回来。”杨召珍说。

多多心里不情愿，说：“我要做作业，没时间!”

“就一会的时间都没有嗦，你姐姐刚回来，让她休息下，你赶紧去!”杨召珍停了一下，接着又说：“红琼，你好好休息下，晚上不用做饭了，我已经煮好了腊八粥，晚上热一下可以吃。”

多多不想争辩，去牵牛了，一路上她想，忍吧，总有一天我要离开你们，永远不要跟你们生活在一起，也永远不要跟牛打交道！多多有些生气，还用牛皮绳狠狠地抽了牛几鞭。

第二十六章　一场不是节日的盛宴

几天后，陈建良和陈建安陆陆续续从外地打工回来了。陈建良一回来，她的老丈母就回去了。陈建良的老丈母为啥要在他家呢？其原因是陈建良在三十多岁时，死了婆娘，据说是得的月家痨病。

话说赵月华的月家痨病的得来还得归罪于陈建良。她生了孩子后，在农村有个风俗，未满三十天，不得同房。大概是熬不住了，陈建良居然在月子里和赵月华干了那事。

起先几年也没啥事，突然有一天，赵月华脸色发黄，浑身无力，找了很多医生也没看好。既然现代医学治疗不好，那就请个跳大神的到家给看吧。即便这样，还是没用。

赵月华生病后，陈建良尽心尽力地照顾着，不再打牌赌博，开始照顾家了。他开始从内心疼爱妻子，不再与她争吵，当赵月华发脾气时，他忍着。他尽一个丈夫的责任悉心呵护她，希望她能健康地活着。

赵月华生病后，陈建良才真正理解到了赵月华为家的付出，也才知道赵月华对家的重要。赵月华脾气再怎么不好，她都是孩子的娘，而孩子也需要娘！看着两个年幼的孩子，陈建良是砸锅卖铁也要医治她的病。然而赵月华的病情还是一天天加重，于是有人说喝刚杀死的猪血，可以治病。抱着试试看的态度，陈建良就去找新鲜的猪血给赵月华喝，那味道简直太难受了，为了能活命，赵月华强忍着喝了下去，但还是不管用。

不知是哪个又说，喝尸水可以治疗这病。为了找到尸水，可为难了陈建良。尸水是人死腐烂后流出的水。

但为了给赵月华治病，陈建良还是找到了。如果说喝猪血难受，那喝尸水就是难上加难了。为了活命，赵月华是咬着牙喝下去的。

赵月华的病可以说是死马当成活马医，但结果并不如人意，最终她还是病死了。她死后，留下了两个未成年的孩子。

陈建良是又当爹又当妈地照顾着两个孩子，但田地有限，收成不好，靠摆个补鞋的摊子也难以维持生计，加上之前陈建良外出打工过，知道外面多少比家里能挣钱，于是又选择了外出打工。

但他外出后，谁来照顾两个年幼的孩子呢？陈建良找到赵月华的母亲，她的母亲也是看在了两个外孙女的份儿上，答应了他的请求。

于是，陈建良的一对女儿就由丈母娘照管着。陈建良每月寄生活费回来。每次陈建良回来，他丈母娘就回自己的家，等陈建良要走了，她就又来。

陈建良回来后，乐坏了她的两个孩子。两个孩子整天围着他转。陈建良对两个女儿很关心，不但给她们买了新衣服，还给她们钱，让拿去买点切的。

陈建良和陈建安的回来，让这个春节又有了一次整个家庭的团圆。在春节之前，在农村是有个习俗的，杀年猪。

陈建川选择在腊月十六杀的年猪。因为整个大队就只有一个杀猪匠，他叫高小龙，要杀年猪需要提前预约。

杀猪这天，陈建川一家起了个早。陈建川起床后，到竹林的一片空地上挖灶，因为杀猪后要烫猪毛。

当他把灶挖好后，放上一口大铁锅，将锅里加满水，让红琼先去烧水，自己则去喊陈建安来帮忙按猪，因为一会杀猪时，需要人帮忙的。

红琼水还没有烧开，高小龙就背着个背篼来了，嘴里还衔着一支烟。迎接高小龙的是杨召珍。这时，陈建川和陈建安一前一后地走了过来。

陈建川说："小龙兄，你来得早啊！"说着就递了根烟过去。

高小龙摆了摆手说："手上有呢。"

"抽上吧，没事。"陈建川说。

高小龙接过烟，插在了自己的左耳朵上。

在陈建川和高小龙说话间，陈建安端出了一个杀猪的板凳放在了地坝里，他对陈建川说："二哥，都准备好了。"

"那我们就开始吧，陈建川，把猪从猪圈里放出来。"高小龙说。

杨召珍去猪圈里将猪放了出来，猪刚走进地坝里，陈建川、陈建安、高小龙就扑了过去，他们紧紧地拖着猪，将它按在了板凳上。猪可能知道自己生命快结束了，发出了歇斯底里的喊声。多多就是在这凄凉的声音中惊醒的，她赶紧起床，匆匆穿上衣服就来到地坝里。

说时迟，那时快，杨召珍从灶屋里拿出了一个盆子，就在高小龙猛地给猪的脖子插下去那一刀后，鲜血涌了出来。真是白刀子进，红刀子出。猪血被一个盆子接着，接完后，杨召珍拿出几张草纸，沾了猪血，又将那带血的草纸粘在了猪圈上。

多多看着妈妈的行为，不理解是什么意思，也就没有过问。

猪被杀死了，接着就是拿到开水锅里烫着，烫了一会儿，高小龙用一个铁刮子在猪的身上刮着，一会儿的工夫，猪毛就被刮干净了，接着就将猪挂在了一颗树上，开始开膛破肚。

打开猪肚时，里面还冒着热气。

高小龙有条不紊地忙着。他将一头猪一分为二，先取下猪的内脏，然后分别取下猪身上的板油，接着将肉划成一块一块的。一切收拾完后，多多对他说："高叔叔，能不能把猪头上的猪八戒（骨头）给我？"

高小龙三下五除二就拿下了猪头上的两颗猪八戒，他递给多多时，多多连声说着谢谢。

多多拿着米色的猪八戒，如获至宝，在衣服上擦了擦，装进了自己的衣服口袋。

高小龙还得去其他村民家杀猪，所以当他把陈建川家的猪杀好后，切了顿午饭就走了。

整个下午，对杨召珍来说都是比较繁忙的。她不但要把杀好的猪肉用食盐腌上，也得将一些大肠小肠清洗干净，大肠可以红烧着切，小肠则是用来灌香肠的。

杨召珍忙了一个段落后，就开始准备晚上的饭菜。因为一年到头，只杀了这一次年猪，所以得做顿丰盛的晚餐，喊上兄弟们一家，好好切上一顿。

其实，做饭是红琼的事，但这顿晚饭，杨召珍没有让她做，而是让她带着陈旭耍。杨召珍的安排是，蒸锅粉蒸肉，红烧猪大肠，再炒点菜。做粉蒸肉和猪大肠比较费时间，所以她准备提前做好，到晚上的时候，热一下就可以了。把这些弄好，再到地头干点活。

多多已经放了寒假，饭一切，一溜烟就跑了。她是拿着一个铁环和铁钩走的。她去找晓生一起滚铁环了。当她来到晓生家时，晓生端着一个饭碗，蹲在地下切饭。晓生的爸爸妈妈围在饭桌上切饭。

“晓生哥，等会滚铁环不?”

“要，你等着我!”晓生说。

“晓生，你切饭后，把牛牵出去放!”晓生的爸爸说着。

“要得!”晓生回答着。

“晓生哥，你放牛，怎么跟我滚铁环?”

“我切完和你滚一会，然后再放牛!”

“晓生，你都多大的人了，还跟多多一起滚铁环，也好意思呢?再过几个月都要参军了，还没长醒。”晓生的爸爸说着。

晓生初中毕业后一直待在家里，他的父亲已经托人让他去参军。这一等就是两年。晓生看着大家都外出打工，心里直发痒，但陈建星就是不准他外出，他认为，当兵是晓生唯一的出路。

晓生没有理会他爸爸，几口就把一碗饭切完了，然后拿起多多的铁环在地坝里滚了起来。多多追在他后面，一个劲地跑着。

晓生说：“多多，你追上我，我就算输了!”

多多跑得上气不接下气，也没追上晓生。这时，晓生停了下来，他把铁环递给多多，说：“你自己玩，我先去放牛了，放完后，再跟你要!”

多多有些不情愿，说：“晓生哥，你再陪我要一哈好吗?”

晓生在多多耳边耳语了一番，多多明白了意思，赶紧拿着铁环跑了。

晓生告诉多多，让她先走，他把牛牵出去后，放在一个地方，就回来跟多多一起要。

多多回到家时，家里只有红琼一个人。她坐在街沿上，手里在挽着草把。

多多问：“妈妈他们呢?”

“上坡去了。”红琼回答着。

“你没带陈旭?”

“他跟着妈妈走的。”

“妈妈做的啥好切的，我去看看。”多多说着就往灶屋走。

“妈妈交代了，不能碰，晚上等到二爸他们来一起切。”

“我看看还不行啊!”

多多揭开锅盖，香喷喷的粉蒸肉，看了就使人馋，她忍不住用手抓了一片肉送进了嘴里。她的这一举动刚好被跟进来的红琼看到了。

“你真好切!”

“太好切了，你也尝尝!”

红琼经不住诱惑，也用手拿了一片肉送进了嘴里。

肥瘦相间的猪肉放了调料蒸好后，肥而不腻，口感软糯。多多看着红琼说：“没骗你吧。姐姐，要不这样，我们悄悄盛一碗切，然后把这个弄平，也许就不会被发现!”

“还是别这样，要是被发现了，你不怕罚跪啊!”

“我才不怕，跪就跪，反正也不要命，宁可胀死，我也不愿意饿死!”多多说着就盛了一碗。

姊妹俩你一口我一口地切了起来。

“多多，多多!”多多听见有人喊她，听声音，知道是晓生，就赶紧往外跑，在跑出来之前，又忍不住偷吃了一口。

晓生说话算话，他真的将牛牵出来放到了多多家老屋后面的一块空地上，然后就跑到多多家来找她玩了。

多多、红琼、晓生，他们轮流每人滚两圈铁环，轮到多多不滚时，她跑到灶屋偷偷切粉蒸肉，反反复复，一锅萝卜粉蒸肉就被她吃光了。

他们铁环滚够了，就玩烟牌，烟牌玩腻了，就踢毽子。晓生的毽子踢得可好了，左右脚都行，多多在一边看得直眼馋。

晓生爸爸不知道啥时候出现的，他拿着一根牛皮绳就朝晓生打来，晓生躲闪不及，绳子狠狠地落在了身上。

晓生爸爸嘴里骂道：“你个死气瘟的，叫你放牛，你放的啥子牛?”

晓生没有哭，而是赶紧跑开了。多多看到他爸爸紧紧追在晓生身后。

原来晓生把牛拴在那个空地以后，由于桩子太浅，被牛挣脱掉了，牛钻进了人家的菜园地，那菜园地没有人，牛肆无忌惮地啃了起来，直到菜园地的主人高学期路过发现了，才喊是哪家的牛。

晓生爸爸担着粪桶路过，还以为是别人家的牛啃了高学期家的。当他走近一看，居然是自己家的牛在这里，非常愧疚地说：“对不起，对不起，我赔你家菜!”说着就开始拉开嗓门喊晓生，但晓生玩得尽兴，根本没听见喊声。

于是晓生爸爸气冲冲地担着粪桶牵着牛回家了。回家后，他把桶一放，牛一拴，就顺手拿起一根牛皮绳找晓生了。所以晓生才有了吃鞭子的事。

晓生走了，多多觉得无聊，便在家里拿出了一副烂渔网。这个渔网是她二姨父不要的，被多多捡回来了。她将渔网两头紧紧地拴在两颗树之间，然后自己躺在渔网上，优哉游哉地看起书来。

红琼看着多多这番闲情逸致，说："你真是个书生啊！"

"我喜欢，怎么着！"多多拿着一本书看，根本无视红琼的存在。

红琼好像想起了什么，她转身进了屋子，但一会又出来了。她出来时，面色有些不好，凶巴巴地对多多说："你个挨刀的，把蒸肉都切完了，等会看你怎样交代？"

"你也切了的，别总赖我！"多多白了她一眼。

"我只切了一口，你看你，一锅都给切完了！"

"切一口也算，反正挨打挨骂有你陪着！"

姊妹俩唇枪舌战着。杨召珍回来了，她见这两姊妹又在闹了，便说："你们又吵啥子？"

红琼小心地看了看她妈，说："多多偷切了粉蒸肉！"

而多多躺在那里只顾看自己手里的书。杨召珍瞥了多多一眼说："切了就切了！"

"妈！"红琼这一声喊得特别高。接着说："她不光是切了，而且把整锅的粉蒸肉和萝卜一起全消灭完了！"

"她能切完？我才不相信！"

"你看看就晓得了！"

杨召珍走进了灶屋，她揭开锅盖一看，一锅萝卜粉蒸肉都没了。她心底是有些生气的，但转念一想，切都切了，能把娃儿怎样，毕竟生活条件差，难得切上一次粉蒸肉，大概也是馋肉了吧。

多多没有被罚，心里乐滋滋的。

晚上，多多没有切饭，因为她实在不饿。由于多多把肉切完了，晚餐的时候，杨召珍又重新炒了肉。这顿晚餐是丰盛的，像过年一般，有丰盛的肉菜，还有咂酒。

咂（同咂）酒，是以杂粮——高粱为主要原料酿制的。要喝的时候，将咂酒盛入瓦罐，掺入开水，插进竹管，吮吸而饮。因"吮吸"之义而称"咂"，其酒也就被称作"咂酒"。"咂"与"杂"同音，不同调，《民国宕渠志·礼俗志》载："客至倾家酿，常备者为高粱酒，或以大麦、高粱杂粮之盛以大瓮，插管二，诸客轮番吸引”。虽是连糟酒，但不连糟吃；虽是黄酒，但不通过压榨。虽有不低的浓度，但又并非烧酒。饮时，加水加糖，随其口味，自饮自控，浓淡自如。诸客同用一罐一管，且用手擦管，属于陋习，很不卫生。近来城乡饮用咂酒，变为一人一罐一管，一改前习，别有一番风味。饮者在席间还传播其咂酒文化：据传，1863 年 5 月，太平天国翼王石达开自云南昭通进入贵州，在苗寨饮连糟酒——咂酒，曾形象夸张地描述了饮用时的情景，诗云：

万颗明珠一瓮收，君王到此也低头，

五岳捧住擎天柱，吸得黄河水倒流。

多多也因为这次的贪吃，从这以后对肉失去了兴趣，特别是肥肉，只要一含到嘴里，就感觉怪怪的，从此肥肉开始与她远离了。

第二十七章　闺蜜告诉了另外一个世界

寒假的时间比较短，一晃二十多天就过去了，多多又回归到上学的日子。而红琼，正月十五一过，在正月十六这天，又外出打工了。

这次，陈建川没有选择外出打工。因为他一走，家里的活里里外外都是杨召珍一个人干，加上还有个非常年幼的儿子，有些吃力。所以杨召珍和陈建川商量，希望他不要外出打工了。

红琼外出后，每月关（开）了工资，会将一部分钱寄回家里，但每次收到红琼的钱后，杨召珍都要让多多给红琼回信。回信的内容无非就是家里一切都好，就是经济上困难，副业挣不了几个钱，你妹妹还在念书，你在外要保重身体，父母离得远，照看不了你，要注意安全。

多多写着这信，心里总是不舒服。这究竟是父母爱一个孩子的表现呢，还是将孩子作为挣钱的工具！每次的去信都是说家里困难，为何总要让一个十来岁的孩子承担原本不该承担的事情。家里经济困难，难道是孩子造成的吗？多多有着太多的不理解。

多多甚至想，如果有一天，我离开父母远去，我决不会主动给父母写信，更不会将自己所挣的钱大部分寄回来。如果父母一味说家里困难，自己就说在外没挣到钱。

红琼这次出去，在给家里来的第三封信中说到，她的工资已经发了，已经如数寄回家中，希望家里将这钱用来买台黑白电视，免得每天晚上还去这家那家蹭电视看。

陈建川收到红琼的汇款当天，买回了一台熊猫牌黑白电视。由于没有放电视的电视柜，陈建川又花了五十元钱在街上买回了一个二手的电视柜。

陈建川自己动手在房屋顶上安装了一个“锅盖”作为电视的接收天线，这样可以接收到四五个台的电视，中央一台、四川台和地方台。其他两个都是雪花点点，不见画面，只能听见声音。

多多每天除了念书，还是念书，她喜欢这样的日子，只是这样的日子很快就结束了，三年的初中生活转眼即逝，而她是以中考落榜告终的。

张榜的那天，多多去学校看了，大大的红纸上用墨笔写着几个上榜人的名字。多多急切地寻找自己的名字，找了两遍，也没找着，她又找李瑶的名字，也不在列。再看陈秀兰的名字，还是没有。

没有上榜，也就意味着没考上高中，没考上高中，也就意味着要回归农村，做一个农民。在农村，读书是唯一可以改变命运的事情，也是唯一可以出人头地，光宗耀祖的事！

多多将自己落榜的事情回家告诉了父母，父母没有遗憾，也没有失落，淡淡地说，没考上就算了，没考上照样切饭。

多多无法上学了，她的读书路中断了，但她却有了从来没有过的失落。因为她实在不甘心，因为她曾想过，要好好读书，不要待在这里。现在，读书无路了，岂不是自己的所有梦想就在这里夭折吗？

多多去找李瑶，问她有何打算时，李瑶告诉她，她已经有了去处，家里让她自费去了成都一所中专学校就读。

什么叫自费？一时间多多没有弄明白，她问：“啥子叫自费？”

“就是拿钱就能读书。”

“你是怎样知道这个学校的呢？”

“我家的一个亲戚在成都，他帮忙办理的。”

“费用高吗？”

“一年几千吧！”

“是不是有钱就能读？”

“当然了，不过，也得努力学，不然拿不到毕业证书的。”

“学几年？”

“三年。”

“你真幸运，能去成都了，成都是咱们四川的省会城市，多好啊！”

“我先去，等有机会了，你也来，我去后，到时给你写信，然后将在成都的情况告诉你！”

没过多久，李瑶在她爸爸的陪同下去了成都，从此，开始了她和多多不同的人生命运。

李瑶没有食言，到了成都没多久，就给多多写来了第一封信，接着有了第二封、第三封……

在李瑶的来信中，多多知道了成都有个武侯祠、杜甫草堂、青羊宫、人民公园、荷花池等等。读着来信，她的心漂浮了起来，她也想去那里。但想只能是想，作为农村女孩的多多，去离家比较近的县城也仅有一次。

而与多多同在一个村，甚至同是一房，又同样落榜的陈秀兰，却是幸运的。因为父亲在镇政府里有个一官半职，她顺利地进了镇政府，做了一名打字员。

接着，陈晓生等来了入伍的消息，去了部队，当了一名战士。

再接着，多多听到了更多的声音，有的同学因为家里有钱或者有关系，在县城或者市里买了城镇户口进入了某某厂当了工人。没钱没权没背景家庭的孩子，只能随着打工的人潮背井离乡，在异地他乡辛苦地干着又累又苦又脏的活。没有任何背景的多多不得不接受从出生就决定了的命运。

多多没学可上，开始重复着红琼以前的事情：做饭、放牛、割猪草等，遇上下雨天，不能干活，也跟着父母学着打麻将。

一天，杨召珍和陈建川商量，是否让多多外出打工。杨召珍认为多多年龄小，刚初中毕业，担心外出打工没人要。而陈建川认为，可以让多多去投靠远房亲戚，到商场站柜台，这样就不怕年龄小，只要会说话，能卖掉东西就成。杨召珍想了想，觉得陈建川说的有道理，也就欣然同意了。于是就开始托人，要将多多带出去。

陈建川的远房亲戚覃海涛。据说是某局的局长，同时兼某保健品厂的厂长，该厂的产品在全国各地的商场里设有专柜。

陈晓在高中毕业后，没有考上大学，在家里干起了买卖蔬菜的行当。

直到陈达高考落榜，覃海涛写信让陈达去投靠他，借此机会，陈晓也跟着去了，于是，他们三姊妹都投靠了覃海涛，他们选择到新疆、青海、甘肃这一带做保健品销售。

陈达的读书对于他的家庭来讲是寄予了不少希望的。王丽芬为了能使陈达考上大学，还受骗过。

在陈达高考前一个月，王丽芬把家里那两个猪儿卖了，在街上给陈达买了“灵丹妙药”。据卖药人说吃了这个药，人的脑袋就聪明，成绩就好，能考上大学，考上大学了，就出人头地了。

她买上这“灵丹妙药”后，见着陈建川时，还一脸兴奋，说：“兄弟，这下好了，我陈达考大学有保障了，我给他买了聪明药。”王丽芬从衣服口袋里一边摸那小小的塑料药瓶，一边说：“回去我就给他切，等他考上大学了，脱离农村了，我的苦日子也就到头了。”

陈建川接过她递过来的药瓶，仔细地看了又看，就是一个白色塑料瓶子，里面有50片药片，既没有出厂日期，也没有生产厂家，更没有说明书。

陈建川说：“嫂子，这莫非是假药哟？你看，啥子都没有，说明书都没有，晓得是治啥病的，千万别给娃儿乱切。”

“老弟，你不晓得，这是人家祖传的秘方，卖药的说了，切了这药，娃儿包考大学。”

陈建川越看越觉得蹊跷，他觉得八成是假药，问：“多少钱买的？”

“就我那两个猪儿卖的钱。”

“那你带我去看看，哪个卖药的？”

“就在这儿买的。”

陈建川四处张望了一下，没看见卖药的。突然听见有人说：“骗子、骗子，卖了假药，说啥子切了能考上大学，变聪明，就是卖的大作曲，蒸醪糟用的曲子。”

王丽芬看了看手里的药，闻了又闻，越来越觉得就是蒸醪糟的曲子，她心跳加快，急得眼泪也出来了。

那一次的受骗让王丽芬伤心了很长一段时间，直到覃海涛的来信才让她释怀了，觉得陈达终于有了出路。

陈建川与覃海涛之间长久没有联系，找到他帮忙太难。同时还担心他是否愿意帮这个忙。要想找覃海涛帮忙，就得找到陈晓。

虽然陈晓不在老家，但他的父母还在，因此找到他就不难。于是陈建川去了陈晓家。

事情非常凑巧，刚好碰到陈晓回来办事。陈建川说明了来意，陈晓觉得多多比较小，但也不好拒绝，便同意带着多多去成都，并说能不能最终决定，还得看覃海涛的意见。

于是多多跟着陈晓坐上了一辆长途汽车，经过一次转车来到了覃海涛家。

覃海涛虽然是陈晓的姑父，但与多多家也沾点亲。

多多第一次来到覃海涛家，走路非常小心，尽管小心，也免不了摔过跟头，因为那地砖太滑、太干净了，非常亮，简直一尘不染。而且房子非常大，装修豪华，客厅是客厅，卧室是卧室，书房、厨房、卫生间，应有尽有。晚上，睡在床上，软绵绵的，叫席梦思。之前，多多觉得李瑶家的房子就已经不错了。她没想到，还有更漂亮更宽敞的房子。

刚到那里的当天，多多满眼都是兴奋。她看到满大街的高楼大厦，看到了很多的车，很多的人。她觉得城市是那么漂亮。当她走进一家商场时，看着别人坐电梯，有些害怕，但又很好奇。一上电梯，她就用手死死抓住了电梯边滑动的扶手，结果从电梯上摔了下来。她不服输，学着别人的样，不再抓着边上的扶手，也就没有再摔下来。她越坐越想坐，在那里坐了整整半天的电梯。

在那里的第一个晚上，多多失眠了。她没想到，一个人可以生活得这么舒适，这么美好，不但可以住这么漂亮的房子，还可以拥有很多。这样的场景，她只在电视中看到过。自己什么时候也能拥有这一切呢？

在这里待了三天，陈晓安排多多回老家了。他告诉多多，说，姑父说你年龄太小了，还是先回去，等个一年半载再说。还说，幺姑给了五十元钱让我带给你。

在这三天里，多多认识了覃海涛一家人，还认识了那个憨厚实在的陈建红幺姑。陈建红已经被城市改造了，她的身上看不出农民的气息，更看不出是一个没有文化的女性。她得体的穿着，举手投足之间流露出了一种雅致。

无奈的多多带着那有着温度的五十元钱，与这繁华的城市擦肩而过，她不得不重新回到起点。

第二十八章　蠢蠢欲动的心

多多回到家中的第三天，杨召文赶场在街上碰到了陈建川和杨召珍，他告诉了他们一个有关吴涛的惊人消息，说吴涛在打工的地方出了事故，非常严重，大小便失禁，生活不能自理，已经生命垂危，每天只能躺在床上。最初老板支付了医药费，后来就找不到人了。最后还是联合多个老乡，大家想办法，找老板协商，老板才赔偿了四万块钱了事。杨德丽带着吴涛前几天回来了。

杨召珍听到这个消息，说："可惜了吴涛这么好的一个人，他有个三长两短，杨德丽的日子以后朗开过哟，两个娃儿又小。"

"事情都出现了，估计吴涛也活不长了。"杨召文说到这时，眼圈红了。

"哥，你怎么现在才告诉我们?"杨召珍说。

"早告诉你们也不顶用，再说了，他出事的地方又远，你我都没有啥文化，也起不了作用，去一趟，费用也高。"杨召文无可奈何地说着。

"哥，你得想开些。"陈建川安慰着。

"我想开没用，还得要杨德丽想开。"杨召文说到这，停顿了一下，又说，"我家杨德丽命苦，年纪轻轻吴涛就出了事，吴涛的父母就回来当天看了一眼，连帮忙照顾下娃儿都不同意，现在两个娃儿都丢给我这边了。"

"那我们现在就去看看吴涛。"杨召珍说。

杨召珍在市场上买了两包白糖、两把挂面、二十个鸡蛋，让陈建川拎着，他们一起跟着杨召文走了十多里路，到了吴涛的家。

杨德丽看着他们的到来，热情地打着招呼，红肿的眼睛可以看出她应该为此伤心哭过。

杨召文看了看杨德丽，叹息着，然后掏出口袋里的叶子烟坐在屋檐下面的地上卷起了烟叶。他心里有苦，只能无声地咽下去，他也是无能为力的。

吴涛躺在阴暗屋里的一张床上，整个人已经变形了，骨瘦如柴。杨召珍与他打招呼，他双目痴呆地看着，说不出，但眼角有泪。

杨德丽伸手把他眼角的泪拭去，说："他心里啥都明白，就是无法表达。"

陈建川看着吴涛，心里也非常难过。

杨召珍安慰了杨德丽好一阵，他们才回家的。回家后，杨召珍一直唠叨说："杨德丽与吴涛那么般配的一对夫妻，感情又好，怎么就出了这样的事情，真应了那句话，恩爱夫妻不到头！"

杨召珍他们回来一个星期后，吴涛去世了。他去世后，围绕着吴涛老板给吴涛赔偿的钱以及他们夫妻打工挣来的钱，成了吴涛父母与杨德丽争执的焦点。

吴涛父母看着吴涛去世了，认为杨德丽这个儿媳妇也会靠不住的，或许要另嫁他家，于是要杨德丽交出钱来，要求分吴涛留下的遗产。

杨德丽对于这样的要求当然不会让，说两个娃儿还小，这是留给娃儿的。还说，打工没挣几个钱，吴涛出事后，也花费了不少钱，加上安葬费，七七八八的，也没剩几个。

但在吴涛的父母看来就不是这么个事儿。他们死死咬定要拿四万块钱，说那钱是赔偿给他们父母的，每天都吵着要杨德丽交钱出来，杨德丽不理，就开口大骂。

杨德丽一方面处在了丧夫的痛苦之中，一方面要面对吴涛父母无休止的吵闹。她有时甚至想，干脆把两个娃儿丢给吴涛的父母，然后一走了之，但看着两个不懂事的儿子，又于心不忍。

自从杨德丽与吴涛结婚后两个月，吴涛的父母就与他们分家了。分家时，父母只给了他们一间草房，外面的厨房和猪圈还是他们重新修的。

在他们结婚前，吴涛的父母承诺，等他们结婚后，就把老房子给他们两间。事实上，却只给了一间，还是最差的那一间。

事情都成了这样，杨德丽不得不接受，总不能因为婆家不守信就不要自己的丈夫吧。于是夫妻齐心，从原来的房屋搬了出来，自己重新修了三间房屋，并把原本父母给的那一间还给了父母。

吴涛的父母有两个儿子，一个女儿，吴涛是他们抱养的，最初，他们以为自己不能生育，等把吴涛抱养过来养了两年后，又有了生育能力，而且还接连生了两个。

最初他们对吴涛投入了全部的感情，后来就将更多的感情投入到了另外两个娃儿身上。他们对于吴涛的情谊就是看到他结婚，等于完成了一件任务。因此，当吴涛结婚后没多久就分家了，后来吴涛他们有了娃儿，也没帮忙照看过。

现在，抱养的儿子去世了，自己没有获得多少回报，能争的就是那钱了。

为了这笔钱，吴涛的父母是拿不到钱誓不罢休，要多难听的话都骂。杨德丽忍无可忍后，彼此对骂了起来，最后发展成了打架。杨德丽不是他们的对手，被打伤了。由于杨德丽家离娘家比较近，通过村民传话，杨召文知道了这事，带着两个儿子一起去讨要说法。

话不投机半句多，最后双方大打出手，各方都没有占到便宜。大队领导出面调解了这个事情。

最后的结果是，关于吴涛的那笔赔偿款作为两个娃儿的学习教育费用，由杨德丽管理支配，但杨德丽以后负责为两个老人承担部分养老义务，同时，杨德丽不得改嫁到其他地方，可以招个上门女婿。

杨德丽同意了这个方案。从那以后，没有外出打工，而是安心在家养育两个娃儿，耕种田地里的庄稼。

生活总是考验着人们的意志，也是在磨炼着一个人的意志。面对生活的不幸，杨德丽选择了隐忍，两个娃儿是她的全部希望。

多多从成都回来后，她在思考一个问题？为什么覃姑父家能住那么大的房子？而且还有保姆给他们打扫卫生和做饭？他家像在电视里看到的那种豪华生活，怎样才能过上那样的日子？那样的日子也是多多想要的生活，她想改变，然而，自己待在这样一个穷乡僻壤里，改变犹如痴人说梦。

多多感觉度日如年。在她眼里，原本绿油油的庄稼不是绿色，原本黄土的高山不是黄色，原本灰色的炊烟也不是灰色，山川、河流、远远近近高高低低的房屋也都成了黑色，世界的一切都是这个色调，她感到自己被这浓重的黑色吞噬着，有时甚至喘息不得。她想先走出去，在打工中寻找机会，找寻突破。然而自己年龄又小，连身份证都办不了，只得等年龄大一点。

等待自己成长也是件难熬的事情。多多不想无聊地耗着时间，她希望能学个一技之长。农村有个老话，天旱饿不死手艺人。于是向父母提出，要学个手艺。

由于初中学过物理，多多对修理电器比较感兴趣，但遭到了父母的一致反对。他们认为，从来没见过女的修电器，女的适合的手艺是理发和裁缝。

杨召珍认为，女娃儿学个理发比较好，活路轻松，跟着师傅学，也花不了多少学费。

“我不喜欢学理发，每天给人家洗头，摸人家的脑袋不舒服。”多多不满意地说。

“你看我们街上的张蓉，人家开理发店不光养活一家人，还修了一栋房子，学理发有啥不好的?”

“我就是不想学，要学就学修理电器。”

“不学也得学。”杨召珍命令式地说。

杨召珍给多多找的理发师傅是杨正。杨正在街上开理发店二十来年了，由于手艺好，生意不错，收了不少徒弟。

多多想，既然你要安排我拜师，那我就去拜师吧。学不学是我自己的事情，在家里每天听着唠叨，还真不如去一个地方躲着，耳根清净呢。

这天，吃过早饭，杨召珍拿出准备好的礼物，带着多多去拜师了。给老师准备的礼物是两瓶白酒，外加二百元钱。

杨正的年龄与杨召珍相仿，个子不高，但很精明。他见多多他们到来，热情地打着招呼，并迎进家里。

杨召珍将多多拜托给了杨正，希望他能好好教她手艺。杨正说：“师傅领进门，修行在个人，只要多多愿意好好学，我会认真教的。”

多多见着老师，并没有主动招呼，杨召珍狠狠地瞪了她一眼，说：“多多，没出息嗦，喊老师啊!”

“老师!”多多喊了一声。

杨正也交代了一些事情给杨召珍，说要自己准备一套理发用具，比如：电剪、电吹风、围布、剪刀等等。

说得太多，杨召珍有些记不住，她让多多用笔记下，自己去给多多买。这时，杨正又说：“如果嫌麻烦，我去县城时顺便给帮忙买上，多多暂时可以用我的工具。”

杨召珍转念一想，这样也好，省得麻烦。

就这样，多多开始了她的学徒生涯。

由于没有学理发的热情，多多每天按时去理发店，不是学理发，而是看书，或者和师傅、师兄师姐聊天。

环境是可以改变人的。多多也不例外。在这里待了半个月后，实在无聊的她，还是跟着老师学了起来。

多多的这一转变，让杨正非常高兴，他对多多说："那你就先拿老师开刀吧，先把刮胡刀磨了，给我刮胡子！"

在老师的指点下，多多有模有样地磨起刀来，磨好后，就拿老师开刀。

第一次拿刀刮胡子，多多有些胆战心惊，她心底扑通扑通地狂跳着，担心自己一不小心给划个口子出来。越是这样想越容易出问题，多多真给老师的嘴上划了五六道口子，血流了出来。

为了鼓励多多，老师并没有生气，而是耐心地教着她。

渐渐地，多多开始了用心学习，既然要学，就要学出个样子来。自那以后，多多变得勤快多了，不光每天负责理发店的卫生，还负责烧水。多多的变化，杨正看在眼里，喜在心上。他觉得多多是个可塑之材，悟性高，一点就会。在老师的悉心教导下，多多的技术飞跃进步着。

多多第一次给人剃头也是给老师。老师主动让多多给他剃头，既是对多多的支持，也是鼓励。他对多多说："大胆理，实在理得不好也没关系，大不了最后就是个光头吧！"

正是老师的淡定，让多多感觉轻松。在老师的指点下，多多顺利地完成了。学徒一个月后，杨正觉得多多手艺不错，进步很大，为了鼓励她，提出多多每理发一个人，给她五角钱的提成。

金钱的诱惑是不可估量的。有了金钱的诱惑，多多更加卖力了。只要有人进店理发，她就热情而主动地招呼着。

但随着时间的推移，多多的内心发生了变化，她觉得自己的老师虽然技术不错，但缺乏创新，来店里理发的多是男性，但她更希望学些适用于女性的发型，她希望去另外一个地方进修。一不做二不休，多多离开了杨正那里，又去了一街之隔的张蓉那里学习。在这里学了两个月后，多多做出了一个大胆的决定，要自立门户！

多多将自己的想法告诉父母时，他们都非常吃惊地看着她。

"这有什么好奇怪的，我觉得我有能力开店！"多多说。

"真有把握吗？"陈建川问。

一旁的杨召珍说："要把技术学扎实，你才学多久，开店容易，要是技术不好，很快就关门了。你看人家陈梅，都学了一年，还没出师，你这样行吗?”

“我相信自己的能力!”多多说。

“如果自己有把握，试试也可以!”陈建川说。

“我觉得还是要稳妥点为好，你不要眼高手低，看着别人开店眼红，自己开店就不是那么回事了!”杨召珍还是有些不同意。

“你咋就不相信人呢!”多多说。

“不是你出钱，你当然可以说狠话，开个店，一次就得交一年的房租也得好几百块钱，加上买些材料也得上千块钱呢。这样吧，我们的钱只能借给你，你开店后，挣的钱每天要交回来，慢慢还我们，如果没还清，以后外出打工挣来还!”杨召珍如是说。

“好吧，我一定还你们，决不赖账的!”多多坚定地回答着。

多多的理发店顺利开业了。开这个店，总共投入了一千一百四十七元钱。开业第一天，生意非常火爆，毕竟是新开业的，所以前来试试的人也不少。

有了这个店子，多多有了空前的自由，她感觉自己有种逃脱的感觉。有人的时候，她给客人理发；没人的时候，就开始写日记，写想写的东西。特别是李瑶给了她几本杂志，闲暇时，多多也拿出来看看，里面的一些励志故事或多或少地影响着她，她向往着，自己也有成功的那天!

多多开的理发店生意不错，每天的顾客都不少，不到半年时间，她就还清了向父母借的款。

生意好，服务好，为她赢来了口碑，还接连来了两个人跟着她学手艺。多多把自己曾经在老师那里学来的技术都毫无保留地教给了她们。只是来学的人比多多年纪还大，其中有一个已经结婚生子了。往往这时，别人还以为多多是学徒呢。

有了人跟着自己学，换句话说，有人打下手了，多多就相对轻松些。

但这样的日子，也并不是多多所想要的，她的终极目标不是在这里，一辈子开个理发店。无数次，多多也想着，关闭了理发店，跟着其他人外出打工，但转念一想，要是打工没挣到钱，岂不是丢了西瓜捡芝麻吗?

渐渐地，开理发店也让多多感到了一些不自由。那就是开着店，不能随便关门，每天都得待在店里，该切饭时，生意来了，也得先给顾客理发。特别是碰上过年，凌晨两点照样得饿着肚子理发。

面对这样的窘迫，多多不停地问自己：这是自己想要的生活吗？不！内心里，她听到了这样的答案！她不愿意待在这个狭小的地方，这样一个乡镇，这样一个穷乡僻壤，接触不到新的东西，这样生活下去，保不准只能继续着父辈的经历！

她想要飞出去，哪怕外面的世界是地狱，也要去尝试！

第二十九章　梦在现实中发生

乡村还是那样的一幅画卷，高高低低的房屋错落着被前后山峦重叠拥抱着，田地里始终会有忙碌的人影。有的人在担粪浇地，有的人背着背篼在山坡上割草，有的人牵着牛在河边放……

人们更多地把自己的生活定格在了这里。土地是农民的根，根在那里，岂容易拔掉？即便真想连根拔起，也未必有那个能力。于是，安于现状的人守着那份宁静的乡土生活，不安于现状的人有的选择了外出打工，没走出去的人做着自己的美梦，希望那个梦能成真。

梦成了一件有些争议的事情，有人相信，有人不相信！有人说，白天做梦是白日梦，夜晚做梦，通常都是与实际情况相反的，但多多却做了一个与实际情况相同的梦。

头天晚上，不知道因为什么，整整一个晚上多多都没睡着。她辗转反侧，难以入睡。她在内心里想，我什么时候能走出去就好了。如果我能走出去，一定不再回这里，我一定要改变自己的命运，一定！我讨厌这里的一切，虽然这里是生养自己的地方，但这地方没有什么欢乐带给自己。我讨厌满地鸡粪，讨厌在太阳底下种地，讨厌很多很多。我一定要住上像李瑶家那样的房子，有卧室、有客厅、有卫生间、有电视、有冰箱、有洗衣机；我一定要像《我是青年》那首诗的作者一样，将自己的名字署在作品上，或者书的封面上，这样就可以证明我曾经来过这个世界……

多多的心理是复杂的，也是单纯的。单纯的是逃离，复杂的是改变。想着想着，多多睡着了，渐渐地进入了梦乡。在梦里，她梦到陈晓来到理发店里，还问她想不想出去，如果想出去的话，就带她出去。正当多多要问带她去哪里时，她被一声接一声的喊声叫醒了。

杨召珍喊她起来切饭，说切完饭好早点到街上去开理发店，今天逢场人多。

多多赶紧起床，还没洗脸刷牙就坐到饭桌前，此时，饭桌上已经有陈建川、杨召珍和陈旭了。

陈旭拿着勺子一勺一勺往自己的嘴里送饭，多多看着他，脑袋里全是梦中的情景，梦中的场景非常清晰，完全如真的一样。陈晓高高的个头，留着平头，鼻子上架着一副深度眼镜……

多多也觉得奇怪，怎么会做这样的一个梦呢?

“多多，赶紧切饭，你在想啥子?”杨召珍见多多的目光总在一个地方停留，好像有啥心事。

“我做了个梦，梦见陈晓回来了，他来到我的理发店，问我想不想出去，说如果想的话，就带我走!”

“是你想出去，所以才做这样的梦，你那是‘日有所思，夜有所梦’。”杨召珍说。

“现在又不过年过节的，陈晓回来啥子嘛，再说，他在新疆，路途遥远，回来一趟的费用就不少!”陈建川也说。

“我不过就说了一下昨晚做的梦，你们就当真了。”多多说到这，转开话题又说，“我切完了。”然后放下碗筷，去洗脸梳头刷牙。她简单地将自己收拾了一下，就准备走了。

这时，杨召珍也切完饭了，她说：“多多，你等我一下，我跟你一起走。”

杨召珍走时交代陈建川，说：“老陈，你等会把猪、牛喂一下，我在理发店等你。”

当多多打开店门，杨召珍走进店里时，就听见有人在喊：“大妈，大妈!”

多多一看是陈晓，有些不敢相信，她赶紧招呼着：“陈晓哥，陈晓哥!”

“陈晓，陈晓，你啥时候回来的哟?”杨召珍见是陈晓，有些吃惊。

“我昨天回来的，顺便给我爸爸上上坟，我姐姐老梦着他，就让我回来看看。现在姐姐家在兰州又设立了一个柜台，需要人去站柜台卖东西，他想找个你知我熟的人，我今天来，就想问问你们，愿不愿意让妹妹去?”陈晓如实说。

自从去年春天陈建行因肺结核病去世后，王丽芬在儿女的劝说下跟着进了城里，投靠他们生活。

陈晓三个兄妹在覃海涛的帮衬下都各有建树。陈落梅已如愿嫁给了一个城里小伙胡一峰，并在覃海涛的安排下进了交电公司工作，端上了铁饭碗。

几年后，企业倒闭了，成了下岗工人。后来又在覃海涛的关照下，几兄妹负责起了覃海涛兼管的保健品厂的产品销售。

陈晓已在覃海涛家附近买了一套楼房。陈达已扎根新疆，但还是经营保健品的生意。

陈晓夫妇与陈落梅夫妇双双常年在外做生意，照顾两家的独生子女的担子都落在了王丽芬的肩上，她像大多数中国家长一样，养大了孩子，照顾孙子。

王丽芬住在了女儿家，女儿家的姑娘和儿子的家儿子相差两岁，她开始了负责他们的生活起居，接送上下学。陈建行家的大门从此开始了常年铁将军把门。

陈晓从老家出来后，这几年一直在跟着覃海涛，见多识广，跑出了门路。他在城市立住脚后，也把老婆孩子接了过去。

陈晓有一年多没见着多多了，这次见多多，恍如隔世，那个黄毛丫头不见了，取而代之的是一位亭亭玉立的俏姑娘。

陈晓觉得多多是理想中的销售人员。带多多出去给姐姐家站柜台是可靠的。有了这个想法后，当然也得征求多多的意见。

多多早就想走了，对她来说，离开这里就是最好的解脱，她巴不得走，所以很干脆地答道："好啊，我要去！"

"你这理发店咋办？"陈晓问。

"关门啊！"

"这些都不要了吗？"

"既然决定了，就不要了，这些东西就让我妈妈给处理吧！"

杨召珍还是有些不放心，又说："多多，要想清楚哟！"

"不用想了，我决定了！"多多坚定地说。

陈晓看多多如此坚定，笑着说："要准备出去吃苦哟，在家千日好，出门处处难。不过，在外面，肯定能学到很多东西，虽说是站柜台，至少可以学到与人打交道的能力！"

"那什么时候走？"多多又问。

"明天下午两点左右，就在新桥那里等我，有一趟平昌到成都的长途客车！"陈晓说。

"那让多多要准备些啥东西？"杨召珍问。

“换洗的衣服要带上，现在那边已经很冷了，最好带保暖性强的衣服。其他不用准备，即便差什么东西，还有胡哥可以照顾的。”

“要得，晚上回家我就给多多准备。”

“多多，带你出去后，膏药纸一张，就看你怎样熬了哟!”陈晓又对多多说。

“放心吧，我会走一条属于自己的路!”

陈晓看着多多，又笑了笑，说：“你这么聪明，一定行的！那就这样吧，我还有些事，就先走了!”

事情就这样定了下来。

多多没想到，昨晚做的那个梦真的应验了。难道这就是命运的召唤吗?自己真的要走出去了吗?感觉像梦中，但却是在现实。

现在，村里除了陈梅没外出打工，在跟着师傅学了近两年后，终于在乡镇上开了一家属于自己的理发店，其他能走出去的年轻人都外出打工了，就连兰花桂花也跟着父亲陈建良去福州打工，严格来说，桂花还算童工。

整个乡村成了老人、妇女、孩子的天下。多多自从初中毕业，在母亲的要求下学了份理发的手艺，并开了理发店，但她的内心是不平静的，心总在被点燃着，她写的诗歌、散文等就是最好的证明。每每李瑶写信告诉她，成都有哪些好吃、好玩的，有哪些美景时，她就充满了羡慕。她希望有天出现奇迹，自己突然离开这里，这一天终于来到了！

第三十章　我要飞得更高

十一月的天气开始有些冷了。不满十八岁的多多穿着一身昨天才买的黑色新衣服，提着母亲临行前为她准备的行装，站在新桥的桥头，不停地张望来往的汽车，等待着最后一班从平昌开往成都的过路长途汽车。

在多多出门后，一直跟在她身后的母亲顺着她走的路，一步一步接连丢了七根红线，意思是希望多多出门步步顺利，红红火火，挣大钱，但这点多多并不知道。

多多一心想着出去，所以在离开家时，没有不舍和留念。相反，她有些急切，有些迫不及待，甚至想着终于可以离开这里，离开这个早就不想待的地方。

"多多，出去以后要听陈晓哥的话，要勤快点，你的倔脾气要改，还要注意身体，我们隔得远，你要学会自己照顾自己。"杨召珍对多多叮嘱着。

"老二，你到了那里要记得给我们写封信，出去帮你哥站柜台很轻松，没有了脸朝黄土背朝天的日子，要好好珍惜，你已经长大了。"陈建川也在一旁叮嘱着。

多多只管听着，她早已厌烦了母亲的唠叨，早就想离开这个家去外面找寻自己的世界，她恨这个生她养她的地方，她觉得在父母身边的每一天，就像在炼狱一般。

有些人舍不得离开自己的家，觉得家是世界上最温暖的地方。可多多不，她觉得家里没她的地方，家根本不属于她。她觉得，父母最爱弟弟，爱那个抱来的弟弟，好吃好喝好穿的都给那个没有任何血缘的弟弟。

在家里，多多闯了祸，必将遭到母亲的打骂。比如，多多将碗打碎了，或者衣服弄脏了，又或者没有按时放牛、割草等，轻则谩骂，重则挨打罚跪。

多多很多时候想不通，为什么母亲喜欢骂人？都说母亲最爱自己的孩子，为什么自己的母亲不爱自己呢？嗨，也许天知道。

多多没挨打是从学理发后，没挨骂是从自己开店挣钱后，那时，她体会到钱是个好东西，每天把挣回的钱交给母亲。最初是还向父母借钱开店的欠款，还清以后，母亲要求她把钱交给她保管。至于保管后能不能给自己，多多并不愿多想。所以，她只盼望时间过得快些，总盼望自己能够快点长大，长大了，自己可以逃，逃远了，父母想打想骂也没办法了，想要自己的钱来保管也没机会了。多多要离开的理由是这么简单，简单得认为只要没有父母的地方就是天堂。

多多带着少年的简单的梦，带着对外面世界的憧憬与向往，她的心早已飞到了那个她没有去过的地方，好像那里就是自己的天堂，自己向往已久的世外桃源。她高兴得不知怎样来形容此时离别的心情。都说离别是难分难舍的，但多多不！

杨召珍似乎还有些不太放心，毕竟这是多多第一次出远门。她对陈晓说："你妹就麻烦你当哥的了，出去以后，你要多教教她，她人小，不懂事。"

陈晓嘴里叼着一根烟，说："大妈，你就放心，胡哥他们还在那里，没有啥事的。"

突然，陈建川大声地喊了一声："车来了。"

说时迟，那时快，汽车在多多的面前停了下来。

陈晓走在前面，提着大包小包的东西上车了，多多跟在他的后面，也上了车。陈建川在一旁大声喊道："多多，下车后，要好好跟着你哥，别走丢了！"

就这样，多多走了，她没有给父母说一声保重，也没有说一声再见，就走了。也许是因为没有留念，才没有再见！

汽车里塞满了人。有男有女，有老有少；有睡着的，有站着的，有坐着的；有的人嗑着瓜子，有的人吃着饼干，有的相互摆着龙门阵；时而哈哈大笑，时而鸦雀无声。这车里与市场上一样的热闹喧哗。

乘坐在这车里，使人感到窒息，因为人多，空气不好，还夹杂着脚臭气味。

也许是因为自己要走向城市，她还处在兴奋之中。对于车里的异味，她还没闻出来。她在靠窗口的地方，静静地坐着，窗外的一切一闪即逝，一闪而过。她的眼前豁然明亮，她不停地想着、勾画着许多美好的东西，内心深处不停地呐喊：

我出去了，我出去了，我终于可以放飞了，我终于可以放飞了，去追求未了的梦。我终于可以去过那梦一般五彩斑斓的都市生活，与那霓虹灯下的美丽夜晚。

多多陶醉在属于自己的梦里，她轻轻地闭上了眼睛。当她睁开眼睛时，汽车已经开到了宕渠县城。她心里想着，真快。

“哥，我们还要坐多久才到成都？”眼看天色越来越晚，点点星光飘散在夜空，周围的人都在昏昏欲睡，多多忍不住问坐在最前面的陈晓。

“你快睡吧！明天早上才到。”陈晓说。

多多把窗户拉开一条缝后，又闭上了眼睛。一股股的冷风扑面而来，她感到空气清新了许多，慢慢地，便昏昏沉沉地睡去。在蒙眬中，她感到车子时而急，时而缓，不停地向前驶去，车内没有任何声响，隐隐约约传来一阵阵鼾声，那么香，那么甜。

或许是首次出门感到特别兴奋、新鲜的缘故，往日瞌睡出奇好的多多，只睡了片刻，就睡意全无。她望向窗外，四周黑压压的一片，好寂静。偶尔有几辆车在你追我赶。

此时此刻，多多想到了她那还不算恋人的李沐。想到他，多多的脸上就油然而生一种甜蜜。她在心里喃喃地说：李沐，你在部队的生活怎样？是否一切都好？一边又想，他不知道我已离开家乡，以为我还在家里，我一定要给他一个惊喜，到了成都就去信，他将是什么样的反应？是惊喜呢还是什么？

突然，另一个身影又出现在了多多的脑海里，李瑶。

李瑶已经在成都上了快两年的学了，想必她对成都已经是非常熟悉了。希望这次能在成都与她好好会上一面，彼此好好地谈谈闺蜜间的心事。

多多想着李瑶，也想着李沐。李瑶给了她纯洁的友谊，李沐给了她一份纯真的爱情。因为他，多多原本平静的内心掀起了波澜。李沐向多多表白了爱意，是他让多多的心里住进了他，是他一周一封信地走近她。

李沐与多多原本是小学的同学，初中后，他们分在了不同的班级。不在一个班级后，彼此之间没有什么往来。直到多多跟师傅学理发时，李沐点名要多多给他理发。

那时，多多还不敢给李沐理发，担心理不好，但每次李沐都笑着说：“没事，大胆理吧，大不了最后给我剃个光头！”

李沐出于什么原因这样做，多多不清楚。但每次多多没给他理好时，就忍不住爆笑。李沐看着多多那甜美的笑容，始终保持着他那份淡定的、从容的笑脸。

多多在跟师傅学徒的那段时间里，李沐基本上是逢场就光顾多多所在的理发店，让多多给他洗头或者为他理发，原本头发比较长的李沐，最后成了光头。即便是光头了，他还是无怨无悔！

后来多多出师，自己开理发店，开业当天，李沐早早去捧场，同时还带了他们村里的同龄人一起来捧场。

直到有一天，李沐来店里理发时，说：“我马上走了，要去当兵，以后来你店里就少了，你要好好保重哈。”

多多还笑着说：“我当然好好保重了。”

多多不明白李沐话里的意思，直到后来她收到了李沐写来的第一封情书。

那天是逢场天。陈建川像以往一样又去镇上的公社看看有没有他家的信。专门负责收发信件的人递给了陈建川一封信，收信人写的多多，地址写的是多多家。

陈建川拿着信，看了下寄信人地址，是宁夏银川某部队来的。他想，多多怎么会认识宁夏的人呢？而且还是部队来信，那里离自己这个乡巴地有很远的路，可以说是遥远的。一定是别人寄错了。但陈建川又想，干脆先问下多多再说。

多多看着信封上的地址，觉得非常陌生。她说：“大概是别人寄错了吧。”然后将信还给父亲。

陈建川想了想，说：“这明明写的是我们家的地址，究竟是谁呢？干脆打开看了就晓得！”

“打开别人的信件可不好吧！”

“不打开哪晓得是哪个的呢？”

“即便晓得了，难道你好意思告诉人家，你偷看了人家的信？”

陈建川听多多这么一说，也觉得不是办法，说：“算了，不看了！”

“那这信怎么处理呢？”

“扔了吧!”

“与其扔了，还不如拆开看看!”

陈建川心想，也是，与其扔了，不如看看，也好知道个究竟。

陈建川拆开信后，大声地念了起来。信的开头写着：多多你好！收到我的信很意外吧，由于走得匆忙，没有来得及告诉你，但在走之前，我告诉了你，我去当兵了，只是当时没确定究竟分在哪个部队，所以才没详细告诉你。我当兵走了，走时，对你有些不舍。因为我喜欢你。上学的时候，我就默默地喜欢你……

陈建川大声地念着，念得非常认真。多多在一旁听着，越听越感觉像一个人，难不成是他吗？她想到了李沐!

于是说：“爸爸，你先看看写信的落款是谁!”

落款的字写得比较潦草，陈建川仔细地看了看，也没认出是谁来。他又递给多多，说：“你好好看看，是谁!”

多多拿在手里，仔细地看了起来，落款竟然和她想到的人一样，李沐。

知道是李沐写的来信，多多认真地看了起来。李沐在信中告诉她，从见到她的那一刻就喜欢上她了，却一直将那份情感埋在心底，直到初中毕业时也没有勇气表白。为了能够多看她几眼，也常常到多多待的理发店里。自己要当兵走了，有很多的不舍，到了部队，每天都想着她。刚去部队的新兵，每天都是辛苦的，但一想到她，所有的辛苦就烟消云散了。满纸写的都是对多多的相思!

陈建川见多多认真地看着那三页信纸，说：“究竟是谁，你认识吗?”

多多说：“认识，是我同学。”

“他给你写的情书!”

第一次收到情书，多多有些不好意思。

陈建川笑了笑，说：“把后面的也念了，我听听。”

“这是别人的隐私，你无权知道!”

“不说就算了，那个小伙子家庭如何?”

“这还是八字没一撇的事情，就别问了。”

陈建川不再追问，但多多的心里开始有了一个人。接连几天，她都在思索和矛盾中。她不知道，该不该给他回信。还在矛盾中没有走出来的多多又收到了李沐的第二封信。

读着李沐那温情的文字，多多忍不住还是给他简短回复了一封，信上的内容很少，甚至没有一页，但李沐对于她的回信如获至宝一样。慢慢地，他们的书信往来开始频繁，李沐的信始终保持一周一封。

如果说这是初恋，多多也开始了人生的第一次恋情。

想到这里，想到李沐，多多的脸上荡漾着幸福的光芒。有些莫名其妙的东西钻进了她的脑海里，她也感到自己的莫名其妙。

突然一个急刹车，把她带回了现实中。只听见有人扯开嗓门吼道："到站了！到站了！到成都了！到成都了！"

陈晓喊着："多多，该下车了。"

这里是成都的长途汽车站。

下车后，多多提着一个大大的行李包紧紧跟在陈晓身后，生怕走丢了。

过往的行人很多，他们大包小包或提着、或背着、或又背又提着。

陈晓不停地来回走动，眼睛四处张望，看看哪些汽车上写有成都——彭州市的字样。只要有这些标志，他就上前去问，到彭州市的车，几点钟走？

走了一圈下来，也没有一辆车到彭州市的。问过的司机要么装着听不见，要么就是趴在方向盘上呼呼大睡。

陈晓说："这些龟儿子真跩，答都不答理。"

多多说："是不是现在太早了，还不到发班车的时间。"

陈晓说："有可能，咱们先找个地方坐一会儿。"

成都的早晨雾蒙蒙的，还伴随着风，多多穿得单薄，不禁打了个寒战。尽管身上有些冷，但她有一种特别的感觉，这座城市似乎离自己很近。

多多和陈晓并肩前行，突然迎面有三个长得十分粗壮的小伙子向他们走来，其中一个小伙子的手臂上用绷带缠着，他用这个绷带缠着的手臂朝陈晓的身体撞来。

陈晓还没反应过来，另外两个小伙子中的一个就朝着陈晓的面部挥拳甩来，其中一拳打在了他的鼻子上，陈晓架在鼻子上的眼镜掉地了，变成了碎片。

陈晓先天性高度近视，佩戴的眼镜左眼一千八百度，右眼两千度，他戴的眼镜的镜片如瓶子底一样厚。失去了眼镜，他就看不清楚，看什么都是朦朦胧胧的。

其中一个没动手的小伙子凶巴巴地说：“没长眼睛啊，你，你看，你把我兄弟撞了。”

多多被这阵势吓得傻傻地，她甚至看都不敢看眼前的三个小伙子，心跳在不停地加速。三个小伙子长得一脸凶相，个个光头，还有个小伙子的脸上带着疤痕。

多多小心翼翼地将破碎的眼镜碎片从地上捡了起来，镜框断了。

陈晓没等多多将镜片递给他，就直接从多多手里拿过镜片。他将那个大点的镜片贴在了左眼上。这下，他终于看清楚了面前的三个小伙子。

陈晓毕竟在江湖上跑了多年，他知道这三人来路不俗，也深感不妙，与这伙人纠缠不得。

陈晓一手拿着镜片在眼睛上，一手拍了拍那手臂上绑着绷带的小伙子说：“兄弟，对不起，对不起!”

脸上有疤痕的小伙子说：“一句对不起就算了?”

陈晓说：“兄弟，实在对不起，我也是刚外出打工，身上也没啥钱，你看，我的视力不好，我把我口袋里的一点钱给你，算是给兄弟们买杯水喝。”

陈晓说着就从口袋里掏出了一把零钱。

脸上有疤痕的小伙子看了看多多，多多的目光正与他相对，多多有些胆怯。他说：“乡下妹子，喊声哥哥!”

多多哪里见过这样的世面，她吓得一个劲地往陈晓身后钻。

陈晓说：“这是我妹妹，人小不懂事，有得罪几个哥老官的地方，还请包涵。”

一直未说话的小伙子瞧了瞧多多，咧着嘴说：“乡下来的土包子，咱们走吧!”

有惊无险的一幕，让陈晓松了口气。

陈晓对多多说：“外面就是这样，啥人都会遇见。遇到这事，能躲就躲。”

多多不明白陈晓说的意思，说：“我们干吗不报警呢?你还给他们钱了。”

陈晓说：“对这些人，报警也不管事，多一事不如少一事，强龙斗不过地头蛇。给点小钱，买个平安，就当拿钱消灾。”

突然，一个声音响起，“到彭州市的车，上不上?马上就要走了。”

原来不远的汽车里传来一个女人的叫喊声。

陈晓和多多迅速地朝那汽车奔去，一个箭步，跨上了车。

坐在车里，多多想到刚才的那一幕，不寒而栗。她有些害怕，紧紧地蜷缩了一下身子。

陈晓看着多多的窘样，说："放松点，没事的。反正人在外面，一定要多长个心眼。刚才那几个人，我就知道来者不善，所以就花钱打发他们。"

多多点了点头。

又经过一个多小时的颠簸，汽车终于到达了彭州市。这是多多第二次来彭州市，他们在这里停留了两天，陈晓有事情需要办理。

多多在彭州市短暂地待了两天。她原以为可以到成都与李瑶好好地叙叙旧，顺便去看看成都有名的宽巷子、窄巷子，品尝那些名小吃，以及李瑶在信中告诉她的那些景点。没想到与成都擦肩而过，便随着陈晓踏上了去兰州的列车。

成都，多么亲切的名字；成都，常常是乡里人谈论的地方；成都，是四川的省会城市；成都，多少人梦想着去的地方；成都，是一个来了就不想离开的城市；成都，是一个天府之国的一个大城市……

在成都火车站，多多体会到了什么是人潮涌动，什么是人山人海。人们行色匆匆地背着行李，有的手里提着袋子，有的牵着年幼的孩子……一张张陌生的面孔显出焦急、期盼。他们奋力地向候车室的检票口奔去，似乎很害怕火车开走。

陈晓提着箱子走在前面，多多紧随其后。陈晓说："多多，一定要跟紧我，别走丢了。"

多多小心翼翼地跟在陈晓身后，生怕与他拉开距离，一不留神就看不见对方。

好不容易排队到了检票口，将票检了，又得向站台奔去。一到站台，人们就像关久了的鸭子，在打开笼子的瞬间，猛烈地扑向各个车厢，有的甚至直接从车窗口翻进去。上车的人实在太多，有的人甚至踩着别人的身子上车。

陈晓费了好大的劲才把多多推上车，多多第一次体会到了出行的艰难。他们按照手里的车票找到了对应的位子。刚刚落座一会儿，随着一声"呜呜"的长鸣，火车开始走动了。

多多将车窗开了一条缝，一股强烈的寒风迎面而来。好大，她又赶紧将窗户拉下。

陈晓拉了拉自己的衣领，就闭着眼睛养起神来。多多看了看他，便将目光望向窗外，她有种说不出的感觉，是兴奋，还是一场梦？总之，她的脑袋里是乱糟糟的。她不停地思索着，到了陌生的环境，自己能适应吗？真的走出去就可以改变一切吗？自己就要离开四川了。多多想了很多，也没理出个头绪。她想，走出去，一定会对自己有所改变。那里，也许不是天堂，但也不会是地狱。自己，也许就是在天堂与地狱之间游走着。

兰州，对于多多来说是陌生得不能再陌生了，如果要说知道点，那也是在中央电视台播放的天气预报中知道地球上还有这样的一个城市；当然，这样的情况还有很多。兰州，一下与多多紧密联系在了一起；兰州，在多多心里突然拉近了距离。

事实上，兰州是一个历史悠久的城市，坐落于祖国的西北，往西，是河西走廊。数千年前，丝绸之路从这里经过，这里是中原通往西域的前哨，所以西域商人必然取道此处，越过狭长的金城关口，来到一座千年古城，带来葡萄美酒、玉石珠宝，带来开放和交流；又从这里带走丝绸、茶叶、瓷器，穿过河西走廊，再越过西域一片片的胡杨林和绿洲，继续前行。往来的商旅成就了人烟市肆，使这座黄河岸边的城市千百年来在西北大地上独树一帜。

火车隆隆地前进着，多多的思维不停地翻滚着，那里是个什么样的城市呢？高楼大厦，车水马龙，还是……想着想着，多多脸上写满了兴奋。她深信，兰州比家乡好！

火车不停地向前驶去，多多也从兴奋中慢慢疲倦，渐渐睡去，蒙眬中只感到火车的长鸣和哐当声。也不知自己睡了多久，当她睁开眼睛时，窗外已经露白。她揉了揉惺忪的眼睛，问陈晓：“哥，还要坐多久才到？”

陈晓说：“刚过宝鸡，火车刚调头，还早呢。”

多多哦了一声。

火车快速地行驶着，一会儿穿越一个隧道，时而将人们带向光明，时而带向黑暗。

陈晓给多多讲一路需要经过的地方。很多地方，多多都是第一次听到。当讲到秦岭地名时，多多就一直留意着，生怕就此错过。在多多上学时，从课本上知道了秦岭有红叶，是一个非常漂亮的地方。

多多突然期盼快到秦岭，她希望看看真实的红叶。

陈晓说："看，红叶！"

漫山遍野的红叶爬在山坡上，整个山坡红得似火。

多多感叹道："只能远观，不能近玩，要是能亲近这些红叶，摘上几页做书签该多好！"

陈晓说："等以后有机会，你去北京，那里的香山也有红叶。"

"到北京有多远？北京大吗？"多多问着。

"很远的，也很大的，北京是中国的首都，北京还有很多外国人。"

听着"北京"这两个字，多多觉得这辈子要是能去趟北京，看看天安门、毛主席纪念堂、颐和园、香山，也值了。到时，最好也亲眼看看老外，那将是多么幸福的事情啊！

乘坐了近三十个小时的火车，多多有些疲惫，她站了起来，伸了伸懒腰。突然发现，火车上的人明显得少了很多。

这一天来，多多没有洗脸，没有刷牙，火车上实在不方便。为了少上厕所，她连水都少喝。

这时，广播里传来声音，"前方天水马上到站，请下车的旅客做好下车准备。"多多这才听见有人说，兰州快到了。

陈晓起身，将多多的行李包从行李架上取了下来。他对多多说："妹，我把你的东西准备好了，到了兰州，胡一峰哥和单大海来接你，我得到新疆。单大海是胡一峰哥舅妈的儿子，我跟他们都说了，你在那里他们会照顾你的。哥给你一句话，膏药纸一张，看你自己去熬。你有什么事，就给胡一峰哥说。"

多多静静地听着，然后点点头。

提到胡一峰，多多认得他。他是陈落梅的爱人。几年前的一个春节，他带着全家回了趟老家，回来时还给家族里去世的人上坟进香。

那次，胡一峰穿戴时尚。全身一套黑色的皮衣服，头上戴着一顶礼帽，鼻子上架着一副近视眼镜，留着浓密的黑胡子。因为装束独特，打扮另类，多多见到他的瞬间有些胆怯、害怕。

胡一峰读懂了多多，知道多多还是个小孩子，便走上前来，蹲下身子拉着多多，微笑着说："你是多多吧，来，哥哥抱抱。"

多多有些不好意思，赶紧跑开了。她躲到远处，悄悄地看他，像看外星人似的。她发现，这个哥哥是那么平易近人。从那以后，胡一峰便带着全家回到彭州市，再没回过老家了。胡一峰在多多的记忆里依然是模糊的。

多多那时还是个孩子。家里来个远方的客人简直就是喜事。她高兴家里来客，却又不好意思与远方来的客人待在一起。现在，多多长大了，也懂事了。而今还离开家，去与那个仅见过一次面的胡一峰他们一起工作和生活，想到这里，多多就多了一丝兴奋。

多多将目光移向窗外，窗外雾很大，能见度很低，远远望去，能见到星星点点微弱的灯光在黑夜里挣扎。慢慢地，她看到了五彩缤纷的灯光以及最亮的地方。她在心里问，那是哪里？

一阵骚动，有人喊着："兰州快到了！兰州快到了！"

接着，多多听到广播里传来兰州到站的声音。

兰州是大站，下车的人很多。陈晓把行李递给多多，就一起在来往的行人中搜寻胡一峰他们的身影。多多对胡一峰的印象还定格在当年见过的形象上。

"陈晓！陈晓！"陈晓听到有人喊他，他朝声音望去，在第12节车厢窗口见着了胡一峰以及单大海。

陈晓反应极快，他迅速地将多多的行李从车厢处递给了胡一峰，同时让多多赶紧下车。

多多下车后，回过头去，火车开走了，她甚至没来得及给陈晓说声再见。

胡一峰把单大海介绍给了多多，说："这是单大海，我舅妈的儿子。这是多多，我昨晚跟你说的。"

多多看了看单大海，单大海个子高高的，他很友善。可能是有些冷，单大海不停地搓着手。他问："下车了，冷吧。"

多多说："不冷。"

多多没有说实话，因为她不好意思讲出来，毕竟与他们还不太熟悉。她发现胡一峰与当年自己见过的他有了很大改变。那特别醒目的长胡子不见了，时尚的装束不见了，取而代之的是一身休闲服装。特别是胡一峰和蔼可亲的笑容，更拉近了多多与他的距离，她感到胡一峰异常亲切。

多多跟在他们身后，走在冷清的大街上。寒风瑟瑟，她只感到风打在脸上，特别的疼。她拉了拉衣领，先前坐车的疲倦早已消失，面对的是崭新的生活环境。

胡一峰说："我先带你去吃饭，暖和暖和，然后去招待所，那家招待所就是我刚来时住的，明天我重新租房，现在只有一间。"

他们七拐八弯，终于走到一个叫文化宫的地方。在文化宫的对面有一家面馆，胡一峰领着他们走了进去。

刚刚落座，单大海就说："这里的炒面很好吃的，北方的面条比咱们家那边的好吃，改天带你吃兰州拉面。"

他们讲着一口普通话，多多静静地听着。多多本想学着跟他们一样说话，但就是开不了口。

多多没吃过炒面。她只知道面条是放在开水里煮的，然后放上油盐即可。而且以前吃的面条，油珠子都没几点。多多正在想着炒面究竟是什么东东时，一个带着白帽子的高个子伙计便端着一盘炒面递了过来。

单大海说："你赶紧吃吧！"

多多有些拘谨，她看了看胡一峰，又看了看单大海，问："你们不切吗？"

单大海听到多多说切，不知是啥意思。问"切是什么意思？"

胡一峰说："吃。"

单大海说："多多，出来了，不能说你们老家话，别人听不懂。"

多多点了点头。

胡一峰说："你赶紧，趁热吃了暖和，我们都吃了。"随即，他喊着："老板，来碗面汤。"

"好嘞！"一个声音响亮地回答道。

胡一峰又说："吃完面，再喝碗面汤，很好的。"

多多埋头切着炒面，她觉得这面太好切了。这里的面不像家里的面，一根一根的。这面是一块一块的，里面油多不说，还有西红柿、白菜，色香味俱全。

虽然这盘面的分量比较大，多多还是把它切完了，切完后，她又把那碗面汤喝了。一下子，多多感到自己的脸都是热热的。

胡一峰看着多多说："这下暖和了吧！"

多多嗯了一声。

胡一峰喊着："老板，买单！"

还是刚才端面的那个伙计，他快步地走了过来，多多本想自己付费，但还是胡一峰掏钱结的账。

胡一峰说："我们现在就去西站招待所。"

招待所对多多来说，是熟悉而陌生的。熟悉的是曾经在电视上和村民们口中听见过招待所的名字；说它陌生，是因为从未住过招待所。她只在电视里看到住招待所要出示身份证，仅此而已。

多多突然想到，招待所安全吗？会不会遇见坏人？想到这点，她不觉有些紧张起来，但她又不敢问胡一峰和单大海，毕竟，跟他们在一起，她还是略感生疏。

多多小心翼翼地跟在他们身后，一路上大家都没有出声。他们安静地在城市的夜晚走着，城市显得异常冷清，浓浓的雾笼罩着，能见度很低。

他们穿过一个铁路轨道，来到一条小街上。小街上的商店早已打烊，偶有一两个行人在街道上行走。街道上，红色的招牌闪着晶亮的光，牌子上醒目地写着"西站招待所"。

胡一峰说："到了。"

胡一峰刚进大门，招待所的前台里坐着一位戴着眼镜的老头，招呼着："小胡，来啦！"

胡一峰说："您好，杨大叔，今晚给您添麻烦了！"

戴眼镜的老头用手扶了下鼻子上的眼镜，半眯着眼睛看了看多多，说："欢迎呢！"

"这是我堂妹，得在这住两天。"胡一峰一边说，一边掏出他的身份证和钱包。

办理完住宿登记后，胡一峰对多多说："这是杨大叔，人可好了，我在这里就住过几次，很安全的。"

戴眼镜的老头非常友善，他望着多多说："川妹子吧，放心，在这里住，保证安全。"

胡一峰也说："这里不是其他旅店，是国营的。"

"国营是啥意思？"多多问道。

胡一峰说："国营就是国家办的，归政府管理。"

戴眼镜的老头拨了个电话，喊道："杨娟，快来下，这里有客人！"

一个年轻女孩噔噔地从楼梯上跑了下来，她看了看多多，杨大叔对她说："带这个川妹子入住！"

胡一峰说："多多，我们就先走了，你安心地住在这里！"

多多跟在杨娟身后，走进了一间屋子，屋子里有两张单人床，一个衣柜、一台电视、一部电话。一张床上躺着一个大约四十来岁的女人，穿着紫色的内衣，一床被子盖在身上，她正在津津有味地看着电视。她对房间里进来的两个人一点表情都没有，只是淡淡地瞟了一眼，好像一切与她无关，又继续看着电视。

多多瞥了她一眼，就走到另一张空着的床铺前，她正要坐下时，杨娟说："洗脸刷牙洗澡的地方在走廊的一个公共洗手间，走，我带你去。"

多多洗澡刷牙后，就上床休息了。她从进来到睡觉都没有与房间里另外一个女人打招呼。那个女人也把多多当空气一样，好像多多压根就不存在似的。也许都是陌生人，彼此都有戒备。

多多躺在床上，闭着眼睛，翻来覆去，总是感到睡不踏实。她的脑海里出现了一个念头，今晚不能睡觉，要是睡着了，眼前的这个女人把自己口袋里的钱偷走了咋办？在老家的时候就听人家说了，住招待所被偷的事情是很多的。

多多悄悄地瞟了眼对面床上的女人，那个女人长得敦实，脸上有些红红的，一头长发披散着。那女人打着呵欠。她拉了拉被子，让自己的身子裹得更加严实。多多感到无聊，也感到孤独。房间里电视的声音在耳边响起，她数着时间，不停地盼望天亮。这个夜晚她睡得极度小心，这个夜晚她感到异常漫长。

多多接连在西站招待所住了三个晚上，她认识了这里的两个人，杨大叔以及他的女儿杨娟。他们父女俩对人非常亲切，多多感到他们都是好人。每次进出，多多都会友好地与他们打个招呼。

这天早上，多多早早地起床，洗漱完毕，到招待所的前台将房间退了。因为昨天下班的时候，胡一峰已经告诉她房租好了，是两间平房。多多走的时候，杨叔还说欢迎多多常去。

多多离开的时候，回头看了看西站招待所的红色招牌，非常醒目，她在心里想，自己大概不会来这里住了。随后，多多挎着她的小包，乘上街车，按照胡一峰给她提供的地址，去了他们即将搬家的地方。

刚来兰州，多多对这里一点不熟悉，除了知道自己上班的亚欧商厦和自己住的西站招待所，其他地方都是陌生的。即便胡一峰把地址告诉她了，她还是问了好几个路人才找到的。那个地方比较偏僻，也比较破旧，由于没有门牌号，甚是难找。

当多多走进胡一峰他们住的地方，她傻眼了，低矮的平房破旧不堪，房门不远处就是堆放的垃圾，时不时还能闻到异味。

这哪是房子，只能算是个窝，是耗子住的窝。突然，一只耗子不知从哪个旮旯蹿了出来，嗖地又跑了。胡一峰说："这里就是耗子多。"

多多站在床沿旁边，她没有坐下。屋里很昏暗，破旧的墙壁都是用废纸箱皮贴的，由于门太低，个子高的人需要缩下脖子才能钻进去。房间大概五六个平方，没有凳子，更别谈桌子，只有一个纸箱上面放了一块木板作为菜板以及所有的日常生活用品。中间放了一只做饭的炉子。

多多扫视了整个房间，房间里没有一样值钱的东西。胡一峰看了看多多说："在外面，能将就就将就。"

多多在心里想着，我家的猪圈也比这好。真应了那句，在家天天好，出门时时难。

多多在房间里待了大约半小时，就去商场上班了。一路上，她都在想一个问题，胡一峰哥租的房子会是什么样的？难不成也与刚才看到的房子一样？不是说胡一峰他们挣钱了吗？怎么有钱还租这样脏乱差的房子？

因为走神，多多原本该在西关十字那站下车的，结果提前一站就下了。左等右等等不来车，她决定走着去上班。

一路上，她发现有的人灰头土脸，有的人的脸颊上泛起一团团红晕，有的外形长得漂亮，但一张嘴，牙很难看。她觉得很奇怪，这里人怎么跟老家的人长相有区别？多多那时还不知道，人的长相与地域是有关系的，与水土也有关系，她更不知道一方水土养一方人的道理。

多多不知不觉地就走到了亚欧商厦。亚欧商厦位于兰州市城关区中山路，主要经营日用百货、副食品、化妆品、黄金珠宝、服装鞋帽、箱包皮件、运动休闲、文体用品、家用电器、国际名品等10万余种特色商品，作为兰州首个集购物、娱乐、休闲与餐饮于一体的现代化、多功能综合性商厦，经营规模不仅居全省首位，在西北地区也是首屈一指的。多多所在的柜台在文体用品部。

文体用品部基本上都是卖体育用品的，也有个别柜台卖血压仪、按摩器、穿戴药物保健品。多多所在的柜台就是穿戴药物保健品专柜，换句话说，这是商厦将柜台租赁给了个体。

也就在这时，多多才知道商场的柜台是可以出租的，以前她以为商场都是国营的，实则是由很多个体组成的。

多多走进柜台，换上工作服，把工牌用别针扣在了左胸前。她笔直地站着，见有顾客来到柜台前就热情地迎过去，一边给顾客递去产品的宣传单，一边耐心地介绍着。

多多很会说话，在接触这些产品时就认真阅读了产品介绍，因此在向顾客介绍产品时，她说得头头是道。很多顾客听了她的游说，也忍不住要买。

第三十一章　罪恶与天使

北方的夜晚比南方的夜晚来得早些。不到五点，外面就雾蒙蒙的。整个城市仿佛被夜色吞没了，只有那星星点点的灯光在陪伴着城市的夜晚。

还有几分钟下班，单大海从三楼跑到二楼来跟多多说："下班了，你收完柜台去门口等我。"

多多说："好，我这就收柜台。"

多多迅速地收完柜台上的货，然后将柜台的玻璃门锁上，去了门口等单大海，左等右等就是不见单大海的身影。大约等了十来分钟，多多见单大海没来，就到他的柜台去看，单大海的柜台收拾完了，但却没人。她赶紧到门口去找，亚欧商厦很大，有好几个进出门，几个地方都没有，她的心开始不安了。单大海究竟去了哪里？

多多焦急万分，她来来回回地找单大海，在茫茫人海中搜索着单大海的身影，单大海就像蒸发了一样，没有了踪迹。

找不到单大海，多多没办法回家。因为新租房的地方她没去过。她责怪着自己，刚才为啥不问清具体的位置呢？

多多还想着就在自己所站的柜台等单大海，她想，也许单大海找不到她，就会到这里找她的，但商场里的保安开始清场了，她不得不离开。

多多站在亚欧商厦的门口，有些不知所措。因为她找不到家，这怎么办呢？自己究竟该到哪个门口等呢？多多担心这样相互的找会错过，于是坐在正门口等他。等待是那么的难熬，也是那么的无聊，等得她心烦意乱，暗骂，该死的单大海，不给我说清楚地方。

一刻钟过去了，半小时过去了，一小时过去了，两小时过去了，依然没有单大海的身影。广场上夜市的小吃摊早已拉开，人声鼎沸，好不热闹，多多凑过去，在烧烤摊上买了五串羊肉串。她拿在手上，一边走一边吃，但她却感到异常无聊。她又到金达商城门口徘徊着。不知过了多久，先前在广场上的很多人，渐渐地少了，零星星。她开始紧张，心在嘭嘭直跳。

她望着朦胧的夜空、冷清的城市，感到自己好可怜，自己就像被遗弃的羔羊，找不到回家的路。

她心里盘算，总不能流落街头，自己对于这座城市最熟悉的是西站招待所，于是就朝对面走去，心想，今晚只能回西站招待所住。

多多沉重地迈着步伐，她的心里有些担忧，甚至是害怕的。这座城市她刚来不久，所有的一切都是陌生的，在这个陌生的城市，现在与谁都联系不上，真是两眼一抹黑。要是在这个时候，遇到不幸，该怎么办？多多的心跳加速了。

真应了那句，怕什么来什么。突然，从多多的对面走来了两个男人，一胖一瘦，其中一个胖的推着自行车。他们问了几句多多听不懂的话。

多多毕竟刚到此地，四川方言很浓，加上没有社会经验，除了四川话，其他语言根本听不懂。但从两个人的面部表情可以看出，他们绝对不是好人。

两个男人一左一右地站在多多面前。一种不祥的预兆朝多多袭来，她觉得有些不妙，大声地喊："救命啊！救命啊！有坏人，有坏人！"

多多的喊声非常的小，像被什么东西将喉咙卡住了，喊出的声音是嘶哑的，好像根本就没有人听见，她的大脑空空的，只是一个劲地往前冲。瘦男人一下拉住多多，胖男人用自行车挡住了她。

三十六计走为上。多多想到的是跑。那个瘦子紧紧拽着多多，要多多跟着他走。多多也不知是哪来的勇气，对着瘦子的手狠狠地咬了一口，痛得他赶紧甩手。胖子见同伴受伤，也赶紧抓住多多，多多用脚狠狠地踢了他两脚，由于失去重心，胖子的自行车倒在了地上。多多趁他去扶自行车时，使劲地跑，她使出了吃奶的力气，以致在跑的过程中鞋子都掉了一只。她见鞋掉了，又赶紧捡起来，最后干脆将另一只鞋脱掉，光着脚丫没命地跑。

多多跑啊跑啊，不慎又摔了一个跟斗，倒在了水泥地上，她没有顾忌身上的疼痛，只是一个劲地跑着，最后她看到一个站台上停着一辆 32 路公交车，赶紧冲了上去，她用两角钱买好票后，眼泪齐唰唰地往下掉。

这是无助的眼泪，是惊恐的眼泪，是遭遇的不幸的眼泪。

站在公交车上，多多不知道这车是开向什么地方，她一边擦着眼泪，一边在车上找公交车的方向说明，但没找着。她又问了问车上售票员，售票员瞥了她一眼，并没有告诉她。

多多眼巴巴地看着售票员，无奈地站在原地，然后才将手里的鞋子穿到脚上，任由公交车将她带到一个自己也不知道的地方。过了好一会儿，售票员大声地喊着："下一站是终点站，请乘客做好下车准备。"

到了终点站，多多跟着其他乘客走下了车，她看了看站牌，是火车站。火车站是个人群比较混杂的地方，多多根本不敢在火车站停留，她只知道一个地方，那就是西站招待所，那里离兰州西站很近。

路在嘴上，也在脚下。多多接连问了好几个人，问怎么去兰州西站，对方都摇摇头。多多不知道是自己说的不清，还是对方没听明白，她感觉与对方对话，是非常艰难的。只看见对方的嘴在动，叽里呱啦地说着。

多多第一次体会到了语言上的障碍。她第一次出省，不会说普通话，与对方说着四川话，人家也听不懂，她是又比又画地告诉着对方。好不容易找到了一个人，能听懂她说的话，对方说："你应该坐32路车，赶快点，这是最后一班了。"对方说着，还给她指了指方向。

多多看见了，她快速地跑了过去，甚至都没来得及向对方说声谢谢。她快速地跳上了车，总算赶上了最后一班车。

坐在32路电车上，多多的心还在狂跳着，她努力地做着深呼吸，希望能使自己的内心平静下来。

一路上，车子走走停停，红灯处要停，每到一站要停，上车的人越来越少了，快到终点时，车上的人已寥寥无几。多多原以为车要到终点站，结果还有一站多的路就收了，乘务员喊着大家下车。

多多胆战心惊地走在街上，在陌生的城市行走在黑夜里，她被恐惧袭击着，担心再有刚才的事发生。想着，想着，多多加快了脚步。

突然，背后传来很粗的声音，"妹子，你住哪里，我送你吧。"

多多装作没听见，自顾自地朝前走。她的脚步越快，后面就跟得越紧，她不敢回头，但从声音可以听出，一定是个男人。

"妹子，你到哪里去？我知道地方。"那人说道。

多多装作没有听见，继续向前走着。她两个脚走路，抵不上人家两个轮子走路。那人迅速拐到多多身旁，从车子上跳了下来，多多看清了他，是个中年男人。他穿着一件厚厚的军绿大衣，戴着一双厚厚的手套，脑袋上顶着毛茸茸的帽子。因为靠得太近，多多能闻到他身上的烟味。

多多想避开这个男人，她讨厌他！

“妹子，我是好人，告诉我，你去哪里?”那人又说。

多多还是不理会，她不敢和陌生人说话。多多放开脚步开始跑了起来，但她的鞋子一点都不争气，跑了几步就掉了。

那人见多多跑了，紧紧跟了上来，他一手扶住车，一手紧紧抓住多多，说：“跟我走，我会照顾你的!”

多多知道了这是坏人，他露出了本来的面目。为了使自己能够顺利逃脱，多多迅速观察着前面的路，她知道，这里应该离西站招待所不远了。

多多说：“你放了我，我家就在前面!”

对方咕噜咕噜说的什么，多多没有听懂。她挣扎着，说：“放开我！放开我!”说着多多就挣扎了起来。

多多根本不是对方的对手，对方的手臂像铁钳一样坚硬，任由多多挣扎都没用。无奈，多多只得顺从地跟在这个人身边，她一边走一边观察着，趁这人放松警惕的瞬间，狠狠地咬了他的手一口，那人啊的叫了起来，说时迟，那时快，多多趁机挣脱开了。她一边跑，一边喊，抓坏人，抓坏人……

多多使出了吃奶的力气，拼命地一口气跑到了西站招待所。坐在前台里的杨大叔见到她，连忙从里面走了出来，问道：“川妹子，怎么啦?”

多多的眼泪顺着眼角流了出来。她哭着说：“你们这里好多坏人，好多坏人，好多坏人!”多多说着，躲在一个角落，蜷缩在那里歇斯底里地哭了起来。

杨大叔拍拍多多的肩，说：“孩子，到底发生了什么事情？你哥呢?”

多多摇了摇头，一个劲地哭着。哭了好一会儿，说：“大叔，我能在你这坐一晚吗？我明天付费，好吗？”

“孩子，别哭了，不要害怕，有我们呢！你怎么啦？告诉大叔，你吃饭了吗?”

多多不停地哭着，不停地摇头。杨大叔不知道究竟发生了什么，但他可以肯定，眼前这孩子一定遇上了什么难处，不然她不会那么伤心，甚至悲痛欲绝。

他继续安慰着多多，说：“孩子，到了这里就安全了，赶紧起来!”

杨大叔将多多扶在了一旁的一张椅子上坐下。大概是哭累了，多多的情绪开始平静了下来。多多的哭声太大，影响了不少人，大家纷纷从自己的房间跑出来，要看个究竟。杨娟也跟随着大家，从自己的房间走了出来。大家关切地问："究竟发生了什么事？"

多多将自己遇到的事情来龙去脉地讲了出来，有人说："我知道你说的地方，我送你去吧！"

杨娟说："爸爸，让她就住这里吧！"

杨大叔说："你们赶紧回房间吧，我知道这个孩子的家人。"

大家在议论中进了自己房间。杨大叔对杨娟说："她还没吃饭，你给她泡碗方便面。"

多多坐在椅子上，感觉自己非常的可怜，在这样的夜晚，这里成了她救命的一根稻草，她觉得自己像被这个世界再一次抛弃。

杨大叔问："多多，知道你哥哥的电话吗？"

"他没有电话。"

"你知道自己上班的地方吗？"

"知道。"

"今晚就在这里安心住下，明天上班时，说不定你哥哥在上班的地方能找到你的！"

杨娟端着一碗泡面走过来，递给了多多。杨大叔说："赶紧吃吧，孩子！"

多多吃着面，眼泪再次流了出来。她一边吃，一边说："谢谢杨叔叔！"

吃完后，多多与杨娟住到了一个房间。杨娟像个大姐姐一般，细心地照顾着多多，还不停地安慰着她。

这个晚上，注定使多多有了个不眠之夜。尽管有杨大叔收留她，但在招待所里，她睡得很小心，她不敢放松睡，不光担心口袋里的几百块钱（这是白天卖货的货款）会被偷走，更担心自己睡过去后，要是被不怀好意的人带走怎么办？画龙画虎难画骨，知人知面不知心。要知道，此时此刻，没有任何熟悉的人知道自己的下落，自己是否就会成为村里的陈硕第二？不知不觉就在这个世界上消失了？生命，有时是出奇的渺小！生命，更多时候与亲人无关，与亲情无关。在多多有限的认知里，她发现，血浓于水的说法是骗人的，如果血浓于水，自己的父母当初为何想把自己送人？如果血浓于水，陈旭的亲生父母为什么要把他送给别人？因此，这与人性的恶有关。

躺在床上，多多佯装自己睡着了，只有她自己清楚她内心里的煎熬。这一晚上，胡一峰和单大海在她没回家的情况下是否在找她？多多非常期盼他们能来找她，她想，自己在这个地方，他们多少能想到的。

多多一会儿看一下时间，一会儿又看下时间，每一刻钟都过得非常的漫长，她急切地盼望着天亮。在不安中，多多度过了犹如一个世纪那般长的夜，那夜，好难熬！

杨娟醒来的时候，见多多已经坐在了床沿上，问："昨晚睡得好吗？"

"很好，我刚醒来的！"多多谎称说。

"你先等一下，我马上起来，去给你拿牙膏牙刷！"

杨娟的动作非常麻利，三两下就把衣服穿好了。接着又说："一会儿我带你吃饭，然后再送你去亚欧商厦找你哥哥。"

"不用了，杨姐！"

"你行吗？我听我爸爸说了，你是第一次出远门，岁数还比较小！"

"我真行的！放心吧，找不到，我再来你这里！"

"那好，走吧，我们去洗脸刷牙！"

洗漱后，杨娟带多多去了招待所旁边的兰州拉面馆吃拉面。在拉面馆里，伙计问："要一细二细，还是要韭叶子？"

多多听不懂对方说的什么，便问杨娟。杨娟说："一细就是比较宽的面条，有点像皮带，二细就是比一细要窄的面条，韭叶子，就是像韭菜一样宽的面条，当然还有毛细了，像银丝一样细。"

"那我要毛细吧！"多多说道。

杨娟喊着："伙计，一碗毛细，一碗韭叶子！加牛肉！"

"好嘞！"伙计爽快地应着。

杨娟说："到了兰州，就得吃这里的牛肉拉面，是非常有名的。"

提到拉面，多多在刚来兰州的当晚，单大海就告诉了她。她没想到，第一次吃拉面，居然是杨娟请她的。

杨娟说："这里拉面是西北城乡独具地方风味的面食名吃。用手把面块拉成面条，这些都是有记载的！"

"一会儿我就好好品尝下，看这里的拉面味道如何。"

"来了！"伙计一边大声地喊着，一边将两碗热腾腾的面端上了桌。面条的上面飘着几片牛肉和香菜。

多多还没有吃过牛肉，但她不好意思说出来。她是硬着头皮夹起牛肉送进嘴里的。她原本认为牛肉是不好吃的，结果牛肉比猪肉还香。

杨娟说："觉得味道如何？"

"真好吃！"

杨娟笑了笑，说："赶紧趁热吃吧，一会儿我送你去上班。"

"谢谢了，杨姐，等会儿我自己去。"

吃完早餐，多多看了看时间，此时已经是早晨七点半了。杨娟送多多到了车站，说："找到你哥时，给我们来个电话，没找到，就先来我们这里。"

多多听着对方温暖的话，特别是在关键的时候有人对她敞开了温暖的怀抱，感激得热泪再度流了下来！她一再说着谢谢的话。

杨娟拍了拍她的肩，说："去吧。"

杨娟这个名字，从此刻在了多多的心底。这是位萍水相逢的人，这是在异地他乡遇见的好人，她给了多多温暖，让她在异乡感受到了那份不一样的情怀！

在这个初来乍到的地方，既让多多遇上了坏人，也让她遇上了好人。坏人让多多对这个地方产生了不好的印象，而好人又让多多对这个地方有了新的认识。也许，大千世界，好人与坏人往往都是并存的。

多多刚到亚欧商场正门口，胡一峰和单大海已等在了那里。他们见着多多后，都立即迎了上去，关切地问道："多多，你昨晚去哪里了？"

多多说："我去西站招待所了。"

胡一峰说："没事就好，没事就好，吓死我们了，你要有个三长两短，我们怎么交代，我们昨晚找了一个通城，没有目的地找了一晚上，没想到你会在招待所。"

"都怪单大海，他没给我说清楚地址，害得我到处找，结果我还两次遇到坏人，好在西站招待所的杨大叔收留了我。"

"你没出事吧？"胡一峰有些担心地问道。

"没有，我跑掉了，但现在想来还心有余悸！"多多说。

单大海看着多多，一脸地愧疚，埋着脑袋说："对不起，多多，都是我不好，以后再也不把你搞丢了！"

多多没好气地说："还有以后呢，哼！"

单大海自知理亏，一脸赔笑地说："晚上我请你吃兰州的涮羊肉，算是道歉。”

胡一峰在一旁也说：“多多，就让单大海请吃饭了。”

单大海说：“时间不早了，我得去上面上班了。”

胡一峰说：“去吧，单大海，以后下班，一定要带好多多回家！经过昨晚多多这事，我发现没有个联系方式不行，我这就去买个传呼机，有了传呼机，联系就方便了。等我买好后，再过来告诉你们号码。另外，我也抽个时间去感谢下杨大叔。”

“好的。”单大海转身走了。

多多也说：“我先上去上班了。”

多多站在柜台里，她的大脑里想的都是昨晚发生的情节，那些情节像电影片段一样，住进了她的脑子里。她想着，要是没遇上杨大叔，自己将面临怎样的遭遇？是不是在自己身上就会发生意想不到的悲剧？他们是在自己最困难、最无助的时候，给了她温暖，给了她帮助，让她在黑暗的时候见到了光明，他们是她生命中的贵人！他们是救自己的天使。

第三十二章　独在异乡为异客

每天上班下班，今天重复着昨天的日子，明天还得重复今天的日子，日子就在这样的重复中过着。多多俨然过着城里人的生活。就如当初在家时，父亲讲的那样，不用风吹日晒了，不用每天干活到天黑。朝九晚五的工作，是非常惬意的，但却没有周末。

胡一峰在兰州设立了两个柜台，同时在西宁也设立了几个专柜。西宁那边是他请人在照看，只是偶尔过去看看情况，到了月底，去结账而已。如果那边缺货，他就发货过去。所以，更多的时间是在兰州。胡一峰每天都会到柜台去了解销售情况，遇上哪个地方有货物快缺了，就及时补上。他干的活基本上是负责货源，收账结账，除此之外，是买菜做饭。而多多和单大海就是负责在柜台上站柜卖货。

多多每天在商场进进出出，觉得自己跟城里的人相差无几。但下班后，回到租住的小屋，她发现，原来自己不过是一个漂泊者。

多多和胡一峰单大海住在一起。胡一峰租的房子是两间平房，胡一峰与单大海住一间，多多自己住一间，但多多住的这一间是集做饭、吃饭、睡觉于一体的综合性房间。他们住的院子是一个四合院，院子里还住着好几户人家，有三家河南人，一家湖北人，还有房东。

胡一峰最善于做的菜是大锅菜，在一个锅里煮着各种各样的菜，俗称“大杂烩”，美其名曰：兰州这里冷，吃着汤汤水水的菜热火。

这天晚上，胡一峰一改常态，居然做了顿川味火锅。单大海坐在一个纸箱子上，蜷缩着搓着手，看着那红红的锅底，忍不住说：“口水都出来了，好久没吃着辣的了。”

“我们偶尔也得改善下伙食。”胡一峰一边切菜，一边说。

多多在一旁剥着蒜。

胡一峰转过身来，一手拿着菜刀，一手扶了扶鼻子上的眼镜，他见多多还穿着厚厚的外套，说：“多多，进屋后要把外套脱了，不然再出去时，容易感冒，外面温差比较大的。”

“没事的，就这样穿上吧。”多多不想脱掉外套，毕竟房间里比外面暖和不了多少。

“等会儿你不出去上厕所吗？别忘了，这里去公共厕所还有点路呢！等你一会儿出去了再进屋，更冷的。”单大海睁着那双大大的眼睛看着多多说。

单大海说的是大实话。四合院里没有卫生间，每次上厕所都必须到公共厕所去。公共厕所离院子至少有两百来米距离。自从住进这个院子后，碰上晚上多多上厕所时，单大海都必须陪着去，哪怕是半夜多多要上厕所。因为厕所周围常常躺着或坐着几个人在那里吸大烟。他们个个面黄肌瘦，穿着邋遢。胡一峰为了多多的安全，所以将陪多多晚上上厕所的任务就交给单大海了。

也就在那里，多多知道了大烟是什么东西，也就是人们说的毒品。

几个人通力合作，所有的菜都准备齐全了，胡一峰说：“单大海，赶紧摆桌子吃饭！”

三个人一人坐一个方向，围着一个铁锅吃起了火锅。

单大海说：“要是有点酒就好了，那才巴适！”

“好像箱子里还有点酒，你去拿出来。”胡一峰说。

单大海起身，在一个箱子里拿出了一个酒瓶，酒瓶里还有半瓶酒。他又拿出两个碗，分别斟上一些。

“多多喝酒不？”胡一峰问。

“我可不喝！”多多说。

“来一点哈，不会醉的，女人天生三分酒量呢！”单大海说。

“我真不喝！”多多说。

“来，咱们兄弟干！”单大海说着就端起碗与胡一峰碰了碰。

胡一峰抿了一小口酒，说：“多多，你来了有些时间了，给你父母写信没有，要给他们写封信，免得他们担心。”

“还没有呢。”多多说。

“写啥子信嘛，打个电话，三五分钟就解决了。”单大海说。

“多多家还没有电话，她们那个地方是丘陵地带，比较贫穷的。”胡一峰说。

“你们村就没有一部电话？多多？”单大海有些不敢相信，再次问道。

“没有。”

“你们那里也太穷了吧，电话都没有，这都啥年代了，可是九十年代了。”

“他们那个地方你没去过，交通非常不便，要想富，先修路，路都不通，经济就发展不起来，不穷是怪事！”胡一峰一边吃着菜，一边说。

听着他们谈论自己的家乡，多多静静地听着。他们说的都是实话。多多想，既然自己走出了第一步，以后就不要回到那个地方去。

整个晚饭都是围绕着多多的家乡在谈论着，谈到最后，胡一峰说：“多多，以后你一定要嫁出来，不要回到那里去！”

单大海也说：“女孩好办，嫁出来就是了。”

“单大海，你有女朋友没有？”胡一峰说。

“八字还没有一撇，没有！”单大海眯着眼睛看了看多多。

“你看我们多多，怎样？”胡一峰说。

多多听出了画外音，便说：“就此打住吧！赶紧吃饭！”

睡觉之前，单大海对多多说：“现在去不去上厕所，我好陪你。”

“不用了。去睡吧。”多多说。

多多铺开信纸，本想先给父母写信的，但却不假思索地提笔在开端写下了“李沐”二字。看着这两个字，她回忆着李沐从上学到毕业到当兵走了，以及给她写的信，种种情形就如一幅生动的画面，非常清晰。她想，自己到了兰州，也该给他去信了，免得李沐久等不到她的信时，会写信给她，到时就会被在家的父母给收到。

多多给李沐的信这次写得出奇的多，足足写了四页，她有很多的话要对他说，她不知道哪些该多说，哪些该少说，反正能想到的，都通通说了。唯独那件让自己刻骨铭心的遭遇没有说，她不想让对方为她担心。她觉得，李沐是她最好的听众，是可以听她内心声音的。

尽管与李沐通信一年有余了，但多多在落款上依然署名为“老同学多多”。在这点上，李沐依然不介意。他在给多多的回信落款上，依然署名为“爱你的沐”！

给李沐的信写好了，多多又重复地读了一遍。这次去信，对多多来说是非常认真的，就像在认真对待某件事情一样，她甚至不允许有错别字的发生。究竟是什么原因使多多如此慎重对待，她自己也说不清，她只觉得，那个人在部队想着自己，那个人在信上说，每天最幸福的事就是读着多多给他的信。每次多多的信他会读上很多遍，甚至都能熟背了。他保存着多多给她的每一封信。战友们也很羡慕他，说他有个有才的女友，从写信的字体就能看出来。

随即，多多将给李沐的信放到了一边，又继续给父母写信。信写得比较短，不足一页纸。因为多多实在找不出该说点什么，只是简单地将自己的近况告知了一下，也没有在信上讲述在兰州遇到的刻骨铭心的遭遇，她知道，讲这些是没有任何意义的。信的末尾甚至没有祝福，落款写了日期，便是多多的名字。多多还想给李瑶写封信，但信纸只剩一页了，她要对李瑶说的话又比较多，一页纸说不清事情，想想，作罢，等买上纸后再给李瑶去信。

第二天，多多抽中午吃饭的时间去了邮局，将两封信寄走了。一个星期后，多多先后收到了两封回信，第一封是李沐的，第二封才是父母的回信。收到李沐的信时，多多是激动的，她有些迫不及待地打开了。

这究竟是什么原因呢？多多也说不清。也许，在陌生的城市，有一种孤独，是需要有人作陪的。也许作陪的不是活生生的人，但有个活生生惦记自己的人，也是排遣孤独的一种方式。

李沐在信中说，知道多多去了兰州非常意外，同时也很高兴，觉得兰州离宁夏相对近了，想念她的距离也就近了，还说，希望多多去部队看他，到时就以他妹妹的身份过去。

多多读着李沐的信，感觉非常温暖，尽管她一直称他为老同学，但这个同学的分量并不是一般的同学关系。

然而，多多在收到父母的来信时，那种感觉却截然不同。她甚至不用看，也会知道信的内容，无非是家里经济紧张，挣到钱后，要寄回家，要好好照顾自己，父母离得远之类的话。

多多在回信时，只给李沐回了信，而没有给父母回信，她觉得没有什么可以说的，甚至觉得说什么都是多余的。父母的信无非就是要钱，等有钱了，寄给他们就是了。

多多与李沐的通信成了常态，或者说彼此之间的通信成了生活的一部分。多多除了上班，偶尔也会去书店逛逛。在书店里，她看到了很多的书，很多的杂志，很多都是她没有听说过的。

多多拿着一本杂志，感觉特别亲切。因为在李瑶家里，她看到过这类杂志。于是买了一本，孜孜不倦地认真阅读起来。

有人说“书是打开心灵的窗口”，这点在多多的身上尤为合适。到兰州后，多多体会到了语言不通的难堪，而她说不来普通话，常常用半生不熟的普通话夹杂着四川话，搞得对方也找不着边。特别是在推销商品时，还需要肢体语言辅助。

为了练好普通话，多多抽时间到商场卖电器的区域，跟着电视里的声音发音，才渐渐好转，过了语言这一关。

日子像翻书一般，轻飘飘的，一晃而过，转眼就过去了两月有余。多多对兰州由陌生变得熟悉，日子由单调变得充实。当然，也有了从来没有过的压力。每天站柜台卖货，不但要笔挺地站着，还不能和其他服务员说话，要是被商场的值班员逮着了，就要罚款，严重得被开除。同时，顾客交钱买货物，必须开发票，到收银处统一付款。

让多多最为难办的就是这一点了。因为胡一峰交代，每天尽可能把货款提出来，能不给顾客开发票的就不要开，一旦开票，商场要提百分之二十四的点，外加百分之十七的增值税。但是，私自收款，被商场发现了，厂家就撤走柜台。

多多原本以为做个营业员、卖卖货物是非常容易的事，哪知，最初又语言不过关，无法和别人交流。好歹经过努力，语言交流没有障碍了，但新的困难出现了。

在卖货物的过程中，提款与不提款使多多感到有些纠结，甚至是困惑。如果不提款，每天下班后，胡一峰都会问销售情况，自己拿什么交差呢？但提款，就得非常小心谨慎，风险也比较大，一旦商场发现了就要撤柜，到时自己也无法交差。因此，每提款一次，多多就像做贼似的。有时，还担心顾客要发票。多多处在了一种高压中，她甚至不知道怎样去给自己解压。

多多感觉自己像老鼠钻风箱，两头都难受。为了排解这种纠结，她就以看书、写日记、写随笔来宽慰自己，以求最大的安慰。她将自己放飞在自己独有的天地里，以寻求短暂的宁静。然而，这点空间也会被约束。

多多来兰州一个月后，陈落梅也来了。陈落梅和多多住一个房间。每晚多多都开着灯看书，直到倦意上来，才关灯睡觉。

最初几个晚上，陈落梅见多多熬夜看书，还说多多勤奋，但后来见多多每晚都看，说："多多，书有啥好看的，怎么还不睡觉？"

"那是因为你不喜欢，书上的内容可多了，我觉得看书可以增加知识。"

"我们都过了读书的年龄了，每天上好班就可以了！"

"光上班，不看书，也没意义的！"

"你老看书，亮着灯，影响我睡觉！"

多多这才知道，自己看书影响了别人。从那以后，多多不再晚上看书了。每天她就在中午吃饭的时候抽些时间看，或者在下班后，找个地方坐下来看，街边公园是她最喜欢待的地方。

晚上不能看书，多多将自己心头的怨气写信告诉了李沐，李沐总是宽慰她，或者让她干脆自己租房子，或者说暂时忍着，等我退伍就陪着你，带着你走。

多多知道，那都是不现实的，生活中有很多变故，想的和做的有时是有差别的。

这时，多多有了一些新的感受。没离开家时，觉得自己像关在笼中的小鸟，而这个鸟笼就像地狱一般，将自己紧紧地拽住，使自己不停地想要外逃。即便遇到多大的障碍也要自己克服。小鸟不飞出去，怎么能感到自己的翅膀是那么的软弱，身躯是那么的瘦小呢？但真飞出去了，等待她的都是未知的东西！

多多有些不喜欢这样的生活了，但她又无可奈何。她心里想，忍吧，只要有钱了，发了工资，兴许可以自己租房，单独生活就好了。她甚至悄悄问过单大海啥时发工资的事情。毕竟来了近三个月，还没有发一次工资。单大海告诉她，工资需要到年底才一起发，平时用钱时可以预支。

多多在心底盘算着自己每月的销售业绩，然后按照事先说好的提成比例，算出了应得工资。但多多还是有些感伤，每月的工资还没有当初自己开理发店挣得多。多多为自己找了个理由，可能是自己不会宣传，不会推销产品，才导致营业额没有上去，所以自己的工资就不会高，一定要多下功夫，好好地叫卖产品。

多多希望自己能去预支些工资，但她又不好意思开口，她在等待时机。直到一天晚上，单大海向陈落梅提出了预支工资的事情。陈落梅拿出了一个账本，然后按照上面的数目，给单大海预支了部分工资。

陈落梅从自己的钱包里拿出钱，数了数，递给了单大海，说：“单大海，你用钱省着点，我看你把每月的工资基本上都预支完了，等回家时，路费都不够！”

单大海嘿嘿地笑着，说：“放心，工资不够时，我向我父母开口要！”

胡一峰在一旁看着报纸，听单大海这样讲，将报纸放到一边，笑着说：“嗨哟，你好意思，出来挣钱，自己不够用，还向父母伸手要！”

多多在一旁听着，不够花就向父母要，这是哪门子理论呢？在多多的记忆深处，自己就没怎么向父母要过钱，即便要，也难得要出来的。有几件事多多记得非常清楚。那就是她到中心小学上学时，有同学给她送了明信片，作为礼节，她想买一张来还，但她母亲一看这个卡片要不少钱就断然拒绝了，说明信片有啥意思，擦沟子都嫌厚了。无奈，多多只得自己放学后，捡废品挣钱买。

小学毕业时，因为照毕业照，多多与同学之间多照了几张照片，花费了十二元五角钱，回家向母亲要，母亲坚决不给，还挨了一顿骂，多多以不去上学为要挟，母亲才不情愿地给了那钱的，但也有个要求，以后不许照相了，说照相没意思。自那以后，多多就不再开口向父母要钱了。

多多觉得向父母要钱父母就给，是不可思议的事情，这样的父母是多么爱自己的孩子啊！而面前的单大海向父母要钱确实那么理直气壮。也许，成长的环境使每个人的认识变得不同。

多多看着单大海的钱预支了，小心翼翼地说：“陈姐，我从家里带出的钱也快没有了，可不可以给我也预支点钱？”

陈落梅拿着账本，笑着说：“当然可以！你要多少？”

“四百可以吗？”多多问。

多多接过钱，赶紧装进了自己的衣服口袋。

陈落梅说：“我们每月都做好了账的，你们的工资虽然没有按月给你们，但到年底时，一次性结账给你们。另外，你们每月的生活费、房租水电费用，我是按照我们的人头平均分摊的。”

“主要是哪些费用？”多多想知道得更详细点，便问道。

“每天买菜、买水果，林林总总的。”

多多哦了一声。

陈落梅接着又说："多多，你还小，暂时也不需要挣嫁妆钱，能把自己弄走就好了，是不是?"

"我还是希望多挣点钱，毕竟出来就是为了挣钱的。"多多说。

"那就加把劲，多卖产品，提成就多，挣的钱就多。"胡一峰在一旁说。

单大海看了看胡一峰说："我们也希望多卖产品，但要有人买呀。"

"还是你们的方法有问题，你们陈落梅姐站了半天柜台，才卖了两三样产品，我去替换她，一会儿就卖了五六样，你说这是啥原因?"

单大海说："那是你会卖噻!"

陈落梅笑着说："那是你长得帅，吸引顾客。"

"那是你们不熟悉产品，只有知己知彼，才能百战百胜。"胡一峰说。

多多觉得胡一峰的话很有道理，自己的营业额提不上去，也可能是自己对所有产品不熟悉。毕竟五六十个产品，要想非常翔实地了解，并非一日之功。所以，必须在自己身上找原因。多多突然想到曾经在什么地方看到的一句格言：君子在自己身上找问题，小人在别人身上挑刺!

第三十三章　有人的地方就有江湖

“多多！多多！快看！下雪了！下雪了！”单大海站在院子里喊着。

多多拿着洗脸毛巾跑了出来，她忍不住叫道：“太好了，咱们可以堆雪人，可以打雪仗了！”

多多说着就在地上捧起雪朝单大海打去。单大海也不甘示弱，也抄起雪向多多砸来！一时间，他们的身上都沾满了雪。他们在院子里兴奋地玩着，闹着，他们甚至忘记了自己的年龄，只是在一个劲地玩闹着。

这是多多和单大海平生第一次见到这么大的雪。所以，他们没有理由不兴奋，不激动！在南方，是难得下雪的，即便下雪了，也是雨加雪，掉在地上就化了。更何况是这样的一场大雪！能亲身感受到这样的一场大雪，对他们来说就是一种幸福。

打了一会儿雪仗，单大海俯下身子开始堆雪人。多多站在他身边，看到鹅毛大雪在翩翩起舞，她的心中装进了一个洁白世界。

她望着漫天飞舞的雪花，想象着雪花像一个个跳跃的音符，迈着它轻盈的舞步在漫步；又像一位多情的少女，像梦境中飘落。那感觉真是太美了！洁白无瑕的雪花为大地披上了银妆，宛如晶莹剔透的水晶世界。多多陶醉其中，单大海在地上抓起一把雪向多多袭来，她才如梦初醒！

多多看着单大海堆好的雪人，找了个树枝在上面写了“单大海是傻瓜”几个字。单大海不甘示弱，将自己的名字去掉，换成多多！

两个人互不相让，改来改去，最后多多一把将雪人给摧毁了。由于他们的吵闹声比较大，惊醒了院子里住着的其他住户。有人打开房门，见是他们，又关上房门，一副事不关己的样子。

突然，房东从她的屋子里端着一个夜壶出来，大声呵斥着，多多和单大海双双看着她，不知道她说的啥。但看她的面部表情，肯定不是什么好听的话。

房东是个女的，四十开外，身材臃肿，头上包着一块布。自从住进这个院子后，多多没有与她有过一次接触。她阴沉着脸，看样子比较凶。

她来到多多她们跟前，叽叽咕咕地说着，不知道说的啥意思。多多没有听明白，问："你说啥子？"多多用的四川话，对方也听不明白，就一个劲地又说又比画着！

"单大海，你知道她说的啥子嘛？"

"我不晓得！"单大海说道。

女人又咕噜咕噜地说着。

"单大海，她是不是在骂我们，要是骂我们，我们也骂她！"

"你会骂人？骂个我听听，还没听见你骂人呢！"单大海说。

胡一峰在房间里煮泡饭，听见院子里的声音，赶紧走了出来，他站到门口喊着："多多，你们就别闹了，人家说你们这样影响别人休息！"

"都几点了，还影响？"多多有些不服气。

女人不再说，提着夜壶出了院子，到公共厕所倒尿去了。

胡一峰说："时间不早了，你们该收拾收拾，吃饭，然后去上班！"

单大海觉得每天早上吃泡饭不舒服，说："我今天不吃泡饭，一会儿去吃碗拉面！"

"那随你吧，多多赶紧来吃！"胡一峰又喊着多多。

单大海说："多多，跟我一起去吃吧！"

多多想了想，也觉得吃泡饭不舒服，说："好吧！"

于是多多和单大海双双去了上班路上的一家小吃店，店里有多种小吃，比如包子、馒头、粥、拉面、元宵等。

单大海和多多站在点菜台前，单大海点了一碗拉面，多多看着点菜台前的墙壁上有个大大的菜单，说要一碗汤圆。

服务员看着她，不知所云。问："你需要点什么？"

"汤圆！"多多说。

服务员摇了摇头，说："没有！"

单大海反应快，说："给她来碗元宵！"

点完后，他们在一个靠窗的地方坐了下来，单大海说："以后想吃汤圆要说元宵，这里的人不懂，北方人把汤圆叫元宵！"

"知道了，谢谢，今天的早餐我请客！"

“我一个大男人才不要你请客!”

“客官，拉面、元宵上来了!”服务员喊道。

“赶紧吃吧，好堵上你的嘴!”单大海说。

“哼!”

“哼啥！又不是猪呢!”单大海说着就埋着脑袋呼啦啦地吃了起来。

相处一段时间后，多多与单大海熟悉了起来。他们常常一起上下班回家，也会在回家的途中买上点零食，一起吃着走回去。单大海比多多大三岁，俨然像一个大哥似的照顾着她，多多很享用这样的一种状态!

中午的时候，单大海来喊多多和他一起外出吃饭，多多说自己有事回绝了。多多想趁外出吃饭的时间去趟邮局，给在家的父母寄去两百元钱，剩余的两百块钱她想给自己买套衣服。

她先到亚欧商厦的服装部去看了看，每件衣服都价格不菲，她口袋里的钱基本上买不到一件像样的衣服，除非是打折处理的，即便这样，也买不到合适的。转了一圈下来，多多决定先去邮局，再到附近的其他地方看看，是否能买到衣服。

邮局在亚欧商厦的附近，过个路口就到了。多多去那里填了一张单子，便把钱汇走了。出来时，她径直朝西关十字广场下面的一个地下商场走去。地下商场很大，一个店铺连着一个店铺，每一通道都比较长，甚至会让不熟悉的人走进去迷路的。里面的经营品种繁多，有小吃，有日杂百货，有服装鞋帽等等。

那个地方多多去过一次。严格来讲是多多路过了一次，是她去金达商场楼上照照片从那里出来时，糊里糊涂地走进了这个地下商场。由于不熟悉里面的地理环境，费了九牛二虎之力才从里面钻出来。

那次多多是应李沐的要求才去照的。李沐来信说，很久没见着她了，想念她，希望多多能给他寄张近照好让自己在想念她的时候拿出照片看看，就能感觉到她的存在。多多无法拒绝这个人，她发现，自己的心跟他有些近了，很多时候也会想起他!

多多再次走进地下商场时，全然没了陌生的感觉。她先是给自己买了十串羊肉串，然后边走边吃，边看服装。那样子和神情非常的悠然自得。手里的羊肉串就是在这样的环境下，进了她的肚子。

地下商场的顾客稀少，卖主比顾客多。多多一家一家地看着，里面服装太多了，搞得她眼花缭乱。看了这件也觉得合适，试了那件也觉得合适，只是囊中羞涩，买不起！

不过，这里衣服的价格与亚欧商厦的价格简直不能同日而语，仿佛一个在天上，一个在地下。商厦像样点的衣服，动辄就好几百，而这里的衣服便宜的二三十、三四十元，好点的一百多元一件。

多多最后走进了一家卖民族衣服的店里。店里有一男一女相互面对面地坐着，彼此说着话。见多多进去，他们腾地站了起来。

多多看中了一条背带格子裤子，背带裤子是时下比较流行的。她问了问价格，男的说一百五十元。

多多觉得有些贵，毕竟在这里走了一圈，与她期望的价格高出了整整一倍。说："这价太高了！"

"那你说多少？"

"叫得太高，我都不好意思还价了。"

一旁的女的说："你还个价，我听听，合适就卖！"

多多犹豫了片刻，说："七十元吧！"

男的一听，摆了摆手，说："不行不行！你还得加钱！"

女的说："你这个价格，进货都进不来！"

"谢谢，我先转转。"说着，多多就准备走了。

女的灵机一动，说："算了吧，七十就七十！"

随即将多多看好的那条裤子取了下来，装进了一个塑料口袋，递给多多。

多多说："我还没有试穿呢，我先把话说到明处，不合适就不要！"

男的说："包你合适，不合适不要就是！"

多多在女人的帮助下，直接在自己的外裤上试穿上了这条背带裤子。站在镜子面前，多多总觉得这裤子不能使自己满意，觉得裤子有些肥大，怀孕八个月的孕妇也能穿。

多多说："换一条小点的吧，这太肥大了。"

女的说："很合适，就这一条！"

这是哪门子买卖啊！很合适，还就这一条！多多有些不相信，说："那算了，我不买了！"

男的站在一旁，拉着多多穿上的裤子的背带，说："很合适，很合适，你不用脱了！"

"先生，你刚才答应的，不合适可以不要的！"

男人又摆了摆手，说："价格都讲好了，也很合适，赶紧买下。"

彼此的争论引来了一些人，个个长得牛高马大的，一个个的面部表情都不友善，他们向多多靠近，并且用那不友善的目光盯着多多。多多有些胆怯，不满意的裤子脱不下，也无法脱！那感觉就像是强买强卖一般，与当初的承诺截然相反。

多多本想再争论的，但转念一想，好汉不吃眼前亏，强龙斗不过地头蛇，也就认了，不情愿地买了下来。

男的接过钱，用手在嘴边沾了下口水，数了数，然后装进了裤腰上的腰包里。在多多离开时，还说："穿的好，下次再来！"

多多一边走一边在心底道："下辈子也不会来你这里买东西了，简直就是强盗！"

多多七拐八拐从地下商场的另一个出口走了出来。在出口的一个服装店，一个模特身上穿着一条与多多刚买的裤子一模一样的，上面别着一个黄色的标牌，黑体字，赫然地写着"45 元"的字样。

大概是心理因素在作祟，多多忍不住上前摸了摸那裤子，仔细地看了又看，她发现那裤子跟自己买的裤子一个样，也是一个牌子的。

多多无语地走了出来，又匆匆忙忙地朝亚欧商厦赶去，边走边叹道：嗨，有人的地方就有江湖，江湖水深，人心险恶！

第三十四章　我的心里装着他

一年一度的元旦佳节降临，胡一峰为了生意，开始张罗着与有往来的人联谊，免不了要送礼请客。

元旦头一天的晚上，胡一峰喊上多多与他一道去应酬，招待商场里的领导吃饭，这是多多第一次进入有品味有档次的饭店。

饭店的位置在繁华地段。有意思的是，这家饭店不是伫立在车水马龙的大街上，而是在车来车往的地下。进入地下后，外面看起来很不起眼的饭店，走进里面却是别样一番景象，整个装饰可以用金碧辉煌来形容。

四周的墙面装饰高贵典雅、大气而时尚，就连地面的装饰也不甘落后。简单而富有艺术气息的地砖拼花搭配上天花板上的吊灯灯光效果，尤显精美，还有一股淡淡的温馨气息弥漫开来。使人不得不陶醉其中，在享受美味的同时，亦可享受一种文化。

多多是第一次进入这种环境，感觉自己像进入了皇宫。也许是因为茫然而不知所措，多多甚至没看清楚这家饭店的名字。当然，或许压根她就没想去记住它，因为它与她无关。

多多紧紧地跟在胡一峰身后，胡一峰手里提着礼品，在服务员的指引下进了一个包间。包间里的圆桌边坐着两个人，多多认识其中一个，那是亚欧商厦文体部的郭经理。

胡一峰一边打着招呼，一边放下手中的物品，才落座。他给多多介绍："这位是廖总。"

多多随即站起来说了声"廖总好!"

郭经理与多多认识，胡一峰就没再做介绍。他们的认识是多多刚到商场上班之前胡一峰引着她去相互见的面。郭经理戴着一副深度眼镜，高高的个子，皮肤白净，衣服笔挺，但给多多印象不是太好。他板着一张脸，好像别人欠他的钱似的，难得看见他的笑容在脸上。每天他都会到商场巡逻，或到每个柜台走动，观而不语。

郭经理见多多安静地坐在一边，问："多多，来兰州适应吧？"

"嗯，还行！"多多简单地回答着。

"多多，要多跟郭经理沟通，遇到啥困难，也好请郭经理关照关照！"胡一峰在一旁旁敲侧击地说着。

廖总看着多多，微笑着说："这孩子还比较小吧？"

多多无语，胡一峰说："是的，刚毕业没两年，就是出来学点知识！"

一个服务生上前，打断了他们的谈话，问："先生，现在开酒吗？"

"开！"胡一峰说。

接着，另一位服务生端着托盘将菜放到了桌上，随即不忘说声"请慢用"之类的话。

几个来回下来，旋转的餐桌上凉菜、热菜摆满了一桌。廖总看着那一盘盘的菜说："咱们就这几个人，点的有些多吧？"

"没事，没事，菜下酒，慢慢吃，慢慢喝，反正是晚上！"胡一峰说。

多多没有喝过酒，也不会喝。她看着他们推杯换盏，觥筹交错，在欢声笑语中尽情畅饮，突然感觉自己好像置身事外一样。

郭经理建议让多多喝点酒，胡一峰也说女人三分酒量，让多多喝点酒，但都被多多执拗地拒绝了。

胡一峰说："多多，端起杯子，给他们敬杯酒！"

多多拿着装有白开水的玻璃杯分别要给他们敬酒时，郭经理捂住酒杯，说："这不对，没有这样敬酒的，要敬酒得是白酒！"

多多看了看胡一峰，说："我真不会喝酒，你喝一口，我喝一杯白开水吧！"

廖总说："咱们就别为难小姑娘了，我看这样，多多喝两杯白开水，我们喝这一杯酒！"

胡一峰说："这个主意不错，那就这样，多多加油，肯定喝过他们！"

就这样，多多开始与他们以水代酒，推杯换盏。每喝完两杯水，多多就蜻蜓点水似地夹上一筷子菜吃。

其实，眼前这一大桌子的美食，对多多的诱惑是非常强烈的。只是因为放不开面子，不好意思大快朵颐。当然，也还有另外一个原因，有些菜她从没吃过，不知道如何下手，比如龙虾。看着那红红的虾子躺在盘子里，她就不知所措。只得看其他人如何吃后，才自己夹上一个小心翼翼地剥开，掐头去尾，蘸料而食。

整个饭局在欢笑声中结束，但在整个饭局中，多多认为，自己只是个丑角，除了坐陪还是坐陪，甚至没有话语权。她认为，胡一峰也没多大的话语权，真正的话语权在那两个人嘴里。胡一峰热情地款待他们，也是为了联络感情。说感情是虚的，真正的目的是彼此间的一些交易。

送走了这两位领导，多多与胡一峰一前一后地走在五彩缤纷的大街上，他们准备去公交站台乘车。呼吸着清新的空气，多多感到自己终于可以释然了，终于可以做回真正的自己。在整个饭局中，她觉得时间非常难熬。

在饭店里，看到那吃喝玩乐的生活，看着有钱有权的人在里面享乐，她觉得像自己这类来自生活最底层的人像是被生活所抛弃一样。

尽管自己是第一次来到这样的地方享受晚餐，但她却没感到幸福、快乐。相反，她觉得这不是自己的生活，这样的生活离自己太遥远，遥远的距离，仿佛就在天与地之间！

做回自己的多多感觉到自己除了喝了很多杯水，吃的饭菜很少，以致肚子在咕噜噜地叫着，表示抗议。当然，她也清楚地知道，这样的地方绝不是为她这样的人开设的，是为有钱和有权的人开设的。

“今晚这桌饭花了一千多元，想不到郭经理很会选地方，才四个人就花这么多，还不说送的礼物。”胡一峰说。

“是比较多，相当于好几个月的工资哟！”

“小霸王学习机，我都舍不得给我女儿买，却给别人的孩子买！”

“那你也给你家孩子买一个呀！”

哼！胡一峰淡淡地笑了一声，说：“为了生意，拉拢关系，莫得办法，自己的孩子还是免了罢，太贵了！”

“学习机多少钱一个？”

“六百多！”

“你可以不给人家买这么贵的，买个便宜点的不行吗？”

“你还小，还不懂，贵是贵点，好在还能送出去，送礼也得要有庙门，为了拉拢这个郭经理，我是费心不少，到处打探到他家，也送了礼品的。生意人啊，不容易，求人办事，也得看脸！”

听到这一席话，多多有些同情起胡一峰来。没见着胡一峰之前，她只是听陈晓提起。那时，她一直认为胡一峰是成功的，有自己的生意，穿戴光鲜，西服领带的。但来到他的身边后，从他租住的房子，到听到他求人的伤感，她认为他很不容易，生意人都不容易。

胡一峰接着问："你吃好了没有？"

多多违心地说："吃好了！"她不好意思说自己没吃好，更不能说自己没有吃饱。

"好多的菜以前都没有吃过吧，这种地方很难进来，要钱，说不定你这一辈子都进不起的，吃不到这么高档的菜。"

胡一峰说者无心，多多听者有意。她听到这话，心里酸酸的。瞬间，把她刚才对胡一峰的同情顷刻间打消了不少，取而代之的是觉得他说话伤人。这样伤人的话无疑对多多来说是一次污辱。这样的污辱不是在身上，而是在深深的内心里。多多感到自己的自尊心受到了强烈伤害。她在心里说，不就是一顿饭吗，干吗用一辈子来形容，总有一天，我一定会去很多个这样的地方，用事实去证明你这个话是错误的！

当他们来到公交站时，看着公交站牌，已错过了最后一班车的时间，公交已经收车。胡一峰说："只有打车回家了。"

胡一峰看着来往的车辆，见有亮着空车标志的出租车招了招手，但对方却对招手的顾客视而不见，直到从面前过了四辆车后，才有一辆车停了下来。司机摇下玻璃窗，问："去哪儿？"

胡一峰说出地名，对方摆摆手，说："去不了那里！"一开车，走了。

多多说："干脆走回家吧！"

"回家的路还比较远，不是半小时能走回去的，在这黑天晚上走路，不安全的。"

多多无语了，和胡一峰肩并肩地站在大街上，等候着出租车。

北方的雪像赶场子一样，一场接一场地下着。接连下了三天后，才盼来了一个艳阳高照的晴天，但也褪不去严寒的冷意。人们依旧将自己裹得严严实实，多多依旧穿着那件不愿换下的毛绒绒的皮衣用来挡寒。

来到兰州有些日子了，多多还没有去过几个这个城市有代表性的地方。只去过号称"天下黄河第一桥"的中山桥，因为有这样一句话，"没去过中山桥，等于没到过兰州"。

中山桥是位于兰州城北白塔山下的一座黄河铁桥，是兰州境内历史最为悠久的古桥。中山桥的前身系黄河浮桥。黄河浮桥是明洪武五年（公元1372年），宋国公冯胜在兰州城西7里处始建的。明洪武九年（1376年），卫国公邓愈将此桥移至城西10里处，称为“镇远桥”。当年的黄河浮桥，用24只大船，横排于黄河之上，船与船之间相距5米，以长木连接，铺以板，围以栏；南北两岸竖铁柱4根，大木柱45根，有两根各长50米的粗铁绳，将船固定在河面上。冬季黄河结冰则拆除，春季则又重搭浮桥。

多多站在桥头，一眼看到了镌刻着“黄河第一桥”的石碑。字迹刚劲有力，浑厚而恢宏，让人眼前一亮。

她站立桥头，见黄河之水奔腾而下，不由得心潮澎拜，整个身心都融入到了黄河之中。此时，她不由想到“君不见黄河之水天上来，奔流到海不复回”的李白诗句。

这个地方，给了多多深深的记忆，也是她第一次近距离见到黄河。就是这样的一条母亲河，养育了多少华夏子孙。它的爱就像汹涌的黄河之水，滔滔不绝。

中山桥多多算是参观了，但她还听人说，“黄河母亲”塑像也是值得去看看的，于是她决定抽中午吃饭的时间去那里转转。

“黄河母亲”塑像立在滨河大道上，离亚欧商厦不远，多多决定步行去那里，也算是给自己来一次放松。

中午的阳光慵懒地洒在大地的每个角落，尚未化尽的积雪在阳光的照射下散发着耀眼的白光。

大街上，人来车往，多多两只手一左一右地揣进了上衣兜里，不慌不忙地行走在路上。偶尔，她会将目光投到道路两边的树枝上。只见那干枯的树杈像历尽沧桑的老者的手一般伸展着。偶尔寒风袭来，枯枝呜呜作响，飘落的雪片像忧伤的眼泪，一片又一片地跌落，仿佛是在低诉着这个季节的冷酷。

不知不觉，多多来到了黄河母亲雕塑前，端详着这座枣红色花岗岩的雕像。这座雕塑由一位“母亲”和一个“男孩”构成，表现了母亲和孩子恬静祥和的画面。母亲侧卧在大地上，慈祥的目光宁静地凝视着怀里的孩子，像是在为儿女们祈求平安。母亲秀发飘飘，神态慈祥，身躯颀长匀称，曲线优美，微微含笑，微曲右臂。她的右侧依偎着一裸身男婴，头微左顾，举首憨笑，显得顽皮可爱。

这座雕塑，不仅仅是这个城市的标志，还有着更加深刻的寓意。母亲代表着黄河，孩子代表着中华民族。也就是说，黄河母亲以生生不息、不屈不挠的伟大精神，哺育着中华民族的未来。

多多用手抚摸着母亲的肩膀，她觉得是那么光滑而又温暖。她又摸了摸母亲怀里的孩子，她觉得心里暖融融的。

大概走得有些累了，多多在这座雕塑不远处找了个空地坐了下来，行人络绎不绝地从她面前经过。偶尔有人在黄河母亲的雕塑前停下，或者拍照，或叽叽咕咕地说什么，但多多听不见人家具体讲的什么，但猜想一定和黄河母亲有关。

一个下意识动作，多多摸到了口袋里的一封信。她再次展开读了起来。这信是上午上班不久，胡一峰到商场来办事，顺便转给她的。

其实，这封信她已经看过一遍了。

在兰州，最幸福的事情莫过于读着李沐的来信。他的信，使她在异乡不再感到那么孤独；他的信，可以给她传递一种能量，那就是快乐元素；他的信，能使她感觉他的存在，她的身边有一个他！这个人在惦记她，想念她！

多多也觉得有些奇怪，她甚至感到有些矛盾，自己是否真的爱他！如果爱他，为何不将他告诉身边的人？如果不爱他，为何又希望有他的存在，甚至盼望着他的只言片语？这种说不清道不明的东西，在多多的心里存在着，在一个角落里生着根。

收到信的那一刻，多多看着信封，就知道是谁写给自己的。当时，她并没有急于拆开，担心被胡一峰发现了自己的秘密，搞得自己不好意思。毕竟，少女在面对朦胧的爱情时，还是有些羞涩的。

多多是看着胡一峰离开后，才迫不及待地打开看的。她想看看他在信里又讲了什么，但苦于商厦规定不能在柜台里看信。为了能尽快读到来信，她用上厕所的机会，蹲在厕所里看。她拆开信封，里面除了叠成一只千纸鹤的信还有一张照片，她小心翼翼地打开了信件，她是一口气看完信的，内心溢满了感动和温暖。

接着，她又仔细地端详着那张照片，照片中的他眼里藏着温存，那甜甜的笑容里透着阳光和坚强。她在心里说，只可惜你不在我的身旁！

信中，李沐告诉她这个春节他有探亲假，问多多是否也回家。如果多多回家，他就回去，如果不回家，他就来兰州陪多多几天。

多多与李沐的相互交往，使彼此的心在靠近着，感情也在往来的信件中逐步升温。最初，多多只是觉得他们是同学之间的那种纯情友谊，慢慢地，那种感情发生了微妙的变化，多多对他的感情也在进一步升温。有时，她会不由自主地想他。当他说很想很想见她，说一年多没见着她时，她为他心动了。是啊，毕竟有一年多没见着了。

尽管李沐会时不时寄来他的近照，但多多还是想见那个活生生的真人。多多看着他的照片，发现他胖了，黑了。是胖了，是黑了。李沐在信中笑言，说每天吃着馒头，自己都长成馒头了。

傻傻地，痴痴地，多多再度读起这封信时，心飞向了有他的方向，有他的地方！她决定晚上给他回信，告诉他，今年春节一定回家！

第三十五章　人生如牌

新年的脚步越近，年味就越浓。有钱没钱回家过年，是中国文化的特有情怀。陈落梅大包小包地购买着带回家的年货，然后和胡一峰乘坐飞机提前回去准备过年了。

多多和单大海是在他们走了一个星期之后才回的。为了能买上车票，多多早早起床，跑到火车站的售票厅排着长队等候。要知道，春节的车票是一票难求的。

多多回成都后，又跟随单大海去了彭州市的陈落梅家里。到那里时，已是傍晚了，正是吃晚饭的时间。

多多一进屋，就看见了陈晓、陈达，以及陈晓的爱人杨立群，他们都是从新疆回来的。多多赶紧跟他们打着招呼。

这是多多第一次见着杨立群。杨立群与陈晓是一个村的，且是小学到高中的同班同学，高中毕业后，杨立群外出打工去了，后来经人介绍，与陈晓谈了恋爱，随后跟着陈晓从老家出来，最后走进婚姻，在城市买房定居。杨立群个子高挑、皮肤白皙，长得有几分人才，当村里的人听说她嫁给陈晓时，在背后议论着，说以后够杨立群受苦的了，那家的父亲常年是个药罐子，陈晓眼睛又高度近视，靠他种田，不行的，家里的房屋也没修建，跟着那样的人家，是一朵鲜花插在了牛粪上。

陈晓与杨立群没确定恋爱关系前，给陈晓介绍的姑娘也不少，基本上都是姑娘或者她的家人看不上他，认为他家负担重，跟着他这样的人家，这辈子是没好日子过的。然而，事实证明了杨立群当年的选择是正确的，后来村里不少人看着发了财的陈晓在城里买了房子，而且一家老小都进城了，那些曾经拒绝了这门亲事的人，说不后悔是假，然而更多的一句话是说自家姑娘没那个命！

胡一峰腰上系着围裙从厨房里走了出来，他看见多多和单大海，笑着说："你们回来的是时候，赶紧洗脸洗手吃饭。"

陈落梅在客厅里摆放饭桌，她说："我刚才还说你们啥时候才能到呢，真应了那句，说曹操曹操到哈。我还说要是晚了，等会儿就只有吃剩饭剩菜了。"

说话间，杨立群从厨房里端出了一盘香肠、一盘蒜薹炒腊肉。单大海笑着说："这就是运气，好久没吃过川菜了。"单大海边说便将手伸进盘子里，一片接着一片抓起香肠吃了起来。杨立群说："你跟老子呢，像八辈子要饭的！"

单大海不理，瞟了一眼杨立群说："是饿了，火车上的饭太难吃，根本就没吃！"

多多不像单大海那样随便，即便饿了，她也愿意忍着，等着与大伙一起吃饭。单大海端着那香肠盘子，递给多多，说："你就不想吃一片啊？"

"我一会儿吃！"多多说着就转身进了厨房，帮着端菜端饭。

这顿晚餐是丰盛的，凉菜、热菜，炒菜、烧菜，荤菜、素菜、汤菜，应有尽有，特别是香肠、腊肉，更为即将到来的春节增添了浓浓的年味。

晚餐后，多多本想帮着胡一峰洗碗的，胡一峰说，刚回家，先休息下。于是多多便在客厅的沙发上坐了下来。而杨立群却开始张罗着打麻将。单大海一听说打麻将，立马就坐到了牌桌跟前。

陈落梅、杨立群、单大海三人刚坐在麻将桌前，胡一峰的妹妹胡蓉就带着孩子来了，她一看摆好了麻将桌，说："嘿！来的是时候，正好有我的位置。"

四人一桌的麻将算是圆满了。陈落梅说："陈晓，你们一会儿再圆一桌哈！"

"你们先打你们的，等胡一峰哥忙完再说。"陈晓说。

多多坐在沙发上，感觉有些无聊，她站了起来，走进了另外一个房间，那个房间是胡一峰的弟弟胡一山的房间。里面没有人住，胡一山去部队当兵了。

多多去那个房间的目的只有一个，就是想在书柜里找本书出来看。书柜里除了军事、历史方面的书籍，还有一本诗集。多多不假思索地从书架上取下了诗集。她站在书架旁边，随意地翻了起来。诗集中有雨果的诗，巴尔扎克的诗，海涅的诗，有多多熟悉的诗人，也有她感到陌生的诗人的作品。但无论是熟悉还是陌生，她都认真地阅读着，但有几首诗让她印象最深刻。

《爱情诗》（巴尔扎克）
爱融化愤怒
有如阳光融化冰柱
在精神的领域里
真正的爱能不断地产生奇迹
在不美之中看到了美
难道这不就是“爱情”
我们的心有若一座感情的矿山
爱是黄金
恨是铁
一个男人不懂得把妻子化做情妇
是使他庸俗低能的证明
爱说：“我们除了爱就一无所有
但我们比人间所有的国王还要富有”
痴情的人总是又聋又瞎
有朝一日你动了情
千万得先守秘密
在没弄清楚对方底细之前
千万别掏出你的心
一个高尚的心灵为了爱情而痛苦万分，永远是一场好戏。

《乘着歌声的翅膀》（海涅）
亲爱的，我带你飞翔
向着恒河的原野
那里有最美的地方
花园里开满了红花
在寂静的月光下
莲花在那儿等待着
等她的小妹妹
紫罗兰轻笑耳语
仰望着明亮的星星

玫瑰花悄悄地说着
她芬芳的好心情
那温柔可爱的羚羊
跳过来细心倾听
远处的喧嚣声
是圣河的波涛
让我们静静地躺下
在棕榈树下
沐浴着爱情和恬静
做幸福甜美的梦

《六月的夜》（雨果）
当夏日的白昼退尽
繁花似锦的平原
向四面八方飘洒着令人陶醉的香气
耳边响起渐近渐远的喧声
闭上双眼
依稀入睡
进入透明见底的梦境里
繁星越发皎洁
一派娇美的夜色
幽幽苍穹披上了朦朦胧胧的色彩
柔和苍白的曙光期待着登台的时刻
仿佛整夜都在遥远的天际里徘徊

多多品读着名家作品，走近名家的内心，感受着诗歌的魅力。大概是站着有些累了，她拿着那本诗集走了出来，坐在了原来的沙发位置上。陈晓见多多手里拿着书，问：“多多，你不打麻将吗？”

“不打！”

“三缺一，就差你一个哟！”陈落梅在旁边的牌桌上一边摸着麻将，一边说。

“我真不打!”多多说的实话，她不想打，也不敢打麻将，要是能赢还好，要是输了咋办？毕竟，自己口袋里的银子不多。

“我们打小点嘛？多多!”陈晓说。

“真不打，一会儿我要早点休息，明天我还要赶早班车回家的。”

“哦，对了，多多，你姐姐还在广州吗，她春节要回来吗?”

“不晓得，我们没有通信。”

“你没给你爸爸他们写封信吗?”

“写了，他们没有提到我姐，估计春节也要回来。”

“要是你姐姐回来，你问问她，如果她也想来，就跟你一起来，到时跟我去新疆站柜台，要是不来，就算了，你问问。”

“要得，我一定把话带到!”

“妈的，终于整了个杠上花！满的，和了!”杨立群高兴地大声吼道。

多多和陈晓的目光都转向了她。杨立群接着又说：“陈晓，我这把牌把刚才输的钱都赢回来了!”

“现在还说不准输赢，等下桌子时才晓得!”陈晓说。

单大海还有些不相信，推开杨立群的牌看了看，一边推一边说，“别和瞎逛子，以防包满的。”

“哼！你好好看哈!”杨立群底气十足地说着。

“今晚手气霉得很，不是被人家自摸了，就是我放炮，我得换换位置！不能老当炮手!”胡蓉说着。

“啥子哟，不许换位置，输钱不输位！我现在也是输起的，都被单大海一串三了。”陈落梅说。

“哥，你帮我打几牌，换换手气吧!”胡蓉向胡一峰求助着。

“我可不能帮你哟！还是自己打吧!”胡一峰用手扶了扶鼻子上的眼镜，说着。

单大海笑眯眯地说：“嘿，都马上过年了，等于是赢点过年钱!”

“先赢的是水，后头赢的才是钱，单大海，别高兴太早哈。”陈落梅一边摸着麻将一边笑着说。

“我就不怕，今晚我肯定把你们通通吃掉了!”单大海自信满满地说。

“我看有这可能，通常是三个女的与一个男的打麻将，要么就是一串三，要么就是三串一的。”陈晓说。

杨立群说："陈晓，你个乌鸦嘴，别说哈!"

麻将桌上酣战正起，多多忍不住放下书，围坐到麻将桌跟前，看着他们一个个摸牌出牌，碰牌和牌。和了的人高高兴兴，放炮的人一边埋怨自己打错了牌，一边还得将钱付给对方。

多多突然生出一种奇怪的想法。她觉得四个人围桌打麻将，每个人都有自己玩牌的规律以及习惯，有的人喜欢留少打多的，有的人喜欢留多打少的，有的人喜欢留对的，有的人喜欢往满了做。总之，每个人都是随着手中拿牌的不同，选择打缺的花色也会有所不同，最终选择适合或者说自己喜欢的打牌习惯。

观牌不语真君子。多多静候在旁边观察他们打牌，但她突然萌生出了一种感慨，牌如人生，人生如牌。因为四个人在一起打麻将牌的时候，会随着自己的思考方式而打出变化莫测的牌型。每一张牌的打出，每一张牌的碰、杠都会导致新牌局的产生。这好似每一个人的人生经历，每一段经历就好似一张牌，牌一出，变化万千，结果也就各不相同。

多多看着牌桌上的牌，若有所思，其实，刚刚踏入社会的她还有些稚嫩，她还看不明白牌世界中的要义。一副牌可以让她产生一些联想，甚至是臆想，但她还不真正明白人生这副牌。

人生就跟她看到的一局麻将牌同理，输赢取决于自己。每个人不能选择一开始就能拿上一手好牌，但可以选择不同的出牌方式。出牌方式最终决定其结果，或输或赢，皆由过程决定。诚然，也有人一开始就能拿到一手好牌，但若没打好，也会输掉的。所以，选择决定方向，亦可决定人生。

第三十六章　“多余”的女孩长大了

天刚蒙蒙亮，多多就起床了，她刚推开房门，一股寒风袭来，不觉打了个寒战。她走进院子，来到厨房，见胡一峰在给煤球灶里换煤。

“这壶里有热水，提过去洗脸吧。”胡一峰说。

“好的。”

“我去买早点，你先洗漱。”胡一峰说完，转身走了。

多多洗漱完毕时，胡一峰端着豆浆，提着油条、包子回来了。他把这些放在饭桌上，然后径直走进厨房，拿出了两个饭碗，将豆浆倒在碗里。

“多多，来吃吧!”胡一峰喊道。

“你还真快，一会儿的工夫就把早点买回来了。”

“只有几步路，在咱们进门的路口上就是卖早点的。”

“哦，咱们不等姐姐他们吗?”

“让她们多睡会儿，昨晚打麻将打得太晚了。”

多多坐在饭桌前，开始和胡一峰吃起早餐。

胡一峰一边吃，一边问：“你回去准备要多少天过来?”

“准备把大年过了，正月十六过来吧。”

“好的，这样我到时好给你订票。你回去后，代我们向你爸妈问好。”

兄妹俩一边吃着早点，一边有一搭无一搭地说着话，因为赶车的原因，多多吃饭的速度比以往要快点。

早餐后，陈落梅他们还没有起床，多多只与胡一峰道了别，就提着一个大包走了出来。她走出胡同，不紧不慢地走在大街上，街上人群熙熙攘攘，偶尔有一辆汽车从她身边疾驶而过，扬起了一层层尘土。

手里拎的包还是有些沉重，多多走了一会儿，就停了下来。这时，一个人力三轮车夫踏着三轮车过来了，问：“走不走，去哪里?”

“长途汽车站，要好多钱?”

“三元。”

“哦，太贵了，算了。”

“三元还贵啊?”

“平时都两元的。”

“这不是快过年了吗?”

“算了，不坐，再走一会儿就到了。”

多多非常清楚，至少还得走上近半小时，但是三元的价格的确有些贵了。当然，她也动摇着，是不是就直接坐上这三轮车去车站呢？再说，三个轮子的总比两条腿的跑路要快。但她还是想试探对方，也是一种心理战术吧。

对方看了看她，说：“两元走不走，算我顺道拉了。”

“走!”

多多刚坐上车，车夫用脖子上的毛巾擦了一把脸，随后打开了话匣子：“姑娘，你这是回家吧?”

“是啊。”多多简单地回答着。

“一年到头，就是为了这个时候回家。你家住的远吧？听口音，像是外地的。”

多多犹豫了一下，说：“不太远，还行。”

多多坐在后面，车夫弯着腰，两只手抓住车龙头，两只眼睛左右看着，避让前前后后的车辆或者行人。

在相互的交谈中，多多粗略地了解了他。车夫姓张，五十六岁，五年前单位裁员，买断工龄，下岗了，以蹬人力三轮车为生。他花白的头发，个头矮小，皮肤黝黑，脸上布满了一道道深深的皱纹，这大概与他多年的风吹日晒有关。

快到十字路口时，车夫迅速地向一个小巷子穿了进去。只听车夫说：“路口有城管，咱们绕道走小巷子。”

多多看着他的背影，突然在心底陡升出说不清道不明的东西，她觉得，刚才不该跟他讲价钱，毕竟，他也不容易。

多多说：“你为啥不换一个工作，毕竟蹬三轮也不保险，要是被城管逮住了，就把车收了，或者被罚款的。”

“我这年纪，要文化没文化，要技术没技术，刚下岗那会儿，也试着出去找工作的，但找了半天下来，没地方要，就是给人家看门都不要，那时家里还有读书的，时间上耽搁不起。现在好了，孩子毕业了，也工作了，我过几年也就能退休了，这辈子也就熬出头了。”

说到快退休时，车夫的言谈中透着轻松，但也有着些许的无奈。是啊，他盼望着退休，退休了，每月至少有工资了；退休了，就可以旱涝保收了；退休了，可以不再蹬三轮车了，也就不用担心被城管逮了；退休，是他的梦想！

当他问多多是做什么工作时，多多本想实话实说，但转念一想，说：“帮亲戚家做事。”事实上，她也是帮亲戚做事，等于说了实话。

车夫摇了摇头，说：“帮亲戚做事，涉及到金钱方面就不好算账。我家孩子刚毕业就帮过一个远房亲戚，最后搞得不欢而散。好在他有个大学文凭，现在找了个不错的工作。想想啊，还是有文化好，有文凭好！你啥文化？”

这把多多问住了，想说自己是初中生吧，也不好开口，说自己是大专生吧，也是在撒谎。文凭在多多心里设置了一道坎。因为在兰州时，就有不少人问过她学什么专业，是什么学历。当她说自己是初中学历时，别人都不屑一顾地说为啥不念大学。

“为啥不念大学？”这个问题让多多有些回答不出来。也就在这时，车夫停了下来，说到了。

多多看到了长途汽车站几个醒目的大字，她走了下来。从裤包的口袋里拿出钱，给了对方三元。

对方说：“讲好的价钱要讲信用，我还是收两元。”

“没关系的。”多多突然对他生出了怜悯之心，她觉得自己尽管辛苦，至少不用每天在马路上奔跑，也不用躲城管。

对方没有多收那一元钱，他给多多说：“你慢些走！”随即转身蹬着车进入了人群中。

多多望着他远去的背影，无奈地叹了口气，转身走进了车站里，然后买上车票，踏上了春运的回家之路。

多多这次回家，在路上整整用了二十九个小时。按照正常的情况，一般是十二三个小时就可以到家的。但在行驶的路上，汽车的内外胎都爆过。特别是后来内胎爆了，前不着村，后不着店，补胎的地方都没有，只能靠过路的车帮忙拖车，直至把车拖到修理汽车的地方。这一过程中，有被司机拒绝过，也有好心的司机欣然应许了。

多多到家的时候，已经是第二天中午了。

其实，对于回家，多多有多么期盼吗？没有。她对家的概念是模糊不清的，她甚至认为，回与不回都没什么。家，对于多多来讲，即便回来了，也好像走形式一样。真正属于自己的家，就是有朝一日，自己有房了，可以随心所欲的地方。

车子在新桥停了下来。多多刚从车上下来，就听见有人在喊着“多多！多多！”

多多听声音很熟悉，是爸爸的声音。

“我想，这几天你应该回来了，所以跑到街上来瞄看。过咱们这里也就那几趟车，我是算了下时间的。不过还巧，真接到你了。”陈建川说。

“爸爸，你这几天，天天到这儿来呀？”

“是啊，我来看看，看了好多班过路车呢。”

“你也真是，我回来了，自己晓得回家的。”

陈建川接过多多手里的一个大包，说：“反正也没啥事，全当逛路耍。”

新桥距离多多家比较近，步行也就一刻钟左右。路上，陈建川关心地问了多多路上情况，同时也告诉多多，红琼已回来了两天。

陈建川见着多多时，脸上掩不住笑容，那笑容是温暖的，也是舒心的。他打心底惦记着多多。虽然他不善于用言语表达对多多的那份父爱，但他盼望多多回来，每日在新桥等待，以及见着多多那一刻，赶紧帮忙提行李，这一系列的动作，都浸入了一个父亲的点滴之爱。

父女俩走在路上，碰上熟人，陈建川与他们热情地打着招呼。而对方总会说着近乎相同的话，这不是多多吗？回来过年了吧？这丫头，长高了哟！

陈建川总是嘿嘿地笑着，一边回答着，长高了，长高了。

红琼带着陈旭在院子的地坝里玩耍，陈旭手里拿着一把红琼给他买的玩具枪，在地坝里转圈圈地跑来跑去，嘴里念念叨叨地喊着“砰砰砰”的打枪声音。

红琼眼尖，远远地就看着多多了，她对陈旭说：“陈旭，你看，二姐回来了。”

陈旭停了下来，他朝红琼指的方向望去，他看着了，然后飞跑着跟了过去。

当陈旭跑到多多面前时，他看了看多多，有些不好意思，陈建川说："陈旭，赶紧喊二姐。"

"二姐"，陈旭细声细气地喊着。

多多对陈旭表现得并不热情，当然，她对家里的每个人都好像不热情，也许童年的伤害太深了，家里的每个人对于多多来说，都没有发自内心地爱过，她感受不到爱，所以也封闭自己的情感。

尽管有些时间没见着陈旭了，但她并不想他，她对陈旭的感情似有似无。陈旭于她，好像也有陌生的感觉。那种感觉，多多自己也无法说清楚。总之，她对他没有太多好感，但也不讨厌他。

红琼对陈旭的感情与多多截然相反。在某种程度上讲，甚至比对多多还亲。她用自己的钱给陈旭买零食，买玩具，买衣服，还常常带着陈旭去赶场，或者背着、抱着陈旭。在红琼没外出打工前，常常是红琼带着陈旭的。也可能是相处比较久的缘故，所以，陈旭对红琼的依恋是比较深的。

紧接着，红琼也跟了过来。她对多多说："路上累了吧?"

"还行。"多多回答着。

"妈妈，妈妈，多多回来了。"红琼大声地吼叫着。

杨召珍从灶屋里走了出来，她见着多多，高兴地说："多多，路上辛苦了，赶紧进屋休息。我是说嘛，你这两天肯定回来，我烧火，火苗非常旺，火苗在笑，不是有客人来，就是你回来呢。"

多多喊了一声妈，算是给母亲打招呼。

多多在堂屋里的长板凳上坐了下来，她看到了墙壁上的相框里多了一些照片，最多的是红琼的。红琼穿着时尚，戴着墨镜，或在公园里留影，或在大街上拍照。照片中的红琼俨然不像一个乡下妹子，更像一个都市姑娘。农村的朴素，在她的身上渐渐消失了，取而代之的是都市的气息。

环境可以改变一个人，生活方式亦能改变一个人。红琼在都市中，尽管生活在都市的最底层，但她的改变或多或少与乡村有了极度的反差，这一反差就是变化。

多多站了起来，她站到相框面前，仔细地审视着相框里的照片，除了红琼的，还有父母的，以及他们一家曾经照过的凤毛麟角般的几张照片。那几张照片，仿佛是在诉说着曾经的某一段历史，那段历史就是一个时代的记忆。

陈建川把多多的那个包放在了堂屋地上的一个角落里，杨召珍对陈建川说："把包放到里面屋子去吧。"

接着杨召珍又对红琼说："你把桌子收拾下，马上就要切饭了，你妹妹也饿了，赶车那么久了!"

陈旭站在多多身边，看着她，默不作声。杨召珍说："陈旭，喊二姐没有?"

"喊了。"多多说。

"陈旭，大姐二姐都回来了，高兴吧?"杨召珍说。

陈旭没有说话，只是看了看红琼，又看了看多多。

杨召珍转身去了厨房，边走还边喊着："陈建川，你也赶紧来灶屋帮下忙。"

红琼一边擦着桌子，一边问："在兰州怎样，工资高不高?"

"还可以，你的工资高吗?"

红琼悄悄在多多耳朵边说："等会儿妈妈肯定要问你的钱的，你不要说实话，交给她后就拿不出来了，我就自己悄悄留了点私房钱。"

"晓得了，不过，我也没啥钱了，我每月都给他们寄回了钱。"多多说的实话，因为每次父母来信都说家里经济紧张。

"你咋那么傻呀，都给了，你自己都不留点?"

"反正还可以挣的，给了就给了，再说，他们不是说帮我们存起吗?"

"你等着吧，最后都变成他们的了。"

"为啥啊?"

"我这些年打工挣来的钱，妈妈都说用完了，还说家里经济紧张，一个字，没钱!"

"那你留了多少私房钱?"

"你说话小声点，不要让妈妈他们听到。"红琼提醒道，然后悄悄附在多多耳朵边说："一千块钱!"

"从打工至今吗? 还是就今年?"

"前几年打工挣的钱都交给妈妈了，你看，咱们家买楼板的钱就是我挣的，买电视机的钱也是我挣的，买沙发的钱也是我挣的，就只有今年，我悄悄地存了点。”

“要是被发现了怎么办?”

“我藏到床铺草的枕头下面，被妈妈发现了，不过，我说是帮王梦芬存的。”

“梦芬? 她是谁? 妈妈相信了吗?”

“是吴涛的表妹，她跟我一个厂上班的，我给她说好了，所以妈妈也问了，就相信了。”

陈建川端着一盘菜从灶屋里走了出来，脸上始终带着快乐的笑容。也许是孩子们都回来了，他心情舒畅。其实，陈建川这个人本身也是一个快乐的人。他一边走一边还大声地唱着《九妹》的歌曲“九妹/九妹/漂亮的妹妹/九妹/九妹/透红的花蕾/九妹/九妹/可爱的妹妹……”

陈建川记不住歌词，想到哪里就唱到哪里，忘词了就跳着唱，唱能记住的词，尽管他唱歌也常常跑调，但他依然我行我素地唱着，陶醉在自己的歌声之中，仿佛是一种享受。杨召珍听着他的歌声，自言自语地笑着说到:“妈个宝气，也不知道唱的啥子哟。”

《九妹》这首歌多多非常熟悉，因为在兰州她就常常听到这首歌，无论走到哪里，这首歌总会出现，《九妹》歌曲简直红遍了大街小巷、城市乡村。

陈建川非常耐心，来来回回端菜跑了三个来回。这顿饭是丰盛的，简直就像过年过节似的。可能是杀了年猪的缘故，也可能是因为红琼多多都回家了，为了迎接她们而做的饭菜。

陈建川把《九妹》这首歌唱完的同时，饭桌上也摆好了饭菜。他微笑着对红琼和多多说:“来，大女，二女，切饭了。”

多多和红琼坐在了饭桌前，然后同时喊道:“妈妈! 切饭了!”

“你们切吧，我马上就来。”杨召珍一边回答，一边从灶屋里走了出来，然后坐在饭桌前切饭。她看到陈旭在大快朵颐地拈着肉吃，同时，还把那碗肉多的放在自己的面前，说:“陈旭，要懂规矩，不能一个人切。你放到自己面前，姐姐他们怎么拈菜?”

陈旭看了看姐姐们，然后又将那盘肉多的菜放到了原来的位置。

一家人团聚在了一起，一起切了一顿分别几个月后的团聚饭。这样的团聚是幸福的，也是温馨的。这样的团聚在以后的日子也许会越来越少，这样的团聚也许在多年以后会成为奢侈品。所以，团聚对于杨召珍和陈建川来讲，更是一种期盼。毕竟孩子们大了，能在自己身边的时间会越来越少了，孩子们长大后，都会逐渐有自己的家，因为已经有人在给红琼介绍婆家了，而多多也已经有人喜欢了。

然而这样的团聚在红琼或者多多看来，是截然不同的两种认识。她们或许想着，长大真好，终于脱离了父母的管束，终于离开这个家了……现在，终于随心所欲地有了自己想要的自由；终于可以随心所欲地花自己挣来的钱。也许，在以后的生活里，自己还有个幸福的小家，那样自己就可以更加随心所欲地在自己的家里装满所有的快乐和不快乐，开心与不开心，总之，那才真正属于自己。

第三十七章　爱情如此简单

初二早晨，多多和红琼刚切完早饭，还没下桌子，杨召珍就安排他们去舅舅家拜年，同时还将昨晚就准备好的礼物放在了堂屋的一个柜子上。礼物还是老规矩，一条腊肉，两瓶酒。

红琼有些不情愿去，说："干脆让多多带陈旭一起去吧。"

红琼从小就不爱走人户。因为去亲戚家与不去亲戚家在她看来，没什么区别。因为到了亲戚家，同样也得帮着干活，比如烧火做饭。她不像多多，即便不情愿也不表露出来，依然装着若无其事的样子。多多则不同，她不愿意干的事情，她不但要用嘴说出来，在行为上也会反抗。

有一次，多多去舅舅家，舅妈说让多多帮着烧下火，多多立刻拒绝说，我才不给你烧火呢，哪怕不切也不烧火。

舅妈说："女娃生得一枝花，长大了也得在灶屋里抓。"

多多说："我以后坚决不用这个烧火，我要挣钱，这样就不用我烧火做饭了。"

舅妈见多多坚决，笑着说："好啊，狗儿，你就努力念书，以后挣大钱，让别人煮给你切。"

多多在幼小的时候，就特别喜欢走人户。曾经有段时间，喜欢去舅舅家。因为到了舅舅家有喜欢吃的零食，还有舅舅给她用竹丝做的各类玩具。当然，舅舅的院子里有很多玩伴。但现在不同了，多多长大了，不太喜欢去了。

所以，当红琼说让她带着陈旭去舅舅家时，她说："我才不去，让爸爸带陈旭去。"

"小时候你们不是喜欢去舅舅家吗，现在朗开就不去了?"杨召珍问。

"小时候喜欢的事情，跟大了是相反的。"多多说。

"你们去舅舅家拜年是天经地义的事情。"

“我跟陈梅约好了，今天上街去耍。”红琼说。

“陈梅不是去她外婆家了吗?”杨召珍问。

“陈梅要明天才去。”红琼回答着。

多多说：“要不，明天让姐姐带着陈旭去舅舅家吧，这样，她们跟陈梅一起，路上还有个伴呢。”

杨召珍沉默了一下，说：“那好，反正正月十五之前都是拜年的日子，晚一天就晚一天。”

红琼感觉被解放了似的，高兴地说：“妈妈，明天我带陈旭去舅舅家哈。”说完后，红琼又说：“妈妈，我去找陈梅了哈。”

“记得中午早点回来切饭，别耍太晚了。”杨召珍叮嘱着。

红琼连蹦带跳地走了，杨召珍看着她离去的背影，忍不住咕噜道：“这个贱人，都老大不小了，走路还是那样，蹦蹦跳跳的，一点没有一个大姑娘的样子。”

多多见红琼走了，也在想，自己这一天该怎样打发呢？是不是也去街上瞎逛？但一个人的瞎逛是毫无意义的。那么，是否该去找李瑶一起去耍呢？毕竟，也有好几个月没见着李瑶了，想必，她也有所变化吧。或许，去给她家拜年，这样就可以一举两得了。既看望了李瑶的父母，也见着了李瑶。

杨召珍见多多在自己的眼皮子底下转，说：“多多，你啥时候去给你李叔叔拜年?”

“今天也可以。”多多说。

“那好，我这就去准备礼物，你一会儿上街送去。”

杨召珍转身去了另外一间屋子。多多则自个坐在堂屋的长板凳上，无聊地看着光秃秃的墙壁，或者张望着门口过路的行人。

突然，一阵汪汪的狗叫声响了起来，大概是有生人来了，多多迅速站了起来。她来到门口，见着了一个人，这个人是熟悉的，他已经走进了院子的地坝中央，他是李沐。

多多赶紧去制止狗，狗听话地闭了嘴，不再大声地叫了。

多多看着李沐，有些不好意思，只是抿着嘴，但脸上却有着一股笑意，算是打招呼吧。刚才还一个劲地吼叫的狗，这会儿已摇头摆尾，不停地在他身上闻来闻去，仿佛要去做一种检查似的。

李沐毕竟是男人，显得有些洒脱。见着多多时，脸上有股兴奋，他高兴地看着多多说："我想，你这时应该在家里。"

李沐的突然到来让多多有些惊诧。毕竟，她和李沐的关系算什么呢？恋人吗？但他们还没有订婚呢？那是什么呢？如果不是，那又是什么关系？难道仅仅是同学关系吗？

事实上对于李沐的到来，多多还没有做好准备。尽管她也知道，李沐回家了，但此时此刻，他来了，这让多多有些少女般的羞愧。

一时间，多多对于自己与李沐的关系也无法做个定性。但对于李沐来讲，就是恋人关系。虽然没有媒人做媒，但在他的心里，他是这样认为的。在他心里，多多就是他朝思暮想的人，在他心里，他爱着她的。当然，多多的父母也多少知道多多与他之间的关系。

李沐穿着一身橄榄色的军装，脚上套了一双大头军用鞋，留着部队特许的寸头，很精神。但他比以前胖了，长得更加结实，但也黑了不少。

李沐问："你爸爸妈妈呢？"

还没等多多回答，陈建川从屋子里走了出来，他见是李沐，热情地说："李沐来啦？"

接着，赶紧接下李沐背上背的东西。

李沐喊了声："爸爸！"

当爸爸两个字从李沐嘴里蹦出来时，多多看了看李沐，但不知说什么好。心想，脸皮真厚。

多多走在前面，李沐跟在后面，一起进了屋子。

杨召珍从楼梯上走了下来，李沐站了起来，赶紧迎接着，喊道："妈妈！"

"多多，赶紧去给李沐烧开水。"杨召珍说。

多多站了起来，准备去厨房给李沐烧开水，李沐拉着她说："不用了，我刚切过饭了，也不渴。"

多多心想，不用就不用，她最讨厌的就是烧火了。所以，当李沐拦着她说不用时，她就借坡下驴了。

杨召珍和陈建川是喜欢李沐的。毕竟，他们对李沐的家庭比较了解，再说了，李沐要人品有人品，他现在在部队，所以在农村来讲，也是过得去的人家。至少，比陈建川家条件要好。再说了，自打李沐给多多第一封情书被多多父母知道后，他们就认为多多是在和李沐处朋友关系。

再说，在农村，与多多年龄差不多的也有不少订婚了，甚至也有的结婚了。在农村，十七八岁订婚结婚都是正常的。所以，多多也算是进入婚龄的女人了。

杨召珍看着李沐，真是丈母娘看女婿，越看越欢喜。她非常热情地问："李沐，啥时候回来的，在部队还习惯吧？"

"刚开始不习惯，后来习惯了，觉得在部队锻炼下也不错的。"

"年轻人就该在部队锻炼。"杨召珍说。

"但在部队就不像其他同学那样，不在部队，可以在外面打工挣钱，在部队，是没啥钱的。"李沐一边说这话，时不时地看着多多，仿佛多多的脸上写出了他要说出的字似的。

"人还年轻，挣钱是以后的事。"

"不过，我爸爸也说了，等我退伍后，再看，当然，还得看多多以后的决定，她要是愿意在咱们这个地方待着，我就在这里找个事，如果多多不愿意，她去哪里，我就去哪里。"

对于以后自己究竟在哪个地方留下来，多多还从来没有想过。她觉得谈论这个话题有些早了。毕竟，她觉得自己还年轻，对于婚姻的事情也不能太过轻率。但对于李沐的感情是否就真的没有呢？应该不是的，至少她对他有好感；至少，他是她最喜欢交流的人；至少，在她心底只有他这个异性占领了她内心深处；至少她那颗少女的芳心是为他而跳动的。

杨召珍说："你们的事情我不发表意见，一切你们做主就是了。"

李沐见多多在旁边一言不发，然后看着她说："你把背篼里的鞋子拿出来，我给爸爸从部队带了双军用大头保暖鞋。"

多多从背篼里拿出了那双用塑料袋装上的鞋子，背篼里还有两瓶酒，两瓶营养品。多多都拿了出来。杨召珍见李沐拿了这么多东西来，说："直接来耍就是了，还带这么多东西来，真不叫话。"

杨召珍话虽这样说，但心底却是高兴的，至少，这个未过门的女婿是把他们放在心上的。

李沐说："爸爸，你把这鞋子换上吧，看合适不合适？"

陈建川接过鞋子，脸上有着灿烂的笑容，他说："这鞋子好，你看，这里面的绒毛好深。"

多多知道李沐冬天就发了一双冬鞋，李沐写信告知她的，他还说部队这鞋子质量好，穿着暖和的。现在，他又给爸爸一双鞋子，究竟是怎么回事呢？

多多说：“李沐，你不是只发了一双鞋子吗？给我爸爸这鞋子是哪里来的？”

“是发的一双，我见过爸爸的脚，知道他穿多大码字，所以就跟战友换了一双。”

“那你穿啥子呢？”

李沐笑着说：“我脚上不是也穿了一双吗？我这鞋子是部队的老战友给的。因为每人只能领一双，所以我把我的这双给爸爸带回来了。”

杨召珍听着李沐这席话，真是有些感动，觉得这女婿是心眼好。她又说：“你把自己的鞋子拿来给多多爸爸，你爸妈没意见吗？”

“他们没意见，还让我带多多去我们家看看，认个门。”

“哦，那让多多决定。”

李沐看着多多，笑着问：“你决定吧。”

多多没有直接回答，说：“看你表现。”

陈建川穿上了那双鞋子，在院子里走来走去，一边走还一边说：“这鞋子好，穿着暖，怪舒服，安逸哟。”

李沐看着多多，会心地笑了笑。这一幕被杨召珍看着了，她说：“你们就在屋头耍，我们要推磨，泡好的黄豆还没推。”

李沐在堂屋里教多多唱着他在部队里跟战友学来的歪歌：“一副手铐我也戴过，二流子我也当过，三珍海味我也吃过，四大监狱我也坐过，五朵金花我也追过，六德华我也打过，七个仙女是我老婆，八大金刚是我大哥……”他们唱得声情并茂，尽管多多老跑调，但李沐还是认真地教着。

一曲完了，李沐又教多多唱另外一首《当兵的人》。“咱当兵的人/有啥不一样/只因为我们都穿着/朴实的军装/咱当兵的人/有啥不一样/自从离开了家乡/就难见到爹娘/说不一样/其实也一样/都是青春的年华/都是热血儿郎……”这首歌唱得颇有气势，也很动情。在院子里推磨的陈建川也忍不住跟着唱了起来。

李沐听见陈建川在唱，从屋子里走了出来，他来到院子里，看见陈建川在围着石磨子一圈圈地推磨。而杨召珍则站在一旁喂磨。其实，对于推磨和喂磨，一个需要力气，一个需要耐心，推磨的要保持用力均匀，喂磨则决定米浆的粗细。

推磨，这是一件不想干又不能不干的活，因为在过去，它是农村人基本生活中不可缺少的一部分。过年磨汤圆粉、给牲口磨食料都是不可缺的。

磨的结构很简单，就是两片圆圆的大石盘，上薄下厚扣在一起，中间有一柱心，上盘为公以柱心为圆，全盘上突约1公分的磨脐，下盘为母全盘凹下约1公分的脐沟，上脐下沟盘相互来回压挤形成合力。将上、下磨脐的凸凹对合，上盘便可转动。五谷杂粮在上盘和下盘之间被研磨成浆或粉，流到磨盘上。由磨嘴处流出再收起来。推磨行走方向是逆时针转圈。

李沐走了过去，他帮着陈建川一起推起磨来。磨盘一圈一圈地转动着，多多看着转动的磨子，想着想着，就走神了。她在想，她与李沐的感情会是怎样的一个发展，怎样的一个结果呢？是否会像磨盘一样，一圈圈地继续走下去？也许感情的事情正如推磨一样，既不能跑快，跑快了可能就要出轨；跑慢了，也许就可能跑不起来，使感情止于原地。

下午的时候，多多跟着李沐去了他的家。他家里来了不少客人，仿佛是为多多而来的。不对，严格地说，是想来看稀奇的。毕竟在农村，哪家男孩带个女孩回家，都喜欢看个究竟的。所以大家想看看多多长的啥样子，是高，是矮，是美，是丑，也就不足为奇了。

院子里围了好几桌人在打麻将或者打扑克。他们看见多多，都把头偏过来，朝多多看，仿佛多多是个外星人似的。

多多刚进他家院子，李沐的母亲就迎了过来，热情地说：“娃儿，赶紧进屋坐。”

多多礼貌地喊着阿姨。李沐妈妈的脸上荡漾着甜蜜的笑容，然后赶紧喊着李沐的爸爸，说：“他爸，多多来了。”

李沐爸爸从灶屋里走了出来，一双手在围裙上擦了擦。他来到多多跟前，多多先打招呼喊着叔叔。

李沐把多多给大家介绍了一番，然后领着多多进屋了，多多在堂屋的一个长板凳上坐了下来。她刚落坐，一个多多非常熟悉的人出现了，她给多多端来了一碗醪糟蛋开水。这个人是李沐的姑姑李芳，多多认识她，因为他们上初中时，李芳在那教书。

多多喊了声李老师，算是打招呼。

多多见只有一碗，便推给李沐，说："你切吧！"

"你切！"李沐推了过来。

"李沐，也给你煮了一碗，你去灶屋里端出来。"

李沐转身去了灶屋。堂屋里就只剩下多多和李芳了。

李芳在多多的对面坐了下来，她问了多多一些情况，比如在外面发展怎样，是否适应外面的环境，以后还愿意回老家来不，以及以后有什么打算。

多多感觉李芳比李沐爸爸妈妈还喜欢打探，但她都一一作答了。她觉得李芳是善意的，毕竟听李沐提起过，李芳对他的感情非常深，甚至把他当儿子待。李沐当兵是李芳帮忙的，在金钱方面也在帮助他家。

李沐见李芳不停地问多多这，多多那，便借故把多多喊到一边去了，说："你别介意，我姑姑就是那样子，她问的话不要放在心上。"

多多算是逃过了一劫。李沐把多多带到了他的房间。房间里非常暗淡，李沐拉了拉墙壁上的一个绳子，那是电灯的开关，灯亮了起来。橘红的灯光下，多多能看见她和李沐的双影。

李沐说："我给你看样东西。"然后走向一个角落，拉出来一个箱子，摆在了多多的面前。

李沐从箱子的最底下拿出了厚厚的一摞信，说："你看，这都是你写给我的，我都全部保存下来了，我要永远留下这些东西，作为我们以后永远的回忆。当我们老了，读着这信，是多么有意义的事情。"

然而，多多并没有这样想。她不知道自己以后是否真的就属于李沐，而李沐也是属于自己。未来是个变数，是无法说清楚的。再说，李沐还得在部队待上一年半载，一年半载有时是个漫长的时间，能改变很多事情的。

"就给我看这信吗？"多多问。

"对我来讲，这就是最珍贵的了。"李沐一脸认真地说。

当多多接过李沐递给她的那些信时，她看着熟悉的笔迹，却有些陌生的感觉。她甚至怀疑哪些滚烫的文字，难道真是出于自己之手吗？她疑惑了，甚至迷惑了。不知为什么，她又真希望那些信不要存在。

多多看着那些信，不知所措。李沐的目光始终在多多的身上。他甚至将自己的额头靠在了多多的肩上。多多本想拒绝，但却无法拒绝。那种说不清道不明的感觉让她不知如何是好。

她不知道自己对李沐的感情究竟是什么？如果没有情，那为何要一直交往呢？如果没有爱，为何要写那些滚烫的文字，让李沐迷失在她的情感之中？

女人的心思男人是永远不会懂的。李沐也不例外。多多看着那熟悉的文字，仿佛是昨天，是前天，是很久以前的事……

李沐突然想到了什么，说：“我还有个东西给你。”

“什么东西？”

“一会儿就知道了。”李沐躬下身，开始翻起箱子来，他一会儿摸摸箱子里这件衣服的口袋，一会儿又摸摸箱子里那件衣服的口袋，翻来覆去就是没摸出什么来。

箱子里的衣服一会儿就被他搞得乱糟糟的了，多多说：“你究竟找什么？”

“一个戒指，我用子弹壳给你做的戒指。”李沐一边找，一边说。

“找不到就别找了。”

“我明明放在衣服口袋里的，怎么就不见了？”

“可能不属于我吧！”多多无意地说着。

“别瞎说，找不到了，我以后重新给你做一个，等我有钱了，给你买个金戒指。”

没找着戒指，李沐有些失落。他像个做错了事的孩子，站在多多身边不知所措。多多看着他，欣然地笑了笑，说：“没事。”李沐才笑了起来，他的笑容非常灿烂，也感染了多多。李沐拉着多多，顺势将她搂在了怀里，这是多多与李沐从认识到交往以来，第一次亲密接触。

这个晚上，多多是在李沐家度过的。晚上她被安排与李沐的妈妈和李芳睡在了一个房间的一张床上。李沐妈妈和李芳担心睡觉挤着了多多，都相互往外面挪了又挪，但多多睡在这个床上，毫无睡意，她是睁着两个二筒的眼睛到天明的。

恋人相见本是热情似火，卿卿我我的。但多多与李沐的相见却是非常平淡的。也许是他们太过含蓄，而有些羞涩。也许是他们都太过保守，进行的一场精神爱恋。

春节的相聚是短暂的，李沐又踏上了北去的列车，回归部队。走时，他有着千丝万缕的不舍，但却要无奈地踏上旅程。而这次的相聚是否就意味着别离，这也是说不清楚的，但会在他们的一生中留下深刻的美好回忆！只是这段恋情最后的结果如何，还需要时间去论证。此时此刻，他们的爱情如此简单……

第三十八章　失业等于创业

在村里与红琼年龄相仿的人都结婚生子了。二十出头的红琼还没有嫁出去。趁春节期间，外出回来的青年男女不少，所以也是媒婆说亲的大好时节。

有个媒婆来家里给红琼介绍了一个男孩，其家庭条件在农村来说还不错，至少有三通，交通、水通、电通，加上有新修的房子，人个子适中，不高不矮，不胖不瘦，外表文静，杨召珍夫妇觉得这门亲事不错，答应了下来。于是约定了在正月初六这天双方见面。

红琼对这桩“婚事”并不满意，那个小伙子并不是她喜欢的类型。好在她也在外面见过点世面，觉得感情应该顺其自然地发展。媒婆介绍的多少有些别扭，感觉像在凑对成婚。她本想拒绝，但是，母亲强硬的态度使她有些后怕，所以顺从母亲答应了，但是，母亲并不知道她葫芦里卖的什么药。当多多问她想不想跟她一起外出打工时，红琼毫不犹豫地同意了。

红琼跟着多多走了，但她留下的那个不满意婚约的烂摊子却甩给了陈建川夫妇。拿红琼的话说，既然是你们同意的，那就让你们自己去解决吧。

随着红琼和多多的外出打工，村里的其他人也陆陆续续地外出打工走了，村里一下子安静了不少。而与红琼、多多一起成长的儿时小伙伴，结婚的随着自己的丈夫或妻子外出打工了。个别的，如陈玲玉婚后和丈夫到了达州，夫妻俩经营起了床垫生意；陈秀兰嫁到了镇上一户开餐馆的人家，与夫家一起经营饭馆。

多多看着村里的不少姑娘，十五六岁或者十七八岁嫁人了，实在不能理解，这么年轻就把自己嫁掉了，懂得什么是婚姻吗？她甚至觉得，这么早把自己嫁掉的姑娘，根本不懂得爱情，她们只是在重复着他们父母的生活。偶有个别姑娘如陈菊花，最初村民们在背后议论她，说她再不嫁掉就成老姑娘了，父母也不理解她，觉得她当初说要把自己嫁到城市里是说疯话。然而事实胜于雄辩，陈菊花在打工的浙江湖州认识了自己生命中的白马王子，也是当地的城市小伙子，而且一表人才，他们结婚了，这个春节还带回了这个帅小伙。

只有晓生是从村里走出去发展得最好的一个，在部队当兵不到一年，考上军校后去念书了。据说军校毕业，能在部队当官，也就是吃国家粮了。晓生确实为他家长脸了，每每村民在陈建星面前提到他家儿子，他脸上的笑容都非常深。那是一个农民的满足，一个当爹的幸福。

相比较于村里其他女孩，红琼算是比较年长的了，但她并不着急。她和多多一起从老家出来后，跟着陈晓去了新疆，多多跟着胡一峰去了兰州。但这一次单大海没有跟着一起出来，在家人的帮助下，他开上了出租车。

再次来到兰州，多多一如既往地开始着先前的工作。然而这样的工作没持续多久，一个意外的事情发生了。

那天是非常平凡的一天。只是那一天多多犯了一个严重性的错误。她犯的错误是违反了商场的规定。

多多站在柜台里，因为没有顾客，闲着无聊，就悄悄地在柜台里看起书来。看了一会儿，看见柜台里面的地板上有一个滑板。多多从来没玩过滑板，在好奇心的驱使下，便想试试，也就试着站在滑板上。几个来回下来，多多都没有成功。越是没成功的事情越能激发起多多的斗志。当她再次站到滑板上时，一个戴着眼镜的男人凶巴巴地走进柜台，一把将多多肩膀的衣服拽住，使劲地将她拉了出来，凶巴巴地说："从现在起，你不许站柜台，你被开除了。"

柜台里的其他人一脸惊愕，他们赶紧站在自己的位置上，默不作声，看样子他们也怕这个人。

这个人多多认识，是那个郭经理。多多努力地想辩解，但对方不容她有任何解释。这个人向柜台里的人说："她柜台的货你们负责卖，不准许她进柜台。"这个她，是指多多。

郭经理说完，转身走了。多多站在了柜台前，好一会儿她有些茫然无措，眼眶潮湿了。

不能站柜台了，多多不知道该怎么办？更不知道该怎样向胡一峰交代。自己闯下了祸，没想到仅这一次，就没有机会了。

体育专柜的黑燕见郭经理走远了，对多多说："川妹子，你赶紧给你哥哥打电话，让他去找郭经理求下情。快点，不然对方告到管理科，就麻烦了，严重情况会让你们撤走柜台的。”

多多这才知道了事情的严重性。她赶紧跑下楼去，在公用电话亭给胡一峰打了个传呼。一会儿对方回了电话来。多多将事情的来龙去脉告诉了胡一峰，胡一峰让她别着急，他马上赶过来。

多多又回到了柜台前。虽然她不能走进柜台，但她认为，自己还是应该站到柜台外面等着胡一峰的到来。

黑燕又问：“给你哥哥联系了吧？”

“联系了。”

“那就好，你也别担心，事情总有解决的办法，那个郭经理就是特别严，我们都非常害怕他。”

“他看起来好凶。”

“反正，我们被他逮住了，就罚款，扣工资。”

“那他为啥说要开除我，不能再站柜台了？”

“这个就不清楚。多多，你哥哥大概还有一会儿才过来，你可以先到八楼卖图书的地方看会儿书，那里还可以坐下来休息。”

“谢谢，我还是在这里等着吧。”

多多站在一旁，她看着又开始忙碌的黑燕，她有些喜欢她。她想，要是那个郭经理也像黑燕多好。

黑燕是多多第一天上班就认识的兰州朋友。黑燕人很热情，见到多多第一眼就问，你是四川人吧？

“你怎么知道的？”多多问。

“听你口音很像。”

就是这样简短的交流，她们就认识了。午饭时，黑燕还带领着多多去吃了兰州的凉皮。

黑燕个子比多多高半个头，长长的黑发披在肩上，一双黑色的大眼睛非常有神，特别是眼皮上粘贴的长长的黑眼睫毛更是惹眼，而她的手指也是涂的黑色指甲油。她常常喜欢穿一身黑色的衣服。整个人看起来有些神秘，而又好看。

胡一峰赶来时，再次问了多多的一些细节，然后皱了皱眉头，直奔八楼，去了郭经理的办公室。而多多也赶紧跟了上去，只是多多没有进他的办公室，而是站在门口，等着胡一峰的出来。

胡一峰希望获得郭经理的谅解，更希望郭经理能给多多一次机会。然而，胡一峰找郭经理交谈，实际上吃了个闭门羹。

胡一峰说："目前还找不到合适的人，希望暂时能缓一缓，让多多继续站柜卖产品。"

"你柜台有没有人与我无关，违规了就该受到惩罚。"郭经理严厉地说。

"一天都不能宽限吗？"

"一天都不能，我还有事，你先出去吧。"

对方下了逐客令，胡一峰叹了口气走了出来。多多看着胡一峰的表情，知道事情并不顺利。她小心翼翼地问："怎么样？"

胡一峰摇了摇头说："不得行，这个龟儿子，真他妈翻脸不认人！"

"那该怎么办？"多多这才知道了事情比她想象的要严重得多。

"那还能怎么办？晚上我给陈晓联系，看他那里能不能抽调一个人，最好你姐姐能来。还得搞快点，柜台没人，指望他们卖东西，是不可能的。"

"我听黑燕说，他们犯规了就是罚款，我犯规，怎么就开除了？"

"人家是正式职工，咱们跟他们是合作关系。"

"这就是两种对待，分明是歧视。"

"算了，吃一堑长一智，胳膊拧不过大腿。"

"哦，那我怎么办？又到哪里上班呢？"

"你先休息吧，等过几天再说。"

多多跟在胡一峰的后面，走下楼。一路上，多多的心理极度不平衡，为什么商场要给自己这么严重的处分。特别是那个郭经理，一点情面都不讲。好歹他也跟胡一峰哥熟悉的，而且又收礼又吃请的，怎么翻脸就不认账？多多在想到郭经理拽她走出柜台时的样子，她对郭经理开始讨厌起来。她在心里诅咒他不得好死。同时也暗下决定，以后一定要混出个人样来。

三天后，红琼从新疆到了兰州，接替了多多的工作。而多多成了无业游民。她整天并没有待着家里，而是辗转于各个商场或者药店。但她拒绝进入亚欧商场。她讨厌那里，因为那里的郭经理让她生厌。如果有可能，她甚至不想再踏进一步。

走出去才能真正的获得。在几天的闲逛中，多多的内心发生了很大的变化。她开始思考了。自己难道就傻傻地等待着工作的出现吗？要是胡一峰没给自己安排工作，自己就这样长久等下去？难道自己就只有帮别人卖东西？然后让别人支付少得可怜的薪酬？

多多骨子里的那股不服输的劲儿再次涌了出来。在接下来的日子里，多多开始做市场调查，了解与自己做过的产品相关的信息，她在心里萌生了自己单干的想法。她不想再做别人的“奴隶”，而要做自己的“主人”，或许应了那句，初生之犊不怕虎。

多多最开始在西北地方一家很有影响力的商场设立了妇幼保健品专柜。那家商场属于西北十大商场之一，在当地的影响很大。但想在里面设专柜并不是那么容易的，需要下一定的功夫。

从没有任何谈判技巧的多多为了锻炼自己，买了两本《演讲与口才》杂志来读，同时还有《三十六计》一书。在书中，她感受到了一种内在的力量，那种力量使得她有种敢干敢闯的猛劲。

作为一个不到二十岁的姑娘，多多敢于挑战。与她谈判的对象是商场的一个副总。这是她通过多方打探才知道的。这个副总正好也分管着亚欧商厦。

真是冤家路窄。多多不得不再次踏进让她生厌的地方，而且还是接连去了三次。对方问多多，为何想到跟他们合作？合作能为他们带来哪些好处？具体合作的方案说来听听，最好要书面的东西等等。有些专用术语对多多来讲还是陌生的，她甚至不知道什么叫方案。尽管她不懂，但她依然一个劲地点头说好，还说，一定会准备妥当的。只是下来的准备是辛苦的，多多找了很多资料，才逐一读懂看懂，也才写了一份自我满意的方案。

为了显得更成熟些，多多还买了一副眼镜戴上，用来遮住她那双稚气十足的眼睛。

谢天谢地，虽然花费了些心思，总算还是签下了那份合同。合同签好之后，多多站在五泉山的站台上等车，眼泪却忍不住地掉了下来。也就是那一次，她第一次体会到了办事难，求人难，而人要在社会上生存，更是难上难，不但要接受别人的冷眼，还要接受很多自己不愿意接纳的东西。

随后的日子，多多开始忙于奔波，掌握新的信息以及产品价格的波动。当然，她是既当老板又当员工的那种。只要自己不在柜台上，她就把自己的柜台委托旁边的人帮着照看，当然，偶尔也不忘给别人带些礼物。这种人情关系是多多最常用的“武器”。不到二十岁的她接受了与年龄不相符的东西，也使她慢慢地体会到了创业难、守业更难的艰辛。

忙忙碌碌的日子感觉好快，一晃又是三个月，多多看到了自己收获的果实，那时，她的收入已经超过了很多人的工资。看着那些花花绿绿的钞票，多多第一次进银行开户存钱。

在这里，多多有了自己的一席之地，而她依然不得心安，她的心依然在狂跳，因为这不是她的梦想，也不是她人生的目标。

她从来没有阻止过自己骚动的心绪，她想到什么写什么，她的喜怒哀乐都倾注在字里行间。她喜欢总结自己，自己就像是一个商品，被她不停地改变包装，改进质量，而又升级换代。

没钱的时候，多多希望自己有钱，甚至希望抱着钱睡觉。那时，她觉得钱是世界上最好的东西。当她真有了点钱的时候，她发现钱并没有想象的那么惬意。她甚至在反思自己，这就是自己以后的生活吗？那埋藏在心底多年的梦想似乎又复活了。

她的梦想是有天做个自由的人，有自己的事业，做自己喜欢的事。那时，她特别向往做一个作家，或者一名记者。但这梦她只敢想，若要实现还是做白日梦。首先，自己文化程度不高；其次，也没有这方面的资源；再者就是连如何开始第一步都不知道。她只是单纯的喜欢文字，单纯的写自己内心想表达的东西，单纯的看书，都是她每天不可缺的事情。她总会抽出点时间看书，或者写下自己的感想。每每看到刊物的投稿地址，也曾心动地想投稿，但转瞬间就放弃了。

很多时候，多多处在了矛盾之中，往往燃烧起来的激情转瞬就被现实浇灭。

她也非常羡慕那些在大学里的人，他们有的与自己年龄相仿，不用背负沉重的生活担子，可以在美丽的大学校园里恣意地挥洒青春。

在兰州，多多去过一次天水南路的兰州大学。那次是去天水南路办事，无意间看到了兰州大学，继而走了进去，那是她有史以来第一次近距离地接触大学。

说实话，多多从来没有走进过大学，她不知道大学是个怎样的环境，但可以肯定一定是非常漂亮的。进了大学，也更有种身份的象征，不然也不会有那么多人争着去上大学。在农村老家，村民都在谈论，只要上了大学，等于就出人头地了。对于多多这个初中毕业流落都市的人来说，大学充满着某种诱惑。

“大学”这两个字以前多多在小说中看到过，真实的大学生活她是无法想象的。当她看着与她年龄相仿的人，三五成群肩并肩地走在校园里。他们一个个似乎都不会为生活发愁，他们只是在尽情地享受着属于他们的青春。

多多有些羡慕，更多是无奈，是对命运的无奈，也是对生活的无奈。很多时候多多也会想，也许人生就是注定的不平等。那句人人生而平等的话，不过是痴人说的梦话。可能每个人都希望人人平等，但是，家庭的出身，周围的环境等多种因素，其实也制约着平等。读书时，多多每每看着李瑶穿新衣裳时，眼里都有羡慕，同时也有种自卑。李瑶像天鹅一般的漂亮，而她像那一只丑小鸭，既没有漂亮的衣裳，也觉得自己没有漂亮的脸蛋。

看着“兰州大学”四个字，多多感慨万端。她知道，自己这辈子是无缘走进真正的大学校园学习，读那些有字之书，而只能在社会的大学里读那些无字之书。此刻，能进去看看也算是闻闻她的气息。

兰州大学校园非常大，多多在里面走了很长一段，她甚至分不清东西南北。她没有目的地走着，看看这，看看那。她看到了学生有的三个一群，有的两个一伙在相互地嬉笑着；有的戴着眼睛，腋下夹着书本在校园里走着；有的在树荫下，坐在地上看书。她还看到现代化的高楼与上世纪四五十年代的苏式建筑交相辉映，每一处建筑都蕴藏着书香的味道。

在兰州大学的校园里，多多记住了校训：自强不息，独树一帜！

这八个字像送给自己的，多多认真地读着，也在思考着：自己一定要自强不息，做独一无二的自己。一定要独树一帜，一枝独秀！

第三十九章　离别或成永别

六月的乡村完全是一个被绿色浸染的世界，田间地头都是成片成片的绿色。只有小路边的野草，开着零星的野花。它们恣意妄为地生长着，全然不顾忌是否有人会欣赏。

陈建川扛着一把锄头走在田间的小路上，劳动一天的他，在落日西下时，收工回家。他没有闲情欣赏路边的野花，只是快步地朝家的方向走着。

夜幕渐渐落下，满眼便是深沉的蓝色。远方的丘陵连绵不绝，高低起伏，在这蓝色的夜幕下渐渐地模糊了形状。不远处的村落炊烟袅袅升起，渐渐地汇入夜色中去。晚风拂过，吹动了树上的叶子，窸窸窣窣的，偶尔还能听见几声蛙叫。农村的夜晚，总是安静祥和。

杨召珍从灶屋里走到了堂屋，她问陈旭："作业做完了没有？"

"做完了。"

"要好好看书，不要打瞎逛！"

陈旭看了妈妈一眼，有些不耐烦地说："我晓得！"

陈旭的成绩不好，比红琼当年的成绩好不了多少。与红琼当年不同的是，每次老师都让他参加考试，只是每次的考试也不过及格而已，偶尔能考个七八十分。

"你啥都晓得，就是考不好。"杨召珍一边说，一边走到了地坝里，留下陈旭无言以对，他默不作声地开始收拾书。

"老杨，老杨……"陈建川喊着杨召珍。

"我正看你到哪里呢，赶紧进屋洗手切饭，夜饭都煮好了。"

陈建川笑着说："要得要得，陈旭到家了吧。"

"都啥时候了，还不到家？"

"爸爸，你回来啦！"陈旭听见陈建川的声音，跑了出来。

"回来了，幺儿，要好好学习哟，不然以后就跟你爸爸一样，扛月亮锄。”

“嗨呀，你们大人怎么都是一样，就只知道学习和成绩。”

“那管他的，不好好读书，以后也像你大姐二姐一样，出去打工，你看你二姐，现在想读书得很。”杨召珍说着。

陈旭不以为然地说：“她想读就让她读呗。”

晚饭后，杨召珍和陈建川在地坝里乘凉。他们就多多上学的事情开始了商量。

杨召珍说：“罗斌都当爸爸了，还去上学读书，咱们干脆也把多多送去读书。”

“你听哪个说的?”陈建川问。

“李春燕说的。”

“都二十好几的人，李春燕他们同意他去读书吗?”

罗斌是李春燕家的上门女婿。晓生在军校毕业后，回到了部队，与同为军人的赵湘结了婚。赵湘家是成都的，父母都是军人，并与晓生在一个部队。唯一的儿子去了遥远的西藏，唯一的女儿陈晓菊只得留在父母身边。

罗斌与陈晓菊相识于福州。那时，他们都在福州的一个鞋厂上班，由于都是宕渠人，是老乡关系，又年龄相当，并且文化也差不多，都是高中毕业生，让在异乡的游子彼此间多了一些亲近。下班后，偶尔会一起上街、逛公园。直到有一天，陈晓菊生了一场大病，罗斌无微不至地照顾，才捕获了她的芳心。

罗斌与陈晓菊开始了一场恋爱。但他们的恋爱最初并没有得到家人的支持，首先反对的就是陈晓生。他认为，姐姐有文化还有相貌，根本不应该与罗斌交往。再说了，自己的战友李辉明确表示喜欢姐姐，希望姐姐给他机会，相互了解。

李辉是看到陈晓菊寄给陈晓生的照片和信认识她的，照片中的陈晓菊清纯漂亮，一双漂亮的大眼睛炯炯有神。还有那一手好字，看着真是一种享受。他认为，陈晓菊一定是不错的姑娘。因此，他告诉陈晓生，希望做他的姐夫。陈晓生如实地说了自己家的情况以及陈晓菊的个人情况，李辉说，爱的是一个人，不是爱一个家庭的条件。

李辉的确是个非常优秀的人，在部队上多次立功，一米七五的个子，长得英俊帅气，家是上海人，无论哪点，外在条件上都强过罗斌的。

在陈晓生的阻止以及父母的劝说下，陈晓菊不得不选择放弃。再后来，罗斌在打工的地方没见着陈晓菊，他这才知道，他们之间结束了。没有说分手的话，却感觉是一种结束。

陈晓菊与罗斌结束后，并没有同李辉交往，李辉先后给她写过几封信，表达了自己的情感，但她都以不回复而拒绝了。后来陈晓生甚至写信责问陈晓菊，说，放着这么好条件的军人不要，为什么还要去选择那个家是大山深处的罗斌？

陈晓菊写信告诉陈晓生，说自己有自知之明，觉得彼此条件悬殊太大，不想以后成为李辉的拖累，再说了，都想坐轿子，谁抬轿子呢？自己宁可做那个抬轿子的人。

陈晓菊的固执最终使晓生无法撼动。与其说是陈晓菊的固执，不如说是她对待感情的专一。她想通过冷静的方式，看看自己是否真的能放下罗斌。最后，她觉得，罗斌才是那个值得托付终身的人。想到曾经在福州对自己细微的照顾，她坚信了这一点。

陈晓菊和罗斌是有缘分的。一年多没见面，居然一次在宕渠县城碰面了，他们问彼此交男女朋友没有，彼此都表示有着对方，于是他们再度牵手，走进了婚姻。

杨召珍说："这年头，只要有关系，年龄大点也能读的，读完书能安排工作，是陈建军的舅子贾新建帮忙的。说贾新建是成都温江的一个技术学校的领导，据说到那里读书学费五六千，加上生活费，一年要花一万出头。"

陈建川说："你决定让多多去上学吗？"

"是的，这样她有文化了，以后还能找个好工作。等她以后工作了，我们让她还我们上学给她支付的学费。再说，在学校还可能认识一些同学，谈谈恋爱，到时就可以把家安到城里，不当农民了。"

"多多不是在跟李沐交往吗？"

"你这死脑筋，人往高处走，水往低处流的。"

陈建川想了想，觉得杨召珍说的也有道理。说："九月一号就开学，现在都六月份了，你啥时候去找贾新建？"

"我问了陈建军，他说贾新建后天赶场要到他家来，到时我买点东西送他，也找他问问这个事情。"

"好好好，我看就这样决定了。"

事情比现象的要顺利得多。当杨召珍找到贾新建说明来意后，对方欣然同意了。还说，都是一家人，能帮就帮，再说，孩子喜欢读书是好事。最后，把具体需要的一些材料告诉了杨召珍，末了说，在八月底到学校直接找他报到就可以了。

多多上学的事情就这样落实下来了，这个消息对于陈建川家来说是个好消息。只要多多能去上学，也许她的命运就能得到改变的。为了把这个消息准确及时地告诉多多，陈建川夫妻商量后，给多多去了一封信，告诉她，务必在八月底之前回家。由于担心平信寄丢，这一次特意用了挂号信寄。

多多接到这封信时，一口气看完了内容，心底有些激动，这种激动是兴奋的，也是幸福的。在这一刻，她发自内心地感谢父母，她感到了远在千里之外的父母之爱的博大，为了自己的儿女，不惜自己受苦受累，也毫无怨言。一直以来，她对父母是有偏见的，她认为父母是不爱她的，此时此刻，她明白了，原来父母打心底是爱着她的。父母为了让自己重返校园学习，居然托人为自己找好了学校，这是何乐而不为的事情呢?

想到自己不久将进入校园，多多非常兴奋。离别几年的校园生活马上又可以重现，她觉得自己是那么的幸运，此时此刻，所有的幸福仿佛都在包围着她。而这种幸福和快乐甚至比她挣的第一笔钱还多。多多掩饰不了内心的兴奋，立即把这个消息告诉了红琼和陈落梅、胡一峰他们。

多多甚至将父母写给自己的信拿给了红琼看。红琼看了信后说:“读书有啥好的嘛。你读书就挣不了钱了，还得在学校被老师管着。你现在这样多好，每月挣的钱不比有些念了大学的人挣钱少。”

“你不懂，读书当然比不读书好。你知道不，读书可以修炼人的，不是有句话，腹有诗书气自华吗?”

“我才不管啥子花不花的，只要能凭本事挣钱就是好事。”

红琼不喜欢读书，所以她也就不理解读书的乐趣。

多多不愿意就读书的问题与红琼争辩，她说:“好了，我的姐姐，总有天你会说还是要多读书的。”

快乐和兴奋是掩饰不了，都会幸福流露在脸上，多多的脸上流露出阳光般的灿烂的幸福笑容。率性天真的多多就是这样的真实。真实的生活在多多身上体现得淋漓尽致。她可以放声地哭，也可以开怀地笑，甚至流着眼泪也会放声地笑，这就是多多。

但多多并没有把自己回成都上学的事情写信告诉李沐，而是在给李沐的回信中提到她将回成都去工作，并说暂时让李沐不要给她回信，等到成都一切安顿好后，再给李沐去信。

多多为什么不告诉李沐实情呢？其实她是矛盾的，因为她知道，自己一旦上学了，总有天会与李沐有差距的，就是文化上的差距。另一方面，上学了，也会有意想不到的事情发生，那时，自己是否还能左右自己的内心？同时，自己也还没有亲自去学校看过，究竟是一所什么学校，一切的一切都是未知的，她不想把未知的东西告诉他！

这个晚上的话题是因多多上学的事情展开的。多多上学的事情简直是个“意外”。

陈落梅说：“好好耍两天，以后要来，可要等机会了，你要买的东西买好了吗？”

“我都准备好了，你看，车票也买了，后天中午的。”多多高兴地说。

“你还快呢。”

“当然，万事俱备。”

“哼！真不明白，多多为啥就那么想读书？”红琼在一边又说。

“每个人都有自己的选择，多多喜欢读书也是好事。”胡一峰在旁边说。

“多多，回去念书就好好念哟！”陈落梅又说。

“这个我晓得。”

“学费贵不？”陈落梅问。

“我也不晓得，我爸爸来信上没说。”

“你这边的事情都处理完了吧？”胡一峰问。

“处理完了。”

经过这几个月的锻炼，多多的收获是比较多的。无论是在商场中的谈判技巧，还是处事能力都得到了一定的提高。决定回四川念书后，多多把设在商场的柜台撤销了，该退给厂家的货退货，该结账的结账，她不希望带着一些账走。当一切都处理妥当后，她才告诉与她有过业务往来的人。

这些人中，多多最感谢的人是宋齐山。宋齐山是广元人，比胡一峰还早到兰州做保健品生意。多多是通过胡一峰认识的宋齐山。

多多在被亚欧商厦开除后，一时间没了工作，宋齐山知道后，提议让多多自己做生意，并说，他手里的货可以给她代销。

多多也是在宋齐山那里知道，她一直代销的胡一峰从厂里拿货的价格比宋齐山从胡一峰手里拿货的价格还高几元。而胡一峰一直在多多面前说，自己给她的价格是最低的，胳膊肘都是往里拐的。多多不清楚，出厂价才二十多，而胡一峰发货给自己是五十多。后来，多多很多货都是从宋齐山手里拿。毕竟是生意人，进货价格是关系到赚钱多少的。

与多多有过业务往来的人知道她要走了，都抽出时间陪她一起到处转转。并说："人生中的相识是一种缘分，人生不过是聚少离多。"他们从五泉山、中山桥到白银、张掖、武威走马观花地转了一圈。

多多深知，这次离开了，以后想再到这些地方来就不那么容易了。而在这里留下的，不过是些生命的片段。尔后，随着时光的流逝，对这里的记忆都会减弱，甚至忘记的。只有那触目惊心发生过的事情会永远留在她的记忆深处，那是生命中的一个劫！

多多每每回想起那一幕，都心有余悸。她甚至在想，要是那个晚上被害，自己的人生将是怎样的悲剧。既然自己躲过了那一劫，以后要笑对生活。

两天的时间在难得的游玩中度过，很快结束了，多多踏上了返家的列车。

送多多去车站的是胡一峰。送行的路上，胡一峰说："在车上要小心点，晚上睡觉别太沉，要看好身边的包，车上的小偷多。"

"这点我晓得，哥，你就放心吧！"

"你能再去读书是件好事，要好好念书，争取以后有更大的出息。等你多读书以后，视野开阔了，想法就不一样了。反正一句话，要好好念书，你爸爸妈妈拿钱让你读书不容易，回去代我们向他们问好。"

兄妹俩边走边说，一会儿就到了兰州火车站。多多所乘坐的列车已经开始检票了，胡一峰看了看时间，说我送你上车，来得及，于是去买了张站台票与多多一道去了候车室，然后检票，跟着前面的乘客一起朝车厢走去。

多多走进车厢后，很快就找到了自己的铺位，她是下铺。胡一峰站在车厢外，并没有立即走开，而是望着车厢里的多多。

多多把箱子放好后，坐到了过道的凳子上。她见胡一峰还站在原地，示意他可以走了，但胡一峰依然一动不动地站在那里，直到火车启动，他还站在了原地。

突然，火车开始启动了，多多朝胡一峰挥了挥手，可就在挥手的那一瞬间，她鼻子发酸，眼泪控制不住地往下掉。她迅速站了起来，站在窗前，望着胡一峰，火车不停地前进，他在她的视线里越来越远，越变越小，逐渐消失。

多多坐了下来，她把眼睛望向窗外，思绪不停地在飞舞着，原以为兰州不过是自己人生路上的一个驿站。然而，它又是自己生命中的另一个起点。这里是自己的第一片天空，这里给自己上了社会的第一堂课，自己不由得的开始怀念起它的好来。因为在这里，她尽管受到过伤害，但也感受过温暖。

多多静静地想着，默默地诉说着，再见了兰州，我走了，带着对你的爱恋，我走了。何时能再来？何时能再来？

原以为离开兰州是件快乐的事情，但真正离开时，或多或少还是有几分惆怅。这时，天空开始变暗了，乌云密布，转眼就雷声轰鸣，不一会儿，下起了瓢泼大雨，雨点滴答滴答地打在车窗上，是那样的肆意。

多多望着飘飘洒洒的雨丝，想到了那首《细雨蒙蒙下》的歌，便在心底哼了起来：细雨蒙蒙下/划过脸庞/细雨蒙蒙下/打湿衣裳/也许悄悄的走了/所以幽静的山谷只剩下我……

也许悄悄地走了，所以幽静的山谷只剩下我，是那么凄凉，也是那般的单调，唯有这滴答有致的雨声填补着她突然而至的内心的空白，而正是这雨声拨弄着她的心弦。

多多站了起来，伸了伸懒腰。窗外的雨还没有消停，依然我行我素地激烈地下着。她这才看了看车上的其他旅客，有的在泡着方便面，有的在若无其事嗑着瓜子，有的在聊着天，有的则闭着眼睛躺在床上。整个车厢里，到处弥漫着方便面的味道。

多多走到了自己的“床铺”，脱下鞋子，然后将不离身的挎包挽在了手上，一并用被单盖住，最后将自己交到了床上。她闭着眼睛，静静地听着雨，感觉是一种享受。

多多喜欢雨，也喜欢听雨。有人说，雨是怀旧的，不喜欢雨的人可能会烦，会讨厌下雨，但喜欢雨的人就不同了。喜欢雨而懂雨的人，会从那单调的雨声里听出一种意境，一种亲切，听出无边雨丝那一片簌簌之声，如泣如诉。

渐渐地，多多进入了梦乡。不断前行的列车依然在不停歇地前进着，它载着多多与兰州拉开了距离，与兰州距离越来越远的同时，离四川就越近。而多多对兰州也是有份依依不舍之情的。然而，这次的离开，也将开启她新的梦想的航程。

第四十章　我能不能复活

1995 年 8 月 25 日这天是星期五，多多是这天到达彭州市的。她准备在这里待一天，看看覃海涛夫妇以及陈晓的母亲，26 号再回老家去，然后再拿上父母为她准备好的材料和钱去学校报到，正式上学。一切安排妥当，再给李瑶去电话告诉她这一消息。

当多多突然出现在覃海涛家时，他们吃惊不已。

那天，覃海涛照例中午下班回家吃饭，然后睡会儿午觉去单位上班。当他走出单元门时，见多多两只手里大包小包地提着东西等在门口，而且上气不接下气地喘着粗气。

覃海涛见是多多，说："唉，啥时候回来的，陈女子？"

"中午回来的。"

"还没吃饭吧？"

"我刚吃过了。"

"哦，那你赶紧上楼去，你幺姑在家，我得上班。"

"姑父，您慢慢去吧。"

"有啥事等我下班回来再说，晚上我们一起吃饭！"

覃海涛说话嗓门比较大，他的话代表着一种权威，或者说是威严。

"晓得了。"

覃海涛走了，多多转身上了楼。

她来到覃海涛的房门前，接连按了三下门铃，从里面传出了声音："老覃，又啥东西忘了吧？"

多多知道，这是她幺姑的声音。

幺姑开门见是多多，笑着说："我还以为是覃海涛呢。"

"我刚才碰到姑父了，聊了几句。"多多一边说，一边朝厨房走去，将手里的东西放到了厨房的地板上后，又径直走进了客厅，然后在沙发上坐了下来。

幺姑问："还没吃饭吧，我给你做点饭。"

"我在大母家吃了，不用了。"

"你啥时候回来的？"

"今天刚回来，在大母家吃过饭，我就来你们这，来看看你们。"

"你就在这耍吧，晚上就在这里吃饭，你姑父今晚估计没应酬，要回来的。"

多多这次计划来覃海涛家，是来打声招呼的。毕竟，自己要上学了，也应该告诉姑父一声，这是最起码的礼貌。

整个下午，多多和幺姑在一起。傍晚时，她和幺姑家的保姆张姨一起做晚饭。饭菜做好，摆上了桌。幺姑坐在客厅的沙发上看电视，她说："时间也不早了，这覃海涛咋个还没回来？"

张姨从厨房里走了出来，说："估计今晚又不在家吃饭！"

"姑父说的晚上回来一起吃饭！"多多说。

"他要回来才算的了数。"幺姑说。

大约等了十多分钟，覃海涛还没回来，幺姑让多多给覃海涛去个电话，电话那头说："多多啊，给你幺姑说，我不回来吃饭了，你们吃吧，我一会儿就回来！"

对方没等多多说话，就挂断了电话。

"吃饭吧。"幺姑站了起来，然后第一个向餐桌走去。

晚饭后，多多陪着幺姑说了好一会儿的话，覃海涛才从外面回来。他进门后，一边换着鞋子，一边说："陈女子，你咋回来了？人家当兵三年才回家一次，你才几个月就回家一次。"

"我妈喊我回来读书。"

"你妈喊你读书还不是希望你以后不要回到农村去，我说呀，一纸文凭并不重要，读书也不是万能的，你以为读了大学就有一切吗？现在也有大学生找不到工作的，为什么？我当初小学还没有毕业，后来到部队当兵，凭的什么，还不是靠自己自学？学无止境，书上的东西有限，而社会的东西是无限的，就看你怎样去学习和运用。"

接着幺姑也说："你看你姑父书架上的书就知道，他是怎样走过来的，靠自己，能力比文凭更重要。"

“那你说我该怎么办？我想听听您的意见。”

“如果你要读书也可以，不读书我给你安排点事情做，以后在这里成家，这样就可以脱离农村。你看陈落梅，现在不是过得很好吗？”

多多觉得姑父说的有道理，说：“那我先回家待几天，顺便也问问我爸爸妈妈的意见，再说了，要是他们把学费交了，不读也不划算。”

其实，多多内心也是矛盾的，要是不读书，觉得有些可惜，毕竟还是要多读书为好，难不成读书仅仅是为了脱离农村吗？

无论怎样，多多从心底还是希望回家看看具体情况，既然有姑父这番话，也算有了一条退路。

第二天，多多乘坐长途汽车回到了自己的家里。一到家里，多多就迫不及待地问起了读书的事情，杨召珍说：“学费还没有交呢，不过我们都问好了，过两天你上学时，就把学费带去。”

“为什么不考试就能上学？”多多有些纳闷。

在多多的认知里，读书是要考试的。

“是个技术学校，好像是中专生那种，只要初中毕业就可以去读的。”

“读了安排工作吗？”

“听说好像要安排工作，但具体就不清楚了，反正罗斌都在那里读书，你就不用担心了，你就去那里读，在学校里认识点人，在那里或许能谈个对象，再说了，那里离成都近，条件也好些。”

“妈，听你这话，俨然不是去读书，而是奔着谈对象去了。”

“读书也要读的，遇到合适的人谈对象也是可以的。但你一定要好好读书，读完书后要挣回钱来还我们学费！”

“一年大概要多少钱？”

“一万多吧！”

“三年下来也得好几万，所以你一定要好好读书哟！”

多多想到还没上学，就要承担几万元的债务，心底多少感觉不舒服。先前那种读书的欲望逐渐消失了。读书等于欠债，背上几万元债务还能读好书吗？多多在内心里问着。

她说：“读书还要还钱，还不如不读书！”

“读不读在于你，我们也没啥钱，你去读书都得去借钱的！”

“我开理发店时和在外打工挣的钱都交给你们了，那钱呢？”

“一家人不开支嗦。”

“早知道说读书要我还钱，就在信中说清楚，免得我回家一趟!”

“我们还不是为你好，你不是想读书吗，我们还是托人让你去的!”

“这样的读书等于是我自己供自己在读书，算了，我不读了!”

“不读就算了，到时莫埋怨我们。”

“陈旭以后读书，你要他还学费吗?”

“这不要你管，也不是你操心的事。”

多多还无法接受自己还没读书就背负着债务的事实，她也不想因为自己的读书，而让自己被债务牢牢地牵住！想到这些，她突然觉得自己有些傻，开理发店时，挣的钱就不该全交给母亲保管，外出打工挣的钱也不该都给母亲补贴家用，结果是交进去的钱就拿不出来了。

多多想着，条条大路通罗马，难道只有校园才是读书的地方?多多恍然间记起，在成都时，曾在报纸上看到过有关成人自学考试的消息。自己何不尝试走这样一条路，花费少，能拿文凭!

突然，她有种想尽快离开家的冲动，于是在家待了两天后，就离开了，她再一次感觉到这个家离自己太远了，而自己向往的家，可能也需要自己去慢慢寻求吧！她在心里再一次告诉自己，一定要走自己的路，靠自学成才!

成都是一个美丽而舒适的城市。冬天不冷，夏天不热，一年四季，花开无间。九月的气候非常宜人，来到成都后，感觉非常舒服，尤其是早上与傍晚，温润的风吹在身上，很是爽朗，既不像南方许多地方那样闷热潮湿，也不像北方那样寒冷干燥，特别是多多把她与兰州相互比较后，感觉还是在成都安逸。

多多返回成都后，覃海涛把多多托付给了他的妹夫李君健。多多喊她李姑父。李君健的年龄与陈建川相仿，他是在帮着覃海涛打理成都市场的生意。李君健的女儿李善英比多多大一岁，但个子高多多一个头，初中毕业后，从老家来到成都，在一家药店当服务员，销售保健品。

李君健把多多安排去了仟村百货商场当服务员。服务员的工作是两班倒。跟多多倒班的另一个女孩刘瑶据说是覃海涛的朋友的孩子。

刘瑶的年龄、身高与多多不相上下，圆圆的脸蛋、圆圆的身材，卷曲的头发，每天浓妆艳抹，与多多的朴素形成了鲜明对比。

工作有了着落，生活暂时安定了下来。多多在这样的城市里，呼吸着这个城市提供给她的氧气，还吸收到了另外一种营养，那就是文化！富有文化气息的都市使多多受到了很大的影响，她开始反省自己，自己能永远像现在这样当一个服务员吗？要是哪天生意不好，老板撤柜，自己将面临失业。难道失业后，再去做服务员吗？多多好像能看到自己的未来，但这不是她想要的，她有自己的梦想。然而她也意识到了自己的内功不足，那就是阅历和知识。

多多希望先给自己充电，然后在对成都保健品市场有了足够了解后，再单干，她看着保健品利润之高，希望自己到时能做个老板。

在周天一的引荐下，多多报名读了夜大。周天一是商场文体部的服务员，家是成都的，一米八的个子，与多多站在一起，悬殊巨大。他年龄比多多大两三岁，对多多很是照顾，每天中午喊着多多一起吃饭，下班也喜欢喊上多多一起走。碰上多多手里有需要拎的东西，也抢着帮她拿。周天一家离多多住的地方比较近。

周天一给人的感觉是老实、憨厚，对人热心，他父母都是航空公司的，但他因为学历不高，为此，在参加自学考试，希望拿到学历后再换工作。

多多与周天一接触多了，和他熟悉起来。周天一知道多多喜欢看书后，推荐她去报名参加自考，上夜大读书。周天一告诉多多，上夜大费用便宜，除了自己买教材的费用，就是报名考试费，每科的补习费根据自己的情况自愿交费参加。周天一详细地给多多算了这一笔账。多多看了看，确实便宜，就同意了。多多问周天一，自己读个啥专业合适并且好毕业，周天一想了想说，市场营销。末了，周天一还说，等你有了文凭，换个好点的工作容易些，可以不当服务员，可以坐办公室。

多多读书，并不是仅仅为了那一纸文凭，而是让自己掌握更丰富的知识。她把自己除了工作之外的时间都埋在书里，在知识的海洋里尽情遨游。

在夜大，多多又新认识了几个要好的同学，雷明、刘书迷、李爽、陈三红。夜大的学生基本上都是一边工作，一边学习，学习的主动性比较强。多多喜欢这样的学习氛围。上课时，大家一起学习；中间休息时，一起聊天；放学时，一起骑着自行车在马路上一路高歌。那种狂放，只属于青年人；那种狂放，是对青春的赞颂！

下班之后，多多把更多的时间用在了学习上。图书馆、书店、书摊成了多多最爱去的地方。在书海中，她在找寻另外一种快乐。在阅读中，她在净化自己的心灵。多多最喜欢看的是小说，因为小说像一种体验，在小说中，她看到了另外的世界，那个世界的人物命运有的比多多还悲苦，还凄惨。看到别人的不如意，或多或少给了多多一些安慰。

上班、读书，读书、上班，偶尔和同学在府南河边喝茶闲聊，这样的日子是愉快的，也是惬意的。然而，最让多多厌烦的是收到父母的来信。

都说家书抵万金，多多却不这样认为，因为她每次收到家里的来信，都会说家里的经济有多么困难。每次收到信后，她的心情都十分沉重，但又都会在第一时间里将口袋里不多的钱寄回家。

多多很纳闷，自从她和红琼都外出打工后，姊妹俩每月都会给家里寄钱回去，怎么每次来信都说钱不够，钱究竟去了哪里？以前，姊妹俩在家，都没外出挣钱，日子不是照样过的吗？多多感到，她更像是父母的摇钱树！

父母好像能掐会算一样，清楚她在什么时候发工资。每次来信，都是工资发后没几天。

那天多多休息，陈三红与她约好在三友百货见面，说那附近有一家非常别致的书店，要带多多去感受一下。

陈三红是陕西人，大学是在成都念的，毕业后分配到了银行工作。工作之余比较闲，决定再念个文凭，于是去参加了自考。

陈三红身高一米七五，额头饱满，浓黑的眉毛下面有一双大眼睛，与高鼻梁、厚嘴唇恰到好处地分布在那张国字脸上。他的穿着十分整洁，喜欢在身上喷点香水，待在他的身边，时不时地总会闻到一股淡淡的香气。他的举手投足之间，透着一种潇洒。

陈三红是多多喜欢的类型，所以他们是无话不谈的同学。陈三红喜欢喊多多小不点，因为多多比他矮了十多公分。但陈三红很会照顾人，每次课间休息，不是去给多多买水，就是放学后帮着她拿书包，更多的时候，陈三红骑着自行车，载着多多回家。因为，多多居住的地方是陈三红居住地的必经之路。

多多先是去邮局把不多的工资拿出一部分寄给了父母，然后才乘坐公交车去赴约。然而，快到公交站时，公交车没停车就开了门，多多从车上重重地摔了下去。她下意识地摸了下后脑勺，虽然没有出血，但头骨整个凹了进去，整个人头重脚轻，脑袋晕沉沉的。她眼睁睁地看着公交车开走了。

她在地上躺了好一会儿，才慢慢爬了起来。她摸着后脑勺，感到脑袋变形了，她有些害怕。找了有公用电话的地方，赶紧给李姑父打了个传呼，希望他能带她去医院看看。过了一会儿，李姑父回电话，问啥事。多多说，我从车上摔下来了，感觉头很晕。李姑父说，你先休息一会儿，要是有问题就去医院检查一下。

挂断电话，多多感到这个电话等于没有打。她想自己去医院做个检查，但想到手里没有多少钱，忍不住泪水直流。她再一次感到命运的残酷。她似乎再一次被生活所抛弃。

她想，没钱检查就算了，命大就活着，要是因此而死了，也一了百了，生活的悲苦比欢乐多太多了。

多多在地上歇了好一会儿，觉得自己可以支撑起身体了，才又迈向了与同学约好的地方。当她到了那里时，离约定的时间已过了两三个小时。

多多站在约定的地方，没见到陈三红，加上头晕沉沉的，便去旁边的报摊翻开了杂志，希望通过看书来分散注意力，使脑子不那么难受，结果她在那本杂志上看到了一则全国青年情爱诗歌大赛的征稿消息，当即作了一首诗《无题》，然后忍着疼痛去了邮局，按照上面的地址寄出了自己的习作。

《无题》

我来时，你已走了
留给我空旷的尘空
你不是给我说好的吗
为什么又如此食言
带着失落忧伤的脚步
迈向没有人去的地方
人潮中，我的脚步是那般无力
有多少经过我的人群
就有多少忆想的往事
走向了没有人去的地方
欢乐与悲伤同我流浪
当我再次回忆往日的
点点滴滴

为何美好的东西
总是短暂的一瞬
爱情因懦弱而失去
梦幻因现实而消失

第四十一章　生活逼你去成熟

多多在床上躺了三天，这三天像一个世纪那么漫长。多多感到她的世界是昏天黑暗的，甚至没有一丝阳光。头疼头晕，四肢无力，甚至伴有恶心、呕吐。她在心里想着，是不是得了脑震荡了。

多多想借助看书来分散注意力，但大脑像失去了控制一样，根本不能支配，头反而疼和晕得更加厉害。

第四天早晨，又一阵翻江倒海的呕吐后，多多努力地平息自己，她在心里对自己说："你必须站起来，不能就这样倒下，要做生活的强者！"然而，多多看着镜子中无精打采、心力交瘁的自己，还是忍不住流下了眼泪。

多多知道，自己是躺不起的，一天不上班就没有收入。没有收入，吃饭就成问题，这是都市生活的残酷。而在这都市，她也知道，真正能让自己依靠的人其实是没有的。

她感到，世界很大，却容不下自己。她想，与其坐以待毙，不如主动出击，于是，她重新振作起来，给自己换了一身衣服，缓慢地出门，去找地方吃饭，然后去上班。

生活一如既往地继续着，每天仍然做着相似的事情。顷刻间，多多仿佛又回到了最初到兰州当服务员的日子。她认为，这样的日子是枯燥乏味的。每天接触不同的顾客，然后看人下菜地游说，最终的目的就是卖出商品。这份工作看似简单，其实是非常约束人的，那就是站柜台必须有站姿。因为有过在兰州的那次风波，所以多多不得不小心翼翼，担心自己再度被开除。

然而，让多多更为苦恼的是刘瑶常常接班不按点来，每天基本上都晚点，特别是下午，她晚点了，意味着多多去学校上课会迟到。

一次两次，多多忍了，但次数多后，多多向李善英抱怨，李善英告诉多多，说刘瑶就那样，拿她没办法。多多问为什么，李善英告诉她，刘瑶的姨妈张慧碧是一个离婚女人，最初是覃海涛雇佣的服务员，但头脑聪明，经营有方，帮着覃海涛赚了不少钱，覃海涛对她也很照顾，一来二去，两人好上了，张慧碧成了覃海涛的情人。这事传到了陈建红的耳朵里，她吵闹着要与覃海涛离婚。由于覃海涛有着一官半职，怕造成不良影响，影响仕途，加上三个孩子都成家了，经过劝解，最终这个婚姻算是保住了。

覃海涛最终回归了家庭，但他多少对张慧碧是有感情的，不但答应安排了她的侄女在他手下工作，同时还给了张慧碧一笔钱，让她做点其他买卖。

多多知道这层真相后，感到无可奈何，但她确实不喜欢这样的一种工作状态。比较野性的多多，不想在约束下工作，喜欢自由自在的生活方式。她希望自己不要有这样重复的生活，她更希望自己像一只自由的鸟儿一样，任凭自己去飞翔。更为重要的是，多多知道了金钱的重要，她需要钱，没钱，连个医院都不敢进！靠帮别人站柜台，永远也别想发财！多多脑子时不时出现的剧烈疼痛和晕眩，像一种警示！

多多想到了自己单干！因为她在兰州已经做过。想到这里，多多决定再次尝试！多多将自己的想法告诉了李善英，得到了她的支持。

多多是个做事有心的人，只要认定的事情就不会改变。为了让自己的想法得以尽快实现，她找了个合适的时机，将自己的想法说给了覃海涛听。

那天，正逢覃海涛到成都办事，办完事后，想到有段时间没见着多多了，就让多多早点下班，晚上大家一起吃饭。

这顿饭是在“球迷火锅”吃的。饭桌上，除了多多、覃海涛、李善英父女俩，还有简建设和覃大钊，以及覃海涛的儿子覃富强。大家都是帮覃海涛打工，覃大钊是覃海涛的亲弟弟，简建设与覃富强是同学关系。

在饭桌上，多多将自己的想法说给了覃海涛听。覃海涛说：“这个想法不错。”

“那还得请姑父帮忙了！”

“能帮的，肯定帮！说说怎样帮吧！”

“我手里没啥钱，姑父厂里的产品我只能代销，到年底时再结算如何？”

“这个没问题，还有啥子？”

“我有个请求，我做专柜后，我现在站柜台的地方暂时没有人顶替，我希望让我姐姐红琼来代替，不知是否可以？”

红琼在给多多的通信中，表示不想在兰州了，说冬天太冷，而且挣得不多。而多多也希望红琼回到成都，她深信，红琼在成都比在兰州更能挣到钱，同时，红琼的年龄摆在那里了，回到成都，也方便解决个人的婚姻问题。

“她在胡一峰那里，你能喊她回来吗?”

“这点您放心。”

“那好吧。”

“姑父，您要给我一套有关厂子的资料，因为在给商场或者药店洽谈时需要提供相关的资料，这一点您清楚的!”

“这个简单，李君健手里有这些材料，让他给你复印一份就是，货源也直接找他配送!”

“价格呢?”

“出厂价。”

听到出厂价，多多更兴奋了，她知道，出厂的价格，那叫一个低!

餐桌上的人，除了覃海涛，大家都笑称多多为小老板。简建设更是说：“我们都站了好几年的柜台，都不敢自己做生意，这就是胆大的。”

如此好的机会，多多是愿意再次尝试的。毕竟没有多大风险。她在心里想，产品基本上都是代销，除了柜台费，也亏不了什么。

对于做生意的人来讲都是希望赚钱的，多多也不例外。她有这样的想法，也是出于人类自私的本性！也许，多多这样的一次选择，是对自我前途的一种谋划。正如法国作家罗曼·罗兰所讲：“前途是属于那些一旦决定之后，就不屈不挠、不达目的誓不罢休的人。”

接下来的日子，轮上多多休息的时候，除了上课，就开始找地方，希望能设立妇幼保健品专柜。找了很多的地方都不尽如人意，因为好的地方都设有覃海涛的专柜。一时间她感到有些茫然，该怎样做呢？如果在覃海涛的点里再设立专柜，自己又不心安，那岂不是在姑父的手里抢饭碗，针对的是自家人？如果不这样做，又能在哪里设立专柜呢？一时间多多没有了策略，自己像霜打的茄子一样蔫了!

一个月一晃就过去了，这一个月里，多多没有和覃海涛联系过。一直很忙的覃海涛好似从天而降，当他来到多多站柜台的地方时，多多闭着眼睛靠在了货架上，像是睡得很香的样子。

覃海涛喊了多多一声。她突然一惊，醒了，而货架上的货物散落了一地。

一旁的同事见状，赶紧上前帮忙，捡起落在地板上的货物，然后重新放在货架上。

“是不是昨晚睡得太晚了，上班都打瞌睡?”覃海涛一边帮着多多捡东西，一边问。

“是的。”多多一边整理着货架上的货物，一边回答道。

“你开专柜的事情准备得怎样了?”

“还没头绪呢!”多多望着突如其来的姑父说：“你每次都要先打电话才来的，今天怎么来了个突然袭击?你那么忙，今天还有空闲呀?”

“我来成都办点事，顺便来这里看看，你要加油哟。”

接下来的时间里，多多开始重新振作起来，药店、商场到处跑。功夫不负有心人，终于在新南门附近的一家药店设立了自己的妇幼保健品专柜。而多多在征得姑父同意后，立即给红琼去了一封信，并在信的末尾附上了自己的传呼机号码!

红琼收到信，看完后，直奔公用电话亭。

红琼按照多多给的号码，拨打了过去，打完后就站在了一旁，她在等着多多的回电。传呼机就是这样，通过声讯台转后，再由对方按照留下的电话号码拨打过来。

红琼看着公用电话亭，接二连三的都有人在用电话，她非常担心公用电话亭就这样一直被占用着，这样多多就难以将电话回过来。她在等待电话的时候，内心有些浮躁。她是急性子，好几次都让在拨打电话的人等一下，说她有电话回过来。别人看着她，愣了一下，但又不理她，继续拨打电话。

左等右等还是不见多多的回电，红琼有些等不及了，她给公用电话亭的老板八角钱后，就准备走了。

事情有凑巧，就在那一刻电话回过来了。红琼听出是多多的声音，大声嚷道：“你在干啥子哟，等了半天才回电话，我都要走了!”

“我还得找公用电话亭，你以为收到你的传呼后就能回啊，我也找了好几个地方才找到电话的!”

“哦，我刚收到你的来信，也看了，我准备就这几天回成都，票买好后就告诉你，今晚我就跟胡一峰哥说。”

“好的，你自己安排吧。”

“那就挂了，不在电话里多说了，打电话也贵，八角钱一分钟呢，多打几分钟都够吃两个肉包子了！”红琼说完，便挂了电话。

红琼在多多给她去信一个星期后就回到了成都，顶替了多多的工作。姊妹俩开始了一起生活。

第四十二章　昔日闺蜜移情别恋

一切步入正轨后，多多给李瑶去了电话。这次的电话在早中晚打了好几次。

打电话联系李瑶需要打到她学校的总机再转分机，然后再让对方去喊李瑶。前几次对方去喊李瑶时，她不是人不在，就是去洗澡了，大概是周六的原因。当晚上多多抱着试试看的态度再次打电话去找李瑶时，终于联系上了。

李瑶知道多多来到了成都，别提有多高兴了。但她还是有些埋怨地说："都来这么久了，才跟我联系，真不够姐们儿！"

"的确太忙，加上你平时要上课，我也不能总打扰你。明天你有时间没有，我们见面，我请你吃饭，算是道歉。"

"不要等到明天，我现在就有时间，干脆你现在到我学校这边来，晚上跟我一起住我们宿舍，我请你吃我们这边的烧烤。"

"现在都几点了啊！"

"这里又不是农村，这大城市就像个不夜城，方便得很，赶紧过来，我把详细地址告诉你，告诉你坐几路车，我在公交站接你。"

多多也想见李瑶了，毕竟有很长一段时间没见面，不知道她怎样了？肯定长高了，也变得更漂亮了。在某种程度上，多多是羡慕李瑶的，她有个好的家庭，有父母惯着，有爱的人宠着。而自己，什么都没有，所有的一切都要自己承担。李瑶与多多年龄相仿，彼此相差仅仅四个月的时间，李瑶是姐姐，但现实的生活是，多多必须靠自己在社会上努力拼搏才能生存，而李瑶却可以享受着父母提供给她的优越的物质条件，享受着让多多羡慕的校园生活。

多多第一次穿的漂亮裙子还是李瑶借给她的。那是小学毕业时，同学之间相互留影，李瑶觉得多多的衣服不好看，让她换上自己的裙子。那条裙子至今让多多记忆犹新。那是一条方块形图案的V字型连衣裙，图案的颜色由白黑蓝三种色调组成。本来李瑶穿上是非常漂亮的，但多多穿出来后就变味了，因为从个子上看，李瑶足足高了多多一个头。后来多多看着洗出来的照片，觉得有点糟贱了那条漂亮的裙子。这让多多明白，不是自己的穿着也是别扭的，更是不合适的。

马上又可以见到李瑶了，多多的心里是愉快的。那些曾经的羡慕，或者说曾经的嫉妒都是暂时的，取而代之的是一路相伴而来的友谊。

好久没见到李瑶了，再次出现在李瑶面前时，多多希望给她一个全新的面貌。她拉开那个布衣柜，试穿了好几套衣服。穿上又换掉，换掉又穿上，来来回回折腾了好一会儿。

红琼原本在床边的桌子旁边做一个月来的销售统计，但被眼前晃来晃去的多多打扰了，说："都晚上了，你在干啥子哟？"

"我在试穿衣服，你看哪件好看？"多多一边对着墙壁上的镜子左右照着，一边问。

"这个你别问我，你是从来不听我意见的！"

多多哼了一声，说："我相信自己的眼光！"

"都晚上了，你试穿衣服干吗，是不是要出门？"

"当然要出门了！"

"见谁啊？"

"李瑶，我刚才去上公共厕所时，在回来的路上想了想，很久没联系了，就给她去了电话！"

"哦，干脆也带上我吧。"

"你跟她也不熟悉，再说，今晚我就跟她一起住在她们的宿舍里，你去了也没地方住。等下周吧，我让她到我们这来，然后你们见面！"

"好吧！"红琼说完，继续做她手头的工作。此时，多多也挑出了喜欢的衣服，那是一条纯白色的纱裙。接着，她又开始对着镜子化起妆来，先是描眉，然后在嘴唇上抹上了口红。这一切完毕后，才穿上了那双白色的高跟凉鞋出门。

多多的这一举动算是隆重的，因为她化妆的时候极少。就连恋人之间的约会也没有化妆过，但她却在要见好友前化妆，这意味着什么？是给对方一个好的印象吗？显然不是，毕竟她们不是第一次见面。那又是什么呢？难道是在与她比美吗？或者是想向她证明，自己已经不是以前的那个乡村姑娘？也许这些都不是，是多多此时此刻的心情。

虽然有人说，女为悦己者容。但是，女人更多的时候化妆是为了自己，给自己营造一种轻松与自信。女人在某些时候是需要改变的，一个简单的化妆，便可以生出一种愉悦的心情。

多多并没有按照李瑶提供的交通方式乘坐公交，而是出门打了一辆出租车去了李瑶那里。李瑶的学校在光华村，紧挨着西南财经大学，李瑶说好在西南财经大学的门口等她。

多多是在西南财经大学对面下车的。下车后，她朝西南财经大学的门口望去，一眼就认出了李瑶，李瑶在对面向她挥着手。多多朝前面走了几步，她需要从人行道走过去。

"你娃儿穿得真漂亮，好久没看到，都变完了，长高了，也更好看了，真是女大十八变，越变越好看！"李瑶拉着多多的手说。

"你是一直都漂亮，让我一直羡慕着！不过，我甚至嫉妒你哟，为什么老天要给你这么漂亮的脸蛋呢？"多多说完，笑了起来。

"我都一直没长个了，看看你，跟我一样高了！"

"是吗？谢谢夸奖哈！"

"我刚从宿舍出来的，还穿着睡裙呢，是不是有点不好看，我连内衣都没有穿！"

"没事，晚上也看不出来！"

"咱们去吃烧烤吧，我们学校这边的烧烤比较便宜，而且味道也不错的！"

"你没吃饭吗？都这么晚了？"

"早吃过了，吃点烧烤等于加餐呢，不过，我少吃点，要减肥呢！"

"就你这个身材还减肥，应该增肥才对的！你看看我，都长得这么结实了！"多多侧身看了下李瑶说。

"你那是丰满，我是肚子上有赘肉，该胖的地方不胖，不该胖的地方使劲胖呢！"

两人就这样手拉手地并肩走着，来到了烧烤店门口。这个店的生意可以用火爆来形容。不光屋子里坐满了人，而且连门口也坐了不少人。李瑶四周巡视了一下，没有一张空桌。

“我们在这里等一会儿吧！”李瑶提议道。

“还是算了，改天再吃，现在也不饿，咱们直接去你们学校！”

李瑶抬手，看了看戴在手腕上的手表，说：“现在学校的操场上还可以跳舞，要十一点结束，咱们干脆去那里跳会儿舞！”

她们肩并肩地走到学院门口，多多看见了一片青砖墙当中有两扇黑漆大铁门紧紧闭着，旁边留着一个小门，供学生进进出出。但在小门的旁边有一间屋子，门口站着两个人，他们穿着制服，不认真看，还以为是警察，其实，那是门卫。

多多跟在李瑶身边，不停地四处张望着，她希望发现点什么，深深地呼吸着校园里的空气，她感觉比校外的空气好很多，难不成是校园的书香飘落而至？

一阵音乐声突然传进了多多的耳朵。李瑶说：“马上到了！”

多多看到了一群学生在操场上欢快地、尽情地蹦迪，场面劲爆热火，震撼着每一位同学的心。有的人摇晃着脑袋，似乎在告诉别人，青春是属于我们的；有的人夸张地扭动着身子，还时不时地去拉周围的人，似乎在告诉别人，你也可以的，来吧来吧，尽情地跳吧。

这样的氛围往往影响着周围的人。多多在李瑶的带领下飘进了舞池，她们随着音乐的节拍跳了起来。李瑶的舞姿非常美，她扭动的身躯像蛇一样柔软。多多一边跳，一边观察着李瑶，她在内心感叹，原来青春可以这样绽放！

接连跳了三曲下来，李瑶大汗淋漓地走出了舞池。多多跟在她身边，说：“大学生活真好！”

“我们学校周五和周六晚上都有活动的，喜欢跳舞的可以在操场上跳舞，有专人负责；喜欢上自习的，可以到教室里上自习去；如果要找自己喜欢的书看，可以去图书馆，反正，这里的各种文化活动非常丰富多彩的。”

“好让我羡慕哟！”

“你到成都来，现在做什么工作了，还没告诉我呢。”

“我不是还没来得及跟你说嘛！”

“我们找个地方坐下聊会儿天，现在去宿舍里，其他同学没睡觉，聊天不方便！”

多多和李瑶去了学校的一个篮球场。那里非常安静，基本上看不到人影。她们在一个椅子上肩并肩地坐了下来。

李瑶说："我最后一次给你写信有段时间了，也不见你回信，还以为你把我忘了。"

"我接到你信不久，就接到我父母的信，希望我回来到一个技术学校念书。我回来后，也做好了念书的打算，但他们又让我以后还学费，我可不愿意还没念完书，就背着债务，所以就放弃了。"

"你真傻，叫我就先读书，等以后有钱了再还！不过，你父母也真奇怪，为啥子让你读书还得还学费呢，等你以后有钱了，多给他们一些就是了！"

"嗨，反正我在他们眼里就那么回事。"

"你现在还是卖保健品吗？"

"是的，我来成都一段时间后，自己开了个妇幼保健品专柜，现在也还不错！"

"你娃儿真是让我三日不见当刮目相看！对了，你跟李沐怎样了？"

"老样子，他还在部队呢。光问我，你的情况怎样，你也快毕业了，是不是毕业后就与方天明老师结婚呢？"

"我们分手了！"

这个消息对于多多来说，感到不可思议。毕竟，方天明对她非常好。初中三年，方天明一直陪在李瑶左右，不但给了她学习上的帮助，也给了她生活上的照顾，可以说，方天明是把李瑶当成他的一切的。初中毕业后，李瑶能去成都上学，很大程度上也是靠方天明的。当时李瑶还骗着多多说，是她家亲戚帮忙的。事实是方天明一手操办的，是他把她送进了大学校门的。据说李瑶上了大学后，方天明也常常去学校看她，怎么就分手了呢？

"难道是方天明变心了吗？"

李瑶摇了摇头，说："不是的，是我对不起他，但我不能违背我的感情。如果说以前跟他在一起，那是年幼无知，那时我还不懂感情，更不懂爱情！"

多多点了点头。作为同龄人，她是理解李瑶的。毕竟，爱情不是一方爱上另一方的事情，是需要两颗心的不由自主地靠近。尽管方天明很爱李瑶，但并不表示李瑶就会快乐！也许，她曾经因为有他的爱而快乐过，但那时她毕竟太过年轻。随着时光的流逝，她长大了，她知道自己究竟需要怎样的情感。

李瑶接着又说："我爱上了我的学长，他叫李忠文，他高我一个年级，毕业后去了西藏。自从认识他后，我才发现我原本是不爱方天明的，与他只是一个错误的邂逅！但我还是感激他，是他把我带到了这里，从某种意义上讲，我欠他的，但我希望他以后幸福。”

多多不知道说什么，只是默默地在一旁听着。

“我也不知道自己是怎么爱上李忠文的，或者说是李忠文最先爱上我。我们关系发生实质性的进展，是有一次我们一起外出去玩，晚上就没回学校，然后在一家宾馆开了房间，那种事情就自然而然地发生了。后来，他跪在我的面前哭着说，一定会为我负责的。不过他说到做到了，他去了西藏后，只要有假就回来看我，而我也跟着他去了两次西藏。不过，我去西藏是逃课去的，把我爸爸给的一年的学费和生活费一起拿去用完了。自从决定和方天明分手后，我就不再接受他的任何帮助了！”

李瑶说着自己的故事，脸上洋溢着一种幸福，也许在她的人生世界里，逃出不爱的蕃笼，然后跟着自己的感觉走，才是真正的幸福和快乐！

“那你决定以后跟着他一起到西藏生活吗?”

“他只需在那里工作三年，就可以回内地的。他家在德阳，父亲是一家企业的老总，他带我去见过他的家人了，他们都很支持我们的。”

“那就好，祝福你！”

“谢谢，等我毕业后，我们就结婚，然后我就随他去西藏。”

“你对待爱情的勇气还是让我佩服的！”

“我不想让我的人生留有遗憾，只要我认为是对的就去追随，有句话是这样说的，再不疯狂就老了，难不成等我老了，再去追寻自己想要的吗?”

李瑶的话也是有道理的。但是对多多而言，那是非常遥远的。李瑶不会为了五斗米而折腰，但她要面对残酷的生活现实。每个女孩都有自己的梦想，多多也不例外，她只有立足于社会后，才能去实现内心深处的那些梦想。

“我也想疯狂，可是疯狂不起来！不过，等着瞧，总有一天我一定好好疯狂一下！”

李瑶哈哈大笑，说：“只要想疯狂就可以疯狂的，可以疯狂地谈场恋爱，可以疯狂地去流浪，可以疯狂地做一件自己喜欢的事情！”

“那我就疯狂地赚钱，等我有钱了，我就可以做自己喜欢的事情，然后再疯狂哈！”

校园的灯光越来越暗，一阵凉风吹来，多多感到有些冷了。她说：“时候不早了，我们该去睡觉了。”

昏黄的灯光下，拉长的两个身影在一前一后地走着。

第四十三章　爱你知否

几个月后，多多收到了三本获奖诗歌专集的样书，在101页上，就刊登了她的那首诗，只是因为原稿是手写的缘故，编辑把“之”字看成了“元”字，于是作者的名字也由“陈秀之”变成了“陈秀元”。

看着自己的文字变成了铅字，多多激动得接连好几天晚上都睡不好觉，翻开印有她的诗歌的那一页闻了又闻。她庆幸，自己终于迈出了文学道路上的第一步。她在心里为自己鼓劲，一定要继续努力！

手里捧着那本诗集，多多掩饰不住内心的激动。那种感觉是幸福的，是明朗的，是轻快的，是拿钱也难以买到的快乐。

她想，这下，自己写的诗歌，别的人应该也看到了，也知道了自己的名字。自己的名字终于署在了文章中。

红琼看着多多半夜起来，拿起那本诗集，翻来覆去地看着，觉得她有些神经，说：“上面不过就你一篇诗歌，就那么高兴，又那么兴奋，至于吗?”

“这你不懂，你体会不到。”

“我看，要是整本书都是你写的，估计一个月都不会睡觉了。”

“那得真到那个时候才晓得。”

多多把三本诗歌，一本送给了李善英，一本寄回了老家送给父母，一本留在了自己身边。

父亲在来信中说，寄来的书收到了，我看了一遍，然后被陈建强借去读了，最后给弄丢了。

父亲没有谈对多多创作诗歌的看法，也没有因为她的名字变成铅字而表扬她，甚至将书丢失了，也没觉得遗憾。

李善英翻看了多多写的那首诗后，递给了她爸看，她爸爸笑着说，这下多多当诗人了，以后要当作家了。

多多不知道这话是鼓励还是讽刺，但她听到别人称她诗人，心底还是有点乐。但她转念一想，要真正当作家就不容易了，自己要是以后真能当个作家就好了，写上两本书，那样，自己死了，至少还有两本书能证明自己来过这个世界。最好把自己写的书也能存放在图书馆，别人借阅时也能看到自己的作品。

可目前，自己一本书都没写，离作家的路还很遥远，更别提真正的作家了，就是一个不入流的作家都还不是。

多多知道，要想当作家，先要发表文章、出版作品、加入作家协会，才算是作家。

她崇敬的作家中，有马识途、杨牧等。有人认为，一个作家必须要表现“自我”，写非我的东西，不是一个真正的作家。但“自我”不应是封闭的，不是写自己的身体，写那些小我的东西，“自我”应该是能够拓宽的。可以用雨果的一句话说：“比陆地更宽广的是海洋，比海洋更宽广的是天空，比天空更宽广的是我的心。”如果说写非我的东西不是一个真正的作家，那么衡量一个作家大小的标准，就是作家心的大小。

但在多多看来，巴金就是一个好作家，一个真正的作家。因为他的《随想录》就写的是“自我”，只是他的“自我”不同于当下作家所写的“自我”，他在反思自我的同时，也在反思一个民族所经历的苦难，他通过解剖自我来解剖民族的前世今生。

除了巴金外，多多认为还有更多的作家是真正的作家，比如路遥等。

她认为，一个真正的作家，首先应该是民族的，然后才是世界的。思想是民族的，精神是民族的，感情是民族的，作品才能成为世界的。试想，一位不热爱自己民族的作家，是不可能成为真正的作家的。然而，这个民族决不是狭隘的民族沙文主义，决不是德国纳粹、日本军国主义鼓吹的“日耳曼民族”、“大和民族”，而应是代表人类共同利益的，只是它的文化背景和艺术形式是民族的。一位真正的作家要时刻站在时代的前沿，要关注民生、关注弱势群体，深入生活，为人民鼓与呼。

所以，距离一位真正的作家的标准，多多觉得还有很远的距离，至少，她现在还不是作家，在通向作家的路上她还处于幼儿园阶段。

如今，自己的文字能变成铅字，给了多多不少鼓励，她想，这仅仅是开端。

时间过得真快，日复一日，年复一年，转眼间多多离开家乡已经两年有余。这两年里，她没有回过一次家。两年多的时间按照一个人一生的时间来算，不算长，但如果把两年多的时间按天计算，将近一千来个白天和黑夜，也不算短。

回顾这两年多的经历，多多看着自己的变化，有种由衷的高兴。她终于在这个陌生的城市有了自己的事业，终于可以立住脚跟好好地梦想自己的未来。她不再是漂泊的浮云，不停地流动。她可以“主宰”自己了，然而快乐与悲伤总是与她共存，就像阳光背后总有乌云一样。

要不是李沐提醒多多，他快复员了，让多多帮他找几张用过的车票，好报账，她还没想到他们不知不觉已交往三年了。多多拿出三年来他写给自己的信，慢慢地重新读着，慢慢地回忆着与他相识的点点滴滴，她才发现，自己原来是那么的单纯、幼稚。

他们这种聚少离多的日子，对对方的了解又有多少？其实他们的每一封信大多是鼓励人心的话，还有的就是把不愉快的事告诉对方。有时想想，那时的他们很纯朴，也很真实。

在回想自己刚来到这座陌生的城市时，那种孤独与落寞，好像世界早已把自己遗忘，她与他的通信以及偶尔的电话成了她的“诺亚方舟”。

时针在不停地转动，每个人的内心也在发生着不同的变化。都市的生活有些迷离，也有些神秘，更有些幻化的、斑斓的梦！这样的都市同样充满着诱惑，有时让人找不到曾经的自己。

经过了三年的军旅生活，李沐回到了家乡帮父母照管生意，心里只等多多的归期。而多多一方面被这座城市吸引着，不愿离开这里，因为要改变自己那种日出而作、日落而息的命运，就得在这里开辟自己的一片天地。另一方面，她更担心自己脑袋受到过的重创，或许在某一天突发，给李沐带来灾难，而成为了他的负担。多多深深地知道，在农村，因病致贫的现象时有发生。虽然自己能正常工作和生活，然而每天仍然有头晕的现象，只能努力克服。

多多又开始掂量自己与李沐的感情，那是一种什么样的情感，是爱情吗？那时的他们难道是因为彼此孤独才向对方倾诉？他要她给他一个答案，但她却不知如何回答他。这个答案比她第一次签合同还难，她问自己，究竟该怎么办？

多多不想把自己曾经受到过的重创告诉他，多多甚至也没有告诉过父母。她知道，告诉谁都没有用。只能默默地承受生活给予的苦难。

多多想，也许李沐会恨她，但她宁可让他恨，也不愿意带给他以后的伤害。因为多多觉得，她还没有足够的钱来为她以后的某天身体出现问题而买单。她不想拖累他。她也知道，在农村，特别是一个男人，年龄大了就不好找对象，所以，她不想耽误他。

于是，多多选择逃避的方式来处理，他的很多来信她都没有回复，想这样不了了之。读着他的每一封信，多多都非常难受和不安，她觉得自己是无情的，然而正是在这无情背后，却有着深深的情，真诚的爱，才使得她不忍心看到他将来或许面临的痛苦。

她把他装进了内心深处，并在日记本上写下了一首诗，算是对过去的总结。

《痕迹》

翻开昨日的故事
打开尘封的记忆
往夕、昨日是流水
是云烟
静静的流过
慢慢的散尽
唯有
汩汩的水声
与那无尽的残烟
在天空、大地之间残留

第四十四章　生命里多出个他

一份感情就这样结束了，另一个人却不知道原因。放下一段三年的恋情，也不是那么容易，多多常常用各种理由去说服自己，她相信，时间是世间最好的药。

多多每天按时上班下班，下班以后再去夜校上课。偶尔给父母写封信，报个平安，然后每月月末给家里寄点钱回去，以补贴家用！

这天下午，多多比平时要下班得早点，她要赶在邮局下班之前给家里寄钱，寄完钱后，就回到租住的房子做晚饭。

完饭后，她到附近的新南门散步，这样既可以欣赏街头杂耍，也可以观看露天舞。

她一个人漫无目标地走着，走走停停，停停走走，遇上哪里有热闹，也会凑上前去观看。

多多不知道，她的身后一直跟着一个男人，这个男人已经跟在她身后有一段时间了。当多多在一个地方坐下来时，他站在了她的对面。彼此相隔的距离不足两米。他看着她，朝她微笑着。多多对于陌生人，装作没看见。

那人说：“今天这里的人真多。”

多多没有理他，站起来又走了。她径直往前走，不敢回头，她不想碰到他的目光。

不知为何，他总跟在她的身后。她又走了很长一段才坐了下来，他也跟着坐了下来。她的心里有种不安，是不是遇到坏人了？她斜视了他一眼。

“你很小，是哪里人?”他问她。

“我是哪里的关你屁事?”多多没好气地说着。

“你把我当坏人了，是吧，那我来做个自我介绍。”

“我的老家是川东的，现在成都上班，喜欢诗词书画，年龄三十而立，五官端正，没缺胳膊少腿。”

多多从来没有见过会对陌生人来个自我介绍，忍不住在心底偷笑了。

“你对每一个第一次认识的人都会这样吗？还是在推销自己？”多多问。

“并不是每个人都能进入我的视线，并能进入我的内心，看见你的那一刻，仿佛就像是一幅画，你长的有气质，有气场，纯洁，不施粉墨，有种让人过目不忘的感觉……”

“你神经病了吧？”

“骗你是狗！”

“ 我知道自己有几斤几两。我觉得你倒像个江湖骗子，满嘴油腔滑调。”多多又说：“你应该去当算命先生。”

“看你的面相对人很友好的，怎么说话就带刺？”

“我得看人下菜，不说这些了，你不是说喜欢诗吗？”

“当然，我作一首给你听，你看如何？”

“山深无鸡报天晓，唯有百鸟唱树梢。休问春夏秋冬事，只恨流水忘板桥。再比如：书画贵如三秋树，耐得寂寞弥天真，何管功名随流水，浮云总是风吹尘。”

“写得还不错，我也喜欢文学，喜欢诗，就是写不好诗，我喜欢汪国真的诗，比如《热爱生命》：

我不去想是否能够成功
既然选择了远方
便只顾风雨兼程
我不去想能否赢得爱情
既然钟情于玫瑰
就勇敢地吐露真诚
我不去想身后会不会袭来冷雨寒风
既然目标是地平线
留给世界的只能是背影
我不去想未来是平坦还是泥泞
只要热爱生命
一切，都在意料之中

"还真能背人家的诗，这样也好，也是一种积累，你作一首让我听听，如何?"

多多偷偷看了一眼眼前的这个人，宽边眼镜里有一双炯炯有神的大眼睛，那双眼睛似乎有很深的洞察力。她想，这个人应该不是骗子，如果自己在他面前作诗，岂不是班门弄斧，本来自己就才疏学浅，就不想丢人了。

"其实，很多东西并没有绝对的好，也没有绝对的坏，关键是你自己怎样看待，诗词书画都是个人的爱好，作一首我听一下，或许可以帮助你。"

经不住对方的强求，多多现场作诗一首《成长的意义》：

如果，如果让我早遇见你
我还能像现在吗
一切都可能不是现在的模样
生命严格如阶梯
所有的成人最后
却不得不过着平坦与坎坷的人生
如果，如果让我早遇见你
我会好好把握自己
为那枯黄的岁月
为我的终生无法选择

"写得不错，你的文笔很好，应该向这方面发展。"

随着彼此间的交流，多多对面前的这个"陌生人"解除了戒备。他们不停地谈论着诗词以及一些当代作家、名人。不知不觉，华灯高上，府河边的行人越来越少，多多看了看别在腰间的 BB 机，时间已经不早了，就告辞准备离去。

"能否把你的联系方式告诉我?"对方问。

多多说："126 转×××××××。"

多多喜欢文学，但能与她谈论文学的人身边还没有一个，眼前的这个人知识渊博，多少还是让多多有些敬佩的。

对方递给多多一张名片，多多看了看名片的抬头，原来他竟是省级单位的，而且还有一个官衔。

她知道了他的名字，陈若愚。

陈若愚望着多多远去的背影，站在原地好一会儿。也许，就是这样的一个女孩，激起了他内心的情愫，激起了他那颗对艺术孜孜以求的雄心，她像一幅画一样定格在了他的脑海，清纯的模样就如出水芙蓉一般，让他有些神魂颠倒！

他出现在了多多的视线里，或者说人生里，而他于她来讲，不过是生命中的过客而已，她压根就不打算将他记在心上。她收到的名片很多，谁知是真是假，再说了，大千世界，有些人可能会再次相见，而有些人也可能就是那一面之缘。而她，需要的依然是要过自己的平静的生活，在自己编制的程序中，一步一步地前行。

迷人的夜晚总是充满着暧昧，闪烁的霓虹灯在尽情地展示都市的繁华与躁动，马路上依旧是车如流水。尽管此时已是晚上九点出头了，马路上依然有闲散的人们在悠闲地漫步，依然有青春洋溢的帅男靓女在骑着自行车轧马路。

这个下午，不知是出于巧合，还是陈若愚故意安排，下午五点四十分，多多与雷明一道往学校走去，挂在她腰间的BB机响了，她看了看号码，然后找了个公用电话回了过去。拨通电话后，多多问："谁呀？刚才打传呼？"

"怎么，忘了？是我！"

"我听出了你的声音！我在抚琴这边上课！"多多不容对方讲话，接着又说："我现在忙。"随即挂断了电话。

多多想不起对方叫什么名字了，她本想打开书包，找找那张名片，犹豫了一下，还是放弃了。她想，反正找她也没啥大事，无所谓。但那个人给她的印象很深刻，如果出现在她的面前，她一定能认出他的。

一旁的雷明看着多多说："你回传呼还真有两下子，只说一句就挂了。"

"嗨，这人不过是我在府河边巧遇的，也就一面之缘，再说了，我现在连他的名字都想不起来了，不过听他的谈吐，他的文学还是很见功夫的。反正我不了解他，干吗要说那么多，你可知道，现在社会复杂，害人之心不可有，防人之心不可无。"

雷明盯着多多，附和着说："就是。"

多多问："你工作忙不忙？你的功课跟得上吗？"

雷明说："还可以，只有这三门课程就过完了，六十分万岁，多一分浪费，我还得努力，争取十月份考过关，拿文凭，你呢？"

"我？我还早着呢！"

"你自己就是老板，所以文凭对你不是很重要，可我是个打工仔，要拿它另谋高就。"

多多笑着说："当比尔·盖茨，进微软吗？"

"我可没那本事！"

"本事是慢慢练出来的，没有人是天生的！"

"快点，要迟到了。"雷明说。

多多和雷明是一路小跑进的教室。当他们到了教室后，刘书迷喊着："多多，这儿！"

刘书迷早到了教室，见多多、雷明、陈三红没来，分别给大家占了一个位置。陈三红只比多多他们先进去一两分钟。

"你怎么今天这么晚才到？"陈三红悄声问多多。

多多一边拿书本，一边说："我出来晚了点，你不是也刚到吗？"

"下午我打了会儿麻将，就出来晚了，对了，我今天赢钱了，赶明儿请你看电影！"陈三红盯着多多说。

"好啊，等哪天有空吧。"

"我买好票，到时再告诉你！"

"你是不是钱太多，等着我帮你花？"

"老师来了！"

这晚上的是哲学课。只见上课的李老师腋下夹着两本书走了进来。他站在讲台上开口说："看来哲学这门课还是受欢迎的，每次我的课下面坐的都是满满当当的！那现在开始上课了哈！"

多多四下环顾了一下，教室里已经没有空位置了。

哲学老师是位非常幽默的老师，听他讲课一点都不感到枯燥，他甚至说："我的哲学课不需要大家做笔记，做了笔记反而考试不及格，只要认认真真听我讲就可以了。我来给大家授课，是捧着一颗心来，不带半根草去。在我看来，没有枯燥的哲学，只有枯燥的哲学家。同样，没有枯燥的哲学课，只有枯燥的哲学老师！"

所以，他的哲学课总是让大家感觉时间过得太快，同学们常常听得意犹未尽。哲学课的课堂氛围十分热烈，老师与学生之间互动得非常好。三个小时很快就过去。

放学的时候，多多、雷明、陈三红以及刘书迷一起走出教室。当他们走到校门口时，一声声急促的喇叭声响起，声音非常大。多多朝着声音望去，然后又和他们继续朝前走着。

喇叭声再次不停地响起，刘书迷回头看了看说："你们看后面的车主是不是脑袋进水了，不停按喇叭干啥，还闪车灯！"

陈三红说："可能是等人吧。"

小车突然滑到了多多他们身旁，从车窗里探出了一个脑袋，多多认出了他，是陈若愚！原来是他！

"多多！"陈若愚拉开车门。陈三红、雷明、刘书迷都把目光投向了多多。特别是刘书迷，她惊诧地嚷着："哇，川O的车！多多，什么时候钓的大鱼！"

多多不知如何是好。她瞥了一眼陈若愚，又看了看刘书迷。

"赶紧上车吧，有小车都不坐，难不成要坐陈三红或者雷明的自行车！"刘书迷催着多多。

陈若愚也说："上车吧。"

多多犹豫了一下，上车了，甚至还没来得及跟陈三红、雷明、刘书迷说声再见，陈若愚踩着油门，一下开车走了。

此时，坐在车里的多多，有种说不出的感觉，她觉得对同学有种愧疚，没有道别就走了。而身边的这个男人，她对他还是陌生的，她突然感到空气是令人窒息的，她有种即刻想下车的冲动。但她并没有表示出来。她内心是矛盾的，也是煎熬的，又有些后悔不该上这车来，她希望他赶紧将自己送回家去！真是，上车容易下车难！

多多静静地坐在他旁边的副驾座上。她把目光投向窗外，天上除了零零落落的星光，没有月亮；城市的街灯一盏盏亮起，星星点点；星光和街灯把万物照出了轮廓，它们无声无息，安静地、默默地守望着大地。

很久了，多多没有如此仰望星空，更没有如此闲情逸致地关注城市的夜晚。她不喜欢夜晚的黑，但她喜欢城市里的夜晚，特别是有星星的夜晚，这样的夜晚原本是可以装饰梦的。她想到了小时候，望着天空数星星，望着天空分辨哪是行星，哪是恒星！

正当多多沉浸在儿时的记忆里时，一个声音将她拉了回来。“想什么呢?”

“什么都没想!”

“还记得我吧?”

“有印象。”

“仅此而已?”

“是的。”

“回答得很干脆嘛!”

他仔细地打量着她，接着又说：“害怕我把你卖了吗？你放心吧！我不是坏人!”

“坏人的脸上又没有刻字，也没有坏人会说自己是坏人的!”

他笑了。他的笑给人一种安全感，他那富有磁性的声音更显出成熟男人的魅力。多多问：“你怎么知道我在这上课？你来了有多久?”

“你说在抚琴，我当然知道这里，因为这是自考办的点，我来了有一会儿，就是想见你，这个理由充分吗?”

“我又不是总统，见我有啥意思?”

“这个你不懂的!”

“我也不需要懂!”

“以后你就会明白的!”

“我永远也不会明白的，因为你是你，我是我，仅此而已!”

他们的对话是针锋相对的。多多越是这样，陈若愚越是喜欢。他说：“我就喜欢你这个样子，不做作，率真!”

多多的脸突然一下子红了，同时有种心跳。她不知道该怎样回答他了，于是把头低了下去。

他朝她看了看，说：“怎么不说了?”

多多换了种姿势，重新坐好，用手理了理额上的头发，说：“你的记忆真好，那天我只说了一遍，你就记住了我的号码。”

“这要看是有心还是无心了，可你把我早忘了。”

不知不觉，车子开到了盐市口。盐市口离多多住的地方还有些距离，多多说：“你怎么开到这里来了？我要回家!”

“我知道你要回家，我等会儿送你回去，不会把你丢下，我想请你吃个夜宵，再说了，上了一晚上的课，就没饿吗？”

“可我现在就想回家！”

“听话，带你吃完宵夜就送你回去！不然，我们拉钩吧！”陈若愚伸出手，要与多多拉钩，多多躲着拒绝了。

此时此刻的多多，像个小孩子一样。她的思维仿佛凝固了，她没有反抗。她看着他，他也温柔地望着多多，使得她无法抗拒，然后顺从地跟在他的后面，进了一家料理店。那一次，是多多第一次见识韩国料理。

接下来的日子，多多的生活中总是有陈若愚的出现。不管多多在哪里，总会听到他那声声问候和关怀以及无限的柔情。多多的少女之心被他占据了。她有些崇拜他！崇拜他的才华，崇拜他的渊博知识，崇拜他的潇洒，崇拜他的风度！他在多多的心里像是个影子，挥之不去。多多也试着不去想他，毕竟只有几面之交，然而她却无法控制自己的心。

有时，在夜深人静的时候，她常常在想，自己爱上他了吗？又不停地否定着，不可能，不可能，他不会爱上我，我也不可能爱上他，如果只见了几面就会爱上，爱岂不是太容易得到？但她低估了爱情的力量。

很多的困惑扰乱着多多，她在情感的道路上迷失了自己，只得不停地把自己埋在工作和学习中，以逃离现实。

工作是最好的发泄窗口，也是最好的疗养方式。对于陈若愚，多多本意上是希望放下的，毕竟她对他的了解是肤浅的，甚至可以说对他的家庭状况一无所知，她不喜欢打探别人的事情，如果不告诉她，她是不会追问的。

生意是多多最大的事情。赚钱才是她的唯一目的。虽说金钱不是万能的，但没有钱是万万不能的。作为一个农家女孩，要想在都市中游刃有余地生活，前提是需要物质做支撑的。所以，多多尽可能地将更多精力用在了生意的经营上。

忙忙碌碌的日子，总是充实的。忙碌了很长一段时间，多多生意上的事情已经理顺，不但以前网点的销售很好，而且增加了两个药店设有专柜。这样的生意可谓是一帆风顺。

多多能挣钱了，但她并没有忘记帮助红琼。红琼到成都后，每月的工资全部存上了，而她的生活开支全部由多多承担。多多这样做的目的，是希望红琼能存点钱，等到结婚时也有点嫁妆钱！

陈建川知道红琼和多多在一起，来信说这样非常好，姊妹之间有个照应。还说，现在的庄稼收成不好，也卖不了几个钱，陈旭读书，学费和生活费也在涨，喂的猪行情不好等等。同时也不免谈到有关红琼的个人问题。

陈建川说，兰花都已经结婚了，红琼的年龄也不小了，放在村里，是大龄姑娘了，还说，姑娘家不早点嫁出去，年龄大了，就不好找婆家。也希望多多有合适的熟人，能不能帮红琼介绍一户人家。前者，多多明白父亲的意思，虽然没有明着表示要钱，言下之意，家里困难，多多也不能袖手旁观。因此，多多直接向父亲表示，会按月寄些钱回来补贴家用。

陈建川在信中还告诉多多，村里在集资修路，要每家每户按人头一人出四百元钱。多多知道，这就是让自己掏钱，多多没有怨言，随即将她和红琼的那一份一起寄回了家。

多多虽然排行老二，但她在家庭中的角色似乎排在了第一。家里有什么事情，父亲都第一个写信找她。就连家里的亲戚都说："这个家以后还要靠多多多承担!"

其实，多多是不喜欢这样的，但她却不想表现出来。

多多有时也很纳闷，究竟是自己欠父母的，还是父母欠自己的？难不成就因为父母生了自己，就永远欠他们的吗？他们每次的信都说经济紧张，从来没有一次不紧张过。多多甚至在想，他们不是抱养了儿子吗？怎么感觉这个儿子也是她在出钱养着。

想着这一切，多多的内心很不平静，她觉得自己像个冤大头似的。有时，她也很能想得开，她觉得，人生不过如此。她前几天还看见隔壁的赵大叔在打麻将，精神头很好，结果第二天就没有醒过来。这让多多明白了生与死之间的距离，有时只有一天。

赵大叔不到六十岁就去世了，他的去世，让多多第一次知道了城市的丧葬与乡村的丧葬，在礼俗上有很大的差异。

在农村，家里死了人，家属披麻戴孝，一定会请来专门作道场的搞个几天几夜，非常隆重，整个过程都是悲痛的。

在农村，有这样一句话，人生三大事：出生、结婚、死亡。而且死者为大，因此，在一个人一生中，最为隆重的就是死亡后办风光的后事。而赵大叔去世后，除了门口摆放着花圈，没人知道他已经死了。院子里搭了个灵堂，放着流行音乐，人们几个坐一桌玩起麻将。不打牌的就在一起喝茶、摆龙门阵。最让多多感到吃惊的是晚上，灵堂前面弄了个舞台，还有大音响，一个穿着时尚的主持在念悼文，念完后，拿着话筒先带着哭一下，然后把话筒给台上站着的几位表情悲痛的家属，让他们拿着话筒挨个哭，最后大家再聚在一起对着话筒哭，哭完了，一阵巨大的哀乐声才响起。

几分钟后，哀乐声变成了流行音乐，比如《甜蜜蜜》、《小城故事》等。

多多看着那场面，吃惊万分。亲人去世了，家属没有悲伤，那哭声更像是表演。难不成，是家属在祝他升天？

家属与吊丧的客人之间的区别，在于家属的手臂上用别针挂着“孝”字的青纱。

三天后，赵大叔运走火化，火化后将骨灰寄存在火葬场，等到来年的清明前后十天下葬。

多多的生意总算有了起色，每月的收入好几千元，出门打的成了家常便饭，看到好吃的，或者好看的衣服会毫不犹豫地买下。曾经的乡土气息逐渐在褪去，隐约中蜕变成了一位都市丽人。

她原本的假小子发型不见了，取而代之的是染成板栗色的烫卷发型，成了那种个性张扬的爆炸式。在穿衣上，也更加讲究时尚了。

她可以不为经济而发愁了，然而内心深处依然会生出一种迷茫，也感到彷徨，或者不安。这种东西，她既说不清，也想不明白！她甚至会感觉自己像处在了黑暗中，不知道未来的路该怎样走下去？又仿佛自己走在了人生的十字路口，不知究竟该选择怎样的方向。

她的头，有时还会晕，甚至会出现一两秒的空白。很多次，她鼓起勇气要到医院去查个究竟，然而，每次都是到了医院门口就转身走了。她害怕不好的结果。她想，只要不影响生活工作，这样偶尔的犯晕也没事，如果真有什么不好的结果，不知道还好，要是知道了反而给自己带来压力，糊涂地过也是一种生活。郑板桥就说了，难得糊涂！

多多坐在一把木椅上，思绪就这样混沌着，突然BB机响了，她看了看号码，知道是刘书迷打来的。于是站起来，走出屋子，去对面的公用电话处回电话！

“你怎么搞的？很久都不来电话，也不到学校上课，我们大家都很想你呢。”刘书迷在电话那头说。

“这段时间忙死我了。”

“现在有时间吗？有的话，咱们见面聊。”

“好啊，没问题，地点你定吧。”

“天府广场的街心花园。”

打完这个电话，多多乘坐了一辆人力三轮车去赴约。街心花园的两边是大大小小的商铺，因此，整个街上行人不少。走在这条街上，总能听到一声声的叫卖，“走过路过千万不要错过，要买要看动作搞快！”商家为了吸引顾客，真是想尽了法子。

远远地，多多就看到了刘书迷。刘书迷坐在街心花园的石板上，用手在给自己长长的头发编着发辫。

“嗨，今天怎么想到呼我了？”多多拍了拍刘书迷的肩膀。

“无聊呗，所以找你了。”

“原来我不过是你的陪客。”

“哈哈，有些日子没见着你了，想你了，就问问你，这几次上课，陈三红、雷明他们都问你呢，你怎么没来上课？”

“这段时间比较忙，有应酬，所以没来。”

“当老板比较舒服吧？”

“舒服个屁哟，压力也还是有的。”

多多看着络绎不绝的行人从她们面前经过，思绪万千，说：“你看，我们面前尽是高楼大厦，却没有属于我们的一个空间，我们只是都市的流浪儿，只有不停地挣扎与拼搏。”

“这就是我们打工妹的共同命运，谁让我们是从农村出来的，谁让我们的父母是农民？我们只有认命。这里只是你我人生中的一个站点。”

“父母无法选择，但总有一天，我一定要在这个城市拥有我的一砖一瓦！”

“谈何容易！”

“我想，只要有梦，就一定能实现！”

“也许是吧。咱们就在这儿聊天吗？”

“要不我们到附近去转转？”

“哪里？”

“府南河。”

成都的府南河又称锦江，位于岷江中游，长江上游。相传大禹治水就始于岷江。2000 多年前战国秦时，蜀郡守李冰开凿都江堰，“穿二江（即今府南河）成都之中”，沟连吴楚，孕育世代繁荣。晚唐节度使高骈，把二江并流城南改为二江抱城，为今天的成都市格局奠定了基础。府南河孕育了成都，是成都的母亲河。到了近代，由于人口激增、工业发展和城市基础设施的日趋陈旧，致使府南河不堪重负，堤防溃毁，河床堙塞，洪涝成灾。工业废水和生活污水的大量排放，使府南河变为臭水沟。

然而，随着府南河工程的整治，昔日被称为“臭水沟”的府南河发生了翻天覆地的变化。两岸的危房被拆了，泥泞的小路修成了宽敞的水泥路，河两旁种上了一片又一片的草坪以及各式的绿树，各样的花卉，生机盎然，仿佛给府南河戴上了翡翠项链。河边还修建了假山、水池、喷泉，以及各具特色的亭子和长廊等。特别是府南河上的桥也式样各异。有古典的，也有现代的；有供行人用的步行桥，也有汽车用的桥。那些桥栏也各有特色。比如两边的桥栏是用十二块暗红色石碑组成，每块石碑都用弧形的栏隔开了，石碑上刻着一幅幅精致的图画，呈现出古时成都十二个月的各种集市，“八月的桂市”、“十一月的梅市”还有“药市”、“布市”等，成都古时的繁荣景象可见一斑，活生生就如一幅成都版的“清明上河图”。美丽的府南河已成了欢乐的天堂。这里是闹市中的静土。

多多和刘书迷一路漫步到这里。这里的人很多，有老有小，有男有女。有的喝茶聊天，有的练太极拳，也有小商小贩不停叫卖。有情侣在幽静的树林里相互拥抱，窃窃私语。

也许是触景生情，刘书迷见着一对恋人手拉手地在前面漫步，问：“多多，那晚接你的人是你什么人？”

“什么人都不是。”

“真的？”刘书迷有些不相信。

“我骗你干啥子！我和他认识就在这里，我们认识没多久。”

“我看他对你挺上心的，上课还来接你。”

“只是一次意外的巧遇，他顺道来的。”多多违心地撒谎说。

“该发生时，总会发生的，爱情的产生往往就在瞬间，我看，你们是一见钟情吧？”

“去你的！说实在的，我有时也感到困惑，你说什么是爱情？”

“我不知道，因为我还没经历恋爱呢，还没人爱我。听人家说，爱情是一种感觉，是你对他的那种触电感觉。感觉那个人跟你很亲，很熟悉，没有任何的距离感，跟那个人在一起很舒服。我想，你现在的情感就像这府南河的水那般波涛汹涌，不停地在你心里翻滚吧。”

“嗨!”多多叹息着。接着问：“你说是找一个你爱的人好呢，还是找一个爱你的人幸福?”

刘书迷不假思索地说：“当然是找爱你的那个人了，被爱是种幸福。不过，要是自己不爱那个人，长期在一起是不是有点别扭?不过，这个问题有点复杂，还得看那个人的物质条件如何，没有面包的爱情我相信不会幸福的。”

“我觉得相爱才是幸福。不过，什么才是所谓的相爱?要是我有天遇上一个让我迷失方向的男人，我会跟着他私奔的!”

“你有那勇气?”

“当然!”

“我希望我以后有罗密欧与朱丽叶那样的爱情。”

多多一边听着刘书迷说话，一边望着来去的车辆，以及一路闲散的行人。她在想，人生何尝不像面前的路，弯弯曲曲的。

多多开始走神了，一下走到了很远的地方。她甚至感觉整个脑袋是空白的，但又感觉脑袋里装了太多的东西，她仿佛在时空的交叉中，一时找不到真实的自己。

刘书迷看着多多在发愣，说：“你在想啥子?”

她接连说了两遍，多多都没反应，当她再次问多多时，多多突然问：“说到哪里了?”

刘书迷却来个无厘头地问：“你老家的那个男孩，他现在怎样?你们还在交往吧?”

“退役回来，家里找关系进了供电所，他希望我回去。我这里也是刚有起色，这是我花了很大的心血才得到的，并不是说放弃就放弃得了的。”

“你可能根本就不爱他，如果真的爱他，可以放弃一切的，至少我认为是这样的，再说，他现在进的单位也不错，电老虎嘛。”

“我其实也很矛盾的。有时也想说分手，却害怕说出，怕他伤心，你不知道，他的心有多细，情有多专，把我与他三年的通信全部保存了起来。人有时也是矛盾的，那时，他在部队很少有假期。我们的沟通只有写信，还有就是打电话。我不顺心的时候就给他写信，也很盼望他的来信，那时，我特别希望他早点退役，而真到退役，我却后退了。”

“为什么？你不爱他？”

“不，我有自己的考虑。或许感情的事就是怎样。注定了就注定，一切随缘吧！爱情是一个千古不变永恒的话题，要不，怎会世世相传？时间不早了，我得回家了。”多多有些伤感地说着。

的确，对于这份爱情，多多还有些消受不起。因为，在爱的世界里，她有过不少憧憬。比如，花前月下彼此相依；下雨的时候，一把伞下两个人……

第四十五章　乡愁在电话那头

多多自从经营生意后有个做记录的习惯。每天晚上睡觉前，她习惯记下第二天需要办理的事情。这样一来，不至于忙乱了手脚。同时，还有个习惯是写日记。不忙的时候，她会每天写篇日记，忙的时候，就变成了周记。无论日记或者周记，都像那首《日记里的秘密》一般，是内在的隐私，有对爱情的憧憬，也有对爱情的困惑。

风吹散了空中的乌云/星星的光芒落在眼里/我翻开你的日记/原来里边藏有那么多秘密/忽然间我心痛的彻底/最后一页的最后一句写着/清醒吧/我不爱你。

歌词里的东西虽然离多多有些远，但有个共性，那只有自己独自消化，甚至不希望被别人看到，或者发现。

按照记事本上的记录，第二天早上不到八点，多多就出门了，昨天没有发的货今天得补发过去。同时还得看看哪个专柜缺货，要是缺货就得立即补上。还有一件事必须引起多多重视，有家药店已经有三个月没有给她结账了，她得去催促下，毕竟，长期不结账，容易造成资金紧张。这件事完成了，顺便做下市场调查，看看目前保健品的市场行情。

整整一天在忙碌中过去，当华灯初上时，多多才拖着一身疲惫回家。面对冷清的房间，她倒头就睡了过去，她需要给自己的身体一些恢复的时间。她睡得很香，以致红琼什么时候回来的都不知道。

多多在睡梦中，欢快地笑着。她梦到童年的时候，自己到舅舅家里，半夜出去偷别人家橘子的情景，费了很大的功夫才偷了两个，结果天刚亮，就被别人逮住了。说，白天就看见她去看过，今早起来就不见了，一定是她摘的。一闻，还有味道，多多只好承认。她梦见自己的那副傻样，那样好笑，想到那酸甜的橘子肉，口水都流出来了。

红琼大声地喊着多多，多多惊醒了。她摸了摸留在嘴角的口水，问：

“现在几点了?”

“我都下班了，你说几点了，九点半了!”

“哦。”

“听说你这段时间生意很好，而且又开了新的专柜?”

“是的。”

“怪不得，这段时间你每天忙忙碌碌，早不见人，晚不见人，哥他们还说你耍朋友去了，结果是你忙着挣钱去了。”

“事情得有个轻重，我在多家药店做联营，你知道吗? 现在的背背佳、英姿带销售很好，我做了 OPP 的广告，你那里的销售如何?”

“还行。”

“你得努力哟，争取每月存一千元钱。”

“放心，肯定没问题!”

多多从床上爬了起来，说：“你吃过饭没有，我们到外面去吃饭。”

“还没有呢。”

“走吧。”

自从红琼到了成都后，多多与她在一起交流的时间并不多。红琼除了上班就是回家，生活是两点一线。多多则不同，她不但要上课，还得管理自己的那几个专柜，同时还得做市场调查等等，脑袋里从来没有闲着。很多时候，她甚至希望自己能有分身术，这样，就能一个人顶几个人用! 事实上，她干的事情就是几个人干的事情。

姊妹俩肩并肩地漫步在春熙路上。春熙路是成都最具代表性、最繁华热闹的商业步行街，是成都的一大亮点。成都的春熙路是 1924 年被命名的，距今 80 多年了，号称百年金街。

许多外地人到成都来，春熙路成了不能不去的地方。春熙路不仅是成都的时尚中心，更是美女如云的地方，同是也是美味小吃云集之所。钟水饺、赖汤圆、夫妻肺片、韩包子、龙抄手，还有街边的麻辣烧烤和串串香，好吃又不贵。

作为成都最繁华的商业街，春熙路不仅历来是成都人销金玩耍的重要去处，还传承着这座城市独特的文化气质。现在，无论坐在街边装修考究的咖啡店还是玩赏路面的浮光掠影，无论是在商场购物还是在水幕墙下留影，环境优美的步行街都给人赏心悦目的感觉。

姊妹俩一路走一路看，看到串串香，买上一把，边走边吃。这样的晚餐也是一种别样的味道！

偶尔她们也会看看小摊上的小饰品。女人好像对漂亮的饰品都有感情。

多多看中了那座全是用一分币做成的一帆风顺。问："多少钱？"

店主说："20块！"

"少不少？你也要得太贵了哟！"

"你给多少？"

多多悄悄地问红琼给多少钱。红琼耳语说七八块。

"八块，卖不卖？"

"你要添！"

多多与店主不停地讨价还价。然后她说："八块，要卖就卖，不卖就算了。"

多多佯装着要走，店主喊着："那就卖给你吧，我分钱都没赚！"

拿着买来的战利品，多多一脸的高兴，从20元杀价到8元钱，也是一种收获。

春熙路上，人来人往，好不热闹，商品琳琅满目，让人眼花缭乱。转了几条街下来，多多感到有些累了。

而红琼兴致比较高，她在好几个商铺前和店主聊天，套近乎，也不知道她葫芦里卖的啥药。

直到回家的路上，红琼才对多多说，她跟有家摆夜市卖衣服的店家谈好了，以后晚上下班后，去帮人家卖衣服，卖衣服是不支付报酬的。但是，店家给她一个小块地盘，她可以去荷花池进点袜子之类的小东西摆在摊上一起卖。

原来这是一个互惠互利的事情，多多认为这也不错。

红琼很小就有经商意识。在她童年时期，挖麻元挣的几元钱就用来进香烟和火柴，因为本钱少，她每次就分别进一条香烟和一大盒火柴，逐步扩展到进肥皂、瓜子、糖果等小零食。而多多则相反，每次有点钱，第一件事就是买零食吃，为此还有个绰号，叫"好吃嘴"！

"传呼机"、"BB机"、"BP机"，无论人们称呼它什么，都是一个时代的产物，而如今，这些称谓都已经成为历史。那是上世纪90年代，在城市的街头，人们常常会看见腰挎一只BP机、说“有事就呼我”的人。在当时，能拥有一部传呼机成为很多人的一大心愿。

但随着市场的发展，格局的变化，传呼机逐渐淡出，手机登堂入室。虽然手机是双向收费，但它具备了更多的功能，既方便也适用。每逢节假日，卖手机的商家都要搞优惠活动。

多多看着那些颜色各异、款式不同的手机，也萌生了买个手机的念头。要知道，那时买个手机需要两三千元，而且手机打电话是双向收费的，每月还有月租费，一部手机会增加每月不少的开支。当时的手机并没有普及，能买上手机的人，还是比较少的。

多多穿着那套时尚的黑色绸子衬衫，配上一条黑色的西裤，腰间挂着呼机和手机，那真是一种时尚！

买上手机的那一刻，多多迫不及待地给所有的亲戚朋友去了电话，告诉他们以后直接打手机。那种兴奋简直无以言表。

传呼机、手机，曾经在电视上才能见到的东西，如今轻易地就拥有了，多多感觉太不可思议。

红琼晚上下班回来，一进屋就说：“我看看你的手机，啥牌子的？”

多多正从腰间取下给她，她便一把拿了过去，看着手机说：“这款式好看，你买了手机，我以后回传呼机在晚上不用跑公用电话了。”

“那可不行，你也用的话，会增加我的电话费的。”

“你可别抠！”

“行，谁让你是我姐姐！”

“有我这个姐姐还是好的，至少我帮你洗了衣服。”

“算了吧，当年我差点被抱走了，你还幸灾乐祸地说多多有人抱你走了呢。”

红琼笑了笑，说：“当时我小，不懂事嘛！你记忆力还真不错，我都忘记这事了！”

“因为对你没影响，对我记忆深刻着呢！”

“都过去好多年了。嗨，啥时候我才能买个手机？”

“现在手机还比较贵，你再等等，等便宜点的时候买！”

红琼拿着多多的手机，看了又看，说：“我用你的手机打个电话哈！”

“随便打！”

红琼拿着手机打电话去了，多多则在一旁看书。书看的差不多，多多感觉眼睛有些涩，见屋子里没有红琼声音，就大声喊了几声。

红琼在门外打电话。她正打得欢，几乎忘记了时间。

在多多接连喊了四五声后，红琼才回应着进屋了。一进屋红琼就说：“刚才我给爸爸打了电话。”

“咱们家安装电话了？”多多有些怀疑，毕竟在农村要安装一部电话价格不菲，再说，也没听父母说家里安装了那玩意儿。

“没有，是咱们村的一户人家安装了！”

“哪家？”

“陈菊松家，我打电话去他家，让他喊的爸爸接电话！”

“陈菊松家啥时候装的电话？”

“刚装不久，是爸爸告诉我的，他说以后有啥事就打电话到他家，这样比写信方便多了，只是每接一次电话给他五角钱，本来让我告诉你的，结果忘记了。”

“他家还有商业头脑，居然知道安装第一部电话，这样既解决了村里没有电话的麻烦，同时也有了收益，真是一举两得！”

“本来他不收钱的，但是大家觉得总麻烦人家不好意思，所以才象征性地给点钱，不过要是在他家打电话的话，就按照一分钟一块钱收费。”

“这样也好，至少减少了不少麻烦，带来了方便。”

“是啊，爸爸说，有这个电话后，二爸、幺爸也打这个电话找他，方便多了，还说写封信也要八角钱，而且还要走一个星期左右才收到，有时还有寄丢信的可能，写信连对方的声音都听不到。”

“这倒是事实哟，对了，你刚才一直用我的手机打到现在？”

“是啊！”

“你知道一分钟多少钱吗？你打了一个多小时哟！”

红琼笑了笑，说：“反正你挣得多，不介意这点话费，买得起就用得起嘛！”

“对头，放心，买个手机都用不起，岂不丢人吗！对了，你在电话中都说了些啥子？”

“多了，对爸爸说了又对妈妈说了，反正还有咱们村东家事情，西家情况。爸爸还说，老家不少人都在换房子了，把一层楼的房子拆了换成了两层楼的房子。妈妈还说，咱们村的陈玲玉和陈秀兰两姊妹都当妈了，说希望我们也应该考虑下个人问题，不要一拖再拖！还问我们这个春节回不回家过年。”

陈玲玉结婚的事情多多早已听说了，据说是嫁给了一个在当地做床垫生意的小伙子，不过，他们夫妻好像相克，吵架天天有，三天一动手。

尽管这样，两个人还是没有分开。拿老人的话说：“结婚了就不要离婚。再说了，年轻人不懂事，吵架是正常的，只要大点懂事了就没事。”

是啊，在农村，离婚是件丢人的事情。人们的观点是“宁拆一座庙，不拆一家人”。原本是两个人的事情，最后闹成了整个家庭的事情。那时的农村，离婚是件稀有的事情，村里，除了陈玉英离婚后，没有第二个。因此，陈玉英的离婚在当时掀起了不小的风波。一段时间成了村民背后议论的对象，有说她不要良心，在外面有人了，就把杨友林甩了；有说她不守妇道，这山看着那山高等等。陈玉英倒不怕，觉得生活是自己的，再说自己不长期在家里，村里爱怎么议论随它去。

多多还听人说，陈玲玉和丈夫吵架，两口子甚至将新买来的皮衣用剪刀剪成碎片。也可能是欢喜冤家，两个人打架后，还能在一个屋子里生活。夫妻俩同时还有打麻将的嗜好，据说还将家里的钱输得精光，为了维持生意，还是陈玲玉的爸爸给担保在信用社贷的款。

而陈秀兰结婚后，夫唱妇随，最初帮着夫家开餐馆，后来生意不好，改换经营补汽车轮胎生意，据说小日子过得还不错，夫妻俩起早贪黑地辛苦工作，把小家经营得头头是道。

红琼和多多都已经过了二十岁。红琼的婚事，是父母最为操心的事情。而对于多多的婚事并不担心，因为他们知道还有个李沐。然而，他们并不知道，多多与李沐已经没有了任何联系。

然而，在都市中生活了几年的多多，她认为，自己和红琼的年龄并不大，为什么要早早地将自己嫁出去呢？再说，婚姻是感情的事情，也不能随便找个人就嫁掉的。城市里，很多二十五六没有男朋友的女人大有人在。何况自己比她们还小呢。所以，多多不希望自己以及红琼重复父母那代人的婚姻，父母之命，媒妁之言，见面，结婚。

她希望他们的婚姻是经过恋爱、相知到相守的婚姻。

她同时也认为，时代在进步，婚姻同样。不能为婚而婚，真正的婚姻是两情相悦。

过年，象征着一家和和美美的团圆。外出打工的人，为了一家人的团圆，有的早早地买好车票；穿行于城市之间工作的人，也会安排好行程，赶在大年三十回家；扎根都市的外地人，为了回到生养他（她）的地方见年迈的父母，也携着家眷回家团圆。但总有那么一部分人春节是不会回家团圆的，因为还有回不去的故乡，回不去的家！

有人说，有父母的地方就是孩子的家，孩子无论什么时候都可以回家的。事实上，家是一个朦胧的概念，在多多和红琼离开家乡后，并不是每个春节都回去过。去年、前年的春节，她们都没有回家。多多大年三十、初一都在上班，初二去了覃海涛家拜年。而红琼，自始至终都在上班。

到了覃海涛家，可用两个字形容："热闹"。陈晓和陈落梅已经在那里了，他们和客人在打麻将，多多上前和他们打了招呼。招呼完后，多多才看见王丽芬，王丽芬在一旁泡茶倒水。多多喊了一声大母。

多多是第一次看到这种场面，简直可以用门庭若市来形容。来的人大包小包地提着礼品，他们恭敬地和覃海涛打着招呼，一时间屋里的阳台上摆满了各种礼品。来的客人，多多基本上不认识。这个局长、那个厂长、书记、秘书等等。一时间，屋子里麻将声、谈笑声，声声不绝。

多多问大母，说："幺姑家怎么这么多客人？"

"他们家，年年过节都这样，你姑父当官，来的人多。"

到了吃饭时间，大家就齐聚饭店用餐。基本上当官的一桌，其他的人随便就坐。除了自家亲属，更多的是互不相识，都是因为覃海涛，而坐到一起用餐。餐后，在饭店的茶室打麻将的继续打麻将，喝茶的喝茶。

多多看着如此景象，觉得这些离自己太远了。原本想与姑父以及陈晓和陈落梅一起好好待一会儿，彼此间说会儿话，但他们都在陪其他的客人。她吃过午饭，休息一会儿后，在给大母准备了拜年的礼物后，直接走了。

这两年在城市过年，多多基本上没有体会到年味。当红琼告诉她，父母问她们这个春节回不回家过年时，她才想到，是有些日子没回了，但并不想回去。她问红琼回不回，红琼说，你回我就回，你不回我也不回。

多多算了算时间，已经不到一个月就是春节了。

她想到了几年前在家过春节的情形。那时，为了迎接新年，村民们早早就开始了准备。一进入腊月，家家户户就开始杀年猪，做成腊肉、香肠。人们在烧柴灶的灶门上方，将新鲜的腊肉、香肠串上绳，从梁柱上悬垂下来，利用每次生火煮饭时伸出灶门的火舌和柴烟逐日熏制，直至色泽变黄。

接着置办年货。年货中吃的穿的必不可少的几样——瓜子、糖果以及一年到头才做一身的新衣服、新袜子、新鞋子。吃的穿的是孩子们的最爱。毕竟这是一年才有的那么一盘。而穿上那一套新装时，也得意！

可以说孩子们吃了腊八饭，就天天盼望着过年，细数着时间。而作为家长，在腊月二十三这天小年一过，就要逐渐忙碌起来，不光是泡糯米推汤圆、泡豆子磨豆腐，以及做圆子、酥肉等，还得打扫整个房前屋后的卫生。对于卫生的打扫也是有讲究的。俗话说“腊月二十四，掸尘扫房子”。扫尘就是年终大扫除。扫尘之日，全家上下齐动手，用心打扫房屋、院子，擦洗家具，拆洗被褥，可以说是里里外外洗得干干净净迎接新年。

据典籍记载，上古就有年终扫除的习惯。据《吕氏春秋》记载，中国在尧舜时代就有春节扫尘的风俗。按民间的说法：因“尘”与“陈”谐音，新春扫尘有“除陈布新”的含义，其用意是要把一切“穷运”、“晦气”统统扫出门。

“腊月二十五，做豆腐。”吃过早饭，把事先泡好的豆子连着水放到磨盘上磨成浆，然后用纱布将豆腐渣沥出来，将豆腐浆放到锅里煮，煮好后，放卤水，使之变为豆腐花。然后准备一个可以滤水的容器，铺好干净纱布，将豆腐花舀到纱布内。最后把豆腐花铺平，用纱布裹好，在上面用重物压住以利于把水挤出。压上一两个小时后，豆腐就做成了。

据说“腊月二十五，做豆腐”，代表着祈福，因为豆腐的“腐”与幸福的“福”谐音。据考证，豆腐是西汉淮南王刘安发明的，南宋的朱熹在其《豆腐》诗中写到：“种豆豆苗稀，力竭心已腐，早知淮南术，安坐获泉布。”

“腊月二十六，炖猪肉”。这一天要筹备过年所需要的肉。过去，物质匮乏，普通老百姓要想吃上肉，是非常困难的，往往在年节中才能吃到肉，故此称为“年肉”。因此，这一天到来时，意义非同一般。人们把猪肉炖好后，把肉捞起来加蒜苔、蒜苗回锅炒，而在炖猪肉的汤锅里，加上海带、萝卜、菜头，做成烫菜。

“腊月二十七，宰公鸡，赶大集”。这一天，家家户户要宰杀自家的家禽。因为“鸡”与“吉”谐音，寓意吉祥如意。试想，在过年时，谁家不愿意图个好兆头！而赶大集，就是去购置还没有购买的年货，比如买对联、门神以及祭祖的香蜡、纸钱等。

“腊月二十八，炸肉丸。”肉丸也叫酥肉。这一天其实不光炸肉丸，还有蒸圆子。圆子的做法非常简单，就是将一块肉宰碎，加上葱、姜、鸡蛋、淀粉、豆腐、食盐一起搅拌，然后放到蒸锅上蒸熟即可。这样可以放到正月十五。而酥肉的做法就是将切成条的猪肉，裹上红薯粉，放到油锅里炸，炸熟即可，也能放半个月。

除夕是年末最后一天，俗称大年三十。这天早餐，要吃汤圆。外形圆滚饱满，象征团圆、幸福。早餐完毕后，杀鸡杀鱼等，准备一年中最为丰盛的午餐。这顿餐要绝对的丰盛，中午吃不完，晚上也保证不能吃完，要剩余一些到大年初一吃，寓意是年年有余。

当午餐快好时，一家之主的男人带着孩子们去坟地给已故的先辈烧香。这时的家庭主妇在家给灶神爷敬香。等一家之主带着孩子们给先辈烧香完毕回家，饭桌上已经摆好了丰盛的午餐，酒肉俱全。这时，男主人虔诚地敬先辈。敬完后，一家人才上桌吃饭。

午饭结束，贴春联、门神，然后就是一家老小要洗澡，洗完澡后，再将换下的脏衣服都洗掉，意思是洗去一年的晦气。

到了晚上，吃过晚饭，一家人围坐在一起看电视。但在十二点之前，要把家里打扫得干干净净，并把针藏好。因为初一不扫地，忌动针线，同时初一不能扔垃圾，意思是说把财扔掉了。如果初一打碎东西，要说岁岁平安。

12点整时，燃放爆竹辞旧迎新，意思是避邪。爆竹放过后，孩子们与家长或长辈守岁。这晚上也是特殊的，可以终夜不睡。家长或长辈要给孩子们压岁钱，孩子们拿到压岁钱后可以找邻居孩子一起耍钱，搞点小赌博。而这天晚上，乡邻多半会聚在一起，来个聚众“赌博”。

大年初一的早饭也是吃汤圆。但在吃早饭之前，一家老小每人都要喝十二口凉水，据说喝了这十二口凉水，一年到头再吃生冷的东西，肚子也不会疼。

而在大年初二的早饭却与初一截然不同，要吃面条。寓意是风调雨顺。吃过早饭后，开始了春节期间第一个拜年日，亲戚之间相互走动。根据亲戚的多少，这样的拜年基本上要持续到正月十四、五。

正月十五这天，是最为热闹的，因为有舞龙灯闹元宵活动。十多个只穿裤衩的壮汉子挥舞着长龙在街上出现，街道两边人声鼎沸，花炮齐鸣，舞龙汉子们毫无怯意穿行在礼花之中。

舞龙起源于汉代，最初是祭祀祖先祈求风调雨顺的一种仪式，后来逐渐成为一种文化娱乐活动，到了唐宋时代舞龙已是逢年过节时常见的表演形式。有关舞龙的习俗也不少。

每条龙配有两个花灯、一个龙珠（俗称“龙宝”）、一套耍锣，一个说吉利的人（俗称“叫口”）走在前面带路舞龙。

龙必须是在每年的正月初九早上装上龙头，并由当地德高望重的人给龙点睛后方得出行，因为龙乃江河湖海中之神灵，第一件事是到河边祭拜河神，祭拜完河神后就是祭拜龙王庙。然后在初十、十一、十二的白天给家家户户拜年（俗称“捡街”），拜年时不分富贵贫贱、大街小巷，必须挨家挨户拜完。

正月十五晚上家家户户备齐烟花，每当烧龙经过自家门口时，都点燃烟花烧龙以祈求自家繁荣兴旺平安。

正月十六早上“扫瘟神”，龙在正月十六早上必须把场镇内的每一条街道、每个角落走遍，送走人们身边的瘟神。最后是送龙归海，也称“罢龙”，即在河畔点上香蜡将龙头、龙尾烧掉，将龙身送回龙王庙，待来年再扎新龙用。

因此，元宵闹完后，表示年也过完了，人们又开始了新的一年的新生活。

已经习惯在都市生活的多多对那种独特的情节渐渐淡忘了，她不愿意回家，也不想回家。觉得过年回家，不过是走走亲戚，然后花路费钱，她觉得不值当，不如把路费给父母作为过年钱。

如果那个家给予了她很多的爱，她想，她是想回去的，然而，那个家是她最不想回去的地方，因为童年的苦涩一直在伴随着她。既然，父母那么想有个儿子，那就让他们的儿子陪伴着他们过年好了，因此，春节多多没有回家，红琼也是如此。

第四十六章　一夕相处已倾心

成都的麻辣烫是城市一大特色。一位妇孺皆知的方言单口相声演员李白清曾讲过一个脍炙人口的打油诗来总结成都人的生活方式：打点儿小麻将；吃点儿麻辣烫；炒点儿渣渣股（渣渣意为极小，小到可以忽略不计）；看点儿歪录像。这个段子流传已广，而且极为传神。只不过还有两样成都人生活中不可或缺的事情没有提到：泡茶馆和摆龙门阵。

成都人打麻将、吃火锅、喝茶、摆龙门阵皆有一个共同特征——扎堆儿。

麻辣烫对于红琼和多多来说也是非常喜欢的。湖南人怕不辣，贵州人辣不怕，川妹子不怕辣。姊妹俩坐在麻辣串串香店，一边涮着麻辣烫，一边聊着天。

串串香店的客人不少，屋子里每个桌都坐满了人，就连门外也摆上了临时的桌子供顾客就餐。有的人脱了上衣，光着身子，大汗淋漓地一边吃着串串香，一边不停地大滴大滴地流汗水。人们三五成群，或者两个一伙伍围在桌边吃着火锅，那种场面甚是壮观。

火锅里冒出的浓烟，也分外壮观，人们仿佛在烟雾缭绕之中，有一种神秘之感。

突然红琼问多多："你跟李沐现在怎样了？没见提起他。"

"没怎样。"

"你不喜欢他，还是他变心了？"

"不清楚。"

"妈妈说他都退伍了，你有啥想法？就没想过喊他到成都来吗？"

对于李沐的情感，多多很是纠结。她知道，李沐是爱她的，但她不想以后的某天，如果因为自己头部的问题，成为了他的负担，她希望李沐能把她忘掉，更希望他能幸福。

多多头部受伤的事情，没有对任何人提起，就犹如在兰州那晚遇到的险情一样，她认为，谁也靠不住，说了又有什么意思呢？她宁可一切自己咽下，也不想告诉任何人。多多在很多时候，是把自己的内心封闭起来的。

“现在没想清楚。”

“你要是不同意，就直接跟人家说，免得人家等你。你也知道，在老家，年龄大了，就不好搞对象了。”

姊妹俩谈得正欢，多多的手机响了。

红琼说：“你的电话响了。”

多多从挎包里拿出手机，看了看，是一个有点印象的号码，但因没有存姓名，也不知道是谁，犹豫了一下，接通了电话。

“你在干啥？在哪里？很忙吗？我给你打了好几个电话都没有接？”对方一股脑地说了一串疑问。

多多听出了是他的声音，说：“我没听见。”

“在干吗？”

“和我姐吃麻辣烫。”

对方哦了一声，接着又说：“在哪里吃麻辣烫，我也想吃麻辣烫了。”

“我们快吃完了，你自己找个地方吃吧。”多多的态度不冷不热，她不希望他的到来，于是委婉地回绝着。

“算了，我不吃了，反正我也吃过饭了，说说你们在什么地方吧，我来接你们。”

“不用不用！”多多接连说了两声。她不希望陈若愚出现，再说了，自己与他仅仅是认识，一旦陈若愚到来，还不知道如何给红琼解释，多一事不如少一事。

“这几天都忘记我了吧，电话都不来一个！”

“我忙！”

“看来今天是见不着你了，这样吧，明天上午你有时间吗？我们见个面。”

“啥事嘛？”

“难道有事才见面吗？我想你了，这个可以算事吗？”

“别开这种玩笑，好了，我要挂了！”

“还没回答我呢！”

“行。”

“中午接你一起吃午饭!”

多多挂断电话，红琼追问着：“谁给你的电话?”

“同学，说了你也不认识，邀约我明天中午一起吃午饭。”多多撒了个谎，不想让她知道。

“你的同学真多，反正我也不想了解那么多，你的生活真是丰富多彩，你知道简建设怎么开玩笑说你吗？说红琼，你妹的男朋友多得就像脚上换的袜子那么多。”

提到简建设，多多对他的印象非常好，一天到晚笑呵呵的，简建设对人热心，在生活中，对多多和红琼姊妹也照顾不少。他脾气好，打牌无论输赢，都一个脸色。

去年年底，简建设发了工资后，赶上元旦的假期，原本计划买个VCD回家，结果在发工资当天下班后，被多多、李善英、覃富强喊上一起打麻将。起初简建设不愿意，说买完就回家去。多多说，简叔，先打麻将，再去买VCD，或许咱们牌桌上会送你一个。简建设经不住几个人轮番游说，心动了，最后的结果是把VCD的钱输出去了。

简建设打牌确实输了不少钱，基本上每月的工资会输掉一半的。即便这样，他还是喜欢打牌。只要有人喊他，他经不住劝。据说有一次抓赌，简建设还差点被带进派出所。后来经核实，他们没有赌钱，才算完事的。

事实上，他们是赌钱的。只是他们听到外面的风声以后，赶紧把钱扔进了垃圾桶，然后把报纸撕成条，每人的下巴上用口水沾了几条胡子。这样一来，派出所来查赌，也可以说打牌玩的。

乐观、开朗的简建设即便输钱了，笑容依旧堆在脸上。他说：“钱嘛，纸嘛，钱是王八蛋，用了又好赚!”

钱输掉了，没买VCD，简叔就没回家。接下来几天，大家都拿这事调侃他，但他依然笑呵呵地说，别着急！几天后，简叔又把VCD的钱赢了回去。

“事实上他们都不是我的男朋友，要是把他们发展成我的男友，我还得好好想想呢，谁的条件符合我？我想要那种高富帅的!”多多开着玩笑地说着。

“那我就等待着你的好消息了!”

“你也赶紧加把劲，把自己嫁出去吧！”

“我倒想把自己嫁出去，但还没有人要娶我的！”

“放心，我会把你推销出去的！”

为了把红琼“推销”出去，多多可谓是费了不少心思。她向干妈樊秋霞打探，问她身边有没有适合的男孩，希望能给红琼介绍个对象。

多多与樊秋霞的认识是因为多多在樊秋霞所在的药店设立了专柜开始的。

樊秋霞为人热情，也乐意助人，每当多多不在店里的时候，她也帮着多多卖产品。加上多多活泼开朗的性格，也深得樊秋霞的喜欢。多多可以说是人见人爱的那种类型。

一天中午，多多吃完饭到药店的柜台前站柜，樊秋霞见多多进来，招呼着：“多多，在哪儿吃的饭？”

“味之腴！”

“好地方，一个人在那里吃的啥子？”

“东坡炖肘和凉拌鸡丝，外加一个空心菜！”

“龟儿子真会吃，你晓得味之腴的来历不？”

“有啥故事，说来听听。”

樊秋霞滔滔不绝地讲了起来。她说，苏东坡有两句诗：“算来唯有猪肉好，可惜世人生吃了。”又有人说：“炖肉要肥而不腻，粑而不烂。猛火烧，微火炖，蹄筋不嚼可以吞。”说的就是炖猪肉要恰到好处，食之可口。抗战时期，在成都饮食行业中，以“东坡炖肘”而闻名远近的就是“味之腴”了。

味之腴是合股生意，五个股东没有一个是水食行道的，四个是旧社会的公务员，一个是温江小杂货商店的老板。这家馆子五个股东，龙道三和李敬之是成都人，吴思诚、吴莹琦、吴世林三个是温江人。五人当中，有四个都是读过点线装书的，其中一个还读过四川大学中文系。斯文一堆，吟起苏东坡“慢着火，少着水，火候足时它自美”的名句来，议定从“腴”字上命名。腴者肥也，切合炖肘子的特点，于是味之腴的雅号就诞生了。

由谁写招牌呢？当时成都写家很多，有说请谢无量，有说请余沙园，东不成西不就。最后有人建议：“与其去求这些人写，不如就找发明东坡炖肘的苏老先生为妙！”于是从苏东坡字帖里找来“味之腴食堂”五个字放大使用，果然奏效，招徕了不少文人墨客。进得味之腴，颇有斯文之感。

馆子的主菜是东坡肘子、凉拌鸡丝，一个肥，一个瘦；一个味麻辣，一个味醇厚；一个嫩，一个𤆵；一个宜下酒，一个可助餐。既可小酌，又可办席，价格亦不算贵。

樊秋霞讲述起来，犹如整个事件的亲历者一般。多多聚精会神地听着这个故事，仿佛刚才吃的不是一顿饭，而是吃的一种文化。在内心深处，她甚至因为刚才去吃饭的地方带来某种莫名的自豪感！

张邵华在一边收钱一边说：“樊秋霞，别在那里咬文嚼字卖弄了，说的我们都想去吃一盘了。”

“就在这不远，去吃就是嘛！”

“你请客吗？”

“要得，请就请嘛，一顿饭有啥关系！”樊秋霞说完又对多多说：“多多，那里的味道巴适吧？”

“感觉非常不错，里面环境又好，我刚一进店里，服务生就笑嘻嘻地把我引到一张桌旁，把座位给我安排好，取下肩上搭的抹布，立刻把桌子给抹得干干净净，随后摆上筷子和油亮亮的几碟小菜呢。”

“下次再去，喊上我，我请你！”

“我请您吧。”多多说。

张邵华说：“多多，刚才樊秋霞才说了要请大家的，我们就等着她请！”

多多看了看张邵华，又看了看樊秋霞，没有作答。

樊秋霞一脸慈祥地看着多多，然后对张邵华说：“我要是早结婚，也生个孩子就跟多多差不多了，你看多多那双眼睛，圆圆的脸蛋，红润可爱，像个洋娃娃。我要是也有个这样的女儿就好了！”

张邵华说：“你把多多认个干女儿不就解决问题了？”

“这倒是，多多，认我当干妈要得不？”

多多岂能当着樊秋霞的面说不呢，于是乖巧地说：“要得！”

“干妈不是那么好当的，礼物准备好没有？”张邵华说。

“礼物的事情简单，多多，咱们说定了，你是我干女儿了！”

“干妈！”多多喊了一声，表示认同了。

就这样，多多就成了樊秋霞的干女儿。自那以后，樊秋霞的家就成了多多常去的地方，樊秋霞有什么好吃的也给多多留着，俨然成了一对母女。

与樊秋霞相处久了，多多也了解了她的生活。除了上班就喜欢打麻将，有个儿子与多多相差三岁，十三岁就跟着父亲学中医，现在也在药店坐诊。

樊秋霞喜欢多多，还有个原因，那就是从多多身上散发出的文学修养。也就是人们常说的“腹有诗书气自华”！因为樊秋霞年轻时，也是个文学爱好者，而且写了不少诗。她有事没事的时候，喜欢与多多聊文学、谈诗歌。

最初，多多跟樊秋霞说自己是农民出身，樊秋霞一点都不相信，她认为多多举手投足之间有一种优雅和气场，那是她见过的农村女孩中没有的。直到她看了多多的身份证后才真正相信了。这大概是跟多多喜欢读书有一定的关系。还有一个原因，那就是在都市的生活中，她的着装也开始了都市化，所以，她在悄然地改变着，而这种改变就像灵魂深处的改变，虽浑然不知，却又真实地进行着！

多多与樊秋霞成了有话可谈的一对母女。为了红琼的婚事，多多也把这个事情告诉了樊秋霞。但从来不把自己感情的事情告诉她。

樊秋霞说：“我也不喜欢串门，单位里也没有其他同事的孩子与红琼同龄，我看，干脆去婚介所吧，那里兴许能找到合适的男孩。”

“婚介所？”多多第一次听到这个新鲜的名词，非常吃惊。

“是啊，婚介所就是专门给单身人士提供婚姻服务的。”

“那里的人可靠吗？”

“只要进入婚介所征婚的人，他们的身份和资料都是经过核实的，应该没有问题。”

“你怎么知道那里的？”

“我当初离婚后，也是在一个朋友的带领下去了那里，然后认识了现在的这个男人，还是可靠的，可以带你姐姐去那里试试。”

多多有些犹豫了，她感觉，婚介所就是为那些找不到朋友的男女提供服务的，一切都是奔着结婚为目的的。事实上，婚姻都是以结婚为目的的，但是她还是有点不舒服。毕竟，红琼还没有好好地恋爱一场。如果去婚介所登记，就是感觉自己就把自己归类到剩男剩女的行列中了。

对于樊秋霞的建议，多多只说考虑考虑。毕竟这样的事情对于她来说也是陌生的。她不知道，如果自己将这个事情告诉红琼后，她的反应会是如何呢？

第二天中午，多多并没有按照约定与陈若愚见面，她照例忙着自己的事情。是她忘记了时间吗？没有！是她不太愿意与他见面！至于为什么原因，她自己也说不清。

陈若愚对于多多的失约并没有表现出不高兴，相反还在电话中关切地问，是不是累了，累了就好好休息，同时叮嘱她："要知道，有个人在默默地关心着你！"

多多出于礼貌，对他说了声谢谢，然后说我很忙挂了电话。陈若愚并没有死心，晚上接着来了电话。

第三天上午，多多还没起床，陈若愚又来了电话，先是说关心的话，最后才说希望见她一面，有事找她。多多说有什么事情就在电话里说吧。

陈若愚说："这么怕见我，难道是怕我把你吃了吗？"

多多听他这么一说，说："见就见吧，我才不怕你！"

陈若愚笑了笑，说："你在家里吗？我来接你！"

多多嗯了一声，接着又说："你不上班吗？"

"下班了。"

"几点就下班了？"

"快十二点了。"

"啊！"

"你是不是还没起床哟？太阳都晒到屁股了。"

"早起了，好了，我壶里的水开了。"多多借故挂断了电话。

放下电话后，多多伸了伸懒腰，她没想到，这一觉睡得这么沉。再看看身边的《简爱》一书被压皱的页码，她整理了一下，放在了床头柜上。这本书是英国著名女作家夏洛蒂·勃朗特写的。书中讲述了一位从小成了孤儿的英国女子在各种磨难中不断追求自由与尊严，坚持自我，最终获得幸福的故事。

这本书是两天前在图书馆借书时，看了这本书的简介，被里面的故事深深吸引，于是毫不犹豫地借下了这本书。

图书馆是多多闲暇之余最爱去的地方之一。第一次知道新南门附近的图书馆还是多多所住的一条街上的街坊"眼镜"告诉她的。

最初，多多也不知道他叫什么名字，大家都习惯喊他"眼镜"，于是

“眼镜”就成了他的一个绰号。

多多曾坐过几次他的三轮车，渐渐熟悉起来。眼镜告诉她，他以前在宕渠山东村当过知青，后来知青回城，进了集体企业工作，当了一名机械工人，后来单位响应减员增效的号召，一部分职工被迫下岗了，他属于其中之一。下岗后，年龄说大不大，说小不小，也四十出头了，加上上有老，下有小，老婆也没正式工作，一家生活压力很大。原本想在成都找个工作，哪知工作不好找，干脆租间平房住着，买了一辆三轮车蹬起来。逢年过节回一次家，还说，熬到退休就好了。

多多听他说到山东村，感到有些亲切，说：“我老家就是那个地方的。”

接着眼镜说出了他在那个村认识的一连串人的名字，其中也说到了多多的父母和同下乡的知青刘梅芳。他还问了多多关于刘梅芳的情况。多多说，具体情况她也不清楚。多多问他叫什么名字时，他说叫张志行。

多多这才知道了眼镜的名字。眼镜说，除了拉活，比较喜欢读书，每天基本上是手不离书的。还说，他喜欢看书，但他家的孩子读书不行，现在在一个技校读书。

这个眼镜其实也很热心的。有天，他看见多多在新南门的桥上买地摊书，就告诉她说买书不划算，看完就放到一边了，最好去图书馆借书，一个借书卡一年才十二块钱，每次可以借三本。如果觉得三本太少，就办两个借书卡。后来还把这个图书馆的详细地址告诉了多多，于是多多就成了那里的常客。那个图书馆为何收费这么低，是因为它是国营图书馆。

图书馆的书非常多，古今中外的名著都有，多多每次都要选上几本自己喜欢的书来读。巴尔扎克的《欧也妮·葛朗台》、雨果的《巴黎圣母院》、司汤达的《红与黑》、海明威的《老人与海》等，都是在这个图书馆借来读完的。但她感到最亲切的还是高尔基的自传体“三部曲”小说《童年》、《在人间》、《我的大学》。因为从高尔基的书中，她仿佛看到了自己的影子。高尔基只上过两年小学，从 11 岁起，就为了生计在社会上奔波，当过邮差、售货员、面包店学徒等，而多多也只读过初中，从 15 岁起走向社会，开过理发店，做过售货员，送过报纸等。她和高尔基一样，都是“社会大学”毕业的。从高尔基的书中，多多感受到文学原来离自己是那样近！从高尔基的成长经历中，多多对自己也更加自信，充满信心。她相信，只要自己像高尔基那样，注意观察和体验生活，不断积累素材和经验，勤奋创作，最终一定能实现自己的梦想，像高尔基一样成为一个作家。

多多白天要努力工作，只有晚上睡觉前看书，常常是要么看着看着睡着了，要么就不知不觉看到了天亮。这样的事情在多多身上时有发生，当然，这取决于多多对第二天工作的安排。

“砰砰砰”的敲门声响了起来，多多赶紧去开门。她走到门口，从门上的猫眼向外看了看，然后开了门。

多多说：“你在门口等我一会儿。”

“不让我进来吗？”陈若愚问。

“暂时还是别进来了，就在门口等着吧。”

陈若愚做了一脸无辜状，说：“我进车里等你。”

五分钟后，多多梳理完毕，焕然一新地从屋子里走了出来。

多多刚坐稳，陈若愚就发动车子，一下开了出去。他一边开车，一边问：“中午想吃什么？”

“没想好。”

“那意思就是按照我的安排了吗？”

“没问题。”

“你的话很珍贵吗？”

“怎么讲？”

陈若愚侧过脸来，看了看多多，笑着说：“每次就三个字，还不珍贵吗？”

多多听后，无声地笑了笑，她的笑容很甜，略带羞涩。

陈若愚又说：“咱们到茶楼去吃饭，顺便喝茶。”

“嗯！”多多应了一声。

车子东转西拐绕过小巷，穿过大街，来到了人民公园附近的一家欧式茶楼前。

门口的保安见车子驶来，立马上前说：“这里不对外停车，只有到里面消费才可免费停车。”

“就是到里面消费的。”陈若愚说。

陈若愚停好车，多多才从车上走了下来。多多跟在他的身后，穿过大厅，朝里面的房间走去。大厅比较宽敞，但非常安静，客人稀少，人们或两个一起，或三个一起围坐着，悄声细语地嘀咕着，多多听不清楚他们在说什么。

大厅的光线比较暗淡，刚从外面进来的多多有点适应不过来，在进那个门上写有水月间的屋门口时，多多差点摔一跤。

陈若愚眼疾手快，将她抱住，才避免了这个险情。然而，就是他这一抱，彼此四目相对，让多多别提有多羞涩。她的心在怦怦跳着，当她还没有反应过来时，他的唇又堵住了她的唇。

多多本能地挣扎了几下，越是挣扎，他抱得越紧。

这个吻，让多多一阵战栗，这是她有生以来，第一次被一个男人吻了，也是她第一次与一个男人如此亲密的接触。

而那个与她通信三年的李沐，与她也没有如此亲密地接触过，顶多就是牵手而已。

大概过了一分钟后，他松开了她，然后拉着她的手进了屋子。多多很不情愿地被他拉着。

他们刚落座，服务生不知道从哪里冒了出来，上前递了一个单子，上面有快餐、饮料以及一些小零食。

陈若愚翻了翻菜单，然后递给多多，说："点你喜欢的吧。"

"还是你点吧。"多多又递给了他。

陈若愚熟练地点了一些食物，服务员转身出去了。

多多憋了他一眼，意乱情迷。

陈若愚站了起来，来到了多多身边，他的手有些不安分地搂住了多多的腰，多多赶紧往里面移动了一下。

"就这样让我搂着吧。"

此时此刻的多多，没有了任性，乖乖地坐在他的身边。她能感觉到他胸膛的热度，一种从来没有过的感觉传递到她身上。

多多仿佛把自己迷失了，迷失在了他的怀里。

他把嘴移到她的耳边，吻着，然后想再次亲吻她的唇。

她迅速地将头转了过去，似乎是一种本能的反抗。也许，多多还不适应，而这一切来得也太过突然。

他见好就收。他看多多有些反抗，于是换了一种坐姿，但他的目光一直停留在多多的脸上。当多多也去看他时，四目相对，眼神中有了别样的情愫。

多多从来没有这种感觉流淌在心里，她不知道这是为什么，难道就是传说中的爱情吗？那是一种相互吸引，猛烈燃烧。多多努力压抑自己对他萌生的情感，害怕自己一旦投入，就容易被烧成灰烬。

他突然说：“我好想要你，见到你的那一刻起，我的脑海中常常浮现你的身影，因为你，我找到了久违的感觉，是你激发了我的创作激情。”

“我不懂你的意思。”

“我相信你懂的！”

“我真的不懂！”多多是心里明白，装作糊涂的。

多多知道，自己至少对他是有感觉的，只是不敢承认而已。

这时，服务生端来了食物。陈若愚说：“先吃饭吧，这问题暂时可以不回答。”

多多没有说话，安静地吃着午饭。陈若愚时不时地往她碗里夹菜，还一边说：“多吃点。”

多多一直没有说话。接着他又说：“我多希望你时刻都在我的身边，就这样安静地在我身边，哪怕不说话，也是一种享受。跟你在一起，是我从来没有过的那种感觉，这也是一种幸福！”

陈若愚说了一大串表白的话，多多抬起头，看了看他，说：“你发神经啊！难不成爱上我了？”

“当然，你可以摸摸我的心，为你在跳！”陈若愚说着就拉起多多的手，让他摸他的胸口，多多赶紧缩了回来。

“我贫嘴贫不过你，不跟你说了！”多多说完，就赶紧将碗里的最后一口饭吃完。

陈若愚问：“吃饱了吧？”

“嗯！”

“那咱们再坐一会儿，聊会天再走。”

“时间不早了，也该走了。”

“咱们谈谈诗吧，你不是喜欢诗吗？”

是的，多多喜欢诗，也读了不少著名诗人的诗，古今中外的都有。比如印度诗人泰戈尔、法国诗人兰波、德国诗人海涅、中国诗人海子等。想到那首《世界上最远的距离》就是泰戈尔写的：

世界上最远的距离
不是生与死的距离
而是我站在你的面前
你不知道我爱你
世界上最远的距离
不是我站在你面前
你不知道我爱你
而是爱到痴迷
却不能说我爱你

所以，当陈若愚提到谈诗的话题时，多多没有拒绝。陈若愚告诉多多诗歌的创作形式，以及自己诗歌创作的一些心得体会。同时，他希望多多也能创作一首给他听听。

于是多多就以《茶园里》为题目，创作了一首：

无论何时
也难以追溯
这瞬间的永恒
我的初吻
你吻了我
那是我初吻
在夏天的某个中午
在一个欧式的茶园
茶园就在成都
成都是地上的一座城
你我是这座城市中的一员

第四十七章　转身不说再见

外面屋子里烟雾缭绕，麻将声说话声，时不时地传到了多多的耳朵里。她坐在一把椅子上，手里拿着一本哲学书在预习。见外面的声音实在太吵了，便走上前去，将房门关严。

前脚刚关上房门，后脚就被人打开了。多多回过头去，见红琼垂头丧气地进屋了。

看红琼的脸色不太好，多多试探地问："怎么了？"

"这个星期鬼起火，生意太不好，今天就卖了一样东西！"

"你就为这个不高兴吗？"

"是啊，简直气死我了！"

"嗨，我还以为是啥事呢？放心，明天肯定生意好。"

"我明天去文殊院烧香，求菩萨保佑我生意好。"

"真是没事找事，难不成菩萨真能显灵？"

" 我去过几次了。"

"心诚则灵，不要生意不好就去烧香，你这样做的话，到时菩萨就怪罪你了！"

红琼去文殊院烧香有好几次了。最初，红琼并不知道文殊院这个地方，只是听别人说的，后来回家问多多，多多心想，红琼没去过文殊院，就带着她去了。毕竟，文殊院是成都的一个著名景点，是川西著名的佛教寺院。多多已经去过几次，她最喜欢到那里喝茶。传说清代有人夜见红光出现，官府派人探视，见红光中有文殊菩萨像，便于康熙三十六年（1697 年）集资重建庙宇，称文殊院。

文殊院坐北朝南，建筑面积 11600 平方米。天王殿、三大士殿、大雄宝殿、说法堂、藏经楼庄严肃穆，古朴宏敞，为典型的清代建筑。两旁配以禅、观、客、斋、戒和念佛堂、职事房，形成一个封闭的四合院。

院内还有大小300余尊佛像，无论是石刻、铜铁铸造，还是木雕泥塑，均具有文物艺术价值。文殊院还珍藏有许多珍贵文物和佛经、文献上万册，如院僧先宗等3人于每日清晨刺舌取血书写的“舌血经书”；明神宗的田妃绣的千佛袈裟；清杨遇春长女以自己头发绣制的水月观音。院内所藏唐僧玄奘顶骨尤为珍贵。1942年在南京发现三块唐僧顶骨，现一块留存南京，一块送西安，因成都是唐僧的受戒地，一块就送到了成都。

“你不是也去过那里几次吗？”

“我是去喝茶，不是烧香拜佛的。”

“我可不能跟你比！”

“算了，就此打住，不说这个话题了。”

“对了，今天刘秀芝让我这周末陪她一起去相亲。”

“哪个刘秀芝？”

“就是我柜台旁边那个专柜的服务员。”

多多知道她。她是遂宁人，来成都好几年了，一直在专柜做服务员。年龄与红琼相仿，待人热情，工作认真，是她的一个表姑最初把她带到成都的，然后给她找了这份工作。

她的表姑也是农村人，最初在成都打工，后来嫁了个本地人，就这样留了下来。她留下来后，为了家族的发展，把刘秀芝带出来了，目的就是希望刘秀芝也嫁出来，这样就可以摆脱当农民的命运。

在农村，类似的现象很多，只要家族里有一个出来了，就想方设法将家族里的其他人也带出来。

“哦，人家相亲，你去不是当灯泡了？”

“我也觉得不好，但刘秀芝就是希望我陪她去，她表姑本打算也陪她去的，因为有事去不了。”

“你就别去瞎掺合了，你去了，要是人家给弄误会了，多尴尬啊！还记得我上次的经历吗？就是陪我同学去相亲，结果人家把我看上了，没看上我同学，结果把我同学的那次相亲搞砸了，搞得我感觉总欠人家的。”

“知道了。”

提到刘秀芝的婚事，多多想到了樊秋霞不久前给她出的主意，让红琼去婚介所征婚。

多多说：“刘秀芝都要去相亲了，干脆你去婚介所征婚吧。”

“什么是婚介所？”

“就是给没有对象的人介绍对象。”

“人家又不认识你，怎么给你介绍对象？”

“这需要你带着照片和身份证去婚介所登记，然后把你找对象的要求说出来，然后婚介所的人会根据你的情况，推荐适合的人给你。”

“人家凭啥给你介绍对象？又不认识，也不是熟人？”

“有做这方面职业的人。”

“他们靠什么获得收入呢？”

“去征婚的，都要交会费的，听说一次交一百元。”

“你怎么知道得这么清楚，你去过吗？”

“我找干妈给你介绍对象，她说没有合适的，告诉我，让你去婚介所征婚。”

“我才不去呢，去那里丢死人了！你想，照片放到人家那里，多少人都会知道的。再说了，我还没到三十四十的，也不是真嫁不出去。”

“不过，离三十也不远了。”

“这个东西是急不得的，缘分到了自然成。”

红琼的话也有道理，多多看着她，若有所思。她是真的想帮助她，但有时却是无可奈何！

红琼虽然话是这样说，但内心里还是多少有些着急，毕竟，二十好几没嫁出去在农村不多见。每次父母跟她通电话，免不了都会说上一句，你看，在家里给你介绍的某某，人家都结婚了，现在找的那个姑娘也不错的，现在一起打工挣钱了，你看你，东选一个，西选一个，到时不如介绍的第一个。

每每这时候，红琼也会有点后悔，是不是自己真的放弃了一种选择呢？但当她看到身边还有比她年龄大的姑娘没有结婚，又多少为自己找到了不是理由的理由。

红琼虽然没读过多少书，但心气也是很高的。她也希望通过婚姻改变自己当农民的命运。因此，有别人给她介绍对象时，开出的首要条件就是不找农民，只要是城市人，哪怕家里没房没钱都成。当然，要找的对象最为重要的还是要彼此有感觉，如果没有感觉，再好的条件她也不会同意的。

这之前有一个例子。与红琼同在一个商场上班的同事，给她介绍了一个小伙子，那小伙子就是成都市的居民，在家里也是独子，父母都是公务员，而且年龄只比红琼大两岁，还有份事业单位的工作，红琼听同事说了也认为不错，于是在同事的引荐下见了面，见面的当天还有那小伙子的父母。

那小伙子及他父母对红琼的印象不错，而且那小伙子的母亲知道红琼是农民后说，无所谓，只要与我儿子有缘分，户口到时我们给办理进城就是了！

但红琼对那小伙子的印象不是太好，主要是他长得太胖了，见过几次面以后，红琼实在无法接纳这种类型的人，于是就躲避对方，几次下来后，对方也感觉红琼对他的疏远，这事就在不知不觉中淡化了。

有种感情像膏药一样，既让人感到清凉舒服，也会让人惦记牵挂。

与陈若愚相处的时间多了以后，多多被他的才华横溢、知识渊博、成熟稳重所吸引，多多感觉跟他在一起，有一种舒适和安全的感觉。

时间总是一分一秒不停地滑过，多多与陈若愚的情感也在不知不觉间升温。陈若愚的呵护，让多多感到一种幸福！

他们只要有时间就在一起，彼此谈论着各自的所见所闻。在陈若愚的眼里，多多像一个可爱的孩子，是需要呵护的。

多多在他的面前也足够放松，就像多年前就认识一样。她可以在他的怀里撒娇，可以任性，没有任何的约束。有了他以后，多多的生活好像在以他的脚心为圆心，以他的身高为半径。

没有事的时候，多多总爱与他一道探讨文学，把自己写的文章交给他修改，他也会给她提一些建议，比如：五言诗和七言诗的写法，现代文的写作方法又是什么？绘画的要领、格局、要注重哪些等等。他有时更像是她的老师，而不是她的恋人。

人们都说恋爱中的女人是傻瓜，也许真的是。只要是陈若愚的建议，多多都会很好地采纳。要是放在之前，多多一向坚持自己的观点，任何人的话都不会听的，那种四季豆不进油盐的多多如今在陈若愚的面前败下阵来。也许，这就是爱情的力量，它会战胜一切。多多在爱的人面前，改变了自己，也许她不会承认，但有些改变是在不经意间完成的。

记得有一回，多多写了一篇散文和一首诗，在陈若愚的修改下变得面目全非。

那次是陈若愚第一次帮她修改文章；那次是多多第一次去他的单位；那

次去他单位，也是陈若愚找的借口让多多去的，说有东西交给她。电话中多多问原因，陈若愚说到我这里来了就知道。

其实，陈若愚的单位离春熙路不远，多多常常路过他的单位门口，但她从来没有进去过。每次都是匆匆而过，但也会忍不住朝里面望望。

坐在沙发上，多多看着被修改的作品，说："你懂不懂，我的主题思想，你改得没有我的痕迹了，俨然就是你写的。"

陈若愚从办公桌的椅子上起来，走到多多身边坐下，说："既然让我修改，就得用心修改，我不是胡乱修改，每个修改的地方都是有原因的。"

"原因你个头！"多多说到这里的时候，还忍不住给了他两拳。陈若愚一下抱住了她，说："别忘了，在文学创作上，我肯定能当你老师的，再说了，我念大学时，你鼻子还横着擦呢！"

"哼！"

"还不服气！"陈若愚捏了捏她的鼻子说。

"总有天我一定超过你，到时，一定当你的老师！"

"我等着这一天哈！"陈若愚呵呵地笑着，接着又说："我的办公室怎样？"

多多这才仔细地看了看。办公室大约有二十平米左右，两个书柜挺立在墙边，宽大的办公桌上摆着台历、书、资料等，墙壁上有几幅字画，其中一幅画上署名陈若愚。

她走到署名陈若愚的画前，说："这是你画的吗？"

"怎么，不相信？"

"只是问问而已。"

陈若愚来到多多背后，用手轻轻环住她的腰，将头靠在她的脑袋上，说："我画得怎样？"

"离我远点吧，我不习惯！"

"次数多了就习惯了，我会让你习惯的。"

"脸皮真厚，赶紧放开我！"多多挣扎着。

"只要你能挣脱出我的怀抱，我就放了你！"

"算我求饶吧。"

"那得有点诚意。"陈若愚指了指自己的脸，意思是希望多多亲吻他一下。

多多装作不懂，说："我没明白意思。"

随即陈若愚侧过脸去，亲吻了多多一下，说："就这样。"

多多无可奈何、蜻蜓点水地亲吻了陈若愚的脸。

"这就对了！"陈若愚放开了她，然后把她拉到书柜前，一边指着一些书，一边告诉她："这里的书你可以随便拿去看，我相信对你肯定有帮助的，特别是一些名著你要多读点，我看你写的东西，天赋很好，就是古文知识比较薄，要补充补充。"

"谢谢你的指点。"

"看着你，心里有种莫名的兴奋，没见着你，总是想着你，好想你做我的女人！"

陈若愚的表白让多多有些措手不及，但也在意料之中。她不知道怎样回答他。她把视线看向窗外，感到自己的心在狂跳着，她深深地吸了一口气，想平静不安的心。

"你想什么？"他面对面地看着她，他的眼里有了深情。

"什么都没想。"多多撒着谎。

"不可能的，我的眼睛是火眼金睛，能洞察你的内心的。要知道，我是喜欢你的！更是爱你的！"

"真的吗？"多多的情感阀门为他打开了。

"是的，骗你不是人！"

爱情需要时间，在时间的流逝里，多多对陈若愚的情感在逐渐增加。自从陈若愚进入了她的内心，她感到了一种爱的快乐与幸福。她把对陈若愚的爱融入到了文字中，一首首的诗，就是爱的见证。

《念你》

失眠了

我俯在桌前

把想你的念

写在

无边的纸上

默默的记念你的名字

回味你的气息

在这夜深人静的夜晚

我孤坐灯前
凝望
你所走过的地方
你的气息
随风
飘扬
窗外的汽笛
打破了夜的寂静
思的活跃
把我
带到了现实的境界
我默默祈求
黑暗请把光明带来

《线圈》
你是一根长长的线
紧紧地把我拴住
你有一个大大的圈
时不时把我圈住
在你的心里
我是你的欢乐
也是你的痛苦
只因
你给了我很多
超越了你的生命
我的欢乐是你的幸福
我的食言是你的悲哀
我的浅笑是你的影子
不知何时
我为你而期待

看着自己为陈若愚写下的诗，多多有些惊诧，原来爱情的力量是这么大，她可以催生很多东西。

徜徉在爱情的时光中，多多写了很多的诗，有对他的思念，以及她的自我感悟。或许多多太过天真、单纯，把爱想象得太过美好与完整，但有梦想难道不好吗？人的一生中总该有些期盼，有些等待。

“多多，告诉你一个事情。”多多晚上刚回家，就被红琼生拉硬拽地拉出门外了。

“究竟是啥子事吗？在家里说不行啊？”多多一边走，一边问。

“家里说不方便，你看，简叔、幺爸他们都在打牌，要是他们听见了不好的，再说八字还没一撇呢！”

“究竟是啥事吗？”

“我有男朋友了！今天他还送了我一个传呼机。”红琼说着，把传呼机拿了出来。她的脸上写着幸福。多多能够感觉到红琼对那个人的满意。

这个消息对多多来说也是个好消息，毕竟这关系着红琼的终生大事。红琼的婚事也是她的一个心事，只要她能找到好的归宿，是她求之不得的。

“快告诉我，他是哪里人，在哪里工作，你们是怎么认识的？”

“我一会儿慢慢告诉你，我把你也告诉他了，他说，让这个周末过来，让我带上你一起吃个饭，也认识认识。”

“迫不及待呢，也好帮你审查审查！”

“相信我的眼光。再说了，我选的人是以后跟我过日子的，我的感觉最重要！”

姊妹俩一边走，一边聊，不知不觉就来到了府河边。河边上人不多，偶尔有几个路人在闲散地漫步。夜晚的府河是美丽的，灯光四溢，五彩斑斓。河水静静地流淌着，不时发出潺潺的声音。

姊妹俩在一个椅子上坐了下来，红琼才娓娓道出她与男朋友相识的经过。

“我和他认识，是我的一个女顾客介绍的，她叫潘虹。那是一个星期前，快下班的时候，一个女顾客来买丰乳器，我对她印象比较深，因为她来我柜台好几次了，每次都是在柜台看看，问她需要什么，就是不回答，好像有点不好意思似的。直到快下班前，见柜台没有人，才过来告诉我，说她想买个丰乳器，但不知道效果如何。我说买的人不少，可以买个试试。看她有些动心，就给她打了个八折，还送了她一瓶丰乳膏！”

“连卖带送的，真会做生意！不过，你这样又打折又送产品，除了交给商场的税费，基本没什么利润了。”

“我让她把钱直接给我，不开票，这不就赚了嘛，你姐姐我可没那么傻，不赚钱的事谁干啊！”

“这怎么就给你扯上介绍男朋友的事情了呢？”

“你听我说嘛！”

“她看我服务热情，就问我多大了，还问我有没有男朋友，家是哪里的，我都如实说了。最后她说，她单位有个小伙子叫万兵，跟她是老乡，万州人，大学本科毕业留在成都工作，也有成都户口，二十六岁，个子一米七出头，暂时住单位宿舍，过段时间买房子。我觉得条件不错，就是自己的条件不如人家，特别是学历，人家一个大学生，我一个小学生，人家肯定看不上我的。哪知，万兵对学历并没有太高要求，说只要人好，对上眼了就行。就这样，在她的介绍下我和万兵见了面，彼此感觉也不错，就交往了。”

“隐藏这么久，也不告诉我！不过还是为你高兴，加油哟！”

“这不是就告诉你了吗，前天我的传呼机掉了，万兵知道后说给我买一个，让我不要买。为了试探他的诚意，我说不用，过几天我自己买，结果他当天就买好了，今天送来的。”

“还挺有心眼的！”多多看着红琼，笑着说。

“那当然，我是跟谁抄社会的！跟着我妹妹抄，不得挨飞刀！”

“那是，我是谁！”

姊妹俩笑了起来，多多说：“众里寻他千百度，蓦然回首那人却在灯火阑珊处！”

“这个事情暂时不要告诉任何人，包括咱们爸妈，免得他们晓得后问东问西的。”

“知道了，我可不是大舌头，真希望周末快点到来，我想看看他呢！”

红琼的事，某种程度上讲也是多多的事，红琼要是有了一个好的归宿，至少爸妈少担一份心，自己也可以少听父母的唠叨。

毕竟，红琼的婚事是家里最大的事情。家里的亲戚，只要一提到红琼都会说，年龄不小了，赶紧找户人家嫁出去。农村那种传统的思想就是早婚早育，早生孩子早打谷。姑娘嫁出去，父母的任务就完成了。

然而爱情是要缘分的，婚姻是要缘分的。红琼与万兵的缘分还只是开始，一切还需要时间来检验。但多多依然希望他们的缘分能开花结果，而不是花开花落！

连下了好几天的雨，今天终于放晴了。早早地，多多起床打开窗户，新鲜的空气迎面扑来，她闭了下眼睛，深深地呼吸了一下。雨后的天空总是那么明净，带给人一种美的享受，也是一种崭新生活的开始。

下午五点的时候，多多在宜瑞药店办事出来，闲散地走在红星路上。一个熟悉的背影进入了她的视线，那不是陈若愚吗？她有些兴奋，大声地喊了几声陈若愚的名字。由于街上人来人往的，对方好像没有听见。

她快步跟上前去，眼见就要追上陈若愚了，突然从陈若愚的右边，一个女人手里牵着一个五六岁左右的男孩，来到他的身边，与陈若愚肩并肩地走着。男孩时不时拉着他的手。

这一幕让多多震惊了，她有些不敢相信，这究竟是怎么了？她呆呆地站在原地，看着他们的背影远去。她的心里有了失落，有了不安。

多多不愿意相信这是真的。但这一切都被她亲眼看见了。她在心里说：难道他结婚了吗？有家庭吗？为什么他没有告诉我？

带着一种复杂的心情，多多漫无目的地走着。她感觉这是一种捉弄，是一种侮辱，是对她感情的亵渎。

默默地走在了人群中，她感到双脚是那般无力。有多少经过她的人群，就有多少曾经的往事。她只想找个没有人的地方，让悲伤与她一起流浪，她不想再去回忆曾经的点点滴滴。她就这样，漫无目的地走着，不知不觉走到了一家舞厅门口。

硕大的“KTV 金色魅力”几个字让多多看了两眼，然后毫不犹豫地走了进去。她想在这个舞厅里释放自己，她需要一个地方进行内心情感的宣泄。

走进舞厅，多多要了一杯咖啡，在一个不起眼的角落坐了下来，然后深深地吸了几口气，她告诫自己，一定要冷静，要平静！

大厅中间稀稀朗朗地有几对男女在跳舞。女人浓妆艳抹打扮时尚，男人则是一副绅士风度，带着女人翩翩起舞。

舞厅里各种声音都有，不时有人吹出口哨，大声喧哗。多多没有闲情理会这些，自顾自地喝着咖啡。好几次她都想独自冲进舞池中间，尽情地跳舞。但往往是心底刚萌发，转瞬就消失了。她还没有那个勇气，她有些害怕在这样的场所里迷失。

也许，她只想在嘈杂的环境中找到内心的宁静。独自一人静静地坐在那里，多多端着咖啡杯思索着，她的脑海里不停地出现先前看到的那一幕。

那究竟是谁？是他的妻子和孩子吗？如果是，为什么不早告诉我？为什么要骗我呢？多多突然有些恨他，更有些讨厌他！

多多的爱情是不允许掺入其他的，就如眼睛里不能容留沙子一般。

多多困惑了，她不停地寻找理由。她想打电话问个清楚，几次拨出号码，都没有按拨打键。她想，要是自己贸然打过去，是不是有种兴师问罪之嫌呢？

她又开始找另一个借口，那一定是自己看错了，或许是自己误会了。也许那个女人和孩子是他的亲戚什么的。多多不停地为自己辩解，一定是看错了，看错了！她是在自我宽慰，还是在自欺欺人呢？

唯一的办法是与陈若愚核实，这一切就会真相大白了。但此时此刻，她却没有那样做。

原本以为在一个不起眼的角落不会被人注意，多多哪里知道，她一出现就进入了另外一个男人的视野。他在多多位子的不远处，静静地看着她。

“小姐，能请你跳一曲吗？”穿着十分得体的一个小伙子走到多多身边，很有礼貌地邀请着。

“不会！”多多摇了摇头说。

“没关系，我带着你跳。”

“我说过，我不会跳。”

“我知道了，你心情不好是吧？从你进来的那一刻起，我就看出来了，因为你的脸上已经写上了不高兴。”那人一边说，一边在多多对面坐了下来。

多多摸了摸自己的脸，说：“真的吗？”

“相由心生的。”

多多哦了一声，算是回答。

“你越是想掩饰，越掩饰不住，你的脸上写起的。其实人生就像这中间的舞台一样，五光十色，不停地变化，你我都是一样的。”

多多环顾了下四周，再看了看对面的小伙子，淡淡地说："你也有不愉快的事情吗？"

"工作上不顺心的时候，我就喜欢来舞厅，看着五光十色的灯影，再看着别人跳舞，我就能调整自己。来这里其实并一定要跳舞，看着别人跳，做个旁观者欣赏也是不错的。"

"应该是吧。"多多附和着。

"你经常来这里吗？"

"不。"

他笑了笑，说："走，咱们去蹦迪，给自己一份轻松。"

"我不会，真的，你去吧。"

他站了起来，毕恭毕敬地做了一邀请的姿势，多多犹豫了一下，站了起来，跟着他去了舞池中央。音乐这时也响了起来，是节奏欢快的迪斯科。

他说："自由自在地跳吧，没有人会在意你跳得好不好，如果跳得好就不会在这跳了，就上电视表演了，这是一种对自己内心压抑的释放，也是一种最好的宣泄方式。"

多多随着音乐蹦起迪来，激动的人们忍不住站了起来，有的站在原地扭动着，有的一边扭动一边挥着手疯狂叫着。

一曲结束，多多有些气喘吁吁了。她径直回到了座位上，猛喝了几口咖啡。

他跟在她的后面，也回到了位子上。他说："你蹦得真好。"

"不行！"

"感觉怎样？是不是放松多了，这也是一种调节。"

多多与这位陌生人就这样不咸不淡地交谈着，彼此没有问姓名和工作单位，只是很随意地聊着，想到什么聊什么。也许，这就是都市人的一种另类生活方式吧！

曲终人散，多多也要走了。他递给她一张名片，说："有需要帮忙的地方找我，上面有工作单位和联系方式，想出去玩也找我，我可以为你免单。"

多多低头看了下名片上面的内容，是旅行社的总经理。说："谢谢，有时间一定找你。"

"能否给我一个你的联系方式？"

"非常抱歉，我记不住自己的电话号码。"

“你打一个电话过来，我就能存上你的号码了。”

多多示意性地摸了摸包，说：“手机不知道忘在什么地方了，放心，我一定联系你！”

其实，多多的手机就在包里，她不想将电话号码告诉陌生人，她更不希望在舞厅里认识的人与自己在私下里还有某种联系。在这种情况下认识的人不过是一个匆匆的过客。今天遇见了就遇见了，分开了就分开了。

“现在时间也不早了，我们去吃个晚饭吧。”那人提议。

“不用，我先走了。”

多多头也不回地走着，但她总感觉有个目光在目送着她。当她走了一段路时，忍不住回过头去，见那小伙子还站在原地。她挥了挥手，示意着，表示再见。

一轮明月高挂天空，少许的星星不停地眨着眼睛。多多抬头望着夜空，心情豁然开朗了。微风轻柔地吹拂着，她感到自己是那么可笑，为了陈若愚与另外的两个人，自己来遭罪受。

“怎么不接我电话，也不回我短信？”这是多多拒绝陈若愚的电话、短信四天后再次接到的一条短信。多多看着这上面的内容，然后删除了。

她，无论如何也无法忘记那个画面，无论如何也无法打开内心的纠结。她知道，自己可以打电话问清楚的，但她还是不愿意那样做。她担心，要是自己打过去的电话不是他接的怎么办？

心里有很多怎么办的时候，多多显得无能为力。为了将陈若愚从心底里彻底删除，她尽量不去想他，他的电话一概不接，短信一概不回。但她心底依然有种失落，有种被欺骗的感觉，同时，感觉自己像个罪人，在伤害着那个女人和孩子。

以前在书中或者电视中才看到的第三者差点就在自己身上上演了。想到这点，多多不禁有些惊诧。她不要做那样的人，那是缺德的事情，自己一定要避免。

然而，感情的事情有时是你无法左右的，在行为上可以左右，但内心深处依然会感到不安和失落的。毕竟是凡人，人非草木孰能无情呢？再说，陈若愚是真正让多多有过心动的男人。

如果心动就可以顺着本心，这也是多多无法做到的。但这个过错不是因为自己产生的，而是陈若愚。是他在欺骗她，更是对她感情的凌辱。越是这么想，多多越发觉得有些难受！难道要找陈若愚给自己一个合理的解释吗？抑或是在他面前狠狠地给他一个耳光，算是彼此做一个了断呢？

多多除了删除短信，难道真的能把他从心底彻底删除吗？也许她能，但需要时间。因为一时半会儿，她还逃不出这个感情的漩涡。

自从看到那一幕后，多多好几个夜晚都失眠了。这个早晨，她很早就醒来了，醒来后，本是拿手机看时间的，结果看到了陈若愚发来的短信。

这短信要是放在以往，她会兴奋得心跳加速。此时，她没有了，只想把他忘得一干二净。

她穿起衣服，起床了。同在一个床上睡觉的红琼被惊醒了，她虚了虚眼睛，问："几点了？"

"六点。"

"这么早起来干啥？"

"我出去跑步。"

红琼说："太阳从西边出来了！"说完就侧身睡觉了。

多多一路上漫不经心地走着，她什么都不想，也什么都不愿意想，只想就这样一直走着。不知不觉，她来到了与陈若愚相识的地方，脑子里全是与他相识的点点滴滴，不停在脑海里翻滚着，那一切就像发生在昨天一样。

多多更希望自己的每时每刻都被其他东西占满，为了能忘记他，她将空余的时间都用在读书上。读书，成了一种解药。这样，她就可以不去思念陈若愚。她想，可不可以忘掉他呢？如果可以，那么时间也可以停止，地球也可以停转，思维也可以终止了！

"你为什么要逃避我？"一个熟悉的声音像从天而降，在多多身边响起。

多多转过身去，原来是他！

他的脸上有着很深的忧郁，与她认识的时候判若两人。没几天的工夫，他变样了，变得消沉，变得落魄。

"你怎么会在这？"多多问。

"找寻与你在一起的点点滴滴。你在躲避我，为什么你不给我理由就判我死刑？你要知道，爱上一个人时，那个人就是你的一片天空或整个世界。"

"那我是你什么？天空？世界？还是你人生的一个暂住点？"

"当然是天空、世界了。"

多多有些气急败坏，说话有些激动，她深深地呼吸着，说：“爱是相互的坦诚呢，还是欺骗？”

“你今天究竟怎么了？问得怪怪的。要我回答吗？爱当然是相互的坦诚，但是，有些时候，也可以是善意的欺骗，爱有时是种无奈。”

“你就是有种爱的无奈是吧，所以你允许善意的欺骗。”

多多的话有些尖酸刻薄，可能触及到了他的某根神经。

他说：“你看到了什么吗？还是听到什么了？”

“我感觉你在欺骗我，老实回答我。”

“有些时候，知道得越少越好，不一定要了解太多。”

“什么可以了解，什么可以不需要知道？”

“我不想让你知道有我的理由！”

“难道希望我做个隐形人吗？你把我当什么了？”

“我这样做就是怕你受到伤害。你要理解我，我会解决好自己的事，我无论对你做了什么，都是善意的。但你一定要相信，我是爱你的！”

“你为什么不早告诉我？你有家庭，你有孩子？”多多带着怨恨，没好气地说着。

“我正在处理我的事情，我会给你很好的答案，相信我好吗？”

“相信你！拿什么相信你？十足的大骗子！”

“我对你是真心的，我对你所做的一切难道是假的吗？你要理解我，我有我的难处，给我机会，相信我一次行吗？”

“我不要听了，你别说了，我不想介入你的家庭，那样带给你的是痛苦，我也会痛苦的，还有很多无辜的人，我不想做第三者。”

“我没有让你做第三者，只是要你给我时间，你不懂，没有爱情的婚姻是不道德的，你为什么还不懂呢？”

“我根本就什么也不懂，还是面对现实，结束吧！我们是走在两条平行线上的人，永远也走不到交汇处。”

陈若愚想搂着多多，但被多多甩开了。说完，多多头也不回地走了。

一路上，她想到了刘书迷曾经给她说过的话，相爱的人都不可能在一起，会遭到上帝的嫉妒的。或许是吧，要不爱怎会永恒，或许就因为她的短暂。多多还想到自己曾经写过的一首诗“无题”中的最后一句，爱情因懦弱而失去，梦幻因现实而消灭。而这不正是自己的情感写照吗？

回顾与陈若愚这段情感经历，喜怒哀乐都有，渐渐地多多也不知道真爱到底是什么？她只知道爱情带给人们的并非都是快乐和幸福，更多的是彷徨与痛苦。

第四十八章　人生就像一场旅行

周末悄然而至。

多多起床后，斜躺在床上，在认真地看书。

红琼比多多还先起床。她先是洗头，然后打开一个箱子，翻出了一件又一件衣服试穿。每试穿一次，就问多多好不好看。

多多每次都说好看。结果红琼东选西挑，最后敲定的还是那套最初试穿的白色连衣裙。

红琼的衣服确定后，又说："赶紧起来吧，收拾完，再吃饭，时间也就不早了！"

"现在才几点啊，不是约好十点才见面的吗？"

"等出门，去约定的地方，就差不多了。"

"对了，你们约定的地方在哪里哟？"

"在他单位十陵。"

"啥！我没听错吧，不是来见我吗？怎么变成我们去见他了，哼！我才不去，十陵太远了！"

十陵在成都的龙泉区，距离市区有十公里的路程，多多曾经去过一次，所以知道那里。那里有个两河森林公园，号称"城西最大绿肺"。公园内分为"森林生态园艺区"、"森林湖泊水网区"、"森林田园景区"、"森林湿地走廊"等7个主题区域，是公园的主要游览地。

看似只有十来公里，乘坐公交，一个单程就得一个小时，还要看是否堵车。

"都跟人家约好了，你不能反悔，再说了，人家希望你去他的单位，说明人家更坦诚，不遮掩的，就一个小时左右，也不是太远！"

"你是不是去过他单位了？"

"是的。"

“算了，今天就算陪你了！”

一路上，红琼都在对多多讲万兵如何如何好，在单位工作不到三年就升职，还说，不嫌弃她是农村户口，也不嫌弃她没有多高的文化。还说，只要红琼满意，他就没说的，对她很满意！

看着红琼的面部表情，多多就知道她已经身处恋爱中了，只有恋爱中的女人的脸上才会生出与众不同的诱人光芒。

这一路上，多多都是红琼的听众，任由她说什么听什么。即便她可能也会心生疑问，因为红琼把他说得太好了，太完美了，但她还是不忍心打断，她希望，这是属于她的幸福！至少，在多多没有了解万兵之前，她是不能发表意见的。

“下一站就到了。”红琼拉了拉多多说，“我们换到车门口去吧。”

转眼就到站了。多多跟在红琼的后面下了车。

“这是多多妹妹吧？”多多还没有反应过来，一个戴着眼镜的男人就站到红琼身边问。

“多多，这就是他！”红琼看着万兵，告诉多多。

“您好。”多多微笑着，也给对方打了招呼。

“最初我和你姐姐商量好，原打算我到你们那里去的，后来想，还是让你们过来，认认门，也可以尝尝我的厨艺，再说，迟早都要过来的。”

多多不知如何回答，潜意识地哦了一声。

红琼和万兵走在前面，多多跟在后面。万兵的个子比较高，圆脸形，高高的鼻梁上架着一副眼睛，身材适中，不胖不瘦，一个三七分的发型倍显时尚。从外表上看，他和红琼还是比较般配的。

几步路的工夫，就走到了万兵的宿舍。

门是虚掩着的。正当万兵去推门时，门被拉开了，一个女人面带微笑地说：“红琼，你们赶紧进来坐，万兵在什么地方接到你们的？”

“车站。”

“多多，这就是潘虹姐姐。”红琼给多多介绍着。

“早就听你姐姐说起你了，很能干，很聪明！”潘虹一直微笑着对多多说。

“别听我姐姐瞎吹！”多多说。

“赶紧坐，休息会儿，马上吃饭。万兵今天起了个大早，先去买菜，然后回来做饭，都弄得差不多的时候，过来喊我帮忙。”

“辛苦你了，万兵。”红琼笑着说。

万兵呵呵地笑着，转身说：“我还得去厨房烧个汤，你陪妹妹摆会龙门阵。”

多多在沙发上坐了下来，她看到客厅的餐桌上摆了一大桌子好吃的，水煮鱼、回锅肉、虎皮青椒、干煸四季豆、剁椒凉粉……荤素搭配，有热菜也有凉菜，可见万兵的厨艺了得。

“这就是万兵的厨艺，今天我们都饱口福了！”潘虹一边从厨房端菜上桌，一边说。

“我也来帮忙吧。”红琼说着，也转身去了厨房。

在潘虹来来回回的几个瞬间，多多打量了她好几秒钟。潘虹个子不高，属于小巧玲珑型，一头卷曲的头发盘在脑后，鹅蛋型的脸蛋，配上一双圆圆的眼眸，给人留下古典的韵味。多多对她的印象比较好，热情、开朗，属于那种容易相处的人。

“不用了，万兵的汤马上就好了。”潘虹说，但红琼已经进了厨房，接着就端着一碗紫菜蛋花汤走了出来，跟在她身后的万兵则拿着一瓶自己亲手榨好的西瓜汁。

“多多，来，吃饭了。”潘虹喊着。

“多多，看万兵的手艺如何?”红琼也问着。

“就是家常菜，有你们捧场，我不胜荣幸!”万兵笑着说。

看着这一桌美食，多多打心底佩服万兵，不但能读书，能找个好工作，还能做一手好菜。这下，红琼算是遇对人了。

大家都落座后，万兵又说：“潘虹姐，你给你老公打个电话吧，让他过来一起吃饭。”

“他今天参加同学的婚礼去了，本来我也要去的，听说红琼妹妹来，所以就来看妹妹了。”潘虹接着又说：“看我们乖妹妹，当姐姐的就是高兴!”

“潘虹他们也住这栋楼里。”红琼进一步给多多解释着，仿佛她什么都清楚似的。

“好了，那咱们开始吧。”万兵说。

一顿饭的工夫，多多与万兵、潘虹熟悉了起来，加上大家都属于川东人，多少还有点乡情。

多多看着潘虹，再看了看万兵，她觉得人与人之间的距离真是不可思议，有时觉得很遥远的距离，往往是近；有时觉得很近的距离，往往是远。红琼与万兵，本是两个毫不相干的人，就因为潘虹的关系，他们走近了，于是，成了恋人！

接下来的时间里，红琼忙着恋爱，与多多待的时间逐渐减少了，有时多多晚上睡觉了，她还没有回来。

多多知道，这样的时候在以后会越来越多。因为，每个人都会有自己的人生，都会去找寻属于自己的生活。

红琼的恋爱看来还是比较顺利的，但多多的情感多少让她有些费尽心力。

她带着对李沐的愧疚，对陈若愚的失望，不断地问自己，为什么会变成这样？自己是怎么了，把自己的生活搞得一团糟。

从前的多多活泼任性，情感上是单纯的。现在的多多是什么样呢？她无法给自己下定义，只觉得自己是那么的不真实，是个容易给别人带来伤痛的人，同时也使自己遍体是伤。她认为，最不应该伤害的就是李沐了，但却真正地伤害了他。而对于李沐的伤害，又是建立在爱的基础上。

有句话是这样说的：情场得意，赌场失意。而多多正是商场得意，情场失意。回顾近年来的历程，她在生意场上可算一帆风顺，学习上又有成就，获得了大专的文凭，而情感生活却是那么的糟糕。再细细想想，到底是自己的错，还是他们的错？其实大家都没有错，要错的是，李沐不该爱多多太深，而多多不该爱陈若愚太深，有家庭的陈若愚更不该爱多多，而最最不该的是，上天不应该让多多发生那次意外！

性格决定命运，也许在多多身上是最好的验证。她决定调整好自己。放手既是让自己重生，也是对过去的遗忘。

人总不能永远停留在过去的那段时光里，人要学会忘记，不要总是记忆。

于是，业余的时间，多多把所有的精力都花在学习上，饱览世界名著，在阅读中行走。

窗外的树叶被雨水打落在地上，较细的树枝也应声折断，大街上的广告牌也被风吹得呼呼直响，人们慌乱地在大街上跑着，害怕防不胜防的树枝或者广告牌砸在自己身上。

多多和刘书迷面对面地坐在蓝洋山茶楼喝着下午茶。她们的位置靠在窗户边上。多多看着雨水滴滴答答地飘落在窗户上，那一定是雨随着风的脚步了，窗户上也有了条条花纹，这也许是因为雨水将窗户打疼了，所以窗户才会流泪的。这样的感觉，就像电影中的某个画面，有些凄美，也有些写意。

“这雨下得真大！风也不小，要是走在大街上，都有些害怕！”刘书迷手捧着一杯茉莉花茶说。

“可不是吗？咱们刚来一会儿就下雨了，还好，没在半路上下雨，不然成落汤鸡了！”多多也说。

“落汤鸡是小事，就怕把路边的广告牌或者什么东西吹落下来，砸在头上身上的，那才倒霉呢！”

“一般不会，这样的几率非常小的。”

“喊你出来喝茶，没有影响你吧？”

“这有什么影响我的？”接着多多又说：“你今天不上班吗？”

“我辞职了。”

“为什么？”多多有些吃惊。毕竟，刘书迷在那家公司已经工作了两年，而且待遇也不错，工作是朝九晚五，也不算太累。

“我想去深圳，想改变下环境，趁现在年轻，出去闯闯，现在是一人吃饱全家不饿，都说深圳不错的，我想去看看。今天喊你出来，就是想跟你告个别。”

刘书迷突然要走了，多多心里还是不舍的，毕竟，她是她非常要好的朋友，她给了多多真挚的友谊。

“你在深圳有熟人，或者朋友吗？”

刘书迷迟疑了一下，说：“算有吧。”

“这是什么意思？”

“我的表姐在广州打工，她的一个堂弟大学毕业后去了深圳，现在深圳的一个电子厂工作，我表姐做媒，把我介绍给了他，他也给我寄来了照片，希望我去深圳。”

“你还没见过他吗？”

“在照片上见过。”

“真希望你们能有好结果，也祝你幸福！”多多发自内心地祝福着。

“但愿吧。我走了，你会想我吗?”

“傻瓜，我当然会想你的，怕只怕你走了后，从此消失了，便不再见我!”

“放心，只要我混出个人样一定联系你，要是混得不好，说不定还真没勇气见你呢!”

“呸!说啥话呢，朋友不在乎穷与贵，有心就成!”

“不说我了，你和他怎样了?”多多知道，这里指的他是陈若愚。

“彼此都是生命中的过客，暂短的停留，然后就分道扬镳了。”

“嗨，真可惜!”刘书迷感叹道。

“有些东西早结束比晚结束好!”多多站起身来说道。然后把目光对准窗外。此时，外面的雨停了，雨后的天空给人一种美的享受，多多将窗户拉开了，一股清新的空气迎面扑来，沁人心脾。

接着，多多淡淡地笑了一下，算是自我嘲讽，说:“每个人的内心都是被包裹着的，别人是无法知道的。或许，在你的眼里我算是个成功的人，有时可以看到我随心所欲的样子，其实不是的，你不知道我内心深处的挣扎。”

也许，相爱的人本就注定了分离。爱是一种痛苦，被人爱也很痛苦。也许，爱原本是为了相聚，而多多与他的爱为的就是分离!

其实，为了忘记不愉快的事情，多多不停地把自己埋在书中与工作中，就是想忘记现实中的自己。生意上的激烈竞争，使多多体会到商场如战场，虽然没有血腥味，处处都是险情，她渴望有人与她共舞，她有时很累很累，也想停下来休息。然而，她不能停歇，因为她的那个摊子没人打理。

虽然多多也在努力地忘记李沐，但偶尔还是会想起他的。她知道，是她要把他放弃的。在她去回想陈若愚的时候，她发现，更多的是他的才学深深地打动了她，而不是自己对他的爱。可她总得面对现实，既然选择勇敢地退出来了，就没有回头的余地。

“一切顺其自然吧，我实在找不出更好的办法帮助你了。”

“这样的事情最后还是靠自己消化的。”多多重新坐在了位子上，平静地说着。

“你呀，表面上看你乐呵呵的，谁知道是一种假象。”

“我是无可奈何，谁让我是穷人的孩子早当家呢。你看这都市里的人，与我年龄相仿的，坐在漂亮的教室里接受知识，而我却在一边挣钱一边学习，为的什么，还不是为自己的明天更好吗？我能怨谁呢？父母？还是怨自己投错了胎？相比而言，你至少还念完了高中的，而我这个初中生，其实更不容易的！”

“你很坚强，就像路边的野花，依然开出了灿烂的花朵，也自有它的芬芳。”

多多听到刘书迷这样的一个形容，笑着说：“谢谢，我相信，有天我自有我的芬芳，花有花的季节，人有人的花期，我也有我的花期！”

“呵呵，开始自恋了！”刘书迷看着多多笑了起来。

“不是自恋，是自信！”多多抢着说。

就这样，多多和刘书迷从下午三点一直喝到夕阳西下，已经是傍晚时分了，多多才付账，然后和刘书迷一道起身离开了这家茶楼。在这一下午的时间里，她们足足将一壶茶水喝白。

分别时，彼此间没有依依不舍，只是相互间说了声再见！而当多多转身回头，去看刘书迷时，她已经消失在了人群中。

人生就像一场旅行，没有所谓的目的地，只有沿途的风景。暮暮朝朝又一载，每个人都是匆匆的行者，每个人都可能是别人生命中的过客。

刘书迷走后不久，雷明给多多打来电话，说他马上要回老家了，由于时间关系，不能见面了。在电话中，雷明告诉多多，他的家人花钱给他在县城买了个城镇户口，同时还带工作，具体情况他也不是很清楚，要回到家后才知道。并说，等稳定后，再与多多电话联系。

在电话中，雷明还说，这下好了，终于可以不当农民了，有了城镇户口，自己就是居民了。

户口，一下子进入了多多的脑海。近段时间，她听到不少人在谈论花钱买户口的事情。很多时候，多多也为此动摇，自己是不是也花钱去买个户口带个工作呢？褪掉自己的农皮呢？在二十世纪九十年代中后期，买卖户口是最常见的事情。

然而，理性总是战胜了感性！多多认为，买个户口，既没有商品粮供应，又没有好的工作，要是在一个效益不太好的单位，挣得低工资，还不如自己现在这个状态。再说了，经济基础决定上层建筑。没有金钱，即便拿个城镇户口也不能当饭吃。最终她打消了买户口念头。

但在不久之后的一天，陈建川给多多来电话，听说老家也能买户口、工作了，并听说陈建江花了一万五左右给他的儿子买了户口和工作，现在啤酒厂上班，希望多多回老家买个户口和工作，并告诉她有了户口工作，找个对象，也能门当户对点，即便找个城镇人口的，人家也不嫌弃她。

多多理解父亲的好意，可她还是断然拒绝了。她始终深信，户口是不能当饭吃的，真正能保证自己有饭吃的就是自己的一双手，自己多挣钱才是最可靠的保障。国家的政策是越来越向好的方向发展，说不定哪天城镇户口就不新鲜了。

雷明的回家，多少让多多感到非常意外。她认为，雷明至少见过一些世面，高中毕业就跑了一圈广州，然后才到成都的，至少不应该花钱买个户口工作的。但有些事情是各人的选择。每个人的路都是不同的，每个人都在选择自己的路。

第四十九章　做房子的主人

一个又一个的朋友都在为自己的出路做一种选择。当多多看着他们一个又一个地离去，在心底多少还是有些不舍，毕竟他们共同度过了一些快乐时光。她也不知道他们是否都顺利地毕业了，但她知道，他们都离开了。也正应了那句：天下没有不散的宴席！

多多的生活一如既往地进行着，没有因为任何人的离开而有所改变。但她也在审视自己，自己未来的路究竟应该怎样走下去！如果选择继续留在成都，不能永远过着租房的生活，一定要有自己的空间。想到这些，多多翻出了她的存折，看着上面的数字，盘算着，这些钱是否够买一套房子。哪怕是小房子，只要是自己的，也算自己的一个栖身之地。

有了想法，就要有所行动。光想不行动，等于是空想。晚上，多多拿出了白天买的一份报纸，在上面找有关房子信息的广告，然后将认为有用的信息抄到了一个本子上，等到第二天再逐一联系。

看房子是一个艰辛而快乐的过程。多多每联系一个地方看房，感觉就看到了希望，感觉房子就在自己身边。

买到心仪的房子其实也不容易，不要以为有钱就能轻松地买到心仪的房子。多多最初是一个楼盘一个楼盘地看，有些不是地方偏远，就是交通不便。经过再三权衡，她选择了买二手房。她认为，二手房一般小区都比较成熟，交通也不错，再一个就是二手房可以选择房屋装修好的，这样可以省下装修费。

房子看了一套又一套，整个市区都被多多跟着中介公司的跑得差不多了。由于白天没多少时间看房，因此，更多的时候都是晚上。接连跑了几个星期下来，多多有些体力不支了。她打算暂时休息几天再看房了，但晚上又接到了中介公司的电话，让她第二天下午去看房子，说按照她的要求已经找到了两套适合的房子，已经与房东联系好了，就等多多去。经不住中介公司的游说，多多同意了。

这个电话接完后，多多又接到了李善英的电话，让她去她家看她和陈春波的婚纱照。多多本来不想去看，但不好拒绝，毕竟，每个女人穿上婚纱，拍出照片，总是希望别人分享和夸奖的。

李善英在半年前与陈春波经人介绍订婚，他们都是一个市的人，但陈春波是城市的，李善英是农村的。陈春波原本在老家开出租车，自从与李善英订婚后，就来到了成都和李善英在一起，不再开出租车，而是帮着覃海涛厂里成都区域的送货。

多多到李善英家，房间里摆满了李善英的婚纱照。李善英拿出做好的相册，递给多多说："你看看，拍得怎样？"

照片中的李善英，像电视上的演员，非常漂亮，更像白雪公主。多多一页页地翻着，欣赏着。李善英说："拍这套婚纱照花了六千六百六，我告诉我爸，说只花了一千九百九，不然他知道后，会骂死我的。"

"他信吗？"

"反正他也不会去问，看样子信了。"

"好家伙，你真舍得哟！"

"结婚就一次，当然要拍一套好的。"

"准备什么时候结婚？"

"我们挑好了时间，今年国庆节。"

"那快了，准备在哪里举行婚礼？"

"回老家举行，下个星期后，我就不上班了，和陈春波一起回去准备婚礼的事情。"

"非常遗憾，我不能去你的老家，但我会准备份礼物祝福你的，祝你们幸福。"

"婚礼举行完后，我们就回来的。"

多多在李善英那里，不光欣赏了漂亮的婚纱照，同时，李善英还给她讲了她们婚后的一些计划。李善英说，暂时两个人先挣点钱，过两三年自己再看看，想办法做点小生意。

第二天中午，多多吃过午饭，便出门应中介公司的约定，去看房子。在门口，她撞见了红琼，她拖着沉重的脚步，脸色有些不好。她关切地问：

“姐，你怎么了？”

红琼没有回答，自顾自地走进了屋子，然后躺在了床上。红琼这个时候本应该上班的，突然回家，一定有什么事情。

多多追了进来，继续问道：“姐，你是不是病了，要不我带你去看看？”

“我没事，我就是想休息下。”红琼把自己埋在了被子里。

“真的没事吗？”多多还是有些不放心地问着。

“你忙你的去吧，我先休息一会儿。”

多多看着裹得严严实实的红琼，然后走了出来。她知道，只要红琼不愿意说的，再怎么追问她，也不会说出来的。但是，红琼也是那种心里搁不住话的，过不了多久她就会主动说出来的。现在让她静静吧。

关好门后，多多快步向车站走去。毕竟，和中介公司的人员约定好了，他们在高升桥公交站等着她。

二十分钟后，多多到了。她下车后，给中介公司的人员打电话。从她对面走来一对男女，其中男的她认识，叫何凯，带着多多看过几处房子了。

“非常抱歉，来晚了点。”多多歉意地说着。

“没事，我们也刚到。”何凯说着，但他没有介绍身边的那位女人，可能是他同事吧。

那个女人既没有主动与多多做介绍，也没有给一张名片，她说：“已经和房东约好了，就在这附近，咱们走路过去吧。”

几分钟后，他们走进了一个小区。但在大门口时，被一位大叔模样的门卫拦下了，问：“你们找谁？”

何凯说：“我们是跟房东约好来看房子的，房东现在在家呢。”

对方好像不太相信，说：“是哪家的房子？”

何凯说出了房子的单元和门牌号。对方又说，“把你的身份证拿出来，我登下记。”何凯摸了摸上衣口袋，把身份证递了过去，对方认真地登记着他的信息，然后才放行。

从这点来看，这个小区给多多的印象还比较好，至少可以说明这里比较安全，外人是不能随便进入的。

走进小区，多多四周观察了一下，绿化达到了百分之三十以上，里面有花草树木，还有六角亭，环境也很安静、干净。多多走在里面，感觉有种熟悉的味道。

她跟着他们上了三楼。何凯上前敲了敲门，门开了，一个女人出现在了他们面前。何凯站在门口，他从口袋里拿出一次性鞋套，分别给多多和他的同事一人一双，套在了脚上。那个女人说："不用鞋套，直接进来吧。"

"你屋子这么干净，给你走脏了，麻烦你打扫的。"何凯说。

多多仔细地观察了这个女人，她个子不高，穿着合体的衣服，一头染过色的头发盘在了脑后。她说话时，始终带着微笑。

何凯对多多说："这就是房东，张姐，人可好了！"

"您好，张姐，给您添麻烦了。"多多说着。

张姐说："没有没有，你们随便看，房子就这个样子，要不是我们人口多，卖了想换成大一点的，还舍不得卖，这房子是精心设计装修的，才住了几年，可以省下一笔不小的装修费。"

进门是一个客厅，客厅连着阳台的墙壁被拆除，显出客厅比较大。客厅里面不仅摆放了一套布艺沙发，还摆放了茶几以及一组矮组合柜，电视就放在了组合柜中间的一个专用圆盘上。从客厅的左边，可以通向两个卧室，其中一个是主卧带阳台，但阳台的墙也是被拆除的。这个主卧更像个儿童房间。因为卧室里面有一张儿童床以及一堆小孩子的玩具。同时，还有小孩的脚踏三轮车。墙壁上也挂着不少儿童的图片。另外一个卧室，感觉是主人的卧室，因为卧室的床头墙面上挂着张姐和他丈夫的结婚照。

观看了客厅和卧室后，多多又去厨房和卫生间分别看了看，总体上来讲，她还是满意的。房屋不但干净，而且装修得也不错。但她并没有表现出欣喜的样子，而是抱着平和的态度在观看这个房子。

何凯站到多多身边，悄声地问道："觉得满意吗？"

"还行，只是您报给我的价格比较高。"

"价格方面，可以与张姐谈谈，在什么价位你愿意接受？"

"这个我暂时不能回答你，毕竟我才看这一套，我还想看看其他的房屋，你在电话中告诉我不是有两套吗，我都看了才好做比较，也才好决定。"

"你好好考虑下吧。那我再带你去看看另外一套房子。"

"好的。"

何凯和多多从厨房里走了出来。张姐与何凯的同事从沙发上站了起来。何凯对张姐说："价格方面能不能降点？"

张姐看着多多，说："只要诚心买，可以适当降点，但不多。"

“我先考虑下，张姐，打扰您了。”多多说。

张姐还是保持着那爱笑的面容说：“没事，你好好考虑吧，毕竟买房子是一件大事。”

从张姐屋子出来后，多多一行又去了另外一个小区。这个小区离刚才去的那个小区仅仅一墙之隔。走到这个小区门口时，何凯的同事说她不上楼了，就在大门口等着。

多多跟着何凯上了二楼。由于这个房子空闲了一段时间，当何凯打开房门时，里面飘出一股异味。何凯说：“房主去外地工作了，就一直委托我们中介公司代管，只要价格谈好了，他就立即回来。”

这套房子显然没有刚才看的那套房子好，无论是装修还是房屋的户型，都没有刚才的那套让多多满意。同时，这套房子的厨房那里还有个梯形的棱角，给人感觉很不舒服。

多多在这套房屋里停留的时间非常短暂，站在这个屋里，她感觉有点不舒服，有种要窒息的感觉。

多多赶紧走了出来，何凯说：“这套房子肯定没有刚才那套房子好，但是价格上比较有优势，就看你喜欢哪套了。”

“这套房子我不喜欢，还是比较倾向于刚才的那套。”

“我带你看过不少房子了，总的来说，还是刚才那套性价比更合适。”

“但那套房子价格比较高。”

“你是按揭，还是一次性付款？”

多多听到按揭两个字，感觉有些新奇，她不知道按揭是什么意思，问：“什么是按揭？”

“这是刚出来的政策，按揭就是将房产的产权转让给提供贷款的银行作为还款保证，按揭人在还清贷款后，按揭受益人立即将所涉及的房产产权转让给按揭人。”

多多听着就复杂，说：“算了，我一次性付款吧，省得麻烦，不过那套房子价格实在有些高！”

“你现在能给个接受的价格吗？”

“所有费用包干六万！”

“也包括中介费以及其他费用吗？”

“当然，也就是说，我花六万买下那套房子，有关房屋再过户中产生的费用都与我无关。如果张姐同意，我就定了。”

“你这个价格也给得太低了，一下就少了人家一万呢!”

“市场规则，喊的是价格，还的也是价格。”

“那我同张姐谈谈，看她是否同意，不过她着急用钱，应该有戏的。”

“好吧，时间不早了，我就先走了!”

一路上，多多的心情非常好，脸上挂着淡淡的笑容。她走在路上，感觉脚步是那么轻盈，夜晚是那么美好，就连来来往往的汽车也是可爱的，它们发出的声音听起来那么悦耳。街上行走的每个人的面部表情都是不一样的，但也是可爱的。

多多是带着快乐的心情回家的，一路上，她甚至哼着歌。

她到家时，红琼已经穿戴好了，正站在镜子面前梳头发，然后将一把长发高高地扎成马尾束在脑后。

“你现在的状态不错，中午看着你的时候，感觉非常不好，究竟是什么原因?”

“我与万兵分手了!”红琼满不在乎地说着。

“为什么呢?”

“还不是为了买房子嘛。他说买房子的话，写他一个人名字，等跟我结婚后，再加上我的名字。”

“这没有不对的啊，再说了，只要不让你出钱，不写名字就不写。”

“他说买了房子，他手里就没啥钱了，希望我出钱简单装修，你也知道的，我就只有一万多块钱，还没结婚就搭进去了，我不同意。我告诉他，除非写上两个人的名字，我就愿意出钱。在这件事上，我们争执了起来，最后他还说我不愿意付出！然后我对他说，我不适合他，干脆分手算了!”

“这个理由分手是不值当的，你们可以好好协商的。”

“算了，我决定和他分手了，我们之间应该是有差距的，他一个大学本科生，我一个小学生，就连简建设他们都曾说过，这样的差距在以后的生活中也会产生差距，我还是没有信心。”

多多不知道怎样安慰红琼，但她认为，尊重红琼的选择才是对的。然后她说：“你自己的事情自己决定吧。”

“你看的房子有结果了吗?”

“我看好了一套房子，就看中介公司的人去给房东谈价格了。”

“房子在什么位置?”

“高升桥!”

“具体点，高升桥太宽了，我咋知道究竟在哪里?”

“我也只去了一次，具体也叫不出名来，等成了，我带你去，现在问了也白问的。”

“好了，别说了，我肚子在咕咕叫了，一起吃饭去吧。”红琼说，随即转身出门了。

“等着我!”

三天后，多多接到了何凯的电话。在电话中何凯告诉她，房主愿意以她谈的价格出售房子，但一定要求是现款。

这个消息无疑是个好消息。接完电话后，多多与何凯约定二十分钟后到看好的房子那里。多多希望就该房屋的相关问题与房主谈论清楚。

张姐是诚心卖房子的。当多多他们到那里的时候，她把有关房子的资料拿了出来。此时，张姐身边多了一个男人，他静静地站在那里，一言不发。

多多又朝每个房间看了看，房屋里的家具家电都搬走了，空空荡荡的房子显得有些宽敞。屋子也整理得非常干净，仿佛是在等待新的主人。

张姐说:“我自己也买过房子，所以知道需要哪些材料。”说完，便把一系列的资料递给多多了。

多多翻看了朱红色的房产本，房本上写着房屋的地址、面积、楼层以及产权人的相关信息。看着朱红色的房产本，多多才知道张姐的名字叫张素芳。

多多做事谨慎，特别是涉及到金钱财产方面。她听别人讲过买房受骗的经历。为此，在这点上格外小心。不仅问了有关该房屋的产权问题，同时还提出需要到房屋管理所提取房屋档案，要是没有问题，可以直接签订房屋买卖合同。

张素芳是个直性子人，快人快语，她说:“这个你放心，要是有任何问题，我们承担全部责任。”说到这里后，她停顿了一下，抬手看了看表，接着又说:“现在房屋管理所应该没有下班，咱们现在去提档案都行。”

何凯在一旁说:“你看张姐人多好，什么都准备齐全了，考虑得真周到!”他说到这，又看了一眼张姐身边的男人，继续说:“刘哥也好说话，是不参加意见的。”

这个刘哥只是微笑了下，依然没有说话。

“给张姐添麻烦了。”多多说着客套话。

“没有没有，这是好事，你买房，我卖房，再说了，看样子你也是喜欢它的，把它交给爱它的主人就是便宜点我也感觉舒服！”

“赶紧走吧，再晚点的话，房管所就下班了！”刘哥说。

一行人赶紧下楼，然后打车去了房管所。在提档案窗口，张素芳将自己的身份证递了进去，不一会儿的工夫房屋的档案资料就出来了。张素芳看都没看，直接把资料给了多多，里面有关于房屋的详细资料，让多多对整个房子的由来有了全面的了解。她看着那些资料，感觉就像一个人从出生到成年的整个经历。

“你做事比较谨慎，也比较细心，这样很好，看你年纪不大，还比较老练。”张姐对多多说。

“我是先小人后君子。其实也是为了规避麻烦，毕竟花钱买套房子不容易！”多多说。

“是的，现在没有疑问了吧？”何凯问多多。

“没有了。”

“那好，我们现在就回公司签订合同，明早一起到房管所来办理产权过户。”何凯提议着。

多多还想去那房子看看，她喜欢上它了。于是提议道：“干脆去那房子里吧，合同签订好后，我交点定金，明天办理手续后，再支付一部分，拿到产权本当天再一次性支付！”

“也行，就去那里吧。”张素芳说。

一行人又打车回到了那房子里。何凯拿出合同，并让她们都拿出了身份证，同时也拿出了一份房屋买卖授权书。张姐的爱人最先填写的那份授权书。整个过程只用了几分钟的时间，由于多多现金不多，说先下楼取钱。

何凯说：“干脆一起下楼吧，取钱后你直接给张姐，明天我们再一起去办理过户。”

“也行，要不张姐先给我写个预付定金的收据，一会儿取好钱就给你。”

哗哗地几笔，张姐把收据写好了，多多小心翼翼地装进了背包的最里层。

多多在大门口附近的银行取好了钱，当面清点完后，递给了张素芳。张素芳数也没数就装进了包里。多多说："张姐，您清点下，过后我可不认账！"

"我相信你，没事！"

"张姐，能不能把房屋的钥匙现在给我，我想整理下房子，也想再看看。"

张素芳犹豫了一下，她先生说："给她吧，反正明天过户后就是她的了。"

多多接过钥匙，感觉就像接过了一份神圣的使命。她知道这意味着什么，这是打开自己家门的钥匙，这个家是属于自己的了。

"那我们就走了，明天九点见。"张素芳说。

他们走后，多多并没有急着上楼，而是到了一家五金店找了一个师傅跟她上楼换了锁。

多多打开所有的灯，她要将整个屋子照亮。这个房子是自己的了，她在内心中欢呼着。在这个家里不用看任何人的脸色，也不用白天关灯了，想怎么开就怎么开，以前在老家，白天开灯被母亲责骂过多次。

多多来回在屋子里走来走去，她感到一切都不可思议，自己终于在成都有了属于自己的房子！想着想着，她越发兴奋，也想到了曾经的那些委屈，眼泪就流了出来。

她任由眼泪滑落下来，也许只有这样的眼泪才能真正释放很久以来的委屈；也许只有这样的眼泪才能真实地证明她的存在。她只有努力，用实际行动证明自己的能力，而不是因为自己是女孩就天生输掉了人生。

释放自己，同时就是获得新生。多多重新振作起精神，她知道，未来的路还很长很长。她必须继续昂首挺胸，抬头向前，走一条属于自己的康庄大道。

红琼接到多多的电话后，一向舍不得打车的她，快速地到了多多说的地方。多多站在院子门口等着她。

"妹妹，就是这里吗？"红琼看了看小区的名字。

"当然了，快跟我上楼看看吧！"多多说着，拉起红琼的手就朝楼上跑去。

红琼进屋后，在各个屋子里转了一圈，然后站在阳台上，高兴地说："这下好了，咱们终于可以搬出来了，也不用担心半夜起来去上公共厕所了！"

“你怎么竟然想到上厕所？”

“难道不是吗？咱们住的地方，最痛苦的就是上厕所了，半夜去公共厕所胆战心惊的，害怕遇到坏人！”

红琼说的是实话。多多也最讨厌住那个地方了。由于那个地方是平房，没有卫生间，想方便的时候只能去公共厕所，而公共厕所离住的地方至少有一百米的距离。每当半夜要起来方便时，姊妹俩都要相互做伴而行的。

“还记得咱们有次半夜上公共厕所吗？突然从公共厕所里面传来咳嗽声，吓得咱俩不敢大声说话，担心有人起歹心，屏住气匆匆跑回了房间。”

“当然记得了，那次吓死我了！现在想起来还心有余悸呢。要知道，因为半夜上公共厕所遭遇暗害的人也是有的。”

“为了改变现状，所以我才不停努力，这下好了，咱们马上就可以搬出来了！”

“干脆咱们今晚就住在这里，至少可以不用上公共厕所了。”

“这里什么都没有，怎么住啊？”

“这还不简单，你看这是木地板，咱们把地板一擦，买一床被子就行，打地铺睡一晚。”

“这主意不错，成！一会儿咱们就去商场买。”

“多多，你看，站在这里，可以看到院子里的一切，这里面环境真好，既不临街，也很安静的。”

“我就是喜欢这里的环境，咱们现在就去买东西吧，太晚了商场就关门了。”

红琼是急性子，听多多这一说，赶紧走了出来，多多跟在后面，关上门也出来了。

一路上，姊妹俩马不停蹄地快步去了商场。她们最先去的是床上用品专区，买了一床被子和一个被套，同时还买了一张地毯。接着又去了日杂百货区，在那里买了两个杯子和一个电水壶以及一条毛巾，最后才到熟食区买了两份凉面和凉拌菜。

从商场走出来，姊妹俩大包小包的，收获甚丰。她们的脸上都洋溢着幸福，那种幸福是无法用语言表达的。

路上，红琼问：“明天我们就搬家过来吗？”

“还不能确定，明天我与房东约好去房管所办理过户。”

“哦，我还以为房子都买下来了。”

“我们双方签订了买卖合同，都付定金了，不然房主也不会把房子钥匙给我的，我已经把这锁都换了。”

“那咱们什么时候搬过来，如果明天办理完早的话，下午就可以的。”

“我都迫不及待了！”

“哈哈，放心吧，从今晚起，咱们就住这里了。”

人逢喜事精神爽，真是这样的。多多有了买房的喜事，心里别提多高兴。尽管手里拿着大包小包的东西，感觉都是轻松的，脚下的路也是平坦的，每个步伐都是轻盈的。

她看了看身边的红琼，仿佛间她也比以前漂亮了不少。正应了那句，眼里有美，看到的一切都是美的。

这顿晚餐是多多感觉最好的一顿美食了。虽然是凉面加素食凉拌菜，但它却胜过了山珍海味。

也许美食的定义就是一种感觉，在什么环境，什么时间，什么心情下与什么人在一起吃。多多此时有着美好的心情是最大的诱因。

毕竟，这是自己有生以来第一份属于自己的大宗私有财产，这房子是永远属于自己的。即便将来有天，自己或许为换更大的房子，而卖这个房子，也只有自己才能主宰这个房子的命运。

“你打算什么时候告诉爸妈你买房子的事情?”红琼一边吧啦吧啦地吃着饭菜，一边问。

“还没想好呢，等一切都弄好了再说吧。”

“怎么感觉今晚吃的饭是最香的?”

“我也是这样认为的。等我把家具家电买好了，咱们两姊妹出去好好搓一顿，庆祝一番！”

“你不打算请些亲戚吗?”

“不请了，太麻烦！再说了，咱们这里的亲戚，家里都有大房子，我这个房子在人家眼里兴许都看不起呢。所以，还是算了吧。”

红琼附和着说是。不过她也提出，她要送多多一件大礼物。多多笑着问：“是什么?”

“给你一个大月月红！”

多多假装不知道是什么。红琼说："送你一千二百元钱，表示我的心意!"

"这个不错，我一定接受!"

"明天中午我去银行取出来，晚上给你。"

"好，谢谢!"

姊妹俩你一言我一语地说着，渐渐地睡意爬了上来，她们双双倒在地上睡着了。睡在地板上的红琼睡得非常踏实，也非常香甜。慢慢地，她的嘴角流出了口水。

多多这一晚也睡得美美的。在睡梦中，她仿佛是在一个世外桃源里生活。她看到了漂亮的房子里摆着自己喜欢的家具，宽大的客厅任由自己来回蹦跳着，墙壁上挂着她喜欢的山水画，每个房间的色调都有所不同。

客厅的电视柜上摆着彩色的电视机，电视机的上面摆放着一个 VCD，不远处的地方还有一个大冰箱，冰箱里冻着自己喜欢的食物以及自己喜欢的冰激凌。

卫生间里可以放纵地洗澡了，不用烧好水，放在一个大水盆里勾兑凉水再用毛巾洗澡。此时可以站在喷头下面，任由水花散在自己的身上，那种感觉是彻底的放松，是彻底地来一次灵与肉的回归。

那个让人省事的洗衣机更是生活中的小帮手。将穿脏的衣服往里面一扔，放上洗粉，按上按钮，洗衣机就自动地转了起来，生活变得如此方面。

当回到卧室里时，躺在宽大舒适的床上，枕着靠枕，只需用遥控板就能打开电视，然后可以看到多个频道的节目。电视看累了，可以沏一壶茶水，去书房享受一番别样的宁静。

多多深深地呼吸着，感受着这一切的美好，这些曾经不敢想象的东西，最后自己都能拥有了，是不是上帝给予自己的恩赐!

她想到了李瑶，她是羡慕她的。她一出生，家里就什么都有了，电视、冰箱、洗衣机等等，每次去她家，她从来没有主动打开过一次电视，更没有主动换过一次频道，因为她知道，自己是没有主动权的，自己不愿意做那个讨人厌的人儿。

她没想到，李瑶曾经拥有的东西自己也拥有了。不同的是，自己所要获得的都是通过自己的努力，而不是生来就有的。但她也知道，那份喜悦是任何东西无法替代的。

李瑶拥有的物质生活多多也有了，唯一不同的是她去了西藏，而她在人们非常羡慕的省会城市。

这一觉在迷迷糊糊中睡去，又在迷迷糊糊中醒来。醒来后，多多还在努力回忆着梦中的情节，那些自言自语是那么清晰，但她忍不住暗笑道，梦境中的场景一定会实现的，几天后将全部搬回家，我的家我做主，我是整个屋子的主人……

第五十章　她跟着“白马王子”走了

红琼是嘴里藏不住话的人，第二天当多多去办房子过户的手续时，红琼就迫不及待地给陈建川去了电话报喜。

红琼的这次电话打了好几次才打通。每次打到陈建强家后，陈建强站在院子里喊陈建川接电话都无人回应。

红琼脾气急躁，打不通后就隔几分钟继续打，在她打了四个电话后，陈建强接通电话说：“丫头，你再等等，我再给你喊你爸爸。”

陈建强喊来的不是陈建川，而是杨召珍。杨召珍拿起电话说：“有啥事吗？”

“爸爸呢？”

“他去地里干活去了，找你爸爸有啥事？”

“没啥事，妈妈，告诉你个好消息，多多买房子了！”红琼告诉母亲这一消息时，脸上流露出的笑容就像一朵灿烂的花一样。那表情有份自豪和自信，那感觉就像她自己买了房子一样。

“她买她的房子嘛！就为这事你专门打个电话回来？”杨召珍说话不温不火，似乎多多买房与她没多大关系。

但红琼还是在电话中一个劲地说：“多多房子是两室一厅，两个卧室一个客厅，一个厨房一个卫生间，这里交通也方便……”

“她就是买个金屋我也不羡慕，买她的嘛，这个世界上只有饿死的，没有挤死的。”杨召珍好像对这个话题一点不感兴趣。

“妈妈，多多买房是好事，我把这个消息告诉你们，是让你们高兴的！”

“有啥子高兴的，家里经济紧张得很，你弟弟要上学，村里又说要安装自来水、天然气，这些都要钱，她买的房子我们也看不到，来看一下还要不少路费呢！”

“妈妈，你这就不对了，多多已经给家里不少钱了。”

“就那点钱抵得上啥，家里人情世故又多，这里吃九大碗，那里吃九大碗的！”

杨召珍说起来没完没了，最终总结出来的无非是家里困难之类的话。红琼比较适应母亲，所以母亲说什么就听什么，但通常也是一个耳朵进，一个耳朵出。

其实，多多从老家出来起，就每月给家里寄钱，最初两次，她装在了信封里，但父亲回信说没收到钱，自那以后，她就每月去邮局寄钱了。

多多有时也不明白，以前自己没出来挣钱，那时也没钱给他们，他们是怎么过的呢？现在每月给了钱，还是一个劲地提到钱，她甚至有些反感了。这造成了她不爱打电话回家，更不想回家的原因。

她有时感觉到自己在父母心里根本没有位置，只与钱有关。当别人告诉她说，这个世界上只有父母才是爱孩子的，她都会反驳说，这个世上每个人都是自私的。

红琼无语了，拿着电话发了一会儿愣。接着她说：“等我有钱了，我一定给你哈，妈妈。”

“我才不要你的钱，你给自己找个好婆家嫁了，我当妈的就省心了！”

“放心吧，妈，我一定会找个好人家的，到时好好孝敬你们。”

“我当然放心了，不放心也没有办法。”

“妈妈，今天多多去办理房屋过户了，然后就买全套家具。”

“知道了，就这样嘛，打电话还要八角钱一分钟呢，少说几句！多说几句的话，都够买一包盐了。”

听到这话，红琼彻底无语了，她说“那好，就这样吧。”挂断了电话。

杨召珍对待多多买房的态度是漠不关心的，俨然多多的一切好像都与她无关。也许多多感觉到自己在母亲心目中没有什么分量，所以她才不打算将自己买房的事情告诉他们；也许多多不想满心欢喜地告诉母亲自己买房了，得到的回馈是不冷不淡、不甜不咸的回复。

红琼长长地叹了一口气。这是一种无奈，既是对母亲态度的无奈，更是对多多的一种无奈。也就在这时候，红琼才想到了那句母亲常说的话：“多多走后，一年半载难得给家里来封信，或者一个电话。”

从母亲的言语中她是希望多多与他们联系的。但是，固执的多多一直认为母亲是不爱她的，所以自己能挣钱后，她就觉得自己终于可以逃出来了。

终于可以过自己想要的生活了。多多有一次对红琼说：“我不喜欢回家，更不喜欢待在家里，感觉家离自己很远。我要努力，要用自己的能力证明，自己是不是那个多余的人，也要证明自己存在的价值!”

也许杨召珍是爱多多的。作为母亲，应该是爱自己的孩子的。只是错误的观念导致她要将多多送人，而这些让多多心存芥蒂。这是她的错吗？每个人都想要自己的生活，而她就想有个儿子。自己不能生儿子，把生下的女儿拿去换一个儿子回来有错吗？虽然有过换多多出去的念头，事实上还是自己把她养大的。

但是多多是无法理解母亲的。就如红琼无法理解多多一样。多多受到的伤害也是红琼无法理解的。每个人都无法站在别人的角度去思考问题，更无法去与他人比对人生。

想到这些，红琼似乎理解了多多为什么不愿意将买房的事情告诉除了她之外的任何人。她知道这与所有人都无关，真正与自己相关的还是自己。她吞咽着生活带给她的考验，也吞咽着一切的委屈，她的眼泪虽然没人能看到，但那笑容的背后一定有着五味杂陈的泪水。只是多多的心太重，没人能真正读懂她……

繁忙的生活日复一日，得与失不停地交错换位。

接连一段时间，生意都很萧条，有时甚至不开张。面对这样的困境，多多心里有些着急。是放弃生意不做，另谋出路，还是继续坚守？

她希望找到更好的商机，然后从现在的生意中脱离出来。医疗制度改革加上管理的规范化，原本可以将保健品开成办公用品而现在已经不可能了，这也导致部分消费者的流失。因为能买保健品的基本上都要求开办公用品，好在单位报销。

一时间多多处在了矛盾和困惑之中。她觉得自己有些可怜。在她需要关怀与呵护的时候，为何总是没有一双温暖的手，或者一个坚实的肩膀可以依靠着？

这一天的生意还是不好，多多从几个专柜走了一圈下来，服务员都告诉她，生意非常不好，有个职员谈到再这样继续下去，她就要辞职了。这无疑让多多感到前景的渺茫。

她拖着一身的疲惫回到了家里，而红琼也从外面提着一袋子菜回来了。

多多见她一脸笑容堆在脸上，想必，一定有什么好事情发生在她身上了。

“多多，我准备辞职了!”

“你辞职后，准备做什么？生意不好，坚持段时间再看看吧。”

“跟生意没关系的，主要是我想跟着他走!”说到他的时候，红琼的眼神里发出灿烂的光。

“谁啊?”

“郭文生，他是李善英给介绍的。你知道吗？郭文生的大姐也在咱们销售的这个保健品生产厂工作。我们都见过好几次面了，我也去过他家了，他的父母很不错，你看还送了我一个家传的玉石戒指。”红琼一边说，一边从包里掏了出来。

哗地一声，戒指落地，成了几节碎片。多多赶紧帮忙捡了起来，说：“糟了，怎么办?”

真是人逢喜事精神爽，东西坏了也不心疼。红琼说：“摔坏了就摔坏了，郭文生说，等结婚时，重新给我买个大的金戒指，说这个戒指过时了。”

“那这些碎片怎么办?”

“把它包好，哪天到首饰店看能不能接上。”

“郭文生是做什么工作的？人怎样?”

“在一家集体企业做电工，中专毕业，个子有一米七五，比我大两岁，我们说好了，他这个周五下午来成都接我。”

“还没结婚就去他家住也不合适吧?”多多有些担心地说。

“放心吧，他不会把我怎样的，他父母认为我是卖保健品的，有销售经验，他家里开了个服装店，让我干脆就接着卖服装。”

“他们知道你是农村的吗?”多多还是有些担心。毕竟也有不少人因为户籍因素，恋爱受阻。

户籍阻碍城乡婚姻还是比较常见的，毕竟政策规定，城乡结合的婚姻，孩子的户口只能随母亲一方，母亲是农民，孩子到时只能回户籍地上学的。

“他爸爸非常开明，说农民就农民，居民要是没有农民种地吃啥子，都饿死了！再说了，要是以后户籍改革，这些就不是问题。”

“还真是个开明的家庭，你真不够意思，到这个份上了才告诉我！不过，终归是件好事。”

“看你一直在忙，所以就没告诉你，跟郭文生在一起感觉比跟万兵在一起好多了。也不知道为什么，跟万兵在一起，我感觉自己很多时候都需要让着他，总感觉自己比他低点，具体是什么我也说出来。”

“那说明你们之间还是有某种隔阂的，也说明他不是你的菜。”

“我还给爸爸妈妈去电话说了，特别是妈妈非常高兴，告诉我要好好处，说年龄再大了就不好找对象了。”

“这话她都说过无数遍了，他们都是老思想，我们一定要追求属于我们的幸福，既然走出来了，就要选择一个适合自己的，绝对不要为了结婚而结婚。”

“放心，我跟郭文生一定能结婚的。他爸爸都说了，只要我和郭文生没啥说的，他们就没意见，还说，希望我们早点结婚。”

“看你那高兴的样子，就知道沐浴在爱河里了，好好珍惜吧！祝福你！”

事实上，与万兵分手后的红琼没有失恋的痛苦，每天照旧工作与生活，这让多多觉得有些奇怪，是不是他们压根就没好好爱过。

多多曾试探地问红琼，难道你就不想念他？结果红琼的回答非常惊人，我有啥可想他的，分了就分了，这只爱情鸟已经飞走了，我爱的人，还没来到。

红琼的感情是拿得起，放得下的。多多惊奇地发现，红琼与万兵交往的过程中，没有一封情书，没有一张两个人的合影，没有任何一件他们的物品能够联系，就连万兵最初送给她的传呼机也丢失了。

“明天我准备把柜台上的货物盘点一下，然后交给李姑父，后天休息一天，等到五点过郭文生来接我，对了，我们说好了，带上你一起吃饭，吃完饭我就跟着他走。”

“后天我陪你吧，到成都来这么久了，还真没有和你好好出去玩一天的，说来都愧疚！”

多多说的是内心话。为了生存，风里来雨里去的，每天都舍不得休息，为的就是在都市立足。但什么才是真正的立足，立足的真正意义对她来讲也是含糊不清的，她甚至不知道以后究竟该走怎样的路……

第五十一章　小人物成了新闻

多多近段时间的反常，樊秋霞看在眼里，急在心里，她发现，近来多多在药店的时间多了，外出少了。

一个午后，多多没精打采地在药店乱翻着一本书。樊秋霞来到她跟前说："多多，陪我出去走走。"

多多把书放到一边，跟着她走了出来。她们没有目的地走着，没有一点声响。还是樊秋霞先打开了话匣子，"多多，你知道我为什么要喊你出来吗?"

"不知道什么事。"

"给你书画的那小子，你们发展得怎样?"

"你怎么知道的?"

"我是过来人了，当然看得出他对你的心，其实，那小子长得英俊潇洒，很有气质，我觉得你们很般配的。"

多多长长地叹了一口气说："结束了。"

"为什么?"

"他是个骗子！明明有老婆孩子，却不告诉我。"

"你怎么知道的?"

"我碰上的。"

樊秋霞安慰着说："分了就分了，我干女长得这么乖巧水灵，以后会碰到一个如意郎君的。"

多多想到经历过的情感，希望自己得个健忘症，不再有过去，只有将来。

多多有时也搞不懂，爱情究竟会给自己带来什么？以前没有那些情感，自己觉得不快乐。有了那些情感，有过欢笑，但也有过痛苦，生活为什么是这样的。

她发现，不管你去善待生活也好，游戏人生也好，生活永远都是这样。当她试图为自己找一片天空的时候，孰不知命运之神会把她推向另一边。很多时候，她想大声地呐喊。有时，她也想有一个婚姻，让一个人的不快能与另外一个人一起分担！

“干妈，我想把自己嫁了。”

“傻女子，说什么疯话。婚姻可是一个人一生中的大事，不能马虎，难道就因为过去失败的感情？要知道，谈一次恋爱就是一次学习。”

“但不能每次只学习，没有进步！我觉得婚姻就像一个人买一套家电，运气好可以用一辈子，运气不好，一两天就坏了。”

“你可别这样哈，你姐姐最近怎样？我也没见着她了。”

“她有了新男友，跟着他走了。”

多多将红琼的事情讲给了她听，她听后说，这就是缘分，缘分到了，跑都跑不掉。

红琼走了，被一个叫郭文生的男人带走了。那天，多多看着他们远去的背影，目送了很久很久，直到他们在人群里消失。

红琼就这样走了，她是带着欢快的心情走的，她是跟着自认为满意的男人走的。她离开时没有表现出对多多的不舍，相反，她是带着希望走的。

多多也没有表现出不舍，甚至红琼走了，她也没有感到一种失落。也许，该走的总会走的。

她独自一个人走在繁华的大街上，高楼大厦是那么壮观，而她孤独的身影却显得有些冷清、落寞。

回到家中，多多给自己泡了一杯茉莉花茶，然后斜躺在了床上翻看着一本书，但书中的内容怎么都无法进入她的脑海里，脑子里尽蹦出一些奇怪的问题。

身边的朋友一个又一个走了，都在找寻属于自己的生活，而我的生活究竟是什么？我将来究竟希望过一种什么样的生活？生活究竟是一成不变，还是多变？想着想着，多多希望这样的生活有一种全新的改变。然而自己的改变应从哪方面开始呢？去谈恋爱结婚改变吗？

要知道一个好的伴侣能有助于提高自己的社会地位，或用具体的方法帮助他（她）实现自己的雄心壮志。因此，从这个角度来说，结婚或许就是下了一笔不错的赌注。

她希望有个属于自己的家了，但是，希望只是一个希望，希望变成现实是有距离的。这是可遇而不可求的。那究竟该怎样做一种选择与改变呢？

多多把李沐放在内心深处，隐藏了起来，但偶尔还会想起他，想着曾经看过的那些信件，同时她也会想起与陈若愚在一起的点点滴滴。

多多有时也想，难道因为自己那一次从车上摔下来的事故，担心多年后会发生意外就不敢结婚吗？这对自己是不是公平的？为此，多多想，要是自己遇到下一个他就不想那么多了，只要对方是让自己一见倾心的，彼此有共同爱好的男人，也许她会嫁给他，她更希望未来的那个他与她精神上是共通与默契的。

突然一个念头又在多多的脑海中闪现，干脆改行吧！做什么呢？多多实在想不出自己能做什么。

生意上的萧条，让多多对保健品这个行业有了动摇，她甚至不想再坚持下去了。名义上自己做了老板，但是，操心也不少。她想换份简单的工作，像所有的上班族一样，上班时候上班，下班时候就可以什么也不做了，更不用去应酬。

这个念头一旦滋生，接下来就会立刻有所行动。两个星期后，多多撤销了自己的几个妇幼保健品专柜。聘请的服务员也就此解散，而那些没有卖掉的货物，她又一家家地退了回去。

突然闲了下来，多多成了一个没有工作的流浪者了。她给了自己一个星期的休息时间。在这个星期里，她去了成都周边的一些地方旅游，既是让自己一度繁忙的身心得以休息，也是让自己好好思考一下自己以后的路究竟该怎样走。

多多撤销专柜的事情没有告诉任何人。她知道没有一个人是自己真正可以依靠的。真正靠得住的还是自己。既然一切都是靠自己，就没必要告诉别人。当一些有过生意上合作的人关切地问多多下一步准备做什么时，多多只是淡淡地微笑，她说，我想暂时休息一下。

当自己彻底放松下来的时候，多多又感到了无聊。看着每天都在花不多的积蓄时，她有些心疼了。于是，她决定尽快找一份工作，以保障自己日常的生活开销。

多多找工作的事情还是非常顺利的。她是在一张报纸上看到的招聘启示，没有找过工作的多多是没有底气的。她觉得，只要有单位要自己就行。

当她看到青年报在招发行人员时，看着上面的要求并不高，她认为自己可以去试试。这一试，真成功了，对方让她第二天就开始上班。

第二天早晨，多多五点就起床了，因为五点半必须到规定的地方领报纸，然后用自行车驮着，按照单子上的地址，将报纸送到人家报箱里，没有报箱的人家，就将报纸塞进门缝里。

多多从来没有干过这样的活。这是一份体力活，特别是遇到那些高楼层的订户，没有电梯，就得爬楼梯送上去。把自行车后面的报纸送完了，还得回到报社的发行点，由领导安排几个人一组，出去订报纸。

这样的日子多多感觉实在太辛苦了，她严重地感到体力不支。每天早出晚归，挣的钱并不多，唯一的好处就是每天可以不买报纸。当她看着上面不少署名是记者某某写的文章时，心生羡慕，但她知道，自己这辈子是不可能当记者的。因为她在送报纸期间，问过几个记者，他们都说，他们是大学本科毕业进的报社，而且学的是中文或者新闻。

当那些记者向她说起记者的职业时，脸上一脸的满足。毕竟，记者是无冕之王。多多对那些记者，个个都是仰视。

多多看着这些与自己年龄相仿的人，觉得落差太大了。人家当记者，自己送报纸。人家拿高工资，自己拿非常低的薪水。微薄的薪水与自己曾经的收入简直不可比。不比不可怕，一比吓一跳。多多对这份工作有些动摇了。

一个人的晚上，是寂寞的晚上，也是孤独的晚上。多多吃过饭，没有像往常那样打开客厅的电视，而是去了卧室。她站在书架前面，看着那一排排的书，想找一本书看，又不知道自己究竟想看什么书，最后索性什么书也不看，就爬上了床。

她随手翻开了床头柜上的当天报纸。这天是1999年12月20日，中国和葡萄牙政府在澳门举行庄严的澳门回归交接仪式。江泽民主席宣告中国政府对澳门恢复行使主权，并宣告中华人民共和国澳门特别行政区政府成立。

澳门回归祖国是继香港回归之后中华民族的又一盛事，是完成祖国统一大业的一个重要里程碑。

多多看着报纸，陷入了沉思，难道自己就甘心继续送报吗？一个声音在内心里响起，不能，这是在荒废自己的人生。这不是自己要的人生！那自己究竟能做什么呢？这个问题，一直在困扰着多多。

多多用手捋了捋自己的头发，突然灵机一动，自己为什么不开个理发店呢？成都理个发收费不低。再说，自己开理发店，也等于是自己当老板，不用像送报纸那样，走街串巷，起早贪黑的。

另外，自己也曾经开过理发店，应该不成问题。这个想法产生后，接下来的几天里，多多的脑海里始终都在想着这个问题。她想，要是真开理发店了，自己的生意是否会好，是否可以维持生计？再一个问题是，自己有好几年没有摸剪子电推了，自己曾经学过的理发技术是否也回潮了？在什么地方，可以让自己试试手呢？

一个又一个问题总是接踵而来。想得越多，问题越多，最后多多干脆不做二不休，在送报纸之余，有意识地留意了一下有关理发店的事情。她希望能找到一家理发店试试手艺。

多多在送报纸的过程中，认识一家理发店，那个理发店的老板还与她是老乡，于是多多找到她，向她说明来意。对方看在老乡的份上说，那你来吧，看看自己的手艺如何，不开工资，管一顿午饭。

于是多多辞了职，到这家理发店练手艺。在理发店待了两个星期后，她发现自己的理发技术还没有退步，于是从那里出来，找了一间门面房租下后，又去买理发用品，当一切都准备妥当后，多多的理发店开张了。为了省钱，店面的招牌还是她自己写的。

由于多多开的理发店招牌与其他常规的招牌不同，同时又是自己动笔写的，所以很独特，也引起了不少顾客的光顾。前来的顾客什么人都有，有政府机关的干部，有学校的老师，有记者等等。

手艺学到身上，真是啥时候都忘不掉。多多先前的担心是多余的。有客人时，她就给客人理发，没有客人时，就自己看书或者写东西。慢慢地，她更加享受这样的一种生活了。这样的生活简单而充实。没有了做保健品生意时的那种灯红酒绿的应酬，没有了见人说鬼话的那些违心的奉承话，更不需要作假。做保健品时，遇到产品过期了，或者要过期了，还得自己拆开包装，重新打码出厂日期，自己封口。因为返回厂里需要运费，所以篡改出厂日期是常有的事情。多多也曾因为自己这样的做法感到不安，但久而久之，也习以为常了，因为别人也这样做。

此时，她觉得，这样的生活更加真实。也许真实的生活，才更加能打动人。一次，有个顾客到多多的店里理发。他到店里的时候，多多还在给别的顾客理发，就让他在椅子上坐坐，稍等一会儿。这个顾客在椅子上落座后，随即在一个柜上翻开了一本书看。这本书的书名是《红与黑》。他大致地翻了一下，接着，又翻开了一个笔记本，见笔记本上写着不少诗。他读着这些诗，脸上有了一些笑意。

等到给他理发时，他问："看你写了不少诗，发表过吗？"

"算发表过，曾经参加过一次比赛，获过奖，可送的样书搞丢了！"

"真可惜！"

"嗨，无所谓，反正也是写着玩的。"

多多说的是实话。虽然她喜欢写作，也曾想过有天当个作家，但作为都市的流浪者，这样的梦想要想实现，确实有些难度。

"你的文笔很不错的，应该坚持继续写，写完后，可以找出版社，或者出版公司出版的。"

"我都不晓得怎么跟出版社联系。"

"等你写好后，跟我联系吧，兴许我可以帮你的。"

"谢谢！"

"你一天能写多少首诗？"

"最多的时候七八首，因为诗是一气呵成的。"

"写诗给你带来的最大感受是什么？"

"让自己感到放松吧！"

多多给他理发时，他们一直在交谈。当多多给他理完发后，他递给她一张名片，多多知道了他的名字，叫黄庆峰，是早报的记者。黄庆峰说："你的故事比较适合我负责的版面，有个《都市风流》栏目，干脆我给你写一个稿子吧。"

"写我？我有什么可写的？"

"你等着吧，你的故事比较有新闻点，而且也很独特的。"

多多笑了笑说："没什么的，一个理发匠！"

对方说了声谢谢就走了。多多看着他的离去，又看了看那张名片，记者，这个神圣的称谓，多么有震撼力，她对他肃然起敬了，因为她崇拜记者！原来记者离自己是那么近！

两天后，多多在报纸上看到了一篇写她的文章，题目是《女理发师激情写诗》。由于报道的时候把详细地址写出来了，为此，也引起了其他媒体的关注。

紧接着，广播电台的《健康之声》栏目给多多做了一期“平凡人生”节目，播出了。还有一位记者兼作家，在新疆看到有关多多的报道后，乘飞机专程去成都，看望了多多。他去的时候，多多正在写作。

通过交流后，多多知道了他的名字，原名叫王裕，笔名叫平原。王裕给多多拍摄了几张照片，同时也说了一些鼓励多多的话，希望她坚持下去，还说，有梦想就好，梦想会成真的！

多多或多或少受到了外界的影响与鼓励，理发之余，更加投入地写作了。理发是谋生的基本手段，而写作成了她宣泄自己思想的最好方式。在理发店的日子里，多多忘我地工作，除了给顾客理发就是看书，晚上写作。甚至有天晚上，多多写到了深夜两点过。当她一口气写完那一章时，揉了揉有些酸软的手腕，再看看店门外，映入眼帘的是模糊不清的一片。她突然身上发冷，甚至有些害怕。她赶紧拉下卷帘门，甚至不敢走出店门外张望。

她是不敢回家的。店里离家还有十多分钟的距离。尽管成都的夜晚比较热闹，但是多多的门店是在一条小街上。

她没有洗脸，也没有洗脚，就关上灯，和衣躺在了沙发上。当她躺下去后，满脑子里都是小说中的故事人物，个个似乎都鲜活了起来。她辗转反侧都无法入睡，最后索性起来，继续趴在桌子上，拿出那本没写完的本子，继续写作。

写作是非常畅快的事情，特别是在夜深人静的时候，所有的思路都跟着故事人物的起伏，或悲或喜，或哭或笑，那种感觉就像有了快感你就喊似的。

时间在一分分地过去，一个洁白的本子在多多的笔下变了色。当多多把整个本子写完后，才感觉到肚子有些难受。因为，刚才一直保持着一个姿势。她站了起来，揉了揉肚子。

她的目光不经意间看向卷帘门时，外面已经露白了，接着她听到了有人骑车的声音，然后有说话的声音，新的一天又开始了。

她看了看时间，是早上六点。这一夜虽然没有睡觉，但多多却掩饰不住地兴奋，写作的快乐让她忘记了疲惫和辛苦。她站在镜子面前，握起拳头，对着镜子中的自己，在心底说：“多多，加油！”

几天后，多多收到了一封远方的来信。信封上的地址是新疆来的。这多少有些意外，这究竟是谁写给自己的呢。多多迫不及待地拆开信后，看到了如下内容。

多多：

在成都认识你很高兴，你在打工中坚持写作，精神可嘉！你很有个性，也挺有才气，希望你能坚持写下去，坚持一定是会有收获的。

成都是一个好地方，文化气息很浓，也很世俗化，往往在这样的环境中，才能写出富有生活气息和人情味的小说。

因此，希望早一天看到你的新作品上市……

看完信后，多多感到受到了莫大鼓舞，她把那封信看了两遍，然后收进了信封里！

第五十二章　理想是人生的奋斗目标

理想是人生的奋斗目标，多多在追求理想的人生路上艰辛地前行着。蓦然回首几年来发生的变化，成都变得更加美丽了，高楼也更多了。原本几个要好的朋友，随着时间的推移都走远了，甚至有些从多多的生活中消失了，彼此由最初的写信，到后来失去了联系，相识相知的人不少最后成了生命中的过客。

随着多多从保健品行业的撤出，覃海涛也退休了。保健品市场不景气，原本由覃富强、简建设、李善英他们站的柜台也分别撤出了。覃富强回到彭州市找了一份当门卫的工作；简建设回家了，具体做什么无人知晓；而李善英和陈春波则回老家的县城开了一家超市，她的父亲则回到了家乡农村。

他们一个个地离开，与多多很少联系，只有李瑶与多多保持着紧密的联系。当多多收到一封西藏寄来的信时，她知道，一定是李瑶追随着爱情走了。

那次的信中，李瑶寄给了多多一张照片，那是李瑶在布达拉宫前的留影。李瑶穿着一件红色的连衣裙，长发披肩，真是美丽极了。看着李瑶脸上的幸福，多多在心底祝贺着她。

信中，李瑶告诉了多多与男友已经结婚，并讲述了她到西藏后的生活，一切都非常好，同时，也和男友去了一些地方旅行，并说到了一些旅游景点，感受到了别样的风味。还说，希望多多继续努力，一定会收获到自己想要的人生。

看着与自己一路相伴的闺蜜有了一个好的归宿，她知道，自己要想获得幸福的爱情，不但要努力提升自己，同时也需要缘分的。这时，一段十分熟悉的旋律在她耳边响起，那是庞龙演唱的《两只蝴蝶》：亲爱的，你慢慢飞，小心前面带刺的玫瑰……

一天，多多店里来了一位不同寻常的客人。他理完发后，看着多多放在桌子上的文章认真读了起来。也许是文章的内容吸引了他，他读完几篇文章后说："你可以当一个作家，而不是当一个理发师。"

多多看了看他，说："哪有那么容易啊！"

他说："我看了你的文章，文笔非常不错，也很有灵气，我给你推荐一个图书公司吧，我有个朋友写过一本书，就是在那个图书公司出版的。"

"我还没有正儿八经写过长篇小说，我要是写了，人家会要吗？"

那人看着多多，轻轻地笑了笑说："你先跟他见个面，看他们文化公司有什么好的选题，可以拿给你写的，凭我直觉，以你的聪慧，应该没问题的。"

得到陌生人的夸奖，多多打心底高兴。她问："老师，您是做哪方面的工作？"

"我也喜欢写作，只是没有坚持下来，现在报社做策划！"

"策划？什么策划？感觉好深奥哟！"

是的，策划在多多的意识里是陌生的，她不知道策划是干什么的。

"策划就是做方案的。"

"报社还用做方案？报社不就是记者采访写稿、刊登吗？"

他笑了，说："方案是必须的，在选题上要有策划方案的。"

"这个我不懂，也不需要懂，反正我这辈子也不可能成为记者的。"

"但我相信，你一定能成为作家的。"

"希望如此，要是我能成为作家，你就是我生命中的贵人了！"

"我明天与那个文化公司的老总先沟通下，然后再联系你，你把你的联系方式告诉我一下。"

多多没有犹豫就说出了自己的手机号码。他拿出手机，输入了多多的号码，并问，你叫啥名字。

"谢谢您了！"多多发自内心地感谢着。

"我还约人谈事了，回头联系。"他站了起来，然后递给多多一张名片，说："这是我的联系方式！"

多多看着他离开后，拿起了那张名片，上面写着吴明强，某报策划部主任。

多多的脸上现出了光彩。那是幸福的光彩。因为很快她将与一个文化公司老总见面，这样一来，她就有了一个机会；这样一来，离梦想就近了一步！

真希望这一刻早些到来！

多多没有怀疑吴明强说过的话。她相信，自己与他素昧平生，他也没必要骗自己的。也许他帮助自己，只是出于一种本能！再说了，他毕竟是一家大报的主任，总是应该讲信誉的。

想到这里，多多有了更强的创作动力。她又回到了那个角落，端坐在电脑前，接着没有写完的书稿继续创作着，直到有人进来问有人理发吗，她才赶紧起来，给顾客理发。

多多的这种行为，也曾让有些顾客不理解，说既然喜欢写文章，就干脆把理发店关了，一门心思写。毕竟，写文章是需要大块时间的。往往在这时候，多多都说自己是写着玩的。再说了，写了不一定能发表，没有发表就没有稿费，自己喝西北风啊！

多多说的是大实话，因为也曾有人告诉她，玩文字是有钱人的游戏。劝她不要写那些没用的东西，即便写了也难以出版的，加上她又不是科班出身，仅凭自己自学的那些东西是远远不够的。还给她举过不少当代名家的例子。说那些名家哪个不是家庭殷实，名门望族。比如巴金、郭沫若等。说巴金的父亲是当时一个知县，也是地主家庭，说郭沫若的父亲也是当时的一个商人，都是有钱的大户人家等等。

多多为了给自己充电是舍得投资的。尽管理发店的事情很多，但是，只要有空余时间就坚持看书写作。由于用手写比较麻烦，多多跟随着时代的步伐，花了几千元钱在数码广场买了一台电脑。

那时，流传着这么一句话，“电脑与外语是进入 21 世纪的通行证。”多多觉得，外语自己没法学好，但电脑应该能自学会的。

由于没去培训班学电脑，多多借了一本电脑操作的基础书来看。她想，反正电脑保修一年，大不了搞坏了，让卖电脑的维修。再说，一年的时间也能学会的。多多靠着这个理念学会了电脑的基本操作。

多多买这台电脑也引起了一些人的不解。

红琼是第一个不解的。当她知道多多买了一台电脑后，在电话里说：“你个瓜瓜，花那么多钱买电脑有啥用处，还不如买点其他东西。”

其他人的不解，多多是从红琼的口中得知的。红琼说：“某某说你妹妹就是不干正事，都二十好几的人了，还在做梦，花那么多钱买那玩意儿有啥用，以为作家是那么好当的，我们等着你们家出个作家!”

多多我行我素。她认为自己的路自己走，让别人去说吧！当不当作家是自己的事情，自己的人生自己做主。再说了，写作并不只是为了当作家，而是与自己的内心交流。多多感到，她与他们不是同类人。他们比较注重现实，而多多仿佛还在梦中，在做一个属于自己，但不知道未来的梦!

第二天下了一天的微微细雨。这天与以往比起来店里的生意清淡了不少，这也给了多多难得的一个闲暇时间。这天，她基本上是在读书中度过的，偶尔她会看看自己的手机，是否有没有接听到的电话，或者短信。她在等待一个声音，一个信息，她希望能有好消息。

这种等待有时是一种煎熬。从上午等到中午，从中午等到下午，又从下午等到晚上。多多满怀期望地等待着，然而，没有等到任何来电，她的心里不免有几分失落。她安慰自己，不要太当真了，一个顾客的话就当真，真是个大傻瓜!

晚上，多多特意善待了自己。一个人去了火锅店吃火锅，吃完后，还独自一人去了阿莱故事。阿莱故事是都市年轻人最喜欢去的地方之一。里面的格调温馨，每张桌子上都有一个交流的卡片，上面提示：只交友，不谈情。如果希望在这里认识朋友，只需要将自己的联系方式写上即可。这里，没有劲爆的音乐震耳欲聋，也没有疯狂的歌声让你热血沸腾，只有舒缓的乐曲在流淌着。

每张桌子上都有一本书，介绍着阿莱的故事，也介绍着一些风土人情。多多点了一杯菊花茶和一盘爆米花。她品着清香的花茶，一边看着书。

突然放在桌子上的手机响了。她看了看号码，接了起来。问：“您好，哪位?”

“我是昨天到你店里理发的顾客，吴明强，想起来了没有?”电话那头如是说。

“是您啊，吴老师，您好，您好!”多多又惊又喜。她一边接着电话，一边朝大门外走。在一个比较安静的地方坐了下来。

“今天我忙了一天，不过你的事情我刚与文化公司的贾总谈了下。他最近比较忙，经常出差，他说可以见面聊聊，看看你的情况。”

“谢谢吴老师，辛苦您了!”多多再次感谢着。

“客气了，你把你的作品整理一下，见贾总时，带过去。”

“我怎么去见他，是您带我去吗?”

“一会儿我把他的联系方式发短信告诉你，你直接跟他联系吧。我还没去过他的公司呢!”

“那我明天给他电话。”

“一会儿你就跟他联系吧，免得他事情多给忘记了，要趁热打铁。我现在挂了，把他的号码发给你。”

“好，麻烦吴老师了!”

吴明强是个热心人。多多原本对他不抱希望的，觉得不过是人家随口说的一句话，结果事情却正相反，她感谢他。

多多按照吴明强给的号码，拨打了过去，电话接通了，是一个男人的声音。对方一口标准的普通话，搞得多多也不得不跟着说满嘴椒盐味的普通话。

电话的那头问：“喂，哪位?”

“贾总，您好，我是多多，您的电话是吴明强老师给我的，他让我与您联系。”

“哦，我知道了。听说你喜欢写作，写了不少作品。这样吧，明天上午你有时间吗?有的话到我公司来一趟，咱们面谈。最好在上午十点半到，因为十点半之前我已经约了人，要谈事情。”

“好的，还请贾总将公司的地址告诉我。”

“一会儿短信告诉你。”

短短的几句通话，让多多对电话那头的贾总顿生好感。他既没有拒绝自己，说话又非常客气，还约了见面的时间。

挂断这个电话后，接着多多就收到了贾总发来的短信，她看了信息后回复道：收到，谢谢贾总!

这个短信给了多多一些力量，她觉得自己离既定的目标慢慢靠近了。她的心开始轻舞飞扬。

她看了看对面的阿莱故事，霓虹灯将阿莱故事的几个字争先打亮，一会儿红，一会儿绿，一会儿紫，一会儿黑，五彩斑斓。透过玻璃门窗，能看到一个个俊男靓女，他们或相互窃窃私语聊天，或一个人静静地待着，每个人都在享受着属于自己的那份心情。她的那份心情，只有她自己能懂，她迈着轻快的步伐朝着回家的方向走去。

多多如约来到了贾总的文化公司。到公司的时候，贾总在和客人谈事，接待她的是一个男孩。

那男孩问："你找谁?"

"我找贾总，约好的。"

"你先在这里坐会儿吧!"男孩说完，径直朝一个房间走去，多多顺着他的方向望去，只见那个房间的门框上方有个总经理的门牌。男孩进去后，一会儿就出来了，然后走到多多跟前，说："您稍等下，贾总里面还有客人。"

男孩说完后，转身给多多泡了一杯茶。

多多坐在沙发上，观察着这个文化公司。两排大大的书橱里面放着各类书籍，每个职员在自己的办公桌前认真地工作，也有的人在打电话，似乎在说催款的事情。

多多随手拿起了一本小说翻阅起来。其中有句话让多多记忆深刻："没想明白之前一月挣三百，想明白之后，一日挣三百。"多多仔细地看了看这书，觉得非常有趣。她觉得写书的这个作者蛮幽默的，也很有生活经历，每个场面都写得非常生动。她希望记住这个作者，于是把书翻到了扉页，看了看作者简介，原来这本书的作者跟多多算是老乡。

一阵笑声从里面传来，多多放下了手里的书，朝那个方向望去。门开了，一前一后走出了一高一矮两个男人。矮个子男人走在前面。他戴着一副墨镜，左手里拿着厚厚的一摞稿子。高个子男人喊道："向林，你给吴老师找个信封，或者袋子，把这个稿子装上。"

"好的。"那男孩回应着。

多多这才知道接待她的那个男孩叫向林，也知道了那个戴眼镜的矮个子男人姓吴。

"哟，老贾今儿有约，怪不得把我这么快打发了。"姓吴的男人盯着多多开玩笑地说着，他带有浓重的川东口音。

高个子也盯着多多，说："这人就瞎说!"

"我先走了，老贾，你慢慢忙。"姓吴的说。

"走啥?现在都十点半了，中午一起吃饭。向林，你安排下，在附近的饭店预定个位置。"

"好的。"向林回答着。

“反正我来一次才吃你一次，全当我陪你吃饭，老贾。”姓吴的男人一边说，一边找了个地方坐了下来。

显然，多多已经知道高个子是谁了，应该就是那个贾总。多多犹豫不决，不知道是该跟他先打招呼呢，还是等着他跟自己打招呼。她安静地坐在那里，有些不知所措。

高个子男人走到多多身边，说：“你就是多多吧，到我办公室来吧。”说完，他走在了前面。

多多站了起来，拿起自己的包跟着走了进去。她进去后，他已经坐在了一把老板椅上。他说：“你坐吧。”然后朝外面喊道，“向林，给多多泡杯茶！”

声音刚落地，向林已经端着一杯茶走了进来，他放到多多面前时，多多说了声谢谢。

向林退出去了，然后将门关上。

“昨天听吴明强提起你，听说你喜欢写作，今天把作品带来了没有？”

“我带来了。”多多一边回答，一边从包里拿出她早已准备好的作品。

多多带来的作品其实都是没有发表过的，有诗歌、散文，还有一个没有完稿的小说。她把这些作品给对面的贾总递了过去，贾总拿起桌子上的老花镜认真地阅读起来。

多多注意观察着他的面部表情，他时而皱起眉头，时而又舒展开来。

多多感觉自己在等待着他的审判。此时此刻，她有点不知所措。自己来找贾总，究竟是干什么？真正的目的是什么？如果是找贾总出书，首先要写出一本像样的、完整的书啊。而自己手里的书稿，总共加上也不到十万字。再说了，出本书还得看稿件质量。

多多趁贾总看稿子的时候，仔细观察了这个总经理办公室。这个办公室不算大，一个大大的办公桌加上三个大书柜，就占了半壁江山。书柜里摆放着各类书，有不少书跟外面书柜里的书是一样的。

贾总的办公桌上有不少资料和书稿，可以用“堆积如山”来形容。办公桌上的两部电话，不停地响起，每到这时，贾总会当着没来电话一样，继续看着书稿。而每次响起时，多多都犹豫着，是否该帮忙接了电话。然后又放弃了。

“我好好地看了，觉得文笔不错，是一块料，但就小说而言，编故事还不行，小说就是要讲故事。我看了你的简介，你是宕渠人，你们宕渠出了不少作家，你看过哪些作家的书？”

“中国的还是外国的？”

“都行。”

“国外的司汤达、巴尔扎克、雨果、大仲马等，国内的有马识途、王火、杨牧等。”多多一口气说出了不少古今中外的作家名字。

“看了不少好书，这样吧，一会儿我给你找几本书，你好好看看！”贾总一边说，一边在办公桌上开始找书了。然后，他又站起身来，来到书柜前，在书柜里找出了好几本书。他将这些书递给多多，说：“我认为这些书比较适合你，你拿回家好好看，仔细琢磨，看看人家是怎样写的。”

“谢谢您了！”

“看了你带来的作品，我心里基本上有数了。这样吧，我再好好想想，我这里是否有适合你写的稿子，或者，我给你想个选题，看你能不能驾驭得了。”

“再次谢谢您了！”

多多也不知道说什么好，只是一个劲地说谢谢。

“我自己也喜欢写作，也比较喜欢扶持新人，刚从我办公室出去的老吴当年就是我扶持起来的，他现在也给我公司编辑校对一些稿件。我看你文字功底不错，一会儿我让向林给一套稿子，你拿去校对吧，校对完后把稿子拿过来，到时我给你结账。”

“校对？什么校对，我不会的。”多多说的是实话，她还不知道校对的意思。

贾总笑了，说：“就是修改错别字，修改下病句。”

“哦。”

贾总拨了一个电话，说：“向林，把那套《男人女人》的书稿拿进来！”

向林拿着一个大信封走了进来，他将书稿递给贾总，贾总抽出来翻了翻，然后递给多多。说：“争取下周一之前修改完，可以吧？”

多多想也没想就回答说：“行！”

她翻了翻这套书稿，有近三百页，同时也在心底算了下时间，现在是星期三，还有四天，一定要按时完成任务。

“咱们就谈到这吧。”

“好的，那我就先走了，打搅您了！”多多站了起来。

“中午一起吃饭吧，我给你介绍两个作家认识，应该都是你的老乡。”

午餐结束后，多多回到了自己的店里。她按耐不住内心的激动，摸了摸那套书稿，感觉特别亲！然后给红琼去了电话。

红琼接到多多电话后，问：“妹，啥事？”

“有事才给你电话啊，不过，这次有个好消息告诉你！”

“啥好消息？”

“我今天见了一个书商，他给了我一套书稿让我校对，说校对完后给我结账，他还请我吃了顿饭，也介绍了两个作家，都是我们老家的，还是老乡呢！”

“说给你多少钱没有？”

“没有，我不好意思问。”

“你个傻瓜，要是你弄完后，不给你钱怎么办？”

“不给就不给吧，就当免费看了这套书稿吧。”

“我还以为是啥好事呢，就这个事？”

“对我来说就是好事，他还说要准备与我约稿呢。”

“反正我不懂，你要注意点，不要上当受骗！”

“人家骗我啥子，再说，我也没什么可骗的。”

“他是哪里人，你了解吗？”

“他讲普通话，我还不知道叫啥名字呢，都喊他贾总。”

“你真是傻到家了，都不知道人家姓甚名谁，就跟着人家吃饭。”

“没你想象的那么复杂，不跟你说了！”多多挂了电话。

多多确实不知道贾总叫什么名字。吴明强介绍给她时没说。今天见人家时，人家也没做自我介绍，也没给多多一张名片，就连吃饭的时候，也没有人提到他的名字。

红琼电话又打过来了。她说：“大家都说你聪明，我看你聪明是聪明，就是缺心眼，记住，以后不要轻易相信别人！”

“放心吧，我都从农村出来这么几年了，也没上当受骗过，我相信，好人总是多的！”

“反正你要小心点！”

“又不是我一个人跟人家吃饭，还有好几个人呢。算了不说我了，本来是为了给你好消息高兴的，你给我浇了一盆凉水。你在那里怎样？”

“挺好的，他父母也不错，说希望让我们爸爸妈妈来一趟，双方家长见个面，要没有啥意见，就选个日子结婚。”

从红琼的语气中，多多可以感到她现在正处在幸福之中。电话中，红琼笑声朗朗。她说第一次去男方家，自告奋勇给人家做饭，不但菜做的咸淡不一，就连米饭也给烧糊了。还说，男方的爸爸妈妈并没有不高兴，反而说，只要做熟了就成，还说人没有十全十美的，说她能吃苦就是优点。

在吃苦这点上，红琼绝对是行的。每次进货都是自己一个人来去。有一次，红琼凌晨五点就到成都荷花池服装批发市场进货，让多多也早点过去，说顺便也给多多挑选两件衣服。

多多去了以后，见红琼一手拿着黑色口袋，一边匆匆忙忙地看这看那，一会儿问老板这个批发价多少，根本顾不上与多多说几句话。多多跟着她转来转来，转得晕头转向。后来，多多都不知道红琼去什么地方了。

直到红琼进完货后，才电话问多多在哪里。由于荷花池市场太大了，也不好找人，她们最后只有各自走了，红琼说的衣服也泡汤了。

想到这里，多多说：“吃苦这点上，你比我强！”

“我没啥文化，也没啥技术，就只能靠吃苦了。你哪天有时间，到彭州市来吧！”

“你跟人家又没有结婚，我来了不方便，还是以后吧！”

“也快结婚了。”

“你们是不是住在一起了？”

“瞎说啥，我住铺子上的，他上班，然后回家的。”

“你可别先上车，后买票，那样不好！”

“不说这些了，我和他都合了八字，他们说暂定在明年的五月一号结婚。不过，还要听爸爸妈妈的意见。我昨晚给爸爸妈妈去了电话，妈妈说，爸爸要在家里看家，加上陈旭要上学，就妈妈一个人来。”

“你的婚姻大事是他们的心病，这下可以放心了！”

红琼哈哈笑着。然后说：“妈妈说后天去买票，买好后告诉我。”

“哦。提前祝你幸福！”

“妈妈到彭州市来时，你也一起来吧。”

“我就不来凑热闹了，就这样吧，我得忙了。”

挂断这个电话，多多认真地看起稿件来，遇到自己把握不准的就翻字典。小到标点符号和错字，大到标题和语法都认真地修改着。

只要店里有客人来，她就会放下稿件，但一完毕，就坐到那张电脑桌前去修改稿子，这样的节奏感觉时间过得非常快，一个下午很快就过去了。

多多看似在校对稿件，其实也是一种学习的过程。她认为，知识需要多方面吸取。她有种庆幸的感觉，好在自己从来没有放弃过写作、阅读，不然，也不会有这样的机会降临在自己头上的。真应了那句，机会永远留给有准备的人!

晚上的时候，多多也加班修改稿子，她希望尽快将稿件修改完，直到深夜十二点才上床睡觉。也许是有些兴奋，上床后，她一直睡不着觉，想着今天的事情和认识的两个作家，一个是吴太尚、一个是刘光荣。同时也得到了他们写的书。一本是吴太尚的《巴山儿女》，另一本是刘光荣的《巨贪因缘》。刘光荣这本书是一部反腐小说，是反映几位晚节不保的贪官在堕落过程中的恩怨情仇的长篇小说。而《巴山儿女》是一部透视中国农民生活的作品。故事讲述的事情发生在上个世纪末。随着我国改革开放的深入和经济的腾飞，大批大批的进城农民成为中国城市建设中最有生气的力量，成为中国民企最大的一支生产队伍，他们真正由“农民阶级”变成了“工人阶级”。那么，在都市，他们的生存、生活、婚姻的状况又如何呢？小说以大巴山区两对素质优秀的农民青年进城后的婚恋问题为切点，深刻地揭示了农民在都市里生活得很累、很难甚至很卑微这样一个事实。小说男主人公明玉石虽然英俊，有才气，勤奋朴实，却不得不在都市被人欺辱，甚至著作权被人侵占，未婚妻被人抢夺；而女主人公白雪，在家乡时冰清玉洁，含羞带怯，到都市后却逐渐被“同化”，凭着一张林青霞般的脸，凭着“裤带渐松亦不悔”的观念，由乡村美女而富翁夫人而电影演员，走上了一条与初恋情人截然不同的“星光大道”。

既然睡不着觉，索性看书吧。多多从书架上取了一本出来。看了几页，多多就被吸引了，书中写到：成都是大西南最大的城市，同时也是大西南最大的商贸中心、交通中心、文化中心。明玉石和白雪是生平第一次来这里，一切都感觉新鲜和好奇，这儿盯盯那儿望望，那神情真有点像刘姥姥初进大观园。尽管他们身体疲乏，但心里总时不时涌起一阵阵莫名的激动，就像有一只快乐的小鹿跳来跳去。这座只有在电视里看到的城市，这座只有在梦里见到的城市，如今就在他们眼前，怎不叫人激动呢……

对于成都的认识，对多多来说，何尝不是如此呢？她越看越有精神，最后不知不觉看到了天亮，而她也好似在追求着一个梦，那个梦忽远忽近，又像不远处的炊烟……

第五十三章　收的不是钱是鼓励

星期三的上午，多多带着校对好的书稿给贾总送了过去。贾总看了多多校对的稿件，非常满意地说，不错，等会儿我让财务把校对的费用给你。

也是第一次给别人校对稿件，多多觉得收钱有些不合适，说："不用了，看这个书稿，也等于让我学习了。"多多是发自内心地说的。

"这是你应该得的。我根据你的情况，觉得你适合写点情感类小说，我前段时间看过一本书，写的是一个女人的励志故事，干脆你来写本少妇的情感故事吧。"

多多认真地听着。

"你可以从少妇的一些经历来写，比如遭遇丈夫的感情出轨，少妇的困惑，也可以写一个很爱少妇的丈夫突然遭遇车祸去世，面对丈夫的突然去世，少妇有着怎样的情感变化等等。反正，小说就是编故事，故事还要编得合情合理……"

多多在贾总的引导下，对这个小说有了初步的感觉，她说："干脆拟定一个幸福的三口之家，一次车祸中失去丈夫后，祸不单行，公司倒闭，按揭房出现了困难，转眼之间变得一无所有，而且还有一个未成年的儿子等待她的抚养。原本过着无忧无虑生活的她真正结束了"附翁"生活，由此也改变了生活的轨迹。为了生存，她在茫茫的人海中挣扎，现实的无情多次把她推到冰冷的深渊，后来通过好友的帮忙进入一个公司，最终成了上司的情人……"

贾总听着多多的讲述，说："不错，就按照这个思路写，你现在去写个故事梗概或者大纲吧，几百字就行，一会儿给我。"

"我不会写故事梗概，也不懂什么是故事梗概啥的。"多多望着贾总真诚地说。

"你以前上学时，老师教过写中心思想吧，就跟那个差不多。"

多多似懂非懂地点了点头。

贾总担心多多还是不懂，找出了两本书递给多多，让她依样画葫芦。多多看了看，有些明白了。

“向林，给多多安排下电脑，我让她写个故事梗概。”贾总对向林交代后，又对多多说：“你去写吧。”

多多坐在电脑前，好一会儿不知道如何下手。她看了看向林，向林说：“你就把你想说的用文字的方式表达出来，比如你写这个少妇的故事，就写这个女人叫什么名字，在她身上发生了什么故事，故事的结果又是什么等等，几百字就完事了。”

磨磨蹭蹭了好一会儿，多多还没有写出来，以致贾总在里面喊道：“多多，写得怎样了？写好后，让向林打印一份给我看看。”

多多有些着急，但也只能硬着头皮说：“快完了！”

说得容易，做起难。后来多多想了想。就想到哪儿写到哪儿吧。写不好大不了人家不要就是了。她有这样的想法后，反而感到轻松了，于是一个字一个字轻快地从键盘上敲出，一会儿工夫，就把故事梗概写完了。

当多多拿着这个梗概递给贾总时，他满意地笑了，说：“这就是故事梗概，写得不错，就按照这个思路写。这样吧，我给你约这个稿子，大概20万字，你看多长时间可以写完？”

“如果一天写五千字，一个多月就能写完，那就订两个月吧。”

“这样时间有些紧张，我看，还是定三个月吧。”

“好吧，我一定在三个月内完成！”

“一会儿我让财务把预付稿费和校对的书稿费给你，不要嫌少。现在做书也不太好做，但我喜欢扶持新人。我相信你有这个才能！”

多多听到还有预付稿费，心里乐开了花，但她不敢表露出来，不过她的脸上一定荡漾着幸福的色彩。她说：“谢谢贾总，感谢了！”

“作为一个爱好写作的人来说，发表文章是非常幸福的。”贾总说：“我第一次发表文章是十六岁，那时我在部队，给星星诗刊投稿，我的诗歌被录用了。当时星星诗刊的编辑来电话，问我的稿费是寄来还是怎么着，我说自己来取。放下电话，我一口气跑到了星星诗刊社。部队是在二环路外，星星诗刊在红星路。那么远的路，我连走带跑只花了两个多小时，还没觉得累。我当时肩上还挎着个战士包。当我来到星星诗刊社时，人家问我，说你就是贾勇虎啊。看我像个小孩有点不信。我说是啊，后来我才把贾勇虎改成贾西贝，作为笔名的。”

多多听着贾总的故事，也对他或多或少有了些了解，并在他的讲述中知道了他的名字。

“能把您写的书送我一本吗?”

“我以前写的，现在都不写了，没时间了！我改天给你找找。”

“贾总早就不写作了，当书商比当作家挣钱。”一个声音从外面传来。

贾总笑了笑，说：“吴太尚来了。”

吴太尚两只手插进口袋，戴着一副墨镜走了进来，说：“怪不得贾总不接电话，原来有个美女在这儿哟。”

贾总拿起手机看了看，哟了一声，说：“啥时候搞成静音了，没听到!”

“这是借口，贾总最喜欢和美女聊天了。”吴太尚笑嘻嘻地说。

“别听他瞎说!”

多多见过吴太尚，她站了起来与他打招呼。吴太尚一直戴着墨镜，让多多有些好奇。大冬天的，又没有强烈的阳光，为啥老要戴着墨镜呢？再说了，在房间里，是应该不用的，难不成他扮酷？话说回来，吴老师戴着墨镜还是很酷的。

“老贾，我把稿子给向林了。”吴太尚在多多旁边的沙发上坐了下来。然后看了看多多，说：“我挨着美女坐没意见吧?”

多多笑了笑，觉得吴老师嘴有些贫。

“我下午还有事，晚上带回家看。”

“别那么玩命哟，身体要紧，贾总。”

“说到这，我告诉你们一件事。上星期我去济南出差，在马路上突然晕倒了。”

贾总讲到这里时，吴太尚说：“然后一个美女过来，把你带到医院了，后来就跟你好上了。”

“要有那事，我老婆会要我命的，在家，我要是不讲普通话，都会挨骂的!”贾总笑说着。

“看来也是个粑耳朵。”吴太尚说。

“时间不早了，咱们去吃饭。”贾总说。

吴太尚说：“到你这里来了，总得吃个饭吧。”

“你哪次到我这里来没吃饭哟！走，咱们吃饭去。”贾总边说边走出他的办公室。

午饭后，多多直接打车回到了家里，没有去自己的店铺。到家后，她迫不及待地给红琼去了个电话，告诉她这一好消息。电话中，告诉了她拿到稿费的事情。红琼听后说：“妹，你挣钱真容易，打算怎么花这钱?”

“我还没想呢，反正我就是高兴！特别高兴！这虽然没有我做生意挣钱多，但是，这是预付的稿费，意义不同!”

“妹，我一直想买一件羽绒服，要不帮我买一件吧。”

“你自己买啊，你那里也不是没有卖的。”

“你姐没钱，你就给买一件吧。”

“好吧，早知道打电话还要搭一件衣服，就不给你电话了，本来打电话是希望你也高兴，分享我的快乐，结果被这样分享了!”

“哈哈哈，这也是一种分享嘛!”红琼在电话那头笑着说。

“我也不知道你穿什么型号的，以及喜欢什么颜色，干脆你自己看好吧，多少钱，我给你就是。”

“谢谢妹妹!”

“得了，我还有事。”多多挂断了电话。

多多放下手机，打开了钱包，她看了看这些人民币，摸了又摸。这钱代表的是另外一种含义，是一种认可，更是一种鼓励。多多在心底说，一定要好好写出这本书，一定要在规定的时间内完成。不能辜负老师的信任！

接下来的时间里，多多除了开店，剩余的时间基本用在了创作上，十有八九，晚上也在写作。写累了，就看看书，或者听听歌。在写作中，她体会到了另外一种无法言说的快乐，可以用酣畅淋漓来形容。

她也会随着故事中的人物忧而忧，乐而乐，写到动情处，甚至会流下眼泪；写到欢快处，也会忍不住在心底偷着乐。很多时候，都写得忘情了，甚至不知道时间，常常一写就到天亮。

因为是第一次写小说，而且是长篇小说，有时多多也会时不时地统计下数字，自己写了多少，还有多少没有完成。但她知道，字数只是一个象征性的数字，最后的结果是如果把一部小说自始至终地写完，并且写好。当然，这里的好不是多多说了算，甚至不是读者说了算，首先是约稿的人说了算，只有在他面前通过了，书才能出版，出版后，读者看了，才能有他们自己的评价，才能读者说了算。

不到三个月的时间，多多按照约稿的要求写出了近20万字的长篇小说。她把写好的稿件打印了出来，然后带着沉甸甸的稿件，带着她的梦想，满怀希望地交给了贾总。

多多的提前完稿，让贾总有些意外。他没想到，多多的动作会如此之快，要知道，那是一部长篇小说，而不是一个短篇小说啊。

贾总大致浏览了多多的小说后，说，我得慢慢看，然后再给你回复。毕竟现在的出版市场没有以前景气，我也不敢轻易出书的，但你的书，我一定好好看，然后再给你提建议，争取把它顺利出版。

原本是信心满满的多多，知道这样的结果后，有了当头一棒的感觉。她能从对方的话语中听出弦外之音的，也就是这部书什么时候出版还是未知数。

此刻，她才知道出版书的不容易。贾总可能看出了多多心思，他说："好的作品一定会出版的，任何一个新作者写书，都不可能写完就出版，是需要修改的。文章都是改出来的，狗都是棒子撵出来的。你的文笔不错，我看编故事也不错，应该没太大问题。"

贾总的这番话，或多或少又给多多增加了信心。

多多离开贾总的办公室时，贾总给了她一些书稿，有教辅方面的，也有童话故事方面的。

有些童话故事以前只是听来的，现在看着原汁原味的东西，多多仿佛是在弥补失去的童年。

慢慢地，多多知道了校编稿件的门道，也有其他文化公司找多多校编稿件。多多的收入在不停地递增，当编稿件的收入超越了开理发店的收入时，多多毅然决然地关闭了理发店，一心行走在了码字的路上。而她的小说也在不停地修改中，更加出色了。

最后，这本小说，得到了贾总的认可。

那是一个雨天的上午，多多将多次修改的稿子给贾总送了过去。贾总粗略地看了看稿件，说不错，比前几次进步多了，照这样下去，你一定会超过某某作家的。

多多知道，这是贾总在鼓励自己。她也知道，自己在写作的路上还刚刚起步，光凭热情是不够的，还得多看书，多去悟。

“希望是这样的！”多多说着。

“一定会的，我马上给云飞打个电话，让他过来，你跟他认识认识，也让他帮你看看这个稿件，他对小说这块还是比较有研究的。”贾总说到这，就在电话簿上找云飞的电话，一边找，一边说：“我对数字不敏感，也不会存在手机上。”

贾总这话像是自言自语，又像是对多多说。

“云飞吗？我是老贾。”贾总用他那标准的普通话说着，说话时，始终带着微笑。

电话那头的声音多多是听不见的。她只听到贾总说，来了就知道了，我找你有事，电话里说不方便，我等着你，赶紧过来吧。

贾总放下电话，对多多说：“他就在作协，离这里很近的，说马上过来。”

多多哦了一声。

“找我啥子嘛？大下雨天的，把我喊过来，有啥子不方便在电话里说的吗？”一个声音传了进来。

“云飞到了。”贾总说，接着又说，他还真快，才放下电话。

一位个子不高的男人走了进来。不用说也知道他是云飞了。他先是看了多多一眼，并且是侧着头，仔细地打量的那种，搞得多多有些不好意思，然后说：“老贾，啥时候弄了个美女在身边？”

“瞧你这话说的，我哪敢，这是一个新作者，我向她约了本小说，请你过来，就是希望介绍给你认识，你帮着指点指点。”

“你这里的作者，都是女的，怎么就不见扶持两个男作者，是不是想放在身边？你怎么不约我也写一本啊？”云飞开着玩笑，然后坐在多多身边，又说：“我也挨着美女坐，沾点喜庆！”

“我哪敢约你稿，让你给我公司写两本书，都说没时间呢。”

“等我空闲了，一定写！”

“多多，这就是云飞老师，一个大才子！”

“才子不敢当！”

多多站了起来，说了声云飞老师好，算是打招呼。

“让你看看这个书稿，是多多写的，帮忙指点下。多多，赶紧给云飞老师说谢谢!”说着，贾总就把书稿递给了云飞。

多多又站了起来，说谢谢云飞老师，还请您帮我好好看看这个书稿。

“原来找我来，就是干这事啊?”

“给美女作者看看书稿吧，毕竟是新人，你就多支持支持!”

云飞看了看多多，无奈地说：“那好吧。”

云飞拿着一摞书稿，大致地估算了一下，说：“这么厚的书稿，估计得半个月看完。”

“不着急。”贾总说。接着又说：“多多，你把云飞的电话记上，有啥事，也可以跟他联系的。”说完，把云飞电话告诉给了多多。

多多仔细地打量着云飞老师。他上身穿着一件暗褐色的对襟外衣，下身是一套深绿色的大裤裆裤子，头发很短，几乎是光头，戴着一顶休闲帽子，脚上是一双布鞋，皮肤黑黑的。可以用其貌不扬来形容他。他有点不修边幅，长长的胡须没有次序地自由生长着，俨然一个袍哥形象。

云飞的眼力很毒的。他看了好几页书稿后，说：“这里不该这样写，应该这样写，要勾起读者的兴趣，小说就是讲故事，如何讲好故事，这是一门学问。”

多多听着他的分析，觉得他说得非常有道理。贾总也在一旁说：“多多，一定要按照云飞老师的意见来修改，有他这个才子的帮助，你的进步一定很大的!”

“别这样抬举我，我受不了的!”云飞说。他放下了书稿，然后说：“给我大信封，我把稿子装进去，回家再看。”

贾总顺手递给他一个信封，然后看了看时间，说：“快十一点半了，咱们去吃火锅，为表示对云飞的感谢，中午多多多敬他两杯酒哈!”

午饭后，雨停了。多多接到了红琼的电话，说，妈妈和她马上到成都来，问多多在家里没有。多多告诉她，正在回家的路上。

多多刚进院子，就被在收发室里与门卫聊天的张艳芳喊住了。她说：“多多，刚回来啊?”说着就从屋里走了出来。

“是啊，今天张孃没打麻将吗?”

“吃饭吃晚了，没有我的位置了。”

张艳芳自从退休后，就没啥事干了，常常以打麻将为乐。多多与她的认识就是在麻将桌上。

张艳芳与多多同住一栋楼，只是单元楼层不同。那时，多多刚搬进这个院子不久。一天下午，张艳芳和另外两个女人在车棚门口摆龙门阵，见多多路过，喊道："姑娘，你打麻将不？"

多多下意识地向后看了看，没发现别的人。她想，可能是给自己打招呼吧。便回答说："可以。"

挨着张艳芳身边的一个女人说："这龟儿子，麻将瘾就是大，见人就喊。"

"这一下午时间长着呢，打麻将好混时间。夏云，把麻将桌子摆起。"多多知道了另外一个女人的名字。这个女人多多认识，只是不知道叫啥名字，她就是每天早晨在大门口卖油条的，多多经常买她的油条。

夏云从车棚里拿出麻将，放在了桌子上。说："张艳芳，你们坐起噻。"

多多在一个位置上坐了下来，接着，另外的人也都坐了下来。

她知道了喊她的人姓张。因为成都人喜欢称呼年纪大的女人为嬢，故喊她为张嬢。

四个人围在牌桌前，开始筑起了长城。打麻将的过程中，也相互摆着龙门阵。

张艳芳问多多："姑娘，你是新来的租客，还是买房在这里居住的？"

"买房的。"

"那不简单，看你年纪也不大，听口音是外地的吧？老家是哪里的？"

"宕渠。"

"宕渠是哪里？"

"宕渠是我们达州下面的一个县。"还没等多多回答，另外一个人说。

"红梅，那她是你老乡了。"张艳芳说。

"是啊，地道的老乡。"

"你们都自我介绍一下吧。"夏云在一旁附和着说。

"我叫多多，还请大家以后多关照。"

"就你一个人在这里吗？你是读书出来的吗？"张艳芳接连问。

"不是读书出来的，我初中毕业出来打工，然后自学的，现在就我一个人。"

"还是外地人能干，别看他们是农民，舍得吃苦，你看我们身边的这些城里孩子，别说初中毕业去自学，就是大学毕业还有待在家里不肯出去工作的。你看，某某家的孩子，大学毕业好长一段时间了，就是不出去工作。”张艳芳一股脑儿说了一大串。

几个人一边打着麻将，一边拉起了家常，一场麻将下来，彼此就这样认识了。

自那以后，张艳芳跟多多熟悉了起来。偶尔在楼下见着多多，也会问，下午有时间打麻将吗？

很多时候多多都以有事为由拒绝了。其实，多多是有事做的，她不愿意把时间都花在打麻将上。但她也觉得张艳芳有点可爱，可爱之处在于她为人热情，性格直率。她会说，某某年轻人不上进，就知道打麻将，但她又常常去喊年轻人跟她一起打麻将。

张艳芳拉着多多的手，小声说：“我还有点事找你，现在有时间吗？”

“有，啥事？”

“到我家去说吧。外面人杂，不太方便。”

多多跟着张艳芳来到了她的家。由于是上班时间，她的爱人和孩子都上班去了。张艳芳先给多多泡了一杯花茶，然后在她对面的椅子上坐了下来。

她说：“你现在有男朋友没有？”

“没有，难不成张孃要给我物色一个？”多多调皮地笑着。

“我兄弟的孩子前几天到我这里来，在院子看到你了，说他喜欢你，让我来问问你有没有男朋友。我这几天一直在碰你，没碰上，也没有你的电话，还好今天碰上了。”

“他做啥子的？”

“自己做生意，他很会炒股，赚了不少钱！”

“他多大了？”

“二十六七岁，个子有一米七左右，很踏实的，也是比较挑剔的。”

“你告诉他了吗，我出身农民，也是农村户口，他们的父母同意吗？”

“这个我都告诉他们了。他们说只要我那侄子喜欢，他们无所谓女方是哪里的人。还说，以后要是有了孩子，按照现在的政策，户口不能跟着父亲，只能跟着母亲走，就来个先离婚，把孩子给男方，这样孩子就可以随父亲落户了，落户后，再复婚，我身边有好几个家庭就是这样做的。”

多多哦了一声，心里想，人都没见着，就谈到结婚生子，未免太早了。

“你看，你啥时候有时间，我给我那侄子约好，你们先见一面，或者我带你一起去我那侄子家，把他父母一起见见也行，他们对你没意见，就看你了。”

多多又哦了一声。张艳芳继续说：“他们家条件不错，我的亲弟弟，都是你知我识的人，我也说了，你是个踏实的姑娘，我那弟媳听我一说，别提多喜欢了。”

“谢谢张嬢，这几天我还有事，那就下个周末吧。我到时跟您联系。”

其实，这几天多多也可以抽出时间的，但是她的母亲马上就要来了，她不想让母亲知道自己的个人问题。多年的流浪生活她已经习惯了，自己的事情自己拿主意，更不希望别人的建议，哪怕是自己的父母。

“好的，把你的电话号码告诉我一下，我跟我侄子他们联系好后，再告诉你具体时间。”

多多将手机号码告诉了她，并连声说了两个谢谢后，就下楼，往自己家走去。

她刚进屋上了个卫生间，外面的门铃就响了。多多知道是谁来了，她上前去打开了房门。

“妈，你来了?”多多喊着。

“买了新房子，不喊我，我也来了。”杨召珍笑着说。随即在屋子里转来转去地看了看，一边说，这房子户型不错，方方正正的，这下多多脱离烧柴禾的命了。

是啊，在农村时，严格说在幼小时，多多就讨厌烧柴禾做饭，烟尘漫天飞的。那时，她就下定决心，以后不要过这样的日子，现在，这个目标已经实现了。

红琼提着一个塑料口袋，里面装了几件衣服。她把衣服一一拿出来，扔在了沙发上，然后说：“多多，你看，这是我给爸妈拿的衣服，好看不?”

“好看。”多多顺口说着。

“妈，你来试试，给多多看看。”红琼叫嚷着，赶紧把母亲拉了过来，立马将衣服给母亲套上。

母亲一边试穿衣服，一边说：“你这个人哟，就是显摆!”

红琼嘻嘻地笑着，还说：“穿上这身衣服，不像是土里土气的乡巴佬了!”

母亲穿上这衣服后，的确变得有些洋气了。多多说：“要是把头发也烫卷了，十足一个时髦的都市女人了！”

“我可不烫头发，烫个头发要六七十块钱呢，都要买好几十斤粮食了！”母亲说。

“妹妹有钱，刚挣了稿费，让她出吧。”红琼说。

“没问题，我给你一百元去烫头发吧。”多多说。

“多多的钱就不是钱啊，以后再说吧。”母亲脱下了衣服，然后挨着多多坐在了沙发上。她摸了摸真皮沙发，说：“还是这个坐着安逸，舒服，还是多多能干。听你姐姐说，你把理发店关了，现在靠写稿子生活，这个靠得住不？”

“我的事情你就不用管吧，我自有分寸的，要是维持不下去，我自然会重新开理发店的，或者去找份工作干。”

“你的能力我不担心，只是你的年龄也不小了，依我说啊，千选万选，不如先前，我觉得李沐还是不错的，我来成都之前碰着他了，他说，他还要等你，他还是喊我妈。”

“你就别管了，我有自己的分寸。”

“我想管也管不了！”母亲无奈地说着。

“姐姐的婚事你没意见吧？”多多不想听母亲说她的事情，转移了话题。

“有啥意见，他们满意就好了。他父母问我们有没有什么讲究的习俗，我说啥都没有，看他父母，人也比较实在，人家没嫌弃我们是农村的，就不错了！”

红琼说：“农村就农村的，城里人不能干，照样不能过上好日子。”

对母亲的到来，红琼表现得特别热情，从她买的大包小包的衣服就能看出。她一会儿说，妈，我要把你打扮得跟城里的人一样；一会儿又说，等我有钱了，一定让你和爸爸享福！

多多听到这话，笑着说：“你努力挣钱吧，爸爸妈妈以后还靠你呢，老大，要撑起这片天呢！”

红琼笑着说：“老家的人都说我妹能干，买了房子，爸爸妈妈的衣服算我的，其他的以后还得靠你呢！”

“没问题，现在时间不早了，我要去买菜，你们去不去？”

“我也去这边菜市场看看，当转路耍。彭州市的菜市场，我和你姐姐看过了，价格比较贵！几根葱就两三元钱，在我们老家，五毛钱就能买一大把！”母亲说着，站了起来。

“你不能跟老家比，你等会儿去市场看看，就知道，什么叫贵了，这边比彭州市还贵！彭州市一捆青笋六七根，才两元钱，这里一根青笋就要两元呢！”

“看来成都生活比彭州市更不容易，物价太高了，要是收入少了，都没法生活。城市是看起安逸，青石板上不长东西，啥都要钱。一开门就是钱，我刚到成都火车站，上个厕所还给了五角钱。”

“妈，能在城市生活的，就有那个能力，你别念叨了，咱们走吧。”红琼说，此时，多多已经站在门口，等着她们出门。

红琼在成都待了三天就匆匆忙忙回了彭州市，彭州市在她眼里，俨然是自己的家了。要不是多多挽留，甚至想待一天就回去。

待在成都的三天里，她每天和郭文生煲着电话粥。杨召珍见她电话不停，说：“哪有那么多说的嘛，有事三两句就说了，打电话不要钱啊，说话就等于花钱！”

红琼我行我素地继续打着，一边在电话中说说笑笑，一旁的杨召珍死死地盯着，见红琼还是不理她，就转身去另外一个房间了，一边走，还一边嘀咕着：“一点都不晓得节约！”

多多看着这一切，只是偷着乐。她知道，母亲是心疼钱的。可母亲哪能理解人家恋爱中人的那份相思，那份感情！

母亲是劳动人民出身，以刨土为生大半辈子，也勤俭节约习惯了。每次红琼打完电话，又问，打了多长时间？然后说，看，又是好几块钱了，都要买好几袋盐巴了。

每每这时，红琼总是说，家里吃盐的钱我包了！

话说回来，母亲能不心疼钱吗？农民靠天收成，天气好了，这年丰收，能一家糊口；天气不好了，庄稼减产，日子就紧巴。好在这几年日子好过些了，农民种庄稼不再给国家交粮食了，同时，农民种庄稼国家还按照亩地给予补助了。红琼、多多每年或多或少都要给家里寄些钱回去，以补贴家用，家里的日子也才宽裕些。即便这样，母亲还是舍不得花钱，恨不得把一分钱掰成两半用。

红琼走时，给了母亲八百元钱，并叮嘱多多，要把母亲送到火车上。母亲说：“我有嘴，知道问路的，虽然不认识字，我来的时候，也没有把我走掉。”

“我这不是担心你吗?”红琼说。

“我不要你担心，我倒是担心你，你要好好工作，在人家家里，要勤快些，不要睡懒觉……”

母亲又是一阵唠叨，红琼说：“知道了，知道了！多多，照顾好妈，我走了。”

杨召珍看着红琼远去的背影，对多多说：“我都出来好几天，也不知道你爸爸他们在家里怎么样了?”

“难得出来一次，这次就好好待段时间吧。”

“我准备这几天也要回去了，待在这里，给你要添不少麻烦，这里啥都要买，在农村，粮食蔬菜不用花钱的!”

“养你，我还是养得起的!”

“养我一个人有啥用，还有你爸爸、弟弟。”

多多本想说，你和我爸爸该养，但是弟弟我就不该养，因为是你们想儿子抱养的。话到嘴边，她还是咽了下去。然后换了个话题问：“陈旭读书成绩如何?”

“不太好，没你以前读书认真。”

“要鼓励他好好念书，有文化才好。”

“管他的，能念到哪里都在他，我们村，很多初中毕业就出去打工了，你不也是吗，想学的时候，就像你这样自学。”

杨召珍说得轻松，她哪里知道自学的艰辛。自学，靠的是自主学习，同时，还要在工作之余抽出时间学习，这种学习，付出的精力比单纯念书时要多得多。

多多有次下班后骑着自行车去夜校上课，途中，天空下起了大雨，为了快速赶到学校，多多可以说是一路狂飙。由于骑车速度比较快，加上自行车没有刹车，被后面骑车的人碰了一下，多多狠狠地从车上摔了下来。为了不耽误课程，多多忍痛从地上爬了起来，重新骑车冒着雨去了学校。

后来多多回忆起当天发生的一幕，忍不住心惊胆战。要是当时，有车从自己身上压过去，后果将是什么?那样的话，自己的人生又将是怎样的结果?

不想不可怕，越想越可怕。要是真发生了，多多希望把自己撞死，那样自己就不会痛苦，也不会给父母留下负担。如果没有撞死，撞残了，或者瘫了，她想，她会用自杀的方式结束自己的生命，她不想要那种身体有缺陷的人生。

也许多多的命大，也许人生自有安排，多多顺利地逃过了几次劫难。而这一切，她都没有向任何人倾诉，她把自己隐藏了起来，把那颗心，埋藏得很深很深，唯有一个信念支撑着自己，必须改变自己的生活，改变命运！

第五十四章　道不同不相为谋

早餐后，多多带着母亲去了长途汽车站，她要将母亲送上车。母亲的这趟成都之行可以说是满载而归的。除了红琼给她买了些衣服给了钱，多多也给母亲带了一些钱回去，同时还将来回的车费也给了母亲。母亲为了钱的安全，头一天晚上，在自己的贴身内衣里缝了一个口袋。

母亲这一次来，也提到了村里的一些事情，说陈梅也没开理发店了，和她爱人一起到福建打工去了，两个孩子留给她爸爸照顾。说陈建强已经去世了，但陈建强的去世与陈菊芬有关系。在农村，嫁出去的女儿是不能在娘家生孩子的。由于陈菊芬快生时，到了娘家，那天刚好发作，尽管把陈菊芬安排在牛圈里生的，但还是影响了家里的运气，没多久，她爸爸就病了，再后来就死了。

多多听到在牛圈生孩子，觉得不可思议，说："这是陋习！可能是他爸爸本来就有啥病，难道嫁出去的女儿就不能在家生？"

杨召珍说："那是，农村有这个风俗。"

"农村还有啥风俗？"

"嫁出去的姑娘，带着女婿回娘家，也不能同房，这也是规矩。"

"妈妈，你这规矩有点多，农村那么多讲这规矩那规矩的，为啥还那么穷呢？"

"不讲就更穷了。"

母亲还说了晓生的爱人得了尿毒症，一直在等待肾移植，那么年轻，真是可惜了；还说陈栋投奔了晓生去了西藏，陈玲玉跟着他爱人也到成都来打工，陈秀兰已经卖掉了乡镇的房子，在宕渠县城买了一套房子。也提到了那个知青刘梅芳，说刘梅芳的女儿朝霞最初嫁到了邻村，婚后一年离婚，重新嫁到了达州市里，她的那个儿子由于学的医，已经在成都的某家私人诊所当医生，也在成都买了房子，并找了个成都的儿媳妇，现在老两口就儿子女儿家两边住，还说，陈三虎不久前瘫痪了，靠坐在轮椅上，长期身边不能离人。

听到陈三虎瘫痪的事情，多多无论如何同情不起他来。她想起了曾经被陈三虎用青霉素打针不做皮试致死的那个十岁女孩。使用青霉素，需要先做皮试，但陈三虎觉得头一天做过了，第二天就没做，直接打针进去的。

那天，多多去菜地里割猪草，碰上了那个女孩，还跟女孩打了招呼，过了一会儿，就传来了那个女孩的死讯。多多跑去看了看，女孩脸色发紫，整个身子都成紫色了。原本好生生的一个人，转眼说没就没了。后来，女孩家找他赔偿，也没给予什么赔偿，一条命等于白白丢了。

多多也向母亲提到了她碰到过的张志行，说张志行下岗到了成都靠蹬三轮挣钱。

母亲有些不敢相信，说明明有工作的，怎么就下岗了。还说，后脑勺是摸得着，看不到。没想到刘梅芳的日子比张志行还过得好，真应了那句，后人好，才是好！

多多看着母亲乘坐的汽车开走后，赶紧打车去了一个地方。因为昨天她接到了云飞的电话。电话中，云飞告诉多多稿子已经看完了，让她自己去取，同时也详细地告诉了具体地址，并约好今天十点左右到。

到了省作协门口，多多仔细端详了那个白底黑字的牌子，感到很亲切，同时，又有一种距离感。她想，这里面的人都是作家，而当作家是自己的梦想，什么时候自己也能出版书了，加入这个协会，成为这个协会的会员呢？想到这些，自己又忍不住地傻笑了下。

“喂喂喂，你找谁？”一个声音响亮地传过来。多多东张西望地看了看，一个男人从收发室里走了出来。

“师傅，您喊我吗？”

“不喊你喊哪个？你找谁？”男人的嗓门很高，说话像打雷。

“云飞老师，刚才他给我电话了，让我来取稿子。”为了证明自己说的话是真的，多多甚至将刚才的通话号码也拿出来给他看。

男人伸着脑袋，看了看，说：“去吧，知道哪个房间吧？”

“知道，谢谢师傅！”多多说完，一溜烟往楼上走去。

云飞老师办公室的门是虚掩着的，多多到了门口就看见他了。

他站在一个书柜前整理资料，见了多多说：“你随便坐，这屋子里比较乱。”

多多在他对面的一个椅子上正要坐下来，但看到椅子上面还有一摞稿子，于是将稿子拿开，但又不知道究竟放在哪个位置，稿子上面落满了灰尘。

“我这里除了书稿还是书稿，有不少是作者的来搞，一稿一稿的看是不可能的，时间和精力都有限。”云飞将稿子递给多多，一边说。

多多哦了一声，然后接过书稿。她大致翻了翻，书稿的每页都有不少修改的痕迹，有铅笔、红笔，或者划的线。

云飞说：“书稿我都看完了，对写得好的地方用红笔，不好的地方用铅笔，划线的地方属于过得去，都分别做了标记，文笔还是不错的，故事也还是编得到位，小说就是讲故事，而且要讲得合情合理。你拿去后，按照我给你的提示，好好再修改一下，好文章是改出来的。”

这样多的标记，让多多感动。她发自内心地说：“谢谢云飞老师!”

“我花了整整两个星期才看完的，而且是认真地修改的，也希望你认真地修改，努力一定会有成果的!”

多多再次说了声谢谢。说实话，她除了说谢谢还是谢谢，只能用实际的努力，来回馈他的。

“怎么想到写长篇小说的?”云飞问。

“因为喜欢。”

“以前发表过小说吗?”

“没有。”

“第一次能写成这个样子，真不错的，继续加油!”

“谢谢云飞老师鼓励。”

“我这还有事，马上要出去，中午不能招待你吃午饭了。”云飞一边说，一边将一摞稿子装进了一个大的信封里。

“那我就不打扰您了。”多多站来了，打了招呼，走了出来。

来到大街上，多多有些抑制不住内心的兴奋，她再次将黄皮信封里面的稿子取了出来，看着上面修改的痕迹。她觉得，这本书离成功不远了，应该说，这本书只要按照云飞老师的修改后，出版应该是没有问题的。

想到自己在不久的将来，也会出版一本书，自己的名字有一天也会在书的封面上出现，多多别提多激动了。她觉得，生活对她真是慷慨，让她的梦想一步步实现。有了这一切，人生才是美好的。

她沉浸在这份喜悦中。

突然，一个电话将她拉回到了现实。“多多，我是张嬢，昨晚咱们通过电话的。”电话那头说。

“您好，张嬢。”

“我侄子刚给我电话了，问你忙完了没有，他今天没什么事情，在家里等着了。”

“哦，我也忙完了，那行吧。”

多多想，早见晚见都是见，见了就少一件事，免得张嬢总问她。

“你在哪里，我让我侄子来接你?”

“不用不用，你告诉我地方吧，咱们会合就是。”

“干脆在咱们大院门口会合，我开车带你一起去。”

由于路上不堵车，十多分钟后，多多乘坐出租车到了大院门口。她刚下车，就被张嬢喊上了，然后将她拉进了旁边的另外一辆车。这是一辆红色的桑塔纳轿车。

车子上了一环路，接着朝二环路奔去。到了二环路，又朝三瓦窑方向开去。

车子在一栋铁锈红的三层楼房前停了下来。张艳芳说，到了。她先下车后，多多才下车的。

多多站在车门处，看见房门口站着三个人，不用猜，多多也知道是谁了，应该是张嬢的弟弟和弟媳，另一个就是他侄子了。

“这就是我给你说的我那侄子，张顺，”张艳芳对多多说，“这是我弟弟，这是我弟媳柳芳。”

张顺看着多多，多多有些不好意思，将目光转向了一边的柳芳，说：“您们好!”

“赶紧进屋喝点茶，一会儿就吃午饭。”柳芳脸上带着笑意，温和地说着，然后领着他们进屋。

在客厅的沙发落座后，多多仔细地打量了一下这个屋子，屋子里非常干净，摆设也很整齐，茶几上已经泡好了茶水，也摆上了水果。

张顺爸爸说：“姑娘，你先休息会儿，喝点茶，我去炒菜，一会儿吃饭。”

柳芳也对多多说："孩子，喝点茶水，吃点水果，不用客气。"

张孃拿起茶几上的枇杷剥起皮来，还一边对多多说："吃点水果，枇杷是润喉润肺的。"接着她又说："多多，我这侄子，喜欢你喜欢得不得了，人长得就这样，脾气好，也很懂事，就是学历差了点，中专毕业生。"

"学历不当饭吃，别看我们张顺学历不高，但是脑瓜子够用，炒股非常在行，而且买的股票基本上都是赚，自己还在太升南路开了一个电信器材店，生意也不错。"柳芳在一旁说着。接着又说："多多，你不在意学历高低吧？"

还没等多多回答，张孃就说："多多是初中毕业的。"

"我们对学历、哪里人都没要求，只要两个看上了，就行。孩子的幸福比什么都强。"柳芳说。

多多第一次面对这样的相亲，有点不适应。她静静地在一旁听着，基本上是问她什么答什么。偶尔，她也会观察张顺。事实上，多多已经拿到了自考的大专学历，她觉得没必要告诉对方。

张顺，个子不高，不到一米七，偏瘦，而且在与多多的交流上，多多发现不在一个频道上。多多的骨子里，还有一股文学范。当问及张顺时，基本上是一问三不知。显然，张顺不是多多心仪的那种男人，但多多不能马上拒绝，这是出于礼貌。

"张顺，你带多多去转转，谈恋爱是谈的，你们好好去谈谈。"张孃对张顺说。

多多跟在张顺的后面，参观了整栋房子。这栋房子比较大，三层楼，有十多间。房屋前屋后种植了几株果树，也种了些花花草草。张顺告诉多多，他们自己只住了楼下这一层，上面的房间都出租出去了，并告诉多多，以后她不想上班可以不上班，收房租都够了。

多多心里想着，这简直就是地主。在成都，能有这么宽大的房子，简直不可思议。

"我家的房子是拆迁得来的，听说以后还要拆迁。"张顺说，"我两个姐姐，她们都结婚了，都有自己的房子，也有自己的事情干，大姐二姐，分别有两辆出租车开，我只有一辆私家车。我父母说了，这里的房子，以后都是我的。"

"你家的房子太大了，简直不敢想象！"

“以后这里就是你的了，有什么不敢想的？对了，吃过午饭，想去哪里玩，我带你去。”

“下午我还有点事，需要去办，以后再说吧。”多多不想在这里久待。尽管这里房子很大，也很漂亮，但她感觉，这里不属于她，面前的这个男人，也不是她所欣赏的。但她不能明显地拒绝，她希望通过时间去冲淡。

这时，张顺爸爸喊着多多他们吃午饭。

这一顿午餐非常丰盛，大鱼大肉、海鲜什么都有的。饭桌上，张孃问多多，对张顺的印象如何，同时也夸奖了张顺。

在这样的场面，即便不好，多多也违心地说，不错。

张顺的爸爸打心眼里喜欢多多，饭桌上，不停地给她夹菜，还说：“多多，只要你跟我们张顺有缘分，以后什么工作不做，就靠着房租都够了，我和张顺妈妈都有养老金，也不会成为你们负担的。”

柳芳也对多多印象不错，说：“张顺的两个姐姐也很有出息，都有自己的家庭了，也有自己的房子，她们都不用我操心，张顺的个人问题解决了，我们的任务就完成了。给张顺介绍的人也不少，他就是不喜欢，对于儿女的婚姻，我还是比较开放的，尊重他们自己。”

“这就是缘分，张顺在我家来，见过多多，就喜欢上了。”张孃说着，停了一下，接着又说：“张顺的眼光真不低，多多这孩子不光人长得漂亮，而且聪明能干、勤奋、善良。”

张顺爸爸说，“一见这孩子，就招人喜欢的。”

“别光顾着说话，赶紧吃菜。”柳芳说着，也给多多夹菜。

多多的饭碗里，堆起了不少菜。她在心里感谢他们对她的认可。她看了眼张顺，张顺说：“看我干吗，赶紧吃吧，我爸爸妈妈多维护你，他们这架势是有了儿媳忘了儿!”

多多忍不住笑了起来。

饭后，张孃就着急要走，她本想自己走了，让多多与张顺多接触接触。哪知，多多说有事需要处理，也跟着一起走了。走时，柳芳还不忘叮嘱张顺，赶紧把事先准备好的一袋子枇杷让多多带上。

只是这次多多不是乘坐的张孃的轿车，而是由张顺驾驶的小车送多多走的。为了让自己的谎言更加圆满，车子到了红牌楼时，多多说她就在这里下车，去办事。

多多是看着张顺驾车走的，他走后，多多望着眼前的枇杷，在心底说：“对不起，我不想伤害你！”

如果在选择婚姻的时候，按照物质条件去选择，张顺的条件无疑是比较好的，但是，张顺的内在条件，离多多希望的那个人差得太远了。她不想选择这样的一个男人，担心自己有天还是会离他而去，为了不带给他及他的家庭重大的伤害，她决定，这是最后的见面……

第五十五章　崇拜的偶像在眼前

多多生活的重心基本上是看书、创作，或者是编撰稿子，甚至发展成给老板写自传。

多多原本只是一个玩文字的局外人，在这个圈子混了些时日之后，在这里认识的人多了，企业老板、书商、出版社、作家，知名不知名的都有。

在一次朋友的聚餐中，有一位企业老板，知道多多是玩笔杆子的，于是半开玩笑地说，干脆我也写个自传，你到时帮我修改修改。

多多说，干脆我给你写得了，你给我费用就是。那人也爽快，当即拍板，承诺给多多五位数的费用，其他出版印刷等自己完成。

五位数，是上万的稿费，对多多来说，那是一笔巨款，要知道，这时，很多人的工资也才一千出头。

拿着对方付的费用，多多兴奋得几天没怎么睡觉。对于一个开过理发店的她来说意味着什么呢？一笔巨款呀！在与老板约定好以后，她动笔开始写。约定时间为期三个月。由老板提供详细资料，同时写作方放弃署名权等任何权益。

好事真是一波又一波地来临，当多多写完这一本自传后，又接连接了两个，这样的日子，可以说是比较滋润的。她甚至有些喜欢上这样的生活状态了。但这样的生活对多多也是有烦恼的。因为作品上没有自己的名字。也有老板戏言："多多，干脆做我的女人吧，我把你养起，每月给你固定的钱，然后你写自己喜欢的东西。"

多多一口回绝说："谢谢，我这样很好！"

拿着写这几本自传的稿费，多多再度在市中心一次性付款买下了一套房子。她盘算着，这下终于好了，即便哪天失业了，也不怕饿肚子了，住一套，租一套，好不乐哉。这才算自己真正在城市扎下了根。写作能让自己挣钱，就是锦上添花的事情了。

那天上午，天空中飘着小雨，多多在打开抽屉的时候，又翻开了那两个朱红色的房产证，产权人的名字是自己，她有些不敢相信，自己居然在这个城市有了两套房产。而其中一套房子，居然是靠写作挣来的。多多把房产证放回到了原处，她在心底说，加油吧，既然现在能靠写作挣钱，就要靠自己的双手写出更多的东西，最好，把自己写的东西能放进国家图书馆，那时，人们在借阅的时候，就能看到自己的作品了。

多多来到了电脑桌前。开始了码字生活。十点半左右的时候，她接到了一个陌生电话，电话那头说："多多，我是张仪禄，是宕渠创作办公室的，我是从李同宗老师那里知道你的电话的。"

提到李同宗，多多感到亲近多了，因为李同宗于她是既亲近，又熟悉的。

多多第一次听说有《宕渠文艺》这份报纸是通过《宕渠文艺》执行主编李同宗。李同宗是她打小就崇拜的人。

多多第一次到李同宗家大约是在她十岁的时候。那年夏天，她和李瑶到她大爸李同宗家去耍，那也是她第一次进城。到他家里时，已经是中午了。一进门，她看见一个戴着眼镜、伏在写字台上认真写作的中年男人。他身边有两个大书架，书架上摆放着很多书。当时，他只顾在那里写作。李瑶喊了声大爸，多多喊了声李叔叔，他应了一声，继续在那里写作。

看到那幅景象，多多十分羡慕，心想，什么时候我也能戴着眼镜，家里有很多书，有一个写字台，在那里可以任意地、随性地看书、写作就好了。

一会儿，李叔叔走了过来，热情地说："今儿天热，你们多吃点水果。"说着，他将茶几上的香蕉、葡萄分别递给了她们。接着他问李瑶："这丫头是谁?"

"我的同学，多多。"

"哦，以后跟李瑶经常来耍哈，"李同宗说。

"要得。"多多回答后，开始猛吃香蕉，那是她第一次吃香蕉。在印象中，她记得将那一把的香蕉都给消灭了。

午饭后，李同宗又安排她和李瑶去了县电影院，看了一场《闪闪的红星》。电影结束，她们被李瑶的爸爸带回了李瑶家。从那以后，多多再没有去过李同宗家，但李同宗的形象却深深地印记在了她的脑海里。从那以后，她喜欢上了书，只要有机会就看书，希望有一天能成为李同宗那样有学识的人。

中考落榜，初中毕业的多多只得流入社会，开始为生存奔波，但成为李同宗那样的人的梦想却从未停止过。李同宗是她在现实生活中最早认识的一个有知识、有文化、有学识的人。于是，闲暇的时候，自学成了她实现梦想的唯一途径。

作为城市的漂泊者、打工者，多多发现，“生活是最好的老师，社会是最好的大学。”也使她知道了人不光要读有字之书，还要读“无字之书”。在这个无字之书里能学到很多课堂上学不到的东西。

生活是流动的，而流动的生活总能带给多多一些启迪和感悟。于是，她将这些感悟写成诗、散文、日记。慢慢地，有一部分变成了铅字。

就这样，多多为了那个梦想一路坚持着、靠近着。让她没想到的是，李同宗却在一直关注他。一天，李同宗突然同多多联系上了，他在电话中说：“丫头，听说你现在在成都干得不错，能否给我们《宕渠文艺》两篇稿子，散文、诗歌都行。”

多多当即同意了。那一次的电话通话时间比较长，毕竟十多年没见面联系了，多多将自己这一路的生活经历简短地告诉了他，同时，李同宗也在电话中鼓励了她。

随后，多多将以前写好的两首诗歌当即给李同宗寄去了：

《盼》

虽然是万物复苏的季节
而山川只是做了诗的绿洲
在诗的语言里
你听见我的声声絮语了吗
嗨
春天已将来临
那放在阳台上的仙人掌
还依旧是青青的么
但我却天天盼望
仙人掌也天天盼望
你这屋子里的主人啊

《我不要做这女人》

我已经不是那火热的情人
想当初
我曾使天下男人迷乱
我的妩媚与妖艳
随时光流逝
都永远过去
没留一丝踪迹
乱情啊 畸恋
我曾是精怪的妖女
如果我能有来生
我不要做
不要做这样的女人……

不久，多多收到了李同宗寄来的两期《宕渠文艺》，她认真地阅读起来。这是她长这么大，第一次如此近距离地读家乡创办的一个刊物。虽然报纸仅有四个版面，但内容精深，丰富多彩，有新闻，有书法，有散文、诗歌、小说等等，捧在手里还是沉甸甸的。

再后来，多多收到的《宕渠文艺》刊发了她的诗，这也是她第一次在家乡的刊物上面发稿。

此时，当电话那端提到李同宗，多多与他也多了一份亲近。

“哦，您好张老师！”

“我现在在组稿一本文集，希望您能赐稿大作两篇。”

“大作不敢当，写的豆腐块倒是有。”

“我现在也在成都，你住哪里，方便的话，你把稿子给我送来，我住在川大这边的，同时，我这里还有两位老师，也是咱们宕渠的。”

“您告诉我地址吧，我给您送过来。”

“好，一会儿用短信把地址发给你。谢谢你的支持，明天我准备去杨牧家，也希望他那里提供几篇稿子。对了，多多，杨牧老师也在成都，你知道吗？”

“我以前看过他的诗，但没见过他。”

“我们还很多时候谈起过你，一会儿我也把他的电话告诉你，他是我们宕渠人的骄傲，你应该认识认识。”

提到杨牧老师，多多打心底是希望见他的，苦于没有联系方式，也就作罢了，听张老师这一说，真希望见见。

挂断这个电话后，接着短信就来了。多多看完短信内容后，立即给予了回复，然后从书架上找出稿子，出门乘坐公交去了川大。张仪禄是个细心的人，在短信中，把交通路线都注明了。

四川大学是全国的一所著名的高校。多多曾多次路过那里，但从来没有进去过。在多多的潜意识里，所有的大学都是相似的，因为她曾去过兰州大学看过一次。

到了张仪禄家里，多多将两篇稿子给了张仪禄。同时，张仪禄介绍了另外两个人和她认识，一个是在成都荷花池做服装批发生意的张玲，另一个是宕渠作协创作办公室的李玲，她俩也都是宕渠人，都在成都买了房子，基本上是成都和宕渠两边跑，张仪禄老师也不例外。

老乡见老乡，虽然没有传说中的见面泪汪汪的情节，但还是倍感亲切。那浓浓的乡音总能拉进彼此的距离。他们都说，多多的家乡口音基本上莫得了。

他们问了多多的一些具体情况，多多也如实地说了。同时，他们都对多多刮目相看，说，一个初中毕业生，能在成都立足，真是不容易，听说你现在以写作谋生了，真是不简单。

多多听后，笑了，说：“我就是为了吃上一口饭，替别人写东西，都不好意思拿出来说呢。”

“这有啥子的，听说巴尔扎克当年为了糊口，还写黄色小说，而且写的小说还署雨果等名家的名字呢，成功人的背后都会有不堪回首的过去，这个很正常。”张仪禄说。

“这我倒是第一次听说。”多多说。

在谈话间，张仪禄一边看着多多的稿子，说：“多多，你的文笔真不错，写的文章也好，比我看到的不少作家的文章都好，继续努力，一定会成功的。”

“您这是抬举我，谢谢，我会更努力的。”

“真的，不信，我把稿子给她们也看看。”张仪禄说着就把稿子递给了她们，她们每人手里拿了一篇稿子。

接着张仪禄又问：“多多，你最近又在进行哪方面的创作？”

“一个文化公司向我约稿了一部长篇小说，初稿写完了，不过还在修改，这部书稿给省作协的云飞老师看过了，他也给我提出了修改意见，目前还在修改中。”

“云飞可是才子，就是我们这川大毕业的，他能给你看书稿，简直太好了，你怎么认识他的？”

多多将认识云飞的来龙去脉告诉了张仪禄。张仪禄一个劲地称好。并鼓励多多，搞文学创作不需要什么文凭，而是要有灵气以及不断向上的努力。还告诉多多，一定要去拜访下杨牧，他也是一个才子，也是位德高望重的作家，在我们宕渠是数一数二的，就是在全国也是非常有影响力的。

提到杨牧，多多也有许多话想说。因为她走上文学这条路多少受过杨牧的影响，能去拜访他，那是她非常高兴的事。这下知道杨牧的联系方式了，也知道他的家了，多多别提多高兴了。更让多多没想到的事，杨牧家离她所住的地方非常近，步行也就是十来分钟。

这时，张玲和李玲将多多的那两篇文章也看完了，一个劲地说写得好，写得不错。

多多第二天就去拜访了杨牧。

在去杨牧家之前，多多先给他打了一个电话。电话中，杨牧说正在外面办事，一会儿就到家，你先去家里吧，你苏阿姨在家。

苏阿姨是杨牧的夫人。这是多多看杨牧的那部《天狼星下》后知道的。那本书中提到了他与夫人是如何认识，最后走在了一起以及一起面对生活中的种种艰难……

那本书是杨牧的一部纪实文学作品，是以他自身经历为原型创作的。多多从翻开书的第一页起，就难以放下，大有不把它看完誓不罢休的架势。看完后，感慨很多，甚至有一种莫名其妙的纠结。这书，在她心里形成一种强烈的震撼，更有种压抑感，使她不吐不快。

说实话，在多多读过的纪实文学作品中，还没有一本像那本作品给她带来巨大的震撼力。以前常听老一辈讲上个世纪六七十年代那段苦难的历程。

那时，多多年幼，只是听听，没什么感觉，毕竟她出生在改革开放的年代，对那一时期的事情有点像听天书的感觉。

在多多一口气读完他的这部作品后，使她对那个特殊年代有了些许了解。在书中，她终于了解了那段历史，了解了那段历史中人们的生活状况，特别是“盲流”的生活状况以及杨牧的那段不堪回首的岁月。那是一种什么样的生活面貌和状态呢？她想，没有亲身经历过的人，是难以表达出来的，那种对生的渴望，对人性情感的解读，可谓栩栩如生。那段岁月使他从一个“盲流”成为一个“名流”。他之所以取得这样的成就，就在于他保持了人类最普通、最执着的一种心态：改变命运，也印证了“树挪死，人挪活”的道理。

读完那本书，多多深深为自己感到庆幸。庆幸自己没有经历那样一段特殊时代。她不敢想象，如果自己经历那样的时代，或者在那个特殊时代生活，将会是什么样子？书中涉及到的几个人物当初都或多或少地迫害过主人公，最后都无一例外地再次相遇。这个结论是否告诉我们，上天是有眼的，好人总有好报呢。也许，在那个特殊年代，人人都无法掌握自己的命运，明哲保身也许是最好的选择。人们在动荡年月，每天过着提心吊胆的日子。一个时代的苦难，往往是那个时代千千万万人的苦难。他用手中的笔书写了那个特殊时代，也书写出了自己的传奇经历，所以读来倍感亲切。整个文章没有经过过多的文字加工和结构调整，但并不影响整个书的看点，或者说整本书就是杨牧静下心来对自己人生经历的一次梳理。杨牧的经历的故事非常真实，震撼人心。因为真实生活所带来的震撼远胜于人为的故事编造。

杨牧的经历给多多带来了鼓励，他对人对事的态度以及从他骨子里透出的坚强，总能使人感到平和、舒展。

多多是步行去杨牧家的。当她按响门铃时，一个身材娇小、气质优雅的女人出现在多多跟前。她想，这应该是苏阿姨。

“您好！苏阿姨。”多多礼貌地打着招呼，然后准备换鞋子进屋。

“不用换鞋子。”阿姨站在旁边说。

“你先坐一会儿，杨牧马上就回来。”苏阿姨一边说，一边转身去了另外一个屋子。

多多在沙发上坐了下来。一会儿，苏阿姨将一杯泡好的茶水递给多多，然后在茶几的果盘里拿走了两个苹果去厨房。当她再出来时，端着了一个果盘，果盘的小块果肉上插着牙签。

她在多多旁边的沙发上坐了下来，说："你吃点水果。"

多多吃了一块，觉得自己不仅仅吃的是水果，是领受了一份情，一份爱。

苏阿姨待人非常热情、谦和，说话柔声细语，当多多的眼神与她的眼神交汇时，能感觉到她的眼神里充满着慈爱。

多多与苏阿姨聊着天，苏阿姨也会问一些多多在成都的情况。

突然苏阿姨说："杨牧回来了。"

"多多。"多多听见有人喊她。

多多站了起来，与杨牧打招呼。杨牧站在门口换鞋。

多多仔细地打量了一番，见他个子不高，头发稀疏，柔和的笑意挂在脸上，这一面给人感觉很亲。这就是她崇拜的偶像，终于见着真人了，多多在心底非常高兴。

杨牧穿着拖鞋走到沙发旁，在多多的身边坐了下来，问："在成都的情况如何？听说你写了不少作品。"

"没写啥子，当了很长一段时间的枪手，给别人写东西。"

"给别人写东西不是坏事，可以借此锻炼了你手中的笔。不过，写到一定程度后，要跳出来，要写署名自己的书。"杨牧一边说，一边将茶几上果盘里的丑橘拿起，剥开皮，递给多多，说，"吃点水果。"

多多接过丑橘，说了声"谢谢"，接着又说："刚写完了一本小说，一家文化公司约的稿，不过还在修改中。"

"来成都多久了？"

"有几年了，我初中毕业最初去的兰州，后来才到成都的。"

"怎么想到去那么远？"

"我家亲戚在那边做保健品生意，让我去给他站柜台，就是在商场卖东西。后来，我妈让我回来念书，就回来了，结果我妈又让我还学费，我干脆就不读了。"

杨牧听到这里，笑着说："先把书读了再说嘛，没钱还她，她能把你咋的？"

"我才不想欠账呢，我可以走自学的路哇。"

"在成都住哪里？"

“我自己买了房子，就在您家附近呢。”

“还是能干，你很年轻，努力写，一定有成就的。”

苏阿姨在她们聊天的过程中，去了另外一个房间，她偶尔出来给多多的茶杯里续水。

多多与杨牧面对面地交流，将自己到成都后的生活与工作状况都告诉了他，同时，也将自己第一次知道他以及看他的书的感想也告诉了他。

杨牧没想到，多多对于他的作品是那么认真地去读，并去思考，也没想到，自己的作品给了多多那么大的影响。

他站了起来，说：“我这里有新出版一套我的文集，送给你一套。”

说着，带着多多进了他的书房。

多多走进这个书房，见书架上不光摆放着一些归类整齐的书，同时也摆放了一些奇石。杨牧在一个书架前停了下来。

他从书架上取出《杨牧文集》上、下册后，在文集上签上他的名字。同时，又在书架的一侧找到了一本《天狼星下》，说这书就不签名了，是本盗版书，我也没有正版书了，这书也是我买的，你就当留个纪念。

说实话，当多多捧着杨牧送的作品时，犹如朝圣者遇到了圣人一样，充满了惊喜感恩。

这里发生的一切都是多多从来不敢想的。自己崇拜的作家居然亲手送给自己签名的书，这是多么厚重的一份礼物！他送的不仅仅是书，更是一种精神，一种鼓励！

第五十六章　今非昔比

在接下来的日子里，多多开始注意留意报纸上的招聘启事，她希望到一家文化公司做个兼职。一天，多多看到一家文化公司招聘编辑，便致电过去，问要不要兼职编辑。因为多多不想做专职的编辑，她认为，一旦做了专职的工作，每天坐班，这样就没有时间写自己的东西了。

对方没有肯定地回答，而是希望她直接去公司面谈。同时，对方把详细的地址告知了她。

多多见外面淅淅沥沥地下着小雨，有些犹豫，自己是否要去呢？去了，能应聘成功吗？报纸上，明确说需要编辑，而自己的要求是希望做兼职编辑，同时，上面也规定了需本科学历，而自己只是自学的大专学历，对方是否会给自己机会呢？多多迟疑了一下，还是认为，去了至少可以给自己一个机会，不去，一点机会都没有。

多多到了那里，简直傻眼了，前来应聘的人不少，足足有十多个，个个的简历做得精致漂亮，而且都是大学生。一纸空白的多多坐在那里真不是滋味。她想，这次肯定没戏了。

轮到多多面试时，一个穿着职业装的年轻女士领着她进了总经理办公室，然后给多多泡了一杯茶退了出去。

这位老总是个男的，大约四十来岁，个子很高，平头，国字脸，他见多多进来后，微笑着说："请坐。"接着，他翻开自己面前的一摞简历，说："多多，我没见着你的简历，只见到了一张自我介绍。"

"老师，您好！那就是我的简历，因为在我来贵公司之前，已经在电话中如实告知了，我就希望做一个兼职的编辑。"多多不知道对面的领导姓什么，所以，她用了广义的称呼老师。

"能告诉我，你以前干过哪些类似的工作？"

"我给其他文化公司编撰过课外读物，同时，我也写了本二十万字的小说。”

“小说出版了吗?”

“没有，初稿完成后，我进行了第二次修改，基本上快修改完了。”

“能写一部长篇小说，真不简单，今天带小说来了吗?”

“我什么都没带，直接过来的。”

老总看着多多笑了，他那和蔼可亲的面容使多多没了紧张，他们彼此的交谈更多是围绕小说在展开。一次面试却成了交流小说的焦点。

他们谈了半个多小时，那位老总说，“我还有事情，你先回去等消息吧。”多多走出了那家文化公司，一路上还在想，这个领导真奇怪，自己来应聘编辑的，他却没谈具体事情，而是谈她的小说。想到这里，多多又想，估计没戏了，就当是生活中的一次另类体验吧。

这天晚上，多多的手机响了。是上午去的那家公司接待她的那位女士给她来的电话。告诉她，希望多多明天能把自己完稿的小说带过去。

听到这个消息，多多有些兴奋，难不成他们对自己的小说感兴趣。要是这本小说能顺利出版，简直太好了。不过多多也有些迟疑，毕竟这本书跟别人签订了合同的，这样做是不是有些不道德呢?

多多是按照约定写完的小说，但是，对方也提出了不少修改意见。多多担心对方还是不满意，怎么办?这是一个机会，多多希望先看看再说，也不一定能真正就被对方看中了。

第二天一早，多多将自己的书稿从电脑中拷贝出来，然后在一家打印店去打印，打印好后，才乘车去了昨天去的公司。此时，多多还没记住那家公司的名字。

多多将稿件带去后，接待她的还是昨天那位女士，她将多多的稿件接过去后，说，老总还没有来，等会我会将书稿转给他。对方没有提招聘的事情，多多也不便询问，一套书稿就这样给了对方。

事情就这样过去了几天。多多也没将这事放在心上，她知道出书比较难，通过了算运气，没通过就拉倒吧。

哪知，在非常普通的一天，多多正在编撰一本书稿时，接到了一个电话，这个电话是那家公司的负责人打来的，说，我们老总看了你的书，说写得不错，还连夜给你写了个八百字的推荐信，发到了北京的一家出版社，我们公司准备与出版社合作，出你的小说。同时，让我问下你，你还写过什么小说，有的话，一起带过来，我们希望出版你的系列小说。

这简直就是天上掉馅饼的事情，多多有些不敢相信。难道自己真有这样的好运气吗？直到对方说出确定的时间，和多多签约，并按照国家规定支付多多第一笔稿费时，多多才相信这是真的。

波折似乎总是像给坚强的人设置的路标一样。多多满心沉迷在了幸福之中。当了多年的“枪手”，终于给自己的作品有了交代。但她也有事情要处理，就是与事先签约的公司一个交代。于是她致电贾总。

“多多，啥事？”

“贾总，咱们签约的那本小说，现在有家文化公司看上了，他们希望出版这本书。”

多多说到这里的时候，电话那头传来这样的声音，“这是好事啊，他们能出版就给他们出版吧。”

“问题是我们签约了，而且你还支付过我稿费呢！”

“我的稿费算是鼓励你，也不多，他们能出版你的书就是好事，你就给他们出版吧，有时间到我公司来一起吃饭喝茶。”

三天后，多多顺利地与文化公司签订了出版代理合同，当日，出版社支付了多多百分之五十的稿费。揣着厚厚的一摞稿费，多多心里是甜蜜的，这不是当枪手，而是自己写的小说挣来的一笔丰厚稿费啊。

那一摞钱都是连号的，每一张百元钞票都是崭新的，多多摸着这些钱，走在大街上，感觉天空是那么晴朗，人类是那么美好。

合同签订后，多多试着将一部分内容发在了网络上，想看看这部书的影响力，发出一个星期后，超过了上百万的点击量，当多多看着自己的书被那么多人喜爱时，别提多么高兴和幸福了，她觉得自己的生命都复活了。

记得最初把小说发在网上的那个晚上，多多将这个事情告诉了远在北京的峰。

多多和峰最初的认识源于峰休假回到成都到多多店里理发。

峰走进店里，看多多端坐在电脑前写作，同时电脑桌上堆放着一摞摞稿件。他可能觉得有些意外，甚至怀疑走错了地方，便问：“可以理发吗？”

多多一边保存写了一半的文稿，一边说：“可以，你先坐吧。”

多多给峰理完发后，他随便看了看桌上的书稿，问：“这些都是你写的吗？”

“不是，你看，上面很多都是名家的作品，我不过是负责整理、加工、校编，更多的是校编中小学生读物。”

峰好像没有明白多多的意思。多多解释说，这只是文化公司约的稿，按照他们的要求去完成而已。

“哦，那你自己又在写什么呢?”

“小说。”

峰再次哦了一声，接着他说：“我也喜欢写作，在上大学时写了篇《友谊与爱情无关》。”

文学将多多和峰拉近了距离。后来，他们成了无话不谈的朋友。在彼此的交往中，多多了解了他的一些事情，知道他上面有两个姐姐，分别在两个城市做什么工作以及他的父母是做什么的。当然，他也将他的恋爱故事告诉了她。多多在了解他的同时，他也知道了多多的许多事情。

峰比多多大一岁。外表给人感觉不善言辞，但熟悉之后，或者说遇到知音，话又很多，他可以滔滔不绝、口若悬河地说，不过，他有个习惯，每次给多多的电话接通后，首先迎接她的是“吭”一声。

认识峰不久，峰回到北京上班，业余喜欢弹吉他，他常常拨通多多的电话后，除了问候，便是让多多听他弹吉他，同时问弹得如何。他弹得最多的是《同桌的你》。

多多曾经怀疑自己，是否能一心多用。每次一边听峰弹吉他，还能一边写作，不时也能和他在电话中聊谈时事新闻。

峰每次回成都，都不忘来看多多，都会给她带礼物回来。有段时间，多多写长篇小说，他从北京回成都，给她送了两盒“十五”新科技的什么胶囊，具体名字忘了，作用是增强免疫力。不过还真管用，把20万字的小说写完，多多居然没生病!

后来，多多把那小说发在网上，人气非常高。峰在北京看，多多在成都发，他们对着电脑，看着网页上刷刷上升的人气，短短几天，上百万的人气让他们激动不已。

文化公司都是以赚钱为目的的。为了使多多的书能够有个大的销量，文化公司与出版社合作时，同时也希望与某卫视的娱乐节目合作。

然而该娱乐节目在连续举办三届后，突然停止了。虽然多多的书一切都做好了，文化公司与合作方之间出了问题，因此，小说也受到了牵连。为此，文化公司只能暂停对多多小说的运作，希望延期出版。

由于对方没有明确推迟的时间，多多毅然提出解除合同。要解除合同并非易事，是在长达半年的时间内完成的。

事情又像回到了当初的起点一样。多多拿着手里的解约合同，思绪万千。这次自己是赢了还是输了？自己是成功了，还是失败了？也许是种成功，成功的得到了这笔稿费。然而下一步该怎样走呢？回到家里，她把曾经发表过的文章以及没有发表过的稿件通通看了个遍，这些文字记载着自己的过去和现在，记载着自己的梦想。那一刻，她再度意识到出书的艰难。难道自己就只能做个“枪手”吗？只能替别人写东西吗？只能“为他人做嫁衣”吗？

回首这些年的生活历程，不幸的事情往往多于幸福的事情。泪水和汗水、孤独和落寞就成了多多生活的大部。然而这一切并没有压倒她，她用坚强大写了自己的生活、自己的人生，并决心将文字坚持到底。

多多与文化公司解除合同不久，意外地又将该书签订给了一家新成立的公司。这家公司在网上看到多多的小说人气很高，便主动与她联系，最终签订了出版合同。三个月后，多多的处女作面市！

多多的小说是超月怀胎的结果，虽然中途也差点流产，最终还是顺利生产了。

看着二十万字的书稿最终变成了铅字，多多抚摸着它，百感交集，五味杂陈。这是她多少个日夜孕育出来的一个生命啊。

看着扉页上印有自己的照片，多多打心里高兴，自己终于实现了一个梦想，署自己名的一本书出版了。同时，她的小说也摆到了国家图书馆的书架上，看着国家图书馆发来的收藏证书，多多激动万分。

多多也将这本新书寄给了峰，让峰分享她的快乐。峰拿到书后说：“当个作家是我曾经的梦想，但还没有实现。看着你当了作家，真为你感到高兴。”

“我曾经还想当律师呢，不过这辈子是不可能实现了。”

“这样吧，我帮你去实现，我准备辞职读研，干脆就读法律硕士，以后当个律师，这样，你以后要打官司，就有我这个律师出面解决了。”

“这主意不错。”

“但我不希望你这一辈子遇到任何官司。”

峰说到做到，果断辞去了一份国有企业的工作，一门心思复习考研，一年后，功夫不负有心人，最终梦想成真。

书上市几个月后，多多意外收到了一份礼品。是一个读者看过多多的书后，通过多方打探，知道了她的地址，给她寄了一盒糖。那盒糖里，有酸酸糖、巧克力、花生糖、水果糖等等，这是否在告诉多多，人生如糖。

多多拿起一颗糖吃了起来，一边吃一边品着。如果说人生如糖，创作就是在制造糖。因为在品味糖的过程，人们可以感受到匆忙的嚼碎糖后，只能品到一阵甜味，很快就消失了。如果将糖放进嘴里，慢慢含着，就能细细品尝出各种美好滋味，才能细水常流。

多多开始了思考。她认为，小说挣稿费的周期太长，不能作为主业，而是应该找一份文字的工作，使工作与爱好更好地结合。

多多开始求职。

多多的求职非常成功。当她看见一家生活类杂志社在招聘编辑记者时，便电话联系了对方。对方让她带着简历去。

多多按照报纸上刊登的地址，找到了杂志社。面试她的是位三十多岁的男士，叫刘皓，是杂志社的社长。他个子不高，戴着眼镜，说话语气非常温和，给人的感觉就像一个大哥似的。

他见多多进来，说：“坐吧，把你的简历给我看看。”

“我没有简历，我也没有从事过编辑记者工作，但是我相信我能做好。”多多坦诚地说着，接着把一本小说从包里拿了出来，说：“这是我出版的小说，我也给文化公司编撰过课外读物。”

刘社长接过小说后，翻看了几页，说：“我在报纸上看到过这个新闻，一位枪手终于出了自己的书，没想到就是写你的，真了不起！”

“我是第一次写小说，还希望刘社长给我一个机会，让我好好学习。”多多发自内心地说，因为她希望尝试下记者编辑的工作。

“为什么不专职写小说？”

“写小说花的时间比较长，而且挣稿费也不容易，我希望工作之余写小说，把它当成业余的爱好。”

“当枪手容易挣钱，为什么不继续做枪手？”

“我想写署自己名的文章，如果以后有机会，我想，在条件允许的情况下，我可以偶尔写写，仅此而已。”

“你知道做编辑记者的收入吗？可能比你想象的要低。我这个刊物，也是刚创刊的，才出刊一期，所以待遇不会太高。我相信以后会好的。”

“我对待遇没有任何要求，我是抱着学习的态度来的。”

刘社长听多多这样一说，笑了，说：“我大致翻了下你的书，你的文笔不错，能够驾驭二十万字的长篇小说，我相信，几千字的稿子你应该没有问题的，这样吧，我把这里的情况先给你介绍下。”

刘社长将杂志社的情况一五一十地告诉了多多，同时，将杂志社的主编刘宇以及其他同事介绍给了多多，多多成了这个大家庭中的一员。

刘宇主编五十岁出头，高高的个子，圆脸型，秃顶，戴着一副深度的宽边眼镜，他是一家晚报的资深主编，因为是刘社长多年的朋友，因此，在刘社长创刊之初加入进来了，当然，他原单位的事情也得一起干。

刘主编知道多多没有经过专业训练，也不是科班出身的，但他看了多多的小说以及写过的其他文章后，他认为，多多具备了这方面的能力。他说，他非常欣赏能够自学成才的人。

刘社长将刚出刊的一期刊物递给了多多，让她好好看看，看看她究竟喜欢哪些栏目。多多看了杂志的一些栏目，觉得自己比较适合人物和热点这两个栏目。

最后，刘社长和刘主编一致同意让多多负责这两个栏目。同时，希望多多出版的小说在该杂志上连载，并支付多多稿费。

多多是第二天正式入职杂志社的。

最初的一个星期，刘主编让多多不要急着采访写稿，而是让多多看一些有关的人物专访以及热点新闻的深度报道，同时他自己也搜集了一些相关的文章发给多多看，让多多自己去找感觉，自己去悟。

多多的悟性还是不错的，比刘主编预期的要好。一个星期后，申报选题时，多多报了两个选题，都获得了通过。

多多按照自己的选题思路，开始了相关资料的收集，以及相关的采访，然后将写好的稿子分别发给了刘主编和刘社长，他们对多多写的稿子都非常满意。由此，多多完成了人生中的再一次蜕变，做了记者编辑。

第五十七章　为梦想起航

岁月是把杀猪刀，紫了葡萄，黑了木耳，软了香蕉。而在岁月的洗礼中，多多也在不断成长着。

多多的名字出现在了网络和报刊上，熟悉多多的人第一次看到她的名字后，打来电话说，多多，了不起哟！

多年未曾联系过的远方亲戚也打来电话说："多多，我买了你的书看，看不出来，你真当了作家。"

红琼看到多多的名字后，打来电话说："妹妹，我看到你写的文章了，真了不起，又当作家又当记者了，我把这事都告诉爸爸妈妈了，他们听到后，说你才是我们家的骄傲，还说村里的人提到你，都竖起大拇指，说陈家祖坟冒青烟，出来个名人，爸爸妈妈还说，我们姊妹这么多年都没回过家了，马上快过年了，让我们今年都回家过年，我们回去，他就告诉二爸幺爸他们，让大家都回去团圆。"

多多这才想起，自从那年说回家读书，未成，再度出来后就没再回过家了。时间过得真快，一转眼八年过去了，以前有八年抗战之说，而多多为了在城市立足，也打了八年的仗。八年弹指一挥间，把她从一个乡村姑娘活脱脱地改变成了一个都市白领。与其说是她在使劲地改变着，不如说是生活的艰辛与残酷的现实在一步步紧逼着她去做出改变。

多多想了想，也该回家看看了。毕竟，那个地方是自己出生的地方，自己是喝着那里的水长大的。这么多年过去了，也不知道家乡究竟发生了怎样的变化，虽然父母每年都会轮流在成都小住段时间，偶尔也会提到家乡的变化，事实上，多多感觉到那些都好像远离了。儿时的玩伴，早已没有了任何联系，就连成都最近的几个亲戚，多多也少有往来。每个人都在为了生活奔波于钢筋水泥的森林。

只是每年春节的大年初二，多多都习惯性地去覃海涛家拜年。随着覃海涛的退休，春节到他家拜年的人越来越少了，曾经的司机秘书都没来了，以前走得非常近的关系户，也没了往来，最后只剩下了至亲的几个人去看望他们了。

多多看到一幕后，深刻地体会到，无论官多大，当退了那一天，就回到了普通人的位置上，人走茶凉是多么贴近市井生活的谚语啊。

多多最近一次去给覃海涛家拜年时，带去了自己的作品，待了一会儿就去陈晓家了。晚上覃海涛给多多打来电话，说，多多，明天中午一起吃饭，你一定要来哟。电话那头，覃海涛强调了几次，生怕多多失约。

多多听着这话，心里百感交集，甚至有些辛酸。这话，就如当年自己对姑父说的。那时，多多生怕姑父失约，事实上，姑父失约了，因为那时，外面有很多人等着见他。

多年后，多多再度站到他面前时，已经不是最初的那个乡下姑娘了，而是一个有智慧、有才华的都市女子了。而这一切变化，都是无法预料的，人生就像一个轮回。

多多对红琼说："好吧，今年春节我们一起回家。"

"大概什么时候回去，准备待几天？不能待太久，我还得回来卖衣服，我的铺子不能关太久。"红琼一个一个问题地问着。

红琼自从与郭文生结婚后，一心一意经营着服装店，不光生了孩子，他们还首付买了房子。他们的婚礼是在一家酒店举行的，多多和母亲一起去参加的。

城里的婚礼少了农村那些礼数，男女双方结婚证一领，找个日子，请来双方的亲戚朋友在酒店聚一餐就结束了。

婚后一年，国家出台户籍新政，新生儿可以随父落户，于是，他们的孩子顺利上了城镇户口；三年后，四川再度出台户籍新政，外地户口的配偶可以随夫或随妻，同时，购买商品房可以入户等。于是，郭文生第一次独自一人去了红琼的老家，为她办理了户口迁移手续。红琼的户口迁入城里没多久，多多也把自己的户口从农村迁移到了城市。

多多对红琼说："你定吧。"

"五天吧，咱们大年初一回去，初四回来，因为大年三十生意好，我得多卖点货。"

"没问题。"

放下电话，多多在思考一个问题，是什么原因把自己放在了这样一个位置，是生活，是苦难，是不快乐童年？她不停地在书中找寻答案，不停地求知，在书海中丰富了自己，认识到：只有改革开放，才使她这样的农村女孩得以靠自己的奋斗，成为一个城里人。

人生就像一副多棱镜，不同的角度折射出的光是不一样的，人的一生，更像一本书，书中含金量的多少就关系着你的一生命运；人生又像一部剧本，演绎着不同的生活。每个人的一生都是丰富的，每个人的一生都会面临选择，选择的对错关系着个人的得失。

多多无法选择自己的出生，但她完成了那个幼稚的梦想，把自己写进了图书馆。

随着都市生活的洗涤，多多的知识结构越来越宽，认识和看待问题的角度也在发生变化，她慢慢地理解了当年的父母。父母也是那个时代的受害者。曾经对父母的恨逐渐瓦解了，取而代之的是理解他们。后来随着国家政策的开放，养老体系的逐步完善，父母以投靠子女的方式由农民转为城镇居民，并享受到了一系列应有的待遇。而这一切都是多多为其办理的。多多也创造了那个“谁说女子不如男”的神话！

想着即将回家过年了，多多的心飞向了家乡。这是多年不想回家的她第一次想回去看看。也许，这次的回家有一种不同寻常的意义；也许，无论她在外面多久，而根和魂还是在故土的。

多多和红琼是上午十一点到达达州的。刚到车站，杨德龙开着私家车来接她们了。接到她们后，杨德龙又为她们买了回去的车票。多多看着多年没见的他，明显地胖了很多，有了大大的将军肚，举手抬足之间像个老板，没有了农民的气息。

这些年，多多与杨德龙偶尔电话联系，在电话中多多知道了疼爱她的舅舅去世了，去世时，没有通知多多她们，因为太远了。再后来，杨德龙到城里打工，最初在工地上干活，再后来自己包工，成了一个包工头。挣钱后在达州市里买了房子，把母亲也从乡下接到了城里生活。他的几个兄弟姊妹都跟着他干。他的姐姐杨德丽也再婚了，生活得很幸福。

杨德龙见着多多和红琼，说：“妹妹，好久没见了哟，稀客。”

“这不见着了，哥哥。”多多说。

杨德龙又对红琼说："琼妹妹，你的家属、娃儿呢？怎么也不一起回来？"

"娃儿太小了，郭文生要守铺子，下次他们一起回来。"

"这次回来准备要多久？"

"初四回去，我还得开铺子。"红琼回答着。

"那多多多耍几天吗？"杨德龙又说。

"我还有事哟，哥哥，以后有的是时间。"

"看着你们忙，比闲好，说明有事情做。"

"哥哥，爸爸妈妈在老家，感谢你的照顾哟。"多多说着。

"说那些话，我们是一家人。现在我带你们去吃饭，饭后就送你们回家，估计你爸爸妈妈都早就盼望着了。"

杨德龙带着她们去了他家附近的一家酒楼，在酒楼的包间里，多多和红琼见到了舅妈以及杨德龙家的所有亲属，他们都在等着多多她们的到来。

为了迎接多多她们，杨德龙特地在酒店包了房间，点了一个"满汉全席"的套餐款待。

午饭后，杨德龙安排多多和红琼乘坐他的车送她们回家。其他人分别乘坐他两个儿子的车一起到多多家去。

一路上，多多望着车窗外的一草一木，山还是那山，水还是那水，一栋栋的房子，道路两旁还是，但已经不是草房或者平房，而是一栋栋漂亮的小楼房，外墙贴着白色、蓝色的瓷砖。

一个小时的车程后，多多她们终于到家了。迎接她们的都是多年没见的亲人。

多多刚下车，陈建良赶紧走上来说："多多，知道你们要回来，我们全都回来过年了，兰花、桂花她们两姊妹都拖家带口回来了。"

接着，多多听到了兰花、桂花喊二姐的声音，再接着，听见了其他人的喊声，其中就有父母的声音。

多多一一打了招呼。多多发现，二爸还是跟以前一样，深蓝色西服、白色衬衣、红领带、黑皮鞋，只是不再是一个裤脚卷起，一个裤脚直垂了。而更让多多感到惊喜的是，村民不再直呼其名喊他名字了，而是尊敬地喊着陈建良长辈子了。

多多甚至听到村民说："陈建良长辈子，好福气，这是鸟枪换大炮，居然坐着女儿的车子回来了，发财了哟，女儿有能力。"

听着恭维的话，陈建良脸上也始终带着笑容。

多多看到了站在一旁的陈建安，他还是不善言语，他的目光一直看着多多，多多喊着："幺爸，你在那里打工还可以吧。"

"侄女，可以，管吃管住的，我给我上班那里的人说了，你是记者、作家，他们都说你了不起。"

多多听着，只是笑。

多多看着院子里站了不少人，几乎所有的亲戚都来了，母亲的二姐全家、大姐全家以及父亲的姐姐全家，看着或熟悉或陌生的面孔，多多有些能喊出名字，有些喊不出名字了。还有村里的人，有些多多也忘记了名字。真应了那首诗：少小离家老大回，乡音无改鬓毛衰，儿童相见不相识，笑问客从何处来？

多多成了整个村的焦点，也许是因为她身上有着作家和记者的标签，在大家的心里充满着某种神秘。就连小时候多多最为讨厌的贾碧玉也来了。她看着多多说："女儿，你回来了，怎么这么多年才回来。你看，你家的房子修得这么漂亮，听说也是你出了些钱的，我说嘛，小时候，就看你丫头聪明，有出息，就是有出息。"

多多听着，笑而不语。

多多看了看自己家的房子，三层楼，外墙上贴着亮晶晶的白色瓷砖，大门已经不是木门了，而是宽敞的铁门，门前的泥土小路成了柏油马路，车子可以任意穿行。

家里也安装了电话、自来水、天然气，买了电饭煲、洗衣机等，与城市里生活的配套设施基本一样。唯一不同的是，房子的周围还有庄稼在地里自由地生长着。

这时，又有人喊道："陈作家、陈记者，回来了？"

陈建川看着大家对多多的热情，在心底是美滋滋的。毕竟，这是一种光荣，是一种被认可。红琼和其他亲戚摆上了龙门阵，多多在接受着这个那个的问题。这个问，记者是不是电视看到的那种，采访别人？那个问，你采访过哪个领导人没有？还有说，写书累人，你是怎么写出那么多字的长篇？一个个问题，多多都用最简单最直接的话回答了他们。他们甚至当着别的孩子说："你们要向多多姑姑学习，你看，人家没读啥书，都成名人了，在大城市也有房子。"

陈建川听到这话，笑着说："成名人了！"

杨召珍在屋里忙前忙后，和杨德丽一起准备晚餐，她的脸上荡漾着幸福。她们姑侄相互摆着龙门阵，她说："我们也是靠多多享福的。"

"幺姑，咱们在这说，要是当年把多多抱走了，今天就成别人享福了。你看多多妹妹，多聪明，多能干，咱们这个村，十里八里也找不到第二个多多了。"

"莫说了，莫说了，那时也是人家看不起我们，说没有儿子，才有那样的想法。"

"幺姑，你现在看看，那些有儿的还没有你们现在过得滋润。就是那曾经整你们的队长现在过的啥日子，住房没你们好，生活条件没你们好，年龄比你们还大，还得下地干农活。你们不种庄稼了，一年这里旅游那里旅游，多好！"

"是啊，都是享多多的福。"

这晚上，是陈建川家多年没有过的热闹。几桌人围坐在一起吃着团圆饭，虽然不是大年三十，但比大年三十还要隆重。大家相互敬酒，说着祝福的话，每个人的脸上都洋溢着幸福快乐的表情。

晚餐结束，打牌的打牌，不打牌的围坐在一起摆龙门。杨德龙考虑到陈建川家的房间有限，开着车带着他的部分家人回去了。走时，他告诉多多，回成都时，他派车来接她们到达州市赶火车。

第二天，多多和红琼在父亲的带路下像赶场子一样，接连走了几家亲戚，每家都是送去礼物后，待个几分钟十分钟就走了。最后去的两家一家是陈建华家，一家是李瑶家。

陈建华夫妇都是近九十岁的耄耋老人了，但他们的身体都很康健，思维也清晰，还能认出多多她们。看着多多她们，高兴地说："还在想，活着能不能再看见你们两姊妹了，我们年纪大了，活一天是一天了。"

多多陪着他们说了一会儿话，见他们年岁已高，不愿意过多打扰，就走了。出来时，陈建华夫妇硬塞给陈建川两百元钱，说，"兄弟，你们的情况我知道，我们这把年纪了，也不花啥钱，一定拿上。"

一路上，陈建川说："你陈建华大爸就是这样，年年春节给我们点钱，每次回乡里来上坟，也给我们钱，我们都不好意思了，所以，也就是常常给他们带些自家种的新鲜蔬菜去。"

从陈建华家出来，红琼和父亲先回家了，多多直接去了李瑶家，在她家里待的时间最长。在那里吃了午饭待了一会才回来的。在李瑶家，多多发现了李瑶的丈夫不是李忠文，而是李军。

李瑶告诉她，那年她去西藏后，没多久就和李忠文结婚了，婚后在西藏待了一年，彼此不合适离婚了，离婚后彼此又有些不舍，又复婚。但复婚半年后，彼此之间又不断发生矛盾，最后干脆离婚。离婚后，她就回到了老家，然后和现在的爱人结婚了。

李瑶还告诉了多多有关李沐的事情。说李沐会时不时地问起她，但李沐已经结婚了，找的爱人也在镇上开理发店。多多听到李沐结婚的消息，心里得到了安慰，她希望他早点结婚生子，那才是他的生活。她与李沐交往了三年，后来李沐一直等她，又等了三年，她觉得对不住他。当年，那一次意外，阻碍了多多与他的恋情，多多出于对他的考虑，而放手了这段情感，也许，爱就是给对方一条生路。

晚上，多多和红琼还在灶屋里帮母亲打下手一起做饭。陈旭和陈建良在堂屋里摆龙门。

母亲说："陈旭不想读书了，说想外出打工，还常在家里说，电视上有个寻亲栏目，看着别人都找到了自己的亲生父母，真好。"

多多听出了话外之音，应该说陈旭知道自己是抱养的了。从理性出发，多多认为，应该让陈旭知道真相，以免他常常不安心地要找亲人，也许，找了亲人后，就能安心读书了。

母亲说："他要是认亲后，以后不认我们怎么办？我们不是白养了吗？"

"如果你不告诉他，总有天他也会知道的，与其这样，不如告诉他真相，到时，看他的想法，他想认你们就认，到时不认，全当做好事，为福利院帮忙养的，想开点吧。"多多说着。

"话是这样说，毕竟我们很小就把他拿来养，现在都这么大了，这事，跟你爸爸再商量下。"

陈建川不知道啥时候走了进来，他说："多多见多识广，就听多多的意见。"

多多说："爸妈，你们要想开点，如果以后陈旭真不认你们，你们还有我们两姊妹，放心吧，我们有能力为你们养老。再说了，你们也加入了养老体系，以后也有退休工资的。"

陈建川夫妇听到多多这样说，内心有些安慰，但他们的情感还是有些难以接受。毕竟，这么多年了，没想到自己亲手养大的孩子还是有距离的，不是自己亲生的，他还是在想自己的父母。

杨召珍的眼睛有些潮湿，继而流下了眼泪。这眼泪，有委屈，有难过，有担心，有失望……

多多看着母亲的眼泪，一股酸楚涌上心头，这就是母亲，当年一意孤行要抱养男孩，多年过去了，不但含辛茹苦地抚养他，而他的心仍在自己的亲生父母身上。为了这个男孩，甚至连自己亲生的孩子都差点送出去。

红琼安慰着说："妈妈，你也别难过了，他要认就让他认吧，听妹妹的。"

"那好吧，你去把陈旭喊进来，告诉他这个事情。"杨召珍对红琼说。

一会儿，陈旭来到了灶屋，陈建川走出去了。多多将陈旭的身世告诉了他，并说第二天带他去见亲生父母，希望陈旭认亲后，自己做出选择，去与留都是他自己做主。同时，多多也表示，希望陈旭继续好好念书，学费由她承担，还告诉他，只有知识才能改变命运，一定要好好读书。

陈旭说，他只想知道亲生父母是谁，去见见他们，看他们好不好而已，最终还是会回到这个家庭中，毕竟是这边父母养大了他。

"你要认就认吧，我们也不阻拦了，明天你姐她们带你去。"

杨召珍做梦也没想到，原本以为，自己从小养大的孩子会不知道自己的身世，这样可以一辈子安心地跟着自己家。她更不知道，天下没有所谓的秘密。面对陈旭的寻亲，她也有过多次的内心挣扎，她不知道该怎么办？这次多多的回家，帮她做出了选择。

几天的时间一晃就过去了，多多回到了成都。随着多多的离开，村里的人又逐渐外出打工走了。原本有些热闹的乡村又变得宁静了。能外出打工的人都走了，村里只剩下老人、小孩。因此，春节也成了村里孩子最为期盼的日子，那是难得与父母团聚的日子。

在回家的几天里，多多看到了村里发生了翻天覆地的变化，变化最大的是房子，基本上家家户户翻修了楼房，部分家庭安装了电话、天然气、自来水等，村里的孩子也穿上了漂亮的衣服。

在回家的几天里，多多发现了村里的一些现象。修得漂漂亮亮的房子更多是一种摆设，长期处于无人居住的状态。曾经为了争一个田地的边角，村民间甚至会大打出手，而今，很多田地空置在那里，无人耕种。农村出现了一种有房无人住、有地无人种的状况。

在回家的几天里，多多也听到了一些声音。原本那个孤孤单单被陈玉英甩掉的杨友林于一年前去了福州，帮着他儿子带孩子；曾经那个因为超生孩子的蔡玉芳已经瘫痪在床了……

最让多多有些不敢相信的是，在她很小的时候，那个气势汹汹、仗势欺人的队长陈建军已经老得不成样了，他原本高大的身子蜷缩了很多，走路一拐一拐的，而他的婆娘已经瘫痪，靠轮椅行走。夫妻俩常年靠吃药维持生命，据说他的孙子因为在外打工犯法，被关进了监狱。

而那个陈建强家，曾经为了占用公共用地，在加修一间猪圈时，把陈建川家的老房子挡完了，还把他们过上过下的路都封了。而他却没活到六十岁。他去世没两年，他的婆娘也病逝了。他的子女都外出打工走了，几年回来一次。此时，他家的房子孤零零地站在那里，房前屋后堆积了不少垃圾。真是物是人非，争来争去，最后争得一片尘土。

多多开始进入了朝九晚五的工作。这样的工作是多多以前非常期盼的，而今她获得了。每次与采访者面对面交流，她总能感到另外一种活力。编辑记者的工作总会给人一种新的体验，这种体验是其他工作不可有的。

她喜欢这份工作，她爱这份工作，但工作之余，她依然在创作小说。拿她自己的话说，我要把有限的生命，投入到无限的文字中去，让我的文字去温暖更多的人，或许也能影响更多的人。

在杂志社工作期间，多多由于工作业绩突出，领导同时让她负责带其他栏目的工作，比如“大家说法”、“为您服务”等。

然而，事情的变化总是让人无法捉摸。这本刊物在经营近一年后，被主办方收回，因为这本刊物是刘社长把一本经营不下去的刊物接手过来的。主办方看刊物有了起色，要收回去自己办了。

刘社长在接手这个刊物前，自己一直经营着一家广告公司，如今刊物被收回，他只得继续做他的广告公司。面对这样的情况，刘社长找多多谈了话。刘社长尊重多多的选择，多多可以重新去其他媒体找工作，或者留在他的广告公司。而多多选择了离开。

有了近一年杂志社的工作经历，加上这期间多多也学到了不少的东西，当她再去另外一家媒体应聘时，顺利地进入到了一家报社。

报社的领导看了多多写过的不少文章以及她的从业经历，一进入报社，就让多多做了编辑部的主任。

报社每天要出报，工作压力非常大，多多常常加班到很晚，就连周末也不放过，这样的工作节奏让她有些吃不消，常常头脑发晕。在报社工作三个月后，她选择去了另外一家涉农杂志工作，做起了“三农”方面的报道。

如果说人生的转折很多时候是有预定的，那么多多在不停地寻找一个个开始的时候，其实早已经把虚掩的一扇门推开了一条小缝，让她看见了那丝透过来的阳光。

2008 年的春天比以往来得更早，桃树李树梨树竞相争艳地开着花，在这个春意盎然的时节，多多的工作也如和煦的春风一般，得心应手。

在采访回家的途中，多多路过一片油菜地时，无意间惊飞了一只金黄色的蝴蝶，在那只蝴蝶飞走的同时，又带飞一群金黄色的蝴蝶，恍如金黄色的油菜花复活了一样，使多多的眼前出现了一幅金碧辉煌的画面，好像梵高的名画《向日葵》，令人眼前一亮。

多多到家时，已经是傍晚。还没来得及换鞋，手机就响了。这个电话是朋友彦春打来的，请多多到他家里去吃饭，说家里今天来了个北京朋友，是一家纯文学杂志社的社长，希望引荐给多多认识。

彦春四十多岁，是个地产商人，他与多多的认识缘于多多帮一个老板写自传的时候，这个老板是做电梯生意的。当时他做东请客吃饭时，请了彦春。

彦春见多多不光人长得漂亮，而且很有才华，是他见过的女性中为数不多的一位。他当时就说，“多多，你要看得起我，咱们就认兄妹好了，我当你哥，可以吧!”

多多当时也不好意思拒绝，说：“好，反正我也没有哥，有个也不错。”

打那以后，彦春就时不时地与多多联系，每次都是一口一个妹妹的喊着，久而久之，多多真把他当哥了。

彦春是成功的，不光生意做得成功，家庭也经营得不错，彦春的夫人李香是他的同学，是高中同学恋发展成功的，而今有个女儿也上大学了，可以说是家庭事业双丰收。

彦春虽说是个商人，但他非常热爱文学，看过不少名著，偶尔也会写写打油诗。据李香说，当年她就是因为彦春给她写了不少情诗给追到手的。不过，婚后彦春就再没有给她写过诗了，但彦春依然保持着看书的习惯。

多多每次去彦春家，李香都非常热情地接待，多多一口一个嫂子也喊得亲热。久而久之，他们都不拿彼此当外人了。

彦春的家在红星路，当多多到他家里时，客厅里已有四个客人，两男两女，多多一个也不认识。彦春分别给多多作了介绍，同时，把多多也介绍给了他们。但多多只记住了那个长得有些胖，个子矮的男人，他叫蔚国，是北京一家纯文学杂志社的社长。

晚餐结束后，在彦春的安排下，多多与蔚国还有彦春一起谈了些现阶段的文学走向。

在整个交流过程中，多多与蔚国的交流最多，也使蔚国对多多有了更深的了解。蔚国说："多多，你要能到北京去发展，也许会有另外的一片天地。"

彦春也趁热打铁地说："多多应该去北京看看，适当的时候，可以找我们蔚社长帮忙。"

蔚国笑着说："我们现在也正在招人，如果多多不嫌弃，可以去我社里，我给你一个副主编的职位当。"

"这个可不敢，我没有那个能力，也没那水平！"多多说的是真心话。

蔚国看着多多，依然保持着那份笑容说："你还没来时，彦春就把你的情况告诉我了，一个写手，同时也经过商，现在已经在做记者了，应该是没有问题的，我刚才看了你写的几篇报道以及小说，真不错！"

"您过奖了！"

"考虑一下吧，到北京来，我们单位给你出交通费，住宿单位也可以安排，如果来了，工作一段时间觉得不适应，回成都的话，交通费也由我单位承担。"

"这个主意不错，多多你应该尝试下，你现在还年轻，反正对你也没有损失，不行回来重新找工作，实在不行，到我公司来。"彦春在一旁说。

这对多多来说，的确是一个机会。北京，是中国的首都，多多从来没去过，以前也没想过去北京，但在此时被他们这样一说，她还是有些动心了，她想去北京看看。

但多多也有些犹豫，毕竟在现在的这家杂志社工作得心应手，领导也对她非常重视，同事之间相处得非常融洽，工资待遇也不错，如果轻易就放弃了，以后想回到这样的单位也比较难。再说了，自己才在这个单位工作几个月，就提辞职也不好意思开口。多多有些左右为难。

多多犹豫了一下，说："让我考虑一下吧，过几天给您答复，非常感谢蔚社长。"

写完采访稿的时候，已经是深夜十二点过了。但多多毫无睡意，她蜷缩在沙发上想一个问题，自己是去北京，还是不去北京？

去，意味着一切又要重新开始；不去，自己是否可以预见自己的未来是什么样子；去，至少可以给自己一种新的体验，或者一种新的生活经历；不去，以后去的可能性就少了；去，至少可以不用为找工作和找住的地方发愁，再说了，对方已经承诺，费用由单位承担；不去，也等于失去一次机会；去，如果在北京待着不好，可以回来，自己可以先给单位请段时间假，对自己也没有任何损失；不去，以后或许会有终生的遗憾。

此时，多多想着，自己已经三十岁冒尖了。《论语·为政》说："吾十有五，而志于学。三十而立。四十而不惑。五十而知天命。六十而耳顺。七十而从心所欲，不逾矩。"三十而立，自己是否真正立起来了？

蓦然回首三十年的人生路，仿佛流逝的时光此刻在记忆的深处清晰如昨。时间的长河总是在不经意间滑过，三十年的改革开放似乎与多多同步而行。

每个人对改革开放都有不同的感触，每个人对改革开放都会发出不同的声音。多多个人对改革开放的最深体会是什么，她很难一句话说清，也很难用文字详尽地表达出来。不过有一个词汇总在她脑海盘旋，那就是变化，飞速的变化，来不及细想便成为历史的变化。这种变化是超然的，也是旷世的！

多多想着，如果没有改革开放，她是无论如何走不出乡村，更进入不了都市的，更不会在城市有自己喜欢的工作，并有自己的房产，也不会享受到城市文化氛围浓烈的浸润，更别想圆作家梦。而这一切都是改革开放带来的。

多多在成长中体味变化，在成长中体会生活，在变化的困惑中找寻现代与传统的结合，在变化的困惑中找寻失去与获得。

变化是一种永恒不变的定律，变化总是在不经意间，变化带给我们新的喜悦，但还有未变的东西深埋于我们的血液中。

在去与不去之间，多多举棋不定。她最后想了一个非常简单的方法决定去留，以丢硬币决定这个事。

她站了起来，来到书架旁边，打开书架上的存钱罐，从里面拿出一枚硬币。她捏了捏那一枚五分钱的硬币，然后吹了一下，她在心里说，如果扔出去是正面向上就去北京，背面就不去。

接连扔了三次，都是正面朝上，多多有些不敢相信，难道这就是命运的安排，是天意吗？她又试了一次，结果第四次还是正面朝上。

她将硬币捧在了两手合一的掌心中，在心底说，既然你都帮我给出了答案，那我的心就随着这份感觉走吧。

第二天下午，吃过午饭，多多去了主编的办公室。主编叫刘栓，他见多多进来，笑着说："多多，啥事？"

多多看了看主编，她的心在扑通扑通地跳着，她深深地呼吸了一口气，说："主编，我有点事，想请个假。"

"好啊，请几天？"

多多也不知道，究竟请多少天，她说："大概两个月吧。"

"什么事，需要这么长时间？"

"那我干脆辞职吧。"多多也知道，请这么长的假，多少有些为难领导。

"你究竟是什么事情？"

"我要去趟北京处理点事情，因为不知道事情究竟会是什么结果，所以也不能确定时间。"

尽管多多说得含糊，但是主编还是领会了她的意思，说："好吧，我支持你，你先去北京吧，想回来时就回来，这里依然欢迎你！"

主编的话让多多很是感动，但多多也从心底感到愧疚，觉得对不住主编，毕竟这个单位给她带来了一段欢乐的时光。

当初多多到这个单位来应聘时，面试她的就是主编。主编看着多多填写的简历，还说，这一手字写得真好，难得。他当时也看了多多带去的人物专访、深度报道以及小说，觉得一个如此年轻的女孩能写出这样的作品，是非常不简单的。所以，多多顺利地获得了这个工作岗位。那次应聘，同时还有一位省社科院国际关系专业刚毕业的硕士生。

在这个单位工作，领导尽可能给多多一些学习的机会，这让多多的成长也是非常顺的。在这个单位工作，无论是领导还是同事，大家都相处得非常和谐。单位也常常搞一些聚餐，以增加同事与同事之间的凝聚力。

在单位里，多多与顺子是无话不谈的同事。他们也是工作中的搭档，好几次他们一同采访。更有几次，多多和顺子分工，多多写采访函，顺子就写采访稿子；或者顺子写采访函，多多写采访稿。

当大家知道多多要离开单位时，或多或少还是有些不舍的，顺子说："多多，你这一走，可能是真正的走了！"

11月3日下午两点过，多多手持机票，拖着一个行李箱，搭乘一辆出租车到了双流国际机场。她先在办理登机牌的窗口把行李箱办理了托运，经过安检后，按照登机牌的提示向自己所要去的登机口走去。

当飞机起飞的那一刻，多多想着，飞机会把自己带到怎样的一个境地？北京，那个曾经遥不可及的地方，而今自己乘坐飞机而来。北京，会以什么样的姿态接纳自己？自己是否会在这个地方重新绽放生命的阳光？筑起自己新的梦想？

到了北京，一定要去天安门看看，那是祖国的心脏。多多多次在中央电视台《新闻联播》里看到天安门，所以，到了北京，她最希望去的地方就是那里了。有这样一句话，没去过天安门就表示没去过北京。天安门是中华人民共和国的象征。坐落在中华人民共和国首都——北京市的中心、故宫的南端，与天安门广场隔长安街相望，是明清两代北京皇城的正门。

在报纸上，多多曾看到某某作家曾经在北京的王府井新华书店搞发布会暨签售活动，那是作为一个作家的重要标志。多多想着，要是某一天自己也能站在那个神圣的地方，那自己的人生是不是将会更加增彩？

飞机在天空中穿云破雾向远方飞行着，多多闭着眼睛，她的脑海里想着形形色色的问题。她在心底问自己，自己能够在北京立足吗？这需要时间去验证。因为一切都在变化着，而多多新的人生舞台的大幕才刚刚开启……

2015年11月8日一稿

2016年6月23日二稿于北京